KB119376

중국문학의 숨결

BREATH OF CHINESE LITERATURE

중국문학 정선 작품 감상

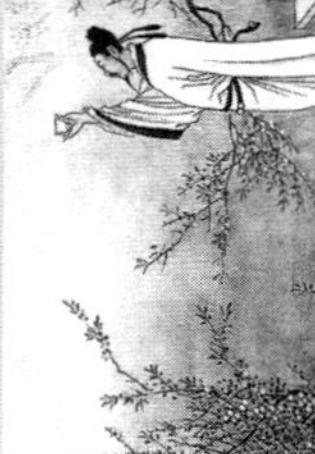

중국문학 정선 작품 감상

중국문학의 숨결

BREATH OF CHINESE LITERATURE

김장환 · 이영섭 지음

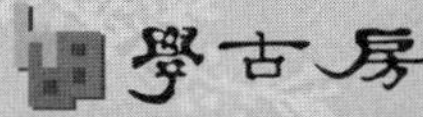

學古房

머리말

BREATH OF CHINESE LITERATURE

대학 강단에서 '중국문학사'와 '중국문학개론' · '중국문학입문' 등을 강의해 오고 있는 지은이는 나름대로 고민이 많다. 거의 3천 년이 넘는 장구한 역사 속에서 발전해온 중국문학을, 한 학기 또는 두 학기라는 한정된 기간 내에 학부 학생들에게 체계적이면서도 효과적으로 이해시키기란 참으로 어려운 일이기 때문이다.

이 세 책은 지은이가 그 동안 강의하면서 겪은 시행착오와 고민 끝에 나온 것으로, 중국문학을 처음 접하는 학생들이나 중국문학에 관심을 갖고 있는 일반인들이 가능한 한 쉽고 정확하게 중국문학을 이해할 수 있도록 배려하고자 했다.

『중국문학의 벼리』(중국문학사 핵심 정리)는 중국문학의 역사적 흐름을 이해하는 데 중점을 두었다. 중국문학의 기원에서부터 청나라 말까지 이어진 중국문학의 통시적 발전과정을 한눈에 파악할 수 있도록 각 시대별 핵심사항을 총 40장(章)으로 나누어 간명하게 정리했다.

『중국문학의 갈래』(중국문학 입문)는 중국문학의 장르적 특징을 이해하는 데 중점을 두었다. 전체 중국문학을 문체 특징에 따라 운문문학(詩 · 詞 · 散曲), 산문문학(古文 · 小說), 운 · 산문 혼합문학(辭賦 · 騈儷文), 운 · 산문 혼용문학(戲曲 · 講唱)으로 대별하여 각 갈래별 특징과 공통점을 인식하도록 했다. 각 갈래별 기술은 먼저 해당 갈래의 개념과 특징 및 출현 배경을 설명한 뒤에 주요 작가와 작품을 시대순으로 정리했으며, 반드시 감상이 필요한 작품은 번역문과 원문을 함께 실었다.

『중국문학의 숨결』(중국문학 정선 작품 감상)은 중국문학의 대표작품을 직접 감상하는 데 중점을 두었다. 『중국문학의 벼리』와 『중국문학의 갈래』에 수록된 작품을 대상으로 상세한 주석을 달아 독자가 혼자 힘으로 중국문학을 원문으로 감상할 수 있도록 했다.

『중국문학의 벼리』나 『중국문학의 갈래』를 공부할 때 『중국문학의 숨결』을 곁에 두고 수시로 참고한다면 학습효과가 더욱 높아질 것이라 여겨진다.

이 세 책을 통해 독자들이 중국문학을 보다 깊고 넓게, 그리고 보다 쉽고 정확하게 이해하는 데 조금이나마 도움이 된다면 지은이에게는 크나큰 기쁨이 되겠다.

끝으로 『중국문학의 숨결』의 작품 주석 작업을 도와주느라 많은 고생을 한 이영섭 선생에게 깊은 감사의 뜻을 전한다.

2014년 6월
파주 세설헌(世說軒)에서
김장환 씀

차례

BREATH OF CHINESE LITERATURE

[1] 기원

[2] 시경

[3] 초사

[4] 先秦 산문

[5] 秦

[6] 漢 부

[7] 漢 산문

차례

BREATH OF CHINESE LITERATURE

[14] 唐 시

[15] 唐 산문

[20] 宋 시

[21] 宋 산문

[22] 宋 소설

[23] 金 문학

[24] 元 잡극

[25] 元 산곡

[26] 明 소설

[27] 明 희곡

[28] 明 산문

[29] 明 시

[30] 明 민간문학

[34] 清 사

[35] 清 산문

[36] 清 민간문학

기원

「彈歌」 [『古詩源』 卷1]

대나무를 잘라 彈弓을 만든 뒤, 흙으로 빚은 탄알을 쏘아 사냥하는 광경을 질박하게 노래하고 있다. 중국의 上古時代에 만들어진 노래라고 전해진다.

斷竹, 續竹. 飛土[1], 逐肉[2].

「伊耆氏蜡辭」 [『古詩源』 卷1]

伊耆氏는 전설상의 황제였던 神農氏, 혹은 堯를 가리킨다고도 하고, 周代에 나라의 祭祀를 관장하던 官職 이름이라고도 한다. 蜡祭는 한 해의 마지막 달에 여러 神에게 드리던 祭祀다. 蜡辭는 이때 사용했던 일종의 기도문으로, 주술적 성격이 강하다.

土反[3]其宅, 水歸其壑, 昆蟲毋作[4], 草木歸其澤.

1 土: 여기에서는 단순한 흙이 아니라 '흙으로 빚은 탄알'(泥丸)을 말한다.
2 肉: 여기에서는 단순한 고기가 아니라 사냥감을 가리킨다.
3 反: 돌아가다(返)의 의미.
4 昆蟲毋作: 毋는 하지 말라는 금지의 의미. 作은 (곤충들이) 들끓는 것을 가리킨다. 즉 곤충들에게 농작물에 피해를 주지 말라는 내용이다.

「擊壤歌」 [『古詩源』 卷1]

전설의 堯 임금 때 불리던 노래라고 전해지지만 믿기 어렵다. 太平聖代를 만나 풍족한 삶을 살게 된 백성이 즐거워 땅에 누워 '자신의 배를 두드리다가'(鼓腹) '땅까지 두드리며'(擊壤) 한가하게 부르던 노래다. 이후 鼓腹擊壤 혹은 擊壤歌는 모두 太平聖代의 대명사로 사용된다.

日出而作, 日入而息. 鑿井而飮, 耕田而食. 帝力[5]于我何有哉.

「夸父逐日」 [『山海經』 「海外北經」]

인간의 한계를 뛰어넘으려 노력했던 과보의 비극적 결말은, 곧잘 이카로스가 밀랍으로 붙인 날개로 태양에 다가서다 떨어져 죽은 이야기와 비교된다. 과보의 이러한 죽음에 대해 혹자는 자신의 역량을 파악하지 못한 어리석은 행동의 결과로 치부하기도 하지만, 혹자는 그 무모하다고까지 느껴지는 도전정신을 높이 사기도 한다.

夸父與日逐走, 入日. 渴, 欲得飮, 飮于河、渭[6], 河、渭不足, 北飮大澤. 未至, 道渴而死. 棄其杖, 化爲鄧林[7].

---

5 帝力: 두 가지 풀이가 가능하다. 첫째, 임금의 힘. 둘째, 天帝, 즉 하나님의 힘. 일반적으로 전자로 푼다.

6 河、渭: 黃河와 渭水를 병칭하거나 黃河에서 渭水가 갈라지는 지점을 가리킨다. 여기에서는 후자의 의미로 쓰였다.

7 鄧林: 두 가지 설이 있다. 첫째, 河南·湖北·安徽 3省의 교차지역에 위치한 地名. 둘째, 鄧이 桃의 假借字로 쓰인 것으로 실제로는 복숭아 숲(桃林)의 의미. 후자가 더 설득력이 있다. 혹자는 이 두 가지 설을 하나로 합쳐 이해하기도 한다.

「鯀禹治水」 [『山海經』「海內經」]

인간세상의 治水를 위해 息壤을 훔쳤던 鯀의 비극적 결말은, 곧잘 인간을 위해 불을 훔쳤다가 벌을 받게 되는 프로메테우스와 비교된다. 이렇게 중국 신화에서는 鯀이 悲劇英雄으로 그려지고 있지만, 정반대로 역사에서의 鯀은 아둔하고 게을러 治水에 실패한 신하로 묘사된다. 비록 간략한 신화적 단편이지만, 이러한 鯀과 그를 뒤이은 禹의 治水 노력 과정을 통해 고대 중국에서 農耕을 위해 黃河의 治水가 얼마나 중요했는지 짐작할 수 있다.

洪水滔天, 鯀[8]竊帝[9]之息壤[10]以堙洪水, 不待帝命. 帝令祝融[11]殺鯀于羽郊[12]. 鯀復[13]生禹[14], 帝乃命禹卒布土[15]以定九州[16].

8 鯀: 중국 神話에서는 天神(혹은 龍의 化身)이라 記述하고 있지만, 歷史에서는 舜 임금의 신하로 언급되고 있다. 舜 임금에게 黃河의 治水를 명받았으나 9년간의 노력에도 불구하고 실패하여 결국 죽임을 당한다. (혹 귀향을 가거나 추방되었다는 설도 있다.)

9 帝: 天帝, 즉 하나님.

10 息壤: 중국 神話에 나오는 神靈한 흙으로, 스스로 불어나는 힘이 있었다고 전한다.

11 祝融: 중국 神話에 나오는 불의 神.

12 羽郊: 羽山(혹은 委羽山) 부근. 전설로 전해지는 북방의 지명이다.

13 復: 여기에서는 腹의 假借字

14 禹: 鯀의 아들. 아버지의 실패로 黃河 治水의 임무를 이어받아 결국 9년 만에 治水에 성공한다. 이 공로로 舜 임금에게 王位를 물려받아 夏 王朝의 始祖가 된다. 신화에서는 黃龍의 化身으로 묘사된다.

15 布土: 布는 敷의 가차자로 널리 펼치다의 의미. 布土는 널리 흙을 펼쳐서 治水했다는 의미. 혹자는 여기에서의 土를 息壤으로 푸는 경우도 있다. 그리고 布土를 뒤의 以定九州와 연계하여 '땅을 나누어 九州를 확정지었다'로 푸는 경우가 있지만, 이는 문맥상 맞지 않다.

16 九州: 夏나라의 禹王은 영토를 9등분 하여 각기 冀州, 兗州, 青州, 徐州, 揚州, 荊州, 豫州, 雍州, 梁州라 명명했다. 이후 그 명칭은 조금씩 바뀌기도 하지만, 九州는 中國 혹은 中原을 뜻하는 대명사가 되었다.

「女媧補天」 [『淮南子』「覽冥訓」]

이렇게 인류를 자연재해로부터 구원해 준 女媧는 중국 신화 속에서 인간을 진흙으로 빚어내고 혼인 제도를 만들어낸 장본인이기도 하다. 이후 점차 강화되는 남성 중심적 사고방식에 의해 男神인 伏羲氏의 누이나 아내로 격하되지만, 당초 누렸던 至高한 女神의 흔적이 이러한 단편 속에 남아 있다.

往古之時, 四極[17]廢, 九州裂, 天不兼覆, 地不周載. 火爁炎而不滅, 水浩洋而不息. 猛獸食顓民[18], 鷙鳥攫老弱. 于是女媧煉五色石以補蒼天, 斷鼇足以立四極, 殺黑龍以濟冀州[19], 積蘆灰[20]以止淫水[21]. 蒼天補, 四極正, 淫水涸, 冀州平, 狡蟲[22]死, 顓民生.

17 四極: 네모난 땅의 네 모서리. 고대 중국에선 하늘은 둥글고 땅은 네모나게 생겼으며, 네모난 땅의 네모서리 에는 각기 둥근 하늘을 떠받치는 기둥이 있다고 믿었다. 혹자는 이를 四方(東西南北)으로 푸는데 옳지 않다.

18 顓民: 선량하고 순박한 백성.

19 冀州: 九州의 하나.

20 蘆灰: 갈대를 태운 재. 실재로 재를 쌓아 범람하는 물을 막았다기보다는, 재로 선을 그어 禁地를 표시하는 일종의 주술적 행위로 보인다.

21 淫水: 범람하는 물.

22 狡蟲: 사나운 동물들. 여기에서 狡는 사납다는 의미이고, 蟲은 곤충이 아니라 모든 짐승을 가리키는 汎稱이다.

「羿射十日」 [『淮南子』「本經訓」]

곧잘 헤라클레스와 비견되는 后羿는 天神으로 百發百中의 名弓이었고, 인간을 위해 많은 괴물을 해치운 공로가 컸다. 동시에 열 개의 해가 떠 세상에 가뭄이 들자 지상으로 내려가 아홉 개의 해를 쏴서 떨어뜨렸다. 하지만 쏘아 죽인 아홉 해는 모두 天帝의 아들이었기에, 화가 난 天帝는 后羿가 천상으로 돌아오지 못하게 했다. 后羿를 따라 지상으로 왔다가 졸지에 같이 지상에 남게 된 后羿의 아내 姮娥가 나중에 西王母의 仙丹을 훔쳐 달로 날아가 버리는 '姮娥奔月'이란 故事도 전한다.

逮至堯之時, 十日幷出, 焦禾稼, 殺草木, 而民無所食. 猰貐、鑿齒、九嬰、大風、封豨、脩蛇[23], 皆爲民害. 堯乃使羿誅鑿齒于疇華[24]之野, 殺九嬰于凶水[25]之上, 繳[26]大風于青邱[27]之澤, 上射十日而下殺猰貐, 斷脩蛇于洞庭[28], 禽[29]封豨于桑林[30]. 萬民皆喜, 置堯以爲天子.

23 猰貐、鑿齒、九嬰、大風、封豨、脩蛇: 모두 당시의 사람들을 해쳤던 사나운 괴물들의 이름이다.
24 疇華: 전설로 전해지는 남방의 못 이름이다.
25 凶水: 전설로 전해지는 북방의 물 이름이다.
26 繳: 원래는 화살에 묶어두는 줄을 말하지만, 여기에서는 화살로 쏘아죽인다는 의미.
27 青邱: 전설로 전해지는 동방의 지명이다.
28 洞庭: 지금의 洞庭湖를 가리킨다.
29 禽: 擒의 異體字.
30 桑林: 전설에 禹 임금이 기우제를 올렸던 곳이라 말해지는 곳으로, 여기에서는 방위상 중앙으로 설정된 듯하다.

「共工怒觸不周山」 [『淮南子』「天文訓」]

이는 앞서 나온 '女媧補天' 故事의 원인을 제공한 사건이다. 과거 중국인들은 중국 地形이 西高東低라는 특징을 갖게 된 것이 바로 이 때문이라고 여겼다.

昔者共工[31]與顓頊[32]爭爲帝, 怒而觸[33]不周之山[34], 天柱[35]折, 地維[36]絶. 天傾西北, 故日月星辰移焉, 地不滿東南, 故水潦塵埃歸焉.

31 共工: 중국 神話에 나오는 물의 신. 共工을 洪江의 古字로 보아, 洪水가 擬人化된 것으로 보는 설도 있다.

32 顓頊: 전설상의 帝王으로, 黃帝의 後裔이며 五帝 중 한 명이다. 다른 문헌에는 共工과 겨룬 것이 顓頊이 아니라 불의 신 祝融이라 쓰인 경우도 있다.

33 觸: 여기에서는 들이받는다는 의미.

34 不周之山: 不周 땅의 山, 혹은 아예 산 이름을 不周山이라고 하기도 한다.

35 天柱: 네모난 땅 네 모서리에서 둥근 하늘을 떠받치고 있는 기둥. 일명 擎天柱라고도 한다. 옛날에는 하늘은 둥글고 땅은 네모지다고 여겼다.

36 地維: 네모난 땅의 네 모서리를 묶어놓은 밧줄. 여기에서 維는 밧줄의 의미.

시경

「關雎」 [「國風 · 周南」]

中國韻文의 始祖로 일컬어지는 『詩經』의 첫 번째 詩이다. 儒家에서는 줄곧 이 詩를 周文王 后妃의 德을 찬미한 것이라 주장했지만, 현재에 이르러서는 좋은 짝을 갈구하는 戀愛詩로 보거나, 짝을 찾아 결혼하면서 부르던 祝歌로 본다. '요조숙녀', '참치', '오매', '구지부득', '전전반측', '금슬' 등 우리가 흔히 쓰는 成語들이 모두 이 한 편의 시에서 나왔을 만큼, 널리 人口에 膾炙되던 작품이다.

關關[1]雎鳩[2], 在河[3]之洲. 窈窕淑女[4], 君子[5]好逑.
參差[6]荇菜[7], 左右流[8]之. 窈窕淑女, 寤寐求之.
求之不得, 寤寐思服[9]. 悠哉悠哉, 輾轉反側.
參差荇菜, 左右采[10]之. 窈窕淑女, 琴瑟友之.
參差荇菜, 左右芼[11]之. 窈窕淑女, 鐘鼓樂之.

1 關關: 새가 우는 소리. 주로 '구륵구륵' 혹은 '구욱구욱'으로 번역된다.
2 雎鳩: 우리말로 징경이, 혹은 물수리 등으로 번역되지만, 사실 정확히 어떤 새인지는 알 수 없다. 단지 물가에 서식하는 새라고 추정될 뿐이다.
3 河: 黃河.
4 窈窕淑女: 窈窕는 용모가 아름답다는 의미. 淑은 훌륭하다는 의미.
5 君子: 남자에 대한 美稱. 혹은 남편에 대한 尊稱으로 보기도 한다.
6 參差: 이때는 '참치'로 읽는다. 들쑥날쑥하다는 의미.
7 荇菜: 食用이 가능한 물가에 자라는 水草의 일종으로, 주로 마름풀이라 번역된다.
8 流: 일반적으로 摎의 通假字로 간주하여, '찾다'로 푼다.
9 服: 여기에서는 思와 마찬가지로 생각하다, 혹은 그리워한다는 뜻.
10 采: 採의 異體字.

「褰裳」 [「國風 · 鄭風」]

무심한 남자를 탓하는 여인의 마음이 진솔하게 표현되어 있다. 『詩經』을 보면 물가를 읊은 戀愛詩가 많은데, 이는 우리의 端午節처럼 중국 고대 풍속 역시 대부분 물가에서 名節 儀式이 행해졌고, 남녀가 만나고 사귈 기회를 제공해 주었기 때문이다. 특히 「鄭風」에는 이러한 남녀 간의 진솔한 사랑 노래가 많아, 과거에는 음란하다고 비난받기도 했다. 하지만 이제는 오히려 그 진솔함 때문에 주목받고 있다.

子惠思我, 褰裳涉溱[12]. 子不我思[13], 豈無他人. 狂童[14]之狂也且.

子惠思我, 褰裳涉洧[15]. 子不我思, 豈無他士. 狂童之狂也且.

「碩鼠」 [「國風 · 魏風」]

이 시에서 꾸짖고 있는 큰 쥐는 바로 苛斂誅求하는 윗사람을 가리킨다. 호랑이보다도 무섭다는 가혹한 정치에 대한 民草의 불만과 원망이 진솔하고도 질박하게 표현되었다. 특히 이 시는 樂土, 樂國, 樂郊란 표현에서 중국 고대 民草들의 이상향, 혹은 유토피아의 端初를 살펴볼 수 있다는 이유로 주목받기도 한다.

---

11 芼: 覒의 假借字로 '(마름풀을) 가려서 뜯다'의 의미. 혹 '(마름풀을) 데쳐서 삶다'로 푸는 경우도 있다.

12 溱: 溱水. 河南省에 있는 黃河의 支流로 동남쪽으로 흘러 洧水와 합쳐진다.

13 子不我思: 子不思我의 도치형. 중국 文言 문법상 否定文이면서 목적어가 대명사인 경우, 목적어가 부정어 뒤로 옮겨진다.

14 狂童: 여기에서 狂은 함부로 군다는 의미. 童은 원래 노비와 같은 천한 사람을 뜻하는데, 여기에서는 남자친구에 대한 卑稱으로 쓰였다.

15 洧: 洧水. 河南省에 있는 黃河의 支流로 동쪽으로 흘러 溱水와 합쳐진다.

碩鼠碩鼠, 無[16]食我黍. 三歲貫女[17], 莫我肯顧[18]. 逝[19]將去女, 適彼樂土, 樂土樂土, 爰得我所.

碩鼠碩鼠, 無食我麥. 三歲貫女, 莫我肯德. 逝將去女, 適彼樂國, 樂國樂國, 爰得我直[20].

碩鼠碩鼠, 無食我苗. 三歲貫女, 莫我肯勞. 逝將去女, 適彼樂郊, 樂郊樂郊, 誰之永號.

「何草不黃」 [「小雅 · 魚藻之什」]

『詩經』의 詩들이 지어졌던 周나라는 전쟁이 빈발했던 시기였다. 오랑캐의 침입이 끊이지 않았고, 결국 犬戎의 침입으로 天子는 자살하고 遷都까지 하게 되는 지경에 이르기도 했다. 그 이후로는 諸侯國 간에 끊임없는 弱肉强食의 전쟁이 벌어졌다. 바로 이때를 春秋戰國時代라 한다. 이 시가 정확히 언제쯤 지어졌는지는 알 수 없지만, 계속되는 전쟁에 동원되어 지친 民草의 삶을 절절하게 전해주고 있다. 누렇게 시들고 검게 썩어드는 풀은 바로 계속되는 出征으로 피폐하져 가는 民草의 모습이다. 특히 마지막 구에서 털이 더부룩한 여우는 깊은 수풀 속을 헤매는데 貴人이 탄 높다란 수레는 큰 길을 다닌다는 표현은 戰亂과 出征에 지친 民草와 戰爭 중에도 好衣好食하는 貴族을 극명하게 대비시킨 날카로운 비유이다.

16 無: 禁止辭인 毋의 通假字.

17 三歲貫女: 三歲는 실제 3년이라기보다는 오랜 기간을 말한다. 貫은 받들어 모신다는 의미. 女는 汝의 通假字.

18 莫我肯顧: 莫肯顧我의 도치형. 아래 보이는 莫我肯德과 莫我肯勞도 마찬가지.

19 逝: 誓의 通假字.

20 直: 値의 通假字.

何草不黃[21], 何日不行[22]. 何人不將[23], 經營四方.

何草不玄[24], 何人不矜[25]. 哀我征夫, 獨爲匪民.

匪[26]兕[27]匪虎, 率[28]彼曠野. 哀我征夫, 朝夕不暇.

有芃者狐[29], 率彼幽草. 有棧之車[30], 行彼周道

「生民」 [「大雅 · 生民之什」]

周나라의 始祖인 后稷의 神異와 功績을 기린 노래로, 아마도 周나라 王室에서 祖上에게 제사지낼 때 사용된 詩歌인 듯하다. 원래 이렇게 장황한 나열은 呪術的 요소이고 근엄한 진술은 北方 특유의 儀典的인 요소로 보인다. 특히 呪術的 요소는 다음에서 다룰 南方의 楚辭에 보다 여실하게 드러난다. 비록 民草들의 질박한 노래와는 달리 그다지 진솔함이나 생동감은 없지만, 后稷 傳說이나 당시 儀典 행사를 부분적으로나마 짐작하게 해주는 소중한 자료이다.

21 黃: 누렇게 시들다.
22 行: 전쟁하기 위해 나서는 出征을 가리킨다.
23 將: 따르다. 여기에서는 出征하는 군대를 따라 나서는 것을 의미한다.
24 玄: 검게 썩다.
25 矜: 鰥의 通假字.
26 匪: 非의 通假字.
27 兕: 외뿔소. 특히 푸른빛의 가죽이 튼튼해 갑옷으로 상용되었다.
28 率: '~을 따라서' 의미.
29 芃: 원래는 수풀이 무성한 것을 뜻하지만 여기에서는 여우의 털이 더부룩하게 많음을 뜻한다. 전장에 끌려 다니는 民草들이 蓬頭亂髮로 흐트러진 자신들의 모습을 비유한 것이다.
30 棧之車: 높은 사람이 타는 높다란 수레를 가리킨다.

厥初生民[31], 時維姜嫄[32]. 生民如何. 克禋克祀[33], 以弗[34]無子. 履帝武敏歆[35]. 攸介攸止[36]. 載震載夙[37], 載生載育, 時維后稷[38]. 誕[39]彌[40]厥月, 先生如達[41]. 不坼不副[42], 無菑[43]無害. 以赫厥靈, 上帝不[44]寧. 不康禋祀, 居然生子. 誕寘之隘巷, 牛羊腓字[45]之. 誕寘之平林, 會[46]伐平林. 誕寘之 寒冰, 鳥覆翼之. 鳥乃去矣, 后稷呱矣. 實覃[47]實訏, 厥聲載路. 誕實匍匐[48], 克岐克嶷[49], 以就口食[50]. 蓺之荏菽, 荏菽旆旆[51], 禾役穟穟[52]. 麻麥幪幪[53], 瓜瓞唪

---

31 生民: 원래는 '하늘이 사람을 (세상에) 낳으시다'라는 뜻이지만 여기에서는 '周族의 탄생'을 가리킨다.

32 姜嫄: 有邰氏의 딸로, 周나라 始祖인 后稷의 어머니이다.

33 克禋克祀: 여기에서 克~克~은 뒤에 보이는 載~載~, 實~實~, 維~維~, 是~是~, 或~或~ 등의 구절과 함께 관용적으로 '~하기도 하고 ~하기도 하다'는 표현이다.

34 弗: 祓의 假借字.

35 帝武敏歆: 帝는 天帝(하나님). 武는 원래 발걸음을 뜻하지만 여기에서는 足跡의 의미. 敏은 拇의 假借字. 歆은 마음에 일종의 짜릿한 느낌이 온다는 뜻.

36 攸介攸止: 攸는 어조사. 介는 祄의 通假字. 止 역시 祉의 通假字.

37 載震載夙: 震은 娠의 假借字. 夙은 肅의 假借字. 혹자는 震은 움직임, 夙은 움직이지 않음이라고 풀어 妊娠 중 胎의 胎動으로 간주하기도 한다.

38 后稷: 周族의 始祖로, 농사와 곡식을 담당하는 神 혹은 官吏였다.

39 誕: 發語辭, 혹은 '다다르다'로 풀기도 한다.

40 彌: 채우다, 마치다.

41 先生如達: 先生은 初産의 뜻. 일반적으로 達을 羍의 假借로 보아 羊이 태어나듯 쉽게 태어났다는 뜻으로 풀지만 굳이 順産을 羊에 비유할 근거가 박약하다는 맹점이 있다. 혹자는 如를 역접을 뜻하는 而의 假借로 보고 達을 순조롭다는 뜻으로 보는데, 이를 따르면 "初産이지만 順産하셨다"로 해석된다.

42 不坼不副: 여기에서 坼과 副는 모두 '터지다', '갈라지다'의 의미. 앞 구절과 연결되어 初産이지만 順産하여 아무런 상처가 나지 않으셨다는 뜻. 혹은 副를 아예 疈의 通假로 보아 '벽'으로 읽기도 한다.

43 菑: 災의 假借字.

44 不: 丕의 假借字. 다음 구절의 不康의 不 역시 마찬가지이다.

45 腓字: 腓는 庇의 假借字. 字는 사랑하다. 혹자는 '아이에게 젖을 먹이다'로 풀기도 한다.

46 會: 때마침 ~맞닥뜨리다.

47 覃: 길다. 여기에서는 울음소리가 길게 퍼져나감을 뜻한다.

48 匍匐: (아기가) 땅에 엎드려 기는 것.

49 克岐克嶷: 여기에서 岐와 嶷는 원래 모두 높은 산을 가리키는데, 여기에서 '훌륭하다', '빼어나다'는 의미가 파생되었다. 주로 남달리 총명하다는 의미로 사용된다.

50 口食: 스스로 밥을 먹는 것을 가리킨다.

51 旆旆: 무성한 모습.

52 禾役穟穟: 禾役은 벼가 열 지어 펼쳐진 모습. 혹자는 役을 穎의 假借로 보아 이삭이라고 푼다. 穟穟는 벼가 잘 익어 고개를 숙이고 있는 모습.

唪[54]. 誕后稷之穡, 有相之道[55]. 茀[56]厥豐草, 種之黃茂[57]. 實方實苞[58], 實種實褎[59], 實發實秀[60], 實堅實好, 實穎實栗[61], 卽有邰家室[62]. 誕降嘉種, 維秬維秠[63], 維穈有芑[64]. 恒[65]之秬秠, 是穫是畝[66]. 恒之穈芑, 是任[67]是負. 以歸肇祀. 誕我祀如何. 或舂或揄, 或簸或蹂[68]. 釋之叟叟[69], 烝之浮浮[70]. 載謀載惟, 取蕭祭脂, 取羝以軷, 載燔載烈. 以興嗣歲[71]. 卬[72]盛于豆[73], 于豆于登[74]. 其香始升, 上帝居歆. 胡臭亶時[75], 后稷肇祀, 庶無罪悔, 以迄于今.

53 幪幪: 빽빽하게 잘 자란 모습.
54 唪唪: 과실이 주렁주렁 열린 모습.
55 有相之道: 여기에서 相은 觀相의 相으로 땅을 잘 살핀다는 의미이다. 즉 '좋은 땅을 잘 살피는 방법이 있었다'는 의미.
56 茀: 拂의 通假字.
57 黃茂: 누런 빛깔의 곡식, 즉 기장인 黍와 稷을 가리킨다.
58 實方實苞: 方은 始의 뜻으로 풀거나 放의 通假로 보기도 한다. 모두 갓 싹이 트는 것을 가리킨다. 苞는 새싹이 자라는 것을 가리킨다.
59 實種實褎: 여기에서 種은 원래 稚의 의미이다. 갓 자라나 아직 작다는 뜻. 褎는 점차 자란다는 뜻.
60 實發實秀: 發은 줄기가 자란다는 뜻. 秀는 이삭이 패기 시작한다는 뜻.
61 實穎實栗: 穎은 곡식이 익어서 이삭이 드리워진 모습. 栗은 곡식이 알알이 잘 여문 모습.
62 卽有邰家室: 姜嫄은 有邰氏의 딸이라고 전해지기 때문에, 일반적으로 이 구절은 '邰땅으로 가서 집을 꾸렸다'라고 풀이된다. 하지만 혹자는 邰를 奉養한다는 의미의 頤의 訛字로 보아, '집을 먹여 살리게 되었다'로 풀기도 한다.
63 維秬維秠: 秬는 검은 기장, 秠는 검은 기장 중에서도 한 이삭에 두 톨이 들어있는 것.
64 維穈有芑: 穈는 붉은 차조, 芑는 흰 차조.
65 恒: 亘의 假借字. 두루 심다.
66 畝: 주로 논밭을 세는 단위 '이랑'으로 쓰이지만, 여기에서는 '논밭에 쌓아두다'는 뜻.
67 任: 걸머지다.
68 蹂: 揉의 通假字. 손바닥으로 낟알을 문지르다.
69 釋之叟叟: 釋은 물로 곡식을 씻는 것. 叟叟는 곡식을 물로 씻는 소리.
70 浮浮: 곡식을 찔 때 나오는 열기가 솟아오르는 것을 표현한 의태어.
71 興嗣歲: 興은 興盛하게 하다. 嗣歲는 來年. 즉 내년에도 풍년이 들기를 기원한다는 뜻.
72 卬: 나(혹은 우리). 하지만 혹자는 仰의 通假로 보아 祭器를 올린다고 풀기도 한다.
73 豆: 나무로 만든 祭器.
74 登: 흙으로 빚은 祭器.
75 時: 일반적으로 '때에 맞다'로 풀지만, 是의 假借字로 보아 '훌륭하다', '좋다'의 의미로 풀기도 한다.

초사

「離騷」

楚辭는 중국 남방의 시가를 대표하는 장르로, 북방의 시가를 대표하는 『詩經』과 곧잘 병칭된다. 『詩經』이 비교적 질박하고 진솔한 시가들이 많은 반면, 楚辭는 낭만적이면서도 巫歌的인 특성을 드러내고 있다. 楚辭가 본격적으로 창작된 것은, 시기적으로도 물론 『詩經』보다 늦기는 하지만, 단순히 시기의 차이라기 보단 남북방의 현격한 지리적 차이에서 연원한 것으로 보는 것이 옳다. 또한 중국 최초로 작가가 자신의 이름으로 의도적 창작을 한 장르로도 손꼽힌다. 물론 『詩經』에도 作者를 알 수 있는 시가 드물게나마 몇 수 있기는 하지만, 楚辭 같지는 않다.

이러한 楚辭 중에서도 「離騷」는 백미로 손꼽히는 작품이다. 楚나라의 忠臣 屈原은 奸臣들의 음해로 임금이 자신의 忠諫을 받아주지 않자 결국 江에 투신하여 자살했는데, 자신의 탄생에서부터 억울한 사연과 넋두리, 그리고 자살을 결심하게 되는 과정을 巫歌의 형식을 빌어서 절절하게 묘사하고 있다. 이후로 屈原은 憂國衷情의 대명사가 되었다. 워낙 長文이라 극히 일부분만 인용해 두었지만, 그 짧은 인용문 속에서도 온갖 향초로 몸을 꾸미는 비유가 보이는데, 이 역시 齋戒하며 굿을 준비하는 무당의 모습에서 곧잘 발견할 수 있는 것이다. 또한 장황하게 느껴질 만큼 여러 가지 비유를 대구로 만들어 나열하는 것 역시 巫歌의 특성인데, 이러한 형식은 이후로 漢賦나 騈文에까지 깊은 영향을 끼쳤다.

帝高陽[1]之苗裔[2]兮, 朕[3]皇考[4]曰伯庸[5]. 攝提[6]貞[7]于孟陬[8]兮, 惟庚寅[9]吾以降. 皇[10]覽揆余初度[11]兮, 肇錫[12]余以嘉名. 名余曰正則兮, 字余曰靈均[13]. 紛[14]吾旣有此內美兮, 又重[15]之以脩能[16]. 扈[17]江離與辟芷[18]兮, 紉[19]秋蘭以

1 高陽: 五帝 중 한 명인 顓頊을 가리킨다. 전설에 顓頊의 아들 老僮이 楚나라의 始祖가 되었다고 한다.

2 苗裔: 먼 後裔.

3 朕: '나'를 가리키는 1인칭 대명사. 朕이 皇帝만의 自稱으로 쓰이게 된 것은 秦始皇부터이고, 그 이전에는 누구나 사용하는 표현이었다.

4 皇考: 皇은 '눈부신', '훌륭한'의 뜻. 考는 돌아가신 아버지를 지칭하는 말.

5 伯庸: 屈原 부친의 字. 伯이란 글자가 쓰인 것을 보면 맏아들이었음을 알 수 있다.

6 攝提: 攝提格의 준말. 攝提格은 12년이 공전 주기인 太歲를 사용해 紀年하는 12명칭 중 하나. 원래 歲星은 木星을 뜻한다. 고대인들은 紀年을 표기할 때 곧잘 공전 주기가 12년인 木星을 활용했다. 그러나 木星의 공전 방향이 지구와 반대이기에, 편의상 木星의 공전 궤도상에서 실제 木星의 정반대편에 假想의 木星을 설정해 紀年에 사용했다. 그 假想의 木星이 바로 太歲이다. 그런데 실제 사용할 때는 곧잘 太歲를 歲라고 약칭했다. 예를 들어 歲在攝提格이라 하면 '太歲가 攝提格에 있던 해'를 가리킨다. 혹자는 여기에서 歲를 그냥 木星이라 말하는데, 이는 잘못된 것이다. 攝提格을 干支紀年法의 十二支로 치환하면 寅이다.

7 貞: ~때 즈음에.

8 孟陬: 孟은 '처음'의 뜻. 陬는 원래 '구석'의 의미. 여기에서는 孟陬가 한 해를 시작하는 처음, 즉 正月을 가리킨다. 楚나라도 夏曆을 따르고 있었는데, 夏曆(지금의 陰曆)의 正月은 바로 寅月이다.

9 庚寅: 庚寅日을 가리킨다. 앞서 햇수나 달수와는 달리 날짜에는 干支가 모두 표기되었다. 이를 종합해 보면 屈原은 寅年 寅月 寅日에 태어났다.

10 皇: 일반적으로 앞에 보인 皇考의 약칭으로 본다. 하지만 사실 皇考를 약칭하는 경우 考라 하지 皇이라 하는 경우는 거의 없기 때문에, 혹자는 이를 楚나라 지방에서 어머니를 뜻하는 媓의 通假字로 추정하며, 母系社會의 흔적이라 주장하기도 한다. 일단은 皇考의 약칭으로 보는 것이 무리가 없다.

11 初度: 여기에서 度는 星度를 가리킨다. 初度는 갓 태어난 日時를 가리킨다. 요즘 표현으로 하면 四柱八字와 같은 의미이다.

12 錫: 賜의 通假字.

13 正則, 靈均: 屈原은 여기에서 자신의 이름은 正則, 字는 靈均이라 밝히고 있지만, 원래 그의 이름은 平, 자는 原이다. '공평하다'(平)의 의미에서 '올바른 법칙'(正則)이란 의미가 파생된 것이고, '높은 곳의 평평한 언덕'(原)이란 의미에서 '신령스레(혹은 훌륭하게) 고르다'(靈均)는 의미가 파생된 것으로 보인다. 자신의 이름을 이렇게 달리 표현한 것은 楚辭란 장르 자체가 원래 무당이 부르는 巫歌에서 기원했기 때문이다. 원래 무당은, 佛家의 出家人이 본래 이름을 버리고 法名을 쓰듯이, 신내림을 받은 뒤 본명을 버리고 神名을 쓰는데, 여기에서 屈原 역시 이러한 遺習에 따라, 「離騷」 안에서 자신의 원래 이름과 字에서 파생된 神名을 사용하고 있는 것으로 추정된다.

14 紛: 매우 많다는 의미.

15 重: 더하다.

16 脩能: 脩는 修의 通假字. 혹자는 이를 '뛰어난 능력'으로 보기도 하고, 혹자는 能을 態의 通假로 보아 脩態, 즉'자신의 모습을 닦다'로 풀기도 한다. 屈原의 楚辭에 보이는 脩의 용례를 미루어 보건데 후자가 옳은 듯하다.

17 扈: 楚나라 方言으로 '입다' 혹은 '걸치다' 의미.

爲佩. 汩[20]余若將不及兮, 恐年歲之不吾與[21]. 朝搴阰[22]之木蘭兮, 夕攬洲之宿莽[23]. ……悔相道[24]之不察兮, 延佇[25]乎吾將反[26]. 回朕車以復路兮, 及行迷之未遠. 步[27]余馬於蘭皐[28]兮, 馳椒丘[29]且焉止息. 進[30]不入[31]以離尤[32]兮, 退將復脩吾初服[33]. 製芰荷[34]以爲衣兮, 集芙蓉以爲裳. 不吾知其亦已兮, 苟余情其信芳[35]. 高余冠之岌岌兮, 長余佩之陸離[36]. 芳與澤其雜糅兮, 唯昭質[37]其猶未虧. 忽反顧以遊目兮, 將往觀乎四荒[38]. 佩繽紛[39]其繁飾兮, 芳菲菲[40]其彌章[41]. 民生各有所樂兮, 余獨好脩以爲常. 雖體解[42]吾猶未變兮,

18 江離, 辟芷: 모두 香草를 가리키지만 정확히 어떤 香草인지는 알 수 없다. 주로 궁궁이와 구리때로 번역된다.

19 紉: 끈으로 묶다.

20 汩: 楚나라 方言으로 '물 흐르듯 빨리 지나가버리다'의 뜻. 여기에서는 세월이 물 흘러가듯 지나가 버렸다는 의미.

21 不吾與: 不與吾의 倒置임.

22 阰: 혹자는 산 이름이라고도 하고, 혹자는 물가의 비탈진 언덕이라고도 하고, 혹자는 楚나라 方言으로 작은 언덕이라고 하는데, 아무래도 산 이름 같은 고유명사는 아닌 듯하다.

23 宿莽: 겨울에도 죽지 않는 풀이라고 한다.

24 相道: 길을 고르다는 뜻. 相은 살펴 고른다는 의미.

25 延佇: 우두커니 서 있다.

26 反: 返의 通假字.

27 步: 徐行하다.

28 蘭皐: 蘭草가 피어있는 언덕.

29 椒丘: 山椒나무가 심어져 있는 언덕.

30 進: 朝廷에 入仕하다.

31 入: 임금의 눈에 들다, 혹은 임금에게 쓰이다.

32 離尤: 離는 罹, 즉 맞닥뜨리다, 당하다. 離尤는 죄를 뒤집어쓰다.

33 初服: 원래는 주술적 의식을 행하기 전, 齋戒하고 입는 갓 만든 옷을 의미. 여기에서는 初心의 비유.

34 芰荷: 모두 香草로, 일반적으로 각각 '마름'과 '연꽃'으로 번역된다.

35 不吾知其亦已兮, 苟余情其信芳: 已는 그만이다. 苟는 만약에. 信은 진실로, 芳은 꽃향기처럼 아름답다. 원래는 뒤 구절이 앞에 오고 앞 구절이 뒤에 가야 한다. 의미강조를 위한 일종의 倒置 구문이다.

36 陸離: 드리운 佩物의 아름다운 모습을 형용한다.

37 昭質: 밝고 순결한 바탕.

38 四荒: 四方의 뜻.

39 繽紛: 어지러이 많은 모습을 형용.

40 菲菲: 향기가 가득함을 형용.

豈余心之可懲[43]. 女嬃[44]之嬋媛[45]兮, 申申[46]其詈予. 曰鮌[47]婞直以亡身兮, 終然殀乎羽之野[48]. 汝何博謇[49]而好脩兮, 紛獨有此姱節[50]. 薋[51]菉葹[52]以盈室兮, 判[53]獨離而不服. 衆不可戶說[54]兮, 孰云察余之中情. 世[55]竝擧[56]而好朋[57]兮, 夫何煢獨而不予聽[58]. ……亂[59]曰: 已矣哉. 國無人兮, 莫我知[60]兮, 又何懷乎故都. 旣莫足與爲美政兮, 吾將從彭咸[61]之所居.

---

41 彌章: 彌는 더욱, 章은 彰의 通假字.

42 體解: 몸이 찢겨 죽임을 당하는 형벌.

43 懲: 여기에서는 '두려워하다'의 뜻. 혹자는 '바꾸다'로 풀기도 한다.

44 女嬃: 혹자는 屈原의 누이라 하고, 혹자는 嬃를 嬬의 通假로 보아 屈原의 侍妾이라고 풀기도 함. 女嬃를 무당이라 보는 견해도 있음.

45 嬋媛: 혹 撣援이라고도 하는데 모두 嘽咺의 通假字이다. 여기에서는 근심이나 원망에 어려 내뱉는 넋두리를 뜻한다.

46 申申: 거듭 말하다. '신신당부'의 申申도 바로 이 뜻이다.

47 鮌: 鯀의 通假字. 鯀에 대해서는 「鯀禹治水」의 설명을 보라.

48 羽之野: 鯀이 죽임을 당한 곳으로, 이에 대해서도 「鯀禹治水」의 설명을 보라.

49 博謇: 博은 두루, 널리. 謇은 謇의 通假字. 혹자는 博謇을 '마음이 넓고 강직한 것'이라 보기도 한다.

50 姱節: 節은 飾의 通假字. 즉 아름다운 장식물을 가리킨다. 혹자는 글자 그대로 아름다운 절개로 보기도 한다.

51 薋: 茨의 通假字.

52 菉葹: 菉과 葹 모두 보잘 것 없는 풀이다. 앞서 香草로 屈原 자신을 꾸미고 표현한 것과는 반대로, 이 풀들은 모두 소인배들을 비유한 것이다.

53 判: 判然이, 확연히. 혹자는 이를 動詞로 풀어 '골라내다'로 보지만 문맥에 어울리지 않는다.

54 戶說: 집집마다 돌아다니며 사연을 늘어놓다.

55 世: 세상 사람들.

56 竝擧: 竝은 모두. 擧는 與의 通假字로 '함께하다' 혹은 '따르다'의 뜻.

57 好朋: 好는 좋아하다. 朋은 朋黨, 즉 '패거리를 모으는 일'.

58 不予聽: 不聽予의 倒置型으로, 여기에서 予는 屈原이 아니라 女嬃의 自稱이다.

59 亂: 樂章의 마지막 부분.

60 莫我知: 莫知我의 倒置型.

61 彭咸: 전설에 殷나라의 大夫로 임금이 자신의 忠諫을 받아들이지 않자 강에 투신자살을 했다고 한다. 하지만 사실 이는 「離騷」에 보이는 彭咸이란 이름에 대해 역으로 추측한 것일 뿐, 실제 彭咸에 대해 추정해볼 근거나 문헌은 全無하다. 확실한 것은 彭咸이 어느 시대 어느 나라 사람인지는 몰라도, 屈原이 스스로 좇을 만한 賢者 혹은 隱者로 꼽았다는 점뿐이다.

「天問」

「天問」은 楚辭 중에서도 내용이나 형식면에서 모두 독특하다. 전문적으로 천지자연과 이에 관련된 신화전설을 다루고 있는데, 지금은 이미 어떤 내용인지조차 제대로 파악할 수 없는 부분도 있다. 모두 172개의 질문으로만 이루어져 있어서, 제목도 '하늘에 묻노라'라는 의미이다. 궁극적인 기원에 대한 記述은 질문에 머물 수 없다는 것은 인간 사유의 한계에 대한 自白이라고도 볼 수 있겠다. 형식도 3言/6言 위주의 일반적인 楚辭 구형과 다르게 『詩經』의 기본 구형인 2言/4言이다. 물론 내용은 남방 특유의 낭만적이고 신화적 색채가 농후하여 『詩經』과는 분위기가 다르다. 당시 神話는 단순한 이야기 거리가 아니라, 천지자연을 이해하고 그 기원을 설명해주는 세계관의 중요한 근거였다. 훗날 唐나라의 유명한 文人 柳宗元은 屈原의 「天問」에 대한 답변으로 「天對」란 글을 짓기도 했다.

曰: 遂古[62]之初, 誰傳道之? 上下未形, 何由考之? 冥昭瞢闇[63], 誰能極[64]之? 馮翼[65]惟像, 何以識之? 明明闇闇, 惟時[66]何爲? 陰陽三合[67], 何本何化? 圜則九重[68], 孰營度[69]之? 惟茲何功, 孰初作之? 斡維[70]焉繫? 天極[71]焉

62 遂古: 遂는 邃의 通假字. 遂古는 邃古, 즉 아주 오래전.

63 冥昭瞢闇: 昭는 昒의 誤字로 여기에서는 어둡다는 뜻. 혹자는 昭를 글자 그대로 '밝다'로 푼다. 그렇게 되면 冥과 瞢闇, 이 세 글자가 이 모두 어둡다는 뜻인데, 昭라는 한 글자만 '밝다'란 뜻을 가지게 되어 문맥이 통하지 않게 된다.

64 極: 窮究하다.

65 馮翼: 형체가 드러나지 않는 무언가가 가득한 모양. 여기선 元氣가 가득 찬 모습을 형용한 것이다.

66 時: 時間의 뜻. 혹자는 時를 是의 假借로 본다. 그렇게 보면 是는 '이것'이라는 대명사로 明明闇闇을 의미하게 되는데, 아무래도 전자의 설이 더 타당하다.

67 陰陽三合: 여기에서 三은 參의 假借字. 즉 음양이 합해지다. 혹자는 陰陽에 하늘을 합해 세 가지가 합한 것이라고 풀기도 하지만 설득력이 없다.

68 圜則九重: 圜은 圓의 通假字로 여기에서는 하늘, 즉 天體를 뜻한다. 옛 사람들은 '하늘은 둥글고 땅은 네모나다'(天圓地方)고 믿었다. 九重에서 九는 아홉 겹이란 뜻이다. 옛 사람들은 하늘이 아홉 겹이라 믿었는데, 실제로 아홉 겹이라기보다는 여기에서의 아홉은 아주 많다는 의미이다.

69 營度: 헤아리다. 여기에서 度은 '도'라고 읽지 않고 '탁'이라고 읽는다.

70 斡維: 이 표현은 하늘이 땅에 우산처럼 덮여있다는 蓋天說을 근거로 한 것이다. 원래 斡은 우산의 꼭지, 維는 우산살들을 고정시켜주는 끈. 여기에서는 하늘에 이를 비유한 것이다.

71 天極: 北極星. 혹은 北斗七星 중 첫 번째 별인 天樞를 가리킨다고도 한다.

加? 八柱[72]何當? 東南何虧[73]? 九天[74]之際, 安放安屬? 隅隈多有, 誰知其數? 天何所沓? 十二[75]焉分? 日月安屬? 列星安陳? 出自湯谷[76], 次于蒙汜[77]. 自明及晦, 所行幾里? 夜光[78]何德, 死則又育? 厥利[79]維何, 而顧菟[80]在腹? 女岐[81]無合[82]夫, 焉取九子? 伯强[83]何處? 惠氣安在? 何闔而晦? 何開而明? 角宿[84]未旦, 曜靈[85]安藏?…… 崑崙縣圃[86], 其凥[87]安在? 增城[88]九重, 其高幾里? 四方之門[89], 其誰從焉? 西北辟[90]啓, 何氣[91]通焉? 日安不到, 燭龍[92]何照? 羲和[93]之未揚, 若華[94]何光? 何所冬暖? 何所夏寒? 焉有石

---

72 八柱: 전설상 하늘을 받치고 있는 여덟 기둥.

73 東南何虧: 동남쪽이 기울어지게 된 이유에 대해서는 「女媧補天」의 설명을 참조하라.

74 九天: 하늘을 中央과 八方, 이렇게 아홉 지역으로 나누었기에 九天이라 불렀다.

75 十二: 天體의 十二次를 가리킨다.

76 湯谷: 전설의 해가 뜨는 곳. 옛 사람들은 해가 지고나면 湯谷(혹 暘谷이라도 함)에서 몸을 닦고 아침이 되면 다시 떠오른다고 믿었다.

77 次于蒙汜: 次는 머물다. 蒙은 옛 사람들이 해가 진다고 믿었던 蒙水, 汜는 물가를 의미한다.

78 夜光: 여기에서는 달을 의미한다.

79 利: 좋은 점, 혹은 利點.

80 顧菟: 일반적으로는 顧는 踞의 假借, 菟는 兎의 通假로 본다. 혹자는 顧菟를 闕菟(혹은 於菟)로 보는데, 楚나라 方言으로 闕菟는 호랑이를 뜻한다.

81 女岐: 지아비 없이 아들 아홉을 낳았다고 전해지는 神女. 혹자는 女岐를 9개의 별을 지닌 尾宿를 擬人化한 것이라고 보는데 일리가 있다.

82 合: 合房, 즉 부부관계를 가리킨다. 혹자는 合이 衍字이며 응당 刪去해야한다고 하는데 일리가 있다.

83 伯强: 惡神의 이름. 혹자는 앞의 女岐와 대구를 이루어 伯强 역시 箕宿를 擬人化한 것이며, 箕宿는 바람을 관장하므로 伯强은 궁극적으로 사나운 強風의 비유라고 보았다. 이러한 견해는 특히 다음 구절의 惠氣를 惠風으로 볼 때, 상당히 일리가 있다.

84 角宿: 28宿 중에서도 東方七宿의 첫 星宿로, 생성과 소멸, 그리고 해가 뜨는 天門을 상징한다.

85 曜靈: 태양.

86 崑崙縣圃: 崑崙은 西王母가 산다는 전설의 山.(지금의 崑崙山脈을 말하는 것이 아님.) 縣圃는 崑崙山의 높은 봉우리로 西王母가 여기에 산다고 전해진다.

87 凥: 居의 通假字. 혹자는 이를 尻의 誤字로 보면서 '끄트머리'란 의미로 푼다.

88 增城: 崑崙山 위에 九重으로 지어졌다는 城의 이름.

89 四方之門: 崑崙山 사방에 세워진 門.

90 辟: 闢의 通假字.

91 氣: 바람.

92 燭龍: 사람 머리에 뱀의 몸을 한 괴물로, 해가 전혀 비추지 않는 곳에 산다고 전해진다. 혹자는 오

林[95]? 何獸能言? 焉有龍虯[96], 負熊以遊? 雄虺[97]九首, 儵忽焉在? 何所不死? 長人[98]何守? 靡蓱[99]九衢[100], 枲華[101]安居? 靈蛇呑象[102], 厥大何如? 黑水、玄趾, 三危[103]安在? 年年不死, 壽何所止? 鯪魚[104]何所? 鬿堆[105]焉處? 羿焉彈日? 烏焉解羽[106]? ……

로라를 擬人化했다고 주장하기도 하지만 설득력이 없다.

93 羲和: 해를 운행하는 神. 혹자는 아예 태양을 擬人化한 것이라고 보기도 한다.

94 若華: 若木의 꽃. 若木의 꽃은 해가 질 때, 붉어지면서 빛을 비춘다고 한다.

95 石林: 전설상의 숲 이름으로, 石林이란 숲 속에는 말을 할 줄 아는 짐승이 살고 있다고 전해진다.

96 龍虯: 虯는 뿔이 나지 않은 龍, 龍은 뿔이 난 龍.

97 虺: 신령한 毒蛇로, 살모사나 이무기로 번역된다.

98 長人何守: 長人은 巨人. 아마도 巨人族이었던 防風氏가 封山과 嵎山을 지켰다는 故事를 인용한 듯하다. 혹자는 不老長生하는 사람이라고 풀기도 한다.

99 靡蓱: 무성한 부평초. 혹자는 靡를 麻의 通假로 보아 靡蓱을 모시풀로 보기도 한다.

100 九衢: 여기에서는 여러 갈래로 자라난 부평초의 잎사귀와 줄기를 가리킨다.

101 枲華: 모시풀의 꽃.

102 靈蛇呑象: 靈蛇는 巴蛇를 가리킨다. 전설에 巴蛇가 코끼리를 삼켜 삼 년 만에 그 뼈를 토해냈다는 故事가 있다.

103 黑水, 玄趾, 三危: 모두 전설상의 地名으로 黑水는 물 이름, 玄趾와 三危는 산 이름이다.

104 鯪魚: 전설상의 물고기로 네 발이 달렸으며 육지에서 산다고 한다.

105 鬿堆: 堆는 雀의 誤字로 본다. 전설상의 새 이름으로 기괴한 모습에 사람을 잡아먹는다고 한다.

106 烏焉解羽: 烏는 전설상 태양에 산다는 金烏를 가리킨다. 解羽는 새가 죽는 것을 가리키는 말이다. 后羿가 아홉 개의 태양을 쏘아 떨어트린 故事는 「羿射十日」을 참조하라.

先秦 산문

「漁父之利」 [『戰國策』「燕策二」]

蘇代가 살던 시대에는 이미 戰國七雄의 역학구도가 秦나라 대 六國이라고 할 만큼 秦나라가 최고 강대국이었다. 때문에 당시에는, 생존하기 위해 六國이 연합해서 秦나라에 대항해야한다는 合縱策과, 현실을 인정하여 秦나라를 우두머리 삼아 六國이 連帶되어야 한다는 連橫策이 대립하고 있었다. 전자의 대표 遊說客이 蘇秦, 후자의 대표 遊說客이 張儀다. 이들을 합쳐 縱橫家로 구분하기도 한다. 우리가 흔히 쓰는 合縱連橫이라는 말도 여기에서 연유했다. 그리고 蘇代는 바로 合縱策을 주장했던 蘇秦의 친동생이었다. 여기에서 보이는 故事 역시 合縱策에 힘을 싣기 위한 일종의 비유라고 볼 수 있겠다.

趙且伐燕, 蘇代[1]爲燕謂惠王[2]曰: "今者臣來, 過易水[3], 蚌方出曝, 而鷸啄其肉, 蚌合而拑其喙. 鷸曰: '今日不雨, 明日不雨, 卽有死蚌.' 蚌亦謂鷸曰: '今日不出, 明日不出, 卽有死鷸.' 兩者不肯相舍[4], 漁者得而幷擒之. 今趙且伐燕, 燕趙久相支, 以弊大衆, 臣恐强秦之爲漁父也. 故願王熟計之也." 惠王曰: "善!" 乃止.

1 蘇代: 戰國時代 유명한 遊說客. 合縱策으로 유명한 蘇秦의 동생이기도 하다.
2 惠王: 당시 趙나라의 王으로 원래 칭호는 惠文王이지만 줄여서 惠王이라고도 했다.
3 易水: 黃河의 지류로 易河라고도 한다. 지금의 河北省에 있다.
4 舍: 捨의 通假字.

「何必曰利」 [『孟子』「梁惠王章句上」]

戰國時代는 弱肉强食의 원칙과 富國强兵이라는 목표만 존재하는 혼란기였고, 自國의 이득을 위해서라면 信義따위는 헌신짝처럼 버려지는 시기였다. 유명한 유세객 孟子가 방문하자, 梁惠王은 곧바로 그에게 自國에 어떤 유익함을 줄 수 있느냐를 캐물었고, 孟子는 곧바로, 각자가 자신의 이득만을 추구한다면 나라와 사회는 끝없이 서로 물고 물리는 혼란만 계속될 뿐일 것이라고 면박을 준다. 위 인용문은 『孟子』의 첫 부분이다. 그리고 梁惠王에 대한 孟子의 면박은 결국 당시 모든 諸侯들에게 보내는 경고이자 『孟子』에 담긴 주장들의 근본취지였다. 지금 우리가 볼 때, 그 記述이 철저히 孟子의 입장에서 진행되고는 있지만, 사실 自國의 이득을 추구하고자 했던 梁惠王의 입장 역시 마냥 잘못된 것이라 치부해 버릴 수는 없다. 혼란과 위기를 극복하기 위한 처방이, 각각 미시적인 입장의 現實 利得 추구와 거시적인 입장의 社會 正義 실현으로 갈리는 것일 뿐이다.

孟子見[5]梁惠王[6]. 王曰: "叟[7], 不遠千里而來, 亦將有以利吾國乎?" 孟子對曰: "王何必曰利? 亦[8]有仁義而已矣. 王曰'何以利吾國?' 大夫曰 '何以利吾家?' 士庶人曰 '何以利吾身?' 上下交征利, 而國危矣. 萬乘[9]之國, 弑其君者, 必千乘之家. 千乘之國, 弑其君者, 必百乘之家. 萬取千焉, 千取百焉, 不爲不多矣. 苟爲後義而先利, 不奪不饜. 未有仁而遺其親者也, 未有義而後其君者也. 王亦曰仁義而已矣, 何必曰利?"

---

5 見: 이때는 謁見의 의미로 쓰였으므로 '현'이라 읽기도 한다.

6 梁惠王: 魏惠王을 말한다. 魏惠王 때 魏나라의 수도를 大梁(지금의 開封)으로 옮겼기에 이후 魏나라를 梁나라로 칭하기도 했다.

7 叟: '노인장' 정도의 가벼운 尊稱으로, 여기에서는 孟子를 칭한 것이다.

8 亦: 여기에서는 '단지', '오로지'의 의미.

9 乘: 戰車를 세는 量詞이다. 당시에는 나라의 규모나 국력을 전쟁을 치를 수 있는 戰車의 숫자로 표시했다.

「勸學篇」 [『荀子』]

性善說에 근거했던 孟子에 비해 荀子는 性惡說을 주장했다. 하지만 荀子의 性惡說은 사람들이 흔히 착각하듯이 性善說과 완전히 대비를 이루어 사람의 天性이 惡하다고 보는 주장이 아니다. 오히려 荀子가 보기에 갓 태어난 사람은 白紙와 같은 존재인데, 사회생활에 적응하기 위해서는 반드시 教育을 통해 배우고 익혀야만 한다. 즉 후천적인 教育을 받지 못한 채 天性에만 의지해 인위적으로 구축된 사회생활을 한다면 반드시 문제가 발생할 수밖에 없다는 것이다. 그래서 『荀子』는 바로 青出於藍이란 成語의 出典이 되기도 하는 위 인용문으로부터 시작된다. 배움이야말로 사람이 사람이게끔 해주는 근거이며 모든 학문의 시작이라는 점을 밝히고자 한 것이다. 앞서 본 『孟子』의 記述이 호방한 雄辯에 가깝다면, 여기 『荀子』의 記述은 꼼꼼한 論理를 중시하는데, 이러한 엄밀한 글쓰기는 法家로 傳承된다.

君子曰, 學不可以已. 青取之於藍[10], 而青於藍. 冰水爲之, 而寒於水. 木直中繩, 輮[11]以爲輪, 其曲中規[12]. 雖有枯暴[13], 不復挺者, 輮使之然也. 故木受繩[14]則直, 金就礪則利. 君子博學, 而日參[15]省乎己, 則知明而行無過矣. 故不登高山, 不知天之高也. 不臨深谿, 不知地之厚也. 不聞先王之遺言, 不知學問之大也. 干越夷貉[16]之子, 生而同聲, 長而異俗, 教使之然也.

---

10 藍: 쪽풀. 푸른색 염료의 원료로 쓰인다.

11 輮: 煣의 通假字. 곧은 나무를 불에 쏘여가며 굽혀서 바퀴 테로 만드는 것을 뜻한다.

12 中規: 中은 딱 들어맞다. 規는 그림쇠, 즉 지금의 컴퍼스란 뜻인데, 여기에서는 그림쇠로 그린 圓을 가리킨다.

13 枯暴: 暴은 曝의 通假字. 혹자는 枯를 熇의 假借字로 보아 '불에 쏘이다'는 뜻으로 풀기도 한다.

14 繩: 여기에서는 공사에 쓰이는 먹줄을 말한다. 옛날엔 나무에 긴 직선을 그을 때, 먹에 적신 실을 내어 나무에 대고 튕겼다.

15 參: 여기에서는 '살피다'의 뜻으로 쓰였다.

16 干越夷貉: 여러 오랑캐에 대한 통칭이다. 干은 邗의 通假字로 '한'이라고 읽으며, 越과 함께 남방 오랑캐를 통칭한다. 夷는 東夷를 가리키고, 貉은 貊의 通假字로 濊貊을 가리킨다. 여기에서 夷貉은 東北의 오랑캐를 통칭한다.

「體道」 [『老子』「道經」]

『道德經』이라고도 불리는 『老子』의 첫 章으로, 『老子』 전체내용을 개괄할 뿐만 아니라, 동양사상의 특징을 잘 설명해 준다고 인정받고 있다. 특히 첫 구절 道可道, 非常道는 "태초에 말씀이 계시니라"(『聖經』「요한복음」 1장 1절)로 대변되는 서양의 로고스Logos 중심주의와 대척을 이루는 언명으로 중시된다. 『老子』의 내용에 대한 이러한 중시와는 무관하게, 지은이라고 전해지는 老子의 실체와 『老子』의 편찬 성격에 대한 논쟁은 끊이지 않았다. 압축적인 韻文 형식에 그 어떤 地名이나 人名 같은 고유명사가 사용되지 않았기에, 한 개인의 의도적 저작이라는 견해가 보편적으로 받아들여지고 있었다. 그러다가 근래에 戰國時代 楚나라의 竹簡 중 『老子』가 발견되었는데, 지금의 81章 중 3분의 1이 넘는 내용이 빠져 있었다. 이를 통해 老子가 '老氏 姓을 가진 學者에 대한 尊稱'이 아니라 '늙은 사람'을 지칭하는 일반칭호이며, 『老子』 역시 한 개인의 의도된 구상에 따라 지어진 것이 아니라 당시의 격언 모음집이라는 것이 확인되었다. 특히 지금 우리가 철학적으로 가치가 높다고 중시하는 구절들이 적지 않게 빠져 있는데, 위 인용문 역시 楚나라의 竹簡 『老子』에는 실려 있지 않다. 『老子』 내용의 성격에 있어서도, 이것이 亂世의 隱逸居士를 위한 것인지, 爲政者의 修養을 위한 것인지에 대한 논란이 아직까지 이어지는데, 원래는 후자의 성격이 짙었던 것으로 보인다.

道可道, 非常道. 名可名, 非常名. 無名, 天地之始. 有名, 萬物之母[17]. 故常無欲以觀其妙, 常有欲以觀其徼[18]. 此兩者同出而異名. 同謂之玄, 玄之又玄, 衆妙之門.

---

17 無名, 天地之始. 有名, 萬物之母: 혹자는 句讀를 달리해 "無, 名天地之始. 有, 名萬物之母"라고 끊어 읽기도 한다. 이렇게 보면 名은 '~라 이름한다'는 動詞가 된다.

18 常無欲以觀其妙, 常有欲以觀其徼: '常無欲, 以觀其妙. 常有欲, 以觀其徼'이라고 句讀하는 것이 일반적이지만, 혹자는 '常無, 欲以觀其妙. 常有, 欲以觀其徼'로 끊어 읽기도 한다. 이렇게 보면 欲이 '~하고자 하다'는 助動詞로 읽힌다. 徼는 古來로 해석이 분분한데, 일반적으로 '자취'나 '모퉁이' 정도로 푼다.

「逍遙遊」[『莊子』「內篇」]

戰亂이 끊이지 않던 戰國時代라는 亂世를 살던 莊子는, 일반적으로 諸子百家가 적극적으로 政治에 개입해 세상을 바로잡으려 했던 것과는 반대로, 內的으로 심미적인 깨달음을 통해 현실을 초월하려 했다. 위 인용문의 鵬鳥 역시 정신적으로 참다운 자유의 획득을 비유한 것이다. 표현기법으로 볼 때, 寓話的이고 浪漫的인 記述에 근거한 그의 주장은 남방 楚지역 思惟의 특성을 여실히 보여준다. 때문에 유려한 문장을 배우고자 하는 이들은 곧잘 『莊子』의 記述을 모범으로 삼곤 했다.

北冥[19]有魚, 其名爲鯤[20], 鯤之大, 不知其幾千里也. 化而爲鳥, 其名爲鵬[21]. 鵬之背[22], 不知其幾千里也. 怒[23]而飛, 其翼若垂[24]天之雲. 是鳥也, 海運[25]則將徙於南冥. 南冥者, 天池[26]也. 齊諧[27]者, 志[28]怪者也. 諧之言曰: "鵬之徙於南冥也, 水擊[29]三千里, 摶扶搖[30]而上者九萬里, 去以六月息者

19 北冥: 뒤에 보이는 南冥과 함께 모두 상상의 바다인데, 冥이 아득한 어둠의 의미인 것을 보면, 混沌의 상징인 듯하다.

20 鯤: 전설상의 큰 물고기. 혹자는 鯤의 원래 뜻이 '물고기의 알'임에 주목하여, 莊子가 의도적으로, 실제로는 아주 작은 물고기 알을 反語的으로 큰 물고기로 비유한 것이라 보기도 한다. 혹자는 鯤을 큰 물고기를 뜻하는 鰥의 假借字로 보기도 한다.

21 鵬: 전설상의 큰 새. 혹자는 鵬이 鳳의 假借字라고 보기도 한다.

22 背: 여기에서는 鵬鳥가 양쪽 날개를 폈을 때의 길이를 말한다.

23 怒: 努의 通假字. 힘쓰다, 분발하다.

24 垂: 陲의 通假字.

25 海運: 바다가 風浪이 치는 것을 말한다.

26 天池: 하늘에 맞닿아 있는 듯한 큰 물.

27 齊諧: 일반적으로 전체를 書名이라 추정하거나, 齊나라의 『諧』라는 책이라고 추정한다. 사실 당시 사정에 비추어 볼 때, 하나의 書冊으로 編纂된 것이 아니라 편의에 따라 기록해 둔 것일 가능성이 높아, 서명을 따로 『齊諧』라고 보느니 그냥 齊나라에서 전해진 얘깃거리 정도로 이해하는 것이 타당하다. 아예 齊諧를 人名이라고 보는 경우도 있다.

28 志: 기록하다.

29 擊: 激의 假借字.

30 扶搖: 돌개바람.

也." 野馬[31]也, 塵埃也, 生物之以息相吹也. 天之蒼蒼, 其正色邪? 其遠而無所至極邪? 其視下也, 亦若是則已矣.

「孤憤篇」 [『韓非子』]

法治와 公益을 절대시하는 法家는, 사사로운 慾望과 公共의 秩序를 절대 공존할 수 없는 관계라고 믿었다. 아직도 흔히 쓰이는 矛盾이란 말도 『韓非子』에서 나온 것인데, 公益과 私益을 동시에 추구할 수 없음을 지적하기 위한 비유였다. 특히 法家는 血親 중심과 世襲으로 대변되는 封建制의 한계와 폐단을 비판하며 각각의 사욕을 억제하고 공익을 추구할 새로운 세력의 출현을 갈망했다. 아래 보이는 重人은 바로 封建制로 근거하고 있는 기득권층을 가리키고, 智術之士와 能法之士는 바로 韓非子 본인을 포함한 새로운 개혁세력을 가리킨다. 사실 法家는 기득권층에 대한 적대적 입장으로 말미암아 각국의 기득권층에게 배척과 억압을 받았으나, 결국 秦나라가 天下를 통일하는 데 최대 功臣이 된다. 이후 中國 歷代 王朝들이 겉으론 秦나라의 멸망을 각박한 法家의 탓으로 돌리며 儒家를 國敎로 내세우기는 했으나, 실제론 法家의 法治主義를 적극적으로 받아들이고 활용했다는 엄연한 사실이 法家의 위력과 가치를 대변한다. 논리정연한 문장에 예리한 현실비판이 돋보이는 『韓非子』는 이러한 法家 학설의 集大成이다.

智術[32]之士, 必遠見而明察, 不明察, 不能燭私[33]. 能法之士, 必强毅而勁直, 不勁直, 不能矯姦. 人臣循令而從事, 案[34]法而治官, 非謂重人[35]也. 重

31 野馬: 아지랑이.
32 智術: 智는 知의 通假字. 術은 法家에서 주장하는 法·勢·術의 術을 말한다.
33 燭私: 燭은 밝게 살피다. 私는 私慾.
34 案: 按의 通假字.
35 重人: 權勢를 누리는 重臣.

人也者, 無令而擅爲, 虧法以利私, 耗國以便家, 力能得其君, 此所謂重人也. 智術之士, 明察聽用[36], 且燭重人之陰情. 能法之士, 勁直聽用, 且矯重人之姦行. 故智術能法之士用, 則貴重之臣, 必在繩[37]之外矣. 是智法之士, 與當塗之人[38], 不可兩存之仇也.

「兼愛上」 [『墨子』]

墨家는 諸子百家 중 상당히 독특하게도 宗教的 성향이 강한 단체였다. 그들은 하나님의 존재를 믿었고, 신분이나 계급 등에 근거한 差別愛를 반대하고 개방적인 普遍愛를 강조하며 함께 얻은 이익을 함께 누리는 것이 '하나님의 뜻'(天志)이라고 여겼다. 주장이 이렇다보니 諸侯나 貴族보다는 庶民들이 따랐다. 墨家는 사리사욕을 위한 국가 간의 침략전쟁에 반대했고, 이러한 신념을 지키기 위해 강대국이 약소국을 침략했을 때 직접 무리를 이끌고 약소국을 지키는 수비적 전쟁에 참여했다. 墨家가 지키는 城은 함락이 쉽지 않았기에, 여기에서 우리가 지금까지도 사용하는 墨守(墨家가 지키다)란 말이 나왔다. 영화 「墨攻」 역시 墨家의 이러한 전쟁참여를 배경으로 하고 있다. 낭비를 유발하는 모든 虛禮虛飾에 반대했으며 오로지 사람들에게 실제로 이익이 되는 것만을 추구했기에 극단적인 功利主義者라는 비판도 받았다. 실제로 『墨子』는 아주 질박한 문장으로 실용적인 내용만을 다루고 있다. 실용을 추구하기 위해 발달한 사리분별의 기준은 이후 後期墨家로 가면서 엄밀한 論理學으로 발달했는데, 이들 중 일부는 이후 秦나라가 天下統一을 할 때 상당한 역할을 담당하기도 했다. 墨家는 孔子의 儒家와 함께 春秋時代에 이미 생성된 學派였고 戰國時代에서도 상당한 세력을 과시했다. 하지만 秦始皇이 天下를 통일한 이후, 더 이상 爲政者의

36 聽用: 聽은 따르다. 用은 등용하다.
37 繩: 원래는 먹줄의 의미이지만, 여기에서는 政權의 비유로 사용되었다.
38 當塗之人: 實權을 쥐고 있는 사람들.

暴政에 적극적으로 대항하는 세력은 용납될 수 없었고, 결국 역사의 뒤안길로 사라지게 되었다.

聖人以治天下爲事者也, 必知亂之所自起焉, 能治之. 不知亂之所自起, 則不能治. 譬之如醫之攻人之疾者然, 必知疾之所自起焉, 能攻之. 不知疾之所自起, 則不能攻. 治亂者何獨不然? 必知亂之所自起焉, 能治之. 不知亂之所自起, 則弗[39]能治. 聖人以治天下爲事者也, 不可不察亂之所自起. 當察亂何自起, 起不相愛. 臣子之不孝君父, 所謂亂也. 子自愛不愛父, 故虧父而自利. 弟自愛不愛兄, 故虧兄而自利. 臣自愛不愛君, 故虧君而自利. 此所謂亂也. 雖父之不慈子, 兄之不慈弟, 君之不慈臣, 此亦天下之所謂亂也. 父自愛也不愛子, 故虧子而自利. 兄自愛也不愛弟, 故虧弟而自利. 君自愛也不愛臣, 故虧臣而自利. 是何也? 皆起不相愛.

39 弗能治: 弗은 不과 같은 뜻이지만 더 강한 어감을 갖는다. 그리고 목적어를 생략할 수 있다. 즉 不能治之와 같은 뜻.

秦

李斯 「諫逐客書」

秦나라는 戰國七雄 중 가장 적극적으로 法家의 變法改革을 받아들이고, 六國의 인재를 등용했다. 그러자 이에 불만을 품은 秦나라의 世襲 貴族들은, 六國의 인재들이 六國에서 보낸 遊說客일 뿐이라서 결국에는 六國의 이득을 위해 일하는 것이라 모함하며, 이들 모두를 秦나라 밖으로 추방해 버릴 것을 秦始皇에게 奏請했다. 楚나라 출신으로 秦나라에서 벼슬하던 李斯는 곧바로 아래에서 인용한 글을 지어, 秦나라가 歷代로 강성해진 원인이 六國의 인재를 가리지 않고 등용했다는 데 있음을 풍부한 비유와 정연한 논리로 지적했다. 그의 글을 본 秦始皇은 결국 六國의 인재를 쫓아내려는 逐客令을 취소했다. 李斯는 荀子의 門下였으며, 秦나라가 天下를 통일한 후에는 丞相의 지위까지 올랐다. 엄격한 法家의 變法改革을 시행하여, 封建制를 해체하고 郡縣制를 정착시키기 위해 노력했으며 文字를 통일하고 律令을 반포하는 등, 秦나라의 천하통일에 많은 공헌을 했다.

臣聞吏議逐客, 竊以爲過矣. 昔繆公[1]求士, 西取由余[2]於戎, 東得百里奚[3]於宛, 迎蹇叔[4]於宋, 來丕豹、公孫支[5]於晉. 此五子者, 不産於秦, 而繆公用

---

1 繆公: 繆은 穆의 通假字로, 春秋時代, 그때까지 변방의 小國에 불과하던 秦나라가 強國으로 흥성할 기틀을 다진 秦穆公을 가리킨다. 그는 春秋五霸 중 한 명으로 손꼽힌다.

2 由余: 원래는 晉나라 사람이지만 사정이 있어 西戎에 도망해 있었다. 이후 由余가 西戎의 使者로서 秦나라에 왔을 때, 그의 재주를 눈여겨 본 秦穆公이 그를 기용했고, 결국 由余의 도움으로 西戎을 물리쳤다.

3 百里奚: 百里奚는 楚나라 사람으로, 원래는 虞나라 大夫였다. 하지만 虞나라가 멸망당하자 노비로 전락했다가 도망했으나 결국 楚나라 宛 땅에서 잡혔다. 그의 재주를 눈여겨 본 秦穆公이 그의 죄를 代贖해 주고 데려와 國政을 맡기니 결국 秦나라가 中原을 제패하는 데 많은 공을 세운다.

4 蹇叔: 원래는 秦나라 사람이지만 宋나라에 머물고 있었다. 秦穆公은 百里奚의 추천을 받아들여, 蹇叔을 데려와 上大夫의 벼슬을 주었다.

5 丕豹、公孫支: 丕豹는 晉나라 사람이었으나, 아버지가 晉나라 諸侯에게 죽임을 당하자 秦나라에 歸順했다. 公孫支는 원래 秦나라 사람이지만 晉나라에 머물고 있다가 이후 秦나라로 돌아와 벼슬자리

之, 幷國二十, 遂霸西戎. 孝公[6]用商鞅[7]之法, 移風易俗, 民以殷盛, 國以富彊, 百姓樂用, 諸侯親服, 獲楚、魏之師, 擧[8]地千里, 至今治彊. 惠王[9]用張儀[10]之計, 拔三川[11]之地, 西幷巴蜀[12], 北收上郡[13], 南取漢中[14], 包九夷[15], 制鄢郢[16], 東據成皐[17]之險, 割膏腴之壤, 遂散六國之從[18], 使之西面事秦, 功施到今. 昭王[19]得范雎[20], 廢穰侯[21], 逐華陽[22], 彊公室[23], 杜私門[24], 蠶食諸侯, 使秦成帝業. 此四君者, 皆以客之功. 由此觀之, 客何負於秦哉! 向使[25]四君却客而不納, 疏士而不用, 是使國無富利之實, 而秦無彊大之名也.

에 올랐다.

6 孝公: 본격적으로 法家를 받아들여 秦나라를 개혁한 秦孝公을 가리킨다.

7 商鞅: 衛나라 사람으로 원래는 公孫鞅, 혹은 衛鞅으로 불렸으나 秦나라에 와서 봉읍으로 商땅을 받으면서 商鞅으로 불리게 되었다. 그는 철저한 法家로 농지 개척과 전쟁을 중시했으며, 엄격한 變法을 시행하여 富國强兵의 기틀을 다졌다. 현재까지 그의 사상이 담긴『商君書』가 전한다.

8 擧: 점령하다.

9 惠王: 秦惠文王을 가리킨다.

10 張儀: 魏나라 사람이지만 秦나라에 들어가 벼슬했다. 連橫策을 제시하며 六國의 合縱策을 와해시켰고, 秦나라의 국력과 국토를 넓히는 데 많은 공을 세웠다. 連橫策과 合縱策에 대한 설명은「漁父之利」의 설명을 참고.

11 三川: 地名으로 黃河, 洛水, 伊水, 이 세 물길에 둘러져 있는 형국이라 이러한 이름을 얻었다. 지금의 河南省에 위치해 있다.

12 巴蜀: 지금의 四川省 지역을 가리킨다.

13 上郡: 地名으로, 지금의 陝西省 북부 지역에 위치해 있다.

14 漢中: 地名으로, 지금의 陝西省 동남부와 湖北省 북부를 포함한다.

15 九夷: 여러 오랑캐에 대한 通稱.

16 鄢郢: 모두 楚나라의 지명이다. 鄢은 지금의 湖北省에 위치해 있다. 郢은 당시 楚나라의 首都로, 역시 지금의 湖北省에 위치해 있다.

17 成皐: 地名으로 지금의 河南省에 위치해 있다.

18 從: 縱의 通假字. 여기에서는 合縱策을 가리킨다.

19 昭王: 秦昭襄王을 가리킨다.

20 范雎: 魏나라 사람이지만 秦나라로 와서 승상의 지위에 올랐다.

21 穰侯: 魏冉을 가리킨다. 秦昭襄王의 外戚으로 권세를 누렸다.

22 華陽: 華陽君, 즉 羋戎을 가리킨다. 그 역시 秦昭襄王의 外戚으로 권세를 누렸다.

23 公室: 王室.

24 私門: 앞서 나온 穰侯나 華陽君 같은 權臣의 家門.

25 向使: 만약.

今陛下致崑山[26]之玉, 有隨和之寶[27], 垂明月之珠[28], 服太阿之劒[29], 乘纖離之馬[30], 建翠鳳之旗[31], 樹靈鼉之鼓[32]. 此數寶者, 秦不生一焉, 而陛下說[33]之, 何也? 必秦國之所生然後可, 則是夜光之璧, 不飾朝廷, 犀象之器, 不爲玩好, 鄭衛之女[34], 不充後宮, 駿馬駃騠[35], 不實外廐[36], 江南[37]金錫不爲用, 西蜀丹靑不爲采[38]. 所以飾後宮, 充下陳[39], 娛心意, 說耳目者, 必出於秦然後可, 則是宛珠之簪[40], 傅璣之珥[41], 阿縞之衣[42], 錦繡之飾, 不進於前, 而隨俗雅化, 佳冶窈窕, 趙女不立於側也. 夫擊甕叩缶[43], 彈箏搏髀[44],

---

26 崑山: 崑岡. 지금의 新疆省 동북쪽에 위치해 있으며 아름다운 玉이 나기로 유명한 곳이다.

27 隨和之寶: 隨侯의 寶珠와 卞和의 璧玉을 가리킨다. 隨나라의 諸侯가 일찍이 큰 뱀을 살려주자 그 뱀이 보답으로 寶珠를 물어다 주었다고 전한다. 卞和는 春秋時代 楚나라 사람으로 산에서 玉의 원석을 캐서 楚厲王과 楚武王에게 거듭 바쳤으나, 모두 돌을 가지고 속이려든다 여기고 卞和의 발을 잘라버렸다. 이후 楚文王이 卞和의 玉 원석을 쪼개보니 정말로 훌륭한 玉이 들어 있었다. 이후 이를 가지고 璧玉(납작하고 둥글며, 가운데 구멍이 뚫린 모양의 玉)을 만들었다. 이 두 가지 보물은 이후 매우 귀한 보물의 대명사로 쓰이게 되었다.

28 明月之珠: 밝은 달처럼 밤에 빛이 나는 구슬로 일명 夜明珠라고도 한다.

29 太阿之劒: 楚나라 匠人이 만들었다는 寶劍.

30 纖離之馬: 纖離라 불리는 千里馬.

31 翠鳳之旗: 비췻빛 깃털로 장식한 깃발.

32 靈鼉之鼓: 악어의 가죽으로 만든 북. 옛 사람들은 악어를 신령한 동물이라 보았기에 靈鼉라고 했다.

33 說: 悅의 通假字. 아래 나온 說耳目者의 경우도 마찬가지이다.

34 鄭衛之女: 鄭나라나 衛나라의 美女. 이 지역들은 美女로 유명했다. 아래 나오는 趙女 역시 마찬가지 의미이다.

35 駃騠: 北狄에서 가져온 駿馬의 이름.

36 外廐: 궁 밖의 마구간.

37 江南: 長江(즉 양자강) 以南을 가리킨다.

38 采: 彩의 通假字.

39 下陳: 아래 나열한 사람들. 여기에서는 侍妾들을 가리킨다.

40 宛珠之簪: 宛땅에서 난 珠玉으로 장식한 비녀. 宛땅은 玉으로 유명하다.

41 傅璣之珥: 傅는 附의 假借字. 璣는 陰陽을 나눈 太極圖의 반쪽처럼 생긴 옥구슬.

42 阿縞之衣: 東阿에서 생산된 하얀 비단으로 만든 옷. 東阿는 齊나라의 地名.

43 擊甕叩缶: 아주 질박한 樂器들로, 秦나라 사람들은 노래할 때, 독이나 질장군을 두드리며 박자를 맞췄다.

44 彈箏搏髀: 秦나라에선 箏을 타고 넓적다리를 두들기는 것 역시 전통적인 연주방법이었다.

而歌呼嗚嗚[45]快耳者, 眞秦之聲也. 鄭衛、桑間[46], 韶虞、武象[47]者, 異國之樂也. 今棄擊甕叩缶而就鄭衛, 退彈箏而取韶虞, 若是者何也? 快意當前[48], 適觀而已矣! 今取人則不然, 不問可否, 不論曲直, 非秦者去, 爲客者逐. 然則是所重者在乎色樂珠玉, 而所輕者在乎民人也. 此非所以跨海內[49], 制諸侯之術也.

臣聞地廣者粟多, 國大者人衆, 兵彊者則士勇. 是以泰山不讓土壤, 故能成其大. 河海不擇細流, 故能就其深. 王者不却衆庶, 故能明其德. 是以地無四方, 民無異國, 四時充美, 鬼神降福, 此五帝三王之所以無敵也. 今乃棄黔首[50]以資敵國, 却賓客以業[51]諸侯, 使天下之士, 退而不敢西向[52], 裹足不入秦, 此所謂藉寇兵而齎盜糧[53]者也.

夫物不産於秦, 可寶者多. 士不産於秦, 而願忠者衆. 今逐客以資敵國, 損民以益讎, 內自虛而外樹怨[54]於諸侯, 求其國之無危, 不可得也.

45 嗚嗚: '우~우~' 하는 노랫소리.

46 鄭衛、桑間: 鄭나라와 衛나라의 가락은 화려하기로 유명했다. 桑間은 衛나라의 地名으로 특히 노랫가락이 성행했다고 전해진다.

47 韶虞、武象: 虞나라 舜임금의 음악은 韶. 周武王의 음악인 象.

48 當前: 目前, 眼前.

49 跨海內: 跨는 원래 '밟고 넘어서다'란 말인데 여기에서는 '점령하다'의 뜻. 海內는 天下를 가리킨다. 옛 사람들은 中國이 사방으로 바다를 접하고 있다고 여겼기에, '바다의 안쪽'이란 말은 中國의 모든 영토를 가리키는 말이었다.

50 黔首: 원래는 '검은 머리'란 의미로, 머리에 아무런 冠帽를 쓰지 않은 사람, 즉 벼슬을 하지 않는 사람을 가리킨다. 때문에 庶民, 혹은 일반 百姓의 의미로 사용된다.

51 業: 여기에서는 '~의 업적을 이루어주다'란 의미의 動詞로 사용되었다.

52 西向: 秦나라로 歸順하는 것을 말한다.

53 藉寇兵而齎盜糧: 당시의 속담. 藉는 借의 通假字. 兵은 兵器. 齎는 내어주다.

54 樹怨: 원한을 맺다. 樹는 여기에서 動詞.

漢부

賈誼「弔屈原賦」

賈誼는 漢初의 인물로 어려서부터 秀才로 이름을 날렸다. 하지만 出仕한 뒤 國政改革을 주장하다가 勳舊大臣들의 미움을 받아 결국 左遷되고 만다. 이후 조정에 다시 돌아오지만 不遇한 처지를 悲觀하다 33세의 젊은 나이에 죽었다. 左遷되었을 당시 不遇했던 屈原의 歷程을 떠올리며 그를 위로하는 賦를 지었다. 이는 사실 不遇한 자신을 屈原과 同一視해, 자신의 처지를 한탄하며 위로한 것이라고 말할 수 있다. 어조사 '兮'字의 규칙적인 사용이나, 장황한 나열식 표현은 앞서 보았던 楚辭에서 연원한 것이다.

……烏虖[1]哀哉兮, 逢時不祥. 鸞鳳[2]伏竄兮, 鴟鴞[3]翱翔. 闒茸[4]尊顯兮, 讒諛[5]得志. 賢聖逆曳[6]兮, 方正[7]倒植. 世謂隨、夷[8]爲溷兮, 謂跖、蹻[9]爲廉. 莫邪[10]爲鈍兮, 鉛刀[11]爲銛. 于嗟默默[12], 生[13]之亡故[14]兮. 斡棄周鼎[15], 寶[16]

---

1 烏虖: 嗚呼의 假借字.

2 鸞鳳: 전설의 새 鸞鳥와 鳳凰. 여기에서는 賢士에 대한 비유.

3 鴟鴞: 수리부엉이. 여기에서는 간악한 소인배에 대한 비유.

4 闒茸: 원래 闒은 작은 다락문의 뜻이고 茸은 가는 터럭의 뜻. 모두 보잘 것 없고 하찮다는 의미로 주로 열악한 처지를 이르는 표현인데, 여기에서는 鄙陋하고 無能한 사람에 대한 비유이다.

5 讒諛: 남을 헐뜯거나 높은 이에게 아첨하는 자들.

6 逆曳: 거꾸로 끌려가다.

7 方正: 행동거지가 올바른 사람.

8 隨、夷: 隨는 卞隨, 夷는 伯夷. 卞隨는 전설상 殷나라 사람으로 탕왕이 천하를 넘겨주려 하자 도리어 강물에 투신자살했다고 전한다. 伯夷는 周武王이 반란을 일으켜 殷나라의 紂王을 죽이고 天下를 빼앗자, 동생 叔齊와 함께 산에 숨어 고사리만 캐어먹다가 굶어 죽었다. 이들 모두 高潔한 志士에 대한 비유이다.

9 跖、蹻: 跖은 魯나라의 盜跖, 蹻는 楚나라의 莊蹻. 이들 모두 포악하기로 유명했던 도둑들이다. 여기에서는 간악하고 탐욕스러운 자를 비유했다.

康[17]瓠兮. 騰駕罷[18]牛, 驂蹇驢[19]兮. 驥垂兩耳[20], 服鹽車兮. 章甫薦履[21], 漸[22]不可久兮. 嗟苦先生, 獨離[23]此咎兮!……

司馬相如「子虛賦」

不遇하고 貧寒한 시절을 견디던 司馬相如의 작품이 우연히 漢武帝의 눈에 띄었다. 그는 곧바로 불려 들어가 天子의 사냥에 대한 賦를 지어 올렸다. 그것이 바로 아래에 인용된 「子虛賦」와 「上林賦」이다.[24] 「子虛賦」는 楚나라의 子虛라는 가공인물이 우연히

10 莫邪: 전설상의 유명한 寶劍. '막야'로 읽는다.

11 鉛刀: 납으로 만든 칼. 납으로 칼을 만들면 날카롭지 않아서 제대로 베어지지도 않고, 무거워서 빨리 휘두를 수도 없다.

12 于嗟默默: 于嗟는 탄식하는 소리. 默默은 如意치 않은 모습.

13 生: 先生, 즉 屈原에 대한 존칭.

14 亡故: 여기에서 亡은 無의 通假字로 '무'로 읽는다. 無故는 아무 이유가 없다는 뜻. 여기에서는 '아무런 이유도 없이 쫓겨났다'는 의미.

15 斡棄周鼎: 斡棄는 버리다. 斡은 옮기다, 굴리다. 周鼎은 원래 '周나라의 솥'. 과거에 鼎은 그 나라를 상징하는 보물이었다. 여기에서는 國寶의 의미로 쓰였다.

16 寶: 動詞로 쓰여서 '보배로 여기다'의 뜻.

17 康: '텅 비다'는 뜻. 혹자는 '크다'로 풀기도 한다.

18 罷: 疲의 假借字.

19 驂蹇驢: 원래 驂은 마차를 끄는 네 마리 말 중 바깥의 두 말을 가리킨다. 여기에서는 動詞로 쓰였는데, 그냥 '마차를 끌게 하다'의 뜻으로 쓰였다. 蹇驢는 절름발이 나귀.

20 垂兩耳: '두 귀를 축 늘어뜨리다'라는 의미로, 풀이 죽어 있음을 비유한 것이다.

21 章甫薦履: 章甫는 章甫冠, 즉 官職에 오른 이가 쓰는 禮帽. 薦은 墊의 假借字로 여기에서는 '깔개로 삼아 깔다'의 뜻. 履는 신발. '머리에 쓸 모자를 신발의 깔개로 깔았다'는 말로, 응당 높은 자리에 올라야할 賢人이 오히려 卑賤한 위치에 버려져 있음을 비유한 것이다.

22 漸: 점차 망가져 간다는 뜻. 혹자는 暫의 假借字로 보기도 한다.

23 離: 罹의 假借字로 맞닥뜨리다, 당하다.

24 혹자는 당초 武帝가 司馬相如를 초빙하게끔 만든 작품이 「子虛賦」인데다, 원래 『史記』에는 「子虛賦」와 「上林賦」가 구분 없이 연이어 기술되어 있고 내용도 완전히 연결된다는 점을 들어, 지금의 「子虛賦」와 「上林賦」를 「天子遊獵賦」라는 하나의 작품으로 간주하고, 원래의 「子虛賦」는 佚失된 것으로 간주한다. 상당히 일리가 있는 주장이지만 일단은 通說을 따르겠다.

齊나라에 가게 되었을 때 그곳에서 齊王과 烏有先生이란 가공인물을 만나 楚나라 임금의 사냥터가 얼마나 화려하고 훌륭한지에 대해 자랑하고, 이에 烏有先生이 반박하는 내용이다. 「上林賦」는 「子虛賦」의 뒤를 바로 이어, 이들의 대화를 들은 亡是公[25]이라는 가공인물이 楚나라나 齊나라보다 漢나라 天子의 사냥터인 上林이 훨씬 대단하다는 것을 장황하게 설명하여 子虛와 烏有先生이 크게 감복한다는 내용이다. 이를 본 武帝는 매우 흡족해하며 그에게 벼슬을 내렸다. 하지만 지금을 사는 우리의 눈높이에서 볼 때, 아래에서 인용한 司馬相如의 작품은 비록 일부분이긴 하지만 별다른 감흥을 불러일으키지 못한다. 심지어 장황하고 번쇄하다고 느껴질 정도로 계속되는 사물들의 나열에, 실질적으로 내용을 파악하거나 정서적인 감흥을 불러일으키기조차 어렵다고 느껴진다. 원래 漢賦는 巫歌에서 淵源한 楚辭의 전통을 계승하였고, 주로 對話體를 사용하며 온갖 神靈한 향초와 나무, 그리고 짐승들을 인용하는 것 역시 여기에서 유래했다. 巫歌는 무당이 宇宙와 疏通하며 그 안의 天地萬物과 感應하는 呪術 행위의 핵심이다. 巫歌의 장황한 나열 역시 이러한 성격에 그 원인이 있다. 당초 楚辭는 이러한 巫歌의 특징을 계승하면서도, 이를 보다 개인의 내면을 類比的으로 묘사하는 데 援用했다. 하지만 漢나라의 賦에 이르러서는 그 성격이 이미 확연히 변화하고 있었다. 특히 武帝는 專制政權을 공고히 하고, 대내외적으로 中華中心主義를 완성시키려 노력했던 인물이다. 司馬相如의 「子虛賦」와 「上林賦」가 그에게 흡족했던 이유는, 이 작품들 속에 그가 꿈꾸던 帝國의 理想과 秩序가 구현되어 있기 때문이었다. 天子의 사냥터 上林은 天地四方의 축소판이며, 그 안에 비현실적으로 존재하는 東西南北의 모든 自然風光과 動植物들은 森羅萬象을 상징한다. 이러한 天子의 사냥터에서 행해지는 사냥이란 폭력적 행위는, 天子야말로 天下의 生死與奪을 결정하는 權力을 집행하는 유일한 존재임을 대변해 주고 있는 것이다. 漢나라에 들어 賦가 당시 문학의 主流를 차지하게 되었던 여러 원인 중에, 楚나라 巫歌로부터 緣由한 賦 자체에 이러한 帝國主義的 욕망을 구현할 수 있는 기능이 胚胎되어 있었다는 점 역시 중요한 원인으로 작용했다. 그리고 우리가 지금 「子虛賦」의 일부를 읽고 느끼는 번잡함과 難澀함은, 시대적, 사상적 맥락을 외면한 채, '순수문학'적이라는 지금의 잣대만을 들이대어 本然의 아우라Aura를 느낄 수 없기 때문일 것이다. 그나마 장황한 나열 속에서 보이는 字句의 운율감, 對句의 긴장감조

25 亡是公: 亡은 無의 通假字로, '무'로 읽는다.

차 우리는 제대로 체감하지 못하고 있다. 흔히 「上林賦」는 天子가 사냥을 너무 좋아하는 것을 諷諫하기 위해서 지어졌다고 하지만, 이러한 諷諫的인 요소는 화려한 修辭로 구축된 거대한 帝國의 理想에 片鱗처럼 덧붙여져 있을 뿐이다.

……臣聞楚有七澤, 嘗見其一, 未睹其餘也. 臣之所見, 蓋特[26]其小小者耳, 名曰雲夢. 雲夢者, 方[27]九百里, 其中有山焉. 其山則盤紆岪鬱[28], 隆崇嵂崒[29], 岑崟參差[30], 日月蔽虧, 交錯糾紛[31], 上干[32]青雲, 罷池陂陀[33], 下屬江河. 其土則丹青赭堊[34], 雌黃白坿[35], 錫碧金銀, 衆色炫耀, 照爛龍鱗. 其石則赤玉玫瑰[36], 琳瑉昆吾[37], 瑊玏玄厲[38], 碝石碔砆[39]. 其東則有蕙圃[40], 衡蘭芷若[41], 芎藭菖蒲[42], 茳蘺蘪蕪[43], 諸柘巴苴[44]. 其南則有平原廣澤, 登降

---

26 特: 단지.

27 方: 周圍四方.

28 盤紆岪鬱: 盤紆는 山勢가 이리저리 어지럽게 굽어있다는 뜻. 岪鬱은 산들이 첩첩이 있어 가득 차 보인다는 뜻.

29 隆崇嵂崒: 隆崇과 嵂崒 모두 산이 깎아지른 듯 높이 솟아있다는 뜻.

30 岑崟參差: 岑崟은 높은 봉우리들. 參差는 '참치'로 읽으며 여기에서는 여러 산봉우리가 경쟁하듯 솟아있어서 가지런하지 않다는 뜻.

31 交錯糾紛: 交錯은 곳곳에 솟아있는 봉우리가 서로 번갈아가며 뻗어 오르는 듯하다는 비유. 糾紛 역시 어지러이 솟아있다는 의미.

32 干: 닿다, 들어가다.

33 罷池陂陀: 罷池는 '피치'라고 읽고 '山勢가 비탈지다'의 뜻이다. 陂陀 역시 같은 뜻. 이는 이 구절과 대구가 되는 交錯糾紛과 마찬가지로 서로 비슷한 의미의 단어를 병렬하고 있는 것이다. 결국 이 구절은 이리저리 山勢가 가파르게 비탈진 모습을 형용한 것이다.

34 丹青赭堊: 丹青은 染料. 赭은 붉은 흙. 堊은 하얀 흙.

35 雌黃白坿: 雌黃은 지금의 鷄冠石으로, 여기에서는 染料의 의미. 白坿는 石灰.

36 赤玉玫瑰: 赤玉은 붉은 옥. 玫瑰 역시 붉은 옥의 일종.

37 琳瑉昆吾: 琳瑉은 옥돌의 일종. 昆吾는 원래 地名으로 좋은 玉이 나기로 유명하다. 여기에서는 '昆吾의 좋은 玉'이란 뜻.

38 瑊玏玄厲: 瑊玏은 옥돌의 일종. 玄厲는 검은 옥돌. 혹자는 玄厲를 칼을 가는 숫돌로 보지만, 여기에서는 보석의 일종으로 열거된 것이므로 이는 잘못된 것이다.

39 碝石碔砆: 碝石은 하얀 바탕에 붉은 무늬가 있는 옥돌. 碔砆는 붉은 바탕에 흰 무늬가 있는 옥돌.

40 蕙圃: 향초를 키우는 밭.

41 衡蘭芷若: 衡은 杜衡, 蘭은 蘭草, 芷는 白芷, 若은 杜若. 모두 향초 이름이다.

陁靡[45], 案衍壇曼[46], 緣以大江, 限以巫山[47]. 其高燥則生葴菥苞荔[48], 薜莎青薠[49]. 其埤[50]濕則生藏莨蒹葭[51], 東薔彫胡[52], 蓮藕觚盧[53], 菴閭軒于[54], 衆物居之, 不可勝圖[55]. 其西則有湧泉清池, 激水推移, 外[56]發芙蓉菱華[57], 內[58]隱鉅石白沙. 其中則有神龜蛟鼉[59], 瑇瑁鼈黿[60]. 其北則有陰林巨樹, 楩柟豫章[61], 桂椒木蘭[62], 檗離朱楊[63], 樝梨梬栗[64], 橘柚芬芳[65]. 其上則有鵷鶵孔鸞[66], 騰遠射干[67]. 其下則有白虎玄豹, 蟃蜒貙豻[68].……

42 芎藭菖蒲: 芎藭은 궁궁이. 菖蒲는 창포. 모두 藥材이기도 하지만 동시에 향초이기도 하다.
43 江蘺麋蕪: 江蘺와 麋蕪 모두 물가에 나는 궁궁이의 일종. 川芎이라고도 한다.
44 諸柘巴苴: 諸柘는 사탕수수. 혹자는 이를 감자로 보는데 틀렸다. 巴苴는 芭蕉의 假借字.
45 登降陁靡: 登降은 오르락내리락 起伏이 있는 山勢에 대한 표현. 陁는 迤의 通假字로 '이'로 읽는다. 陁靡는 山勢가 가파르게 비탈진 모습.
46 案衍壇曼: 案衍은 地勢가 낮고 패인 모습. 壇曼은 地勢가 평탄한 모습.
47 巫山: 雲夢澤 안에 있는 산 이름. 지금의 湖北省에 위치해 있다.
48 葴菥苞荔: 葴은 쪽풀의 일종, 菥은 굵은 냉이. 苞는 그령. 荔는 향초의 일종.
49 薜莎青薠: 薜은 당귀의 일종. 莎는 香附子. 青薠도 香附子의 일종.
50 埤: 卑의 通假字.
51 藏莨蒹葭: 藏莨은 강아지풀의 일종. 蒹葭는 갈대.
52 東薔彫胡: 東薔 쑥풀의 일종. 彫胡는 벼의 일종.
53 蓮藕觚盧: 蓮藕은 연근. 觚盧는 박의 일종인 葫蘆의 假借.
54 菴閭軒于: 菴閭는 쑥의 일종. 軒于는 누린내풀.
55 圖: 여기에서는 '헤아리다'의 뜻. 혹자는 '그리다'로 풀기도 한다.
56 外: 水面 위.
57 芙蓉菱華: 芙蓉은 연꽃. 菱華는 마름풀의 꽃.
58 內: 水面 아래.
59 神龜蛟鼉: 神龜는 신령한 거북. 蛟는 뿔이 없는 용의 일종. 혹자는 상어로 보기도 한다. 鼉는 악어. 혹자는 악어를 닮은 용의 일종으로 보기도 한다.
60 瑇瑁鼈黿: 瑇瑁는 매부리바다거북. 玳瑁라고도 한다. 鼈黿은 자라의 일종.
61 楩柟豫章: 楩과 柟과 豫章 세 가지 모두 녹나무의 일종.
62 桂椒木蘭: 桂는 桂樹나무. 椒는 山椒나무. 木蘭은 함박꽃나무.
63 檗離朱楊: 檗은 蘗의 通假字, 즉 黃蘗나무. 離는 樆의 通假字로 돌배나무. 朱楊은 물가에서 자라는 버드나무의 일종.
64 樝梨梬栗: 樝梨는 배나무의 일종. 梬栗은 대추나무의 일종.
65 橘柚芬芳: 橘柚는 귤나무와 유자나무. 芬芳은 향기가 가득한 모습.
66 鵷鶵孔鸞: 鵷鶵는 鳳凰의 일종. 孔은 전설상의 孔雀.(지금 우리가 말하는 공작새가 아니다.) 鸞은 전설상의 鸞鳥.

班固 「兩都賦」

班固는 東漢 때 사람으로 『漢書』를 지은 史家로 유명하다. 그가 지은 「兩都賦」는 다시 前篇 「西都賦」와 後篇 「東都賦」로 나뉜다. 각각 西漢의 首都 長安과 東漢의 首都 洛陽의 번성함을 노래한 것이다. 위 인용문은 前篇 「西都賦」의 맨 앞부분이다. 흔히 「兩都賦」가 두 首都의 번성함을 노래한 것이라고 말하지만, 사실은 당시 首都인 洛陽이 落後되었다 비난하며 옛 수도였던 長安이 더 좋다고 불평하던 人士들을 겨냥해, 은연중에 東都 洛陽의 우월성을 드러내기 위해 지은 것이다. 일반적으로 「兩都賦」는 앞선 司馬相如의 「子虛賦」와 「上林賦」를 계승하고 있다고 말해지며, 이후로 張衡이 다시 「兩都賦」를 본 떠 「二京賦」를 짓기도 했다.

有西都賓, 問於東都主人[69]曰: "蓋聞皇漢之初經營也, 嘗有意乎都河洛矣, 輟而弗康[70], 寔用[71]西遷, 作[72]我上都[73]. 主人聞其故而覩其制[74]乎?" 主人曰: "未也. 願賓攄懷舊之蓄念, 發思古之幽情, 博我以皇道[75], 弘我以漢京[76]." 賓曰: "唯唯[77]." "漢之西都, 在於雍州[78], 寔曰長安. 左[79]據函谷二崤[80]

---

67 騰遠射干: 騰遠는 원숭이의 일종. 遠은 猿의 通假字. 射干은 여우와 유사한 동물.

68 蟃蜒貙犴: 蟃蜒과 貙犴 모두 살쾡이를 닮은 猛獸.

69 西都賓, 東都主人: 西都의 손님과 東都의 主人은 모두 가공인물이다. 여기에서 西都의 손님은 西漢의 수도 長安을 擬人化한 것이고, 東都의 主人은 東漢의 수도 洛陽을 擬人化한 것이다.

70 弗康: 不安의 뜻.

71 寔用: 寔는 是의 通假字. 이 까닭에, 이 때문에.

72 作: 여기에서는 '건설하다'의 뜻.

73 上都: 首都. 여기에서는 長安을 가리킨다.

74 聞其故而覩其制: 두 其는 모두 西都 長安을 가리킨다. 其故는 長安에 관한 옛 일, 즉 長安으로 首都를 정한 이야기. 其制는 長安의 體制, 즉 새로 건설된 長安의 규모와 설계.

75 皇道: 道는 일종의 방식을 뜻한다. 漢高祖 劉邦이 長安을 首都로 개척하고 건설한 방식을 가리킨다.

76 漢京: 漢나라의 首都, 즉 長安. 여기에서는 長安이 首都로 정해져 건설되던 과정을 가리킨다.

77 唯唯: 단박에 대답하는 소리. '예~예!' 정도의 의미.

78 雍州: 九州의 하나로, 지금의 陝西省과 甘肅省의 대부분, 그리고 淸海省의 일부분을 포함한다.

79 左: 여기에서는 長安의 동쪽을 가리킨다. 東西의 방향과 左右의 방향이 반대인 것은, 옛 사람들은 皇帝가 南面, 즉 남쪽을 향해 있으면서 天下를 다스린다고 보았는데, 모든 기준을 皇帝에 맞추다보

之阻, 表以太華終南[81]之山, 右界褒斜隴首[82]之險, 帶以洪河涇渭[83]之川, 衆流之隈[84], 汧[85]湧其西. 華實之毛[86], 則九州之上腴[87]焉, 防禦之阻, 則天地之隩區[88]焉. 是故橫被六合[89], 三成帝畿[90], 周以龍興[91], 秦以虎視[92].……"

張衡 「歸田賦」

우리에게 張衡은 문학가보단 세계 최초의 地震計를 발명한 과학자로 알려져 있다. 張衡은 五經과 文學, 그리고 天文曆法에까지 두루 통달한 사람이었다. 이미 東漢은 쇠락의 길에 접어들어, 外戚과 宦官이 跋扈하고 讖緯와 같은 迷信이 횡행하고 있었다. 이런 상황 속에서 張衡은 그다지 벼슬이나 출세에 뜻을 두지 않았다. 이에 「歸田賦」는 혼탁한 세상을 버리고 대자연 속에 은거하고자 하는 뜻을 잘 그려내고 있다. 위에서 본 司馬相如나

니, 방향 역시 남쪽을 바라보고 있는 皇帝를 기준으로 하고 있다. 즉 南面하고 있는 皇帝의 좌측이기에 동쪽이 되는 것이다. 마찬가지로 다음에 나오는 右는 長安의 서쪽을 가리킨다.

80 函谷二崤: 函谷은 函谷關. 二崤는 崤山. 崤山은 다시 東崤와 南崤로 나눠지기에 二崤라고도 했다. 모두 지금의 河南省에 있다.

81 表以太華終南: 表는 표식으로 삼다. 太華는 華山. 終南은 終南山.

82 褒斜隴首: 褒斜는 褒水와 斜水 사이 골짜기에 있는 道路. 隴首는 隴山. 모두 陝西省에 있다.

83 帶以洪河涇渭: 帶는 허리띠처럼 두르다. 洪河는 큰 黃河. 涇渭는 黃河의 支流인 涇水와 渭水.

84 隈: 물굽이.

85 汧: 汧水. 甘肅省에서 淵源하여 陝西省을 경유해 渭水로 들어간다.

86 華實之毛: 華實은 꽃과 열매. 毛는 무성하다는 뜻.

87 上腴: 上은 上等. 腴는 肥沃함.

88 隩區: 깊숙한 곳에 자리한 要地.

89 橫被六合: 橫被는 두루 덮는다는 뜻. 六合은 天地上下와 四方東西南北.

90 三成帝畿: 畿는 원래 왕이 사는 京城의 四方 500里를 뜻하는데, 여기에서는 首都의 의미이다. 결국 세 번이나 皇帝가 사는 首都가 되었다는 뜻이다. 周나라, 秦나라, 漢나라 모두 長安을 首都로 삼았었다는 뜻인데, 정확하게 말하자면 秦나라는 長安의 부근인 咸陽에 수도를 두었으나, 뭉뚱그려 크게 보자면 長安이라고도 할 수 있다.

91 龍興: '龍이 흥기하다'는 '王德을 일으키다'는 의미. 즉 周나라가 德으로 천하를 다스렸다는 뜻.

92 虎視: '호랑이가 먹잇감을 노려보듯 한다'는 의미. 즉 秦나라는 威脅과 武力으로 천하를 다스렸다는 뜻.

班固와는 달리, 賦 특유의 나열 속에서도 帝國의 敍事가 아닌 개인의 心思를 담아내고 있다. 특히 賦가 일반적으로 매우 길게 지어졌던 데 반해서, 아주 짧은 편폭으로 마무리하고 있다. 아래 인용문이 全文이다. 이러한 짧은 賦는 아마도 張衡이 처음 시도한 것으로 보인다. 혹자는 考證을 통해 張衡이 실제로는 隱居하지 않았으며, 이 같은 隱居에 대한 羨望의 읊조림은 현실에 대한 불만과 비판의 의미가 강한 것이라고 말한다. 앞서 언급했듯이 張衡은 班固의 「兩都賦」를 본 떠 「二京賦」를 짓기도 했다. 하지만 그 작품 밑에 깔린 情緖는, 帝國에 대한 찬양이라기보다는 피폐해진 현실에 대한 불만이었다. 아마도 東漢이라는 체제가 서서히 解體되어 가고 있음을 남보다 먼저 느끼고, 이에 대한 안타까움과 분노가 서려있는 것이리라.

遊都邑[93]以永久, 無明略[94]以佐時[95]. 徒臨川以羡魚, 俟河清乎未期[96]. 感蔡子[97]之慷慨, 從唐生[98]以決疑. 諒[99]天道之微昧[100], 追漁父以同嬉[101]. 超埃塵以遐逝, 與世事乎長辭[102]. 於是仲春令月[103], 時和氣清. 原隰[104]鬱茂, 百草滋榮. 王雎[105]鼓[106]翼, 鶬鶊[107]哀鳴. 交頸頡頏[108], 關關嚶嚶[109]. 於焉[110]逍

93 都邑: 東漢의 首都 洛陽.
94 明略: 高明한 策略.
95 時: 현재, 혹은 현재의 임금.
96 期: 기약하다. 바라다.
97 蔡子: 戰國時代 燕나라 사람 蔡澤. 秦나라로 들어가 宰相을 지냈다.
98 唐生: 戰國時代 魏나라 사람 唐擧. 觀相을 잘 봤기에, 蔡澤이 不遇했던 시절 찾아와 자신의 운명을 그에게 물었다.
99 諒: 헤아리다.
100 天道之微昧: 천도가 어둡다는 말은 당시의 조정이 奸臣輩에 의해 左之右之되고 있음을 비유한 것이다.
101 漁父以同嬉: 屈原이 지었다고 전해지는 「漁夫」란 楚辭를 보면, 혼탁한 세상을 피해 屈原이 은거하려 할 때, 우연히 漁夫를 만나 대화를 나눈다. 同嬉는 '같이 즐기다'의 뜻. 이는 은근히 자신을 屈原에 비하고 있는 것이다.
102 長辭: 長은 영원히. 辭는 작별인사를 하다, 영원히 작별하다.
103 仲春令月: 仲春은 음력으로 2월. 옛 사람들은 孟/仲/季를 사용해 春夏秋冬 12개월을 다시 삼등분했다. 예를 들어 孟春은 음력 1월, 仲春은 2월, 季春은 3월이다. 令은 훌륭하다, 좋다. 令月은 吉한 달.
104 原隰: 原은 높다란 곳에 위치한 평지. 隰은 낮고 음습한 곳.
105 王雎: 물가에 사는 새의 일종. 「關雎」의 새와 동일한 새로, 징경이 혹은 물수리로 번역한다.
106 鼓: 여기에서 鼓는 날갯짓한다는 動詞.

遙, 聊[111]以娛情. 爾乃[112]龍吟方澤[113], 虎嘯山丘. 仰飛纖繳[114], 俯釣長流. 觸矢而斃[115], 貪餌呑鉤[116]. 落雲間之逸禽[117], 懸淵沈之魦鰡[118]. 于時曜靈俄景[119], 係以望舒[120]. 極般遊[121]之至樂, 雖日夕而忘劬. 感老氏之遺誡[122], 將迴駕乎蓬廬. 彈五絃之妙指, 詠周孔[123]之圖書. 揮翰[124]墨以奮藻[125], 陳三皇[126]之軌模[127]. 苟縱心於物外[128], 安知榮辱之所如[129]?

107 鶬鶊: 꾀꼬리.

108 交頸頡頏: 交頸은 새들이 서로 목을 기대며 나란히 나는 모습. 頡頏은 새들이 서로 오르락내리락 어지러이 나는 모습.

109 關關嚶嚶: 關關은 王雎가 우는 소리. 嚶嚶은 鶬鶊이 우는 소리.

110 於焉: 여기에서.

111 聊: 잠시나마.

112 爾乃: '이에' 쯤으로 해석하거나, 아예 해석하지 않아도 무방하다.

113 方澤: 아주 큰 못.

114 仰飛纖繳: 仰飛는 위를 보고 날리다. 纖繳은 가는 주살줄.

115 觸矢而斃: 새는 화살에 맞아 죽는다는 뜻.

116 貪餌呑鉤: 물고기는 미끼를 탐내다, 낚시 바늘을 삼킨다는 뜻.

117 逸禽: 여기에서는 기러기를 뜻한다. 혹자는 글자대로 풀어서 '숨어있는 새'로 보기도 한다.

118 魦鰡: 망둥이의 일종.

119 曜靈俄景: 曜靈은 太陽. 俄는 어느덧. 景은 影의 通假字.

120 係以望舒: 係는 이어서. 望舒는 원래 달을 움직이는 神이지만, 여기에서는 달을 상징하고 있다.

121 般遊: 이리저리 노닐다.

122 老氏之遺誡: 老氏는 老子. 遺誡는 남겨준 警句. 즉 그가 말을 기록한 것이라고 전해지는『道德經』을 말한다. 혹자는 앞의 내용이 사냥과 낚시에 관한 것이라, 구체적으로『道德經』第12章의 "말을 치달리며 사냥하는 것은 사람의 마음을 미치게 만든다"(馳騁畋獵, 令人心發狂)는 구절을 가리키는 것이라고 보기도 한다.

123 周孔: 周公과 孔子.

124 翰: 붓.

125 奮藻: 奮은 분발하다. 藻는 아름다운 文辭. 즉 '아름다운 文辭를 열심히 짓는다'는 의미.

126 三皇: 上古時代의 帝王들. 세 명이 누구인지는 아직까지 의견이 갈리지만, 일반적으로 伏羲, 神農, 黃帝를 꼽는다.

127 軌模: 模範.

128 苟縱心於物外: 苟는 만약. 縱心은 마음을 풀어놓는 것. 物外는 '外物들이 존재하고 인지되는 경계의 바깥', 즉 '俗世의 밖'.

129 所如: 如는 가다. 所如는 간 바, 간 곳.

漢 산문

賈誼「過秦論上」

賈誼에 대해서는 앞서 「弔屈原賦」에서 다루었다. 이 글은 天下統一이라는 偉業을 이루었지만 허무하게 망해버린 秦나라의 過誤를 분석하고 있다. 모두 上中下 세 篇으로 이루어져 있는데, 위 인용문은 上篇의 맨 마지막 부분이다. "인의를 베풀지 않았다"(仁義不施)라는 한 마디 말로, 어떻게 陳涉이라는 별 볼일 없는 匹夫가 天下를 어지럽힐 수 있었고, 어째서 六國을 통일한 秦나라가 결국 敗亡하게 되었는지, 그 원인을 예리하게 지적하고 있다.

……且夫天下非小弱也. 雍州[1]之地, 崤函[2]之固, 自若[3]也. 陳涉[4]之位, 不尊於齊、楚、燕、趙、韓、魏、宋、衛、中山[5]之君也. 鉏耰棘矜[6], 不銛[7]於鉤戟[8]、長鎩[9]也. 謫戍之衆[10], 不抗[11]於九國之師也. 深謀遠慮, 行軍用兵

1 雍州: 九州의 하나로, 지금의 陝西省과 甘肅省의 대부분, 그리고 淸海省의 일부분을 포함한다.

2 崤函: 函谷은 函谷關. 崤는 崤山.

3 自若: 원래는 '큰일을 당해도 아무렇지 않다'는 뜻인데, 여기에서는 '공격을 받아도 끄떡없다'는 의미이다.

4 陳涉: 원래 이름은 勝이고 涉은 字이다. 秦나라 때 하급관리로, 죄수들을 이동시키다가 도착기일을 못 지켜 자신도 벌을 받을 처지에 몰리자, 자신이 데려가던 죄수들을 이끌고 반란을 일으켜, 잠시나마 稱王까지 했었다. 흔히 그의 반란은 秦나라 멸망의 본격적인 시발점이며, 최초의 농민봉기였다고 말해지지만, 실제 그의 반란이 농민봉기의 성격이었는지는 논란의 여지가 있다.

5 齊、楚、燕、趙、韓、魏、宋、衛、中山: 秦나라가 天下를 통일하기 전에 존재했던 諸侯國들.

6 鉏耰棘矜: 鉏는 鋤의 通假字. 耰는 호미자루. 혹자는 耰를 곰방메로 보기도 한다. 棘은 戟의 假借字로 槍의 일종. 矜은 창자루. 이때는 '근'으로 읽는다.

7 銛: 날카롭다.

8 鉤戟: 갈고리가 달린 창.

9 長鎩: 자루가 긴 창.

10 謫戍之衆: 戍는 수자리. 국경이나 변방을 지키는 병사를 가리키는 말로, 주로 죄를 지어 맡게 된다. 여기에서 수자리하러 쫓겨 가던 사람들이란 바로 陳涉과 그의 무리를 가리킨다.

之道, 非及曩時之士[12]也. 然而成敗異變, 功業相反, 何也? 試使山東之國[13]與陳涉, 度長絜大[14], 比權量力[15], 則不可同年而語[16]矣. 然秦以區區之地, 致萬乘之權, 招八州[17]而朝[18]同列, 百有餘年矣. 然後以六合[19]爲家, 崤函爲宮. 一夫[20]作難, 而七廟[21]墮, 身死人手, 爲天下笑者何也? 仁義不施, 而攻守之勢異[22]也.

司馬遷『史記』「項羽本紀」

아래 인용문 중 앞부분은 유명한 鴻門宴에 대한 記述이고, 뒷부분은 項羽가 이미 만회할 수 없는 궁지에 몰려 비장하게 「垓下歌」를 부르는 장면이다. 특히 鴻門宴 부분은 劇的인 전개로 당시의 상황을 팽팽한 긴장감이 느껴질 정도로 생동감 있게 묘사하고 있다. 『史記』를 지은 司馬遷은 누구도 흉내 내지 못할 筆致로, 黃帝로부터 자신이 살고 있는 漢 武帝

11 抗: ~수준에 相當하다, 비교되다.
12 曩時之士: 과거에 진정 내실을 갖추어 추앙받는 이들. 陳涉의 무리와 대비된다.
13 山東之國: 函谷關 동쪽의 六國을 가리킨다.
14 度長絜大: 度은 헤아리다, 재보다. '탁'이라 읽는다. 絜도 헤아리다, 재보다.
15 比權量力: 比와 量 모두 '헤아리다'의 뜻.
16 不可同年而語: 같은 선상에 올려놓고 말할 수 없다.
17 八州: 秦나라를 제외한 다른 諸侯國들. 中國을 九州로 나누어 보았을 때, 秦나라는 雍州에 위치하고 있었다. 때문에 雍州를 뺀 八州는 秦나라를 뺀 다른 諸侯國 모두를 가리킨다.
18 朝: 신하가 임금을 謁見하고 禮를 올리는 것을 말한다.
19 六合: 天地四方. 온 천하.
20 一夫: 匹夫. 여기에서는 위에서 나온 陳涉을 가리킨다.
21 七廟: 원래는 開國始祖, 高祖의 祖父, 高祖의 아버지, 高祖, 曾祖, 祖父, 아버지의 廟堂을 부르는 말인데, 이렇게 일곱 廟堂을 모실 수 있는 이는 오로지 天子 한 명뿐이었다. 때문에 七廟는 곧잘 그 나라 자체에 비유된다.
22 攻守之勢異: 공격과 수비의 추세가 다르다. 즉 다른 나라를 공격해 天下를 통일하는 일과, 天下를 통일한 이후에 이를 지키는 일은 성격이 다르다는 뜻.

때까지의 역사를 오롯이 기술해 놓았다. 뜻밖에 宮刑이라는 죽음보다 더한 치욕을 당했지만, 주위의 경멸을 뒤로하고 끝내 아버지 司馬談이 남겨준 遺業, 즉 中國의 通史를 文采나는 기록으로 담아내는 至難한 작업을 완성했다. 특히 일반적인 編年體 역사서술 방식을 확장하여 왕을 중심으로 하는 역사기술은 '本紀'라고 이름하고 이전처럼 編年體로 기록했으며, 기존 역사기술의 중심에 서 있지 않는 사람들, 보잘 것 없는 인물들, 그리고 漢나라를 둘러싼 사방의 오랑캐들까지도 일종의 傳記인 列傳이란 새로운 틀에 담아 두었다. 물론 이러한 包括性은 앞서 보았던 賦와 마찬가지로 漢初에 極盛하던 帝國的 性向 때문이기도 하다. 이렇게 本紀를 날실로 하면서도, 거기에 列傳이란 씨실을 계속 교차시켜 중국 특유의 史書기술 방식인 紀傳體를 창안했다. 이후 모든 중국의 正史는 紀傳體로 기술된다. 이 밖에도 주제별로 역사적 내용을 表로 만들어 일목요연하게 정리하기도 하고, 書라는 체제를 마련해 地理나 經濟 등 특수한 측면을 따로 정리해두기도 했다. 書는 志로 이름이 바뀌어 이후 史書에서도 계속 계승된다. 司馬遷은 史學에서의 뛰어난 성과를 올렸으면서, 이와 함께 문학적인 記述에 있어서도 남다른 성취를 거두었다.

……沛公[23]旦日從百餘騎, 來見項王[24], 至鴻門[25], 謝曰: "臣與將軍戮力[26]而攻秦, 將軍戰河北, 臣戰河南, 然不自意[27]能先入關[28]破秦, 得復見將軍於此. 今者有小人之言, 令將軍與臣有郤[29]." 項曰: "此沛公左司馬曹無傷[30]言之. 不然, 籍[31]何以至此?" 項王卽日因留沛公與飮. 項王、項伯東嚮[32]

23 沛公: 劉邦. 당초 沛 땅을 점령하여 沛公이 되었다.

24 項王: 項羽.

25 鴻門: 地名. 陝西省에 위치한 鴻溝의 북쪽 물길이 門과 닮아 '鴻溝의 門'이란 뜻의 鴻門이란 이름을 얻었다. 당시 劉邦과 項羽는 鴻溝를 경계로 대치중이었는데, 鴻門은 項羽가 陣을 치고 있던 곳이다.

26 戮力: 戮은 勠의 通假字. 勠力은 협력하다, 힘을 합치다.

27 不自意: 뜻밖에도. 스스로 예상치 못했다는 의미.

28 關: 函谷關. 中原에서 서쪽 關中으로 통하는 關門.

29 有郤: 틈이 생기다. 즉 두 사람 사이에서 이간질하다는 의미.

30 左司馬曹無傷: 左司馬는 벼슬 이름. 曹無傷는 人名으로 劉邦의 수하였다.

31 籍: 項羽의 이름. 羽는 그의 字.

32 嚮: 向의 通假字.

坐, 亞父[33]南嚮坐. 亞父者, 范增也. 沛公北嚮坐, 張良[34]西嚮侍. 范增數[35]目項王, 擧所佩玉玦[36]以示之者三, 項王默然不應. 范增起出, 召項莊[37]謂曰: "君王爲人不忍[38], 若[39]入前爲壽[40], 壽畢, 請以劒舞, 因擊沛公於坐殺之. 不者[41], 若屬[42]皆且爲所虜." 莊則入爲壽. 壽畢, 曰: "君王與沛公飮, 軍中無以爲樂, 請以劒舞." 項王曰: "諾." 項莊拔劒起舞, 項伯[43]亦拔劒起舞, 常以身翼蔽[44]沛公, 莊不得擊. 於是張良至軍門, 見樊噲[45], 樊噲曰: "今日之事何如?" 良曰: "甚急! 今者項莊拔劒舞, 其意常在沛公也." 噲曰: "此迫矣, 臣請入, 與之同命[46]." 噲卽帶劒擁盾入軍門. 交戟[47]之衛士, 欲止不內. 樊噲側其盾以撞, 衛士仆地. 噲遂入, 披帷西嚮立, 瞋目視項王, 頭髮上指, 目眦[48]盡裂. 項王按劒而跽[49]曰: "客何爲者?" 張良曰: "沛公之參乘[50]樊噲者

---

33 亞父: '작은 아버지', 혹은'아버지에 버금가는 분'이란 의미. 혈연관계가 아닐 때는 父를 '보'로 읽는다. 項羽는 자신의 謀士 范增에게 존경과 친근감을 표하기 위해 그를 亞父라고 불렀다.

34 張良: 劉邦의 謀士.

35 數: '삭'이라고 읽으며, '자주', '계속해서'라는 의미이다.

36 玉玦: 허리에 차는 옥장식. 范增이 玦을 던진 것은 숨은 뜻이 있었다. 玦은 決과 같은 발음이라, 項羽로 하여금 어서 決斷을 내리라고 다그친 것이다.

37 項莊: 項羽의 수하로 그의 사촌아우이다.

38 爲人不忍: 爲人은 사람 됨됨이. 不忍은 차마 하지 못한다는 뜻.

39 若: 너. 2인칭 대명사.

40 爲壽: 祝壽를 올리다.

41 不者: 不然, 즉 '그렇지 않으면'의 뜻.

42 若屬: 너희. 屬은 무리, 複數.

43 項伯: 이름은 纏. 항우의 叔父.

44 翼蔽: 새 날개로 덮듯이 가리다.

45 樊噲: 劉邦의 수하.

46 同命: 운명을 함께하다. 일반적으로 劉邦과 운명을 함께하겠다는 뜻으로 보지만, 혹자는 項羽와 함께 죽겠다는 뜻으로도 본다.

47 交戟: 槍을 교차시키다. 문을 지키는 양쪽의 병사들이 서로 槍을 교차시켜 문을 가로막고 있었다는 뜻.

48 目眦: 눈초리.

49 跽: 무릎을 꿇고 앉은 상태에서 엉덩이를 들어 몸을 곧추 세운다는 뜻. 당시에는 의자가 아니라 바닥에 무릎을 꿇고 앉았기 때문에, 項羽 역시 그 자세에서 樊噲를 보고는 劍을 잡고 몸을 세운 것이다.

也.” 項王曰: “壯士! 賜之卮[51]酒.” 則與斗卮[52]酒. 噲拜謝, 起, 立而飮之. 項王曰: “賜之彘肩[53].” 則與一生彘肩[54]. 樊噲覆其盾於地, 加彘肩上, 拔劍切而啗[55]之. 項王曰: “壯士! 能復飮乎?” 樊噲曰: “臣死且不避, 卮酒安足辭! 夫秦王有虎狼之心, 殺人如不能擧, 刑人如恐不勝[56], 天下皆叛之. 懷王[57]與諸將約曰: ‘先破秦入咸陽[58]者王之.’ 今沛公先破秦入咸陽, 毫毛不敢有所近, 封閉宮室, 還軍霸上, 以待大王來. 故遣將守關者, 備他盜出入與非常也. 勞苦而功高如此, 未有封侯之賞, 而聽細說[59], 欲誅有功之人. 此亡秦之續耳, 竊爲大王不取也.” 項王未有以應, 曰: “坐!” 樊噲從良坐. 坐須臾[60], 沛公起如[61]厠, 因招樊噲出. ……

50 參乘: 官職名.

51 卮: 술잔, 혹은 술동이. 여기에서는 量詞처럼 쓰였다.

52 斗卮: 한 말의 술이 들어갈 만큼 매우 큰 술잔, 혹은 술동이. 역시 量詞처럼 쓰였다. 혹자는 여기에서의 斗는 衍字로 刪去해야 한고 주장하기도 한다.

53 彘肩: 돼지 다리.(그 중에서도 윗부분)

54 生: 덜 익은 것, 아예 익히지 않은 날 것. 項羽가 일부러 樊噲의 담력을 시험하려 익히지 않은 돼지고기를 주었다고 보는 것이다. 혹자는 生을 全의 誤字로 보기도 한다.

55 啗: 먹다. 삼키다.

56 刑人如恐不勝: ‘사람들에게 형벌을 주는데 마치 다 줄 수 없을 것을 걱정하는 듯하다’는 뜻.

57 懷王: 義帝를 가리킨다. 당초 項羽의 叔父 項梁이 秦나라에 反旗를 든 이후, 楚나라를 다시 세운다는 명목 하에 楚王의 後裔를 찾아내어 왕위에 오르게 했는데, 그가 義帝이다. 그런데 義帝는 戰國時代 楚懷王의 孫子였기에 그를 楚懷王이라고 부르기도 했다.

58 咸陽: 秦나라의 首都. 陝西省에 위치해 있다.

59 細說: 小人輩들의 讒言.

60 須臾: 짧은 시간. 잠깐.

61 如: ~로 가다.

項王軍壁[62]垓下, 兵少食盡, 漢軍及諸侯兵圍之數重. 夜聞漢軍四面皆楚歌, 項王乃大驚曰: "漢皆已得楚乎? 是何楚人之多也!" 項王則夜起, 飮帳中. 有美人名虞[63], 常幸從[64]. 駿馬名騅[65], 常騎之. 於是項王乃悲歌忼[66]慨, 自爲詩曰: "力拔山兮氣蓋世, 時不利兮騅不逝. 騅不逝兮可奈何, 虞兮虞兮奈若何!" 歌數闋[67], 美人和[68]之. 項王泣數行[69]下, 左右皆泣, 莫能仰視. ……

王充『論衡』「自紀」

王充은 貧寒했지만 부지런하고 聰氣가 있어서, 이곳저곳에서 눈동냥으로 온갖 책을 읽으며 학문을 닦았다. 古今의 文獻을 섭렵했고 文辭에도 능통했다. 그러나 혼란스러운 세상이 그렇게 만들었는지 아니면 天性的으로 타고난 것인지는 모르겠지만, 王充은 유난스러운 反骨이었다. 세상 사람들은 번번이 그의 주장을 듣고는 옛 사람들의 가르침과 다르다며 꺼려하거나 무시했다. 위 인용문에서도 이러한 현실을 질타하고 있는 것이다. 그는 날카로운 눈썰미로 당시의 정치사회와 학술사상 등 각 방면의 폐단을 거침없이 비판했다. 『論衡』은 王充의 이러한 비판사상이 오롯이 담겨져 있는 그의 저술이다. 『論衡』의 마지막

62 軍壁: 진지를 구축하고 진을 치다.
63 虞: 項羽의 애첩 虞美人. 이후 項羽가 敗色이 짙자 項羽 앞에서 스스로 자결한다. 京劇「覇王別姬」는 이 故事를 배경으로 한 것이다. 같은 이름의 영화도 있다.
64 幸從: 幸은 임금이 행차하는 것. 從은 隨行하는 것.
65 騅: 項羽의 愛馬인 烏騅. 項羽가 죽자 스스로 물에 빠져 죽었다고 전해진다.
66 忼: 慷의 通假字.
67 數闋: 數는 여러 번. 闋은 노래를 끝내는 것.
68 和: 和答하다.
69 數行: 여러 갈래.

篇인 「自紀」篇은 제목 뜻 그대로 王充의 自敍傳이며 동시에 『論衡』의 서문이다.

……充書[70]旣成, 或稽合於古, 不類前人. 或曰: "謂之飾文偶辭[71], 或徑或迂[72], 或屈或舒[73]. 謂之論道, 實事委瑣[74], 文給甘酸[75]. 諧於經不驗[76], 集於傳不合[77], 稽之子長[78]不當[79], 內之子雲不入[80]. 文不與前相似, 安得名佳好, 稱工巧?" 答曰: "飾貌以彊類[81]者失形[82], 調辭[83]以務似者失情[84]. 百夫[85]之子, 不同父母, 殊類[86]而生, 不必相似, 各以所稟[87], 自爲佳好. 文必有與合[88], 然後稱善, 是則代匠斲不傷手[89], 然後稱工巧也. 文士之務, 各有所從,

70 充書: 王充의 책, 즉 『論衡』을 가리킨다.
71 飾文偶辭: 文字를 꾸미고 對偶를 만들다. 문장의 修飾이 심함을 말하는 것이다.
72 或徑或迂: 徑은 단도직입적. 迂는 이리저리 에돌다.
73 或屈或舒: 屈은 뜻을 숨기다. 舒는 뜻을 잘 펼쳐놓다.
74 委瑣: 委는 자질구레하다. 瑣는 瑣의 通假字.
75 給甘酸: 給은 풍부하다. 여기에서 甘酸은 원래 '갖가지 맛'의 뜻인데, 여기에서는 '여러 가지가 뒤섞여 있다'는 뜻으로 인신되어 雜駁의 뜻으로 쓰였다.
76 諧於經不驗: 諧는 서로 맞춰보다. 經은 儒家의 經書, 즉 六經. 不驗은 '徵驗되지 않다', '근거가 없다'는 뜻.
77 集於傳不合: 集은 輯의 假借字로, '모아서 살펴보다'는 뜻. 傳은 經書보다 한 단계 낮은 文獻들. 不合은 '符合되지 않다'는 뜻.
78 子長: 『史記』를 지은 司馬遷의 字. 여기에서는 『史記』를 의미.
79 不當: 合當하지 아니하다는 뜻.
80 內之子雲不入: 內은 納의 通假字로, 讀音 역시 '납'이다. 子雲은 揚雄의 字. 不入은 '들어맞지 않다'는 뜻.
81 彊類: 彊은 强의 通假字로, '억지로'의 뜻. 類는 원래 '類似하다'의 뜻인데, 여기에서는 '닮게 하다'의 뜻.
82 形: 本然의 모습.
83 調辭: 文辭를 修飾한다는 뜻.
84 情: 진정한 實情.
85 百夫: 아주 많은 사람.
86 類: 氏族, 혹은 家門의 뜻.
87 所稟: 부모에게 물려받은 바, 즉 遺傳的으로 계승된 바를 말한다.
88 與合: 옛 사람들과 符合되는 바.
89 代匠斲不傷手: 숙련된 木手를 대신해 나무를 베지만 손을 다치지 않는다. 이 표현은 『道德經』 第74章의 "무릇 숙련된 목수를 대신하는 자 중에 손을 다치지 않는 사람이 드물다"(夫代大匠者,希有不傷其手矣)는 구절을 借用한 것이다.

或調辭以巧文, 或辯[90]僞以實事. 必謀慮有合, 文辭相襲, 是則五帝[91]不異事[92], 三王[93]不殊業[94]也. 美色不同面, 皆佳於目. 悲[95]音不共聲, 皆快於耳. 酒醴[96]異氣, 飮之皆醉. 百穀殊味, 食之皆飽. 謂文當與前[97]合, 是謂舜眉當復[98]八采[99], 禹目當復重瞳[100]. ……

90 辯: 辨의 通假字.

91 五帝: 중국 전설상의 聖君들로 일반적으로 黃帝, 顓頊, 帝嚳, 堯, 舜을 가리킨다.

92 事: 從事했던 바.

93 三王: 五帝 다음가는 君王으로, 夏나라의 禹王, 商나라의 湯王, 周나라의 文王을 가리킨다.

94 業: 業務로 삼았던 바.

95 悲: 여기에서는 '슬프다'는 뜻이 아니라 '감탄하다'의 뜻.

96 酒醴: 각종 酒類에 대한 통칭.

97 前: 前人. 즉 옛 사람들.

98 復: 돌아가다. 회귀하다.

99 八采: 여덟 빛깔의 눈썹. 전설에 따르면 舜 임금의 前代인 堯 임금은 눈썹이 여덟 빛깔이었다고 한다.

100 重瞳: 하나의 眼球에 눈동자가 두 개 있는 것. 전설에 따르면 禹王의 前代인 舜 임금은 두 눈에 각각 눈동자가 두 개씩 있었다고 한다.

漢 시

「古詩爲焦仲卿妻作」

여기에서는『玉臺新詠』에 실린 제목을 따와서「古詩爲焦仲卿妻作」이라 제목을 달았지만, 일반적으로는「焦仲卿妻」, 혹은 이 시의 첫 구를 딴「孔雀東南飛」라는 제목으로 불려진다. 시의 서문에서 밝히기를 東漢末에 살았던 焦仲卿과 그의 아내의 이야기라 하므로, 그때쯤 지어졌다고 추정한다. 하지만 그때부터 만들어지기 시작했다 하더라도, 이후 민중에 의해 계속해서 첨삭이 가해졌다. 이는 민간 시가의 특징이며, 민중에게 지속적으로 사랑받고 불렸다는 증거이기도 하다. 우리가 지금 살펴볼 것은 南朝 梁나라 때 지어진『玉臺新詠』에 수록된 것이다. 워낙 長詩라 아래에서 인용한 것이 전체 시의 절반도 되지 않는다. 시 冒頭에는 이 시에 담긴 비극적 사랑 이야기의 자초지종을 개괄해주는 序文이 달려있고, 뒤이어 나오는 本詩에는, 가문이니 체면이니 법도니 하는 사회의 예의규범의 폭력적인 구속에 의해 결국 서로 사랑하는 두 남녀가 자살에 이르게 되는 비극을 절절하게 묘사하고 있다. 그래서 혹자는 이 작품의 남녀 주인공을 가리켜 중국의 로미오와 줄리엣이라고 하기도 한다. 상황전개는 상황설명과 여러 인물의 대화로 생동감 있게 진행되는데, 화려한 修辭는 없지만 오히려 질박한 표현들이 현실감을 더해준다. 그 중 몇몇 묘사는 당시 남방에서 전승되던 다른 說話들의 영향을 직접적으로 받은 것으로 보이는데, 원래 민간의 시가란 민중이 자신들의 애환을 자신들이 알고 있는 이야기들에 뒤섞어 표현하는 것이므로 이상할 것이 없다. 이 시가 남방 민간 시가의 대표작으로 손꼽히는 이유 역시, 단순히 焦仲卿과 劉蘭芝라는 두 사람만의 비극적 사랑이야기라기보다, 당시 남방 민중 누구나 곧잘 겪었고 그래서 쉽게 공감할 수 있던 여러 애환이 구구절절이 집합되어 있기 때문일 것이다.

漢末建安[1]中, 廬江[2]府小吏焦仲卿妻劉氏[3], 爲仲卿母所遣. 自誓不嫁, 其家逼之[4], 乃投水而死. 仲卿聞之, 亦自縊於庭樹. 時人傷之, 爲詩云爾:[5]

孔雀[6]東南飛, 五里一徘徊. "十三能織素, 十四學裁衣, 十五彈箜篌[7], 十六誦詩書[8], 十七爲君婦[9], 心中常苦悲. 君旣爲府吏, 守節情不移[10]. 賤妾留空房, 相見常日稀. 鷄鳴入機織[11], 夜夜不得息, 三日斷五疋[12], 大人故嫌遲[13]. 非爲織作遲[14], 君家婦難爲. 妾不堪驅使[15], 徒留無所施[16]. 便可白公姥[17], 及時相[18]遣歸." 府吏[19]得聞之, 堂上啓[20]阿母[21]: "兒已薄祿相[22], 幸復[23]

---

1 建安: 東漢 獻帝 때의 年號(196~220).

2 廬江: 지금의 安徽省에 위치해 있다.

3 焦仲卿妻劉氏: 焦仲卿의 아내 劉氏의 이름은 蘭芝라고 전해진다.

4 其家逼之: 劉氏에게 친정 식구들이 再嫁하라 독촉했다는 뜻.

5 여기까지는 이 시의 배경을 설명한 序文이다.

6 孔雀: 우리가 아는 지금의 공작새가 아니라, 鸞鳥와 짝하여 노니는 일종의 神鳥.

7 箜篌: 서양의 하프와 생김새가 비슷한 현악기.

8 詩書: 원래는 『詩經』과 『書經』을 가리키지만, 여기에서는 經傳 혹은 書冊의 통칭.

9 君婦: 여기에서 君은 焦仲卿. 婦는 아내.

10 守節情不移: 守節은 남편이 이미 관리가 되어 자주 떨어져 지내게 되었어도 절개를 지켰다는 뜻이며 情不移는 남편에 대한 사랑이 조금도 변함없었다는 뜻이다. 혹자는 이 구절도 남편에 대한 표현으로 본다. 그리 보면 焦仲卿이 관리로서 지조를 지키면서도 아내에 대한 사랑은 변함이 없었다는 뜻이 된다. 하지만 이 구절은 아내를 주어로 푸는 것이 더 부드럽다.

11 入機織: 베틀 속에 들어가 앉아 베를 짠다는 뜻.

12 疋: 匹의 通假字. 옷감을 세는 量詞.

13 大人故嫌遲: 여기에서 大人은 시어머니. 故는 '여전히'의 뜻. 혹자는 '늘상'이라고 풀고, 혹자는 '故意로'라고 풀기도 한다. 嫌遲는 '늦장을 피운다고 의심하고 싫어하다'는 뜻.

14 作遲: 늦장을 피우다.

15 驅使: 원래는 '부리다'는 뜻이지만 여기에서는 被動으로 '부림을 당하다'는 뜻.

16 徒留無所施: 徒는 헛되이, 공연히. 無所施는 쓸모가 없다.

17 公姥: 원래는 시아버지와 시어머니를 모두 가리키는 말이지만 여기에서는 시어머니의 뜻. 이렇게 두 가지 뜻의 낱말이 한 가지 뜻만 나타내는 경우, 이를 偏義複詞라고 한다.

18 及時相: 원래 及時는 '때맞추어'의 뜻이지만, 여기에서는 '일찌감치'의 뜻. 相은 아무 뜻이 없다. 어법적으로 목적어를 생략하는 기능이 있다. 즉 及時遣歸之의 뜻.

19 府吏: 남편 焦仲卿의 官職名. 여기에서는 남편을 가리킨다.

20 啓: 아뢰다.

21 阿母: 어머니. 焦仲卿의 말이기에 '어머니'라 한 것이다.

得此婦. 結髮同枕席, 黃泉共爲友. 共事[24]二三年, 始爾[25]未爲久. 女行無偏斜[26], 何意致不厚[27]." 阿母謂府吏: "何乃太區區[28]. 此婦無禮節, 擧動自專由[29]. 吾意久懷忿, 汝豈得[30]自由. 東家有賢女, 自名秦羅敷[31]. 可憐體[32]無比, 阿母爲汝求. 便可速遣之, 遣去愼[33]莫留." 府吏長跪[34]告: "伏惟[35]啓阿母. 今若遣此婦, 終老不復取[36]." 阿母得聞之, 槌牀便大怒: "小子無所畏, 何敢助婦語. 吾已失恩義[37], 會不相從許[38]." …… 府吏馬在前, 新婦車在後. 隱隱何甸甸[39], 俱會大道口. 下馬入車中, 低頭共耳語[40]: "誓不相隔卿, 且暫還家去. 吾今且赴府, 不久當還歸. 誓天不相負[41]." 新婦謂府吏: "感君

22 薄祿相: 觀相을 보면 薄福하여 官運이 없는 相이란 뜻.

23 幸復: 幸은 '다행히도'의 뜻. 復은 아예 아무 뜻이 없다고 보거나, 혹은 예상치 못한 일을 강조하기 위한 표현으로 보아서 '정말이지' 정도로 푼다.

24 共事: 함께 살다.

25 始爾: 이와 같이 시작하다.

26 偏斜: 기울어진 바, 즉 올바르지 않은 것. 여기에서는 잘못된 짓이라는 뜻.

27 不厚: 厚待하지 않다. 즉 薄待하다.

28 區區: 편협하다, 용렬하다.

29 自專由: 自專과 自由의 줄임말. 自專은 자기 고집대로 하는 것. 自由는 자기 멋대로 구는 것.

30 得: 할 수 있다.

31 自名秦羅敷: 自名은 '이름을 ~라 하다'의 뜻. 여기에서 동쪽 이웃의 딸 이름이 秦羅敷라고 하고 있지만, 이는 이웃집 딸의 진짜 이름이 아니라 賢淑하다고 전해지던 여자의 이름을 별명처럼 갖다 붙인 것이다. 아마도 동쪽 이웃 딸의 賢淑함을 강조하기 위해서일 것이다.

32 可憐體: 원래는 '가련하다'의 뜻이지만, 여기에서는 '사랑스럽다'는 뜻. 體는 姿態의 뜻.

33 愼: 제발, 부디.

34 長跪: 무릎은 꿇은 채 엉덩이를 들어 몸을 곧바로 세운 자세.

35 伏惟: 높은 사람에게 자신의 생각을 말할 때 쓰는 상투어. '제가 엎드려 생각건대'의 뜻.

36 取: 娶의 通假字.

37 恩義: 시부모와 며느리 사이에 주고받을 도리.

38 會不相從許: 會는 반드시, 결단코. 相은 아무 뜻 없이 목적어를 생략케 하는 기능을 한다. 從許는 허락을 하다.

39 隱隱何甸甸: 隱隱과 甸甸은 모두 수레바퀴가 구르는 소리. 何는 아무 뜻 없이 隱隱과 甸甸을 연결해 준다.

40 耳語: 귓속말을 하다.

41 誓天不相負: 誓天은 하늘에 맹세한다는 뜻. 相은 아무 뜻 없이 목적어를 생략케 해주는 기능을 한

區區[42]懷. 君旣若見錄[43], 不久望君來. 君當作盤石[44], 妾當作蒲葦[45]. 蒲葦紉[46]如絲, 盤石無轉移. 我有親父兄[47], 性行暴如雷. 恐不任我意, 逆[48]以煎[49]我懷." 擧手長勞勞[50], 二情同依依[51]. …… 府吏還家去, 上堂拜阿母: "今日大風寒, 寒風摧樹木, 嚴霜結庭蘭. 兒今日冥冥[52], 令母在後單. 故作不良計[53], 勿復怨鬼神. 命如南山石[54], 四體[55]康且直[56]." 阿母得聞之, 零淚應聲落: "汝是大家子[57], 仕宦[58]於臺閣[59]. 愼勿爲婦死, 貴賤情何薄[60]. 東家有賢女, 窈窕艶城郭[61]. 阿母爲汝求, 便復在旦夕." 府吏再拜還, 長歎空房中, 作計乃爾立[62]. 轉頭向戶裏, 漸見愁煎迫[63]. 其日[64]牛馬嘶[65], 新婦入青

다. 즉 원래 誓天不負之.

42 區區: 간절한, 한결같은.
43 若見錄: 若은 이와 같이. 見은 被動의 의미. 錄은 기억하다.
44 盤石: 널따란 바위. 여기에서는 焦仲卿의 절대 변치 않을 마음에 대한 비유.
45 蒲葦: 부들과 갈대. 여기에서는 劉蘭芝의 연약한 듯 보여도 결코 꺾이지 않을 마음에 대한 비유.
46 紉: 韌의 假借字.
47 親父兄: 원래는 친정아버지와 오라버니의 뜻이지만, 여기에서는 偏義復詞로 친정오라버니의 뜻.
48 逆: 추측컨대.
49 煎: 못살게 굴다, 들볶다.
50 勞勞: 시름에 잠기다.
51 二情同依依: 二情은 두 사람의 마음. 依依는 서로 의지하며 차마 떨어지지 못하는 모습.
52 冥冥: 여기에서는 죽는다는 뜻.
53 故作不良計: 故는 일부러. 不良計는 좋지 않은 계획, 즉 못된 계획의 뜻. 여기에서는 자살을 의미한다.
54 南山石: 長壽를 의미한다.
55 四體: 원래는 四肢의 뜻이나, 여기에서는 身體 전부를 가리킨다.
56 直: 여기에서는 爽快하다는 뜻.
57 大家子: 대갓집 아들.
58 仕宦: 벼슬하다.
59 臺閣: 원래는 朝廷의 중요 문서를 다루는 尙書臺란 뜻이지만, 여기에서는 그냥 관청을 높여 부른 것이다. 혹자는 焦仲卿 집안에 朝廷의 尙書臺 벼슬을 지낸 조상이 있다는 뜻으로 풀기도 하는데, 앞에서 '대갓집 아들'이라 하고 뒤 구절에서 焦仲卿 집안을 귀하다고 얘기하는 것을 보면 상당히 일리가 있다.
60 貴賤情何薄: 貴賤은 焦仲卿은 귀한 집안이고 劉蘭芝는 천한 집안이라 차이가 난다는 말. 情何薄은 '무엇이 薄情하단 말이냐'의 뜻.
61 艶城郭: 성곽 안에서 제일 아름답다는 뜻.

廬[66]. 奄奄[67]黃昏後, 寂寂人定初[68], "我命絶今日, 魂去尸長留." 攬裙脫絲履, 擧身赴淸池. 府吏聞此事, 心知長別離. 徘徊顧樹下, 自掛東南枝. 兩家求合葬, 合葬華山[69]傍. 東西植松柏, 左右種梧桐. 枝枝相覆蓋, 葉葉相交通[70]. 中有雙飛鳥, 自名爲鴛鴦[71]. 仰頭相向[72]鳴, 夜夜達五更[73]. 行人駐足[74]聽, 寡婦起彷徨. 多謝[75]後世人, 戒之愼[76]勿忘.

62 作計乃爾立: 作計는 자살할 계획을 세우다. 乃爾는 이와 같이. 立은 자살계획을 '확정지었다'는 뜻.
63 見愁煎迫: 見은 被動. 근심에게 들볶이다.
64 其日: 그날, 즉 劉蘭芝가 再嫁하는 날.
65 牛馬嘶: 시끌벅적하다는 뜻.
66 靑廬: 푸른 천으로 만든 천막집으로 혼례를 거행하는 장소.
67 奄奄黃昏後: 晻晻의 假借. 여기에서 黃昏後는 결혼식을 거행할 즈음을 뜻한다. 옛날에는 黃昏이 되어야 결혼을 거행했다. 婚이란 글자도 黃昏의 昏에서 파생된 것이다.
68 寂寂人定初: 寂寂은 人跡이 끊긴 모습. 人定은 사람들이 자리를 잡고 安定을 취하는 시각이다. 원래 亥時(밤 9시~11시)를 가리키는데 初라는 표현을 봐서는 밤 9시 즈음을 가리킨다.
69 華山: 이는 五嶽 중 하나인 陝西省의 華山이 아니라, 安徽省에 있는 廬江 부근의 華山이다.
70 交通: 交錯의 뜻.
71 鴛鴦: 곧잘 금슬이 좋은 부부에 비유되는 새.
72 相向: 서로를 향해.
73 五更: 寅時, 즉 새벽 3시부터 5시까지. 어두운 밤을 지나 동이 트는 새벽이 오는 시기.
74 駐足: 발걸음을 멈춘다는 뜻.
75 多謝: 거듭 말하다. 여기에서 謝는 알려주다, 경고하다.
76 愼: 제발. 부디.

「古詩十九首」

'古詩'라는 표현은 시대나 문맥에 따라 그 뜻이 달라지는데, 여기 「古詩十九首」라는 명칭은 南朝 梁나라 때 『文選』이란 總集에 작자 미상의 옛 시 19수를 수록하면서, 이를 일반적 명칭으로 '古詩十九首'라 불렀던 것이 고유명사화된 것이다. 일반적으로 東漢 시대의 시라고 추정된다. 혹자는 「古詩十九首」의 시들 중 漢代의 유명시인이 지은 것도 섞여있다고 보기도 했지만, 모두 작자 미상의 작품으로 보는 것이 일반적이다. 여기 실린 세 수의 시는 「古詩十九首」 중 제1수, 제10수, 제19수이다. 「古詩十九首」는 그 내용이 대부분 남녀 간의 애절한 사랑이나 유한한 인생에 대한 고민이다. 이는 인간의 가장 보편적인 주제라고 할 수 있겠다. 표현기법은 진솔하면서도 진부하지 않고, 修辭 기교는 산뜻하면서도 군더더기 같은 겉치레가 없다. 이 때문에 歷代로 五言古詩의 典範으로 추앙받고 있다.

行行重行行, 與君生別離[77]. 相去萬餘里, 各在天一涯[78]. 道路阻且長, 會面安可知. 胡馬[79]依北風, 越鳥[80]巢南枝. 相去日[81]已遠, 衣帶日已緩. 浮雲蔽白日[82], 遊子不顧返. 思君令人老[83], 歲月忽已晚. 棄捐[84]勿復道, 努力加餐飯[85].

---

77 生別離: 生離別, 즉 살아서 하는 離別. 死別의 반대말. 혹자는 '생생한 離別'로 풀기도 한다.

78 各在天一涯: '각자 하늘의 서로 다른 모퉁이에 있다'는 뜻. 두 사람이 아주 멀리 떨어져 있음을 비유한다.

79 胡馬: 북방 오랑캐의 말. 전쟁에 쓰이는 아주 좋은 말.

80 越鳥: 남방 越 땅의 새.

81 日: 날로, 나날이.

82 浮雲蔽白日: 일반적으로 하늘 풍경의 묘사 속에 時局을 빗댄 표현으로 본다. 즉 白日은 임금이나 朝廷, 浮雲은 奸臣의 무리로 보아, 奸臣들 때문에 세상이 혼란스러워지고, 이에 남편이 떠돌이 생활을 하게 되었다고 불평하는 것이다. 혹자는 白日을 이 시 주인공의 남편, 浮雲을 外地에서 남편을 홀린 여자로 보기도 한다.

83 思君令人老: 思君은 님을 그리워하는 것. 令은 사역동사. 즉 令人老는 '사람으로 하여금 늙게 하다'의 뜻. 여기에서 '사람'은 바로 주인공이다.

84 棄捐: 두 글자 모두 '포기하다', '관두다'의 뜻.

迢迢牽牛星[86], 皎皎河漢女[87]. 纖纖擢[88]素手, 札札[89]弄機杼. 終日不成章[90], 泣涕零如雨. 河漢清且淺, 相去復幾許[91]. 盈盈[92]一水間, 脈脈[93]不得語.

明月何皎皎, 照我羅牀幃[94]. 憂愁不能寐, 攬衣[95]起徘徊. 客行雖云樂[96], 不如早旋歸[97]. 出戶獨彷徨, 愁思當告誰. 引領[98]還入房, 淚下沾裳衣.

85 努力加餐飯: 이 구절은 일반적으로 남편이 끼니를 제때 챙겨먹기를 바라는 것으로 보지만, 혹자는 떠난 남편 걱정 그만하고 끼니나 챙겨먹겠다는 일종의 투정으로 보기도 한다.

86 迢迢牽牛星: 迢迢는 아득히 멀고도 멀다. 牽牛星은 銀河水 남쪽에 위치한 별자리의 이름. 지금의 독수리 성좌에 속해 있다.

87 河漢女: 河漢은 銀河水를 뜻한다. 河漢女는 銀河水 북쪽에 위치한 織女星을 말한다. 지금의 거문고 성좌에 위치해 있다.

88 擢: 빼내어 들다.

89 札札: 베틀 소리. '철컥철컥' 정도로 번역된다.

90 章: 직물의 무늬. 여기에서는 제대로 무늬를 갖춘 옷감을 가리킨다.

91 相去復幾許: 여기에서 相去는 '서로 떨어진 거리'의 뜻. 幾許는 얼마나, 얼마나 되는가? 여기에서는 반어법으로 서로 떨어진 거리가 얼마 되지 않는다는 뜻.

92 盈盈: 물이 넘실대는 모습. '찰랑찰랑' 정도로 번역된다.

93 脈脈: 서로 간절하게 바라보다.

94 羅牀幃: 비단으로 된 寢牀 휘장.

95 攬衣: 원래는 옷을 걷어 올린다는 뜻이지만, 여기에서는 옷을 걸친다는 의미이다.

96 云樂: 즐겁다고 말하다.

97 旋歸: 떠나가던 방향을 틀어 돌아오다.

98 引領: 목을 길게 빼다. 어떤 것을 간절히 기다린다는 표현.

建安 문학

曹操「短歌行」

曹操는 小說『三國志演義』를 통해 널리 알려진 인물이다. 하지만 小說에서는 奸雄의 이미지가 매우 강해서, 실제 曹操의 업적이나 능력이 폄하되거나 외면당하는 경우가 종종 있다. 사실 曹操는 당대의 정치가이자 전략가였고, 동시에 文人이었다. 漢나라 초 文人이었던 司馬相如를 보면 다분히 임금이나 高官大爵을 즐겁게 해주는 광대에 가까웠지만, 어느덧 曹操가 살던 때에 이르러서는 임금이나 高官大爵조차 스스로 詩文을 지을 수 있어야 행세할 수 있는 시대가 되어 있었다. 그리고 曹操는 당시의 대표적인 文人 중 한 명이었다. 또한 당시의 유명한 文人들을 수하에 거느리고 새로운 시대에 어울리는 새로운 文風을 이끌었다. 그 대표적인 이들이 바로 建安七子이다.

이 시는 曹操가 北方을 평정하고 吳나라를 치기 위해 출전하여 지은 시라고 알려졌다. 영화「赤壁大戰 2」에도 曹操가 이 시를 읊는 장면이 나온다. 曹操가 지은「短歌行」은 총 2수인데 여기에서 인용한 것은 第1首이다.「短歌行」이란 제목은 사실 내용과는 상관없이 樂府詩의 제목을 빌려온 것으로, 단순히 제목만 빌려온 것이 아니라「短歌行」이라는 정해진 樂曲 형식도 맞추어 시를 지은 것이다. 유한한 인생을 살면서 천하를 안정시킬 인재를 갈구하는 爲政者의 마음이 豪放하지만 거칠지 않게 잘 표현되어 있다.

對酒當歌[1], 人生幾何[2]. 譬如朝露, 去日[3]苦多. 慨當以慷[4], 憂思難忘. 何

1 當: 일반적으로 '응당 ~해야 한다'로 푼다. 혹자는 여기에서의 當을 앞에 나온 對와 같은 뜻으로 풀어 '~를 대하고', '~을 앞에 두고'로 푸는데, 상당히 일리가 있다. 그리 보면 '이 노래 소리를 앞에 두다'쯤으로 번역된다.

2 幾何: 얼마나 되는가?

3 去日: 지나가버린 날들. 즉 과거.

4 慨當以慷: 當以慷慨의 도치형. 운율을 위해 도치한 것으로 보인다.

以解憂, 唯有杜康[5]. "青青子衿, 悠悠我心[6]." 但爲君故[7], 沈吟[8]至今. "呦呦鹿鳴, 食野之苹. 我有嘉賓, 鼓瑟吹笙[9]." 明明如月[10], 何時可掇[11]. 憂從中[12]來, 不可斷絶. 越陌度阡[13], 枉用相存[14]. 契闊談讌[15], 心念舊恩[16]. 月明星稀, 烏鵲[17]南飛. 繞樹三匝[18], 何枝可依. 山不厭高, 海不厭深[19]. 周公吐哺[20], 天下歸心[21].

5 杜康: 중국의 전설상 최초로 술을 빚은 인물. 이후 술의 대명사로 쓰인다.

6 青青子衿, 悠悠我心: "푸르디푸른 그대의 옷깃, 내 마음에 오래도록 남아있네." 周나라 때에는 젊은 학생들이 青衿, 즉 푸른 옷깃의 옷을 입었다. 여기에서는 참신한 人才에 대한 비유이며 悠悠는 오래도록 남아있다는 뜻이다. 이 두 구절은 『詩經』「鄭風」 중 「子衿」篇에서 인용한 것으로, 참신한 인재를 갈구하는 曹操의 마음을 표현한 것이다.

7 但爲君故: 但은 단지. 爲~故는 '~때문에'의 뜻. 君은 그대, 여기에서는 참신한 인재.

8 沈吟: 낮게 읊조리다. 人才를 그리는 「子衿」篇을 읊조린다는 뜻.

9 呦呦鹿鳴, 食野之苹. 我有嘉賓, 鼓瑟吹笙: "우~우~, 사슴들이 우는 것은, 들판의 풀을 뜯으려 하기 때문이지. 내게 귀한 손님 있다면 거문고를 뜯고 笙簧을 불겠네." 사슴은 귀한 손님에 대한 비유이며 들판의 풀을 뜯을 때 울음을 울어 다른 사슴을 부른 다는 것은 잔치를 열어 귀한 손님을 대접한다는 뜻이다. 이 네 구절은 『詩經』「小雅」 중 「鹿鳴」篇에서 인용한 것으로, 참신한 인재를 귀한 손님으로 모셔서 대접하고자 하는 曹操의 마음을 표현했다.

10 明明如月: 明明如는 밝디 밝은 모습. 如는 然의 假借字. 月은 인재에 대한 비유.

11 掇: 줍다, 거두다의 뜻. 즉 明明如月, 何時可掇은 "밝디 밝은 달과 같은 인재를 언제나 거둘 수 있을까?"라는 속뜻이 깔려있다. 혹자는 掇을 輟의 通假字로 보아서 '멈추다'로 풀어서 전체 문장을 "밝디 밝은 달과 같은 인재는 언제나 움직임을 멈출까?" 즉 "언제나 다른 곳에 가지 않고 나 曹操에게 머물까?"라고 풀기도 하지만, 전자의 풀이가 좀 더 설득력 있다.

12 中: 마음속.

13 越陌度阡: 陌은 동서로 난 길. 阡은 남북으로 난 길. 혹자는 陌阡을 동서남북으로 뻗친 밭두렁으로 보는데 이것은 옳지 않다. 인재들이 사방팔방에서 머나먼 길을 와주었다는 뜻.

14 枉用相存: 枉用은 능력에 인정받지 못하고 억울하게 낮은 관직에 등용되었다는 뜻. 즉 曹操의 입장에서, 인재들이 뛰어난 재주를 가지고도 보잘 것 없는 자신에게 와서 벼슬하게 된 것이라는 謙辭이다. 相은 아무 뜻이 없이 목적어를 생략하게 해주는 기능을 한다. 存은 '問候를 여쭙다'의 뜻. 즉 曹操에게 등용되어 問候를 여쭙는 신하가 되어주었다는 뜻이다.

15 契闊談讌: 契闊은 오랜만에 만나 意氣投合했다는 뜻. 談讌은 정답게 이야기를 나눈다는 뜻.

16 舊恩: 옛 情.

17 烏鵲: 여기에서는 두 글자 모두 까마귀를 뜻한다.

18 三匝: 세 바퀴, 匝은 여기에서 量詞로 쓰였다.

19 山不厭高, 海不厭深: 인재는 多多益善이란 뜻.

20 周公吐哺: 周公은 인재를 아껴서, 밥을 먹다가도 인재가 찾아왔다고 하면 바로 먹던 것을 뱉어버리고 인재를 만났으며, 매 끼니마다 세 번씩은 인재를 만나기 위해 먹던 것을 뱉었다고 한다. 여기에서는 조조 스스로 周公의 이러한 태도를 본받겠다는 의지를 표명한 것이다.

曹丕「燕歌行」

曹丕는 曹操의 아들로, 有名無實하던 東漢을 멸망시키고 魏나라를 세워 初代 皇帝로 등극했다. 그는 豪放했던 아버지 曹操의 風格과는 달리, 여성스러우면서도 眞率淡泊한 風格을 갖추고 있었다. 하지만 그가 보다 재능 있는 쪽은 창작보다는 비평이었다. 그의 주도로 『典論』이란 文學批評書가 제작되었다. 현재 비록 아주 일부분만 남아있지만, 『典論』은 中國文學批評史에 있어서 아주 중요한 위치를 차지하고 있다. 이후로 전문적으로 문학비평의 기준과 방법을 논하거나, 실제 문학작품들에 대해 品評을 가한 책들이 등장하기 시작하는데, 이는 결코 우연히 발생한 것이 아니라, 앞서 밝혔듯이 임금과 고관대작조차 직접 詩文을 지어야 하는 시대가 되면서, 누구의 작품이 좋고 어떤 장르의 글은 어떻게 짓는 것이 훌륭한 것인가 등의 문제에 대해 공평하고도 모두 수긍할 수 있는 평가기준이 필요했기 때문이다.

「燕歌行」이란 제목 역시 曹操의 「短歌行」처럼 樂府詩의 樂曲을 빌려온 것이다. 曹丕가 지은 「燕歌行」은 총 2 首인데 여기에서 인용한 것은 第1首이다. 남녀 간의 사랑을 애절하게 읊고 있는 이 시는, 특히 내용보다도 현존하는 最古의 본격적인 七言詩라는 점에서 주목받고 있다. 五言詩는 이미 어느 정도 성행하고 있었지만 七言詩가 완전히 정착하게 되는 것은 南北朝 시대에 이르러서였다.

秋風蕭瑟天氣凉, 草木搖落[22]露爲霜. 群燕辭歸雁南翔, 念君客遊[23]思斷腸. 慊慊[24]思歸戀故鄕, 君何淹留[25]寄他方. 賤妾煢煢[26]守空房, 憂來思君不敢忘, 不覺淚下霑衣裳. 援琴鳴絃發淸商[27], 短歌微吟不能長. 明月皎皎照

---

21 天下: 천하 사람들.

22 搖落: 여기에서는 被動으로 '흔들려 떨어지다'의 뜻. 즉 草木이 시들어가는 모습을 표현했다.

23 客遊: 길손노릇하며 떠돌아다니다.

24 慊慊: 뭔가 허전하여 불만스러움이 있는 상태.

25 淹留: 오래도록 머무르다.

26 煢煢: 홀로 외로운 모습.

27 淸商: 樂曲의 이름으로, 그 音律이 대체로 짧고 促急하다고 한다. 그래서 다음 구절에서 "짧은 노랫

我床，星漢西流夜未央[28]. 牽牛織女[29]遙相望，爾[30]獨何辜限河梁.[31]

曹植「白馬篇」

曹植은 曹操의 아들이자 曹丕의 동생으로 어려서부터 聰氣와 文才로 명성이 자자했다. 그러나 이러한 재능으로, 아버지 曹操의 총애를 받았지만, 동시에 형인 曹丕에게는 늘 견제의 대상이 되었다. 曹丕가 皇帝가 된 후부터 그는 늘 감시당하며 半軟禁 상태로 지냈다. 결국 훌륭한 재주를 가지고도 현실 정치에 참여할 수 없었던 曹植은 吟風弄月로 생을 마감할 수밖에 없었다. 그래서 그의 시는 다분히 원망이 어려 있고 悲憤에 차있다. 하지만 전체적인 風格은 曹丕처럼 여성적이면서도 더 섬세하고 곱다. 曹植은 曹操, 曹丕와 함께 三曹라 불리는데 문학적 성취는 그 중 으뜸이었으며, 특히 五言詩에 능했다. 그의 五言詩 작품들은 이후 五言詩의 정착과 발전에 많은 영향을 끼쳤다는 것이 衆論이다.

하지만 여기 「白馬篇」은 평소 曹植의 풍격과 다르게 아주 豪放하고 尙武精神이 돋보인다. 그래서 일반적으로 이를 근거로, 曹植이 雄志가 꺾이기 전에, 자신의 뜻을 펼치고자 하는 결심을 노래한 작품이라 추정한다. 내용 중 '遊俠兒' 云云한 표현에 근거해 「遊俠篇」이라고 불리기도 하는 이 시를 통해, 우리는 당시 북방 오랑캐가 얼마나 위협적이었으며, 계속되는 戰亂으로 인해 好戰的인 尙武 風潮가 얼마나 성행했는지도 미루어 짐작할 수 있다. 이 시는 樂府詩의 樂曲을 사용하긴 했지만, 앞서 본 「短歌行」이나 「燕歌行」과는

가락을 나지막하게 읊조릴 뿐 길게 뽑아낼 수 없다"(短歌微吟不能長)라고 한 것이다.

28 星漢西流夜未央: 星漢西流는 銀河水가 서쪽으로 흐른다는 뜻. 혹자는 초가을 깊은 밤이 되면 은하수가 서쪽을 향하므로, 이 표현 자체에 밤이 깊었다는 뜻이 있다고도 한다. 未央은 '아직 끝나지 않았다'의 뜻이다.

29 牽牛織女: 牽牛星과 織女星.

30 爾: 너희. 牽牛星과 織女星을 가리킨다.

31 限河梁: 직역하면 '은하수의 다리에만 국한되다'의 뜻. 의역하자면 '은하수에 다리가 있어야만 만날 수 있다' 쯤으로 풀 수 있다. 牽牛織女의 전설에 1년에 한 번 七月七夕날 까마귀들이 모여서 은하수에 다리(즉 烏鵲橋)가 되어 주어야만 만날 수 있음을 지적한 것이다.

달리 제목까지 기존의 것을 따라하지 않고 스스로 제목을 달았다.

白馬飾金羈, 連翩[32]西北馳. 借問誰家子, 幽幷[33]遊俠兒. 少小[34]去鄕邑, 揚聲沙漠垂[35]. 宿昔[36]秉良弓, 楛矢[37]何參差[38]. 控弦破左的[39], 右發摧月支[40]. 仰手接飛猱[41], 俯身散馬蹄[42]. 狡捷過[43]猴猿, 勇剽若豹螭[44]. 邊城多警急, 胡虜數遷移[45]. 羽檄[46]從北來, 厲馬[47]登高隄[48]. 長驅蹈匈奴, 左顧凌鮮卑[49]. 棄身鋒刃端, 性命安可懷[50]. 父母且不顧, 何言子與妻. 名編壯士籍[51],

32 連翩: 連은 계속해서. 翩은 원래 '날다'나 '날갯짓하다'의 뜻이지만, 여기에서는 '나는 듯 달리는 모습'을 형용한 것이다.

33 幽幷: 幽州와 幷州. 지금의 河北省, 山西省, 陝西省 일대를 포괄하는 지역. 이 지역들은 모두 匈奴와 같은 遊牧民과 첨예하게 대치하고 있는 변방에 속한다.

34 少小: 나이가 어리고 몸집이 작았을 때.

35 垂: 陲의 通假字. 여기에서는 邊境의 뜻.

36 宿昔: 원래는 '이전'이나 '과거'라는 뜻으로 쓰이지만, 여기에서는 '줄곧'이나 '늘'의 뜻.

37 楛矢: 楛나무로 만든 화살.

38 何參差: 여기에서 何는 의문사가 아니라 '매우' 혹은 '너무나'라는 강조의 뜻. 參差는 '참치'로 읽으며 가지런하지 않다는 뜻. 일반적으로 화살통의 화살이 가지런하지 않다는 것으로 풀지만, 이는 事理에 맞지 않는다. 연이어 쏘아댄 화살이 가지런하지 않게, 즉 어지러이 날아가는 모습을 형용한 것이다.

39 的: 과녁.

40 月支: 과녁의 일종으로 素支라고도 한다.

41 接飛猱: 여기에서 接은 '쏘아 맞히다'는 뜻. 飛猱는 일반적으로 '나는 듯 재빠른 원숭이'이라고 푼다. 하지만 앞 뒤 네 구절에서 左的, 月支, 馬蹄가 모두 과녁인데 유독 飛猱만 짐승일 리가 없다. 응당 飛猱 역시 과녁 이름으로 보아야 한다. 아마도 허공에 날리는 과녁이었을 텐데, 원숭이 그림이 그려져 있거나, 그 빠르게 날아가는 모습 때문에 이름을 飛猱라 했을 것이다.

42 散馬蹄: 散은 쏘아서 부수다. 馬蹄는 과녁의 일종. 아마도 땅 바닥에 가깝게 놓인 과녁인 듯하다.

43 過: 여기에서는 비교형으로 '~보다 낫다'.

44 螭: 뿔 없는 龍.

45 胡虜數遷移: 胡虜는 북방 오랑캐에 대한 通稱. 數은 '삭'으로 읽으며 '자주'의 뜻. 遷移는 원래 '옮겨다니다'는 뜻이지만 여기에서는 '침략하다'의 뜻.

46 羽檄: 긴급하게 出兵을 알리거나 요구하는 木簡. 원래 檄이 出兵을 알리거나 요구하는 木簡인데, 긴급할 때에는 그 木簡에 깃털(羽)을 꽂았다고 한다.

47 厲馬: 厲는 재촉하다. 厲馬는 말에게 채찍질을 해 빨리 달리도록 만든다는 뜻.

48 高隄: 적을 막기 위해 높이 쌓은 일종의 둑.

49 長驅蹈匈奴, 左顧凌鮮卑: 長驅는 멀리까지 달려 나가다. 左顧는 흘겨보다, 째려보다. 혹자는 이를 '왼쪽으로 돌아보다'라고 푸는데 이것은 옳지 않다. 여기에서 左는 '왼쪽'이 아니라 '비스듬히'라는 뜻이

不得中顧私[52]. 捐軀赴國難, 視死忽如歸.

曹植「七步詩」

曹植에 대해서는 앞에서 다루었다. 이 시에는 관련된 逸話가 함께 전해진다. 정확히 언제인지는 몰라도 皇帝가 된 曹丕에게 曹植이 어떤 꼬투리를 잡혔고, 아예 죽임을 당할 처지에 놓이게 되었다. 이 때 曹丕가 曹植에게 일곱 걸음 안에 시 한 수를 짓는다면 살려준다고 조건을 내걸었다. 아마도 骨肉에게 야박하게 굴었다는 비난을 피하기 위해, 불가능해 보이는 조건으로 아우에게 살 수 있는 기회를 주었다는 핑계거리를 만들려고 했던 것으로 보인다. 하지만 曹植이 당황하지 않고 태연히 일곱 걸음을 걸으며 이 시를 완성시켰다고 한다. 그래서 시 제목이 七步詩, 즉 '일곱 걸음을 걸으며 지은 시'이다. 이 시를 들은 曹丕는 시 속에 담긴 날카로우면서도 서글픈 諷刺에 매우 부끄러워하며 그를 풀어주었다고 한다. 사실 이 逸話의 사실 與否는 알 수 없고, 이 시조차 曹植의 작품이 아니라는 僞作의 혐의가 있는 것이 사실이다. 하지만 南朝 宋나라 때의 文獻에 이 逸話가 기재되어 있는 것을 보면, 상당히 널리 人口에 膾炙되던 이야기인 듯하다.

이 시의 내용은 상당히 질박하지만, 寸鐵殺人의 비유가 담겨져 있다. 같은 뿌리에서 자란 콩과 콩대이건만, 각자 갈 길이 나뉘어 콩대는 아궁이 속에서 활활 불타오르고 콩은 솥 안에 갇혀 들볶이는 신세가 되었다. 이것이 같은 부모를 둔 형제간에 형은 황제가 되고 아우는 허울 좋은 爵位만 가진 채 꼼짝없이 형에게 들볶이는 상황의 비유라는 것을 알아채기는 어렵지 않다. 하지만 그 비유가 절묘해 不知不識間에 骨肉의 情을 되돌아보게 만드는 餘韻이 있다.

다. 凌은 蹈와 마찬가지로 '짓밟다'의 뜻. 匈奴나 鮮卑는 모두 당시 魏나라와 대치중이었던 대표적인 북방 오랑캐로, 대부분 山西省 일대에 근거하고 있었다.

50 懷: 연연하다.

51 壯士籍: 壯士는 壯丁의 뜻. 籍은 원래 사람의 나이나 이름 등을 기록해둔 簿籍, 즉 일종의 戶口臺帳이다. 여기에서 壯士籍이라 한 것은 전쟁에 나갈 수 있는 壯丁들만을 기록해둔 臺帳이란 뜻이다.

52 不得中顧私: 不得은 不可의 뜻. 中은 마음속으로. 顧私는 자신의 私利私慾을 돌보다.

소설 『三國志演義』에도 이 逸話가 보이는데 자못 劇的으로 꾸며져 있다.[53]

煮豆持[54]作羹[55], 漉豉以爲汁[56]. 萁在釜下然[57], 豆在釜中泣. 本是同根生, 相[58]煎何太[59]急.

陳琳「飮馬長城窟行」

陳琳은 曹操의 幕僚로 文名을 날렸던 建安七子의 한 명으로, 上奏文이나 公文書를 잘 짓기로 유명했다. 이 시는 樂府詩로 위에서 보았던 曹操의 「短歌行」이나 曹丕의 「燕歌行」처럼 樂府詩의 樂曲과 題目을 빌려온 것이다. 하지만 曹操와는 다르게 내용 역시 원래 「飮馬長城窟行」이란 樂府詩의 주제까지 그대로 이어받아 萬里長城을 축조하기 위한 勞役으로 멀리 떠나 돌아올 줄 모르는 남편과 그 남편을 기다리며 애태우는 아내의 모습을 절절하게 그리고 있다. 建安時期의 전반적인 詩風은 현실 참여적이고 悲憤慷慨함이 주류를 이루었다. 때문에 당시의 詩風을 일러 建安風骨이라 한다. 여기에서 風骨이란 風格과 氣槪가 있고 세상의 혼란과 아픔을 절절하게 표현하는 風潮를 의미한다.

53 첫째 구절부터 셋째 구절을 煮豆燃豆萁라고 압축시켜 놓았고, 나머지 넷째 구절부터 마지막 여섯째 구절까지는 동일하다.

54 持: 여기에서는 '~을 가지고'의 뜻으로 바로 앞의 煮豆를 받는다.

55 羹: 원래는 마시는 국을 의미하지만 여기에서는 푹 삶은 콩을 가리킨다. 뒤 구절과 연결해 생각해 보면, 이는 메주를 만드는 재료가 된다.

56 漉豉以爲汁: 漉豉는 메주를 거르는 것. 여기에서 汁은 메주를 걸러서 만든 일종의 醬이라 추정된다. 당시에는 아직 메주에서 된장과 간장을 완전히 분리하지는 않았던 것으로 보인다. 혹 豉가 菽으로 전해지는 경우도 있는데 그리되면 앞 구절과 이 구절의 내용이 콩죽이나 두유를 만드는 과정으로 읽힌다.

57 然: 燃의 通假字.

58 相: 아무 뜻 없이 동사 煎의 목적어를 생략하게 만드는 기능을 한다.

59 太: 매우, 너무나. 너무 과하다는 어감을 갖는다.

陳琳의 「飮馬長城窟行」은 비록 과거 樂府詩의 樂曲과 제목, 그리고 주제까지 빌어 萬里長城 築造에 生離別하게 된 民草의 고난을 묘사하고 있지만, 사실 이러한 과거 역사에 대한 묘사는 여전히 戰爭과 勞役이 끝없이 이어지는 당시의 현실에 그대로 적용되는 것이었다. 결국 이 시 역시 建安風骨의 성향을 如實하게 보여주고 있다.

飮馬長城窟[60], 水寒傷馬骨. 往謂長城吏, "愼莫稽留太原卒[61]." "官作[62]自有程, 擧築諧汝聲[63]." "男兒寧當格鬪死, 何能怫鬱[64]築長城." 長城何連連[65], 連連三千里. 邊城多健少[66], 內舍[67]多寡婦. 作書與內舍, "便嫁[68]莫留住. 善侍新姑嫜[69], 時時念我故夫子[70]". 報書往邊地, "君今出語一何[71]鄙." "身在禍難中, 何爲[72]稽留他家子[73]. 生男愼[74]莫擧[75], 生女哺用脯[76]. 君獨不見長城下, 死人骸骨相撑拄[77]." "結髮行事君[78], 慊慊[79]心意間. 明知邊地苦,

60 長城窟: 長城은 진나라 때부터 축조하기 시작한 萬里長城을 가리킨다. 窟은 여기에서 샘터를 가리킨다.

61 愼莫稽留太原卒: 愼은 제발, 결코. 莫은 하지 말라. 稽留는 붙잡아두다. 太原卒은 太原 땅에서 勞役하러 온 백성들. 원래 卒은 백성이나 군대를 編制하는 단위였지만 여기에서는 그냥 백성들로 보아도 무방하다.

62 官作: 官에서 하는 工事.

63 擧築諧汝聲: 築은 터를 닦거나 흙담을 쌓을 때 이를 다지는 달구. 擧築은 달구질하다는 뜻. 당시까지도 만리장성은 版築法을 사용해 흙으로 축조되었다. 諧汝聲은 '너희의 소리, 즉 구령을 맞추라'는 뜻이다. 구절 전체의 뜻은, 勞役者들에게 구령에 맞추어 계속 달구질하라는 말이다.

64 怫鬱: 울분에 차있는 모습.

65 連連: 연달아 있는 모습.

66 健少: 건장한 젊은이.

67 內舍: 자신의 아내가 사는 안채를 가리킨다.

68 便嫁: '곧바로 시집가라'는 뜻으로, 여기에서는 속히 改嫁하라는 말이다.

69 新姑嫜: 새로운 시부모, 즉 改嫁해서 모시게 될 시부모.

70 故夫子: 옛 남편. 즉 만리장성을 쌓으러 온 자기 자신을 가리킨다.

71 一何: '어찌 그리 ~한가?'의 뜻. 결국 '매우 ~하다'는 말이다.

72 何爲: 무슨 이유로, 무엇 때문에.

73 他家子: 남의 집 딸. 여기에서는 자신의 아내를 가리킨다.

74 愼: 제발, 부디.

75 擧: 여기에서는 '養育하다'는 뜻. 혹자는 戶籍, 즉 戶口臺帳에 이름을 올린다는 뜻으로 풀기도 하지만, 이러한 풀이는 옳지 않다.

76 哺用脯: 用은 以의 뜻. 즉 말린 고기 같이 귀한 음식을 먹여 잘 키우라는 말이다.

賤妾何能久自全."

77 相撑拄: 서로 떠받치다. 즉 해골이 너무 많아 쌓여 있는 모습을 묘사한 말이다.
78 結髮行事君: 結髮은 결혼을 해서 머리를 쪽쪄 올린다는 뜻. 行事君은 남편을 섬겼다는 뜻.
79 慊慊: 아주 미흡하거나 불만스러운 모습.

魏晉南北朝 시

阮籍「詠懷詩」

阮籍은 建安七子 중 한 명이었던 阮瑀의 아들로, 當代의 名士였다. 하지만 당시 魏나라는 司馬氏가 정권을 잡고 專橫하던, 극도로 혼란스러운 시기였다. 당초 經世濟民에 뜻이 없었던 것이 아니었지만, 泥田鬪狗의 시대를 사는 고고한 선비는 오로지 자신의 재주를 숨기고 隱居를 택할 수밖에 없었다. 결국 그는 隱居하며 淸談을 즐기다가 어느새 竹林七賢의 한 명으로 손꼽히게 되었다. 하지만 竹林七賢의 다른 이들도 그렇듯, 세상과 완전히 단절된 그런 隱居는 아니었다. 오히려 현실 정치에 대한 불만을 적극적으로 표현하기 위한 일종의 誇示的인 隱居였을 뿐이다. 狂人과 같았던 그의 放縱과 奇行 역시 이러한 불만의 표출이었다. 또한 그는 老子와 莊子를 높이고 즐겨 말했지만, 결코 孔子와 儒家의 궁극적인 가치추구에 대해 부정하거나 비난한 적은 없었다. 그가 비판하고 공격한 것은 오로지 僞善과 껍데기만 남아 현실을 歪曲하고 억압하는 權力과 이를 뒷받침하는 制度的인 儒家 담론일 뿐이었다. 하지만 지금 볼 때, 이러한 현실이 꼭 부정적으로 작용했던 것만은 아니다. 너무도 혼란스럽고 불만스러운 현실은, 阮籍과 같은 지식인들로 하여금 보다 非制度的 自然과 內的 自我에 집중하도록 만들었다. 이는 戰國時代의 혼란 속에서 莊子가 審美的 自我를 발견한 것의 延長線 위에서 이해될 수 있다. 결국 阮籍과 같은 당시 지식인들은 보다 個人的이고 審美的인 個性을 발견하고 향유할 수 있었다. 그리고 이러한 성향은 온전히 그들의 문학작품에도 드러나는데, 특히 阮籍의 「詠懷詩」에서 如實하게 볼 수 있다.

아래 보이는 阮籍의 시는 그의 「詠懷詩」 82수 중 제1수이다. 자연 풍경과 현상, 그리고 사물을 통해 자신의 심정을 표현하는 것은 이전부터 있었지만, 대부분 한두 가지의 대상을 통해 心思를 표현하거나, 자신이 표현하고 싶은 주제를 돋보이게 하기 위해 부수적으로 자연과 사물을 나열하는 경우가 대부분이었다. 하지만 이 시를 보면 각종 자연과 사물을 의도적으로 조합하여 치밀하게 자신의 내면 상태를 묘사하고 있음을 발견할 수 있다. 시 창작에 있어서 이러한 새로운 成就와 발전은 이후 唐詩에까지 많은 영향을 주었다.

夜中不能寐, 起坐彈鳴琴. 薄帷鑑明月, 清風吹我衿. 孤鴻號外野, 朔鳥[1] 鳴北林. 徘徊將何見, 憂思獨傷心.

左思「詠史詩」

左思는 西晉 때 사람으로 원래 보잘 것 없는 家門 출신에, 어려서도 聰氣는커녕, 뭘 배워도 제대로 습득하지 못했다. 하지만 아버지의 訓戒에 힘입어 학문에 뜻을 두면서, 포기하지 않고 奮發하여 刻苦의 노력을 기울였다. 당시는 아직 科擧制와 같은 시험을 통해 인재를 뽑는 것이 아니라, 九品中正制[2]라는 薦擧制度로 인재를 뽑던 때였다. 하지만 薦擧를 담당하는 中正이란 벼슬은 權門勢家들에 의해 獨占되었고, 實權이 있는 높은 벼슬자리는 그들에 의해 독점되었다. 보잘 것 없는 家門 출신에 따로 두각을 드러내지도 못했으며, 생김새도 못났고 말까지 더듬어서 사람 사귀기를 꺼려했던 左思는 아무리 노력해도 기껏해야 微官末職을 전전할 뿐이었다. 이후 자신과 달리 美色이 뛰어났던 여동생 左芬이 晉武帝의 後宮으로 간택되자, 秘書郎이란 벼슬을 얻게 된다. 하지만 秘書郎 역시 實權을 행사하는 벼슬이 아니라, 宮中의 圖書典籍을 관리하는 벼슬이었다. 宮中의 圖書典籍 속에서 左思는 홀로 10년 동안 묵묵히 「三都賦」를 짓는다. 「三都賦」는, 前代라 할 수 있는 魏, 蜀, 吳, 三國의 首都을 읊조린 賦로[3], 宮中에 보관된 地方志나 地圖를 적극 활용해 최대한 실재 地理에 맞추어 지었다. 이 점은 과거 司馬相如 등이 賦 속에 적극적으로

1 朔鳥: 朔方에 사는 새. 여기에서 朔方은 朔風이 불어오는 北方을 뜻한다.
2 혹자는 九品中正制란 표현이 적절하지 않다고 여겨서 이를 九品官人法이라고 부른다.
3 근래의 고증에 따르면 당초 左思가 「三都賦」를 짓기 시작할 때, 吳나라는 아직 멸망하지 않았다고 한다.

想像의 공간을 구축해 森羅萬象을 담아내려고 했던 것과는 상당히 다르다. 이렇게 지어진 「三都賦」에 洛陽의 文人들은 열광했고, 서로 앞 다투어 베껴 쓰느라 종이가 부족해 洛陽의 종이 값이 폭등하기까지 했다. 여기에서 洛陽紙貴라는 成語가 나왔다.

이 시는 左思가 지은 「詠史詩」 8首 중 제6수이다. 지나간 歷史를 詩로 읊조리며 心思를 펼쳤던 이는 左思 이전에도 이미 있었으나, 그 중에서 左思의 詩는 成就가 높은 편이었다. 특히 아래에서 보이는 제6수는 戰國時代 말엽 유명한 刺客 荊軻를 읊조린 것이지만, 내용을 꼼꼼히 살펴보면 賤出인 荊軻는 바로 左思 자신의 分身이며, 자신과 같은 인재를 몰라주는 權門勢族에 대한 불만을 荊軻의 豪氣에 依託해 비판하고 있음을 알 수 있다.

荊軻飮燕市[4], 酒酣氣益震. 哀歌和漸離[5], 謂[6]若傍無人. 雖無壯士節[7], 與世[8]亦殊倫[9]. 高眄[10]邈[11]四海, 豪右[12]何足陳. 貴者雖自貴, 視之若埃塵. 賤者雖自賤, 重之若千鈞[13].

4 荊軻飮燕市: 荊軻는 원래는 戰國時代 齊나라 사람이지만, 사정이 있어서 燕나라로 갔다. 燕나라 太子 丹의 부탁을 받아 秦王(이후 天下를 통일한 秦始皇)을 암살하러 갔으나 실패하고 장렬한 최후를 맞았다. 그에 대한 이야기는 『史記』 「刺客列傳」에 상세하다. 이후 그는 아깝게 뜻을 이루지 못한 烈士 혹은 두려움을 모르는 刺客의 대명사가 되었다. 여기에서 飮은 술을 마신다는 뜻. 燕市는 燕나라의 저잣거리.

5 和漸離: 여기에서 和는 唱和, 즉 주거니 받거니 함께 노래를 부른다는 뜻. 漸離는 荊軻의 절친한 벗 高漸離로, 筑이란 타악기 연주에 능했다.

6 謂: 일컬어지다. 혹자는 爲의 通假字로 본다. A以爲B(A로써 B를 삼다)의 뜻이 되며 앞 구절과 연계되어 해석된다.

7 雖無壯士節: 壯士節은 일반적으로 '壯士의 節槪'로 푼다. 이렇게 보면 이 구절은 荊軻가 秦王 암살에 실패했음을 두고 壯士의 節槪가 없다고 표현한 꼴이 된다. 하지만 擧事의 실패를 가리켜 節槪가 없다고 하는 것은 좀 어울리지 않는다. 『史記』 「刺客列傳」에 묘사된 荊軻의 형상을 보면 아주 복합적이어서, 늘 公明正大하고 豪放했던 것이 아니라 비겁하거나 괴팍하게 굴 때도 있었다. 이러한 사실에 비춰볼 때, 節은 節槪가 아니라 節度, 즉 節度있는 風貌로 풀어야 한다. 그리 보면 이 구절은 '비록 荊軻가 일반적인 壯士의 節度있는 風貌를 갖춘 것은 아니었지만' 정도로 해석된다. 이렇게 풀어야 이 시 뒷부분에서 荊軻를 가리켜 賤者라고 한 표현과도 어울리게 된다.

8 與世: 세상과 더불어, 속세에 묻혀서 살다.

9 殊倫: 남다른 부류. 殊는 남다르다, 빼어나다. 倫은 무리, 부류.

10 高眄: 고고하게 바라본다는 뜻. 眄은 원래는 '흘겨보다'의 뜻이지만 여기에서는 그냥 '바라보다'의 뜻.

11 邈: 아득하니 작게 느껴진다는 뜻.

12 豪右: 豪門世族, 즉 權門勢家. 여기에서 右는 右族, 즉 貴族의 뜻. 예부터 왼쪽(左)보다 오른쪽(右)을 귀하게 여겼기에, 여기에서 尊貴하다는 뜻이 파생되었다.

郭璞「遊仙詩」

文學家보다 『山海經』 등의 文獻에 대한 註釋者로 유명한 郭璞은 당시 學界의 주류 자리를 차지하고 있던 玄學에도 밝았으며, 天文曆法과 陰陽五行, 그리고 占卜에도 통달해 있었다고 전해진다.

郭璞은 西晉 말엽에서 東晉 초엽을 살았다. 이때는 바야흐로 漢族이 처음으로 黃河를 중심으로 하는 中原을 북방 오랑캐에게 빼앗기고 南下했던 시기였다. 당시 晉나라의 의식 있는 지식인들은 中原을 잃은 충격과 그 원인에 대한 반성, 그리고 부패한 현실에 대한 불만을 다양한 방식과 상이한 반응으로 드러냈다.

원래 遊仙詩는 魏晉時期부터 본격적으로 성행하기 시작한 것으로, 神仙이나 仙界에 대한 동경과 묘사를 특징으로 한다. 이는 魏晉時期 극성하던 道敎의 영향이기도 하지만, 실제 내용을 살펴보면 오로지 不老長生만을 추구하거나 완전히 속세와의 끈을 놓는 것이 아니라, 은연중에 부패하고 혼란스러운 현실에 대한 불만과 이로 인해 초래된 隱居라는 것을 드러내고 있다.

그 중에서도 郭璞의 「遊仙詩」 14首는 특히 유명한데, 이 시는 제1수이다. 처음부터 遊俠이나 權門勢家보다 은거하거나 神仙이 사는 蓬萊山이 훨씬 낫다고 외치며, 앞선 隱逸居士들의 자취를 따라 隱居하며 神仙을 동경하겠다고 노래하고 있다.

京華[14]游俠窟[15], 山林隱遯棲[16]. 朱門[17]何足榮, 未若託蓬萊[18]. 臨源挹清波, 陵岡掇丹荑[19]. 靈谿[20]可潛盤[21], 安事登雲梯[22]. 漆園有傲吏[23], 萊氏有逸

13 千鈞: 아주 무겁거나 중요한 것에 대한 비유. 원래 鈞은 무게 단위로 1鈞은 30斤.

14 京華: 京都, 즉 首都의 뜻.

15 窟: 소굴.

16 棲: 처소.

17 朱門: 權門勢家나 大富豪의 저택. 예부터 貴族이나 富豪의 집 대문은 붉은 옻칠을 했다.

18 未若託蓬萊: 未若은 不如의 뜻. 託은 依託한다는 뜻. 蓬萊는 傳說에 渤海에 있다는 神山으로, 仙界의 대명사로 곧잘 사용된다.

19 丹荑: 갓 자란 靈芝. 靈藥의 상징으로 곧잘 사용된다.

20 靈谿: 荊州 근처의 地名. 은거하기에 적합한 곳으로 사용되었다.

妻[24]. 進則保龍見, 退爲觸藩羝[25]. 高蹈[26]風塵[27]外, 長揖謝夷齊[28].

陶淵明「歸園田居」

陶淵明은 과거 일반적으로 陶淵明의 이름이 潛이고, 淵明은 그의 字라고 알려지기도 했으나, 최근 考證에 따르면, 원래 이름이 淵明었고 이후 말년에 스스로 이름을 潛이라 고친 것이다.(字는 元亮) 그의 증조부는 高官大爵을 지냈으나 이후 家門이 점차 몰락하여 결국 허울만 좋은 寒門이 되었다. 九品中正制를 주축으로 하는 門閥貴族의 틈새에서, 뛰어난 재주는 주목받지 못했고 나라를 경륜할 큰 뜻은 펼 길이 없었다. 결국 微官末職을 전전하던 陶淵明은, 더는 얼마 되지도 않는 俸祿을 받기 위해 못난 상관에게 허리를

21 潛盤: 隱居의 뜻. 盤은 한 곳에 터를 잡고 산다는 뜻.

22 雲梯: 하늘의 仙界로 갈 수 있는 사다리.

23 漆園有傲吏: 莊周, 즉 莊子를 가리킨다. 莊周는 蒙 땅의 漆園吏란 벼슬을 지내고 있었는데, 楚王이 사람을 보내 宰相으로 삼으려 했으나 고고한 절개를 지키며 一言之下에 거절했다.

24 萊氏有逸妻: 萊氏는 春秋時代 말엽의 隱逸居士 老萊子. 逸妻는 隱逸의 뜻을 가진 妻. 혹자는 逸을 '빼어난'으로 풀기도 한다. 당초에 老萊子가 楚王의 초빙을 받아 出仕하려 했으나 아내가 隱居를 권유하여 결국 평생 隱居했다고 전한다.

25 進則保龍見, 退爲觸藩羝: 進은 出仕, 退는 隱居의 뜻이다. 하지만 여기에서 進과 退는 자리가 뒤바뀐 것으로 보인다. 응당 退則保龍見, 進爲觸藩羝라고 고쳐서 풀어야 은거를 추구하는 전체적인 詩情에 부합한다. 龍見의 龍은 隱逸居士의 德을 상징하고, 見은 現의 通假字로 '현'이라 읽는다. 『周易』「乾卦·九二」에 이르길 "밭에 용이 나타났다"(見龍在田)라고 했는데, 여기에서는 見龍을 龍見으로 썼다. 즉 隱居해야만 자신의 德을 잘 보존할 수 있다는 뜻. 觸藩羝는 進退兩難의 지경에 빠진다는 뜻. 『周易』「大壯卦·上六」에 이르길 "숫양이 울타리를 받다가 뿔이 걸려, 물러나지도 못하고 나아가지도 못한다"(羝羊觸藩, 不能退, 不能遂)고 했다. 즉 出仕하면 進退兩難의 곤란한 지경에 빠지고 말 것이라는 말이다.

26 高蹈: 멀리 떠난다는 뜻. 주로 超脫하다, 혹은 隱居하다는 의미로 사용된다.

27 風塵: 俗世.

28 謝夷齊: 謝는 작별한다는 뜻. 夷齊는, 신하였던 周武王이 임금으로 모시던 商나라의 紂王을 무너뜨리자 절개를 지켜 首陽山에 은거하며 고사리를 캐 먹다가 굶어 죽은 伯夷와 叔齊를 가리킨다. 여기에서 伯夷와 叔齊에게 작별을 고한다고 표현한 것은, 伯夷와 叔齊가 비록 俗世를 버리고 隱居를 했다지만 여전히 俗世에 끈이 닿아 있었다고 보고, 郭璞 자신은 완전히 俗世를 떠난다는 뜻이다. 즉 스스로를 伯夷와 叔齊보다 높이 친 것이다.

굽힐 수 없다며 분연히 벼슬을 버리고 낙향했다. 그의 문학작품 대부분은 不遇한 자신의 처지에 대한 울분을 田園에 隱居하며 타고난 본성을 지키며 사는 즐거움으로 승화시키고 있는데, 특히 天然 그대로의 모습을 유지하고 있는 田園의 풍경 및 사물들과 安貧樂道하는 隱逸居士의 고매한 品格과 情緖를 融會시키면서 탁월하게 묘사하였기에, 中國의 대표적인 田園詩人으로 손꼽힌다.

아래 시는 「歸園田居」 5首 중 제1수로, 바로 陶淵明이 벼슬을 버리고 落鄕하며 지은 시이다. 물론 이보다 그가 이 때 함께 지은 辭賦 「歸去來辭」가 일반인들에게 훨씬 더 많이 알려져 있지만, 문학적 성취면에서는 「歸園田居」 역시 결코 「歸去來辭」에 뒤지지 않는다. 이 시를 꼼꼼히 읽어보면 田園의 風景 묘사 하나 하나에 모두 陶淵明 자신의 심정이 흠뻑 묻어 있음을 알 수 있다.

蛇足을 달자면 陶淵明의 이러한 詩는 이후 詩人들에게 나름대로 그 成就를 인정받았고, 심지어 隱逸 詩人의 으뜸으로 꼽히기까지 했지만, 늘 너무 질박하고 담백하며 꾸밈이 적어 무미건조하다고 지적받았다. 그래서 화려한 꾸밈을 중시하던 南北朝 시대에서 개방적이고 열정적이던 唐代에 이르기까지 陶淵明의 시는 그다지 높이 평가되지 않았다. 하지만 담백하고 차분한 詩風이 주류를 이루는 宋代에 이르러 陶淵明의 시는 최고의 시로 추앙받게 되었다. 理學을 사상적 바탕으로 하는 士大夫들은 陶淵明의 시에서 자신들이 추구하던 詩作의 理想鄕을 발견했고, 힘써 그의 風格을 모방했다. 심지어 陶淵明 시의 押韻을 그대로 따와서 和韻詩를 짓기도 했다. 이런 시를 따로 和陶詩, 즉 '陶淵明 시의 押韻에 맞춘 시'라고 하는데, 그 중에서도 宋代 蘇軾의 것이 유명하다. 理學을 國敎로 삼았던 우리나라의 朝鮮時代 역시 陶淵明에 대한 숭상은 대단해서, 退溪 李滉 선생부터 閨房의 아녀자들까지 和陶詩를 지었다.

少無適俗韻[29], 性本愛丘山[30]. 誤落塵網[31]中, 一去三十年[32]. 羈鳥[33]戀舊

29 俗韻: 俗世의 뜻. 여기에서 韻은 氣風 혹은 風潮란 뜻으로 쓰였다.

30 丘山: 山林, 즉 俗世를 벗어난 自然을 가리킨다.

31 塵網: 塵은 風塵, 즉 俗世의 뜻. 網은 벗어날 수 없는 그물이란 뜻. 여기에서 塵網은 俗世의 벗어날 수 없는 그물, 즉 世俗的인 利害關係가 복잡하게 얽혀있어 사람을 옴짝달싹할 수 없게 만드는 벼슬살이를 뜻한다.

32 三十年: 지금까지 확인된 바로 陶淵明의 벼슬살이는 대략 10여 년 정도일 뿐, 결코 30년이 아니기에

林, 池魚[34]思故淵. 開荒南野際[35], 守拙[36]歸園田. 方宅[37]十餘畝[38], 草屋八九間[39]. 楡柳蔭[40]後簷, 桃李羅[41]堂前. 曖曖[42]遠人村, 依依[43]墟里煙. 狗吠深巷中, 鷄鳴桑樹顚[44]. 戶庭無塵雜, 虛室有餘閒. 久在樊籠[45]裏, 復得返自然[46].

陶淵明「飮酒」

평생 不遇했던 陶淵明은 늘 술을 벗하며 지냈다. 醉中에 문득 詩興이 일어 시를 지었는데 이렇게 모은 시가 바로「飮酒」20首이다. 이 시는 그 중 제1수인데, 특히 采菊東籬下,

---

사실에 부합되지 않는다. 때문에 三十年에 대해 혹자는 十三年의 訛傳라고 하고, 혹자는 已十年의 訛傳이라고 한다. 일단은 후자를 따르기로 한다.

33 羈鳥: 묶여있는 새. 벼슬에 구속되어 있는 陶淵明 자신에 대한 비유.

34 池魚: 사람들이 만든 연못에 갇힌 물고기. 이 역시 陶淵明 자신에 대한 비유.

35 開荒南野際: 開荒은 開墾한다는 뜻. 일반적으로 中國詩歌에서 남쪽과 동쪽은 긍정적인 성향으로 따사로움, 풍요로움을 상징한다. 반대로 북쪽과 서쪽은 부정적인 성향으로 차가움, 황량함을 상징한다. 여기에서 南野際라고 표현한 것 역시 단순한 들녘을 가리키는 것이 아니라 다분히 긍정적인 의미가 함축되어 있다.

36 守拙: 拙劣하나마 자신의 타고난 본분을 지킨다는 뜻. 즉 安分知足하며 富貴榮華를 위해 세상에 아첨하거나 재주를 다투지 않는다는 의미이다.

37 方宅: 일반적으로 네모난 집을 가리킨다고 본다. 혹자는 여기에서 方은 旁의 假借字로 본다. 그리 보면 旁宅, 즉 집 주위란 의미가 된다.

38 畝: 田畓을 세는 단위. 일반적으로 6尺이 1步이고, 100步가 1畝이다.

39 間: 칸. 房을 세는 量詞.

40 蔭: 그늘을 드리우다. 즉 수풀이 우거져 있다는 뜻.

41 羅: 나열되어 있다. 즉 나무들이 곳곳에 펼쳐져 있다는 뜻.

42 曖曖: 어두워서 어렴풋한 모습.

43 依依: 희미해서 어렴풋한 모습.

44 狗吠深巷中, 鷄鳴桑樹顚: 이 두 구절은 漢代 樂府詩「鷄鳴」의 鷄鳴高樹顚, 犬吠深宮中이란 구절을 變容 한 것이다. 여기에서 顚은 꼭대기의 뜻.

45 樊籠: 새장. 陶淵明이 자신을 俗世(혹은 벼슬살이)라는 새장에 갇혀 지내던 새였다고 비유한 것이다.

46 得返自然: 得返은 돌아올 수 있었다는 뜻. 得은 能의 의미. 自然은 공간적인 의미에서 山林이나 田園을 가리키는 것이 아니라, 자신이 타고난 本性을 지키며 사는 상태를 포괄적으로 가리킨다.

悠然見南山이란 구절은 歷代로 情景交融과 物我一體를 이룬 最上의 詩句 중 하나로 손꼽힌다.

첫째 구절에서 넷째 구절까지는, 진정한 隱居란 俗世를 떠나 산 속에 숨는 것이 아니라 俗世에 살면서도 俗世의 간섭을 받지 않는 것임을 지적하고 있다. 뒤이어 自然과 완전히 하나 된 자신을 담담한 수묵화처럼 그려내고는, 다시 黃昏의 고즈넉한 풍경 묘사를 통해 자연의 아름다움과 그 자연의 품에 돌아와 안기는 생명을 상징적으로 표현했다. 그리고 마지막으로 이러한 모든 깨달음, 혹은 이치가 世俗의 筆舌로는 형용할 수 없는 것임을 밝히면서 시를 맺고 있다.

結廬在人境[47], 而無車馬喧. 問君何能爾[48], 心遠地自偏[49]. 采[50]菊東籬下, 悠然[51]見南山. 山氣[52]日夕佳, 飛鳥相與還. 此中有眞意[53], 欲辨已忘言.

謝靈運「入彭蠡湖口」

謝靈運은 東晉의 門閥貴族 출신이었지만, 그가 朝廷에서 뜻을 펼치기에는 이미 東晉의 國運이 건잡을 수 없을 정도로 衰殘해 있었다. 그가 서른 중반쯤 되었을 때 결국 東晉은 멸망하고 南朝의 첫 왕조인 宋나라가 세워졌다. 前王朝에서 누리던 명예와 권력은 이미 사라졌고, 이러한 前歷은 오히려 새로운 王朝에서 감시받고 배척받는 이유가 되었다. 몇몇 관직을 지냈지만 대부분 지방 관직이었을 뿐 朝廷의 요직은 아니었다. 결국 불만을

47 結廬在人境: 結廬는 풀을 엮어 초가집을 짓는다는 뜻. 人境은 사람들이 사는 곳, 즉 俗世.
48 爾: 如此, 즉 이와 같다는 뜻.
49 心遠地自偏: 心遠은 마음을 俗世로부터 멀리 둔다는 뜻. 地自偏은 사는 곳이 저절로 俗世의 접촉이 없는 외진 곳이 된다는 뜻.
50 采: 採의 通假字.
51 悠然: 천천히. 悠悠自適하게.
52 山氣: 산을 둘러싸고 있는 구름이나 안개를 가리킨다.
53 眞意: 참된 뜻. 즉 진정한 理致 혹은 道.

품고 반란까지 꾀했지만 패하여 誅殺되고 만다.

이렇듯 그의 정치적 삶은 기구했지만 그의 문학적 성취는 대단했다. 그는 중국 山水詩人의 대표로 손꼽힌다. 山水詩는 앞서 陶淵明을 대표로 하던 田園詩와는 素材에 있어 유사한 부분이 있기는 하지만, 실제로는 전혀 다르다. 田園詩는 田園(즉 自然)에 돌아가 하나가 되고자 하는 隱逸的 심정을 자연의 풍경과 사물을 통해 담아내고자 한 것이라면, 山水詩는 자연풍경과 사물 자체를 묘사하면서 그 속에 자신의 情緖를 은근히 내비치는 것이다. 즉 田園詩에서 자연은 일종의 소재이자 배경일 뿐이지만, 山水詩에서는 자연 자체가 바로 시의 주제이다. 이러한 山水詩는 당연한 이야기지만 山水가 발견되고 나서야 가능해졌다. 다시 말해, 山水詩는 山水 자체를 하나의 진지한 대상으로 인식하게 된 이후에야 가능하게 된 것이다. 이렇게 山水를 발견하게 된 이후에야 비로소 山水詩, 그리고 山水畵가 등장하게 된다. 그림에서도 山水畵가 등장하기 전까지 山水는 단지 배경일 뿐 그림의 主題는 될 수 없었다. 文學史上 謝靈運의 성취는 이러한 山水의 발견과 맞물려 山水詩를 정립하고 보편화했다는 데 있다. 그리고 이러한 山水詩의 확립과 발전은 이미 浮華해져버린 玄言詩에 대한 반발이자 대안이기도 했다.

아래에서 인용된 시는 사실 그가 지은 山水詩의 대표작은 아니다. 이 시는 지방 관리로 쫓겨 가면서 울분에 차 지은 시이기에, 不遇한 자신의 처지를 한탄하는 정서가 매우 강렬하게 드러나 있다. 과거 靈物과 異人은 모두 사라지고 더는 보이지 않는다는 그의 詩句는 자신과 같은 인재가 두각을 드러낼 수 없는 현실에 대한 탄식이다. 하지만 山水詩 특유의 筆致는 과거에 볼 수 없었던 산수풍경에 대한 섬세한 설정과 묘사 속에 여실히 나타난다.

客[54]遊倦水宿[55], 風潮[56]難具論[57]. 洲島驟廻合[58], 圻岸屢崩奔[59]. 乘月聽哀

---

54 客: 여기에서는 作者인 謝靈運 자신을 가리킨다.
55 水宿: 배에서 묵는 것. 즉 강을 따라 배에서 宿食을 하며 돌아다닌다는 뜻.
56 潮: 여기에서는 파도의 뜻.
57 具論: 상세히 얘기하다.
58 廻合: 廻는 맴돌다. 여기에서 合은 스칠 듯이 가까이 지나가는 것을 가리킨다.
59 崩奔: 무너져 내리다.

狖[60], 浥露馥芳蓀[61]. 春晩綠野秀, 巖高白雲屯[62]. 千念集日夜[63], 萬感盈朝昏. 攀崖照石鏡[64], 牽葉入松門[65]. 三江事多往[66], 九派理空存[67]. 靈物吝珍怪[68], 異人祕精魂[69]. 金膏滅明光, 水碧綴流溫[70]. 徒作千里曲[71], 絃絶[72]念彌敦.

60 乘月聽哀狖: 乘月은 일종의 문학적 표현으로, 자신이 탄 배에 대한 비유이거나, 자신이 탄 배가 水面에 비치는 달 위에 올라 탄 듯하다는 비유일 것이다. 狖는 원숭이의 일종. 聽哀狖는 구슬픈 원숭이의 울음소리를 듣는다는 뜻.

61 浥露馥芳蓀: 浥露는 새벽이슬에 젖는다는 뜻. 馥은 향기가 가득하다는 뜻. 芳蓀은 香草.

62 屯: 머문다는 뜻.

63 千念集日夜: 千念은 온갖 생각. 여기에서는 고향을 그리는 그리움. 集은 모여들 듯 떠오른다는 뜻. 日夜는 낮이나 밤이나 늘. 晝夜로 계속.

64 照石鏡: 돌 거울에 비추어 보다. 彭蠡湖 근처 石鏡山에는 둥그런 돌이 벼랑 위에 걸려있는 듯 놓여 있었는데, 사람의 모습이 비춰졌다고 한다.

65 松門: 彭蠡湖 근처 松門山. 산과 그 주변에 소나무가 매우 많았다고 한다.

66 三江事多往: 三江은 彭蠡湖로 흘러들거나 주변에 위치한 세 갈래 강을 가리키는 듯한데, 응당 長江의 支流겠지만 정확히 지금의 어느 강을 가리키는지는 알 수 없다. 그냥 長江의 支流를 虛數로 가리킨 것 일 수도 있다. 三江事는 三江에 관계된 역사적 사건들. 多往은 대부분 지나가 버렸다는 뜻. 즉 이제는 사라져버렸다는 말이다.

67 九派理空存: 九派 역시 원래는 彭蠡湖와 관계된 아홉 갈래의 長江 支流인 듯한데, 정확히 지금의 어느 강을 가리키는지는 알 수 없다. 理는 地理. 九派理는 아홉 갈래의 支流의 地理的 위치. 空存은 헛되이 그 이름만 남아 있다는 뜻. 즉 謝靈運도 彭蠡湖 주변의 九派가 長江의 어느 支流를 가리키는지 알지 못한다는 말이다. 바로 앞 구절과 이 구절은 세월의 덧없음을 표현한 것이다.

68 靈物吝珍怪: 여기에서 靈物은 뒤 구절에 나오는 金膏나 水碧을 가리킨다. 吝은 원래 매우 아낀다는 뜻. 여기에서는 잘 드러내지 않음이 마치 너무 아껴서 드러내지 않는 듯하다는 의미이다. 珍怪는 珍貴하면서도 奇怪한 모습.

69 異人祕精魂: 異人은 속세의 일반 사람과 다른 사람. 즉 神仙이나 神靈 따위를 가리킨다. 祕는 남에게 드러내지 않고 숨긴다는 뜻. 精魂은 여기에서 異人의 참된 모습을 가리킨다.

70 金膏滅明光, 水碧綴流溫: 金膏는 神靈한 玉의 일종. 黃金之膏라고도 불린다. 水碧 역시 神靈한 玉의 일종. 두 가지 모두 神靈한 玉으로 진귀함의 비유로 곧잘 쓰이며, 인재에 대한 비유로 쓰이기도 한다. 道敎에서는 이 둘을 仙藥의 일종으로 본다. 綴은 輟의 假借字. 流溫은 水碧이란 玉이 흐르는 물속에서 따스한 빛을 발한다는 의미.

71 徒作千里曲: 여기에서 徒作은 헛되이 연주했다는 뜻. 千里曲은 「千里別鶴」이란 曲.

72 絃絶: 원래는 줄을 끊는다는 의미이지만, 여기에서는 연주를 마쳤다는 뜻.

無名氏「子夜歌」

당초「子夜歌」는 子夜라는 여성이 만든 詩歌라고 전해진다. 子夜는 원래 한밤(밤 11시에서 1시)을 뜻하니, 아마도 밤늦게까지 잠 못 드는 여성을 가리키는 별명이었을 것이다. 하지만 以後 樂府詩의 樂曲 이름이 되었고, 여기에서도 악곡의 종류를 뜻할 뿐 시 내용과는 별 상관이 없다. 내용을 살펴보면, 님에 대한 그리움(思)을 실(絲)에 비유하고 옷감(匹)에 배필(配匹)의 뜻을 담아내면서, 끝내 이루어지지 못한 사랑을 탄식하고 있다. 표현이 질박한듯하면서도 은근히 사람의 심금을 울린다.

始欲識郎時, 兩心望如一. 理絲入殘機[73], 何悟不成匹[74]?

無名氏「敕勒歌」

「敕勒歌」는 樂府詩 중 鮮卑族의 民歌를 漢譯한 것이다. 北方 遊牧民의 삶을 한 폭의 풍경화를 그리듯 진솔하면서도 생동감 있게 묘사했다.

敕勒川[75], 陰山[76]下. 天似穹廬[77], 籠蓋四野. 天蒼蒼, 野茫茫, 風吹草低見牛羊.

---

73 理絲入殘機: 理絲는 옷감을 짜기 위해 실을 고르는 것. 여기에서 絲는 님에 대한 그리움을 뜻하는 思와 讀音이 같아서 理思, 즉 '님에 대한 그리운 마음을 추스린다'는 의미도 함축하고 있다. 殘機는 낡은 베틀을 가리킨다. 入은 옷감을 짜기 위해 그 베틀에 들어가 앉는 것.

74 匹: 옷감을 세는 量詞. 여기에서는 配匹이란 뜻도 담고 있다.

75 敕勒川: 敕勒은 遊牧 부족명. 狄歷, 赤勒, 鐵勒이라고도 불렸다. 北齊 시기에는 주로 山西省 북쪽 일대에 살았다. 이후 대부분 鮮卑族에 흡수되었다. 敕勒川은 지금의 陰山山脈(內蒙古에 所在)에 있는 냇물을 가리킨다. 혹은 그 부근의 초원 전체를 가리킨다고 보기도 한다.

76 陰山: 陰山山脈.

77 穹廬: 이동에 편리한 유목민의 둥근 모양의 모직천막. 蒙古族의 게르(ger)와 같다.

魏晉南北朝 산문 변려문 변부

王羲之「蘭亭集序」

王羲之는 東晉 때 사람인데, 사실 文人보다는 書藝家로 더 이름이 높아 '書聖'(書藝의 聖人)이라고 칭송된다.(특히 楷書나 行書의 정립에 기여한 바가 매우 크다.) 王羲之는 당시에도 著名人士였기에, 永和 9年 3월 삼짇날 여러 名士가 모인 曲水宴에 초대되었다. 고증에 따르면 당시 蘭亭에는 42명의 저명한 文人詩客들이 모였었다고 한다. 그들은 아름다운 자연 속에서 流觴曲水 놀이를 즐기며 술을 마시고 다양한 시를 지었다. 이렇게 蘭亭에서 즉흥적으로 지어진 시들을 모으니 바로 『蘭亭集』이란 詩集이 되었는데, 기왕 名士들의 詩集을 만들고 보니 이 詩集에 어울릴만한 序文이 필요했다. 이에 42명의 名士들 중에서도 王羲之가 대표로 뽑혀 그 序文을 지었는데, 이것이 바로 「蘭亭集序」이다. 글에서 王羲之는 아름다운 자연 속에서 벗들과 어울리며 즐거운 한 때를 만끽하다가, 돌연 이러한 즐거움은 한때일 뿐이요, 결국 유한한 인생은 덧없이 끝날 것임을 떠올리게 되면서 탄식을 금치 못한다. 즐거움에 빠져 늙어가는 것을 잊는다 해도, 아니면 육체적 한계를 벗어나 정신적으로 무한한 자유를 향유한다고 해도, 결국에는 늙어 죽게 된다. 삶과 죽음이 하나이고 長壽와 夭折이 마찬가지라는, 얼핏 보면 超脫해 보이는 金言들을 떠올려 보기도 하지만, 내 몸이 죽으면 모든 것이 끝이기에 이 같은 사탕발림도 결국에는 허망한 위로일 뿐이다. 하지만 王羲之는 곧 이러한 자신의 感懷가 古來로 있어왔던 보편적인 情緖였으며, 옛 사람들의 글에서 삶의 유한함에 대한 탄식을 읽고 그들의 마음에 共鳴하는 자신을 발견한다. 그리고는 이렇게 자신한다. 지금 내가 짓는 이 「蘭亭集序」를 후세의 사람들이 보게 된다면, 바로 지금의 내가 옛 사람들의 글을 읽고 공감하여 눈물을 흘리듯, 그들 역시 내 感懷에 공감하여 눈물을 흘리게 될 것이라고. 사람은 죽고 몸은 썩어 사라지지만, 그 사람의 글은 영원히 남아 후세 사람들에게 감동을 주는 것이라고. 결국 옛 사람이 그들의 글을 통해 내 안에서 살아나듯, 나 역시 이 글을 통해 후세 사람들의 마음속에 살아나는 것, 이것이 바로 王羲之가 발견한 유한한 인생을 초월하여 영원을 누리는 방법이었다. 사실 이러한 사고방식은 예부터 있어 왔다. 漢代의 史家 司馬遷 역시 "세상을 떠난 뒤, 그 文采가 후세에 드러나지 않을까 두려워한다"(鄙沒世而文采不表於後也: 「報任少卿書」)고 고백했다. 어차피 사람은 죽어서 사라지지만, 오로지 자신의 文采, 즉 文章은 계속 남아 그 사람의 이름을 後世에 전하는 것이다. 孔子 역시 "君子는 세상을 떠나고 난 뒤, 이름이 칭송받지 못하는 것을 싫어한다"(君子疾沒世而名不稱焉: 『論語』「衛靈公」)고 하지 않았던가!

「蘭亭集序」의 진정한 成就는 바로 이러한 옛 사람들의 情緖와 자신의 感懷를, 삼짇날 벗들과의 즐거운 모임과 주변의 아름다운 자연풍경을 빌어, 天衣無縫한듯 합치시켜 그려낸 데 있다.

永和九年[1], 歲在癸丑[2], 暮春之初[3], 會於會稽山陰[4]之蘭亭[5], 修禊事[6]也. 群賢畢至, 少長[7]咸集. 此地有崇山峻嶺[8], 茂林修竹[9]. 又有淸流激湍[10], 映帶左右[11]. 引[12]以爲流觴曲水[13], 列坐其次[14]. 雖無絲竹管絃[15]之盛, 一觴一

1 永和九年: 永和는 東晉 穆帝의 年號. 永和 9年은 서기 353년.

2 歲在癸丑: 太歲가 癸丑에 있다는 뜻. 일반적으로 癸丑年이라 부른다. 太歲에 대해서는 楚辭 중 「離騷」 각주의 설명을 참고.

3 暮春之初: 暮春은 늦봄, 즉 음력 3월. 初는 원래 한 달 30일 중 첫 열흘을 가리키지만, 여기에서는 초사흘을 가리킨다. 음력 3월3일은 陽數 3이 두 번 겹친 날이기에, 예부터 陽氣가 성하고 귀신 따위의 陰氣가 약해지는 吉日로 간주되었다. 우리나라에서는 이 날을 삼짇날 혹은 上巳, 元巳, 重三이라고도 한다. 이 날이 되면 모두 물가에 가서 몸을 씻으며 厄運이 사라지길 기원했는데, 이를 修禊除祓이라 했다. 우리말로는 액막이라고도 한다.

4 會稽山陰: 會稽山의 북쪽이란 뜻. 會稽山은 浙江省 紹興에 위치한 名山. 山陰은 會稽郡에 속한 縣名이기도 하다.

5 蘭亭: 會稽山의 북쪽에 있는 亭子 이름.

6 修禊事: 삼짇날 행하는 修禊除祓을 뜻한다. 문법적으로는 修가 述語, 禊事가 目的語이다.

7 少長: 젊은이와 늙은이. 즉 老少와 같은 뜻.

8 崇山峻嶺: 높은 산과 험준한 봉우리.

9 茂林修竹: 무성한 수풀과 기다란 대나무. 여기에서 修는 길다는 뜻.

10 激湍: 물이 소용돌이치며 급히 흐르는 모습.

11 映帶左右: 映은 모습이 비치는 것. 帶는 띠처럼 둘러싸며 긴밀히 어울리는 것. 즉 蘭亭의 左右로 맑은 물길이 띠처럼 둘러싸고 있는데 자연 풍광이 이 물결에 조화롭고 아름답게 비치는 모습을 가리킨다.

詠[16], 亦足以暢敍幽情. 是日也, 天朗氣清, 惠風[17]和暢. 仰觀宇宙之大, 俯察品類[18]之盛. 所以遊目騁懷[19], 足以極[20]視聽之娛, 信[21]可樂也. 夫人之相與[22], 俯仰一世[23], 或[24]取諸[25]懷抱, 晤言[26]一室之內, 或因寄所託[27], 放浪形骸之外[28]. 雖趣舍[29]萬殊, 靜躁不同, 當[30]其欣於所遇[31], 暫得於己[32], 快然自

12 引: 끌어오다. 여기에서는 앞에서 말한 淸流, 즉 맑은 시냇물을 끌어왔다는 뜻.

13 流觴曲水: 삼짇날 행했던 일종의 遊戲로, 구불구불한 물길에 술잔을 띄워 돌리면서, 차례대로 술을 마시며 시를 짓는 놀이. 이런 놀이를 하는 宴會를 曲水宴이라고도 한다. 流觴은 흘러 다니는 술잔. 曲水는 구불구불한 물길.

14 其次: 각자 앉아야할 순서. 어떤 모임에서든 신분의 貴賤, 職位의 高下, 주최자와의 親疏 등에 따라 앉을 자리가 정해졌다.

15 絲竹管絃: 絲竹은 원래 각기 현악기와 관악기를 만드는 재료이지만 여기에서는 현악기와 관악기의 비유. 管絃은 관악기와 현악기를 뜻하며 앞에서 말한 絲竹과 의미가 중복된다. 여기에서 絲竹管絃은 꼭 관악기와 현악기에 국한된 것이 아니라, 그냥 여러 악기를 두루 가리킨 것으로 보인다.

16 一觴一詠: 술 한 잔에 시 한 수를 읊조린다는 뜻. 流觴曲水란 놀이에서는 술을 담은 술잔을 曲水에 돌리면서 그 술잔이 도는 순서에 맞춰 시를 지어야 했고, 만약 제 때 짓지 못한다면 罰酒를 마셔야 했다.

17 惠風: 봄바람. 봄의 따사로운 바람이 불면 만물이 소생하기에, 봄바람을 은혜로운 바람(惠風)이라 칭한 것이다.

18 品類: 地上에 있는 세상 萬物을 모두 가리킨다.

19 所以遊目騁懷: 所以는 여기에서 '~한 바' 정도로 해석된다. 遊目은 내키는 대로 흩어보는 것. 騁懷는 자신의 마음을 내키는 대로 펼치는 것.

20 極: 다하다.

21 信: 진실로.

22 相與: 서로 더불다. 여기에서는 서로 더불어 산다는 뜻.

23 俯仰一世: 俯仰은 浮沈의 뜻. 또는 눈으로 위아래를 훑을 정도로 짧은 시간이란 뜻으로 풀기도 한다. 一世는 一生.

24 或: 或者는 ~하기도 하고.

25 諸: 여기에서는 之於의 준말로, 이럴 경우 '제'가 아닌 '저'로 읽는다.

26 晤言: 만나서 이야기하는 것. 여기에서는 벗들과 만나 함께 이야기를 나눈다는 뜻.

27 因寄所託: 因寄는 의지하고 따른다는 뜻. 所託은 내맡긴 바의 뜻. 여기에서 '寄託한 바'는 바로 자신이 세상에 내맡겨진 것을 가리킨다. 즉 因寄所託은 세상에 내맡겨진 자신의 상황이나 상태를 그대로 따르겠다는 말이다.

28 放浪形骸之外: 形骸는 몸을 가리킨다. 여기에서 몸 밖에서 떠돌아다니겠다고 한 것은, 육체라는 껍데기를 벗어나 정신적으로 무한한 자유를 추구하겠다는 말이다. 이는 莊子의 逍遙遊와 상당히 유사하다.

29 趣舍: 각각 取捨의 通假字. 取捨選擇, 혹은 進退選擇을 가리킨다.

30 當: ~ 때에.

31 所遇: 자신의 마음에 딱 들어맞는 것, 혹은 흡족한 것.

足, 不知老之將至[33]. 及其所之[34]旣倦, 情隨事遷, 感慨係之[35]矣. 向[36]之所欣, 俛仰之間[37], 已爲陳迹[38], 猶[39]不能不以之興懷[40]. 況修短隨化[41], 終期於盡[42]. 古人云: "死生亦大矣[43]." 豈不痛哉! 每覽昔人興感之由, 若合一契[44]. 未嘗不臨文[45]嗟悼, 不能喩之於懷[46]. 固知[47]一死生[48]爲虛誕, 齊彭殤[49]爲妄作. 後之視今[50], 亦猶[51]今之視昔, 悲夫! 故列敍時人[52], 錄其所述[53], 雖世殊

32 暫得於己: 잠시나마 자기 자신에 대해 得意하다.

33 不知老之將至: 『論語』「述而」편에 나오는 孔子의 말을 인용한 것. 之는 주격 조사. 將은 장차.

34 所之: 之는 앞서 언급했던 遇. 즉 所之는 所遇. 혹자는 之를 遇를 받는 代名詞가 아닌, '가다'는 動詞로 풀기도 한다. 所之는 자신의 바람을 향해 나아가다, 혹은 자신의 바람을 추구한다는 뜻으로 해석된다.

35 感慨係之: 감정에 겨운 恨歎이 이로부터 나온다는 뜻. 원래 係之는 여기에 연계되어 있다는 뜻. '여기'는 앞 구절 其所之旣倦, 情隨事遷을 가리킨다. 즉 즐거움의 덧없음에 한탄이 나오게 된다는 말이다.

36 向: 과거에.

37 俛仰之間: 눈으로 위아래를 훑는 것처럼 아주 짧은 시간.

38 陳迹: 옛 자취.

39 猶: 여전히. 혹자는 이를 '尤'字로 보아 '더욱'의 의미로 풀기도 한다.

40 興懷: 感懷를 일으키다. 옛 일에 대한 感懷에 젖다.

41 修短隨化: 修短은 원래 長短의 뜻인데, 여기에서는 사람 壽命의 길고 짧음. 隨化는 天地自然의 造化를 따른다는 뜻.

42 期於盡: 期는 期約하다. 盡은 壽命을 다하여 소멸하는 것을 가리킨다.

43 死生亦大矣: 『莊子』「德充符」에서 孔子가 한 말을 인용한 것. 여기에서 死生은 偏義複詞로 '죽음(死)'의 뜻.

44 合一契: 契는 符契, 즉 符節의 뜻. 원래 하나였던 符節이 딱 들어맞듯 符合된다는 뜻.

45 臨文: 글을 마주 대하다. 즉 글을 읽는다는 뜻.

46 喩之於懷: 喩는 깨우치다, 이해하다의 뜻. 之는 앞에서 말한 人生에 있어서 즐거움은 한순간이요, 壽命은 有限하다는 것을 가리킨다. 於懷는 '마음속에서'라는 뜻. 혹자는 喩를 위로하다의 뜻으로 풀기도 한다. 또 혹자는 앞 구절의 未嘗이란 否定이 이 구절에까지 적용되어 未嘗不能~, 즉 '일찍이 ~하지 못한 적이 없었다'로 풀기도 한다.

47 固知: 固는 진실로. 知는 여기에서 깨달았다, 혹은 알게 되었다는 뜻.

48 一死生: 一은 매한가지라는 뜻. 즉 죽음과 삶이 매한가지란 말이다.

49 齊彭殤: 齊는 가지런하다, 즉 같다는 뜻. 彭은 700살을 살았다고 전해지는 彭祖. 殤은 어린 나이에 夭折하는 것. 즉 수백 년을 장수했다는 彭祖나 어린 나이에 요절한 사람이나 같다는 말이다.

50 後之視今: 後는 후세 사람들. 之는 주격 조사. 今은 요즘 사람들.

51 猶: 같다. 마찬가지이다.

52 列敍時人: 列敍는 죽 나열해 적는다는 뜻. 時人은 원래 현재의 사람이란 뜻인데, 여기에서는 당시 蘭亭에 모인 사람들을 가리킨다.

事異[54], 所以興懷, 其致[55]一也. 後之覽者, 亦將有感於斯文.

陶淵明「歸去來辭」

陶淵明에 대해서는 앞서「歸園田居」에서 설명했다. 실제로 陶淵明의 작품 중 가장 유명한 것을 꼽으라면 응당 바로 이「歸去來辭」를 꼽아야 할 것이다. 이후「歸去來辭」는 혼란스럽고 부패한 세상을 등지고 田園의 품으로 돌아가 安分自足하며 隱居하는 이들을 대변해주는 일종의 象徵이 되었다.

歸鄕 과정에서의 覺醒과 田園 생활의 정겨움이 敍情的으로 잘 묘사되어 있으며,「蘭亭集序」와 마찬가지로 유한한 생명이라는 극복할 수 없는 물리적 한계를 自然과의 적극적인 同化를 통해 超脫하고 있다.

歸去來兮[56], 田園將蕪胡不歸? 旣自以心爲形役[57], 奚惆悵[58]而獨悲? 悟已往之不諫[59], 知來者之可追[60]. 實迷途[61]其未遠, 覺今是而昨非. 舟搖搖[62]

53 其所述: 蘭亭에 모인 사람들이 기술한 바, 즉 流觴曲水 놀이를 하며 지은 詩들을 가리킨다.

54 世殊事異: 世殊는 시간적으로 사는 세월이 서로 다르다는 뜻. 事異는 공간적으로 맞닥뜨린 일이 서로 다르다는 뜻.

55 其致: 그 理致.

56 來兮: 모두 실제 뜻은 없는 어조사. 혹자는 來를 動詞로 풀기도 하는데 이는 잘못이다.

57 以心爲形役: 以A爲B는 A를 B로 삼다(혹은 여기다)의 뜻을 가진 관용구. 形役은 몸에게 부려지는 노예란 뜻.

58 惆悵: 슬픔에 망연자실한 모습.

59 已往之不諫: 已往은 이미 지나간 일을 가리킨다. 之는 주격 조사. 不諫은 충고하여 바로잡을 수 없다는 뜻.

60 知來者之可追: 知는 앞 구절의 悟와 마찬가지로 깨닫는다는 뜻. 來者는 다가올 未來. 可追는 가히 좇을 만하다는 뜻. 즉 아직 바로잡을 수 있다는 말이다.

61 迷途: 길을 잃다. 여기에서 길(途)은 官途를 가리킨다.

62 搖搖: 배가 한들한들 흔들리는 모습.

以輕颺, 風飄飄[63]而吹衣. 問征夫[64]以前路, 恨晨光之熹微. 乃瞻衡宇[65], 載欣載奔[66]. 僮僕[67]歡迎, 稚子候門[68]. 三徑[69]就荒, 松菊猶[70]存. 攜幼入室, 有酒盈罇[71]. 引壺觴[72]以自酌, 眄庭柯以怡顔[73]. 倚南窓以寄傲[74], 審容膝之易安[75].

園日涉[76]以成趣[77], 門雖設而常關[78]. 策扶老以流憩[79], 時矯首而遐觀[80]. 雲無心以出岫, 鳥倦飛而知還[81]. 景翳翳[82]以將入, 撫孤松而盤桓[83].

歸去來兮, 請息交以絶游[84]. 世與我而相遺[85], 復駕言[86]兮焉求[87]? 悅親戚

---

63 飄飄: 바람이 살랑살랑 부는 모습.
64 征夫: 먼 길을 떠난 나그네.
65 衡宇: 衡은 문빗장. 여기에서는 따로 문짝도 없이 덩그러니 빗장 하나로만 문을 삼고 있는 것을 가리킨다. 宇는 지붕의 처마. 衡宇는 여기에서는 허름한 자신의 집을 가리킨다.
66 載~載~: ~하기도 하고 ~하기도 하다.
67 僮僕: 머슴.
68 候門: 문 앞에 나와 인사를 한다는 뜻.
69 三徑: 집안 뜰의 세 갈래 길. 東漢의 隱者 蔣詡의 집에 松徑, 竹徑, 菊徑이 있었다고 한다. 아마도 陶淵明이 집 뜰에 이를 본 떠 松徑, 竹徑, 菊徑, 이렇게 세 갈래 길을 만들어 두었거나, 그냥 隱者의 거처에 대한 象徵으로 빌려온 비유일 수도 있다.
70 猶: 여전히. 아직.
71 罇: 술통, 혹은 술 단지.
72 壺觴: 술병과 술잔.
73 怡顔: 즐거운 낯빛을 띄우는 것. 즉 즐거워하는 모습.
74 寄傲: 의기양양하게 멋대로 구는 것을 내맡기다. 즉 의기양양해서 멋대로 군다는 뜻.
75 審容膝之易安: 여기에서 審은 찬찬히 음미한다는 뜻. 容膝은 무릎을 굽혀 앉는 것만을 許容할 정도의 매우 작은 공간을 가리킨다. 易安은 간결하고 편안하다는 뜻. 여기에서 易는 '이'로 읽는다.
76 日涉: 날마다 돌아다닌다는 뜻.
77 成趣: 趣는 趨의 假借字. 成趣는 늘 거니는 곳이 되었다는 뜻. 혹자는 '趣味가 되었다'로 풀기도 하고, 혹자는 '雅趣있는 풍경을 이루고 있다'로 풀기도 한다.
78 關: 잠겨있다는 뜻.
79 策扶老以流憩: 策은 잡다, 짚다. 扶老는 지팡이의 별명으로, 원래는 늙은이를 부축한다는 뜻이다. 流憩는 돌아다니며 쉬는 것.
80 時矯首而遐觀: 時는 때때로. 矯首는 고개를 든다는 뜻. 遐觀은 멀리 바라본다는 뜻.
81 知還: 돌아가야 함을 깨닫다.
82 景翳翳: 景은 태양. 翳翳는 날이 저물어 어둑해진 모습.
83 盤桓: 徘徊하다. 아무 목적 없이 서성이는 것을 말한다.

之情話[88], 樂琴書[89]以消憂. 農人告余以春及[90], 將有事[91]乎西疇[92]. 或命巾車[93], 或棹[94]孤舟. 旣窈窕[95]以尋壑, 亦崎嶇[96]而經[97]丘. 木欣欣[98]以向榮[99], 泉涓涓[100]而始流. 羨萬物之得時, 感吾生之行休[101].

已矣乎[102]! 寓形宇內[103]復幾時? 曷不委心任去留[104]? 胡爲遑遑[105]欲何之[106]? 富貴非吾願, 帝鄉[107]不可期. 懷良辰[108]以孤往, 或植杖[109]而耘耔. 登

84 請息交以絶游: 請은 청컨대 ~하려 한다. 息交는 交際를 그만두다. 絶游는 交遊를 끊다. 모두 俗世와의 交流를 그만두겠다는 뜻.

85 遺: 遺棄하다. 버리다.

86 駕言: 駕는 수레를 타다. 즉 수레를 탈만한 벼슬자리에 나아가는 것을 뜻한다. 言은 어조사로 아무 뜻이 없다.

87 焉求: 무엇을 구하리오?

88 情話: 정다운 이야기.

89 琴書: 거문고와 서책.

90 春及: 봄이 왔다는 뜻.

91 事: 여기에서는 農事짓는 일을 가리킨다.

92 西疇: 서쪽의 논밭을 가리킨다.

93 命巾車: 命은 부리다, 몰다. 巾車는 천막을 두른 수레.

94 棹: 여기에서는 노를 젓는다는 動詞.

95 窈窕: 멀고 굽이져 아련한 모습.

96 崎嶇: 산이 매우 험난한 모습.

97 經: 경유하다. 지나가다.

98 欣欣: 수풀이 무성한 모습.

99 向榮: 무럭무럭 잘 자란다는 뜻.

100 涓涓: 물이 끊임없이 졸졸 흐르는 것.

101 行休: 行은 다가가다. 休는 영원한 안식, 즉 죽음.

102 已矣乎: 已는 끝나다. 矣乎는 감탄을 나타내는 어조사. 즉 모든 것이 끝났다는 뜻. 意譯하자면 '아서라, 말아라!' 쯤이 될 것이다.

103 寓形宇內: 寓는 깃들여 살다. 形은 肉身. 宇內는 宇宙의 안, 즉 이 세상을 가리킨다.

104 委心任去留: 委心은 마음에 내맡기다. 任去留는 거취를 내키는 대로 한다는 말이다. 여기에서 任은 '任意로'의 뜻.

105 遑遑: 매우 당황하여 허둥거리는 모습.

106 何之: 何는 '어디로'의 뜻. 之는 '가다'란 뜻의 動詞.

107 帝鄕: 上帝가 사는 仙界를 가리킨다.

108 懷良辰: 懷는 바라다의 뜻. 良辰은 좋은 때, 혹은 좋은 시절.

109 植杖: 지팡이를 땅에 꽂아 세워놓는다는 뜻.

東皐以舒嘯[110], 臨清流而賦詩. 聊乘化[111]以歸盡[112], 樂夫[113]天命復奚疑?

孔稚珪「北山移文」

孔稚珪는 南朝때 사람으로 宋나라에서 벼슬을 하다가 이후 齊나라에서도 벼슬을 지냈다. 詩文에 두루 능했는데, 특히 駢文을 잘 지었다. 그 중에서도 가장 유명한 것이 「北山移文」이다. 여기에서는 편의상 맨 앞의 일부분만 인용되었지만, 이 일부분만으로도 충분히 「北山移文」의 내용이 變節한 周顒이란 사람에 대한 장황하고도 집요한 비난으로 점철되어 있음을 짐작할 수 있다. 사실 한 인물에 대해 인신공격성 비방까지 서슴지 않는 작품이 文學史에서 文學的 가치를 인정받는 것은 드문 일인데, 바로 「北山移文」이 이러한 예외적인 경우에 해당한다. 너무 당연한 지적이겠지만, 그 가치를 인정받은 것은 문학적 기교와 예술적 표현이 뛰어나서이다. 「北山移文」은 적절한 典故 사용과 세심한 對句 배치가 돋보이며, 四六駢儷文의 井然한 구조를 갖추면서 틈틈이 辭賦의 字句까지 활용하여 신선함을 더했다.

鍾山之英[114], 草堂之靈[115], 馳煙驛路[116], 勒移山庭[117]. 夫以耿介拔俗之

110 舒嘯: 길게 읊조린다는 뜻.

111 聊乘化: 聊는 잠시나마. 乘化는 天地自然의 造化를 타다, 즉 天地自然의 造化를 순리대로 따른다는 뜻.

112 歸盡: 다함으로 돌아가다. 즉 죽는다는 뜻.

113 樂夫: 樂은 즐기다. 夫는 아무 뜻이 없는 어조사.

114 鍾山之英: 江蘇省 南京 동북쪽에 위치한 산으로, 南京의 북쪽에 위치해 있다하여 북산이라고도 불렸다. 현재는 주로 紫金山이라 불린다. 여기에서 英은 精靈의 뜻.

115 草堂之靈: 鍾山에 있는 草堂寺를 가리킨다. 당초 周顒은 鍾山의 草堂寺에서 隱居했으나, 나중에 變節하여 벼슬자리에 나아갔다. 이후 地方 縣令의 임기를 마치고 都城으로 돌아가는 길에 자신이 은거했던 草堂寺를 둘러보고자 했다. 孔稚珪는 이 소식을 접하고 바로 이 글을 지어 變節者가 鍾山이나 草堂寺에 들어와 그 清淨함을 더럽히는 것을 반대한 것이다. 靈은 神靈.

116 馳煙驛路: 馳煙은 안개를 치달리게 한다는 뜻. 驛路는 驛站을 가리킨다. 즉 안개를 傳令으로 삼아 變節者 周顒이 이곳으로 온다는 소식을 주변의 모든 精靈과 神靈들에게 알리게 했다는 말이다.

117 勒移山庭: 勒은 새기다. 移는 「北山移文」을 가리킨다. 山庭은 산 속의 넓은 평지.

標[118], 瀟灑出塵之想[119]. 度[120]白雪以方絜[121], 干[122]青雲而直上, 吾方知之矣[123]. 若其亭亭物表[124], 皎皎霞外[125]. 芥[126]千金而不盻[127], 屣[128]萬乘[129]其如脫. 聞鳳吹於洛浦[130], 值薪歌於延瀨[131], 固[132]亦有焉. 豈期終始參差[133], 蒼黃反覆[134]. 淚翟子之悲[135], 慟朱公之哭[136]. 乍迴跡[137]以心染, 或先貞而後

118 耿介拔俗之標: 耿介는 志操가 굳센 것. 拔俗은 拔群의 재주를 지닌 것. 標는 風貌.

119 瀟灑出塵之想: 瀟灑는 소탈하여 아무 것에도 얽매이지 않는 것. 出塵은 세속의 굴레를 벗어난 것. 想은 생각, 혹은 사상.

120 度: '탁'으로 읽으며 헤아린다는 뜻.

121 方絜: 方은 비교하다의 뜻. 絜은 潔의 通假字로 순결함.

122 干: 닿다, 범하다.

123 吾方知之矣: 여기에서 方은 '역시'의 뜻. 혹자는 方을 '비로소'로 보아, "隱者의 조건이 이런 줄, 나는 이제야 비로소 알았다"고 풀기도 한다.

124 亭亭物表: 亭亭은 우뚝하니 솟아있는 모습. 여기에서는 고매함을 형용한 것이다. 物은 萬物. 表는 밖. 物表는 세상 萬物의 바깥, 즉 俗世를 벗어난 곳을 가리킨다.

125 皎皎霞外: 皎皎는 희디흰 모습. 여기에서는 고결함을 형용한 것이다. 霞外는 원래 '구름과 노을의 바깥', 즉 이 俗世를 벗어난 곳을 가리킨다.

126 芥: 원래는 아주 보잘 것 없이 작은 것이란 뜻이지만, 여기에서는 動詞로 아주 보잘 것 없이 여긴다는 뜻.

127 不盻: 盻은 곁눈질로 슬쩍 보는 것. 不盻은 거들떠보지도 않는다는 뜻.

128 屣: 원래는 보잘 것 없는 짚신을 뜻하지만, 여기에서는 動詞로 헌신짝마냥 무시한다는 뜻.

129 萬乘: 乘은 수레. 萬乘은 아주 높은 지위에 대한 비유이다.

130 聞鳳吹於洛浦: 직역하면 洛水 물가에서 笙簫으로 鳳凰의 울음소리를 흉내 내어 부는 소리를 듣는다는 뜻. 전설에 따르면 周靈王의 아들 晉이 洛水와 伊水의 물가에서 笙簫으로 鳳凰의 울음소리를 흉내 내어 불다가 神仙이 되었다고 한다. 결국 이 구절은 神仙이 되어 俗世를 떠난 이의 자취를 좇고자 한다는 말이다.

131 值薪歌於延瀨: 值는 원래 맞닥뜨린다는 뜻. 薪歌는 나무꾼의 노래. 延瀨는 地名. 晉나라 때 孫登이란 선비가 延瀨라는 곳을 노닐다가 나무꾼을 만나서 진정한 隱逸居士의 風度에 대해 듣고 깨우침을 얻었다고 한다. 이 역시 俗世를 떠난 隱逸居士의 가르침을 구하고자 한다는 말이다.

132 固: 진실로.

133 期終始參差: 期는 예상한다는 뜻. 終始參差는 처음과 끝이 한결같지 않다는 뜻. 즉 志操를 제대로 지키지 못했다는 말이다. 參差는 '참치'로 읽으며 원래는 들쑥날쑥하다는 뜻.

134 蒼黃反覆: 파래졌다 노래졌다 하며 계속해서 빛깔이 바뀐다는 뜻. 즉 곧잘 變節한다는 말이다.

135 翟子之悲: 翟子는 墨家의 鼻祖인 墨翟, 즉 墨子를 가리킨다. 墨子는 하얀 실이 염료에 따라 빛깔이 변하는 것을 보고 사람이 惡에 물드는 것 역시 이와 같다고 하면서 슬퍼했다고 한다.

136 朱公之哭: 朱公은 극단적인 爲己主義로 유명한 楊朱, 즉 楊子를 가리킨다. 楊子는 길을 가다 갈림길이 나오자, 사람 역시 마음의 갈림길에서 善惡이 갈리는 것임을 떠올리고 이를 서글피 여겨 통곡했다고 한다.

137 乍迴跡: 乍는 아주 잠깐이라는 뜻. 迴跡은 발길을 되돌린다는 뜻.

黷, 何其謬哉[138]! 嗚呼! 尙生[139]不存, 仲氏[140]旣往, 山阿寂寥[141], 千載誰賞[142]? ……

138 何其謬哉: 何其~哉는 '어찌 그리 ~하단(혹은 되었단) 말인가!'라는 강조형 표현이다. 謬는 잘못.

139 尙生: 東漢의 隱者 尙長을 가리킨다. 尙長은 자식들을 혼인시킨 뒤 산에 들어가 은거하며 다시는 俗世에 나오지 않았다고 한다.

140 仲氏: 東漢의 隱者 仲長統을 가리킨다. 德性과 學識이 뛰어났지만 끝내 벼슬자리에 나아가지 않았다고 한다.

141 山阿寂寥: 山阿는 원래 산의 움푹 팬 곳을 뜻하지만, 여기에서는 산 속의 隱逸居士가 거처할 만한 곳을 가리킨다. 寂寥는 적막하여 아무도 없다는 뜻.

142 千載誰賞: 千載는 千年, 즉 아주 오랜 세월이란 뜻. 賞은 玩賞, 즉 감상하며 즐긴다는 뜻. 여기에서는 산속에서의 隱居를 즐긴다는 뜻으로 쓰였다.

魏晋南北朝 문학비평

曹丕『典論』「論文」

曹丕와『典論』에 대한 개괄적인 설명은 앞에서 曹丕의「燕歌行」에서 이미 언급했다. 아쉬운 점은 현재『典論』중 남아있는 것이「論文」1편뿐이라는 것이다.「論文」의 내용을 살펴보면 우선 文人들이 서로 輕視하는 이유를, 문학은 각 분야(장르나 文體)별로 차이가 있기 마련인데 文人들은 오로지 자신이 능한 분야를 중시하고 남이 잘하는 분야는 경시하기 때문이라고 명쾌하게 설명하고 있다. 또한 이렇게 각기 어떤 분야에는 능하고 어떤 분야에는 능하지 못하게 되는 것은 타고난 氣質이 잘 어울리는 분야와 어울리지 않는 분야가 있기 때문이며, 모든 분야에 두루 능하게 되는 것은 어려운 일이라고 지적하면서, '奏議', '書論', '銘誄', '詩賦'는 각 文體別로 추구하는 바가 다르다는 것을 밝혔다. 이 모든 주장은 앞서「燕歌行」에서 밝혔듯 당시의 文人과 그들의 詩文의 優劣과 得失을 가려내기 위한 기준을 제시하는 것이다. 그리고 과거에 歷史家가 史書에 자신의 이름을 남겨주거나 高官大爵의 발탁으로 朝廷에 진출하여 功績을 세우지 않더라도 자신의 文章만으로 자신의 이름을 後世에 전할 수 있다고 주장하고, 동시에 文章이 나라를 다스리는 대단한 事業이라고 선언하고 있는 것을 보면, 과거에 비해 그 당시 文學의 지위가 얼마나 격상되었는지와 文學的 아름다움과 성취에 대한 자각이 얼마나 성숙했는지를 짐작할 수 있다.

……常人貴遠賤近[1], 向聲背實[2], 又患闇於自見[3], 謂己爲賢. 夫文本同而末異, 蓋奏議[4]宜雅, 書論[5]宜理, 銘誄[6]尚實, 詩賦[7]欲麗. 此四科[8]不同, 故能

1 常人貴遠賤近: 常人은 凡人, 즉 일반 사람. 遠은 먼 시대의 것. 近은 가까운 시대의 것. 貴遠賤近은 貴古賤今과 같은 뜻이다.

2 向聲背實: 向聲은 名聲을 지향하는 것. 背實은 실질에 등 돌리는 것.

3 闇於自見: 闇은 無知蒙昧하다는 뜻. 自見은 자신 스스로를 아는 것.

之者偏[9]也, 唯通才[10]能備其體. 文以氣爲主, 氣之清濁有體[11], 不可力强而致[12]. 譬諸[13]音樂, 曲度[14]雖均, 節奏[15]同檢[16], 至於引氣不齊, 巧拙有素[17], 雖在父兄, 不能以移子弟. 蓋文章, 經國[18]之大業, 不朽之盛事. 年壽有時[19]而盡, 榮樂止乎其身, 二者必至之常期[20], 未若[21]文章之無窮. 是以[22]古之作者, 寄身於翰墨, 見[23]意於篇籍, 不假良史之辭[24], 不託飛馳[25]之勢, 而聲名自傳於後. ……

---

4 奏議: 여기에서는 신하가 임금에게 올리는 글을 통칭한다. 奏는 주로 어떤 사실을 아뢰는 것. 議는 주로 어떤 일에 대한 시비득실을 논하는 것.

5 書論: 여기에서는 나름의 목적을 가지고 私的으로 지은 글을 통칭. 書는 편지. 論은 어떤 사안에 대해 理致를 따지는 글.

6 銘誄: 여기에서는 죽은 이를 애도하는 글을 통칭. 원래 銘은 죽은 이의 공적을 靑銅器에 새기는 것. 誄는 일종의 行狀.

7 詩賦: 여기에서는 韻文에 대한 통칭. 원래는 각각 詩歌와 辭賦를 가리킨다.

8 科: 분야 혹은 장르의 뜻.

9 偏: 偏重의 뜻.

10 通才: 모든 재주에 두루 能通한 사람.

11 體: 先天的인 體性, 즉 性質.

12 力强而致: 억지로 다다르게 하다.

13 諸: 之於의 뜻으로 '저'라고 읽는다.

14 曲度: 曲의 拍子나 音調.

15 節奏: 曲의 旋律이나 가락.

16 檢: 法度, 혹은 方式.

17 素: 선천적으로 타고난 素質.

18 經國: 나라는 經綸한다, 즉 나라를 다스린다는 뜻.

19 有時: 때가 되면.

20 常期: 一定하게 정해진 期限.

21 未若: 不如와 같은 뜻. 즉 '~만 못하다'.

22 是以: 이 까닭에.

23 見: 現의 通假字.

24 不假良史之辭: 假는 빌리다. 의지하다. 良史는 훌륭한 史家. 良史之辭는 歷史家가 史書에서 자신에 대해 칭찬해 주는 말을 가리킨다. 즉 史書에서 자신을 칭찬해 주는 것에 의지하지 않는다는 말이다.

25 飛馳: 飛馳는 원래 나는 듯 치달린다는 뜻. 여기에서는 權門勢家를 가리킨다.

劉勰『文心雕龍』「序志」

『文心雕龍』을 지은 劉勰은 南朝 梁나라 사람으로, 『出三藏記集』과 『弘明集』 편찬으로 유명한 僧佑의 제자였다. 이후 스스로 출가하여 法名을 慧地라 했다. 이 때문에 혹자는 佛敎가 『文心雕龍』의 내용에 끼친 영향을 강조하곤 하지만, 실제 내용을 살펴볼 때 오히려 이상할 정도로 佛敎의 흔적이 거의 보이지 않는다. 내용보다는 오히려 『文心雕龍』의 치밀하고 구조적인 분석틀에서 佛敎 論理學의 영향을 받은 것이 아닌지 추측해 볼 수 있을 뿐이다. 또 혹자는 『文心雕龍』을 梁나라 太子 蕭統이 편찬한 詩文總集인 『文選』과 함께 뒤섞어 다루기도 하는데, 이 두 책은 편찬시기가 서로 가깝기는 하지만 성격상 적지 않은 차이가 있기에 주의를 요한다. 우선 『文心雕龍』은 文學批評書이지만, 『文選』은 詩文總集이다. 게다가 『文心雕龍』은 儒家의 道와 聖人, 六經을 文學의 정점으로 상정하고, 모든 文學의 분야와 기교에 대해 이를 기준으로 삼아 총괄하고 있지만, 『文選』은 오로지 의식적으로 아름답게 지은 글, 즉 沈思翰藻를 기준으로 詩文을 고르고 있을 뿐이다.

「序志」篇에 구체적으로 밝혔듯이, 『文心雕龍』은 총 50편으로 구성되어 있으며, 그 중 제1편에서 제5편까지는 文의 연원과 그 발전의 근거를 제시하고 있고, 제6편부터 제25편까지는 각종 文體의 淵源과 特性, 그리고 해당 文體 중 대표적인 문장의 得失까지 논하고 있다. 제26편부터 제49편까지는 創作과 修辭, 그리고 鑑賞의 각종 방법과 기준을 제시하고는, 맨 마지막 제50편 「序志」篇을 『文心雕龍』의 序文으로 삼아 끝을 맺는다. 원래 중국 고대의 저작들은 일반적으로 序文을 맨 뒤에 실었다. 실제로 『文心雕龍』 이전이든 이후이든, 『文心雕龍』만큼 총괄적으로 문학의 각종 문체와 창작 기교와 감상 기분까지 다루고 있는 문학비평서는 찾기 힘들다. 그 때문인지 혹자들은 『文心雕龍』이야말로 中國文學批評의 頂點이며, 『文心雕龍』을 기준으로 전체 中國文學을 품평할 수 있다고 하면서 과도하게 떠받들기도 한다. 하지만 이는 완전히 잘못된 주장이다. 너무나 당연한 이야기지만 『文心雕龍』은 魏晉에서 南朝로 이어지는 당시 문학비평의 특징을 잘 보여주고 있을 뿐 이후로도 계속해서 다양하게 변화했던 중국문학의 여러 갈래를 설명해주지는 못한다. 게다가 포함하지 않는 것이 없다는 『文心雕龍』의 총괄성은 장점이자, 동시에 단점이다. 너무 개괄적으로 다양한 文體와 기교를 다루며 절충을 시도하다 보니 그 표현과 정리가 다분히 두루뭉술할 수밖에 없었다.

이렇게 문학 전체를 이렇게 복잡다단하게 논하고 있는 『文心雕龍』은 잘 알려져 있듯이 四六騈儷文으로 지어졌다. 문학을 논하면서 스스로도 문학작품으로서의 꾸밈을 갖춘 것이다. 이는 그만의 독특한 시도가 아니었다. 오히려 당시로서는 너무나 보편적인 시도였고 이 같은 분위기는 당시 文人才士들이 문장 자체의 아름다움을 얼마나 추종했는지를 보여주는 一例이기도 하다. 하지만 이러한 당시 氣風을 모두 唯美主義나 과도한 形式美 추구일 뿐이라고 폄하해버리는 것은 부당하다. 劉勰을 포함한 당시 文人들이 정말 추구했던 것은 내용과 형식이라는 두 가지 아름다움의 일치였다. 내용의 부실함은 末流의 弊端이었을 뿐이며 이는 과거 모든 氣風의 끝자락에 보편적으로 나타나는 현상이었다. 물론 騈儷文이란 적지 않은 제약을 가진 文體로 이치를 논하거나 법칙을 다루는 것이 쉬운 일은 아니었지만, 오히려 쉽지 않기에 끝없이 文章間의 優劣을 가리고자 했던 당시 사람들에게는 좀 더 그 優劣을 확실하게 드러내 보일 수 있는 좋은 機制였던 것이다.

夫文心者, 言爲文[26]之用心也. 昔涓子『琴心』[27], 王孫『巧心』[28], 心[29]哉美矣, 故用之焉. 古來文章, 以雕縟[30]成體, 豈[31]取騶奭之群言雕龍[32]也? 夫宇

---

26 爲文: 글을 짓다.

27 涓子『琴心』: 涓子는 環淵을 가리킨다.(涓과 環은 通假된다.) 環淵은 戰國時代 楚나라 사람으로 老子의 제자라고 알려져 있다. 이후 齊나라 稷下先生이 되었다. 『琴心』은 그가 주장이 담긴 책 이름. 혹자는 涓子가 齊나라 사람으로 神仙術에 밝았다고 하는데, 아마도 環淵이 齊나라에서 稷下先生이 되었던 것이 訛傳된 것이 아닐까 의심된다.

28 王孫『巧心』: 王孫은 아마도 戰國時代의 학자인 듯하다. 『巧心』은 王孫子의 주장이 담긴 책. 『漢書』「藝文志 · 諸子略 · 儒家」를 보면 『王孫子』라는 책이 보이는데 "一名 『巧心』이라고도 부른다"고 설명되어 있다.

29 心: '마음'이란 보편개념을 지칭한 것으로 보인다. 혹자는 구체적으로 앞에서 언급한 涓子의 『琴心』과 王孫子의 『巧心』을 가리키는 것으로 보기도 한다.

30 雕縟: 화려하게 수식하다는 뜻. 雕는 아로새기는 것. 縟은 화려한 무늬를 꾸미는 것.

31 豈: 이 글자 해석으로는 크게 두 가지 입장이 대치된다. 우선 豈를 긍정적인 의미로 보아서, 전체 문장을 雕龍이란 書名이 "騶奭의 여러 말이 '龍의 비늘을 아로새기듯 修辭가 뛰어난 것'에서 취했다"고 보는 입장이다. 이 경우, 豈를 冀(~하기를 바란다), 概(대략, 아마도), 豈不(어찌 아니겠는가?) 등으로 풀이한다. 다음으로 豈를 부정적인 의미, 즉 "어찌~하겠는가?"로 보아서, 雕龍이란 書名을 "어찌 騶奭의 여러 말이 龍의 비늘을 아로새기듯 修辭가 뛰어난 것'따위에서 취해왔겠는가?"라고 보는 입장이다. 일단은 전자의 입장을 좇아, 豈不(어찌 아니겠는가?)로 푸는 것이 무난한 듯하다.

32 騶奭之群言雕龍: 騶奭은 齊나라 사람으로, 騶衍(혹 鄒衍이라도 한다.)의 장황한 陰陽五行說에 근거해 글을 지었다고 전한다. 특히 화려한 修辭에 뛰어나 사람들이 그를 雕龍奭, 즉 '龍의 비늘을 아로새기듯 修辭가 뛰어난 騶奭'이라고 불렀다.

宙綿邈[33], 黎獻[34]紛雜, 拔萃出類[35], 智術[36]而已. 歲月飄忽[37], 性靈不居[38], 騰聲飛實[39], 制作[40]而已. 夫人肖貌[41]天地, 稟性五才[42], 擬[43]耳目於日月, 方[44]聲氣[45]乎風雷, 其超出[46]萬物, 亦已靈矣. 形同[47]草木之脆, 名踰金石之堅, 是以君子處世, 樹德建言[48], 豈好辯哉, 不得已也[49]! 予生七齡, 乃夢彩雲若錦, 則攀而採之. 齒在踰立[50], 則嘗夜夢執丹漆之禮器[51], 隨仲尼[52]而南行. 旦而寤, 迺[53]怡然而喜, 大哉聖人之難見也, 乃小子之垂夢[54]歟! 自生人[55]以

33 宇宙綿邈: 宇宙는 모든 세상. 원래 宇는 上下四方 같은 공간을 의미하고 宙는 古今 같은 시간을 의미한다. 綿邈은 무언가 아련히 연이어지며, 끝없이 펼쳐져 있는 모습. 綿은 끊이지 않고 이어지는 모습. 邈은 멀리 있어 아득한 모습.

34 黎獻: 보통 사람과 현명한 사람. 黎는 원래 검다는 뜻. 머리에 아무 冠도 쓰지 않아 검은 머리를 드러 내놓고 있는 百姓을 가리키는데, 은근히 우매하다는 뜻이 내포되어 있다. 獻은 賢의 假借字로 賢人의 뜻.

35 拔萃出類: 남달리 재주가 뛰어나다는 뜻. 拔萃와 出類 모두 여럿 중에 남다른 두각을 나타낸다는 말로, 『孟子』「公孫丑上」의 出於其類, 拔乎其萃란 표현을 축약한 것이다.

36 智術: 智謀를 사용하는 재주.

37 飄忽: 홀연히 사라지다.

38 性靈不居: 여기에서 性靈은 생명을 가리킨다. 不居는 머물러 있지 않다, 즉 계속 늙다가 결국 죽다.

39 騰聲飛實: 騰聲은 名聲을 드날리다. 飛實은 實績을 드날리다.

40 制作: 여기에서는 著述의 뜻.

41 肖貌: 모습이 닮다.

42 五才: 혹자는 이를 五常, 즉 仁, 義, 禮, 智, 信이라 풀고, 혹자는 이를 五行, 즉 火, 水, 木, 金, 土로 푼다. 문맥상 후자가 좀 더 타당한 듯하다.

43 擬: 본받다.

44 方: 仿의 通假字로, 본받다의 뜻.

45 聲氣: 聲은 목소리. 氣는 氣息, 즉 숨.

46 超出: 초월하다. 능가하다.

47 同: 혹자는 同이 甚의 誤字라고 본다. 실제로 對句인 다음 구절의 동사가 踰(능가한다)이므로 同(같다)보다는 甚(더 심하다)이 문맥에 더 어울린다.

48 樹德建言: 덕을 세우고 말(주장)을 세우다. 예부터 三不朽, 즉 세 가지 썩지 않고 영원한 것이 있다고 말해져 왔다. 그것이 바로 立德(덕을 세우다), 立功(功績을 세우다), 立言(주장을 세우다)인데, 여기에서도 이 三不朽를 염두하고 한 표현이다.

49 豈好辯哉, 不得已也: 이는 『孟子』「滕文公下」의 표현을 차용하여 자신의 심경을 토로한 것이다.

50 齒在踰立: 齒는 年齡, 즉 나이를 가리킨다. 踰立은 孔子가 말한 而立, 즉 30살을 넘어섰다는 뜻.

51 丹漆之禮器: 붉은 칠을 한 祭器.

52 仲尼: 孔子. 仲尼는 孔子의 字.

來, 未有如[56]夫子[57]者也. 敷讚聖旨[58], 莫若注經[59], 而馬鄭諸儒[60], 弘[61]之已精, 就[62]有深解, 未足立家[63]. 唯文章之用, 實經典枝條, 五禮[64]資之以成, 六典[65]因之致用[66], 君臣所以炳煥[67], 軍國[68]所以昭明[69], 詳[70]其本源, 莫非經典. 而去聖[71]久遠, 文體解散[72], 辭人愛奇[73], 言貴浮詭[74], 飾羽尙畫[75], 文繡

53 迺: 乃의 異體字.

54 乃小子之垂夢: 여기에서 乃는 뜻밖이라는 어감을 나타내는 어조사. 小子는 劉勰 본인을 가리킨다. 垂夢은 꿈에 나타나 주셨다는 뜻. 垂는 높은 사람이 자신에게 무엇인가 베풀어 주었음을 나타내는 일종의 높임말.

55 生人: 인류가 태어나다, 혹은 생겨나다.

56 未有如~: ~만한 것이 아직까지 없었다.

57 夫子: 孔子에 대한 尊稱.

58 敷讚聖旨: 敷讚은 설명하여 밝힌다는 뜻. 聖旨는 일반적으로 皇帝가 내린 勅書를 뜻하지만, 여기에서는 聖人의 要旨, 즉 孔子의 가르침을 가리킨다.

59 注經: 注는 주석을 달다. 經은 儒家의 六經.

60 馬鄭: 馬는 馬融. 鄭은 馬融의 제자 鄭玄. 모두 東漢末의 巨儒로 古文經學을 위주로 하되 今文經學에도 능통했다. 이들은 六經에 각종 주석을 달았는데, 결국에는 鄭玄의 六經 주석이 이후의 學界를 석권하게 된다.

61 弘: 넓히다. 확충하다.

62 就: 설령.

63 立家: 一家를 수립하다. 즉 하나의 門派나 學說을 세운다는 뜻.

64 五禮: 국가의 중요한 다섯 가지 儀禮, 즉 吉禮, 凶禮, 賓禮, 軍禮, 嘉禮를 가리킨다.

65 六典: 나라를 다스리는 근간이 되는 여섯 가지 典章制度, 즉 治典, 敎典, 禮典, 政典, 刑典, 事典을 가리킨다.

66 致用: 그 쓰임을 다하다. 그 효용을 다 드러내다.

67 炳煥: 밝게 빛내다. 제 역할을 제대로 해낸다는 뜻이다.

68 軍國: 軍事와 國政.

69 昭明: 밝게 빛내다. 제 역할을 제대로 해낸다는 뜻이다.

70 詳: 상세히 살피다.

71 去聖: '聖人과 떨어진 것이'의 뜻. 여기에서는 주로 시간적인 거리를 말한다.

72 文體解散: 文體가 흐트러지다. 여기에서 文體는 각종 장르의 文章들이 응당 갖추어야할 體裁를 가리킨다.

73 辭人愛奇: 辭人은 원래 주로 辭賦를 짓는 작가를 가리키지만, 여기에서는 모든 문학 장르 작가의 통칭으로 쓰였다. 愛奇는 新奇하고 特異한 것을 좋아한다는 뜻.

74 浮詭: 浮華하거나 怪誕스러운 것.

75 飾羽尙畫: 이미 깃털로 꾸며져 아름다운데, 쓸데없이 깃털에 그림까지 그려 넣으려는 것처럼 과도하게 꾸미려한다는 뜻. 飾羽는 깃털로 꾸미다. 尙畫는 꾸밈을 더한다는 뜻. 尙은 上의 假借字로 더하다, 보태다의 뜻. 畫는 그림.

鞶帨[76], 離本[77]彌甚, 將遂訛濫. 蓋「周書」論辭[78], 貴乎體要[79], 尼父陳訓[80], 惡乎異端[81], 辭訓之異[82], 宜體於要[83]. 於是搦筆和墨[84], 乃始論文. 詳觀近代之論文者多矣. 至於魏文述『典』[85], 陳思序「書」[86], 應瑒「文論」[87], 陸機「文賦」, 仲洽「流別」[88], 宏範「翰林」[89], 各照隅隙[90], 鮮觀衢路[91]. 或臧否[92]當時之才, 或銓品[93]前修[94]之文, 或泛擧[95]雅俗之旨, 或撮題[96]篇章之意. 魏『

76 文繡鞶帨: 허리띠와 앞치마를 꾸미듯 너무 화려하게 꾸민다는 뜻. 원래 허리띠와 앞치마는 의복 중에 서도 화려한 자수로 가장 꾸밈이 많은 부분이다. 『法言』「寡見」篇에 鞶帨를 번잡하게 꾸며진 文辭에 비유하는 표현이 나온다. 劉勰 역시 이 표현을 借用한 것으로 보인다. 文繡는 화려한 무늬를 수놓는다는 뜻. 鞶帨은 허리띠와 앞치마. 여기에서 앞치마는 여자가 일할 때 두르는 앞치마가 아니라, 화려함을 더하기 위해 두르는 일종의 장식이다.

77 本: 근본, 뿌리. 여기에서 말하는 근본이란 바로 앞서 언급한 經典을 가리킨다.

78 「周書」論辭: 「周書」는 『상서』의 「周書」를 가리킨다. 論辭는 文辭를 논한다는 뜻.

79 貴乎體要: 『尙書』「周書」 중 「畢命」篇의 "文辭는 요체를 체득하는 것을 숭상한다"(辭尙體要)란 말을 약간 변용해 인용한 것이다. 體要는 일반적으로 切實하면서 잘 간추려져 있다고 푸는데, 여기에서는 아래 문맥에 맞추어 要諦를 體得하다로 풀었다.

80 尼父陳訓: 尼父는 孔子를 가리키며, '이보'로 읽는다. 陳訓은 가르침을 펼쳐 내보이셨다는 뜻.

81 惡乎異端: 『論語』「爲政」篇의 "異端에 매진하면 해롭다"(攻乎異端, 斯害也已)란 말을 축약해 인용한 것이다. 惡는 혐오하다의 뜻으로 '오'라고 읽는다.

82 辭訓之異: 辭訓은 바로 앞에서 언급한 두 가지 견해. 辭는 「周書」에서 文辭를 논한 바. 訓은 孔子가 펼쳐 내보이신 가르침. 異는 양자의 주장에 차이가 있다는 뜻. 혹자는 異를 奥의 訛傳으로 보기도 하는데, 나름대로 일리가 있다. 또 혹자는 異를 앞서 孔子가 말한 異端으로 보기도 하는데, 이는 문맥을 고려하지 않은 잘못된 견해이다.

83 宜體於要: 응당 要諦를 體得해야한다.

84 搦筆和墨: 搦筆은 붓을 잡는다는 뜻. 和墨은 먹을 간다는 뜻.

85 魏文述『典』: 魏文은 魏文帝, 즉 曹丕. 述『典』은 그가 『典論』을 지었다는 뜻.

86 陳思序「書」: 陳思는 陳思王, 즉 曹植. 序「書」는 그가 「與楊德祖書」를 썼다는 뜻.

87 應瑒「文論」: 應瑒의 「文質論」.

88 仲洽「流別」: 仲洽는 摯虞의 字. 「流別」은 그가 지은 「文章流別論」.

89 宏範「翰林」: 宏範은 李充을 가리킨다. 원래 李充은 字가 宏範이 아니라 宏度이다. 아마도 劉勰이 착각했거나 이후 轉寫되면서 訛傳된 듯하다. 「翰林」은 그가 지은 「翰林論」.

90 隅隙: 막다른 구석. 여기에서는 枝葉 혹은 末端의 비유.

91 衢路: 四通八達의 길. 여기에서는 모든 것의 중심을 이루는 根本 혹은 本領의 비유.

92 臧否: 여기에서는 品評하다, 褒貶을 가하다의 뜻. 이럴 경우 '장비'로 읽는다.

93 銓品: 銓은 평가하다. 品은 優劣에 따라 品級을 나누다.

94 前修: 前賢, 즉 앞선 賢人들.

95 泛擧: 대략적으로 다루다.

96 撮題: 간추려서 적다. 題는 글을 쓴다는 뜻.

典』密而不周, 陳「書」辯[97]而無當, 應「論」華而疏略, 陸「賦」巧而碎亂, 「流別」精而少功, 「翰林」淺[98]而寡要[99]. 又君山公幹[100]之徒, 吉甫士龍[101]之輩, 泛議[102]文意, 往往間出[103], 並未能振葉以尋根, 觀瀾而索源. 不述[104]先哲之誥[105], 無益後生之慮. 蓋文心之作也, 本乎道, 師乎聖, 體乎經, 酌乎緯, 變乎騷[106], 文之樞紐[107], 亦云極矣[108]. 若乃論文敍筆[109], 則囿別區分[110], 原[111]始以[112]表末, 釋名[113]以章義[114], 選文以定篇[115], 敷理以擧統[116], 上篇[117]以

97 辯: 辨의 通假字.

98 淺: 혹자는 淺을 응당 博으로 고쳐야 한다고 보는데, 일리가 있다.

99 寡要: 실질적인 要諦가 적다.

100 君山公幹: 君山은 東漢 학자로 『新論』을 지은 桓譚의 字. 公幹은 建安七子의 한 명인 劉楨의 字.

101 吉甫士龍: 吉甫는 西晉 학자이자 應璩 아들인 應貞의 字. 士龍은 西晉 문학가이자 陸機 동생인 陸雲의 字.

102 泛議: 대략적으로 논의한다는 뜻.

103 往往間出: 往往은 일반적으로 '종종'이란 시간적 의미로 쓰이지만, 여기에서는 '곳곳에'라는 공간적 의미로 쓰였다. 間出은 틈틈이 나온다는 뜻.

104 述: 祖述하다. 즉 단순히 기술한다는 의미가 아니라, 과거의 가르침을 계승하여 後世에 전한다는 뜻이 강하다.

105 誥: 훈계, 가르침.

106 本乎道, 師乎聖, 體乎經, 酌乎緯, 變乎「騷」: 體는 本體로 삼다. 經은 六經. 酌은 斟酌하다, 즉 헤아려 가려내다. 緯는 緯書. 變은 變遷 과정을 살핀다는 뜻. 「騷」는 원래 屈原의 「離騷」를 가리키지만 여기에서는 楚辭 전체를 가리킨다.

107 樞紐: 문의 지도리. 이 표현은 곧잘 핵심이나 關鍵의 비유로 사용된다.

108 蓋文心之作也부터 여기까지는 『文心雕龍』의 벼리라고 할 수 있는 제1편부터 제5편(「原道」, 「徵聖」, 「宗經」, 「正緯」, 「辨騷」)의 宗旨를 밝히고 있다.

109 論文敍筆: 論과 敍는 모두 논술하다의 뜻. 文은 有韻文 혹은 예술적 아름다움을 위한 글. 筆은 無韻文, 혹은 실용적인 글.

110 囿別區分: 囿와 區는 모두 일종의 범주나 장르를 가리킨다. 別과 分은 모두 辨別하다의 뜻.

111 原: 淵源까지 거슬러 올라가 살펴본다는 뜻.

112 以: 혹자는 여기에서의 以를 'A로써 B하다'(A以B)로 풀기도 하는데, 전체 문맥을 살펴볼 때 이는 잘못된 것이다. 여기에서의 以는 而와 같은 뜻으로, 'A하고 B하다'(A而B)는 竝列의 의미이다.

113 名: 각종 文體의 이름들.

114 章義: 章은 彰의 通假字. 義는 각종 文體의 이름에 담긴 뜻.

115 選文以定篇: 選과 定은 모두 選定하다, 즉 대표적인 作品을 골라 뽑았다는 말이다. 文과 篇은 모두 각종 文體의 作品들을 가리킨다.

116 敷理以擧統: 敷理는 각종 文體에 담긴 理致를 펼쳐 보이는 것. 擧統은 각종 文體의 體系를 들어 보이는 것. 若乃論文敍筆부터 여기까지는 각종 文體를 분석하고 그 대표작들을 品評한 『文心雕龍』의 제6

上, 綱領明矣. 至於剖情析采[118], 籠圈條貫[119], 摛神性[120], 圖風勢[121], 苞會通[122], 閱聲字[123], 崇替於時序[124], 褒貶於才略[125], 怊悵於知音[126], 耿介於程器[127], 長懷序志[128], 以馭群篇, 下篇[129]以下, 毛目[130]顯矣. 位理定名[131], 彰乎大易之數, 其爲文用, 四十九篇而已[132]. 夫銓序[133]一文爲易, 彌綸[134]群言爲難, 雖復輕采毛髮[135], 深極骨髓[136], 或有曲意密源[137], 似近而遠[138], 辭所

편부터 25편까지의 宗旨를 밝히고 있다.

117 上篇: 『文心雕龍』 50편 중 제1편부터 25편까지를 上篇, 즉 上編으로 구분한 것이다.

118 剖情析采: 剖와 析은 모두 분석한다는 뜻. 情은 글 속에 드러난 性情, 즉 내용. 采는 꾸밈이 갖추어진 글, 즉 형식. 혹자는 『文心雕龍』에 「情采」篇이 있음을 근거로, 이 구절이 「情采」篇에 대한 설명이라 간주하기도 하지만, 문맥을 살펴볼 때 틀린 주장이다.

119 籠圈條貫: 籠圈은 원래 각각 짐승을 잡는 덫과 우리를 가리키지만 여기에서는 動詞로서 概括하다의 뜻으로 쓰였다. 條貫은 일관된 條理를 갖추었다는 뜻.

120 摛神性: 神思(「神思」篇)와 體性(「體性」篇)에 대해 펼쳐 보였다는 뜻.

121 圖風勢: 風骨(「風骨」篇)과 定勢(「定勢」篇)에 대해 그림을 그리듯 묘사했다는 뜻.

122 苞會通: 附會(「附會」篇)와 通變(「通變」篇)에 대해 담아내었다는 뜻. 苞는 包의 通假字.

123 閱聲字: 聲律(「聲律」篇)과 練字(「練字」篇)에 대해 꼼꼼히 살펴보았다는 뜻.

124 崇替於時序: 時序(「時序」篇)에 대한 興亡盛衰를 따져보았다는 뜻. 崇替는 隆盛과 衰落.

125 褒貶於才略: 才略(「才略」篇)에 대한 褒貶을 가했다는 뜻.

126 怊悵於知音: 知音(「知音」篇)에 대해 서글퍼했다는 뜻. 怊悵은 낙심하여 슬퍼하는 것.

127 耿介於程器: 程器(「程器」篇)에 대해 꿋꿋이 공정함을 유지했다는 뜻. 耿介는 원래 꿋꿋이 志操를 지킨다는 뜻인데, 여기에서는 公明正大하다의 뜻으로 쓰였다.

128 長懷序志: 長懷는 懷抱, 즉 속내를 펼쳐내다. 序志는 뜻을 늘어놓다.(「序志」篇)

129 下篇: 『文心雕龍』 50편 중 제26편부터 제50편까지를 下篇, 즉 下編으로 구분한 것이다.

130 毛目: 細目, 즉 자잘한 조목들. 毛는 터럭 같이 가늘다는 뜻. 여기에서 下編을 毛目이라 표현한 것은 앞서 上編을 綱領으로 개괄한 것과 대칭되는 비유이다.

131 位理定名: 理論을 다룬 글들을 알맞게 배치하고, 그 글들의 편명을 결정했다는 뜻.

132 大易之數, 其爲文用, 四十九篇而已: 大易之數는 大衍之數, 즉 50을 가리킨다. 『周易』 「繫辭傳」에 이르길 "大衍之數는 50인데 그 중에 49만을 쓴다"(大衍之數五十, 其用四十有九)고 했다. 본문의 其爲文用, 四十九篇而已란 표현도 이를 借用한 것이다. 이는 『文心雕龍』이 총 50편으로 大衍之數에 부합되면서도, 그 중 「序志」篇은 文章을 論한 것이 아니라 序文이므로, 이를 빼고 보면 49편이 된다는 말이다. 혹자는 「序志」篇이 아니라 「原道」篇을 빼야한다고 주장하기도 하지만, 문맥에 비추어볼 때 「序志」篇을 빼는 것이 맞다.

133 銓序: 살피고 헤아려 논하다.

134 彌綸: 총괄하여 가지런히 정리하다.

135 輕采毛髮: 輕采는 가볍게 다루다. 毛髮은 터럭처럼 자질구레한 지엽적인 것에 대한 비유.

136 深極骨髓: 深極은 깊이 궁구하다. 骨髓는 뼈대처럼 가장 근간을 이루는 것에 대한 비유.

137 曲意密源: 세세한 의미와 은밀한 淵源. 여기에서 曲과 密은 모두 아주 작아서 잘 드러나지 않는다는 뜻.

不載, 亦不勝[139]數矣. 及其品列成文[140], 有同乎舊談[141]者, 非雷同[142]也, 勢自不可異[143]也. 有異乎前論[144]者, 非苟異[145]也, 理自不可同[146]也. 同之與異, 不屑[147]古今, 擘肌分理[148], 唯務折衷[149]. 按轡文雅之場, 環絡藻繪之府[150], 亦幾乎備[151]矣. 但言不盡意[152], 聖人所難. 識在甁管[153], 何能矩矱[154]. 茫茫往代[155], 旣沈予聞[156], 眇眇來世[157], 倘塵彼觀[158]也. 贊[159]曰: 生也有涯,

138 似近而遠: 似는 마치 그럴 듯해 보인다는 뜻. 近은 淺近하다의 뜻. 而는 逆接. 遠은 遠大하다는 뜻.
139 不勝: 不能의 뜻.
140 品列成文: 品列은 품평하여 순서를 정해 늘어놓다. 成文은 이미 지어진 글, 즉 旣成의 문장을 가리킨다.
141 舊談: 옛 談論들. 여기에서는 문장들에 대한 기존의 품평을 가리킨다.
142 雷同: 附和雷同하다. 즉 아무 생각 없이 남의 것을 따라하는 것.
143 勢自不可異: 勢는 전반적인 정황과 추세를 가리킨다. 不可異는 다를 수가 없다는 뜻.
144 前論: 이전 論議들. 앞서 보인 舊談과 같은 뜻.
145 苟異: 구차하게 다르게 하다. 즉 억지로 달라 보이게 했다는 뜻.
146 理自不可同: 理는 事理. 여기에서는 事理의 趨勢를 가리킨다.
147 不屑: 하찮게 여기다. 輕視하다.
148 擘肌分理: 擘과 分은 분석하다의 뜻. 肌와 理는 살결의 뜻.
149 折衷: 서로 다른 견해나 주장들을 취합해 타당하고 적절한 결론을 도출하는 것.
150 按轡文雅之場, 環絡藻繪之府: 按轡는 고삐를 당기다. 環絡은 재갈을 물리다. 원래는 모두 말을 몰며 둘러보다는 의미이지만, 실제론 어느 분야에서 활동한다는 뜻. 文雅는 뛰어난 글재주. 藻繪는 아름답게 꾸며진 文辭. 文雅之場과 藻繪之府는 文壇 혹은 文學界를 가리킨다.
151 幾乎備: 幾는 거의~에 가깝다. 備는 完備되다.
152 言不盡意: 『周易』「繫辭傳」에 "책은 말을 다 담아내지 못하고, 말은 뜻을 다 밝히지 못한다"(書不盡言, 言不盡意)고 했다. 말이 뜻을 다 밝힐 수 있는가 없는가는, 魏晉時期 주요 논쟁거리 중 하나였다. 劉勰은 말이 뜻을 다 밝힐 수 없다는 입장이다. 이것은 玄學의 보편적인 견해였다.
153 識在甁管: 識은 識見. 甁과 管은 모두 식견이 보잘 것 없음의 비유.
154 矩矱: 원래 矩와 矱은 모두 자의 뜻인데, 이후 곧잘 원칙이나 법칙의 의미로 借用되었다. 여기에서는 文學의 원칙으로 삼는다는 뜻.
155 往代: 前代, 혹은 과거. 여기에서는 前代의 賢人들을 가리킨다.
156 沈予聞: 沈은 깊이 沈潛시키다. 즉 푹 빠지게 만든다는 뜻. 혹자는 沈을 洗의 誤字로 보기도 한다. 洗는 面貌를 一新시킨다는 뜻. 予聞은 나의 見聞, 즉 자신의 所見.
157 眇眇來世: 眇眇는 아득히 먼 모습. 來世는 미래. 여기에서는 미래의 後學들을 가리킨다.
158 倘塵彼觀: 倘은 아마도. 塵은 먼지를 씌우다. 자신이 後學들에게 영향을 주는 것은 아주 겸손하게 표현한 것이다. 彼觀은 後學들의 견해.
159 贊: 문장의 끝에 놓이며, 주로 그 문장의 大義要旨를 개괄하는 역할을 한다. 일반적으로 상당히 압축적이며 押韻까지 한다.

無涯惟智[160]. 逐物[161]實難, 憑性[162]良[163]易. 傲岸泉石[164], 咀嚼[165]文義. 文果[166]載心[167], 余心有寄[168]!

鍾嶸『詩品』「卷中」

南朝 梁나라 때 지어진 鍾嶸의 『詩品』은 전문적으로 五言詩만을 다루고 있는 品評書이다. 漢나라부터 梁나라에 이르기까지 총 122명의 시인의 五言詩를 품평하면서 上/中/下 三品으로 그 優劣高下를 나누고 있다.

여기에서 인용하고 있는 것은 바로 앞에서 여러 차례 작품을 살펴보았던 陶淵明에 대한 品評이다. 陶淵明의 五言詩가 應璩로부터 淵源했다는 그의 주장에 대해서는 아직까지 贊反 양론이 대립하고 있다. 현존하는 應璩의 시가 너무 적어서, 실질적인 비교가 어렵다는 것에도 원인이 있다. 陶淵明의 五言詩에 대한 鍾嶸의 품평은 짧지만 한 마디 한 마디가 모두 정곡을 찌르고 있다. 그가 지적했듯 사실 당시 사람들은 陶淵明의 詩가 너무 '質直'하다고 안타까워하고 있었다.(「歸園田居」의 설명 참고) 鍾嶸은 이 대해 적극적으로 변명하면서 陶淵明을 "古今의 隱逸詩人 중 으뜸"이라고 추켜세워 주고 있지만, 그 역시 陶淵明을 宋代처럼 높이 평가하지는 않았다. 실제로 陶淵明은 『詩品』에서 上品이 아닌 中品에 속해있다. 이를 두고도 後世 학자들 중 일부는 陶淵明이 원래 上品에 속해 있었는데 이후 訛傳되어 中品에 놓이게 되었다고 주장하기도 했지만, 근거가 전혀 없는 일종의

160 生也有涯, 無涯惟智: 『莊子』「養生主」篇의 표현을 借用했다. 涯는 끝.
161 逐物: 사물 혹은 사물의 이치를 따른다는 뜻.
162 憑性: 타고난 품성에 의지하다.
163 良: 진실로.
164 傲岸泉石: 傲岸은 거칠 것 없이 멋대로 노니는 것. 泉石은 山水를 가리킨다.
165 咀嚼: 곱씹다. 음미하다.
166 果: 과연, 정말로. 여기에서는 조건문을 만든다.
167 載心: 마음을 담다.
168 有寄: 寄託할 바가 있다. 즉 믿고 기댈 곳이 있다는 뜻.

불평에 불과하다.

宋徵士[169]陶潛[170]詩 : 其源出於應璩[171], 又協左思風力[172]. 文體省靜[173], 殆[174]無長語[175]. 篤意眞古[176], 辭興婉愜[177]. 每觀其文, 想其人德, 世嘆其質直[178]. 至如 "歡言酌春酒[179]", "日暮天無雲[180]", 風華淸靡[181], 豈直[182]爲田家語[183]耶? 古今隱逸詩人之宗[184]也.

169 宋徵士: 여기에서 宋은 南朝의 宋나라를 가리키지만, 좀 문제가 있는 표현이다. 陶淵明은 東晉 때 벼슬자리에 나아갔으므로 '晉'이라고 고치는 것이 타당하다. 아마도 鍾嶸은 陶淵明의 사망한 때를 기준으로 한 듯하다. 陶淵明은 東晉이 멸망하고 南朝의 宋이 들어선 후 사망했다. 徵士는 徵辟된 선비, 즉 朝廷에 부름을 받아 入仕한 것을 가리킨다.

170 陶潛: 陶淵明은 벼슬을 버리고 隱居한 후 이름을 스스로 潛이라 고쳤다.

171 應璩: 魏나라 建安七子 중 한 명이었던 應瑒의 동생으로, 형 應瑒과 함께 詩文에 두루 능했다.

172 協左思風力: 協은 합치된다는 뜻. 左思에 대해서는 앞서 보였던 左思의 「詠史詩」의 설명을 참고. 風力은 詩文에서 드러나는 氣風과 筆力.

173 省靜: 省은 간략한 것. 靜은 淨의 假借字로, 깔끔한 것.

174 殆: 거의.

175 長語: 길게 늘어놓은 말. 즉 쓸데없이 장황하게 말이 많은 것을 가리킨다.

176 篤意眞古: 篤意는 '독실한 뜻'. 眞古는 참되고 예스럽다.

177 辭興婉愜: 辭興은 修辭상의 비유. 婉愜은 완곡하면서도 흡족하다는 뜻.

178 世嘆其質直: 世는 세상 사람들. 嘆은 탄식하다, 혹은 안타까워하다. 質直은 質朴하고 直說的이란 뜻. 즉 당시 사람들은 陶淵明의 詩句가 너무 꾸밈이 없음을 아쉬워했다는 말이다. 혹자는 嘆을 贊嘆하다로 간주하여 이 구절을 陶淵明에 대한 일종의 칭찬으로 풀기도 하는데, 뒤의 文脈에 비춰볼 때 옳지 않다.

179 歡言酌春酒: 이 구절은 「讀山海經」 제1수에 보인다.

180 日暮天無雲: 이 구절은 「擬古」 제5수에 보인다.

181 風華淸靡: 風華는 氣風과 才華. 淸靡는 깔끔하면서도 화려한 것. 이 구절과 다음 구절은 앞서 보았던 陶淵明의 詩句가 質直하다는 世評에 대한 鍾嶸의 반박이다.

182 直: 只의 假借字.

183 田家語: 시골 農夫의 투박하고 거친 말.

184 宗: 마루, 즉 산이나 지붕의 꼭대기란 뜻. 여기에서는 으뜸이란 의미로 사용되었다.

魏晉南北朝 소설

「宋定伯捉鬼」 [『列異傳』]

『列異傳』은 현재까지 확인된 바로, 가장 오래된 魏晉時期 志怪小說集이다. 물론 漢代에 지어졌다고 전해지는 작품도 있지만 대부분 후세 사람들이 假託한 것들이다. 原書는 일찍이 佚失되었고 50餘條만이 輯佚되어 전한다. 작자는 魏나라 文帝 曹丕로 알려졌지만 輯佚된 내용을 살펴보면 曹丕 死後의 일도 기술되어 있어 논란의 여지가 남아 있다. 혹자는 작자가 晉나라 張華라고 주장하기도 하지만, 張華 역시 전해지던 『列異傳』을 다시 정리한 것일 뿐 최초의 편찬자는 아니다. 하지만 『列異傳』 자체가 魏晉時期에 지어졌다는 데는 이견이 없다. 그런데 여기에서 주의해야 할 점이 하나 있다. 앞에서 이 책을 志怪小說集이라고 정의하긴 했지만, 이는 편의상 그리한 것일 뿐이라는 점이다. 기이한 일을 기록한 것이기에 志怪라고 불리는 것은 합당하지만, 小說이라는 칭호는 오해의 소지가 있다. 이는 지금의 기준으로 이를 小說의 범주에 넣고자 하는 것일 뿐, 당시 사람들이 의도적으로 小說, 즉 허구의 이야기를 창작한 것이 아니다. 한 개인이 따로 창작했다기보다는 당시 떠돌아다니던 기이한 이야기들을 수집 정리한 것인데, 그 기이한 이야기들에 대해서도 기본적으로 허구가 아닌 사실에 근거한다는 인식이 깔려 있었다.

여기 인용된 宋定伯이 귀신을 골려주는 이야기는, 남아있는 『列異傳』 중에서도 특히 널리 알려져 人口에 膾炙되는 이야기이다. 혹자는 이 이야기에서 인간이 귀신을 골탕 먹이는 내용을 두고, 무슨 反迷信이나 無神論의 정서가 깔려있다고 주장하는데, 이는 近代 理性을 과도하게 적용해서 나온 착각이다. 여기에서 우리는 오히려 인간의 삶에 아무런 거부감 없이 귀신이 등장할 수 있었던 시대적 분위기를 확인할 수 있다. 당시는 戰國末葉의 神仙思想 등장으로부터 漢代의 黃老之術과 道敎의 盛行을 거쳐 佛敎의 傳來까지 이루어져, 그 어느 때보다도 神話的 상상력이 극대화되었던 시기였다. 아래에서 인용된 宋定伯 이야기의 내용을 잘 살펴보면, 사람인 宋定伯도 機智를 발휘하고 있지만, 웬만한 사람보다도 어리석은 鬼神에게서도 마치 실수를 연발하며 남에게 당하기만 하는 喜劇의 바보 역에게서 느낄 수 있는 친근함을 느낄 수 있을 것이다.

南陽[1]宋定伯[2], 年少時, 夜行逢鬼. 問曰: "誰?" 鬼曰: "鬼也." 鬼曰: "卿[3]復誰?" 定伯欺之, 言: "我亦鬼也." 鬼問: "欲至何所?" 答曰: "欲至宛市[4]." 鬼言: "我亦欲至宛市." 共行數里. 鬼言: "步行太亟[5], 可共迭[6]相擔也." 定伯曰: "大善." 鬼便先擔定伯數里. 鬼言: "卿太重, 將[7]非鬼也!" 定伯言: "我新死, 故重耳." 定伯因復擔鬼, 鬼略[8]無重, 如是再三. 定伯復言: "我新死, 不知鬼悉[9]何所惡忌[10]?" 鬼曰: "唯不喜人唾." 於是共道[11]遇水, 定伯因命鬼先渡, 聽之了[12]無聲. 定伯自渡, 漕漼[13]作聲. 鬼復言: "何以作聲?" 定伯曰: "新死, 不習渡水耳. 勿怪[14]!" 行欲至宛市, 定伯便擔鬼至頭上, 急持[15]之. 鬼大呼, 聲咋咋[16], 索[17]下. 不復聽之, 徑至宛市中. 著[18]地, 化爲一羊, 便賣之.

1 南陽: 옛 縣 이름으로 지금의 河南省 西南部와 湖北省 北部 일대에 위치했었다.
2 宋定伯: 人名. '宋'字 대신 '宗'字를 사용해 宗定伯이라고 표기된 판본들도 있다.
3 卿: 상대방에 대한 尊稱.
4 宛市: 지금의 河南省 南陽市를 가리킨다.
5 太亟: 太는 '너무~하다'는 뜻. 亟은 피곤하다는 뜻.
6 共迭: 共은 함께. 迭은 번갈아가며.
7 將: 여기에서는 '아마도'라는 추측의 뜻.
8 略: 전혀.
9 悉: 모두.
10 所惡忌: 싫어하고 꺼리는 것. 여기에서 惡는 '오'로 읽는다.
11 共道: 함께 말을 나누다.
12 了: 전혀.
13 漕漼: 물차는 소리. 첨벙첨벙.
14 怪: 괴이하게 여기다.
15 急持: 急은 갑자기. 持는 여기에서 꽉 잡다, 혹은 조른다는 뜻.
16 咋咋: 목 메이는 소리. 컥컥.
17 索: 요구하다.
18 著: 着의 通假字.

恐其便[19]化, 乃唾之. 得錢千五百, 乃去. 於時言: "定伯賣鬼, 得錢千五百."

「韓憑夫婦」 [『搜神記』]

『搜神記』는 東晉의 史家 干寶가 지은 志怪小說集이다. 『列異傳』과 마찬가지로 原書는 일찍이 佚失되었지만, 현재 輯佚하여 정리된 것이 460餘條나 된다. 내용 구성이나 修辭가 『列異傳』보다 훨씬 짜임새 있다. 이는 志怪文學이 지속적으로 발전한데다가, 작자(정확히는 편집자)인 干寶가 워낙에 筆力이 뛰어나기 때문일 것이다. 『列異傳』에서 이미 언급했지만, 干寶 역시 기이한 이야기들에 대해서 기본적으로 그 이야기들이 사실이라고 인식했다는 점은, 干寶 스스로 『搜神記』를 지은 이유가 '鬼神의 道가 허황된 거짓이 아님을 천명하는'(發明神道之不誣) 데 있다고 주장한 사실에서도 확인된다.

韓憑 부부의 슬픈 사랑 이야기는 수많은 『搜神記』의 이야기 중에서도 손꼽히는 유명한 내용이다. 우리가 부부금슬을 말할 때 흔히 언급되는 鴛鴦이란 표현 역시 여기에서 나온 것이다. 실제 鴛鴦의 경우 수컷이 바람도 곧잘 피우지만, 아직까지도 사람들은 鴛鴦이 一夫一妻로 평생 서로에게 貞操를 지킨다고 믿는데, 아마도 이 이야기의 영향일 것이다. 애틋한 사랑을 나누는 韓憑 부부와, 美色에 눈이 멀어 이들을 괴롭히다가 결국 이들을 죽음에 몰아넣고는 遺言마저 들어주지 않는 暴君이라는 이러한 二元對立 구도에서, 우리는 이 이야기가 단순히 흥미위주의 옛 이야기가 아니라 날카로운 현실비판을 내포하고 있음을 발견하게 된다. 인정사정없고 막무가내인, 그리고 끝도 없는 權威 혹은 權力의 압력에 꿋꿋이 버텨내고 결국에는 극복해내는 弱者의 모습에서, 民衆의 공감, 혹은 대리만족을 이끌어내고 있는 것이다.

19 便: 곧바로.

宋康王[20]舍人[21]韓憑, 娶妻何氏, 美, 康王奪之. 憑怨, 王囚之, 論爲城旦[22]. 妻密遺憑書, 繆[23]其辭曰: "其雨淫淫[24], 河大水深, 日出當心." 旣而[25]王得其書, 以示左右[26], 左右莫[27]解其意. 臣蘇賀對曰: "'其雨淫淫', 言愁且思也. '河大水深', 不得往來也. '日出當[28]心', 心有死志[29]也." 俄而[30]憑乃自殺. 其妻乃陰腐[31]其衣. 王與之登臺, 妻遂自投[32]臺下, 左右攬之, 衣不中手[33]而死. 遺書於帶[34]曰: "王利[35]其生, 妾利其死. 願以尸骨, 賜憑合葬." 王怒, 不聽, 使里人埋之, 冢相望[36]也. 王曰: "爾[37]夫婦相愛不已[38], 若能使冢合, 則吾不阻也."宿昔[39]之間, 便有大梓木[40]生于二冢之端, 旬日而大盈抱[41], 屈體

---

20 宋康王: 戰國時代 宋나라의 君主.

21 舍人: 王公貴族을 모시는 官吏에 대한 통칭.

22 論爲城旦: 論은 論罪하다. 즉 죄를 따져 벌을 준다는 뜻. 爲城旦은 城旦을 시킨다는 뜻. 城旦은 변방으로 보내져 밤에는 성벽을 쌓고 낮에는 경계를 서는 형벌의 일종.

23 繆: 繚의 通假字. 완곡하다는 뜻.

24 淫淫: 장마가 져서 비가 계속 내리는 모습.

25 旣而: 오래지 않아. 이윽고.

26 左右: 左右의 신하들.

27 莫: 여기에서는 不能의 뜻.

28 當: 마주대하다.

29 死志: 죽고자 하는 마음.

30 俄而: 오래지 않아. 이윽고.

31 陰腐: 陰은 암암리에, 몰래. 腐는 부식시키다.

32 投: 投身, 즉 몸을 던지다.

33 中手: 손에 잡히다. 中은 원래 的中되다, 딱 들어맞는다는 뜻.

34 帶: 허리띠.

35 利: 이득으로 여기다. 즉 좋아한다는 뜻.

36 冢相望: 무덤이 서로 바라보다. 즉 合葬하지 않고 韓憑 부부의 무덤을 각기 따로 하여 마주보게 만들었다는 뜻.

37 爾: 너희.

38 已: 끝나다. 끝내다.

39 宿昔: 원래는 어두운 밤이나 지나간 과거란 뜻이지만, 여기에서는 아주 짧은 시간이라는 뜻.

40 大梓木: 커다란 가래나무.

41 大盈抱: 크기(굵기)가 한 아름은 족히 되다. 大는 크기(굵기). 盈은 가득 차다, 족히 채우다. 抱는 한 아름.

相就[42], 根交于下, 枝錯[43]于上. 又有鴛鴦, 雌雄各一, 恒棲樹上, 晨夕不去, 交頸悲鳴, 音聲感人. 宋人哀之, 遂號其木曰 '相思樹'. '相思'之名起于此也. 南人謂此禽卽韓憑夫婦之精魂. 今睢陽[44]有韓憑城, 其歌謠至今猶[45]存.

「孔文擧」 [『世說新語』「言語」]

『世說新語』는 南朝 宋나라의 劉義慶이 지은 志人小說集(여기에서도 '小說'이란 표현은 편의상 붙인 것이며, 志人은 인물에 관한 일을 기록했다는 뜻임)으로, 後漢부터 東晉 때까지 선비들의 逸話를 모아서 36가지의 주제별로 묶어 정리한 책이다. 이 책은 당시 선비들의 日常 언행과 풍속이 아주 생동감 있게 묘사되어 있어서, 당시 선비들의 思惟와 文化를 이해하는 데 아주 중요한 자료이다. 그리고 南朝 梁나라 때 劉孝標가 『世說新語』에 注를 달았는데, 이후 佚失되어버린 책들을 많이 인용하고 있어서, 『世說新語』를 이해하는 데에도 도움이 될 뿐만 아니라 佚失된 책들의 흔적을 살펴보는 데에도 도움이 된다.

아래에서 인용한 孔融의 이야기는 「言語」篇에 담긴, 즉 '말'에 관련된 逸話이다. 당시 10살에 불과했던 孔融이 高官이던 李膺을 다짜고짜 방문해 너무나 천연덕스럽게 얘기를 풀어나가는 내용이 자못 그의 재기발랄함을 잘 드러내 보여주고 있다. 특히 不時에 맞닥뜨린 陳韙의 貶下를 되받아치는 재주는 孔融이 단순히 입심에 의지하고 있는 것이 아니라, 진정 聰氣가 대단함을 잘 보여준다. 그 반격은 당차면서도 익살스러웠기에, 陳韙가 속으로만 크게 당황할 뿐, 겉으로는 화를 낼 수도 없는 해학적인 상황이 되어버렸다. 이러한 逸話에서 우리는 당시의 자잘한 격식이나 법도에 얽매이지 않고, 才氣를 중시하는 氣風을 살펴볼 수 있다.

42 屈體相就: 屈體는 나무가 구불구불 자라는 모습. 相就는 서로 마주보며 나아간다는 뜻.
43 錯: 錯綜되다. 즉 뒤엉키다.
44 睢陽: 당시 宋나라의 地名으로, 지금의 河南省에 위치해 있다.
45 猶: 여전히.

孔文擧[46]年十歲, 隨父到洛[47]. 時李元禮[48]有盛名, 爲司隸校尉[49]. 詣門者[50], 皆儁才清稱[51]及中表親戚[52]乃通[53]. 文擧至門, 謂吏[54]曰: "我是李府君親[55]." 旣通, 前坐[56]. 元禮問曰: "君與僕[57]有何親?" 對曰: "昔先君仲尼[58], 與君先人伯陽[59], 有師資之尊[60], 是僕與君奕世[61]爲通好也." 元禮及賓客莫不奇[62]之. 太中大夫陳韙[63]後至, 人以其語[64]語之. 韙曰: "小時了了[65], 大未必佳." 文擧曰: "想君小時, 必當了了." 韙大踧踖[66].

46 孔文擧: 建安七子 중 한 명인 孔融. 文擧는 그의 字. 孔子의 24世孫이다.

47 洛: 洛陽.

48 李元禮: 李膺. 元禮는 그의 字.

49 司隷校尉: 일종의 監察官으로 상당히 높은 관직이었다.

50 詣門者: 李膺 집에 방문한 이들. 詣는 다다른다는 뜻.

51 儁才淸稱: 뛰어난 재주를 지닌 이들과 高潔하기로 칭송받는 사람들.

52 中表親戚: 內外 친척들, 즉 모든 친척들을 가리킨다.

53 通: 通交하다. 사귀다.

54 吏: 여기에서는 李膺 집의 문지기 혹은 執事를 가리킨다.

55 李府君親: 李府君은 李膺을 높여 부른 것으로, 여기에서 府君은 어른에 대한 尊稱이다. 親은 친척이라는 뜻.

56 前坐: 앞에 앉다. 즉 李膺 앞에 앉았다는 뜻.

57 君與僕: 君은 상대방에 대한 尊稱. 與는 '~와'의 뜻. 僕은 자신에 대한 卑稱.

58 先君仲尼: 先君은 돌아가신 先祖. 仲尼는 孔子의 字.

59 先人伯陽: 先人은 남의 돌아가신 先祖. 伯陽은 老子의 字. 老子의 姓은 李, 이름은 耳. 이외에도 老子의 姓名에 대한 이설이 있지만, 편의상 생략한다. 孔融은 자의적으로 李耳를 李膺의 先祖로 상정한 것이다.

60 師資之尊: 師資之尊은 스승으로 尊對함. 師資는 스승의 뜻. 『史記』「老子列傳」을 보면 孔子가 周나라로 가서 老子에게 가르침을 청하는 내용이 보인다. 孔融은 이 일을 지적한 것이다.

61 奕世: 世世代代토록.

62 奇: 기특하게 여기다.

63 太中大夫陳韙: 太中大夫는 朝廷의 議論을 다루는 관직. 陳韙는 人名.

64 其語: 그 말. 즉 孔融이 했던 말.

65 了了: 총명하다. 뛰어나다.

66 踧踖: 겉으론 아닌 척 하지만 속으로 당황하거나 부끄러워한다는 뜻.

「劉伶」 [『世說新語』「任誕」]

『世說新語』에서 「任誕」篇은 제멋대로 放恣하게 굴거나 奇行을 일삼는 이들의 逸話를 모아둔 곳이다. 하지만 당시의 放縱과 奇行은 자연스러운 逸脫이라기보다는, 사실 혼란한 정치와 사회에 대한 적극적인 반발이자 거부였다. 이 점은 앞의 阮籍 「詠懷詩」의 해설에서 설명했다. 당시 사회는 執權層의 필요나 기준에 따라 선비들을 옥죄는 데 악용되었던 儒家의 禮教가 여전히 정치적 영향력을 발휘하고 있었지만, 동시에 孔融의 이야기에서도 볼 수 있듯이 비정치적 영역에서는 이와 상반되게 자잘한 격식이나 법도에 얽매이지 않는 風潮가 성행하고 있었다. 이 두 갈래의 성향은 음으로 양으로 相衡하고 相補하는 관계였으며, 결국에는 禮教를 주축으로 共存의 場을 형성하게 된다. 이러한 亂世를 살던 劉伶은 竹林七賢의 한 명이기도 했지만, 斗酒不辭의 酒客으로 더 유명했다. 그런데 과도한 음주에 건강을 해칠까 걱정하던 그의 아내가 禁酒를 強勸하자, 그는 뜻밖에도 선뜻 술을 끊겠다고 약속한다. 오히려 귀신에게 제사상을 차려놓고 禁酒의 맹세를 하겠다며 호들갑을 떤다. 하지만 정작 제상상이 차려지고 맹세를 하게 되자, 그는 돌연 입장을 바꾸어 본인은 타고난 술 체질이며 술을 끊으라는 아녀자의 말일랑 절대 따를 수 없다고 다짐하고는, 제사상의 술과 고기를 순식간에 먹어치우고 이내 곤드레만드레 취해버린다. 그의 아내는 이런 어이없는 상황에 황당해하면서 크게 역정을 냈을까? 아마도 "당신이 그러면 그렇지!" 라면서 순순히 '혹시나' 했던 기대를 '역시나' 하는 푸념으로 대신하지 않았을까? 당시는 취하지 않고는 배길 수 없었던 '술 권하는 사회'였으니 말이다.

劉伶[67]病酒[68], 渴[69]甚, 從婦[70]求酒. 婦捐酒毀器[71], 涕泣諫曰: "君飲太過, 非攝生[72]之道, 必宜斷之." 伶曰: "甚善[73]. 我不能自禁, 惟當祝[74]鬼神, 誓斷

67 劉伶: 竹林七賢 중 한 명. 특히 술을 좋아하기로 이름이 높았다.
68 病酒: 宿醉. 혹자는 술로 인해 병에 걸렸다고 풀기도 한다.
69 渴: 渴症. 口渴이라고도 한다.
70 婦: 아내.
71 捐酒毀器: 捐酒는 술을 버렸다는 뜻. 毀器는 술그릇을 부셔버렸다는 뜻.
72 攝生: 養生.

之耳, 便可具酒肉." 婦曰: "敬聞命[75]." 供酒肉于神前, 請伶祝誓. 伶跪而祝曰: "天生劉伶, 以酒爲名[76]. 一飮一斛[77], 五斗解酲[78], 婦人之言, 愼[79]不可聽." 便引酒進肉, 隗然[80]已醉矣.

73 甚善: 매우 훌륭하다.

74 祝: 귀신에게 기도하다, 혹은 기원하다.

75 敬聞命: 삼가 명을 좇다.

76 以酒爲名: 술로 名聲을 이루다. 즉 술로 名聲을 얻었다는 뜻.

77 斛: 容量을 헤아리는 단위로 10말이 一斛이다. 우리말로는 '휘'라 한다.

78 五斗解酲: 斗는 容量을 헤아리는 단위로 10되가 一斗이다. 우리말로는 '말'이라 한다. 解酲은 숙취를 해결하다. 酲은 宿醉. 즉 5말의 술을 해장술 삼아 해장한다는 말이다.

79 愼: 절대, 부디.

80 隗然: 隗는 酉危의 假借字. 酉危然은 술에 만취한 모습. 혹자는 隗를 隤의 假借字로 보아 술에 취해 쓰러진 모습이라고도 푼다.

唐 시

王勃「山中」

初唐四傑의 한 명인 王勃은 어려서부터 총명함으로 유명했으며, 6살 때 이미 글을 지었고 14살이란 어린 나이에 벌써 벼슬에 올랐다. 그러나 수년 뒤 뜻밖에도 거침없는 才氣로 지었던 글 한 편이 高宗의 노여움을 사 파직되고 만다. 파직된 이후로도 뛰어난 재주로 인해 사람들의 주목을 받았지만, 늘 오해나 질시도 따라왔다. 결국 다시 관직에 나서기는 하지만 이번에는 정말 큰 죄를 범해 死刑에 처해지게 된다. 결국 九死一生으로 사면되기는 했지만 이 일로 자신이 파직됨은 물론이요, 아버지 王福峙까지 交趾(지금의 베트남 북부 지역)로 左遷되고 만다. 이후 交趾로 아버지를 만나러 가던 王勃은 南海를 건너다 물에 빠졌다가 간신히 구조되었으나, 병을 얻어 결국 죽고 만다. 혹은 南海에서 溺死했다고도 한다. 그때 그의 나이 겨우 28세였다. 이렇게 어이없이 夭折한 王勃의 文名을 드날리게 한 것이 바로 「滕王閣序」이다. 물론 王勃은 詩賦에도 능했지만, 交趾로 아버지를 만나러 가던 여행길에 우연히 맞닥뜨린 滕王閣의 重修를 축하하는 宴會에서 지나가던 不請客의 신분으로 써내려간 「滕王閣序」는 唐代를 대표하는, 그리고 王勃을 대표하는 四六騈儷文으로 손꼽힌다. 이후 이 글은 長安의 皇宮에까지 전해졌고, 이를 읽고 감탄한 高宗은 王勃을 다시 불러들인다. 그러나 그때 王勃은 이미 죽고 없었다.

「山中」은 짧은 평생 동안 타고난 뛰어난 재주를 펼칠 기회를 좀처럼 못했던 자신의 울분을 토로한 시이다. 長江과 萬里는 각각 무한한 시간과 공간을 상징한다. 그 무한함 앞에 인간의 유한함은 그저 서글픔일 뿐이다. 스산한 가을바람에 어지러이 쓸려가는 낙엽들일 뿐이다.

長江悲已[1]滯, 萬里念將歸. 況屬[2]高風晚, 山山黃葉飛.

陳子昂 「感遇」

陳子昂은 부유한 가문에서 태어났으나 어려서는 학문에 뜻이 없었다. 그러다 弱冠의 나이에 접어들 때 즈음, 心機一轉하여 학문에 매진했다. 너무 늦은 감이 있었으나, 이를 보상이라도 하듯이 부지런히 책을 읽었고 학업을 쌓았다. 결국 벼슬길에도 나아가 10여 년간 몇몇 관직을 역임하다가 스스로 고향에 돌아왔다. 그런데 그 험난한 벼슬살이도 무난히 지냈던 陳子昂은 어이없게도 그의 재산을 노린 고향 縣令의 모함을 받아 投獄되어 죽고 만다.

문학사에서 陳子昂은 시의 작품성보다는 새로운 詩風을 개창한 이로 주목받는다. 그는 너무나 浮華해져버린 當時의 詩風을 배격하고 漢魏 시절의 風格과 氣概를 갖추고 현실을 직시하는 詩風을 되살릴 것을 주장했다. 이를 古詩運動이라고 부르기도 한다. 이러한 주장에 걸맞게 그의 시는 힘찬 기상을 드러내면서 현실을 얘기하는 시가 대부분이다. 아래에 인용한 詩는 그의 「感遇」38首 중 제1수이다. 사실 이 시는 陳子昂의 詩風을 如實하게 대변하는 작품은 아니다. 다분히 서정적인 분위기가 방금 설명한 陳子昂의 詩風과 부합되지 않는다고 느껴질지 모르겠지만, 잘 살펴보면 표현기법이나 정서가 진솔함을 主調로 하던 漢代 樂府詩와 닮아있다. 그리고 형식면에 있어서도 주목할 부분이 보이는데, 그것은 바로 押韻이나 글자간의 平仄에도 상당히 신경을 쓰고 있다는 점이다. 이러한 점 때문에 혹자는 陳子昂이 唐詩의 開祖이면서, 동시에 近體詩의 開祖라고도 주장한다. 전자는 개방적이고 진취적인 唐나라의 氣象을 대변하는 열정적인 唐詩의 氣風을 본격적으로 연 장본인이 바로 陳子昂임을 지적하는 말이고, 후자는 近體詩 形式의 雛形이 이미 陳子昂의 시에서 확연히 드러나고 있음을 지적한 말이다.

1 已: 너무~하다.

2 屬: 바야흐로, ~때에 즈음하여.

蘭若[3]生春夏, 芊蔚[4]何[5]青青. 幽獨空林色, 朱蕤冒紫莖[6]. 遲遲白日晚, 嫋嫋[7]秋風生. 歲華[8]盡搖落, 芳意[9]竟何成.

岑參「走馬川行, 奉送封大夫出師西征」

岑參은 어려서 가난했으나 학업에 힘써 결국 과거에 급제하게 된다. 특히 封常淸과 高句麗 遺民 출신인 高仙芝의 幕僚로 7여 년을 변경에서 지냈는데, 그 때의 경험은 이후 그가 주로 변경에 관한 시를 짓게 되는 계기이자 자원이 되었다. 그는 문학사에서 高適과 함께 唐代 邊塞詩派의 대표시인으로 손꼽힌다.

이 작품은 그가 모셨던 封常淸 장군이 遠征을 떠날 때 餞送하며 지은 시로, 변경의 삭막한 風光과 살벌한 戰雲을 실감나게 묘사하고 있다. 형식은 樂府詩에서 나온 歌行體인데, 실제로 岑參은 歌行體에 가장 능했다고 알려져 있다. 표현 기법 역시 다분히 樂府詩의 遺風을 따랐다. 그래서 혹자는 이 시의 제목에서 走馬川行의 行은 動詞가 아니라 歌行體 작품의 제목을 '○○行'이라고 짓듯이 詩體를 나타내는 것으로 보아 本題가 「走馬川行」이고, 이하 奉送封大夫出師西征을 副題로 보는데, 상당히 일리가 있다.

---

3 蘭若: 蘭草와 杜若. 모두 香草의 일종.
4 芊蔚: 울창한 모습을 형용.
5 何: 여기에서는 의문사가 아니라 강조, 감탄의 뜻.
6 朱蕤冒紫莖: 朱蕤는 붉은 꽃. 冒는 덮다. 紫莖은 자주빛 줄기.
7 嫋嫋: 바람에 살랑살랑 흔들거리는 모습.
8 歲華: 원래는 한 해를 주기로 피었다가 시드는 모든 草木을 가리키지만, 여기에서는 주로 꽃을 가리키는 듯하다.
9 芳意: 春意, 즉 봄기운.

君不見[10]! 走馬川[11]行雪海[12]邊, 平沙莽莽[13]黃[14]入天. 輪臺[15]九月風夜吼, 一川碎石大如斗, 隨風滿地石亂走. 匈奴草黃馬正肥[16], 金山西見煙塵飛[17], 漢家大將[18]西出師[19]. 將軍金甲夜不脫, 半夜[20]軍行戈相撥[21], 風頭[22]如刀面如割. 馬毛帶雪[23]汗氣蒸, 五花連錢[24]旋[25]作氷, 幕中草檄[26]硯水凝. 虜將聞之應膽懾, 料知[27]短兵不敢接, 車師[28]西門佇獻捷[29].

---

10 君不見: 그대는 보지 못했는가! 이는 樂府詩 歌行體에 흔히 보이는 관용적 표현이다.

11 走馬川: 당시 新疆에 존재했던 겨울엔 메말랐다가 여름에 물이 차는 계절강의 이름. 지금의 어느 강인지에 대해 여러 주장이 있지만 모두 근거가 미약하다.

12 雪海: 특정 지명이 아니라 新疆 지역의 눈 싸인 酷寒의 사막을 가리킨다. 혹자는 雪海를 地名으로 보아, 지금의 키르기스스탄에 위치한 天山山脈의 主峰과 이시크 쿨(Issyk Kul) 호수 근처라고 설명하기도 한다.

13 平沙莽莽: 平沙는 광활한 사막. 莽莽은 아득하여 그 끝이 보이지 않는 모습.

14 黃: 黃砂, 즉 사막의 모래.

15 輪臺: 지금의 우루무치(烏魯木齊)市의 북쪽에 위치했던 옛 地名. 원래는 匈奴가 세운 나라 이름이었으나, 漢나라 때 멸망했다. 이후 唐나라 때 그 곳에 다시 輪臺縣을 설치했다.

16 匈奴草黃馬正肥: 匈奴는 여기에서 당시 匈奴가 머무르던 땅을 가리킨다. 匈奴는 단일 부족이라기보다는 북방 유목민들의 연합체였다. 草黃은 풀들이 누렇게 시들었다는 뜻. 즉 가을이 되었음을 의미한다. 正은 바야흐로, 마침의 뜻.

17 金山西見煙塵飛: 金山은 지금 新疆 북부에 위치한 알타이(Altai산)을 가리킨다. 알타이산은 '황금으로 이루어진 산'이란 의미이다. 西見은 금산에서 서쪽을 향해 본다는 뜻. 煙塵飛는 연기와 먼지가 휘날리다, 즉, 전쟁이 발발했음을 의미한다.

18 漢家大將: 본래는 漢나라 때 西域 정벌에 큰 공을 세운 將帥 張騫을 말하지만, 여기에서는 唐나라 將帥 封常淸을 가리킨다. 은근히 지금의 唐나라를 西域 정벌에 큰 공적을 남긴 漢나라에 비유한 것이다.

19 師: 여기에서는 군대를 뜻한다.

20 半夜: 깊은 밤. 한 밤 중.

21 撥: 부딪치다.

22 風頭: 바람의 氣勢.

23 帶雪: 눈을 두르다. 즉 눈에 덮였다는 뜻.

24 五花連錢: 五花는 五花馬. 唐나라 사람들은 말의 갈기를 다섯 갈래로 따서 꽃모양을 만들기를 좋아했는데, 이 같이 꾸민 말을 五花馬라고 했다. 連錢은 連錢驄. 검푸른 빛깔에 동전이 연달아 놓인 듯 둥근 무늬가 여럿 있는 말을 連錢驄이라 했다. 여기에서는 모두 훌륭한 戰馬를 가리킨다.

25 旋: 오래지 않아, 곧바로.

26 草檄: 草는 草案을 잡다, 혹은 급히 글을 쓰다는 뜻. 문맥상 檄은 토벌할 대상의 죄상을 성토하는 檄文.

27 料知: 짐작하다. 예측하다.

28 車師: 원래는 西域에 위치한 옛 나라 이름이지만, 여기에서는 그 위치에 세워진 唐나라의 安西都護府를 가리킨다.

王維「竹裏館」

王維는 21세에 과거에 급제하여 벼슬길에 올랐다. 비록 좌천당하기도 하고 安祿山의 亂 때 安祿山에게 附逆한 일로 궁지에 몰리기도 했지만, 결국에는 승상의 지위에까지 올랐다. 말년에는 은퇴하여 輞川이란 곳에 은거했다. 그는 특히 말년에 佛教에 심취했기에 자연스레 그의 시 곳곳에도 佛家의 가르침이 녹아있었고, 이로 인해 결국 그는 詩佛이라 불리게 된다. 그는 시와 함께 그림에도 능했는데 시에서는 회화적 묘사를 사용하고 그림에서는 詩韻까지 담아내어 후세 사람들에게 "시 속에 그림이 있고, 그림 속에 시가 있다"(詩中有畵, 畵中有詩)는 칭송을 받았다. 여기에서 우리가 주목해야 할 것은, 王維가 唐代를 대표하는 田園詩人인 동시에 南宗畵라 일컬어지는 文人畵의 시조로도 추앙받고 있다는 점이다. 요지인즉, 王維가 세밀한 묘사와 彩色을 위주로 하던 기존의 화풍과 달리 意境 함축과 水墨을 위주로 하는 새로운 畵風을 개창했다는 것이다. 하지만 이러한 주장은 明末에 이르러 文人畵를 南宗畵라 규정지으며 그 권위를 강화하고 동시에 상대되는 北宗畵를 폄하하기 위해 등장한 일종의 설정이기에, 다분히 과장이 섞여있다. 비록 당시 王維가 水墨畵에 능했다 하더라도, 본격적인 水墨畵, 즉 文人畵의 시작은 宋代 이후로 보아야 한다.[30]

이 작품은 비록 짧지만, 속세를 벗어나 은거하는 隱逸居士의 심경을 繪畵的으로 잘 묘사하고 있어서, 시를 잘 읽은 뒤 눈을 감고 마음속에 한 폭의 水墨畵로 그려낼 수 있다. 文人畵는 실제 경치가 아닌 그 안에 자신만의 意境을 담아내는 데 주력했기에, 이처럼 자신의 意境을 繪畵的으로 표현해내는 王維를 文人畵의 始祖로 상정했던 것이 아닐까?

29 獻捷: 원래는 전쟁에서 얻은 戰利品과 포로를 바치는 것을 뜻하지만, 여기에서는 勝捷, 즉 勝戰 소식을 올린다는 뜻이다.

30 水墨畵의 가장 중요한 관건은 바로 자연스러운 沒骨과 자유자재의 潑墨인데, 이는 宋代에 들어 宿紙 대신 生紙를 사용하고, 松煙墨 대신 油煙墨을 사용하게 되면서부터 가능해진 것이다. 米芾이 처음 生紙에 油煙墨을 사용하여 이 같은 潑墨水墨畵의 새로운 경지를 개척했다고 전해진다.

獨坐幽篁[31]裏, 彈琴復長嘯[32]. 深林人不知, 明月來相照.

王維「山居秋暝」

이 작품은 특히 王維의 "시 속에는 그림이 있고, 그림 속에는 시가 있다"는 후세의 평이 결코 虛言이 아님을 증명해 주는 명작으로 손꼽힌다. 田園의 세세한 풍경들이 오롯이 시 한 수에 담겨져 있는데, 특히 竹喧歸浣女, 蓮動下漁舟는 그 중에서도 담담한 情景만으로 田園의 韻致를 흠뻑 발산하는 名句로 인정받고 있다.

空山新雨後, 天氣晩來[33]秋. 明月松間照, 淸泉石上流. 竹喧歸浣女[34], 蓮動下漁舟[35]. 隨意春芳歇[36], 王孫自可留[37].

31 篁: 대숲.

32 長嘯: 여기에서는 휘파람이 아니라 詩歌를 길게 읊조린다는 말이다.

33 來: 여기에서는 아무 뜻이 없는 어조사. 혹자는 動詞로 풀기도 한다.

34 竹喧: 이 표현에 대해서는 상이한 풀이들이 있다. 첫째, 대숲의 바람소리가 시끄러운 것. 둘째, 대숲 속 물가에서 아낙들의 빨래 소리가 시끄러운 것. 셋째, 대숲 속 물가에서 빨래하는 아낙들의 이야기소와 웃음소리가 시끄러운 것. 문맥상 그 중 보편적으로 받아들여지는 세 번째 풀이가 가장 어울린다. 이 구절은 응당 歸浣女, 즉 빨래를 마치고 돌아가는 아낙들의 談笑를 대숲이 시끄러워진 원인으로 풀어야 한다.

35 蓮動下漁舟: 이 구절 역시 응당 下漁舟, 즉 일을 마치고 집으로 돌아가는 고기잡이배가 蓮動, 즉 연꽃이 움직이게 되는 원인으로 풀어야 한다. 시에서는 이렇게 도치된 경우가 곧잘 보인다.

36 春芳歇: 春芳은 春花, 즉 봄에 핀 꽃. 歇은 다하다, 즉 시든다는 뜻.

37 王孫自可留: 漢나라 때 지어진『楚辭』「招隱士」의 "王孫이여, 돌아가소서. 산 속은 오래 머물 수 없으니"(王孫兮歸來, 山中兮不可以久留)라고 한 표현을 뒤집어 사용한 것이다. 王孫은 원래 王族이나 貴族 가문의 子弟를 가리키는 말이지만, 이후 隱士를 뜻하게 되었다. 王維 역시 隱士의 의미로 王孫을 사용하였는데, 이는 자신을 가리킨다. 특히 王維는 姓이 王氏이기에 王孫은 王氏의 後孫이란 뜻으로도 해석된다. 아마도 의도적으로 重義的인 표현을 채택한 것으로 보인다.

李白「月下獨酌」

우리나라에서는 흔히 李太白(太白은 그의 字)으로 불리는 李白은, 唐代 중에서도 國運이 가장 隆盛하다가 安史의 亂으로 급격히 쇠락하게 되는 玄宗 때의 시인이다. 당시 唐나라는 세계적으로 개방된 무역의 중심지였고, 그 중에서도 수도 長安은 여러 외국인과 외국문물이 모인 문화의 용광로였다. 이백 역시 원래는 西域人의 후예로 추정된다. 일설에는 지금의 키르기스스탄 지역 출신이라고도 한다. 물론 그를 漢族 출신으로 추정하는 주장들도 적지 않지만 전반적으로 따져볼 때 西域人 후예설이 가장 설득력이 있다. 이렇게 외국인의 후예로 생김새도 남달랐던 그가 唐나라 長安에서 文名을 드날릴 수 있었던 것은, 그만큼 唐나라와 그 수도 長安이 얼마나 개방적이었는지를 증명해주며 동시에 唐나라 문화의 영향력과 파급력이 얼마나 대단했는지도 여실히 보여준다. 李白은 젊어서 神仙術이나 劍術에도 관심을 보이며 俠客 행세를 하기도 했는데, 이 역시 그만의 독특한 개성이라기보단 당시의 道敎유행이나 개방적이고 尙武的인 사회 분위기를 그대로 반영해주는 一例라 하겠다. 진작 詩로 이름을 떨치며 '謫仙', 즉 하늘에서 죄지어 지상으로 귀향 온 神仙이라는 칭호까지 들었던 李白이었지만 官運만큼은 좀처럼 따라주지 않았다. 그의 작품에 매료된 이들이 그를 玄宗에게 추천했고 玄宗 역시 그의 시를 좋아하게 되었다. 결국 관직까지 얻긴 했지만, 실제로 정치실무에 참여하진 못한 채, 그저 대기하고 있다가 수시로 임금의 흥을 돋우기 위해 시를 짓는 일종의 광대 같은 역할만 주어질 뿐이었다. 결국 지쳐버린 李白은 3년 만에 스스로 관직을 버리고, 東家食西家宿하며 방랑의 세월을 보내게 되었다. 어찌 보면 모든 것을 훌훌 털어버리고 莊子가 말한 逍遙遊를 즐기게 된 것이었지만, 그 내면엔 자신의 不遇함에 대한 한탄과 울분이 감춰져있었다. 李白이 거칠 것 없이 굴면서 술을 벗하여 늘 醉中에 있었던 것은 단순히 그의 초탈하고 호방한 성격에서만 연원한 것이 아니라, 이 같은 슬픔과 분노를 잠시나마 잊기 위함이기도 했던 것이다. 그러다 바로 安史의 亂이 발발하면서 이백은 인생의 轉機를 마련하게 된다. 玄宗이 戰亂을 피해 蜀땅으로 도망가면서 太子였던 忠王 李亨(肅宗)이 실질적인 戰亂 평정에 나서게 되었는데, 혼란을 틈타 서둘러 스스로 황제에 올랐다. 이에 다른 형제들이 반발하였는데 그 중에서도 永王 李璘이 가장 적극적이었다. 이러한 永王 李璘이 당시까지도 여전한 名望을 누리고 있던 李白을 자신의 휘하에 두려했던 것은 어쩌면 너무나 당연한 일이었다.

결국 李白은 결연한 마음으로 永王 李璘의 幕府에 참여하게 된다. 인생의 마지막 기회라고 생각했을까? 아마도 두려움과 욕망이 뒤엉킨 고뇌에 찬 결정이었으리라. 하지만 永王 李璘은 忠王 李亨(肅宗)에게 허무하게 패해버리고, 李白은 附逆罪로 체포되어 머나먼 타향으로 귀향을 가게 된다. 후회막심이었겠지만 이미 엎질러진 물이었다. 천만다행으로 여러 벗의 적극적인 변호로 귀향 도중 사면되기는 하지만, 附逆의 낙인이 찍혀, 이제 官職에 올라 靑雲의 꿈을 펼쳐보겠다는 바람은 완전히 깨져버렸다. 결국 다시 이곳저곳을 전전하며 親知들의 도움으로 살아가다가 병들어 죽고 만다. 전설에는 大醉하여 물놀이하다가 물 위에 비친 달을 따겠다며 뛰어들어 溺死했다고도 한다.

이 작품은 李白이 지은 「月下獨酌」 4수 중 제1수이다. 일반적으로 李白의 가장 유명한 작품으로 樂府詩인 「將進酒」를 꼽지만, 「月下獨酌」 역시 그의 호방하면서도 섬세한 詩情을 엿볼 수 있는 좋은 작품이다. 그의 작품에는 곧잘 술이 등장하지만 이를 단순한 嗜好로 치부해서는 안 된다. 사람들은 흔히 「月下獨酌」에서 '달 아래'(月下) 그의 '醉함'(酌)만을 주목하곤 하지만, 정작 그가 吐露하려고 했던 것은 '외로움'(獨)이었다. 자신의 능력과 포부를 아무도 알아주지 않는 외로움. 그의 호방함과 초탈함은 不遇한 현실에 대한 몸부림이자 외침이기도 했던 것이다. 사람들은 그의 醉氣어린 逸脫을 동경하고 그의 거칠 것 없는 詩情을 사랑하여 그를 '詩仙'이라 칭송했지만, 이 역시 그에게 마냥 즐거운 상황은 아니었다. 그들은 그를 俗世를 超脫한 神仙이라 동경했지만, 정작 그는 여전히 俗世를 그리며 야속해 했기 때문이다. 그는 「月下獨酌」에서도 외로움에 지쳐 일종의 자아분열로써 스스로를 위로한다. 술잔을 들어 밝은 달을 청해오고 달빛에 비친 자신의 그림자까지 마주하여 셋이 술을 마신다. 그리고는 醉氣를 빌어 豪氣롭게 야속한 俗世와의 이별을 선포한다. 하지만 이러한 李白의 호방하고도 초탈한 詩情에는 여전히 서글픈 餘韻이 남는다. 하긴 그의 삶을 되새겨 보자면 너무나 당연한 일일 것이다.

花間[38]一壺酒, 獨酌無相親. 擧杯邀[39]明月, 對影成三人[40]. 月旣不解飮[41],

---

38 花間: 꽃, 혹은 꽃밭 속에서.
39 邀: 초청하다. 부르다.
40 三人: 자신과 달, 그리고 자신의 그림자, 이렇게 三者를 가리킨다.
41 不解飮: 술을 마실 줄 모르다.

影徒[42]隨我身. 暫伴[43]月將[44]影, 行樂須及春[45]. 我歌月徘徊, 我舞影零亂[46]. 醒時同交歡, 醉後各分散. 永結無情遊[47], 相期邈雲漢[48].

李白「山中問答」

대부분의 독자들에게 이 시는 어렴풋이 낯익을 것이다. 그것은 아마도 "笑而不答心自閑" 이란 구절이 곧잘 국어 교과서에 실린 詩句 "왜 사냐건 웃지요"(김상용의 「남으로 창을 내겠소」)의 典故로 언급되기 때문일 것이다. 야속한 속세를 떠나 깃들인 산속의 어느 곳. 속세와는 완전히 단절되어 청정한 그곳. 그곳은 바로 유토피아이다. 하지만 유토피아의 원래 뜻이 '아무 곳에도 없다'임에서도 알 수 있듯 그곳은 실제로 존재하지는 않는다. 속세를 떠나 짐짓 세상일을 잊고 잠시 쉴 수는 있겠지만, 영원한 안식을 보장해 주지는 않는다. 당초 이 시는 누군가 李白에게 어찌 이곳에 은거하는지 묻는 것으로 시작하고 있다. 그 누군가란 다름 아닌 속세와 소통하는 끈이며 동시에 속세 그 자체이다. 그 끈을 아예 끊어버리지 못하는 이상 속세와 완전히 단절된 別天地는 존재할 수 없다. 하지만 차마 그럴 수는 없다. 결국 俗世에 대한 원망과 미련에 진퇴양난에 빠지게 되어 버리고 만다. 이것이 이 시가 초탈한 隱逸居士의 깨달음을 읊조리고 있긴 하지만, 여전히 不遇한 才士의 서글픔이 묻어나는 이유일 것이다.

---

42 徒: 헛되이. 쓸데없이.

43 伴: 함께하다. 동반하다.

44 將: ~와, 또.

45 春: 여기에서는 봄이란 원래 의미와 함께, 좋은 시절(혹은 青春)이란 의미도 가지고 있다.

46 零亂: 어지러이 흩어진다는 뜻.

47 永結無情遊: 永結은 영원히 맺다. 그리고 여기에서 情은 世俗의 천박하고 無常한 情을 가리킨다. 無情은 이러한 世俗의 情을 초월했다는 뜻. 遊는 交遊, 즉 사귐.

48 相期邈雲漢: 相期는 서로 다시 만나길 期約한다는 뜻. 邈은 아득히 먼 모습. 雲漢은 銀河水.

問余何事棲碧山[49], 笑而不答心自閑. 桃花流水杳然去, 別有天地非人間[50].

杜甫「春望」

杜甫는 李白과 함께 盛唐詩의 쌍벽을 이루는 시인이다. 그는 初唐시기 詩文을 두루 잘 지었던 杜審言의 손자였는데, 어려서부터 시작된 생활고를 평생토록 벗어나지 못했다. 각고의 노력 끝에 마흔이 다 되어 微官末職을 얻게 되지만, 그나마 제대로 지내지 못하고 安史의 亂으로 避難길에 오른다. 安祿山에게 포로가 되기도 하지만 천신만고 끝에 戰亂 평정을 지휘하던 肅宗에게 도망쳐 좀 더 높은 벼슬을 얻는다. 하지만 이것도 잠시. 곧 다른 일로 左遷되었다가 이내 벼슬을 버리고 蜀땅에 머물게 된다. 이후 다시 말단 벼슬자리를 얻지만 결국 다시 정처 없는 신세가 되어 이곳저곳을 떠돌다가 가난과 병에 지쳐 客死하고 만다.

李白과 거의 같은 시기를 살았던 그는 당나라 최고의 융성과 몰락을 직접 경험했다. 사방에서 계속해서 벌어지는 전란과 무능하고 부패한 관리들 손에 처참히 죽어가는 백성을 직접 목격했고, 이를 시에 담아서 노래했다. 때문에 혹자들은 그의 문학을 가리켜 현실주의니 社會詩니 하는 틀로 섣불리 규정지으려 하지만 이는 잘못된 것이다. 그의 작품들 중 시대의 아픔이나 民草의 고통을 노래한 작품이 적지 않고 대부분 작품성이 뛰어난 것 역시 분명한 사실이지만, 이는 혼란한 시대가 그리 만든 것이지 두보가 의식적으로 스스로를 사회의 부조리함을 고발하는 시인으로 자처하거나 이러한 부분에만 역량을 집중한 적은 없었다. 더군다나 이런 측면의 과도한 강조는 杜甫 시에 담긴 眞情과 고민을 너무 획일화 혹은 단순화해버리는 혐의가 있다. 그의 시는 주제와 구도, 그리고 기법에

49 碧山: 지금의 湖北省에 위치한 산 이름.
50 人間: 사람이 사는 세상, 즉 俗世.

있어서 다양한 시도와 부단한 변신으로 다채로운 모습을 갖추고 있기 때문에 섣불리 한 측면으로 고정시키려 해서는 안 된다. 그의 시가 지금까지도 우리의 심금을 울리는 것은, 단순히 신랄하게 당시의 부조리를 고발하고 있어서가 아니라 자신이 몸소 겪은 시대의 아픔을 자신의 熱情과 文學的 재능으로 절절하게 응축해 내었기 때문이다. 특히 杜甫는 스스로 시를 지은 뒤에도 推敲를 거듭하여 완성도를 높였다. 이 지점에서 杜甫의 시는 李白의 시와 완전히 상반되는 성격을 가진다. 李白의 시는 다분히 즉흥적으로 발산되는 재능에 의지해 一筆揮之해버리는 느낌이 강하다. 때문에 재기발랄함이 돋보이는 명작도 많지만 사실 전체 작품을 놓고 보면 졸작도 적지 않다. 하지만 杜甫의 경우 刻苦의 推敲를 거쳐 한 글자 한 글자 고쳐졌기에, 凡作은 있어도 졸작은 그다지 눈에 띄지 않는다. 그리고 명작들도 그 구도나 修辭 측면에서 상당히 높은 완성도를 보인다.

아래 작품 「春望」은 安史의 亂으로 가족과 떨어져 지내게 되었을 때 지은 시이다. 한 글자 한 글자에, 極盛하던 나라는 여지없이 깨어지고, 사랑하는 가족은 만날 수가 없어서 편지라도 鶴首苦待하는 병든 나그네의 설움이 흠뻑 묻어난다. 이 시는 杜甫의 서글픈 정감을 한껏 살린 김소월 시인의 번역이 유명하다. 원래 시의 내용을 약간 고친 부분이 있긴 하지만, 오히려 원래의 정감을 좀 더 逼眞하게 옮긴 일종의 意譯으로 볼 수 있다.

「**봄**」

이 나라 나라는 부서졌는데
이 山川 여태 山川은 남아있더냐
봄은 왔다 하건만
풀과 나무에뿐이어

오! 서럽다 이를두고 봄이냐
치어라 꽃잎에도 눈물뿐 흩으며
새무리는 지저귀며 울지만
쉬어라 이 두근거리는 가슴아

못보느냐 벌겄게 솟구는 봉숫불
끝끝내 그 무엇을 태우려함이료
그리워라 내 집은
하늘밖에 있나니
애닯다 긁어 쥐어뜯어서
다시금 떨어졌다고
다만 이 희끗희끗한 머리칼 뿐
인제는 빗질할 것도 없구나[51]

國破山河在, 城春草木深[52]. 感時花濺淚[53], 恨別鳥驚心[54]. 烽火連三月[55], 家書[56]抵[57]萬金. 白頭搔[58]更短, 渾欲不勝簪[59].

51 김용직 편저, 『김소월 전집』(서울: 서울대 출판부, 1996) 441~442쪽.(原載『朝鮮文壇』14號(1926.3))

52 深: 草木이 우거져 있다.

53 感時花濺淚: 感時는 어지러운 時局에 대해 感傷에 빠진다는 뜻. 花濺淚는 꽃잎이 눈물이 흩날리듯 분분히 떨어지는 모습. 혹자는 어지러운 시국에도 옛날처럼 아름답게 핀 꽃을 보고 슬퍼서 눈물을 흘린다고 풀기도 한다.

54 恨別鳥驚心: 恨別은 이별을 한스러워하다, 즉 가족과 헤어진 것을 슬퍼한다는 뜻. 鳥驚心은 자신의 심정이 새의 잘 놀라는 마음과 같다는 뜻. 즉 무리에서 떨어져 외로이 나는 새의 심정이란 조그마한 소리에도 깜짝 놀랄 정도로 허약한데, 가족과 이별한 자신도 이와 같다는 뜻. 혹자는 가족을 그리워하다가 새 울음소리에도 깜짝 놀라는 마음이라고 풀기도 한다.

55 烽火連三月: 烽火는 원래 戰亂이 발생하면 이를 주변에 신속히 알리기 위해 올리던 일종의 신호였는데, 여기에서는 戰亂이 발생했음을 상징한다. 連三月에서 連은 '~까지 계속되다'의 뜻. 三月에 대해서 혹자는 시점으로 간주하여 '삼월'로 풀고, 혹자는 기간으로 간주하여 '여러 달 동안'으로 푼다. 기간으로 간주할 때, 三月의 三은 實數가 아니라 많음을 뜻하는 虛數이다.

56 家書: 집에서 온 편지.

57 抵: ~에 상당한다, ~정도의 값어치가 있다.

58 搔: 일반적으로 머리를 긁는다는 뜻으로 푸는데, 실제로 여기에서는 머리를 손가락으로 빗으며 정리한다는 의미이다.

59 渾欲不勝簪: 渾은 '정말이지'의 뜻. 欲은 머리를 정리하려 한다는 뜻. 不勝簪은 머리카락이 적어 상투 꽂이가 꽂히지 않는다는 뜻.

杜甫「石壕吏」

이 시는 杜甫의 대표적인 社會 告發詩라고 칭해지는 三吏三別(「石壕吏」, 「新安吏」, 「潼關吏」, 「無家別」, 「新婚別」, 「垂老別」) 중 한 작품이다. 三吏三別은 모두 새로운 형식의 樂府詩인데, 전쟁의 참상과 民草들의 고통을 너무나 생동감 있게 묘사하고 있다.

暮投[60]石壕村[61], 有吏夜捉人. 老翁踰墻走, 老婦出門看. 吏呼一何[62]怒, 婦啼一何苦. 聽婦前致詞[63], 三男鄴城戍[64]. 一男附書至[65], 二男[66]新戰死. 存者且偸生[67], 死者長已[68]矣. 室中更[69]無人, 惟有乳下孫[70]. 有孫母未去[71], 出入無完裙[72]. 老嫗[73]力雖衰, 請從吏夜歸[74]. 急應河陽役[75], 猶得備晨炊[76].

60 投: 投宿하다. 묵다.

61 石壕村: 지금의 河南省 陝縣 근처에 자리했던 고을.

62 一何: 강조의 뜻. '어찌 그리 ~한가!', 혹은 '얼마나 ~하던지!'정도로 풀이된다.

63 前致詞: 前은 앞으로 나아가다, 즉 관리 앞에 나서다. 致詞는 말을 늘어놓다.

64 三男鄴城戍: 三男은 세 아들. 鄴城은 지금의 河南省 安陽을 가리킨다. 戍는 수자리, 즉 변방을 지키는 병졸, 혹은 변방을 지키는 일. 여기에서는 후자의 뜻.

65 一男附書至: 一男은 한 아들, 즉 앞서 나왔던 세 아들 중 한 명. 附는 人便에 부탁한다는 뜻. 書는 편지.

66 二男: 편지를 쓴 아들을 뺀 나머지 두 아들.

67 且偸生: 且는 잠시나마, 짐짓. 偸生은 구차하게라도 살아남으려고 발버둥치는 것.

68 長已: 長은 영원히. 已는 끝나다.

69 更: 더 이상.

70 乳下孫: 젖먹이 손자.

71 母未去: 母는 젖먹이 손자의 어미, 즉 며느리. 未去는 미처 떠나지 못했다란 뜻이다. 구체적으로 보자면, 혹자는 미처 改嫁하지 못했다고 풀고, 혹자는 미처 賦役에 나가지 못했다고 푼다. 문맥상 후자가 더 적절하다.

72 出入無完裙: 出入은 원래 드나든다는 뜻인데, 여기에서는 집 안팎으로 드나들며 일한다는 뜻. 完은 온전하다는 뜻. 裙은 원래 치마만 가리키는 것이 아니라 下衣의 通稱이었다.

73 老嫗: 앞서 나온 老婦, 즉 老婆의 自稱.

74 歸: 여기에서는 파견 나온 관리의 부서가 있는 곳, 즉 河陽으로 돌아간다는 뜻.

75 急應河陽役: 急은 급하게 서두르다. 應은 요구에 응하여 가다. 河陽은 지금의 河南省 북부에 위치한 지명. 役은 賦役.

76 猶得備晨炊: 猶는 여전히, 아직. 得은 能. 備는 준비하다. 晨炊는 이른 아침의 炊事, 즉 아침 식사.

夜久[77]語聲絶, 如[78]聞泣幽[79]咽. 天明登前途[80], 獨與老翁別.

柳宗元「江雪」

柳宗元은 詩보다는 散文 방면에서 韓愈와 함께 唐代 古文運動을 제창한 것으로 유명하다. 그래서 곧잘 韓愈와 병칭되지만, 사실 散文이나 詩, 그리고 성격이나 思惟 모든 방면에서 韓愈와 상당한 차이가 있었다. 특히 寓話的인 산문으로 유명하지만 山水遊記 역시 매우 훌륭하다.

이 시는 柳宗元의 소탈하면서도 세심한 풍격을 유감없이 보여주는 작품이다. 먼저 광각렌즈로 전체 풍경을 잡아낸 뒤, 다시 줌 인zoom-in으로 풍경 한 가운데 놓인 一葉片舟를 포착한다. 솔솔 내리는 눈 속에 靜的이지만 생동감 있는 한 폭의 水墨畵가 그려지는 듯하다. 인적이 끊겨 속세와 분리된 청정한 공간. 그곳에서 외로이 낚싯대를 드리운 늙은이. 고즈넉하면서도 은근히 외로움이 묻어나는 풍경이다.

千山鳥飛絶, 萬徑人蹤滅. 孤舟蓑笠[81]翁, 獨釣寒江雪.

77 夜久: 밤이 깊다는 뜻.
78 如: 마치 ~인 듯하다.
79 幽: 숨어서. 몰래.
80 登前途: 나아갈 旅程에 오르다.
81 蓑笠: 도롱이와 삿갓. 모두 비나 눈을 피하기 위한 것이다.

白居易「賣炭翁」[「新樂府」第32首]

시험을 통해 새로운 인재를 뽑으려는 科擧制度가 이미 隋나라 때부터 시행되기 시작했지만 唐나라에 이르기까지 門閥豪族들은 기득권을 놓지 않으려했고, 때문에 科擧制度를 통한 새로운 인재 등용은 제대로 실현되지 못했다. 그러나 白居易는 이미 安史의 亂을 겪으며 각지의 莊園이 황폐해지고, 이를 경제적 기반으로 하고 있던 門閥豪族들이 몰락하기 시작했던 시기에 태어났다. 그때는 바야흐로 점차 과거제도가 정착되어 가면서 새로운 인재들을 등용하기 시작하던 때였다. 白居易는 이러한 好機를 놓치지 않고 비교적 젊은 나이인 29세 때 급제하여 비교적 원활한 관직 생활을 영위하게 된다. 의기양양하고 진취적이던 당시 그는 현실참여적인 諷諭詩를 주로 지었다. 그러나 마흔이 갓 넘자 閒職으로 밀려나고 是非에 휘말려 左遷을 당하는 등 뜻밖의 고난과 좌절을 겪게 되었고, 이에 창작의 성향 역시 다분히 閑適함을 主調로 하게 된다. 그러나 聖人의 학문을 배운 사람이라면 응당 經世濟民의 포부를 아예 버릴 수는 없는 법. 결국 다시 주요관직에 복귀하게 되면서 여러 要職을 역임한다.

그는 詩文에 있어 각종 형식을 두루 지으며 많은 작품을 남겼는데, 문학사에서 그가 특히 주목받는 것은 新樂府運動의 제창 때문이다. 원래 樂府詩는 漢代부터 전해지는 樂府詩의 樂曲에 맞추고 그 제목을 답습하는 것이 일반적이었다. 하지만 앞서 杜甫의 「石壕吏」처럼 이미 기존의 樂府詩와는 다른 새로운 형식의 樂府詩가 창작되기 시작했다. 더 이상 기존의 樂府詩에 딸린 악곡을 따지지 않게 되면서 노래로 불리는 것이 아니라 자연스레 읊조려지게 된 것이다. 다만 표현기법은 기존의 樂府詩의 것을 의식적으로 계승하고 있었으며, 그 내용과 주제 역시 기존의 樂府詩처럼 다분히 현실참여, 혹은 현실고발을 위주로 하고 있었다. 그래서 白居易 때에 이르러서는 아예 이를 과거의 樂府詩와 구별해 新樂府詩라고 칭하게 되었다. 특히 白居易는 쉽고도 진솔한 내용을 그대로 담아내길 추구했기에 당시 입말에 가까운 표현도 거리낌 없이 사용했다. 그는 이러한 新樂府詩가, 마치 周나라 때 『詩經』을 통해 風俗을 살피고 得失을 따지려 했듯, 그리고 漢나라 때 樂府詩를 통해 政治를 되짚어보고 民情을 보듬으려 했듯, 현실 정치에 직접적으로 도움이 되길 바랐다. 아래에 인용한 「賣炭翁」 역시 新樂府詩로 구현하려 했던 白居易의 바람이 여실히 드러나 보이는 작품이다. 숯 파는 늙은이가 뜬금없는 苛斂誅求에 멍하니 당하고 마는 상황은, 당시 민초들이 고통과 탄식 속에서도 결국은 무력하게 착취당할 수밖에 없는 부조리한 현실의 축소판이자 諷諭的 고발이었다.

賣炭翁, 伐薪燒炭南山[82]中. 滿面塵灰煙火色[83], 兩鬢蒼蒼[84]十指黑. 賣炭得錢何所營[85], 身上衣裳口中食. 可憐身上衣正單[86], 心憂炭賤[87]願天寒. 夜來城外一尺雪, 曉駕炭車輾氷轍[88]. 牛困人飢日已高, 市南門外泥中[89]歇. 翩翩[90]兩騎來是[91]誰, 黃衣使者白衫兒[92]. 手把文書口稱勅[93], 廻車叱牛牽向北[94]. 一車炭, 千餘斤[95], 宮使驅將惜不得[96]. 半疋[97]紅綃[98]一丈綾[99], 繫向牛頭[100]充炭直[101].

82 南山: 지금의 陝西省에 위치한 終南山.
83 煙火色: 煙火는 여기에서 불과 연기에 그을린 것. 色은 안색, 즉 낯빛.
84 兩鬢蒼蒼: 兩鬢은 양쪽 귀밑머리, 혹은 구레나룻. 蒼蒼은 여기에서 灰白色을 뜻한다.
85 營: 用의 뜻.
86 正單: 正은 단지. 單은 單衣, 즉 홑옷.
87 賤: 여기에서는 가격이 싸지는 것.
88 輾氷轍: 輾은 구르다, 즉 수레바퀴가 굴러간다는 뜻. 혹자는 碾의 假借字로 본다. 氷轍은 길에 난 수레바퀴자국에 눈이 내려 얼어붙어 있는 상태. 원래 수레는 그 바퀴가 길에 패인 바퀴자국을 따라 굴러야 안정적으로 움직이는데, 눈이 바퀴자국에 들어가면 수레를 몰기가 어려워진다.
89 泥中: 이미 해가 떠서 눈이 녹아 진흙탕이 된 곳.
90 翩翩: 원래는 날갯짓하는 모습이지만, 여기에서는 경쾌하게 움직이는 모습.
91 是: 繫辭로, 해석할 필요가 없다.
92 黃衣使者白衫兒: 黃衣使者는 皇宮의 宦官, 즉 內侍. 白衫兒는 그 宦官의 부하.
93 勅: 勅書, 혹은 勅令. 皇帝의 詔書나 명령.
94 廻車叱牛牽向北: 廻車는 숯 파는 노인의 수레를 돌렸다는 뜻. 叱牛는 소리를 내어 수레를 끄는 소를 몬다는 뜻. 牽은 끌고 가다. 向北은 북쪽을 향하다. 여기에서는 長安 북쪽에 있는 皇宮을 뜻한다.
95 千餘斤: 아주 많음을 비유적으로 표현한 것이지, 정말로 1000斤(600kg)이 넘는다는 말은 아닐 것이다.
96 宮使驅將惜不得: 宮使는 皇宮에서 나온 使者, 즉 太監. 驅將은 몰고 가버리다. 將은 여기에서 動詞 뒤에 첨부된 助辭로 동사의 방향성을 강조한다. 惜不得은 白話, 즉 입말 표현으로, 매우 아쉬워하다, 혹은 매우 아까워한다는 뜻.
97 疋: 일정하게 끊어 놓은 옷감을 세는 단위.
98 綃: 얇은 비단.
99 一丈綾: 一丈은 10尺, 즉 대략 3미터 정도의 길이. 綾은 꽃무늬가 들어간 얇은 천.
100 繫向牛頭: 소머리에 묶다. 앞 구절에서 말한 옷감들을 소머리에 묶었다는 뜻.
101 充炭直: 充은 충당하다. 直은 値의 通假字. 炭直은 숯 값.

韓愈「山石」

韓愈는 科擧를 통해 비교적 순탄하게 벼슬길에 올랐으나, 곧잘 입바른 소리로 좌천을 당했다. 특히 釋迦牟尼의 眞身舍利를 唐나라에 들여오는 것을 반대했다가 憲宗의 노여움을 사 좌천된 일은 매우 유명하다. 정치든 문학이든 시종 儒敎를 자신의 근간으로 하며 佛敎나 道敎를 탐탁지 않게 여겼고, 끝까지 꼬장꼬장한 선비로서의 지조를 잃지 않았다. 하지만 이는 어디까지나 원칙의 문제이며, 실제로는 그 역시 山寺를 방문하거나 僧侶와 교류하기도 했다. 문학사에서 韓愈는 특히 文章에 있어서 古文運動을 일으켜 浮華한 修飾에 생명력을 잃은 騈文을 위주로 하는 당시의 文風을 개혁한 인물로 추앙받는다. 이는 물론 문학사에 있어서 아주 중요한 轉機이긴 했지만, 古文運動에 대한 과도한 추앙과 강조는 뜻밖의 왜곡이나 착각을 야기하기도 한다. 우선 당시 騈文이 비록 너무 浮華해져 문제가 되기는 했지만, 그래도 어디까지나 가장 고품격의 문장으로 인식되었다. 때문에 임금에게 공식적으로 올리는 글이나 중요한 公文은 대부분 여전히 騈文으로 작성되었고, 韓愈 역시 例外가 될 수 없었다. 그가 주장한 古文은 주로 私的인 雜文에서 빛을 발했다. 이 문제는 唐 산문 중 韓愈의 「師說」에서 좀 더 다루도록 하겠다.

韓愈는 詩에 있어서 일반적으로 怪誕派로 분류된다. 怪誕은 원래 怪異하고 허황되다는 뜻이지만, 詩에서는 주로 남달리 新奇하고 偏僻한 風格을 이르는 말이다. 이 같은 풍격은 사실 기존의 詩體를 의식적으로 파괴하고자 했던 그의 의도에서 연원한 것이다. 그는 의식적으로 기존의 詩體를 파괴하려 했고 마찬가지로 기존의 文體 역시 타파하려 했다. 하지만 이러한 파괴와 타파는 詩體나 文體의 쇠락을 의미하는 것이 아니라 혁신과 확충을 통한 발전을 뜻했다. 浮華한 修飾이 범람하던 기존의 文體를 파괴하다보니 經書와 史書에서 연원한 簡明하고도 精深한 문장이 나왔고, 판에 박힌 詩體를 탈피하다 보니 散文에서 연원한 낯설고도 特異한 詩가 지어졌다. 혹자는 韓愈의 괴팍한 시와 平易한 문장의 풍격이 相異한 점을 이상하게 여기기도 하지만, 사실은 그의 시와 문장 풍격 모두 동일한 입장에서 연원한 것이다. 이러한 사실을 명확하게 인식하지 않는다면, 사람들이 '詩로 文章을 짓고, 文章으로 詩를 짓는다'고 표현했던, 韓愈의 시와 문장 간의 상호 침투와 錯綜을 제대로 설명할 수도 이해할 수도 없다.

아래에서 인용한 「山石」 역시 韓愈만의 문학 풍격을 여실히 드러내 보여주는 작품이다.

唐나라는 특히나 詩가 極盛했던 시대이다. 수많은 작가가 쏟아져 나왔고 수많은 작품이 지어졌으며 近體詩가 완성되었다. 하지만 시간이 흐를수록 詩에서의 각종 표현기법은 典型化 되어갔다. 그러나 韓愈는 이러한 慣用的인 표현기법들을 踏襲하길 거부하고 과감하게 散文에서나 볼 수 있는 표현기법을 시에 도입했다. 실제로 杜甫나 李白의 詩의 壓縮的이고도 敍情的인 풍경묘사와 韓愈의 「山石」 같은 詩의 散文的이고도 敍事的인 풍경묘사를 대비해 본다면 곧바로 그 차이를 체감할 수 있을 것이다.

山石犖确[102]行徑微[103], 黃昏到寺蝙蝠[104]飛. 升堂坐階新雨足[105], 芭蕉葉大支子肥[106]. 僧言古壁佛畫好, 以火[107]來照所見稀[108]. 鋪牀拂席[109]置羹飯, 疏糲[110]亦足飽我飢. 夜深靜臥百蟲絶[111], 淸月出嶺光入扉. 天明獨去無道路, 出入高下窮煙霏[112]. 山紅澗碧紛爛漫[113], 時[114]見松櫪[115]皆十圍[116]. 當流赤足蹋澗石[117], 水聲激激[118]風吹衣. 人生如此自可樂[119], 豈必局束[120]爲人

102 犖确: 怪異한 돌들이 삐쭉빼쭉한 모습.
103 微: 작다, 즉 비좁다는 뜻.
104 蝙蝠: 박쥐.
105 足: 풍족하다. 넉넉하다.
106 支子肥: 支子는 梔子. 梔子의 노란 빛깔 열매는 염료로 사용된다. 肥는 잘 자란 모습.
107 火: 등불.
108 稀: 어두워 희미하게 보인다는 뜻.
109 鋪牀拂席: 鋪牀은 상을 놓다. 拂席은 방석을 턴다는 뜻. 손으로 방석을 털며 상대방이 앉기를 권하는 것이 예의였다.
110 疏糲: 疏는 소략한, 거친. 糲는 매조미쌀, 즉 왕겨만 벗겨낸 쌀.
111 百蟲絶: 百蟲은 온갖 벌레. 絶은 벌레들의 울음소리가 끊겼다는 뜻.
112 出入高下窮煙霏: 出入高下는 들락날락거리고 오르락내리락하다. 즉 이리저리 돌아다녔다는 뜻. 여기에서 窮은 가로막힌다는 뜻. 煙霏는 안개.
113 紛爛漫: 紛은 어지러이, 紛紛히. 爛漫은 색채가 선명하고 화려한 모습.
114 時: 때때로.
115 櫪: 상수리나무.
116 圍: 아름. 둘레를 세는 일종의 단위로, 사람이 두 팔을 둥글게 모아 만든 둘레를 아름이라 한다.
117 當流赤足蹋澗石: 當은 맞닥뜨리다. 流는 흐르는 개울. 赤足은 맨발. 蹋은 밟고 지나가다. 澗石은 개울 속의 돌들.
118 激激: 물이 콸콸 소리를 내며 사납게 흐르는 모습.

羈[121]. 嗟哉吾黨二三子[122], 安得[123]至老不更歸[124].

李賀「感諷」

李賀는 唐 皇室의 먼 친척으로 태어났으나, 가문은 이미 쇠락하여 貧寒했다. 어려서부터 학문에 정진하여 결국 進士科에 응시할 자격을 얻었으나, 이를 시샘한 경쟁자들은 터무니없는 이유로 李賀를 謀陷했다. 당시는 특히 조상의 이름(이를 諱라 함)에 대해 避諱하는 관습이 성행했다. 예를 들어 벗과 얘기 중에 실수로라도 돌아가신 아버지 이름에 쓰인 글자가 언급되면 대성통곡을 해야 했고, 아버지 이름에 쓰인 글자가 들어간 건물 역시 피해야 했다. 그들의 논리인즉, 李賀의 아버지 이름이 晉肅이었는데 그 중 晉의 발음이 進士의 進과 같으므로 李賀는 응당 자식 된 도리로 進士科에 응시해서는 안 된다는 것이었다. 지금의 상식으로는 도저히 이해가 가지 않지만, 여러 가지 복합적인 이유로 결국 李賀는 進士科에 응시하지 못하게 된다. 타고난 천재적 자질에 각고의 노력으로 이룬 학업으로 쓰러진 가문을 일으키고 立身揚名하려는 李賀의 꿈은 이렇게 어이없는 謀陷에 산산이 부서졌다. 이후 微官末職을 얻기도 하지만 터져 나오는 울분을 삭히지 못하고, 결국 27세의 젊은 나이에 요절하고 만다. 이러한 인생역정으로 그의 시는 울분에 가득 차 있으며, 상당히 悲觀的이고 極端的인 표현도 서슴지 않았다. 그가 詩鬼로 불리거나, 중국의 보들레르라고 간주되는 이유도 여기에 있다. 이러한 이유로 근대에 이르기까지 李賀의 詩는 그다지 환영받지 못했다. 무릇 詩란 孔子 이래로 '즐거워도 음탕해지지는 않고, 슬퍼도 상처받지는 않는'(樂而不淫, 哀而不傷) 中庸의 德을 중시해 왔으나, 李賀의 시는

119 自可樂: 스스로 즐길 만하다.
120 局束: 拘束되다. 옹색하다.
121 爲人羈: 爲人所羈의 축약. 爲A所B는 'A에게 B당하다'는 피동형. 羈는 재갈, 혹은 고삐.
122 吾黨二三子: 吾黨은 나와 뜻을 같이 하는 무리. 二三子는 두세 명 정도의 적은 인원을 가리킨다.
123 安得: 安은 어찌. 得은 能의 뜻. 여기에서는 강한 反問의 뜻.
124 更歸: 다시금 돌아오다. 즉 俗世를 벗어나 自然으로 돌아온다는 뜻.

이를 어기고 슬픔에 겨워 받은 상처를 적나라하게 드러내고 있기에, 淸나라 때 편찬되어 아직까지도 唐詩入門의 가장 보편적인 교재로 사랑받는 『唐詩三百首』에는 아예 李賀의 시가 단 한 수도 들어있지 않다. 그의 시는 근대에 이르러서야 서양의 낭만파 詩에 비견되며 본격적으로 각광을 받기 시작했다. 그의 詩는 특히 표현기법이나 소재 측면에서 楚辭와 古樂府의 영향을 많이 받았기에, 이미 近體詩가 보편화된 시기였는데도 작품의 대부분이 古體詩거나 樂府詩이고, 近體詩는 거의 없다. 주요작품으로 인정되는 李賀의 시들은 거의가 浪漫的이고 夢幻的인 느낌이 主調를 이루고 있지만, 極한 哀傷이 더해져 결국 전체적인 분위기를 悲劇的으로 만드는 경우가 대부분이다.

아래 「感諷」은 李賀의 「感諷」 5首 중 제3수인데, 李賀 詩만의 독특한 鬼氣가 섬뜩하게 묻어나고 있다. 시 속에 묘사된 스산하다 못해 을씨년스러운 풍경은 바로 삶의 의지를 잃고 이미 폐허가 되어버린 자신의 心境이다. 오죽했으면 스스로를 가리켜 "長安에 한 사내가 있거늘, 나이 20에 속내는 이미 썩어버렸네"(長安有男兒, 二十心已朽)라고 노래했겠는가!(「贈陳商」)

南山[125]何其[126]悲, 鬼雨[127]灑空草[128]. 長安[129]夜半秋, 風[130]前幾人老. 低迷黃昏逕[131], 裊裊青櫟道[132]. 月午[133]樹無影, 一山唯白曉[134]. 漆炬[135]迎新人, 幽壙螢擾擾[136].

125 南山: 終南山. 이 산은 長安 부근에 위치해 있었다.
126 何其: 의문이 아닌 강조의 뜻. '얼마나 ~한가!'
127 鬼雨: 을씨년스럽게 내리는 비.
128 空草: 텅 빈 풀밭.
129 長安: 唐나라의 首都. 지금의 陝西省 西安 부근에 위치했었다.
130 風: 바람. 여기에서는 세월의 모진 풍파를 상징.
131 低迷黃昏逕: 低迷는 昏迷한 모습. 黃昏逕은 해가 져 황혼이 깃들 무렵의 어두워진 길.
132 裊裊青櫟道: 裊裊는 흔들거리는 모습. 青櫟道는 푸른 상수리나무가 있는 길.
133 月午: 한낮에 해가 하늘 한 가운데 솟아있듯이, 달이 하늘 한 가운데 솟아있을 때, 즉 한밤 중. 夜半.
134 白曉: 원래는 막 동이 틀 무렵을 가리키는 말이지만, 여기에서는 창백한 달빛을 가리킨다.
135 漆炬: 옻칠한 등잔불. 鬼火를 비유한다.
136 幽壙螢擾擾: 幽壙은 무덤. 螢은 반딧불이. 擾擾는 어지러이 날아다니는 모습.

李商隱「錦瑟」

앞서 말한 바대로 安史의 亂 이후, 科擧를 통한 신진 세력이 朝廷에 대거 영입되었다. 이렇게 再編된 唐나라 朝廷은 과거의 世襲的인 門閥豪族이 아닌 流動的인 朋黨을 위주로 하는 새로운 역학구도가 형성되었는데, 이들 朋黨 간의 다툼을 '黨爭'이라 한다. 李商隱이 살던 시기는, 특히 牛僧儒와 李德裕의 朋黨이 극렬하게 대립하던 시기였다. 이를 牛李黨爭이라고 부른다. 당초 李商隱은 牛僧儒 一派의 사람들과 교유했으나, 이후 李德裕 一派 사람의 사위가 되었다. 이 일로 李商隱은 牛僧儒와 李德裕 양쪽에게 모두 배신자라고 낙인이 찍혔고, 이후 실제로 牛僧儒 一派가 정권의 주도권을 잡게 되자 朝廷에서 완전히 배척을 받게 되었다. 결국 친분이 있는 이들의 도움으로 지방의 관직을 전전하게 되었는데, 그 와중에 牛僧儒 一派에게 하소연하며 구차하게 용서와 관직을 구했다가 이 일이 알려지면서, 사람들이 더더욱 그를 미워했다. 결국 잠시나마 중앙 관직을 얻기도 하지만, 나이 50도 넘기지 못하고 병들어 죽고 만다.

李商隱 역시 여느 시인처럼 靑雲의 꿈을 펼칠 수 없다는 현실에 울분을 삼키며 시를 지었다. 入仕와 榮達을 위해 信義를 지키지 않았다는 비난이 있을 수 있겠지만, 양쪽에서 부름 받고 양쪽에서 버림받는 특수한 상황에서 그에게만 信義를 강요할 수는 없다. 게다가 당시는 入仕가 현재처럼 인생의 한 갈래 선택으로서의 出世慾의 산물이 아니라, 지식인이 자아실현을 할 수 있는 거의 유일한 통로였다.

특히 그의 시는 기존의 詩體를 파괴하며 독특한 풍격을 수립했는데, 詩體를 파괴한 것은 韓愈와 類似하지만 散文的인 표현기법을 과감히 도입한 韓愈와 달리 그는 騈文의 對偶와 典故를 詩에 교묘하게 도입했다. 원래 詩 역시 對偶와 典故를 즐겨 사용하긴 했지만 騈文의 對偶와 典故와는 풍격이 사뭇 다르다. 李商隱은 騈文만의 독특한 風格을 교묘히 詩에 옮겨와 運用했다. 때문에 李商隱의 시는 기존의 詩와 대체로 비슷한 듯하면서도 뭔가 異質的인 느낌을 준다. 한편으론 難澀하고 曖昧한듯 하면서도 한편으론 新鮮하고 異色的이라고나 할까? 이는 일종의 '낯설게 하기'의 성공적인 사례라고 할 수 있겠다.

「錦瑟」은 그의 대표작으로 손꼽힌다. 전체적으로 지나간 옛 시절을 추억하는 내용인데, 섬세한 詩語들의 배치와 알 듯 모를 듯한 典故의 사용이 情感을 한껏 불러일으키면서도 뭔가 어렴풋한 느낌이 들게 한다. 詩란 것이 원래 남의 설명으로 분석되는 것이 아니라 자신의 세심한 읽기를 통해 自得하는 것이라지만, 특히 李商隱의 시는 대부분의 주석서나 해설서에서도 명쾌한 분석이 제시되지 못한다. 뭔가 모호하고 뭔가 未盡함이 있다. 하지만 바로 그 모호함과 미련이 남는 지점이 端緖가 되어 다시금 끊임없이 사람의 心琴을 울리게 되는 것이다. 夢幻的이면서도 몽롱한 詩語들로 點綴되어 읽을 때마다 그 餘韻이 새롭다는 것, 바로 이것이 李商隱 시의 진정한 매력이자 생명력이다.

이후 중국 詩壇에 그의 시는 아주 많은 영향을 끼쳤다. 특히 宋初에 등장한 西崑派 詩人들은 대체로 李商隱의 風格을 추종했다. 그들의 詩體를 西崑體라고도 하는데, 이는 기존 詩體의 타파를 의미했던 李商隱의 역동적인 표현기법들이 다시금 일종의 고정적인 詩體의 형식으로 정착되어 버렸음을 의미한다. 西崑派나 西崑體가 형식주의라는 비난을 받는 이유 역시 여기에 있다.

錦瑟無端五十絃[137], 一絃一柱[138]思華年[139]. 莊生曉夢迷蝴蝶[140], 望帝[141]春心託杜鵑. 滄海月明珠有淚[142], 藍田日暖玉生煙[143]. 此情可待成追憶, 只

137 錦瑟無端五十絃: 錦瑟은 화려하게 장식한 瑟. 瑟은 연주 방식이 가야금과 비슷하지만, 줄이 25絃에 크기가 더 큰 현악기이다. 無端은 까닭 없이. 五十絃에 대한 풀이는 크게 두 가지로 나뉜다. 혹자는 원래 50絃이던 瑟의 소리가 너무 슬퍼 25絃으로 줄인 것인데, 여기에서 李商隱은 원래 瑟의 絃數를 말하고 있다고 푼다. 혹자는 슬픔에 겨워 瑟 25絃을 한 칼에 자른 뒤 이를 50絃이라 표현한 것이라고 푼다. 아무래도 전자의 풀이가 문맥상 적절하다. 전자의 풀이를 따르자면 이 구절은 "화려한 瑟이 애당초 어찌 아무 까닭 없이 50현이었겠는가!"라고 의역된다.

138 柱: 絃을 괴는 雁足, 즉 기러기발을 가리킨다.

139 華年: 젊어서 즐거웠던 시절. 한창이던 때.

140 莊生曉夢迷蝴蝶: 莊生은 戰國時代의 莊周 즉 莊子를 가리킨다. 『莊子』「齊物論」篇을 보면, 莊子는 나비가 되는 꿈을 꾸다가 깨어나서는 자신이 나비 꿈을 꾼 것인지, 아니면 나비가 지금 莊子가 된 꿈을 꾸고 있는 것인지를 헷갈려 했다고 한다. 曉는 이른 아침, 새벽. 夢은 꿈. 迷는 헷갈려하다. 蝴蝶은 나비.

141 望帝: 古代 蜀나라의 왕 杜宇. 傳說에 따르면, 杜宇는 재위 당시 稱帝하여 스스로를 望帝라 이름하고 治水에 힘써서 民生을 평안케 했으나, 治水를 맡겼던 신하의 아내와 不倫을 저지르고는 이내 부끄러움을 느껴 王位를 다른 사람에게 禪讓하고 西山에 은거했다. 이후 蜀나라 사람들은 그를 그리워했는데 봄에 두견새가 우는 것을 보고는 杜宇의 넋이 돌아온 것이라 여겨서 두견새를 望帝라 불렀다.

142 滄海月明珠有淚: 이 구절은 典故를 사용한 것인지, 아니면 그냥 자연 풍경에 빗대어 심리를 묘사한 것인지가 불분명하다. 혹자는 이 구절이 張華의 『博物志』의 내용을 借用한 것이라고 본다. 『博物志』를 보면, 南海의 蛟人(일종의 人魚)은 물고기처럼 물에서 사는데 눈에서 흐르는 눈물이 珍珠라고 했다. 혹자는 그냥 푸른 바다와 밝은 달, 그리고 눈물 같아 슬퍼 보이는 珍珠를 사용해 작가의 심경을 토로한 것이라 본다.

143 藍田日暖玉生煙: 藍田은 지금의 陝西省에 위치한 藍田山. 이 산은 워낙 좋은 玉이 나기로 유명해서

是[144]當時已惘然[145].

玉山이라고도 한다. 傳說에 따르면, 좋은 玉은 날씨가 따듯하면 아른아른 연기를 피어오르게 한다고 한다.

144 只是: 단지. 是는 繫辭.

145 惘然: 失意하여 서글퍼하면서 어찌할 바를 모르는 모습.

唐 산문

韓愈「師說」

韓愈는 아무래도 詩보다는 文章으로 유명하다. 특히 논리가 정연하고도 치밀하며 선명한 비유와 典故의 사용으로 술술 읽히면서도 글의 요지가 명확하게 드러난다. 그리고 적절한 虛詞의 사용으로 문장의 의미를 선명하게 한 것 역시 그의 장점이다. 물론 이전부터 虛詞는 나날이 그 활용이 증대되어 왔지만 韓愈의 그것은 남다른 데가 있다. 그가 제창한 古文은 騈文으로 대변되는 時文의 대항마 개념으로 들고 나온 것이다. 즉 지금의 浮華한 文章을 버리고 옛 聖賢의 文章으로 돌아가자는 주장인데 사실 그의 古文은 기존의 문장 풍격에 반발해 옛 문장의 풍격을 대안으로 제시한 것일 뿐 정말 古代 文章으로 회귀하고자 한 것은 아니었다. 오히려 그의 이른바 古文이 진정 빛을 발하며 십분 활용된 것은 雜文의 영역에서였다. 그런데 여기에서 우선 '雜文의 영역'이란 표현에 주목할 필요가 있다. 사실 일반적으로 개인의 심사를 토로하는 도구는 주로 詩와 같은 韻文이었고, 문장은 각 體裁별로 실용적인 목적이 정해져 있었다. 그래서 소일거리로 散文을 짓거나 벗들끼리 교제하며 雜文으로 자유로이 心思를 표현한 적은 드물었다. 하지만 점차 士人들이 주체성을 확립해나가면서 그들만의 사사로운 담론 공간이 생겨났고, 그 안에서 문장으로도 장난하며 즐기는 상황이 펼쳐지기 시작했다. 韓愈가 살던 시기가 이러한 '雜文의 영역'이 한껏 확충되고 있을 때였지만 그들 스스로조차 이러한 변화를 자각하지 못했다. 그래서 그의 門人이자 벗이었던 張籍은 韓愈에게 편지를 보내 본격적인 著述을 지을 것을 권하면서 '실없고 뒤죽박죽인 이야기'(無實駁雜之說)를 남들과 주고받는다고 비판하기도 했는데, 이에 대해 韓愈는 '실없고 뒤죽박죽인 이야기'는 "그저 장난삼아 한 것일 뿐"(此吾所以爲戲耳) 이라고 궁색한 변명으로 얼버무린다. 일반적으로 張籍의 이러한 지적이 「毛潁傳」처럼 韓愈가 지은 小說類에 국한된 것이라고 여기지만, 이는 착각이다. 이미 고증을 통해 張籍과 韓愈가 이러한 편지를 주고받을 적에 「毛潁傳」 등의 小說類는 아직 지어지지도 않았었던 것이 확인되었다. 여기에서 '실없고 뒤죽박죽인 이야기'(無實駁雜之說)란 바로

唐代 중기부터 본격적으로 대두되는 잡스럽고 사사로운 글쓰기를 가리킨다. 韓愈는 "文章에 聖賢의 道를 담아내길"(文以載道) 주장했지만 실제로 그의 文章을 보면, 삭막할 정도로 논리만 따지는 글에서 그냥 장난으로 지은 글에 이르기까지 모두가 과거의 典型的인 문장 격식을 벗어나 자유롭고 사사롭게 글을 짓고 있음을 발견할 수 있다. 그리고 아래 「師說」에서는 그다지 포착되지 않지만, 伯樂과 千里馬를 논한 「雜說」을 보면 앞서 언급했던 '詩로 문장을 짓는'의 實例, 즉 詩의 對偶 등의 기법을 끌어와 전체 문장에 리듬감을 한껏 살리고 논리구도 역시 안정적으로 배치하면서 騈文의 對偶와는 또 다른 풍격을 창출해내어, 새로운 글쓰기의 영역을 확장시킨 實例를 확인할 수 있다. 물론 이러한 설명은 주로 지금의 문학사 관점에서 주목받는 그의 雜文에 대한 것이다. 사실 그는 다양한 종류의 文章을 모두 지었기에 이러한 설명만으로 온전히 그의 문장 풍격을 총괄할 수는 없다. 당시 그가 실제로 잘 짓기로 이름났던 것은 바로 墓碑銘이었다. 죽은 사람의 일생과 업적을 압축하여 묘비에 새기는 墓碑銘은 다분히 관용적인 칭찬어구를 동원해 亡者의 일대기를 과장하기 마련이었으나, 韓愈는 독창적인 문체로, 亡者의 일생을 과장으로 죽 부연하는 것이 아니라 중요한 부분을 골라 詳略을 달리하며 입체감을 주었다.

「師說」은 聖賢의 道를 배운다고 말하는 이들이 오히려 남에게 가르침을 청하기를 꺼려하고 남에게 배우길 부끄러워하는 모순된 작태에 대해 논리적이고도 엄정한 비판을 가하고 있다. 조목조목 적절한 비유와 비판으로 읽는 이로 하여금 그 논리에 수긍할 수밖에 없게 만드는 것이 韓愈 문장의 가장 큰 매력이다.

古之學者必有師. 師者, 所以[1]傳道[2]、受業[3]、解惑也. 人非生而知之[4]者, 孰能無惑? 惑而不從師, 其爲惑[5]也, 終不解矣. 生乎吾前, 其聞道[6]也, 固先

1 所以: 여기에서는 '~하는 바'의 뜻으로 쓰였다. 문법적으로 뒤에 나열된 지적들을 하나로 묶어 명사화하는 역할을 한다.

2 道: 儒家 聖賢의 道.

3 受業: 受는 授의 通假字. 즉 授業의 뜻. 業은 學業을 가리킨다.

4 生而知之: 나면서부터 알고 있다는 뜻. 원래는 聖人의 자질을 가리킨다. 孔子는 스스로 "나는 나면서부터 알았던 사람이 아니며, 단지 옛 것을 좋아하고 기민하게 이를 구하고자 하는 사람일 뿐"(我非生而知之者, 好古敏以求之者也)이라고 했다.(『論語』「述而」) 여기에서의 표현 역시 은연중에 孔子조차 나면서부터 알던 사람이 아니었음을 지적하고자 하는 의도가 깔려있는 것이다.

5 其爲惑: 여기에서는 其之爲惑의 줄임말. 원래 A之爲B라는 표현은 종종 'A라는 B'의미로 사용된다. 여

乎[7]吾, 吾從而師之. 生乎吾後, 其聞道也, 亦先乎吾, 吾從而師之. 吾師道也, 夫庸[8]知其年之先後生於吾乎[9]? 是故無貴、無賤、無長、無少, 道之所存, 師之所存也. 嗟乎! 師道之不傳也久矣, 欲人之無惑也難矣! 古之聖人, 其出人[10]也遠[11]矣, 猶[12]且從師而問焉. 今之衆人, 其下聖人[13]也亦遠矣, 而恥學於師. 是故聖益聖, 愚益愚. 聖人之所以[14]爲聖, 愚人之所以爲愚, 其皆出於此乎. 愛其子, 擇師而教之, 於其身也, 則恥師焉, 惑矣. 彼童子之師, 授之書而習其句讀[15]者, 非吾所謂傳其道、解其惑者也. 句讀之不知, 惑之不解, 或師焉, 或不焉[16], 小學而大遺[17], 吾未見其明也. 巫、醫、樂師、百工之人, 不恥相師. 士大夫之族[18], 曰師、曰弟子云者, 則群聚[19]而

기에서는 '그 의혹'이라고 풀 수 있다.

6 聞道: 道를 깨닫다. 공자가 "아침에 도를 깨닫는다면 저녁에 죽어도 좋다"(朝聞道, 夕死可矣)고 말했다.(『論語』「里仁」)

7 乎: 여기에서는 비교, 즉 '~보다'의 뜻. "生乎吾後"의 乎 역시 마찬가지이다.

8 庸: 어찌의 뜻. 여기에서는 강한 반문의 의미로 사용되었다.

9 其年之先後生於吾乎: 其年之先生於吾乎? (抑)其年之後生於吾乎?의 줄임말.

10 出人: 出衆, 즉 남보다 뛰어나다는 뜻.

11 遠: 懸隔하다는 뜻.

12 猶: 그래도, 여전히.

13 下聖人: 聖人만 못하다는 뜻.

14 所以: 까닭.

15 句讀: '구두'로 읽는다. 원래 句는 문장, 讀는 문장 속의 句나 節의 뜻. '구두'라고 하면 문장과 句節을 통칭하기도 하지만 문장을 끊어 읽는 방식을 가리키기도 한다. 중국의 文言文은 전통적으로 아무런 띄어쓰기나 標點이 없었기에 글 읽기를 배우는 첫 입문이 바로 어떻게 끊어 읽을 것인가를 배우고 익히는 것이었다.

16 或師焉, 或不焉: 여기에서 두 번 쓰인 或은 '어떤 경우에는 ~하고, 어떤 경우에는 ~한다'는 뜻. 師는 스승을 섬긴다는 뜻의 動詞. 不은 不師의 축약형. 전자인 或師焉은 자식들에게 스승을 골라주어 句讀를 익히게 하는 것을 가리키고, 후자인 或不焉은 정작 자신은 스승을 모셔서 儒家의 道를 배우려 들지 않는 것을 가리킨다.

17 小學而大遺: 작은 것은 배우고 큰 것은 버리다. 즉 아이들에게 필요한 자질구레한 句讀는 스승을 두어 배우게 하면서도 정작 스승을 두어 제대로 배워야할 儒家의 道는 버리고 만다는 뜻.

18 族: 여기에서는 血親의 뜻이 아니라 그냥 무리, 부류.

19 群聚: 모여들다.

笑[20]之. 問之, 則曰: "彼與彼年相若[21]也, 道相似[22]也." 位卑[23]則足羞, 官盛[24]則近諛[25]. 嗚呼! 師道之不復[26]可知矣. 巫、醫、樂師、百工之人, 君子不齒[27], 今其智乃反[28]不能及, 其可怪也歟[29]! 聖人無常師[30], 孔子師郯子、萇弘、師襄、老聃.[31] 郯子之徒[32], 其賢不及孔子. 孔子曰: "三人行, 必有我師[33]." 是故弟子不必不如師, 師不必賢於[34]弟子. 聞道有先後, 術業[35]有專攻, 如是而已. 李氏子蟠[36], 年十七, 好古文[37]. 六藝經傳[38], 皆通習之. 不

---

20 笑: 비웃다.

21 年相若: 나이가 서로 같다.

22 道相似: 깨달은 道의 수준이 비슷하다.

23 位卑: 여기에서는 스승 된 자의 지위가 매우 낮다는 뜻.

24 官盛: 여기에서는 스승 된 자의 관직이 매우 높다는 뜻.

25 近諛: 阿諂에 가깝다고 여긴다, 즉 阿諂과 다름없다고 여긴다는 뜻.

26 復: 回復되다. 復元되다.

27 不齒: 나란히 서지 않는다는 뜻. 君子라 자처하는 士大夫는 스스로를 존귀하게 여겨, 巫、醫、樂師、百工之人 따위의 사람들과 같은 선상에 놓이거나 다뤄지는 것을 인정하지 않는다는 뜻.

28 反: 도리어.

29 其可怪也歟: 其~歟는 관용구로 '어찌 ~하지 아니하리오!' 정도의 反問의 어감을 갖는다. 可는 '가히 ~할만하다', 혹은 '정말이지 ~하다'의 뜻.

30 常師: 일정한 스승. 孔子의 제자 子貢은 스승 孔子를 일러 "선생님께서는 어디에선들 배우지 않으셨겠습니까? 그리고 또 어찌 일정한 스승이 있었겠습니까?"(夫子焉不學? 而亦何常師之有?)라고 했다.(『論語』「子張」) 오로지 한 사람만을 스승으로 섬긴다는 뜻으로, 원래부터 약간 부정적인 의미가 내포되어 있는 표현이었다.

31 郯子、萇弘、師襄、老聃: 郯子는 郯나라의 諸侯로 魯나라를 방문했을 때 上古時代 帝王들의 官制에 대해 설명한 적이 있다. 萇弘은 周나라 大夫로 음악에 精通하였기에, 孔子가 그에게 음악에 대해 물은 적이 있다. 師襄은 魯나라 樂官으로, 孔子가 음악에 대해 그에게 물은 적이 있다. 老聃은 周나라 守藏室(일종의 국가 도서관)의 관리로 孔子가 찾아가 禮에 대해 물었다는 기록이 있다. 일반적으로 老聃을 道家의 老子로 간주한다.

32 郯子之徒: 여기에서는 郯子와 萇弘, 師襄, 老聃을 가리킨다.

33 三人行, 必有我師: 이 구절은『論語』「述而」篇에 보이는데, 흔히 피상적으로 세 사람이 지나가면 반드시 내가 스승으로 섬길 만한 뛰어난 자가 있다는 의미로 이해하지만 사실은 그렇지 않다. 이 구절 전체를 살펴보면 "세 사람이 지나가면 반드시 내가 본받을 것이 있을 것이다. 그 중 훌륭한 점은 취하여 따르고, 그 중 나쁜 점을 보고는 나를 바로잡는다"(三人行, 必有我師焉, 擇其善者而從之, 其不善者而改之)라고 했으니, 지나가는 사람의 善不善에 상관없이 取捨選擇하여, 좋은 점은 본받고 나쁜 점은 反面教師로 삼아 반성한다는 의미이다. 즉 그 누구에게라도 배울 점이 있다는 말이다.

34 於: '~보다'라는 비교의 의미.

35 術業: 學業.

拘於時[39], 學於余. 余嘉能行古道, 作「師說」以貽之.

柳宗元「種樹郭橐駝傳」

이 글만 보아도 쉽게 눈치 챌 수 있겠지만, 柳宗元의 문장은 논리적인 韓愈의 문장과 달리 寓話的인 성향이 강하다. 각자의 타고난 性情의 차이에서 연원한 것이지만 柳宗元의 문장은 보다 그윽하고 보다 여유가 있다. 韓愈가 날카로운 논리를 무기로 차근차근 전진하는 방식을 취하고 있다면, 柳宗元은 부드러운 솜 속에 숨긴 뾰족한 바늘처럼 寓話的 記述 속에 頂門一鍼의 諷刺를 담아두는 방식을 취하고 있다. 물론 그 역시 이러한 우화만을 지었던 것은 아니다. 그 역시 다양한 장르의 문장을 모두 지었는데 특히 山水遊記로 유명하다. 일반적으로 柳宗元에 이르러 山水遊記가 하나의 文體로 독립되었다고 본다.

「種樹郭橐駝傳」은 그의 寓話的인 문장 풍격을 잘 보여주는 대표작이다. 자연의 순리에 따라 묵묵히 나무를 심고 키우는 곱사등이를 통해, 순리를 무시하고 揠苗助長하는 각박한 官治를 비판하고 있는데, 이처럼 흔히 비정상으로 치부되는 장애인을 통해 오히려 우리가 정상이라고 생각하는 대상에 寓話的인 諷刺를 가하는 것은 바로 『莊子』에서 배워온 것이다.

36 李氏子蟠: 李氏 家門의 자손 蟠, 즉 李蟠.

37 古文: 여기에서 古文은 원래 時文(현재 유행하는 문장풍격)과 대칭되는 표현이다. 당시 時文은 六朝時期부터 極盛해온 駢儷文을 가리킨다. 하지만 여기에서 古文이 가리키는 것은 단지 時文에 상대되는 文章風格만이 아니라, 궁극적으로는 古代로 전해져 오는 儒家 聖賢의 經傳들과 이로부터 파생된 文獻에서 보이는 文章風格을 뜻한다.

38 六藝經傳: 六藝는 六經, 즉 『易』, 『書』, 『詩』, 『禮』(대체로 지금의 『儀禮』를 가리킨다고 봄), 『樂』(佚失되었거나 實演되었을 뿐 당초부터 문헌으로 보존되진 않았다고 봄), 『春秋』. 經傳은 經書와 그에 대한 주석서라 할 수 있는 傳을 동시에 이르는 말. 예를 들어 『儀禮』는 經이고 『禮記』는 이에 대한 傳으로 본다.

39 時: 時流. 당시의 유행.

郭橐駝[40], 不知始[41]何名. 病僂[42], 隆然伏行[43], 有類[44]橐駝者, 故鄕人號之駝. 駝聞之, 曰: "甚善[45]! 名我固當[46]." 因捨其名, 亦自謂橐駝云. 其鄕曰豊樂鄕, 在長安西. 駝業種樹, 凡長安豪家[47]富人爲觀游[48]及賣果者, 皆爭[49]迎取養. 視駝所種樹, 或移徙, 無不活, 且碩茂[50], 蚤實[51]以蕃. 他植者雖窺伺[52]傚慕, 莫能如[53]也. 有[54]問之, 對曰: "橐駝非能使木壽[55]且孳也, 以能順木之天[56]以致其性[57]焉爾. 凡植木之性[58], 其本欲舒[59], 其培[60]欲平[61], 其土欲故[62],

40 郭橐駝: 郭은 주인공의 姓氏. 橐駝는 주인공이 곱사등이어서 생긴 별명으로 駱駝라는 뜻. 橐은 원래 일종의 작은 자루인데 駱駝의 등 위에 작은 자루가 올려진 것 같아 橐駝라고도 한다.

41 始: 當初.

42 僂: 佝僂病.

43 隆然伏行: 隆然은 봉긋 솟은 모습. 伏行은 원래 엎드려 다닌다는 말인데, 여기에서는 佝僂病 때문에 등이 많이 휘어서 마치 엎드려 다니는 것같이 보인다는 뜻

44 有類: 類似하다의 뜻.

45 善: 여기에서는 '훌륭하다'의 뜻.

46 固當: 固는 진실로. 當은 합당하다.

47 豪家: 豪族.

48 觀游: 거닐며 감상한다는 뜻.

49 爭: 앞 다투어.

50 碩茂: 크고 무성한 모습.

51 蚤實: 蚤는 早의 通假字. 實은 열매 맺다.

52 窺伺: 몰래 엿보다.

53 莫能如: 莫能如橐駝의 축약형.

54 有: 여기에서는 有人, 즉 어떤 사람의 뜻.

55 壽: 長壽하다.

56 天: 天然的인 資質.

57 致其性: 致는 도달하다, 완성하다. 性은 타고난 본래의 性質.

58 凡植木之性: 凡은 모든. 植木之性은 줄곧 해석이 마뜩잖은데, 주로 '나무를 심는 방법'이나 '나무의 성질에 맞게 심다'로 번역되지만, 모두 억지로 끌어다 맞춘 것이다. 전자의 경우 性이 방법으로 번역되는 경우가 없고, 후자의 경우 문법적으로 설명되지 않는다. 응당 植을 木의 피동형 수식어로 간주하여 '심어진 나무의 성질'이라 풀어야 한다.

59 舒: 뿌리가 펼쳐지는 것.

60 培: 흙을 위에 덮는 것. 뿌리를 심고 그 위에 흙을 덮는 것을 가리킨다.

61 平: 주위의 땅과 높이를 같이 하는 것.

62 故: 故土, 즉 원래 그 나무뿌리를 감싸고 있던 흙.

其築[63]欲密. 旣然已[64], 勿動勿慮, 去不復顧. 其蒔[65]也若子[66], 其置也若棄, 則其天者全, 而其性得矣. 故吾不害其長而已, 非有能碩而茂之也. 不抑耗其實[67]而已, 非有能蚤而蕃之也. 他植者則不然, 根拳[68]而土易[69], 其培之也, 若不過焉則不及[70]. 苟有能反是者[71], 則又愛之太殷, 憂之太勤. 旦視而暮撫, 已去而復顧. 甚者爪其膚[72]以驗其生枯, 搖其本以觀其疏密[73], 而木之性日以[74]離矣. 雖曰愛之, 其實害之, 雖曰憂之, 其實讎[75]之. 故不我若[76]也, 吾又何能爲哉?" 問者曰: "以子之道, 移之官理[77], 可乎?" 駝曰: "我知種樹而已, 官理非吾業也. 然吾居鄉, 見長人者[78], 好煩其令, 若[79]甚憐焉, 而卒[80]以禍. 旦暮[81], 吏來而呼曰: '官命促爾[82]耕, 勖爾植[83], 督爾穫[84], 蚤繅

63 築: 덮은 흙을 다지는 것.
64 旣然已: 旣는 이미. 然은 그렇다, 혹은 그렇게 되다. 已는 마치다. 즉 앞에서 나열한 작업들을 모두 마쳤다는 뜻.
65 蒔: 심는 것.
66 若子: 자식같이 한다. 즉 자식처럼 조심조심 소중히 다룬다는 뜻.
67 抑耗其實: 抑耗는 억누르고 손상을 가하는 것. 實은 果實.
68 根拳: 뿌리를 주먹처럼 구부린다는 뜻.
69 土易: 흙을 새것을 바꿔버린다는 뜻.
70 若不過焉則不及: 若A則B는 '만약 A하지 않으면 B한다'의 뜻.
71 苟有能反是者: 苟는 설령. 反是는 이와 반대된다는 뜻. 이 구절은 "설령 앞서 말한 잘못들을 반대로 바로잡을 수 있는 자들이라 해도"쯤으로 풀 수 있다.
72 爪其膚: 爪는 손톱으로 긁다. 여기에서 膚는 나무의 껍질.
73 疏密: 성글고 빽빽함. 여기에서는 덮인 흙이 다져진 정도를 말한다.
74 日以: 나날이.
75 讎: 원수로 대하다. 즉 원수처럼 적대적으로 대하다의 뜻.
76 不我若: 不若我의 도치형. 不若은 不如의 뜻.
77 官理: 官治. 즉 관리가 되어 백성을 다스리는 것을 뜻한다.
78 長人者: 長은 여기에서 首長 노릇한다는 동사. 人은 百姓. 즉 백성을 다스리는 관리들을 일컫는 말이다.
79 若: 마치 ~인 듯하다.
80 卒: 결국.
81 旦暮: 아침저녁으로. 시도 때도 없이.
82 爾: 너희. 여기에서는 백성을 가리킨다.

而緖[85], 蚤織而縷, 字[86]而幼孩, 遂[87]而雞豚!' 鳴鼓而聚之, 擊木而召之. 吾小人[88]輟飧饔[89]以勞吏, 且不得暇, 又何以[90]蕃吾生[91]安吾性耶? 故病且怠[92]. 若是, 則與吾業者, 其亦有類乎?" 問者嘻[93]曰: "不亦善夫! 吾問養樹, 得養人術." 傳其事以爲官戒也.

83 植: 나무를 심는 것. 백성은 주로 실생활에 유용한 뽕나무나 삼나무를 심었다.

84 穫: 곡식을 수확하는 것.

85 蚤繰而緖: 蚤는 早의 通假字. 繰는 繅의 通假로 누에고치를 켜는 것. 즉 명주실을 뽑는 것. 而는 앞서 나온 爾와 마찬가지로 너희, 즉 백성을 가리킨다.

86 字: 원래는 사랑한다는 뜻이지만, 여기에서는 양육하다의 뜻.

87 遂: 여기에서는 가축을 기른다는 뜻.

88 吾小人: 백성이 스스로를 낮추어 부르는 말. 우리말로 풀자면 '쇤네'.

89 輟飧饔: 輟은 멈추다. 飧饔은 각각 저녁밥과 아침밥.(원래 당시 백성은 하루 두 끼를 먹었다.) 관리들이 너무 부려먹어 끼니조차 먹을 시간이 없다는 뜻이다.

90 何以: 어떻게. 무슨 방법으로.

91 生: 生業.

92 怠: 지치다. 피로해 하다. 혹자는 이를 게으름 피우다로 푸는데 문맥상 적절하지 않다.

93 嘻: 여기에서는 탄식하는 소리.

唐 전기소설

元稹『鶯鶯傳』

이 작품은 당초 작자미상이라고 여겨졌으나 이후 치밀한 고증에 의해 中唐時期 白居易와 함께 新樂府詩 운동을 제창했던 元稹의 自傳的인 文言小說로 확인되었다.[1] 사실 元稹은 新樂府詩보단 「鶯鶯傳」으로 더 알려져 있는데, 이는 그만큼 「鶯鶯傳」의 문학적 성취와 완성도가 唐代 文言小說 중에서도 높다는 것을 반증한다. 「鶯鶯傳」은 일명 「會眞記」라고도 하는데, 작품 속에 실린 「會眞詩」 때문이다. 여기에서 會는 會合, 즉 만난다는 뜻이고, 眞은 眞人, 즉 仙人을 뜻한다. 사실 眞人이나 仙人은 道教가 성행했던 당시에 仙女처럼 빼어난 妓女에 대한 美稱이었다. 때문에 이러한 제목을 근거로 이 소설의 이야기가 元稹이 어떤 妓女와 나누었던 戀愛談을 潤色한 것임을 짐작할 수 있다.

사실 이 시에서 節錄하고 있는 부분은 막 장생이 최앵앵을 보고 한 눈에 반한 뒤부터 시작해 수작을 걸어 결국 사귀게 되는 과정만을 담고 있지만, 여기에서 생략된 뒷내용 중에는 현재의 상식과 윤리로는 납득하기 어려운 부분이 있다. 최앵앵과 사귀던 장생은 이후 과거를 보러 떠나면서 그녀를 버린다. 그러면서 하는 얘기가 "대저 하늘이 내린 빼어난 美女는 자기 스스로를 해코지하지 않으면 반드시 남을 해코지하기 마련"(大凡天之所命尤物也, 不妖其身, 必妖于人)이라고 했다. 게다가 이런 그의 깨달음 혹은 반성(?)에 대해 "당시 사람들은 대부분 장생이 자신이 저지른 허물을 잘 수습한 자라고 인정한다."(時人多許張爲善補過者) 지금의 관점으로 보자면 너무나 무정하고 비도덕적인 이러한 기술에

1 일반적으로 唐代 文言小說을 傳奇라 칭하는데, 원래 「傳奇」는 裴鉶의 文言小說集의 이름이었다. 그런데 일반적으로 唐代 文言小說의 '창작의도가 기이한 것을 좋아하는'(作意好奇) 데 있음을 근거로, 아예 기이한 이야기를 전한다는 뜻의 傳奇로 唐代 文言小說을 통칭하게 된 것이다. 그리고 아직까지도 傳奇란 명칭이 常用되고 있지만, 사실 기이함만으로는 唐代 文言小說의 내용과 특징을 제대로 포괄할 수 없다. 때문에 이제는 응당 傳奇, 혹은 唐傳奇란 명칭 대신 唐代 文言小說이란 명칭을 사용하는 것이 타당할 것이다.

대해, 우선 이것은 妓女와의 사랑을 윤색한 것임을 상기할 필요가 있다. 당시에 이러한 기술이 당당하게, 혹은 당연하게 읽혔던 것은, 당시 지식인들 사이에 정식 중매에 의한 혼인이 아닌 잠시의 열정에 의한 뜨내기 사랑이 만연했으며 그 상대가 주로 妓女였다는 사실을 말해준다. 어차피 대부분 한때의 불장난으로 끝나버릴 일이었기에 애당초 비난의 대상이 되지 않았고 오히려 美色에 빠지지 않고 잘 마무리했다고 인정받을 수 있었던 것이다. 그리고 주인공의 성씨가 최 씨인 것 역시 주목해야 한다. 사실 邯鄲之夢으로 유명한 「枕中記」에서도 산동의 최 씨 여자와 결혼하는 내용이 나오는데, 이는 당시 지식인들이 南朝 때부터 명망을 유지해온 門閥家門에 사위로 영입되어 立身揚名하고 싶은 욕망을 가상으로나마 풀고자 한 것이다. 당대 가장 명망이 있던 가문은 隴西 李氏, 淸河 崔氏, 博陵 崔氏, 范陽 盧氏, 太原 王氏, 滎陽 鄭氏, 趙郡 李氏, 이렇게 일곱 가문이었다. 이 중 隴西 李氏는 당시의 國姓이었고, 山東에서는 淸河와 博陵의 두 崔氏가 유명했다. 「鶯鶯傳」이나 「枕中記」에서 여주인공이 최 씨인 것 역시 이러한 욕망의 대리만족을 위해서였다. 지금 관점에서 보자면 매우 구차해 보일 수도 있지만, 당시로서는 너무나 자연스럽고 당연한 바람이었다.

이처럼 당시 지식인들의 욕망을 여실히 담아내고 있던 문언소설은, 사실 溫卷(혹은 行卷)이라는 당시의 독특한 유행으로 인해 보다 발전하게 된다. 당시는 이미 과거제도가 시행되고 있었지만 단순히 시험 성적으로만 선출되는 것이 아니었다. 미리 詩文을 잘 짓는다는 명성을 얻거나 고관대작으로부터 재주를 인정받아 추천을 받는 것이 중요했다. 이는 불합리한 非理라기보다는, 보다 보편적인 공인을 받는 경로라고 보아야 한다. 이 때문에 고관대작에게 인정을 받고 추천을 받고자 미리 자신의 文才를 한껏 드러낸 詩文을 바치는 행위를 溫卷이라 했다. 이러한 溫卷 중에서도 문언소설을 지어 바치는 경우가 흔했는데, 왜냐하면 文言小說에는 구구절절한 감정 묘사와 기기묘묘한 내용진행, 그리고 적재적소에 詩까지 삽입해 자신의 文才를 한껏 발휘할 수 있고, 재미까지 있어 읽는 이로 하여금 쉬이 몰입하고 주목하게 만들 수 있었기 때문이다.

元稹의 「鶯鶯傳」 역시 이러한 특성을 모두 갖고 있다. 흥미진진한 진행과 빼어난 묘사에 濃艶한 詩까지 삽입해 자신의 文才를 총괄적으로 과시하고 있는 것이다. 사실 元稹은 「鶯鶯傳」에 실린 「會眞詩」 같은 艶詩를 적지 않게 지어서 이후 시인들에게 경박하다는 비난을 듣기도 했다.

갑작스레 한눈에 반해 불꽃같이 타올랐던 장생과 최앵앵의 사랑은, 장생의 무정한 이별로 허무하게 끝나버렸다. 이후 장생과 최앵앵은 각자 혼인하여 살았는데, 하루는 장생이 찾아가 이종오빠인 척하며 최앵앵을 다시 만나고자 했지만 최앵앵은 끝내 장생을 다시 만나 주지 않는다. 이것이 「鶯鶯傳」의 결말이다. 하지만 이 이야기는 이후 매우 인기가 있어서, 계속해서 새로운 문학 장르로 재탄생되었다. 그 중에서도 특히 유명한 것이 元代 王實甫가 지은 『西廂記』란 雜劇이다. 흥미로운 것은, 당초 「鶯鶯傳」에서 장생은 과거에 낙방했고 최앵앵과의 사랑 역시 허무한 이별로 마무리되었던 결말이, 『西廂記』에서는 해피엔딩으로 전환되어 장생은 과거에 급제하고 두 사람의 사랑 역시 아름답게 결실을 맺는다는 점이다. 그리고 지금에 이르기까지 京劇이나 각종 地方劇에서 여전히 장생과 최앵앵의 사랑 이야기는 공연되고 있다.

……張(生)自是惑之[2], 願致[3]其情, 無由得也. 崔(鶯鶯)之婢曰紅娘[4]. 生[5]私爲之禮者數四[6], 乘間[7]遂道[8]其衷[9]. 婢果驚沮[10], 腆然[11]而奔. 張生悔之. 翼[12]日, 婢復至. 張生乃羞而謝[13]之, 不復云所求矣. 婢因謂張曰: "郎之言, 所不敢言, 亦不敢泄. 然而崔之姻族, 君所詳也. 何不因其德[14]而求娶焉?" 張曰: "余始自孩提[15], 性不苟合[16]. 或時紈綺間居[17], 曾莫流盼[18]. 不爲[19]當

2 張(生)自是惑之: 張生은 이 작품의 남자 주인공. 生은 이름이 아니라 '선비'나 'Mr.'와도 같은 일반 호칭. 自是는 이로부터. 惑은 미혹되다. 여기에서는 여자 주인공 崔鶯鶯에게 빠져들었다는 뜻.

3 致: 알리다, 전하다.

4 紅娘: 崔鶯鶯의 계집종.

5 生: 주인공 張生.

6 數四: 再三再四, 즉 여러 번, 혹은 여러 차례란 뜻.

7 乘間: 그 틈을 타서. 그 기회를 이용해. 乘은 어떤 기회를 이용하거나 이에 편승한다는 뜻. 間은 빈 틈.

8 道: 말하다.

9 衷: 衷情, 즉 속내, 혹은 속마음.

10 驚沮: 놀라서 어쩔 줄 모른다는 뜻.

11 腆然: 부끄러워하는 모습.

12 翼: 翌의 假借字.

13 謝: 사과하다.

14 因其德: 그 恩德에 근거해. 德은 과거 張生이 崔鶯鶯의 가족을 곤경에서 구해주었던 恩德을 가리킨다.

年, 終有所蔽[20]. 昨日一席間[21], 幾[22]不自持. 數日來, 行忘止, 食忘飽, 恐不能逾旦暮[23], 若因媒氏[24]而娶, 納采問名[25], 則三數月間, 索我於枯魚之肆[26]矣. 爾其謂我何[27]?" 婢曰: "崔之貞愼自保, 雖所尊[28]不可以非語[29]犯之. 下人[30]之謀, 固難入矣[31]. 然而善屬文[32], 往往沈吟章句, 怨慕者[33]久之. 君試爲喩情詩以亂之[34]. 不然, 則無由也." 張大喜, 立綴[35]「春詞」二首以授之.

---

15 孩提: 어린 아이, 혹은 어렸던 시절. 여기에서는 후자.

16 苟合: 구차하게 남에게 迎合하는 짓.

17 紈綺間居: 紈綺는 원래 아름다운 무늬가 수놓아진 비단을 가리키지만, 여기에서는 이러한 비단을 두른 여인을 가리킨다. 間은 閑의 異體字로 '한'이라 읽는다. 間居는 閑居.

18 曾莫流盼: 曾莫은 일찍이 ~한 적이 없다는 뜻. 流盼은 슬쩍 곁눈질하는 것.

19 不爲: 不爲는 不意, 즉 예상치 못했다는 뜻.

20 終有所蔽: 終은 결국에는, 즉 지금을 가리킨다. 有所蔽는 무엇인가에게 뒤집어 씌워지다, 즉 무엇인가에게 미혹되거나 눈이 멀었다는 표현으로 여기에서는 崔鶯鶯에게 마음을 빼앗겼다는 뜻. 혹자는 有所蔽를 여자에 대해 이해하지 못하는 바가 있다고 풀기도 한다.

21 昨日一席間: 어제의 자리에서, 즉 어제 있었던 酒宴에 참가했던 것을 가리킨다.

22 幾: 거의, 하마터면.

23 不能逾旦暮: 하루도 못 넘긴다는 뜻. 逾는 넘다. 旦暮는 朝夕, 즉 하루.

24 媒氏: 중매쟁이.

25 納采問名: 결혼에 필요한 과정. 옛날엔 婚禮를 치르려면 納采, 問名, 納吉, 納徵, 請期 등의 과정을 거쳐야 했다. 여기에서는 동사처럼 쓰여서 이러한 과정을 거친다는 뜻.

26 索我於枯魚之肆: 乾魚物을 파는 가게에서 날 찾아야 한다. 법도에 맞게 삼 개월도 넘는 시간을 들여 婚禮를 위한 과정을 밟았다간, 崔鶯鶯을 그리는 마음에 몸이 말라 들어가, 결국 張生 자신의 몸이 乾魚物처럼 말라 비틀어질 것이라는 절박하면서도 유머러스한 비유.

27 爾其謂我何: 爾는 너. 여기에서는 崔鶯鶯의 계집종 紅娘. 其謂는 말해보라는 뜻. 我何는 '내가 어찌할지'의 뜻.

28 所尊: 尊長. 즉 웃어른.

29 非語: 예의법도에 어긋나는 말.

30 下人: 계집종 紅娘의 自稱.

31 固難入矣: 固는 진실로. 難入은 먹혀들기가 어렵다는 뜻.

32 善屬文: 善은 ~에 능하다. 屬文은 글을 짓다. 이 경우 '촉문'이라 읽는다. 이 구절은 주어가 崔鶯鶯인데 생략되어 있다.

33 怨慕者: 여기에서는 마음에 흡족한 수준의 詩句를 얻지 못해 한탄하며 더 나은 詩句를 짓고자 마음먹는 것.

34 亂之: 崔鶯鶯의 마음을 혼란스럽게 만들다, 즉 그녀의 마음을 흔들리게 만든다는 뜻.

35 綴: 여기에서는 글을 짓는다는 뜻.

是夕, 紅娘復至, 持綵牋[36]以授張, 曰: "崔所命也." 題其篇曰「明月三五[37]夜」. 其詞曰: "待月西廂下, 迎風戶半開. 拂牆花影動, 疑是玉人[38]來." 張亦微喻其旨[39]. 是夕, 歲二月旬有四日[40]矣. 崔之東[41]有杏花[42]一株, 攀援可踰. 旣望之夕[43], 張因梯[44]其樹而踰焉. 達於西廂, 則戶半開矣. 紅娘寢於牀, 生因驚之. 紅娘駭曰: "郎[45]何以[46]至?" 張因紿[47]之曰: "崔氏之牋召我也. 爾爲我告之." 無幾[48], 紅娘復來, 連[49]曰: "至矣! 至矣!" 張生且喜且駭[50], 必謂獲濟[51]. 及崔至, 則端服嚴容[52], 大數[53]張曰: "兄之恩, 活我之家, 厚矣. 是以慈母以弱子幼女見託[54]. 奈何因不令[55]之婢, 致淫逸之詞[56]? 始[57]以護人之亂[58]

36 綵牋: 아름다운 무늬가 있는 편지.
37 三五: 음력 15일, 즉 보름날.
38 玉人: 아름답고 소중한 사람을 이르는 말로 주로 戀人을 뜻한다.
39 微喩其旨: 微喩는 은근히 눈치 채다. 其旨는 이 시의 속뜻.
40 旬有四日: 14일. 즉 보름날 하루 전.
41 崔之東: 崔氏 집의 동쪽 담장.
42 杏花: 살구나무.
43 旣望之夕: 旣는 이윽고, 혹은 ~ 때가 되다. 望之夕은 보름날 저녁. 혹자는 여기에서의 旣望을 한 낱말로 보아 旣望之夕을 보름의 다음 날인 16일의 밤으로 보기도 한다.
44 梯: 여기에서는 동사로 쓰여 '~를 사다리 삼아 올라갔다'는 뜻.
45 郎: 張生을 가리킨다.
46 何以: 왜, 혹은 어떻게. 주로 까닭이나 방법을 물을 때 사용된다.
47 紿: 둘러대다.
48 無幾: 얼마 되지 않아.
49 連: 연방. 잇달아.
50 且喜且駭: 且A且B는 'A하기도 하고 B하기도 하다'는 뜻.
51 必謂獲濟: 必은 필시, 분명히. 謂는 ~이라 여기다, 추측하다. 獲濟는 성공하다. 원래 濟는 물을 건너가는 것을 뜻하는데, 다 건너갔다는 뜻에서 어떤 일이 완성되었다는 뜻이 파생되었다.
52 端服嚴容: 단정한 복장에 엄숙한 낯빛.
53 大數: 크게 꾸짖다.
54 見託: 委託하다. 맡기다.
55 不令: 못된. 不令은 不善의 뜻.
56 致淫逸之詞: 致는 보내다. 淫逸之詞는 음탕한 詞, 즉 張生이 보낸 「春詞」 2首를 가리킨다.
57 始: 당초에는.
58 護人之亂: 남이 危亂에 빠진 것을 보호해주다.

爲義, 而終掠亂以求之[59]. 是以亂易亂, 其去幾何[60]? 誠欲寢[61]其詞, 則保人之姦[62], 不義. 明之於母, 則背人之惠[63], 不祥. 將寄[64]於婢僕, 又懼不得發其眞誠[65]. 是用託短章[66], 願自陳啓[67], 猶[68]懼兄[69]之見難[70]. 是用[71]鄙靡[72]之詞, 以求其必至. 非禮之動, 能不媿心? 特[73]願以禮自持, 毋及於亂[74]!" 言畢, 翻然[75]而逝. 張自失[76]者久之. 復踰而出, 於是絶望[77]. 數夕, 張生臨軒[78]獨寢, 忽有人覺之[79]. 驚駭而起, 則紅娘斂衾攜枕而至, 撫[80]張曰: "至矣! 至矣! 睡何爲哉[81]!" 並枕重衾[82]而去. 張生拭目危坐[83]久之, 猶[84]疑夢寐, 然而修謹

59 終掠亂以求之: 終은 결국에는. 掠亂은 남의 危亂한 때를 노린다는 뜻. 求之는 崔鶯鶯과의 사사로운 연애를 구한다는 뜻.
60 其去幾何: 무슨 차이가 있단 말인가! 혹은 무엇이 다르단 말인가!
61 寢: 숨기다.
62 保人之姦: 남의 奸邪한 짓을 庇護하다.
63 背人之惠: 남이 베풀어 준 은혜를 배반하다.
64 寄: 부탁하다.
65 不得發其眞誠: 진심 어린 誠意를 제대로 밝히지 못하다.
66 短章: 짧은 문장, 즉 편지.
67 陳啓: 속내를 밝히다.
68 猶: 여전히. 아무래도.
69 兄: 張生에 대한 칭호.
70 見難: 난감해하다. 난처해하다.
71 是用: 이 때문에, 이 까닭에. 是以와 같은 뜻.
72 鄙靡: 鄙陋하고 보잘 것 없는.
73 特: 단지.
74 毋及於亂: 毋는 금지형 부정어로 '~하지 말라'는 뜻. 及於亂은 문란한 지경에 다다른다는 뜻.
75 翻然: 갑자기 몸을 휙 돌리는 모습.
76 自失: 茫然自失하다.
77 絶望: 바라던 바를 단념하다. 즉 崔鶯鶯과의 戀愛를 포기했다는 뜻.
78 軒: 방. 주로 書齋를 가리키지만 여기에서는 침실을 가리킨다.
79 有人覺之: 有人은 어떤 사람. 覺은 잠을 깨우다. 之는 대명사로 張生을 가리킨다.
80 撫: 가볍게 두르리다.
81 睡何爲哉: 잠을 자면 어찌해요!
82 並枕重衾: 장생의 베개 옆에 자신의 베개를 두고 장생의 이불 위에 자신의 이불을 겹쳐 놓았다는 뜻. 並은 나란히 옆에 두다. 重은 겹쳐놓다.
83 拭目危坐: 拭目은 눈을 비비다. 危坐는 몸을 곧추세워 단정히 앉다.

以俟[85]. 俄而[86]紅娘捧[87]崔氏而至. 至, 則嬌羞融冶[88], 力不能運支體[89], 曩時[90]端莊, 不復同矣. 是夕, 旬有八日[91]也. 斜月晶瑩[92], 幽輝半牀[93]. 張生飄飄然[94], 且疑神仙之徒, 不謂[95]從人間至矣. 有頃[96], 寺鐘鳴, 天將曉. 紅娘促去. 崔氏嬌啼宛轉[97], 紅娘又捧之而去, 終夕無一言. 張生辨色而興[98], 自疑曰: "豈其夢邪[99]?" 及明[100], 覩妝[101]在臂, 香在衣, 淚光熒熒然[102], 猶瑩於茵席[103]而已. 是後又十餘日, 杳不復知. 張生賦「會眞詩」三十韻[104], 未畢, 而紅娘適[105]至, 因授之, 以貽崔氏. 自是復容之[106]. 朝隱而出, 暮隱而入, 同安

84 猶: 여전히.

85 修謹以俟: 옷매무새를 단정히 하고 삼가며 기다리다.

86 俄而: 잠시 뒤, 이윽고.

87 捧: 두 손으로 부축하다.

88 嬌羞融冶: 嬌羞는 수줍음을 머금은 아리따운 모습. 融冶는 봄바람처럼 온화한 분위기.

89 力不能運支體: 움직임이 나긋하여 마치 몸을 움직일 힘이 없는 듯하다는 표현. 정말 몸을 움직일 힘이 없다는 뜻이 아니다. 支體는 四肢肉身. 支는 肢의 通假字.

90 曩時: 이전, 즉 보름날 장생을 꾸짖을 때를 가리킨다.

91 旬有八日: 18일.

92 斜月晶瑩: 斜月은 기울어진 달, 즉 지는 달. 晶瑩은 영롱하게 빛나는 모습.

93 幽輝半牀: 幽輝는 그윽한 달빛이 비추는 것. 半牀은 그 달빛이 침상의 절반정도에만 비춘다는 뜻.

94 飄飄然: 여기에서는 得意한 모습.

95 不謂: ~이라 여겨지지 않다, 생각되지 않다.

96 有頃: 잠깐, 짧은 시간, 頃刻.

97 嬌啼宛轉: 嬌啼는 愛嬌가 섞인 울음. 여기에서 宛轉은 情이 듬뿍 담겼다는 뜻. 즉 그 훌쩍이는 울음소리가 사람의 心琴을 울렸다는 뜻.

98 辨色而興: 어슴푸레 날이 밝을 때 일어나다. 辨色은 원래 사방의 빛깔을 구분할 수 있다는 뜻으로, 여기에서는 대충이나마 사방의 빛깔을 구분할 수 있을 정도로 해가 들기 시작했다는 뜻. 興은 자리에서 일어나다.

99 豈其夢邪: 豈其A邪란 표현은 'A가 아닐까?', 'A가 아니었을까?' 정도의 의미.

100 及明: 완전히 날이 밝다.

101 妝: 화장품 자국.

102 淚光熒熒然: 눈물이 영롱히 빛나는 모습.

103 猶瑩於茵席: 猶는 여전히. 瑩은 빛나다. 여기에서 茵席은 잠자리.

104 賦「會眞詩」三十韻: 30개의 脚韻으로 된 「會眞詩」를 지었다는 뜻. '30개의 脚韻'은 두 구절마다 한 개의 脚韻을 갖게 되므로 60句로 이루어진 詩란 뜻. 會眞의 會는 만나다의 뜻. 眞은 眞人, 즉 仙人을 가리킨다. 여기에서는 崔鶯鶯을 仙女에 비유한 것이다.

於曩所謂西廂者[107], 幾[108]一月矣. 張生常詰鄭氏之情[109]. 則曰: "我不可奈何[110]矣." 因欲就成之[111]. 無何[112], 張生將之長安[113], 先以情諭之[114]. 崔氏宛無難詞[115], 然而愁怨之容動人[116]矣. 將行之再夕[117], 不復可見, 而張生遂西下[118]. ……

105 適: 마침.

106 自是復容之: 自是는 이로부터. 復는 다시. 容之는 張生을 용납하다, 즉 계속 만났다는 뜻.

107 同安於曩所謂西廂者: 同安은 함께 머물다는 뜻. 曩所謂西廂者는 이전에 西廂이라 불렀던 곳, 즉 맨 처음 崔鶯鶯이 張生에게 준 詩에서 쓴 표현을 말한다.

108 幾: 거의.

109 常詰鄭氏之情: 常은 嘗의 假借字. 詰은 묻다. 鄭氏之情은 鄭氏의 心情. 鄭氏는 崔鶯鶯의 어머니. 원래 張生의 어머니도 鄭氏로 두 집안은 먼 친척뻘이었다.

110 不可奈何: 어찌할 수 없다.

111 因欲就成之: 因은 앞의 말을 받아, 이 때문에. 欲就成之는 자신의 딸 崔鶯鶯과 張生의 婚事를 成事시키고자 했다는 뜻.

112 無何: 오래지 않아. 얼마 되지 않아.

113 將之長安: 將은 장차 ~하려하다, 막 ~하려하다. 之는 가다. 長安은 唐나라의 수도로 지금의 西安. 즉 張生이 科擧(殿試)를 보러 장안에 가려했다는 뜻.

114 以情諭之: 事情을 崔鶯鶯에게 알렸다.

115 宛無難詞: 張生을 난처하게 만드는 말을 전혀 하지 않았다. 즉 張生을 가지 말라 붙잡거나 約條를 강요하지 않았다는 뜻.

116 動人: 사람의 마음을 움직이다, 즉 사람의 心琴을 울린다는 뜻.

117 將行之再夕: 막 길을 떠나기 전 이틀 동안.

118 西下: 서쪽으로 떠나다. 즉 長安으로 갔다는 뜻.

唐 변문

『大目乾連冥間救母變文』

目連救母, 즉 目連이 지옥에 떨어진 어머니를 구한 故事는 중국을 넘어 한국까지 아주 널리 퍼져있다. 당초 불교가 처음 중국에 전래될 때부터 기득권층이라 할 수 있는 유교 세력으로부터 여러 측면으로 공격을 받게 된다. 대표적인 이유 중 하나가, 바로 불교는 出家를 조장해 한 집안의 대를 끊어버리는데, 이는 조상과 부모에 대한 不孝라는 것이었다. 이는 효를 최고 덕목으로 삼는 유교적 토양에서 상당히 치명적인 약점이었기에, 불교는 살아남기 위해 유교적 孝에 대항하면서도 동시에 유교적 토양 안에서 최대한 스스로를 합리화할 수 있는 불교적 孝의 논리를 개발해야 했다. 때문에 중국 불교는 인도불교와 달리 특히 孝를 중시하게 되면서 이에 대한 경서도 따로 만들었다. 대표적인 것이『父母恩重經』과『目連經』 같은 僞經이다. 유교에서는 자식의 효도를 강조하고 있는 데 반해,『父母恩重經』은 자식을 낳고 키우는 부모의 무한한 은혜에 대해 설명하는 데 집중하고 있다. 그리고 특히 유교적 孝와 대비되는 것이『目連經』에서의 불교적 孝인데, 이 경전은 釋迦牟尼 제자 중 神通第一이라고 불리던 目連이 자신 몰래 악행을 일삼다가 죽어 지옥에 떨어진 어머니를 구하기 위해 동분서주하여 결국 어머니를 지옥에서 구해낸다는 내용이다. 이 같은 내용에는 大乘的 차원의 한 方便으로 他力救濟를 인정하는 民衆佛敎의 특성이 잘 드러나고 있다. 그런데 이 같은 내용의『目連經』은 사실『盂蘭盆經』에서 연원한 것으로 보인다.[1]『目連經』과『盂蘭盆經』은 기본적인 내용의 뼈대는 같지만, 전자가 죄지은 자들이 각종 지옥에서 얼마나 끔찍한 형벌을 당하는지를 생생하게 묘사하는 데 중점을 두고 있다면, 후자는 이미 죽어

1 『盂蘭盆經』의 僞經與否에 대해서는 아직도 논쟁의 여지가 있다. 전해지는 바로는 西晉時期 竺法護가 梵語로 된 原典을 漢譯한 것이라 하지만 梵語로 된『盂蘭盆經』은 전하지 않는다. 하지만 혹시라도 실제 梵語 原典이 있었다 하더라도 지금의『盂蘭盆經』의 모습은 아니었을 것이라고 추정된다. 현재까지 확인 된 바로『盂蘭盆經』의 내용은 기존의 여러 이야기들을 취합하여 엮은 것이며 다분히 중국 정서에 맞게끔 윤색되었다고 보는 것이 衆論이다.

지옥에 떨어진 자들을 盂蘭盆齋를 통해 구제하는 데 집중하고 있다.

唐代에는 이미 이 같은 目連 故事가 매우 널리 퍼져있었다. 그 증거가 이 시에서 節錄하고 있는 「大目乾連冥間救母變文」이다. 이 밖에도 目連 故事와 관련된 變文이 몇 가지 더 전한다. 제목에서 大目乾連은 目連이 깨달음을 얻은 뒤 世尊께 하사받은 새로운 이름이다. 그리고 變文은 講唱文學의 일종으로, 기본적으로 演行, 즉 公演을 위한 일종의 대본이다. 현존하는 變文 원본은 모두 筆寫本인데, 假借字가 특히 많은 것도 이 때문이다. 원래는 布教를 위한 것이었으나 이후로 그 소재가 불교에만 얽매이지 않고 歷史故事나 道教故事에까지 확대되었다. 이러한 變文을 통한 公演 등으로 目連 고사는 매우 널리 전파되었고 매우 깊이 각인되었다. 이 때문에 현재까지도 중국의 각 지역에서는 目連 故事와 관계된 地方戲(이를 따로 目連戲라 함)가 전래되고 있으며, 우리나라 역시 高麗 때 이미 성행했다고 전한다.

……目連言訖, 更[2]向前行. 須臾之間[3], 至一地獄. 目連啓言[4]獄主: "此個[5]地獄中, 有青提夫人[6]已否[7]? 是貧道阿孃[8], 故來認覓[9]." 獄主報言[10]: "和尚[11], 此獄中總是[12]男子, 並無女人. 向前問有刀山地獄之中, 問必應得見[13]." 目連前行, 至地獄, 左名刀山, 右名劍樹. 地獄之中, 鋒劍相向[14], 涓

---

2 更: 다시, 또. 이때는 '갱'으로 읽는다.

3 須臾之間: 아주 짧은 시간. 瞬息間.

4 啓言: 입을 열어 말하다.

5 個: 量詞. 일반적으로 우리말로 번역할 때는 굳이 풀이할 필요가 없다.

6 青提夫人: 目連의 어머니.

7 已否: 與否, 혹은 與否를 묻는다는 뜻. 즉 '~입니까 아닙니까?'라는 의문문이 된다. 已는 與의 假借字.

8 貧道阿孃: 貧道는 出家人이 스스로를 낮추어 부르는 謙稱. 阿孃은 어머니. 여기에서 阿는 名詞 앞에 붙는 접두어로, 주로 魏晉時期 이후부터 쓰이기 시작했다.

9 認覓: 아는 사람을 찾는다는 뜻. 혹 다른 寫本에는 訪覓로 되어있다.

10 報言: 알려주다.

11 和尚: 僧侶. 스님.

12 總是: 언제나 ~이다.

13 應得見: 성과가 있을 것이란 뜻. 應은 應驗, 즉 효과나 성과가 있는 것. 得見은 可能補語로 가능함을 나타낸다.

14 相向: 서로를 향하다. 마주 보고 있다는 뜻.

涓[15]血流, 見獄主驅無量罪人[16]入此地獄. 目連問曰: "此個名何地獄?" 羅察[17]答言: "此是刀山劍樹地獄." 目連問曰: "獄中罪人, 作何罪業, 當墮此地獄?" 獄主報言: "獄中罪人, 生存在日[18], 侵損常住[19], 游泥伽藍[20], 好用常住水菓, 盜常住柴薪, 今日交[21]伊手[22]攀劍樹, 支支節節[23], 皆零落處[24]."

刀山白骨亂縱橫, 劍樹人頭千萬顆[25].

欲得不攀刀山者, 無過[26]寺家塡好土.

栽接[27]菓木入伽藍, 布施[28]種子倍常住.

阿你箇罪人[29]不可說, 累劫[30]受罪度恒沙[31].

---

15 涓涓: 피가 줄줄 흐르는 모습.

16 無量罪人: 헤아릴 수 없는 罪業을 쌓은 사람.

17 羅察: 羅刹. 察은 刹의 假借字. 원래는 惡鬼였다가 이후 佛教의 守護神이 되었다. 하지만 여기에서는 地獄의 惡鬼란 의미로 쓰였다.

18 生存在日: 生前에.

19 常住: 寺院의 공공재산 일체.

20 游泥伽藍: 游泥는 더럽히다. 游는 淤의 訛傳이고, 다시 淤는 汚와 通假된다. 汚泥는 여기에서 더럽힌다는 뜻의 動詞로 쓰였다. 伽藍은 寺院. 원래 僧侶들이 佛道를 닦는 장소를 이르는 말이었으나 이후 寺院을 가리키게 되었다.

21 交: 教의 假借字. 여기에서는 사역동사, 즉 '~로 하여금 ~하게끔 하다'의 뜻.

22 伊手: 그 손.

23 支支節節: 가지가지마다, 마디마디마다. 여기에서는 사람의 四肢가 산산이 토막 나는 모습을 형용한 것.

24 皆零落處: 零落은 여기에서 떨어진다는 뜻. 皆零落處는 토막 난 신체부위가 곳곳에 널려있다는 뜻.

25 顆: 원래는 낱알같이 작고 둥근 것을 세는 量詞이지만 여기에서는 사람의 머리통을 세는 量詞로 쓰였다.

26 無過: 不過, 그저, 단지.

27 接: 다른 寫本에는 插으로 되어있는데 모두 뜻이 통한다.

28 布施: 보시. 원래는 남에게 조건 없이 베푸는 것으로 大乘佛教의 중요한 실천수행법 중 하나. 여기에서는 寺院에 보시한다는 뜻.

29 阿你箇罪人: 너라는 죄인. 혹은 너 같은 죄인. 阿你는 너. 앞에서 지적했듯이, 阿는 名詞 앞에 붙은 접두어. 箇는 個와 같은 뜻으로 量詞.

30 累劫: 여러 劫. 累는 여러 번 겹쳐있다는 뜻. 劫은 일반적인 시간 단위로는 도저히 헤아릴 수 없는 아주 기나긴 시간을 뜻한다.

31 度恒沙: 度는 넘었다는 뜻. 恒沙는 恒河沙數, 즉 일반적인 숫자 개념으로는 다 헤아릴 수 없을 만큼 많은 수. 여기에서는 그만큼 많은 횟수를 가리킨다. 恒河는 갠지스 강을 뜻하고, 恒河沙數는 그 갠

從[32]佛涅盤仍未出. 此獄東西數百里, 罪人亂走肩相掇[33].

業風[34]吹火向前燒, 獄卒杷杈從後押.

身手[35]應是[36]如瓦碎, 手足當時[37]如粉沫[38].

沸鐵騰光向口傾[39], 著者左穿如[40]右穴.

銅箭[41]傍飛射眼睛, 劍輪[42]直下空中割.

爲言[43]千載不爲人, 鐵把[44]樓[45]聚還交[46]活.

……目連承佛威力, 騰身向下, 急如風箭. 須臾之間, 卽至阿鼻地獄[47]. 空中見五十箇牛頭馬腦[48], 羅刹夜叉[49], 牙如劍樹, 口似血盆[50], 聲如雷鳴, 眼如

지스 강의 모래알 숫자를 뜻한다.

32 從: 縱의 假借字. '설령 ~하더라도'의 뜻.

33 掇: 綴의 假借字. 여기에서는 연달아 있다는 뜻.

34 業風: 罪人들의 惡業에 感應하여 분다는 지옥의 맹렬한 바람.

35 身手: 身首. 몸과 머리. 여기에서 手는 首의 假借字.

36 應是: 온통, 모두. 혹자는 應是의 是를 時의 假借字로 보아 應時의 뜻이라고도 한다. 應時는 當時, 즉 '당장', '곧바로'. 하지만 전자의 주장이 좀 더 나은 듯하다.

37 當時: 당장, 곧바로.

38 粉沫: 粉末, 즉 가루. 沫은 末의 假借字.

39 傾: 아마도 傾의 訛傳인 듯하다. 혹자는 傾를 顚의 訛傳으로 보고, 다시 顚를 澆의 假借字로 보기도 한다. 뜻은 傾이나 澆 모두 '붓다'로 비슷하다. 傾의 원래 뜻은 내민 이마이지만 달리 목덜미란 뜻도 있는데, 이를 앞의 글자 口와 합쳐서 입과 목구멍으로 풀기도 하지만, 이 글자는 名詞보단 動詞로 보아야 문맥이 부드럽기 때문에 따르기 어렵다. 첫 번째 풀이가 가장 簡明하다.

40 如: 여기에서는 而의 假借字.

41 銅箭: 구리로 된 화살. 阿鼻地獄의 형벌 중 하나.

42 劍輪: 검으로 된 수레바퀴. 阿鼻地獄의 형벌 중 하나.

43 爲言: 唯言. 爲는 唯의 假借字. 혹자는 爲를 謂의 假借로 간주해 謂言이라 풀기도 한다. 謂言은 以爲, 즉 '~라고 여기다'의 뜻. 하지만 전자의 풀이가 문맥상 더 부드럽다.

44 把: 杷의 假借字.

45 樓: 摟의 假借字. 모으다.

46 交: 敎의 假借字. 여기에서도 사역동사로 쓰였다. 대상은 罪人들인데 본문에는 생략되어 있다.

47 阿鼻地獄: 阿鼻는 梵語의 音譯으로, 뜻으로 풀자면 無間, 즉 잠시의 틈도 없다는 뜻이다. 佛敎에서 말하는 地獄의 일종으로 잠시도 고통이 떠나질 않는 끔찍한 곳이기에 音譯하여 阿鼻地獄이라 부르거나, 意譯하여 無間地獄이라 부른다.

48 牛頭馬腦: 소머리와 말머리를 한 地獄의 惡鬼 獄卒들. 원래 지옥에는 牛頭獄卒과 馬頭羅刹이 있다고

制電, 向天曹當直. 逢着目連, 遙[51]報言: "和尚莫[52]來, 此間不是好道[53], 此是地獄之路. 西邊黑煙之中, 總是獄中毒氣, 吸着, 和尚化爲灰塵處."

和尚不聞道阿鼻地獄, 鐵石過之皆得殃.

地獄爲言何處在, 西邊怒那[54]黑煙中.

目連念佛若恒沙[55], 地獄原來是我家.

拭淚空中搖錫杖[56], 鬼神當卽倒如痲[57].

白汗交流如雨濕, 昏迷不覺自噓嗟.

手中放却三慢棒, 臂上遙抛六舌叉[58].

如來[59]遣我看慈母[60], 阿鼻地獄求波吒[61].

目連不住騰身過, 獄卒相看不敢遮.

전해지는데, 여기에서 馬腦는 馬頭란 표현을 약간 고친 것이다.

49 夜叉: 원래는 악귀였으나 이후 佛敎에서는 八部神 중의 하나가 되었다. 하지만 羅刹과 마찬가지로 여기에서는 地獄의 惡鬼란 뜻.

50 血盆: 피를 받는 동이.

51 遙: 멀리서.

52 莫: 금지형 부정어.

53 道: 여기에서는 六道의 하나인 地獄道.

54 怒那: 아주 많고 매우 짙은 모습.

55 若恒沙: 恒河沙數만큼, 즉 수없이, 많이.

56 錫杖: 僧侶가 사용하는 지팡이. 특히 윗부분에 큰 고리가 있고 그 안에 작은 고리들이 끼워져 있어서 흔들리면서 소리가 난다. 이 고리들은 주로 朱錫으로 만들기 때문에 錫杖이라 한다. 目連이 지금 사용하는 錫杖은 世尊, 즉 釋迦牟尼가 내려준 神物이다.

57 痲: 마비되다.

58 手中放却三慢棒, 臂上遙抛六舌叉: 三慢棒은 三棱棒, 즉 三角 몽둥이. 慢은 楞의 訛傳이고, 楞은 棱의 通假字. 六舌叉는 끝이 여섯 갈래인 꼬챙이. 三棱棒과 六舌叉는 모두 獄卒이 罪人을 제압하거나 형벌을 가할 때 쓰는 도구. 여기에서는 지옥의 옥졸들이 이 같은 도구를 손에서 놓거나 멀리 던져버렸다는 뜻.

59 如來: 부처에 대한 칭호 중 하나. 여기에서는 世尊, 즉 釋迦牟尼를 지칭한다.

60 慈母: 자신의 어머니를 높여 부르는 尊稱.

61 波吒: 고통스럽다, 혹은 고통스럽게 만들다.

唐五代 사

李白【菩薩蠻】

李白에 대한 설명은 이미 唐詩의 「月下獨酌」에 보인다. 그런데 이 작품에 대해서 몇몇 학자들은 여전히 僞作의 혐의를 두고 있다. 즉 이 작품을 작자미상의 民間詞로 추정하는 것인데, 나름 일리가 있다. 그러나 이는 중요한 문제가 아니다. 정작 주목해야 할 것은, 唐代에 등장한 詞라는 장르 자체이다. 예부터 詩歌는 음악과 불가분의 관계였다. 당초 『詩經』이나 「楚辭」의 수많은 작품은 모두 음악에 맞춰 노래되었다. 五言古詩 역시 西域에서 들어온 胡樂의 영향을 받아 탄생한 것으로 반주에 맞춰 노래 불려졌다. 樂府詩 역시 마찬가지. 하지만 이후 점차 이런 詩들은 음악과 분리되어 읊조려지는 장르가 되었다. 唐代의 近體詩에 이르러서는 이미 몇몇 특수한 경우를 제외하고는 음악에 맞춰 노래로 불리지 않게 되었다. 그리고 이를 대체하게된 것이 민간에서 형성된 詞라는 장르였다. 詞는 일정한 樂曲에 가사를 메워 넣는 방식이었기에 塡詞라 불렸다. 이때 일정한 樂曲을 詞牌라 하는데, 詞牌名은 최초의 작품 내용과 관계가 있을 뿐, 이후 이 詞牌를 사용해 가사를 메워 넣은 詞들의 내용과는 직접적으로 상관이 없다. 때문에 여기에서도 李白의 「菩薩蠻」 말고도 溫庭筠과 韋莊의 「菩薩蠻」이 실려 있지만, 내용상으로는 각자 완전히 별개의 작품이다. 하지만 세 사람의 「菩薩蠻」을 잘 보면 각 句節의 字數가 같은데, 이는 바로 같은 樂曲에 가사를 메워 넣었기 때문이다. 하지만 詞의 音律을 구체적으로 설명하고 분석하는 것은 상당히 복잡하고 편폭을 소비해야하는 작업이기에 여기에서는 최대한 생략하겠다.

이 작품은 길 떠난 나그네가 고향을 그리는 마음을 묘사하고 있는데 복잡한 심사를 주위 풍경에 잘 담아내고 있다.

＊ 平林漠漠[1]烟如織[2], 寒山一帶傷心碧. 暝色[3]入高樓, 有人樓上愁.

＊ 玉階空[4]佇立, 宿鳥[5]歸飛急. 何處是歸程[6]? 長亭更短亭[7].

溫庭筠 【菩薩蠻】

晩唐時期 곧잘 李商隱과 병칭되던 溫庭筠은 뛰어난 文才를 지녀 붓만 들면 바로 시를 지을 정도였으나 科擧에는 번번이 낙방하고 말았다. 품행이 단정치 못하다고 알려졌기 때문인데 물론 오만하고 방자한 그의 행동 탓도 있었지만 그의 詩나 詞에 閨房 아녀자의 艶情을 노래한 것이 많아 경박하고 노골적이란 비난을 받았기 때문이기도 할 것이다. 정작 자신은 과거에 급제하지 못했으나 매번 몰래 여러 사람의 답안지까지 대신 작성해 주어서 적지 않은 이들이 그의 덕을 보았다는 逸話가 전한다. 그의 詞는 내용면에서도 파격적인 부분이 있지만 형식면에서도 상당히 귀족적이면서 화려한 구식과 표현을 정착시켰다. 그래서 후세 사람들은 그를 花間派의 으뜸으로 꼽기도 한다.

이 작품 역시 溫庭筠의 특성을 여실히 보여준다. 한 쌍의 자고새는 원래 한 쌍의 정다운 연인을 상징하는데, 여기에서는 이를 가져다가 도리어 짝이 없어 흐트러진 모습을 보이는 여성을 그리고 있다.

1 漠漠: 여기에서는 안개에 휩싸여 아득하니 제대로 보이지 않는다는 뜻.
2 烟如織: 烟은 烟霧, 즉 안개. 如織은 옷감을 짜놓은 듯하다는 표현으로, 그만큼 빽빽하다는 뜻.
3 暝色: 어둠.
4 空: 헛되이, 공연히.
5 宿鳥: 쉬려고 둥지로 돌아오는 새.
6 歸程: 고향으로 돌아갈 길.
7 長亭更短亭: 예부터 큰 길에는 나그네가 쉴 수 있도록 정자를 지어놓았는데 10里를 거리로 하는 정자를 長亭, 5里를 거리로 하는 정자를 短亭이라 했다. 여기에서 更은 또. 여기에서는 가도 가도 끝없어 고향으로 돌아갈 길 막연하다는 한스러움에 대한 일종의 비유이다.

＊ 小山重疊金明滅[8], 鬢雲欲度香腮雪[9]. 懶起畫蛾眉[10], 弄妝梳洗遲[11].

＊ 照花[12]前後鏡[13], 花面[14]交相映. 新貼繡羅襦[15], 雙雙金鷓鴣[16].

溫庭筠 【夢江南】

溫庭筠에 대해서는 앞에 설명하였다. 원래 이 詞의 詞牌는 「憶江南」이며, 「夢江南」은 「憶江南」의 別稱이다. 이 작품은 떠나간 님을 하염없이 기다리는 여인의 한탄을 노래하고 있다.

＊ 梳洗罷[17], 獨倚望江樓[18]. 過盡千帆[19]皆不是. 斜輝脈脈[20]水悠悠, 腸斷白蘋洲[21].

---

8 小山重疊金明滅: 小山은 여자의 쪽진 머리. 重疊은 쪽을 여러 개로 갈래졌다는 뜻. 金은 여기에서 얼굴에 남겨진 화장, 즉 이마에 바르는 額黃 따위의 粉을 가리킨다. 明滅은 보였다 안보였다 한다는 뜻. 이 구절 풀이에 대해서는 異見이 분분하지만 일단 잠든 여인의 모습으로 풀었다. 혹자는 小山을 屛風 속 그림으로 보고 金을 그 안에 수놓아진 금빛 무늬로 보기도 한다. 이 밖에도 小山을 베개나 이마로 보는 견해도 있다.

9 鬢雲欲度香腮雪: 鬢雲은 뭉게뭉게 피어오르는 구름처럼 풍성한 머리. 欲度는 날아갈 듯하다는 표현으로, 즉 구름 같은 머리가 헝클어지려 한다는 뜻. 度는 渡의 가차자. 香腮雪은 헝클어져 내리는 그 머릿결의 향기가 흰 눈같이 하얀 뺨에 흘러내린다는 뜻.

10 懶起畫蛾眉: 懶起는 뒤척이며 천천히 일어나다. 畫蛾眉는 나비의 더듬이처럼 시원하게 뻗으면서 붕긋한 눈썹을 그리다. 蛾眉는 예부터 아름다운 눈썹의 대명사였다.

11 弄妝梳洗遲: 弄妝은 화장하다. 梳洗遲는 빗질을 하지만 헝클어진 머리 때문에 빗질이 더디되다.

12 花: 비녀에 달린 꽃모양의 장식.

13 前後鏡: 앞뒤로 거울이 놓여있다는 뜻으로, 이렇게 하면 뒷모습도 한눈에 볼 수 있다.

14 花面: 비녀의 꽃장식과 얼굴.

15 貼繡羅襦: 貼은 금박을 붙이다. 繡는 刺繡로 무늬를 새기다. 羅襦는 비단 저고리.

16 金鷓鴣: 금박 입힌 자고새 문양.

17 梳洗罷: 빗질과 洗顔을 마치다, 즉 얼굴 치장을 마쳤다는 뜻.

18 望江樓: 멀리 강을 바라볼 수 있는 樓閣.

19 千帆: 온갖 배들.

20 斜輝脈脈: 斜輝는 뉘엿뉘엿 지는 석양. 脈脈은 아련히 끊어지지 않는 모습.

21 白蘋洲: 강 가운데 흰 꽃으로 둘러싸인 모래톱.

韋莊【菩薩蠻】

韋莊은 晩唐 때 태어나 여러 곳을 유람하다, 5代10國 시기 前蜀에서 宰相을 지내며 나라의 근간을 세우는 데 혁혁한 공적을 쌓았다. 詩로는 晩唐시기에 당시 혼란상을 생생하게 묘사한 長詩「秦婦吟」이 특히 유명하다. 그는 흔히 溫庭筠과 더불어 花間派로 분류되기도 하지만 사실 풍격은 사뭇 다르다. 화려하고 濃艶한 온정균의 作風에 비해 그의 詞는 평담하면서도 참신하다. 실질적으로 宋詞에 영향을 가장 두루 끼친 작가를 꼽는다면 그것은 응당 韋莊일 것이다.

아래 작품은 韋莊이 지은「菩薩蠻」5수 중 제2수인데, 난리 통에 江南을 전전하면서도, 江南의 情趣에 푹 빠져 그곳에 오래도록 머물 것을 다짐하는 내용이다. 물론 이 같은 내용은 江南에 대한 애정을 표현하기 위함일 뿐, 실제로 고향을 그리워하지 않는다는 것은 아니다.

* 人人盡[22]說江南好, 遊人只合江南老[23]. 春水碧於[24]天, 畵船聽雨眠[25].
* 壚邊人[26]似月, 皓腕凝霜雪[27]. 未老莫[28]還鄕, 還鄕須斷腸[29].

22 盡: 모두.

23 遊人合江南老: 遊人은 나그네. 合江南老는 江南에서 늙도록 살아야 한다는 뜻. 여기에서 合은 응당 ~해야 한다. 江南은 주로 長江以南 중에서도 주로 江東지역(江蘇, 浙江, 安徽)을 지칭한다.

24 碧於: ~보다 푸르다. 於는 비교의 뜻.

25 畵船聽雨眠: 畵船은 화려한 무늬가 그려진 배. 聽雨眠은 빗소리를 들으며 잠드는 것.

26 壚邊人: 술집가의 사람, 즉 妓女.

27 凝霜雪: 눈이 내리고 서리가 맺힌 듯하다.

28 莫: ~하지 말라.

29 須斷腸: 須는 여기에서 '분명 ~할 것이다'는 강한 추측. 여기에서 斷腸은 고향에 돌아가면 江南이 그리워 애가 끊어진다는 뜻.

馮延巳 【謁金門】

馮延巳는 5대10국 시기 南唐의 재상으로, 그의 詞는 대부분 한가하고 여유롭다. 그의 詞는 특히 구도나 표현이 잘 다듬어져 있어서 民間詞에서는 느낄 수 없는 文人詞만의 독특한 풍격이 완연한데, 이 같은 풍격은 宋代에 많은 영향을 끼쳤다.

* 風乍[30]起, 吹皺[31]一池春水. 閒引[32]鴛鴦芳徑[33]裡, 手挼紅杏蕊[34].
* 鬪鴨[35]欄杆獨倚, 碧玉搔頭斜墜[36]. 終日望君君不至, 擧頭聞鵲喜[37].

李璟 【浣溪沙】

李璟은 南唐의 군주였으나, 당시 南唐은 이미 後周의 압박에 못 이겨 거의 속국 신세로 전락해버린 상태였다. 이 작품에서 노래하는 가련한 여인 역시 後周에게 핍박받는 자신을 빗댄 것이다. 이 작품의 원래 詞牌名은 「攤破浣溪沙」(일명 「山花子」라고도 함)인데, 이는 「浣溪沙」의 樂曲에 약간의 변화를 가한 것이다. 「浣溪沙」는 앞서 보았던 韋莊이 만든 樂曲이다.

30 乍: 갑자기. 순식간에.
31 吹皺: 바람이 불어 水面에 주름이 잡히다. 즉 바람에 물결이 인다는 뜻.
32 閒引: 한가로이 장난치다.
33 芳徑: 꽃내음 가득한 길. 즉 꽃이 가득 피어있는 길.
34 手挼紅杏蕊: 手挼는 손으로 조몰락거린다는 뜻. 紅杏蕊는 붉은 살구꽃의 꽃술.
35 鬪鴨: 鬪鷄처럼 오리들을 싸움붙이는 놀이. 당시 권력층이 즐기는 遊戲였다고 한다.
36 碧玉搔頭斜墜: 碧玉은 푸른 옥. 搔頭는 원래 '머리를 긁적인다'는 뜻이지만, 여기서는 비녀의 별칭으로 쓰였다. 斜墜는 '머리에 꽂은 비녀가 기우뚱 빠지려한다'는 뜻.
37 鵲喜: 까치. 원래 까치가 울면 기쁜 일이 생긴다 하여 '喜'字가 첨가되었다.

* 手捲眞珠[38]上玉鉤[39], 依前春恨鎖重樓[40]. 風裏落花誰是主, 思悠悠.

* 靑鳥[41]不傳雲外信[42], 丁香空結[43]雨中愁. 回首綠波三楚[44]暮, 接天流[45].

李煜 【浪淘沙】

이 詞의 詞牌인 「浪淘沙」는 원래 樂府詩의 樂曲이었지만 李煜이 새로 개편한 것이다. 李煜은 李璟의 아들로 그의 뒤를 이어 南唐의 군주가 되었다. 이 때문에 흔히 李後主라고 불린다. 이들 父子를 일러 南唐二主라고 칭하기도 한다. 그는 詩文뿐만 아니라 書畵音律에 모두 정통하였지만, 현실은 後周를 멸망시킨 宋나라가 끊임없이 핍박해 들어오는 매우 위태로운 시기였다. 결국 李煜은 나라를 잃고 宋나라의 公侯로 冊封받아 수도인 汴京에 머물게 되지만 사실은 볼모나 다름없었다. 이러한 삶의 서글픔은 고스란히 詞에 반영되어 그의 詞는 여리면서도 근심어린 풍격으로 유명하다. 이 작품에서도 이미 사라져버린 故國(즉 南唐)을 바라보며 서글픔을 노래하고 있다.

38 眞珠: 여기에서는 珠簾을 뜻한다.

39 玉鉤: 珠簾을 말아 올린 뒤 고정시키는 고리. 이를 玉으로 만들었기에 玉鉤라 한 것이다.

40 鎖重樓: 鎖는 가두어 두었다. 重樓는 複層의 樓閣이란 뜻.

41 靑鳥: 전설에 따르면 崑崙山에 사는 西王母가 부리는 새로, 먼 곳까지 소식을 전했다고 한다.

42 雲外信: 雲外는 아주 먼 곳, 즉 신선이 사는 곳. 信은 편지, 혹은 소식.

43 丁香空結: 丁香은 丁香나무.(라일락의 일종) 空은 헛되이, 공연히. 結은 꽃봉오리가 맺혔다는 뜻. 정향나무는 꽃봉오리만 맺고 꽃이 피지 않는 경우가 많기 때문에, 근심이 풀리지 않는 것을 비유할 때 '丁香結'이란 말을 사용한다.

44 三楚: 南楚, 東楚, 西楚. 이 地名들이 정확히 지금의 어느 곳인가에 대해서는 여러 주장이 있지만, 대체적으로 지금의 江蘇省과 湖北省 일대라고 추정된다.

45 接天流: 하늘에 맞닿아 흐른다는 뜻. 즉 도도히 흘러가는 長江의 수평선이 마치 하늘과 맞닿아 있는 것 같다는 뜻.

* 簾外雨潺潺[46], 春意闌珊[47]. 羅衾[48]不耐五更[49]寒. 夢裏不知身是客[50], 一晌貪歡[51].

* 獨自莫[52]憑闌, 無限江山. 別時容易見時難. 流水落花春去也, 天上人間[53].

李煜【虞美人】

李煜에 대해서는 앞의 작품에서 설명했다. 이 작품 역시 이미 사라져버린 故國(즉 南唐)을 바라보며 서글픔을 노래하고 있는데, 그 절절함이 앞의 작품보다 더하다.

46 潺潺: 주르륵주르륵. 내린 비가 건물을 타고 흘러내리는 소리.

47 闌珊: 점차 衰殘해 간다는 뜻. 혹은 衰殘해진 모습.

48 羅衾: 비단이불.

49 五更: 아주 이른 새벽.(오전 3시~5시). 옛날에는 저녁부터 다음날 아침까지를 一更부터 五更까지 나누었는데, 一更은 戌時(오후 7시~9시), 二更은 亥時(오후 9시~11시), 三更은 子時(오후 11시~오전 1시), 四更은 丑時(오전 1시~3시), 五更은 寅時(오전 3시~5시)를 뜻한다.

50 身是客: 지금의 신세가 길손노릇이란 뜻. 이는 亡國의 군주로 잡혀온 지은이 자신의 신세를 비유한 것이다. 원래 南唐의 군주였던 李煜은 당시 宋나라에게 나라를 잃고, 宋나라의 수도였던 汴京에 잡혀있었다.

51 一晌貪歡: 一晌은 잠깐의 시간. 貪歡은 즐거움을 누리려한다는 뜻.

52 莫: 혹자는 금지형 부정어로 보아 '막'으로 읽고, 혹자는 暮의 通假字로 보아 '모'로 읽는다. 아무래도 후자가 더 부드럽게 읽힌다.

53 人間: 人間世, 즉 사람들이 사는 俗世.

* 春花秋月何時了[54], 往事知[55]多少[56]. 小樓昨夜又東風, 故國[57]不堪[58]回首月明中.

* 雕欄玉砌應猶在[59], 只是朱顔改[60]. 問君能有幾多[61]愁, 恰似一江春水向東流.

54 了: 다하다.

55 知: 기억하다.

56 多少: 얼마나.

57 故國: 이미 망해버린 南唐.

58 不堪: 차마 ~하지 못하다.

59 雕欄玉砌應猶在: 雕欄玉砌는 아름다운 무늬가 아로새겨진 난간과 옥처럼 반질거리는 섬돌. 應은 응당 ~하리라. 猶는 여전히, 아직도. 在는 존재하다, 남아있다.

60 朱顔改: 朱顔은 젊은 얼굴. 젊을수록 얼굴에 血色이 좋기에 朱顔이라 부른다. 改는 바뀌다. 즉 젊었던 얼굴이 바뀌어 늙어버렸다는 뜻.

61 幾多: 얼마나.

宋 사

歐陽修 【阮郎歸】

歐陽修는 가난한 환경 속에서도 분발하여 학업에 힘써 결국 科擧에 급제했는데, 이후 左遷을 당하기도 했지만 끝까지 지조를 지켰다. 그는 詩나 詞보단 당대 韓愈와 柳宗元의 뒤를 이어 宋代 古文運動을 이끈 문장가로 주목받고 있는데, 실제로 宋代 古文運動에서 그는 단순히 한 명의 文章家로서가 아니라, 古文이라는 文章思潮의 확립과 성장에 매우 중요한 역할을 했다. 사실 韓愈이래로 古文이 주목받기는 했지만 그 영향력이나 전파력에 있어서는 한계가 있었다. 그러나 古文을 숭상하던 歐陽修가 科擧 시험의 主考官이 되자 科擧에 응시하려는 新進學者들은 主考官의 취향에 맞추기 위해 기존의 형식적이고 난삽한 文體를 버리고 너도나도 古文을 따르는 데 힘쓰기 시작했다. 이러한 상황은 歐陽修가 의도했든 하지 않았든 상관없이 宋代에 古文이 보편화되는 데 큰 도움이 되었다. 그와 함께 宋代 古文의 주축을 이루었던 蘇軾·蘇轍 형제, 曾鞏, 그리고 王安石 등도 모두 그가 뽑은 인재인 것만 봐도, 宋代 古文에서의 그의 공로가 얼마나 대단한 것인지 짐작할 수 있다.

「阮郎歸」란 詞牌는 현재까지 확인된 바로, 李煜이 채용한 것이 처음인데 대체로 凄凉한 音調이다. 이 작품에서는 봄날의 봄나들이 풍경을 아주 서정적으로 묘사하고 있다. 특히 즐거운 봄나들이에 시간가는 줄 모르고 즐기다 어느새 지쳐버린 사람들의 情景을 그네를 타다 잠시 옷을 벗고 쉬는 아녀자와 대들보에 깃들여 쉬는 한 쌍의 제비로 갈무리한 것은 가히 天衣無縫한 솜씨라고 할 수 있겠다.

* 南園春半[1]踏青[2]時, 風和聞馬嘶[3]. 青梅如豆柳如眉, 日長[4]蝴蝶飛.

1 春半: 세 달의 봄 중에 절반이니 봄을 가장 만끽할 수 있는 한봄을 가리킨다.
2 踏青: 봄나들이. 봄에 郊外로 나가 새로 난 파란 풀을 밟으며 노니는 소풍.
3 嘶: 말울음 소리.
4 日長: 날이 길어지다. 春分 때 밤낮의 길이가 같아지고 그 이후로는 점차 해가 떠있는 낮 시간이 길

* 花露重[5], 草烟低[6], 人家簾幕[7]垂. 鞦韆慵困[8]解羅衣[9], 畵梁[10]雙燕棲.

柳永【雨霖鈴】

柳永은 과거에 급제하기는 했지만 미관말직을 전전했을 뿐, 별다른 성취가 없었다. 하지만 宋詞에 있어서는 그가 이룬 업적은 실로 대단했다. 우선 형식면에서는 기존의 짧은 형식(이를 小令이라 함)을 위주로 하던 詞를 긴 형식(이를 慢詞라 함)의 詞 형식까지 확장시켰고, 音律과 修辭면에서는 민간의 세속적인 음률과 표현을 적극 흡수하면서도 이를 잘 精練하여 다채롭게 엮어내었다. 내용은 주로 酒樓의 妓生이나 사랑하는 男女, 혹은 길 떠난 나그네를 다뤘는데, 워낙 그 표현이나 내용이 세속적이면서도 아름다워, "우물가에서는 누구나 柳永의 詞를 노래할 줄 알았다"고 일컬어질 만큼, 대중적인 인기를 얻었다. 그의 詞가 너무 세속적이라는 비판이 있기도 하지만, 세속적이면서도 결코 鄙陋하지 않고 잘 精練된 점, 이것이 바로 柳永 詞의 특징이며, 대중에게 두루 사랑받은 까닭이다.

전설에 따르면 「雨霖鈴」이란 詞牌는 원래 唐 玄宗이 安史의 亂을 피해 蜀땅으로 蒙塵을 갔을 때, 마침 연일 비가 내려 우울해져 있는데 아련히 말방울소리가 들리는 것이 더더욱 서글프고, 문득 자살한 楊貴妃가 떠올라 이 曲調를 지었다고 한다. 그래서인지 전체적으로 구슬픈 音調로 되어 있다. 아래에서 인용한 작품 역시 「雨霖鈴」의 音調에 걸맞게 이별하는 남녀 간의 애틋한 정을 노래하고 있는데, 스산한 가을 風景과 送別宴의 情景 묘사를 통해 이별의 서글픔을 잔잔한 듯하면서도 진하게 전달하고 있다. 특히 '수양버들 늘어선

어지기에, 점차 봄이 깊어짐을 표현한 것이다.

5 花露重: 꽃에 이슬방울이 맺혀서 묵직하다.

6 草烟低: 풀잎 사이로 안개가 낮게 깔리다.

7 簾幕: 문짝 대신에 문에 드리우는 발.

8 慵困: 피곤하고 나른하다. 또는 답답하다.

9 解羅衣: 비단 옷을 벗다. 피곤해 잠시 겉옷을 벗고 쉬다.

10 畵梁: 화려한 무늬가 있는 대들보.

물가에는 새벽의 찬바람과 아스라이 남아있는 달뿐'(楊柳岸, 曉風殘月)이란 표현은 두고두고 膾炙되는 名句로 손꼽힌다.

* 寒蟬[11]凄切. 對長亭[12]晚, 驟雨初歇[13]. 都門帳[14]飮無緖[15], 方留戀處[16], 蘭舟[17]催發. 執手相看淚眼, 竟無語凝噎[18]. 念去去千里烟波, 暮靄沈沈楚天[19]闊.

* 多情自古傷離別. 更哪堪[20], 冷落[21]清秋節! 今宵酒醒何處? 楊柳岸, 曉風殘月[22]. 此去經年[23], 應是良辰好景虛設[24]. 便縱[25]有千種風情[26], 更與何人說!

---

11 寒蟬: 가을의 매미란 뜻으로, 처량한 신세를 상징한다. 寒은 가을이 깊어져 추워진 날씨를 뜻한다.

12 長亭: 예부터 큰 길에는 나그네가 쉴 수 있도록 정자를 지어놓았는데 10里를 거리로 하는 정자를 長亭, 5里를 거리로 하는 정자를 短亭이라 했다. 여기에서는 그냥 길가의 정자쯤으로 풀 수 있다.

13 驟雨初歇: 驟雨는 소나기, 갑자기 사납게 내리는 비. 初歇은 갓 멈췄다는 뜻. 여기에서 初는 방금, 갓.

14 都門帳: 都城門 밖의 장막. 혹자는 送別宴을 벌인 것이라 보기도 하고, 혹자는 酒幕을 가리킨다고 보기도 한다. 전자가 보다 문맥에 어울린다.

15 無緖: 心思가 어지러워 頭緖가 없는 모습. 즉 心亂해 갈피를 잡지 못하겠다는 뜻. 혹자는 情緖가 없다, 즉 이별을 앞에 두어 술을 마시고 즐길 마음이 생기지 않는다고 풀기도 한다.

16 方留戀處: 方은 바야흐로. 留戀은 아쉬워 차마 떨어지지 못하는 모습.

17 蘭舟: 배에 대한 美稱. 전설에 魯班이란 대단한 목수가 木蘭을 깎아 배를 만들었다고 하는데, 이를 蘭舟라고 했다.

18 凝噎: 서글퍼 목이 메어, 말이 차마 입 밖으로 나오지 않는 모습.

19 楚天: 남쪽 하늘. 楚 지방은 대체로 지금의 湖北省과 湖南省을 가리키는데, 長江以北에서 長江以南을 가리킬 때 楚란 표현으로 通稱하기도 한다.

20 更哪堪: 更은 또, 게다가. 哪는 어찌. 堪은 견디다.

21 冷落: 草木이 시들어 잎이 지는 모습.

22 曉風殘月: 曉風은 새벽녘에 부는 바람. 殘月은 새벽녘 동이 틀 때까지 아스라이 남아 있는 달. 전자는 살을 에는 듯한 차디찬 바람이요, 후자는 서서히 사라지는 서글픈 존재다. 모두 寒酸하면서도 서글픈 心思에 대한 비유이다.

23 此去經年: 이번에 가면 해를 넘길 것이라는 뜻. 經年은 한 해를 경과하다.

24 虛設: 헛되이 늘어놓다. 자신은 내년 이맘때 이곳에 돌아오지 못할 것이므로 좋은 때, 좋은 풍경이 다 소용없는 것이라는 뜻.

25 便縱: 설령.

26 風情: 懷抱. 특히 여기에서는 남녀가 서로를 思慕하는 情을 가리킨다.

張先【玉樓春】—乙卯吳興寒食

張先은 근 90세까지 장수하며 평생을 평안하고 풍족하게 살면서, 많은 작품을 지었다. 대부분이 士大夫의 한적한 삶이나 도시생활의 갖가지 모습이었는데 특히 풍경 묘사에 능했다.

詞牌인 「玉樓春」은 일명 「木蘭花」라고도 불린다. 옆에 副題처럼 붙은 乙卯吳興寒食이 사실 이 詞의 진정한 제목으로, 이 詞가 乙卯年(1075) 寒食節에 吳興 땅에서 지어졌음을 말해준다. 당시 그는 86세였다. 명절을 맞아 즐기는 사람들의 풍경을 생동감 있게 그리고 있는데, 뜰에 비추는 맑고 밝은 달빛과 바람에 어지러이 흩날리는 버들개지를 통해 가을의 농익은 정취를 묘사한 마지막 두 구절이 특히 유명하다.

* **龍頭舴艋吳兒競[27], 筍柱[28]鞦韆遊女幷[29]. 芳洲拾翠[30]暮忘歸, 秀野[31]踏青來不定[32].**

* **行雲[33]去後遙山暝[34], 已放笙歌[35]池院靜. 中庭[36]月色正[37]清明, 無數楊**

27 龍頭舴艋吳兒競: 龍頭舴艋은 龍머리를 한 배, 즉 龍船. 吳兒는 吳 땅의 젊은이들. 吳는 주로 지금의 江蘇省 등 江東지역을 일컫는다. 競은 경주하다. 이러한 龍船 경주는 아직까지도 중국 남부에서 성행하고 있다.

28 筍柱: 그네 기둥. 대나무로 만들었기에 筍柱라 했다.

29 幷: 어울리다. 여기서는 함께 어울려 겨룬다는 뜻.

30 芳洲拾翠: 芳洲는 花草가 많이 있는 물가나 모래톱. 拾翠는 노닌다는 뜻. 원래 拾翠는 비췻빛 새의 깃털을 주워 머리를 장식한다는 뜻인데, 이 같은 단장은 여자가 나들이할 때 하는 것이기에, 이후 여자들이 나들이 나왔다는 뜻으로 쓰이게 되었다. 對句를 이루는 다음 구절의 踏靑 역시 봄나들이를 뜻한다.

31 秀野: 빼어난 들판.

32 來不定: 오는 사람들이 끊이지 않는다는 뜻.

33 行雲: 열구름. 지나가는 구름.

34 遙山暝: 遙山은 아련히 멀리 보이는 산. 暝은 날이 저물어 어두워졌다는 뜻.

35 已放笙歌: 악기 연주와 노래를 멈추다. 放은 내려놓는다는 뜻. 笙歌는 원래 笙簧에 맞춰 부르는 노래를 뜻하기도 하지만, 여기에서는 모든 악기 연주와 노래를 통칭하고 있다.

36 中庭: 뜰 한가운데.

37 正: 마침.

花過無影[38].

蘇軾【念奴嬌】—赤壁懷古

蘇軾은 東坡居士란 號 때문에 흔히 蘇東坡라고 불린다. 아버지 蘇洵, 동생 蘇轍과 함께 '三蘇'라고 불렸는데, 모두 학문과 문장에 모두 특출한 재능을 보였다. 세 명 모두 唐宋古文八大家에 들어간다. 그 중에서도 가장 다재다능했던 것이 바로 蘇軾이었다. 그는 詩와 詞뿐만 아니라, 賦나 散文 등 각종 文體에 능했으며, 書藝와 그림에도 조예가 깊었고, 건축이나 요리에도 一家見이 있었다. 하지만 정치적으로는 상당히 굴곡이 많아서, 左遷과 流配가 끊이질 않았다. 결국 萬里他鄉 海南島까지 流配를 갔다가 流配가 풀려 고향으로 돌아가는 길에 客死하고 만다.

그의 문학은 대체로 재기발랄하면서도 호방한 풍격이 주를 이룬다. 때문에 詞에 있어서도 이른바 豪放詞라 하는데, 이전의 여리고 섬세한 詞들(일반적으로 이러한 풍격을 婉約派로 구분함)과는 그 풍격을 완전히 달리한다. 게다가 "詩로 詞를 지었다"라고 평가될 만큼, 틀에 박힌 기존의 詞 형식을 과감히 타파하고 詩의 기법 등을 적극 흡수해 새로운 형식을 추구하여 결국 詞 창작의 새로운 돌파구를 열었다. 하지만 蘇軾의 이러한 새로운 돌파는 동시에 樂曲인 詞牌와 그 歌詞인 詞의 분리를 의미하는 것이기도 했다. 즉 음악과 함께 노래 불리던 詩가 이후 점차 음악과 분리되어 읊조려지게 되던 과정을 詞 역시 걷게 되었던 것이다. 민간의 노래로부터 연원하여 文人에 의해 '고급화'되면서 결국 음악과의 결속이 약화되거나 끊어지게 되는 것은 중국문학에서 보편적으로 보이는 현상이라고 말할 수 있겠다. 물론 蘇軾이 개척한 이러한 풍격과는 정반대로 오히려 좀 더 音律과

38 無數楊花過無影: 楊花는 버들개지. 여느 꽃과 달리 겨우내 하얀 솜털이 뒤덮여 있다가 봄이 되면 털도 없어진다. 이후 꽃씨들이 터져 나오면서 성긴 솜털을 달고 나와 바람에 날아간다. 그래서 이를 柳絮라고도 부른다. 무수히 날아다니는데도 그림자가 없는 이유 역시 날리는 것이 일반 꽃잎이 아니라 반투명한 솜털이기 때문이다.

밀착되어져 완벽한 세련미를 추구하는 경향이 두드러지기도 하는데 이 같은 풍격을 대표하는 이가 다음에 보이는 周邦彦과 姜夔이다.

「念奴嬌」는 詞牌이다. "赤壁에서 옛 일을 되새기다"(赤壁懷古)라는 제목을 보면 짐작할 수 있듯이, 이 詞는 삼국시대 曹操에 대항해 孫權과 劉備가 乾坤一擲의 승부를 겨루었던 赤壁에서 당시의 일을 되새기는 내용이다. 일반적으로 蘇軾하면 「赤壁賦」가 가장 유명하지만, 이 詞 역시 같은 소재를 다룬 상당히 유명한 詞이다. 그런데 蘇軾이 「赤壁賦」나 이 詞를 지었던 赤壁이 사실 曹操와 孫權이 雌雄을 겨루었던 그 赤壁은 아니었다. 그 赤壁은 지금의 湖北省 蒲圻縣에 위치해 있다. 당시 蘇軾은 黃州란 곳에 流配 중이었는데 당시 그가 노닐었던 赤壁은 黃州에 있는 赤壁(一名 赤鼻磯)이었다. 黃州 역시 湖北省에 위치하고 있기는 하다. 蘇軾이 이런 사실을 알았는지 몰랐는지 與否는 아직 논쟁의 여지가 있지만, 아무튼 이와는 무관하게 이 詞가 그만의 豪放함을 한껏 발휘하고 있는 그의 대표작 중 하나임은 누구도 부정할 수 없다.

이 작품을 한 마디로 말하자면, 赤壁이라는 '山川은 依舊한데 人傑은 간 데 없는' 遺跡을 통해, 자연의 무궁함 앞에 허무하기 그지없는 인간의 유한함을 한탄하고 있는 것이다. 이러한 情緒에 대해서는 이미 앞서 王羲之의 「蘭亭集序」에서 언급했다.

＊ 大江[39]東去, 浪淘盡[40], 千古風流人物[41]. 故壘[42]西邊, 人道是[43], 三國周郎[44]赤壁. 亂石崩雲[45], 驚濤裂岸[46], 捲起千堆雪[47]. 江山如畫, 一時多

39 大江: 長江.

40 浪淘盡: 浪은 파도, 물결. 淘盡은 모든 것을 휩쓸고 가버리다.

41 千古風流人物: 오래전 赤壁에서 雌雄을 겨루었던 영웅들을 가리킨다.

42 故壘: 옛 보루. 오래된 성채를 가리킨다.

43 人道是: 人은 어떤 사람. 道는 말하다. 道是라고 하면 이후 구절을 받아서 '~이라 말하다', 혹은 '말하기를 ~라고 한다'로 번역된다. 是는 繫辭.

44 三國周郎: 三國은 魏蜀吳 三國時期. 周郎은 당시 吳나라 元帥였던 周瑜.

45 亂石崩雲: 亂石은 어지러이 솟아있는 절벽들. 崩雲은 구름을 흩는다, 구름을 뚫고 지나간다. 이 표현에는 다분히 문학적 과장이 들어있다.

46 驚濤裂岸: 驚濤는 놀란 듯 솟구쳐 오르는 사나운 파도. 裂岸은 물가를 부수려는 듯 강하게 몰아친다.

47 千堆雪: 두텁게 일어난 물보라. 千堆는 천 겹이나 되듯 두껍다는 뜻. 雪은 하얗게 일어난 물보라를 가리킨다.

少[48]豪傑!

＊ 遙想[49]公瑾當年[50], 小喬[51]初[52]嫁了, 雄姿英發[53]. 羽扇綸巾[54], 談笑間, 强虜灰飛烟滅[55]. 故國神遊[56], 多情應笑我, 早生華髮[57]. 人間[58]如夢, 一尊[59]還酹[60]江月.

48 多少: 원래는 "얼마나 되는가?" 정도의 의문사로 주로 사용되지만, 여기에서는 강조, 감탄의 뜻으로 "얼마나 많이 있었는가!" 정도로 번역된다.

49 遙想: 아득한 옛 일을 회상한다는 뜻.

50 公瑾當年: 公瑾은 周瑜의 字. 當年은 赤壁大戰 당시.

51 小喬: 周瑜의 아내. 원래 喬氏 집안에 두 딸이 매우 아름다웠는데, 첫째 딸은 吳나라 군주인 孫權과 혼인했고, 둘째 딸은 周瑜와 혼인했다. 첫째 딸은 大喬라하고 둘째 딸은 小喬라 불렀다. 당시 曹操와 全面戰을 망설이는 孫權과 周瑜를 자극하기 위해, 諸葛亮은 曹操가 吳나라를 치는 이유가 大喬와 小喬를 빼앗기 위해서라고 주장했다.

52 初: 갓, 막, 방금.

53 雄姿英發: 英雄의 風貌에 英明한 才氣를 發散하다.

54 羽扇綸巾: 羽扇은 새의 깃털로 만든 부채. 綸巾은 푸른 비단으로 만든 冠의 일종으로, 이 경우 '관건'이라고 읽어야 한다. 모두 풍채가 아주 멋지다는 것을 상징하는 표현이다.

55 强虜灰飛烟滅: 强虜는 강력한 오랑캐, 强賊. 여기에서는 曹操를 낮추어 가리키는 표현이다. 灰飛烟滅은 曹操의 배들이 火攻에 모두 불 타 재와 연기가 되어버렸다는 뜻.

56 故國神遊: 故國은 옛 나라. 여기에서는 赤壁大戰이 벌어졌던 吳나라를 뜻한다. 神遊는 마음으로 노니는 것. 즉 蘇軾 자신이 여기에서 옛날에 벌어졌던 일을 회상하는 것을 가리킨다. 또는 故國을 蘇軾의 고향을 가리키는 것으로 보기도 한다.

57 多情應笑我, 早生華髮: "應笑我多情, 早生華髮"의 倒置. 「念奴嬌」란 樂曲의 정해진 平仄과 脚韻rhyme을 맞추기 위해 일부러 倒置시킨 것이다. 應笑는 "응당 비웃으리라"의 뜻. 華髮은 하얗게 센 머리카락, 즉 白髮. 원래는 검은 머리카락에 흰 머리카락이 뒤섞여 있는 모습을 가리키는 말이었지만, 이후에 주로 白髮을 지칭하게 되었다.

58 人間: 人間世, 즉 俗世.

59 尊: 술잔. 樽의 通假字.

60 酹: 술을 땅에 부어 제사지내다.

周邦彦 【蝶戀花】—早行

周邦彦은 音律에 精通했던 것으로 유명하다. 그래서 그의 詞 역시 音律과 格式을 엄격하게 맞추고 있는 것이 특징이며, 새로운 樂曲도 많이 지었다. 그는 주로 남녀의 사랑이나 이별의 恨을 노래했는데, 이는 다분히 柳永의 풍격을 계승한 면이 있었다. 하지만 柳永의 詞가 생동감 있고 通俗的이었던 것에 반해, 周邦彦의 詞는 꼼꼼하고 貴族的이었다. 이 때문에 혹자들은 周邦彦의 詞의 내용이 공허하다거나 格律에 얽매여있다고 비난하기도 하지만 사실 文人들이 본격적으로 詞의 창작과 감상을 즐기게 된 이상 柳永에서 周邦彦으로의 이러한 풍격 변천은 불가피한 것이었다. 앞서 지적했듯이 이러한 풍격의 변천은 音律과 분리되려는 蘇軾 계열의 풍격과 相反되는 것이다. 거칠게 말하자면, 文人들이 詞를 專有하게 되면서 발생한 두 갈래의 상반되는 풍격이라고 할 수 있겠다.

「蝶戀花」는 宋代부터 본격적으로 활용된 詞牌로, 슬픔과 근심을 표현하기 적합한 音調로 알려져 있다. "이른 출발"(早行)이란 제목을 보아도 알 수 있듯이 이른 아침에 길 떠날 님과의 이별에 잠 못 이루며 괴로워하는 여인의 心思를 周邦彦 특유의 세련된 필치로 그려내었다. 특히 내 님이 떠나갈 새벽이 시시각각 다가오고 있음을 다되어가는 물시계로 표현한 것이나, 도르래 소리에 깨인 듯 했지만 알고 보니 밤새 뜬눈으로 눈물만 흘리고 있었다는 묘사는 참으로 절묘하다. 전체적으로 이별의 슬픔을 절절하게 그려내면서도 결코 은근하고도 차분한 情調를 잃지 않았으니, 참으로 "슬퍼도 상처받지는 않는"(哀而不傷) 節制美를 지녔다고 할 수 있다.

＊ 月皎[61]驚烏棲不定. 更漏[62]將闌[63], 轣轆[64]牽金井[65]. 喚起兩眸清炯炯[66].

61 月皎: 달이 휘영청 밝다.

62 更漏: 밤중에 五更을 알리는 물시계. 更은 저녁(오후 7시)부터 다음날 아침(오전 5시)까지 다섯 更, 즉 五更으로 나눈 것을 가리킨다. 漏는 漏壺, 즉 물시계를 가리킨다. 更漏 자체가 아예 밤을 가리키는 비유로 사용될 경우도 있다.

63 闌: 다하다. 끝나다.

64 轣轆: 우물에서 두레박을 조종하는 도르래 소리. '드르륵 드르륵'

65 金井: 원래 금박 무늬로 장식된 우물이란 뜻으로, 주로 궁중의 우물을 가리킨다. 하지만 여기에서는 그냥 일반 우물을 高雅하게 표현한 것으로 보인다.

淚花[67]落枕紅綿[68]冷.

* 執手霜風[69]吹鬢影[70]. 去意徊徨[71], 別語愁難聽[72]. 樓上欄干橫斗柄[73], 露寒人遠鷄相應[74].

李清照 【聲聲慢】—秋情

李淸照는 中國文學史에서 보기 드문 女性作家로, 특히 詞에서의 成就는 당대 최고라고 할만하다. 金나라 등 주변국들의 위협에 風前燈火와 같이 위급하던 北宋末에 名門大家에서 태어난 李淸照는 어려서부터 총기가 대단했다. 18살에 趙明誠과 혼인했는데, 그 역시 詩文書畵를 좋아하는 才士였다. 天生緣分의 才子佳人의 만남인 듯, 둘은 서로 恩愛하며 詩詞를 지어 즐겼고, 특히 靑銅器에 새겨진 金文에 대한 본격적인 연구의 길을 열었다. 사실 宋代에는 碑文法帖에 이어 古代 靑銅器에 대한 관심이 고조되었고 그들의 연구 역시 이러한 유행의 영향을 받은 것이다. 결혼 후 20여 년이 지날 때까지 李淸照의 삶은 더 이상 아무 바람이 없을 정도의 완벽한 행복 그 자체였다. 하지만 金나라의 침공으로

66 喚起兩眸淸炯炯: 喚起는 불러일으키다. 兩眸는 두 눈동자. 淸炯炯은 눈이 말똥말똥한 것.

67 淚花: 눈물 자국. 눈물이 떨어져 꽃처럼 번진 모습.

68 紅綿: 무명으로 만들어진 베갯잇. 원래 木棉의 꽃이 붉어서, 木棉으로 만든 무명을 紅綿, 혹은 紅棉이라 칭하기도 한다.

69 霜風: 서릿바람. 여기에서는 動詞처럼 쓰여서 '서릿바람을 맞다'의 뜻.

70 鬢影: 귀밑 머리카락의 그림자. 즉 귀밑까지 서릿바람이 파고들었다는 뜻.

71 去意徊徨: 去意는 惜別의 情. 徊徨은 아주 불안해하는 모습.

72 別語愁難聽: 別語는 이별의 말, 작별의 말. 愁는 근심하다, 걱정하다. 難聽은 듣기 괴롭다.

73 橫斗柄: 橫은 가로놓이다. 斗柄은 손잡이 달린 바가지처럼 생긴 北斗七星 중 손잡이 부분의 세 별을 가리킨다. 斗는 斗把, 즉 손잡이 달린 바가지. 柄은 손잡이. 北斗七星은 四季節 언제나 볼 수 있으며 北極星을 정점으로 회전하기에, 예부터 이를 밤하늘의 시계로 여기고, 斗柄 부분을 時針으로 삼아 시간을 가늠했다. 여기에서 斗柄이 가로놓였다고 말한 것은 이제 곧 날이 밝을 시간이 되었다는 의미다.

74 鷄相應: 닭들이 곳곳에서 울기 시작한다는 뜻. 이 역시 날이 밝아옴을 뜻한다.

황망히 피난길에 오르면서 그녀의 인생은 완전히 180도 뒤집히게 된다. 너무나 급작스런 피난이었기에 평생 心血을 기울여 모았던 書畵와 靑銅器를 잃어버렸고 雪上加霜으로 長江以南으로 피난 온 뒤 오래지 않아 남편인 趙明誠까지 病死하고 만다. 온실 속에 화초같이 살던 李淸照는 어찌할 바를 모르고 恐惶 상태에 빠져버렸다. 李淸照에게 남은 재산이 많을 거라 여긴 張汝州라는 謀利輩는 이 틈을 놓치지 않고, 李淸照에게 접근하여 온갖 甘言利說로 결국 그녀와 혼인한다. 하지만 李淸照에게는 남은 재산이 별로 없었고, 이를 알게 된 張汝州는 분노하며 본색을 드러냈다. 그녀는 결국 訟事와 獄苦까지 치른 뒤에야 100일도 안 되는 張汝州와의 결혼 생활에 종지부를 찍을 수 있었다. 이후로 더욱 喪心하고 絶望하여 눈물로 여생을 보냈다. 그녀의 이러한 극적인 삶은 그녀의 작품에 그대로 반영되어서 피난 전 작품은 다분히 여리고 감상적이지만, 피난 이후의 작품은 대부분 한탄과 서글픔으로 가득 차 있다. 얼핏 보면 비슷해 보여도 사실은 전혀 다른 것으로, 전자는 한가로움에 읊조리는 여린 노랫가락일 뿐이지만 후자는 서글픔에 복받쳐 울부짖는 피울음이다.

北宋 때 등장한 詞牌 「聲聲慢」은 원래 「勝勝慢」이었다가, 蔣捷이란 작가가 이 詞牌로 詞를 지으며 韻脚rhyme을 모두 '聲'字로 하는 바람에 「聲聲慢」이라 고쳐 불리게 되었다. 「聲聲慢」은 원래 脚韻이 모두 平聲이었는데, 李淸照가 처음으로 脚韻을 모두 仄聲으로 썼다. 이는 促急한 仄聲으로 슬프면서도 격한 감정을 드러내기 위함으로 보인다. 이 작품은 피난 이후 지어진 것으로 너무나 갑작스럽고 엄청난 불행에 대한 悲哀와 과거 너무나 행복했던 날들에 대한 그리움을 절절하게 토해내고 있다. 때는 가을이라, 만물이 쇠잔해지는 계절. 바로 李淸照의 속내와 완전히 일치하는 시점이다. 그래서 제목도 을씨년스러움이 느껴지는 '가을날의 정취'(秋情)이다. 의도적으로 疊字, 즉 글자를 중첩시켜 운율감을 살리면서, 平聲字와 仄聲字를 섞되 마무리는 仄聲字로 하여 그 促急한 운율로 자연스레 激情을 일으킨다.

변덕스러운 날씨는 無常한 인생이요, 싸구려 술 몇 잔으로는 뼈까지 스미는 스산한 가을바람을 당해낼 길이 없다. 따뜻한 곳을 찾아 북녘에서 날아오는 저기 저 기러기는 아마도 피난 이전 북녘에서 봤던 듯하다. 그러자 문득 아무 부족함 없이 행복했던 그 시절이 떠올라 견딜 수가 없다. 게다가 추적추적 가을비까지 내리는데 황혼이 되고 보니, 이제 곧 끝날 이 내 삶을 다시금 돌아보게 되고 갑자기 겪게 되었던 온갖 수난과 고통이 떠오른다. 그러자 다시 느껴지는 가슴 속 깊이 단단히 응어리진 恨, 또다시 넘쳐나는 서글픔. 이러한 내 心思를 어찌 '근심'(愁) 한 마디로 담아낼 수 있으리오!

이 작품의 한 글자 한 글자, 한 마디 한 마디가 모두 그녀의 흐르는 눈물이요, 토해낸 피다.

* 尋尋覓覓[75]. 冷冷淸淸[76], 凄凄慘慘戚戚[77]. 乍暖還寒[78]時候, 最難將息[79]. 三杯兩盞[80]淡酒[81], 怎敵他[82]晩[83]來風急! 雁過[84]也, 正[85]傷心, 却是舊時相識[86].

* 滿地黃花堆積, 憔悴損[87], 如今有誰堪摘? 守着窗兒, 獨自怎生得黑[88]! 梧桐更兼[89]細雨, 到黃昏, 點點滴滴[90]. 這次第[91], 怎一個愁字了得[92]!

---

75 尋尋覓覓: 무언가를 이리저리 찾는 모습.

76 冷冷淸淸: 맑으면서도 쌀쌀한 날씨. 주로 가을 날씨를 가리킨다.

77 凄凄慘慘戚戚: 모두 슬픔에 겨워 어찌할 바를 모르는 모습을 형용한 것이다. 굳이 세세히 나누어 보자면, 凄凄는 쓸쓸함에 傷心한 모습, 慘慘은 비참함에 傷心한 모습, 戚戚은 근심에 傷心한 모습이다.

78 乍暖還寒: 갑자기 따듯해졌다가 다시 추워진다는 뜻. 덧없고 변덕스러운 날씨를 말한다.

79 將息: 休養하다, 休息하다.

80 盞: 杯보다 조금 작고 얕은 잔.

81 淡酒: 싱거운 술. 별로 좋지 않은 술을 뜻한다. 이런 술을 마신다는 표현은 대체로 경제적으로 쪼들리는 상황임을 나타낸다.

82 怎敵他: 怎은 어떻게. 敵은 對敵하다, 버티다. 他는 변덕스러운 가을 날씨를 가리킨다.

83 晩: 저녁. 혹자는 晩을 曉(이른 아침)로 보기도 한다. 晩으로 보면 詞 전체가 저녁을 배경으로 하는 것이 되고, 曉로 보자면 詞가 이른 아침부터 저녁까지를 배경으로 하는 것이 되는데, 표현되는 意境은 후자가 좀 더 뛰어나다.

84 過: 지나가다.

85 正: 바야흐로. 마침.

86 却是舊時相識: 却是는 오히려 ~하다, 뜻밖에 ~하다. 是는 繫辭. 舊時相識은 옛적에 본 적이 있다는 뜻. 여기에서는 저기 지나가는 기러기를 北宋 때 長江以北에서 살 때 본 듯하다는 말.

87 滿地黃花堆積, 憔悴損: 滿地는 온 땅 가득. 黃花는 菊花. 堆積은 쌓이다. 온 땅에 국화 꽃잎이 떨어져 쌓여 있는 모습. 혹자는 온 땅에 菊花가 만발해 마치 쌓인 것처럼 보이는 것이라 풀기도 한다. 전자의 풀이를 따르자면, 憔悴損은 꽃잎이 다 떨어져 시들어버린 菊花를 가리키는 것이요, 후자의 풀이를 따르자면 만개한 국화꽃밭과 마주하고 있는 李淸照 자신의 모습이 초췌해졌다는 뜻이 된다.

88 怎生得黑: 怎은 어떻게. 生得黑은 어두운 밤을 지내다, 또는 어두운 밤을 견뎌내다.

89 更兼: 更은 또. 兼은 더해지다.

90 點點滴滴: 비 내리는 소리. 후드득후드득.

辛棄疾【破陣子】—爲陳同甫賦壯詞以寄

辛棄疾은 北宋 말에 태어나 國運이 쇠잔한 나라의 선비로서 분연히 義兵 운동에 투신하여 金나라와 맞서 싸우다, 宋나라가 南下한 이후로는 관직을 지내기도 했다. 하지만 결국 宋나라가 金나라와의 치욕적인 화친을 맺자 벼슬을 버리고 은거했다. 그는 詞에 있어서 蘇軾과 병칭될 정도로 豪放派의 풍격이 두드러지는 작가이다. 형식적인 측면으로 보아도 그는 蘇軾처럼 詞의 기존 형식을 타파하고 새로운 경지를 개척하려 했다. 특히 文章에서의 표현기법을 적극적으로 借用하기 시작해 '文章으로 詞를 짓는' 풍격을 확립하여 후세에 많은 영향을 끼쳤다. 내용적인 측면에서 보자면, 같은 豪放派지만 辛棄疾이 처한 시대는 北宋의 蘇軾과 사뭇 달랐기에, 그는 좀 더 悲憤慷慨하고 좀 더 울분에 차 있었다. 제목이 '陳同甫에게 이 씩씩한 詞를 지어 부친다'(爲陳同甫賦壯詞以寄)인 것을 보아서 알 수 있듯이, 이는 그의 절친한 벗 陳亮(同甫는 그의 字)에게 부친 작품이다. 陳亮은 思想史的으로 朱熹와 王覇論爭을 이끌었던 인물로, 辛棄疾과 함께 北伐의 의지가 대단했다. 때문에 北伐을 갈구하는 心思를 이렇게 '씩씩한' 詞에 담아 벗에게 토로한 것이다. 하지만 詞의 내용을 잘 살펴보면, 이렇게 살벌한 邊境의 분위기와 豪放한 北伐의 의지 뒤에는 어찌할 수 없는 현실의 서글픔이 자리하고 있다. 자신과 벗 모두 이미 늙고 쇠약해져 결국 아무런 戰功도 세우지 못하고 죽을 날만 기다리는 신세가 된 것이다. 당초 「破陣子」란 樂曲은 唐代 王宮에서 행해지던 대형 舞曲으로 씩씩한 武勇을 壯觀으로 연출했다. 때문에 그 曲調 역시 당연히 활기차고 장중했는데, 辛棄疾은 이러한 곡조를 가져다 도리어 가슴에 응어리진 깊은 슬픔을 그 속에 묻어두어 활기찬 곡조와 씩씩한 가사에서 은연중에 그 슬픔이 전해지도록 만들었다.

---

91 這次第: 지금, 이 순간, 이번.
92 了得: 당해내다. 이겨내다.

* 醉裏[93]挑燈[94]看劍, 夢回[95]吹角連營[96]. 八百里[97]分麾下[98]炙, 五十絃[99]翻[100]塞外[101]聲. 沙場秋點兵[102].

* 馬作的盧[103]飛快, 弓如霹靂絃驚[104]. 了却君王天下事[105], 贏得生前身後名[106]. 可憐白髮生!

姜夔【暗香】

姜夔는 貧寒한 생활을 하면서도 부지런히 학문에 힘썼으나, 科擧에는 계속해서 落榜했고, 결국 그렇게 江湖를 떠돌다가 생을 마쳤다. 그는 비록 평생 제대로 된 官職에는 오르지 못했지만 高官大爵들도 그를 보기 위해 찾아올 정도로 文壇에서는 도리어 대단한 명성을 누리고 있었다. 詩詞에 두루 능했으나 특히 詞를 잘 지었는데 이는 그가 音律에 정통했기 때문이다. 그래서 樂曲과 詞의 어울림을 중시하는 이른바 格律派의 대표작가로, 北宋에는

93 醉裏: 醉中의 뜻.

94 挑燈: 원래는 심지를 돋운다는 뜻이지만 여기에서는 등불을 켜다, 등불을 밝히다.

95 夢回: 꿈에서 돌아오다. 잠에서 깨다.

96 吹角連營: 吹角은 나팔을 부는 것. 連營은 陣營마다, 온 陣營에. 連은 연이어.

97 八百里: 소. 晉나라 때 王愷에게 八百里駮이라는 소가 있었다. 이후로 八百里는 소의 別稱으로 쓰인다.

98 麾下: 麾下는 여기에서 兵營 혹은 將兵들을 가리킨다. 將軍에 대한 尊稱으로 쓰일 때도 있다. 麾는 일종의 軍旗를 뜻한다.

99 五十絃: 瑟. 거문고와 비슷한 악기로 원래는 25絃이다. 唐나라 때 詩人 李商隱이 「錦瑟」이란 시에서 瑟을 五十絃이라 말한 이후로 五十絃은 瑟의 別稱으로 쓰인다.

100 翻: 연주하다.

101 塞外: 변경 밖. '새외'로 읽는다.

102 點兵: 閱兵. 閱兵은 곧 전투를 하기 위해 군대를 정비한다는 의미가 강하다.

103 作的盧: 作은 ~로 삼다. 的盧는 원래는 이마에 흰 점이 있는 말로 駿馬의 일종. 的顱라고도 쓴다.

104 絃驚: 깜짝 놀랄 정도로 튕겨진다. 즉 매우 강하게 화살을 발사한다는 말이다.

105 了却君王天下事: 了却은 완수하다, 완성하다. 天下事는 여기에서 天下統一의 事業, 즉 長江以北을 수복하는 일을 가리킨다.

106 贏得生前身後名: 贏得는 얻다. 生前은 살아있을 때. 身後名은 죽어서도 없어지지 않을 명성, 명예.

周邦彦을 손꼽고 南宋에는 姜夔를 으뜸으로 친다. 하지만 格律派에서 추구하는 이 같은 風格은 형식과 내용에 골고루 능해야했는데 이는 결코 아무나 해낼 수 있는 일이 아니었다. 때문에 格律派 중 주목할 만한 성과를 올린 작가는 비교적 적은 편이다. 대부분의 평범한 格律派 작가들의 작품은 억지로 끼워 맞춘 듯 생경하거나 너무 형식에만 치우쳤다는 혐의로부터 자유롭지 못했다. 格律派 중 周邦彦과 姜夔가 유독 주목받고 사랑받는 이유 역시 여기에 있다. 또한 내용적인 측면에서 볼 때도 姜夔의 詞는 맑고 아름다우면서도 너무 여리거나 浮華하지 않았으며, 淡泊하고 선명하면서도 거칠거나 속되지 않았다는 것이 衆評이다.

아래 「暗香」은 또 다른 그의 작품 「疏影」과 함께 樂曲까지 그가 새로 만든 것으로, 그의 詞를 대표하는 작품들이다. 그래서 詞牌와 詞의 내용이 일치한다. 당초 「暗香」과 「疏影」 모두 벗 范成大와 그의 歌妓 小紅을 위해 曲을 짓고 詞를 써넣은 것이다. 「暗香」이란 제목에서도 알 수 있듯이 이 작품은 梅花를 노래한 詠物詞이다. 하지만 단순히 梅花에 대해 노래한 것이 아니라 눈앞에 펼쳐진 경치와 마음속에 그려진 풍경, 그리고 새록새록 떠오르는 추억을 절묘하게 교차시켜, 감상하는 이 역시 不知不識間에 感懷에 젖게 만들고 있다.

* 舊時月色. 算幾番[107]照我, 梅邊吹笛! 喚起玉人[108], 不管清寒與攀摘[109]. 何遜[110]而今漸老, 都忘却, 春風詞筆. 但怪得[111], 竹外疏花[112], 香冷入瑤席[113].

107 算幾番: 算은 생각건대, 헤아려 보건대. 幾番은 몇 번.
108 玉人: 옥같이 고운 내 님.
109 與攀摘: 與는 더불어. 攀摘은 무엇인가를 따다. 여기에서는 梅花를 따거나 梅花가지를 꺾는다는 뜻.
110 何遜: 南朝 梁나라 때 사람으로 특히 詩로 유명하다.
111 但怪得: 但은 그저. 怪得은 원망하다, 탓하다.
112 疏花: 듬성듬성 성글게 핀 梅花.
113 瑤席: 여기에서는 일상적으로 사용하는 방석을 가리킨다.

* 江國[114], 正[115]寂寂. 歎寄與[116]路遙, 夜雪初積. 翠尊易泣[117], 紅蕚[118]無言耿相憶[119]. 長記[120]曾携手處, 千樹壓[121], 西湖[122]寒碧. 又片片[123], 吹盡也, 幾時見得[124].

114 江國: 주로 江南, 즉 長江以南 지역을 가리킨다.

115 正: 바야흐로.

116 寄與: 물건이나 편지를 부쳐 보내다.

117 翠尊易泣: 翠尊은 비췻빛 술잔. 易泣은 쉽게 눈물짓다. 易는 '이'로 읽는다. 즉 계속 술을 붓다 보니 곧잘 술잔에 술이 넘치는 것이 마치 술잔이 눈물을 흘리는 듯하다는 뜻. 혹자는 翠尊 자체를 술의 비유라고 풀어서, 그냥 술을 계속 따라 마신다는 표현으로 보기도 한다.

118 紅蕚: 붉은 빛깔의 梅花.

119 耿相憶: 耿은 마음속에 무언가를 깊이 담아두고 있는 모습. 相은 아무 뜻이 없이, 목적어를 생략하게 하는 문법적 기능만 있다. 憶은 추억하다, 그리워하다.

120 長記: 오래도록 기억하다.

121 千樹壓: 수많은 나무가 마치 내리누르듯 머리 위를 뒤덮고 있다. 여기에서는 梅花나무를 가리킨다.

122 西湖: 杭州에 있는 호수 이름.(浙江省에 위치) 姜夔가 실제 이 작품(「暗香」)을 지은 곳은 杭州에서 좀 떨어진 蘇州의 石湖라는 곳이다.(江蘇省에 위치) 西湖에 있는 孤山이란 섬 주변의 梅嶺이란 곳이 梅花로 유명한데, 아마도 이곳을 연상한 듯하다.

123 片片: 여기에서는 한 잎 한 잎 흩날리는 梅花를 가리킨다.

124 幾時見得: 幾時는 '언제나'란 뜻의 의문사. 見得은 만나볼 수 있다는 뜻.

宋 시

歐陽修「豐樂亭遊春」

이 작품은 歐陽修가 滁州(지금의 安徽省에 위치) 太守로 있을 때, 근처의 琅琊山에 자신이 세운 豐樂亭에서 읊은 시이다. 원래「豐樂亭遊春」은 모두 3首인데, 이것은 그 중 제3수이다. 아름다운 자연풍경 속에서 즐거운 봄나들이에 세월조차 잊은 듯한 심경을 담담하게 그려내고 있다.

紅樹青山日欲斜, 長郊[1]草色綠無涯. 遊人不管春將老, 來往亭前踏落花.

蘇軾「遊金山寺」

작품명에 보이는 金山寺는 당시 鎭江(지금의 江蘇省에 위치) 가운데 섬처럼 솟아있던 金山의 절 이름이다.

당시 蘇軾은 王安石의 新法을 격렬히 반대하다 미운 털이 박혀, 自意半他意半으로 外職을 청해 杭州 通判으로 부임하는 길이었다. 바로 그 도중에 鎭江의 金山을 지나며 이 시를 지었다. 때문에 참신하면서도 생동감 있는 풍경 묘사엔 자신의 복잡한 心思와 處境이 고스란히 담겨있다. 어서 이 덧없는 官職 생활을 청산하고 고향으로 돌아가 버리고 싶지만 현실적으로 이것이 불가능함을 한탄하고 있다. 이러한 심경은 옛사람들의 詩詞文章에서도

1 長郊: 드넓은 郊外.

늘 보이던 바이다. 하지만 이러한 심경을 토로하는 표현방식에 있어서 이 작품은 매우 생경하면서도 기발하다.

처음에는 山水遊記인양 주변의 풍경을 詩的으로 묘사하다가 갑자기 신기한 광경을 목격하게 된다. 金山寺 승려의 만류로 남아서 보게 된 鎭江의 괴이한 현상. 강물 속에서 현란한 빛을 내뿜는 정체불명의 불빛. 무엇일까? 귀신의 조화인가, 사람의 소행인가? 왜 이런 일이 내 눈 앞에 펼쳐진 것일까? 이리저리 고민하던 중 돌연 가슴이 먹먹해지면서 이것은 江神이 내게 보내는 경고임을 깨닫는다. 고집스레 속세의 벼슬에 연연해하지 말고 어서 고향으로 돌아가라는 경고. 하지만 이러한 경고에도 나는 경제적인 사정으로 지금은 곤란하다는 구차한 변명을 할 뿐이다. 그저 사정이 좋아지면 반드시 돌아가겠노라는 다짐은 곧 지켜질 굳은 맹세가 아니라 기약 없는 헛된 約束일 뿐. 사실 여기에서 江神은 蘇軾 내면의 自我라 해도 좋다. 때문에 이 시는 閑寂한 隱逸을 지향하는 情緒라기 보다는 서글픈 自愧感을 여운으로 남기고 있다.

이렇게 사람의 일이 天地自然의 현상과 서로 感應한다는 믿음은 古來로 줄곧 있었지만 이런 天人感應을 통해 자신의 복잡한 心思를 이렇게 기이하면서도 절절하게 토로한 이는 없었다. 이 시는 蘇軾의 詩風을 대표하는 작품이라고 할 수는 아니지만 그의 천재성이나 참신함을 가장 여실히 보여주는 작품 중 하나라고 할 수 있다.

我家江水初發源[2], 宦遊[3]直送江入海[4]. 聞道[5]潮頭[6]一丈高, 天寒尚有沙痕在[7]. 中泠[8]南畔石盤陀[9], 古來出沒隨濤波. 試登絶頂望鄉國, 江南江北青山

---

2 我家江水初發源: 예부터 사람들은 長江이 岷山으로부터 發源다고 여겼는데, 蘇軾의 고향은 그 부근의 眉山이었다.

3 宦遊: 원래는 외지로 가서 관직을 지낸다는 뜻이지만 여기에서는 부임길, 즉 외지의 관리가 되어 부임지로 가는 것을 말한다.

4 江入海: 지금 蘇軾이 있는 鎭江은 長江의 지류로 특히 강폭이 넓어 수평선이 보일 정도였기에 사람들은 곧잘 이곳을 바다(海)라고 불렀다. 여기에서 "강이 바다로 흘러들었다"라고 표현한 것 역시 長江의 지류가 폭이 넓어 바다같이 보이는 鎭江으로 흘러들고 있음을 말한다.

5 聞道: 남이 말하는 것을 듣기에. 여기에서 道는 말하다, 즉 남이 말해 준 것을 뜻한다.

6 潮頭: 여기에서는 밀물에 의해 생기는 파도.

7 天寒尚有沙痕在: 天寒은 지금이 겨울임을 가리킨다. 尚有沙痕在는 지금은 겨울이라 물이 많이 줄었기에 실제 높은 파도는 보이지 않지만 그 흔적이 모래사장에 남아있다는 말이다.

8 中泠: 中泠泉. 金山에 있는 샘물 이름.

多. 羈愁[10]畏晩尋歸楫[11], 山僧苦留[12]看落日. 微風萬頃靴紋細[13], 斷霞半空魚尾赤[14]. 是時江月初生魄[15], 二更[16]月落天深黑. 江心似有炬火明[17], 飛焰[18]照山棲烏驚. 悵然[19]歸臥心莫識[20], 非鬼非人竟[21]何物? 江山如此不歸山[22], 江神見怪[23]驚我頑. 我謝[24]江神豈得已[25], 有田不歸如江水[26].

9 盤陀: 넓게 비탈진 모습. 盤陁라고 쓰기도 한다.

10 羈愁: 나그네의 근심. 羈는 원래 재갈을 뜻하지만 곧잘 떠도는 나그네의 상징으로 사용된다.

11 歸楫: 金山으로 돌아가는 배편. 楫은 원래 노를 뜻하지만 곧잘 배의 비유로 사용된다.

12 苦留: 애써 만류하다.

13 微風萬頃靴紋細: 微風은 살랑살랑 부는 바람. 萬頃은 드넓은 수면의 비유. 원래 頃은 논밭의 크기를 나타내는 量詞로 이랑이라는 뜻. 靴紋細는 원래 高官大爵이 신는 고급 가죽신발에 새겨진 細密한 무늬를 뜻하지만, 여기에서는 살며시 불어오는 바람에 드넓은 수면 위에 일어나는 무수히 많은 물결을 비유한 것이다.

14 斷霞半空魚尾赤: 斷霞半空은 수평선이 가로질러 노을 진 하늘이 마치 반으로 갈라진 듯하다는 뜻. 魚尾赤은 위 구절에서 말했던 수면의 물결들이 붉은 노을에 물들자 마치 그 하나하나가 붉은 물고기 꼬리의 지느러미처럼 붉은 빛깔에 半月 모양이란 뜻.

15 初生魄: 초승달. 차오르는 달을 生魄이라 하고 이지러지는 달을 死魄이라 한다. 蘇軾이 金山에 놀러 갔을 때가 陰曆 11월 초였기에 초승달을 보게 된 것이다.

16 二更: 亥時(오후 9시~11시).

17 江心似有炬火明: 江心은 강물 한 가운데. 炬火는 횃불같이 밝은 일종의 불빛을 뜻하지만 무엇을 가리키는지는 불분명하다. 일반적으로 중국의 傳說에 나오는 陰火, 즉 물속에서 빛을 내는 상상 속의 생물일 것이라고 추정한다. 혹자는 아예 蘇軾이 자신의 心思를 펼치기 위해 그려낸 허구적 상상이라고 여기기도 하지만, 이 구절에 대해 蘇軾 스스로 "이 날 밤 내가 본 것이 이와 같았다"(是夜所見如此)고 따로 附記한 것을 보면 분명 완전히 상상에 의한 것이 아니라 뭔가 정체불명의 불빛을 보았던 것 같다.

18 飛焰: 앞 구절에 말한 정체불명의 불빛. 마치 날아다니듯 움직였다는 뜻.

19 悵然: 落心한 모습.

20 莫識: 무엇인지 알 수가 없다.

21 竟: 도대체.

22 不歸山: 부질없는 벼슬을 버리고 고향인 眉山에 돌아가지 않음을 뜻한다.

23 見怪: 괴이한 일을 보여주다.

24 謝: 맹세하다. 예부터 중국에는 강물에게 맹세하는 풍습이 있었다. 이 뒤로는 모두 蘇軾이 江神에게 하는 하소연과 맹세의 내용.

25 豈得已: 어찌 그만둘 수 있겠습니까! 즉 지금은 不得已하다는 뜻. 得은 能. 已는 그만두다. 현실에 대한 일종의 하소연이다.

26 有田不歸如江水: 이 구절은 江神에게 하는 맹세. 有田不歸는 '고향에 먹고살 논밭이 있어도 고향에 돌아가지 않는다면'이란 뜻. 如江水는 강물에게 하는 맹세에 사용되는 관용구로, 자신이 강물에 한 맹세를 지키지 않으면 흘러가 사라져버리는 이 강물처럼 될 것이라는 뜻.

黃庭堅「登快閣」

北宋 末期 사람인 黃庭堅은 蘇軾의 門人이었지만, 그의 시 風格은 蘇軾과 사뭇 달랐다. 그는 잘 精練되었으면서도 破格의 묘미가 있는 杜甫의 詩體를 본받았고, 과거 詩들의 표현을 적극적으로 變容하여 사용할 것을 주장했다. 그는 "詩에 쓰이는 어느 한 글자도 出典이 없는 것이 없다"(無一字無來處)고 주장하면서, 옛 詩語 중 보잘 것 없던 표현을 가져다 훌륭하게 다듬어 사용하기도(點鐵成金法) 했고, 한 걸음 더 나아가 새로운 詩語로 기존의 시에 보이는 의미나 내용을 담아내거나 반대로 기존의 詩語를 끌어다 쓰면서 그 안에는 새로운 意境을 담아냈다.(奪胎換骨法) 조금 생경한 듯하면서도 나름의 彫琢美를 추구하는 이러한 그의 풍격은 당시 詩壇에 큰 영향을 끼쳤고 결국 그를 정점으로 이러한 풍격을 추종하는 江西詩派가 형성되었다. 黃庭堅이 江西 사람이기에 江西詩派란 명칭이 나왔고, 이러한 風格의 詩體를 黃庭堅의 號를 따서 山谷體라고 부르기도 한다.

江西詩派로 대변되는 이러한 풍격이 본격적으로 등장한 것은 그만큼 중국에서의 詩라는 장르 중 近體詩가 唐代에 이르러 정형화되면서 極盛하여 北宋末葉에는 이미 頂點에 도달했음을 대변해 준다. 이런 측면에서 보면, 어느 정도는 포스트모더니즘에서 말하는 혼성모방 pastiche과도 유사한 점이 있다. 여기에서 頂點에 도달했다는 말은 종말을 고하거나 쇠퇴를 예정하고 있다는 뜻이 아니라, 보다 적극적으로 기존의 틀을 깰 새로운 돌파구를 모색해야 할 시기가 도래했음을 의미하는 것이다.

이 작품은 지방 縣令을 지내며 한가로운 심정을 多/一, 朱/靑 등의 대비적인 묘사구도를 통해 표현하고 있다.

癡兒了却公家事[27], 快閣東西倚晚晴[28]. 落木[29]千山天遠大, 澄江一道

27 癡兒了却公家事: 癡兒는 바보 녀석. 여기에서는 黃庭堅 자신을 가리킨다. 了却은 마치다, 완료하다. 公家는 官廳. 公家事는 官廳 업무, 즉 公務를 뜻한다. 당시 黃庭堅은 泰和縣令을 지내고 있었다. 泰和는 지금의 江西省에 있다.

28 快閣東西倚晚晴: 快閣은 泰和縣 澄江(지금의 江西省에 위치)에 있는 누각 이름. 東西는 여기에서 動詞로 사용되어, 동쪽으로 서쪽으로 이리저리 옮겨 다닌다는 뜻. 倚晚晴은 저녁의 맑은 날씨에 기댄다는 뜻. 사실은 누각 위의 난간에 기댄 것인데 이를 詩的으로 표현한 것이다.

29 落木: 落葉.

月分明. 朱絃已爲佳人絶[30], 青眼聊因美酒橫[31]. 萬里歸船弄[32]長笛, 此心吾與白鷗盟[33].

陸游「書憤」

北宋 末葉에 태어난 陸游는 자연스레 당시 詩壇의 主流라 할 수 있는 江西詩派의 영향을 받았다. 하지만 북방을 金나라에 빼앗기고 南宋으로 내려와서는 일정한 格式에 얽매이지 않고, 金나라에 대한 즉각적인 抗戰과 북방영토 회복에 대한 강한 의지를 詩로써 자유분방하게 표현했다. 하지만 이도 잠시. 곧 이러한 자신의 염원이 이루어질 수 없는 냉혹한 현실을 깨닫게 되면서 북받치는 鬱憤과 悲嘆을 詩로 토해냈다. 이때를 대표하는 詩 중 하나가 바로 '울분을 쓰다'(書憤)라는 제목을 가진 이 작품이다. 이 시는 62세 때 지었는데, 이후 73세 때 「書憤」이란 같은 제목으로 두 수를 더 짓기도 했다.

이 작품은 호방한 기세와 북벌에 대한 의지를 여실히 보여주면서도, 스스로는 이미 늙어 쓸모없게 되었다는 울분과 한탄이 함께 담겨 있다. 그래서 或者는 이 시를 두고,

---

30 朱絃已爲佳人絶: 이 구절은 伯牙와 鍾子期의 故事를 인용하고 있다. 옛날에 伯牙는 琴을 잘 탔는데 그의 벗 鍾子期는 그의 연주만 듣고도 그의 심중을 알아 맞혔다. 이후 鍾子期가 죽자 伯牙는 내 琴音을 알아주는 이가 이제 없다며 琴 줄을 모두 끊어 버렸다. 朱絃은 붉은 琴 줄. 琴은 거문고와 유사한 현악기. 佳人은 원래 아름다운 연인을 주로 가리키지만, 여기에서는 知音, 즉 자신을 알아주는 사람을 가리킨다. 絶은 琴 줄을 끊는다는 뜻.

31 青眼聊因美酒橫: 이 구절은 阮籍의 故事를 인용하고 있다. 옛날 阮籍은 마음이 맞는 벗이 오면 青眼, 즉 똑바로 바라보고, 마음이 맞지 않는 사람이 찾아오면 白眼, 즉 눈동자를 추켜올려 흰자위만 나오게 했다. 青眼은 똑바로 바라보는 눈동자. 聊는 오로지. 橫은 青眼, 즉 똑바로 보던 눈동자가 옆으로 곁눈질하게 된다는 뜻.

32 弄: 연주하다.

33 與白鷗盟: 흰 갈매기에게 맹세하다. 이 구절은 『列子』「黃帝」篇에 나오는 故事를 인용하고 있다. 옛날에 어떤 사람이 바닷가에 나갔더니 흰 갈매기들이 다가와 함께 놀았다. 이를 본 그의 아버지가 그에게 내일은 나가서 흰 갈매기들을 잡아오라고 했다. 그가 알았다고 대답하고 다음날 바닷가에 나갔더니, 갈매기들은 그의 마음을 알아채고 더 이상 그와 놀려고 하지 않았다. 이로부터 흰 갈매기는 아무 私心이 없음, 혹은 隱居를 상징하게 되었다.

제목은 '울분을 쓰다'(書憤)고 했으면서 정작 詩에는 '憤'字를 사용하지 않았지만 全詩의 한 글자 한 글자가 모두 '울분'(憤)이라고 평했다.

早歲那[34]知世事艱, 中原北望[35]氣如山. 樓船[36]夜雪瓜洲渡[37], 鐵馬[38]秋風大散關[39]. 塞上長城[40]空自許[41], 鏡中衰鬢[42]已先斑[43]. 出師一表[44]眞名世, 千載[45]誰堪伯仲間[46]!

34 那: 어찌. 어떻게.

35 北望: 북쪽을 멀리 바라보다. 여기에서 북쪽이란 金나라와 대치중인 北方을 뜻한다.

36 樓船: 樓臺가 있는 큰 軍船.

37 瓜洲渡: 地名으로, 지금의 江蘇省 鎭江에 위치. 地名 중 渡가 들어간 것을 보면 그곳이 나루터임을 알 수 있다. 당시 邊防의 중요한 거점이었다. 陸游는 40세 때에 이곳에서 邊防 업무를 맡은 적이 있다.

38 鐵馬: 鐵甲을 두른 戰馬.

39 大散關: 地名. 지금의 陝西省에 위치. 지명에 關이 들어간 것을 보면, 이곳이 중요한 關門임을 알 수 있다. 이곳은 당시 南宋과 金나라가 대치중인 국경지대였다. 陸游는 50세 때 이 근처에서 幕僚를 지냈다.

40 塞上長城: 邊境의 萬里長城. 여기에서는 실제 長成을 가리키는 것이 아니라, 南朝 宋나라의 장군 檀道濟가 北朝의 군사들을 물리치며 스스로를 萬里長城에 견주었던 故事를 인용하여, 陸游 자신이 金나라 군사를 막아내고자 하는 마음에 스스로를 '邊境의 萬里長城'이라 했던 것이다.

41 空自許: 空은 헛되이, 공연히. 自許는 자부하다.

42 衰鬢: 衰殘한 귀밑머리.

43 斑: 원래는 반점이나 얼룩을 가리키지만 여기에서는 검은 머리카락 중에 흰 머리카락이 희끗희끗 섞여있음을 가리킨다.

44 出師一表: 諸葛亮의 「出師表」.

45 千載: 千年.

46 伯仲間: 伯仲之勢를 이루다.

翁卷「鄉村四月」

翁卷은 南宋 때 詩人으로 평생 벼슬을 하지 않았으며 행적이 그다지 알려져 있지 않다. 그는 永嘉四靈[47]의 일원이었는데, 그들의 詩는 대체로 晩唐詩人 賈島의 풍격을 계승하여 깔끔하고 참신한 표현으로 田園山水를 담백하게 표현했다.

이 작품 역시 인위적인 조탁이나 꾸밈은 없지만 농번기에 한창 바쁜 농촌의 일상을 친근하면서도 생동감 있게 繪畫的으로 묘사하고 있다.

綠遍[48]山原白[49]滿川, 子規[50]聲裏雨如烟[51]. 鄉村四月閑人少, 才了蠶桑又插田[52].

姜夔「過垂虹」

姜夔는 벗 范成大가 있는 石湖(지금의 江蘇省에 위치)에 가서 머물다가 함께 배를 타고 뱃놀이를 나왔다. 그는 이 때 范成大를 위해 「暗香」과 「疏影」이라는 樂曲을 지어 詞를 써넣었는데(이에 대해서는 宋詞 중 「暗香」 참조), 范成大가 데려온 歌妓 小紅이 이를 노래하니 樂曲과 詞 모두 만족스러웠다. 이 뱃놀이를 마치고 돌아오며 지은 시가 바로 이 작품이다.

47 永嘉四靈은 徐照(字가 靈暉), 徐璣(號가 靈淵), 趙師秀(號가 靈秀), 翁卷(字가 靈舒)을 가리킨다. 모두 永嘉(지금의 浙江省에 위치)에서 태어났고, 字나 號에 '靈'字가 있어서 永嘉四靈이라 불리게 되었다.

48 遍: 두루 펼쳐져있다.

49 白: 흰빛. 여기에서 물빛을 희다고 하는 것은 물에 햇빛이 반사되어 찬란하게 빛나기 때문이다.

50 子規: 두견새.

51 雨如烟: 비가 안개 같다. 즉 아주 작은 빗물이 안개마냥 흩날리며 내리는 는개, 혹은 이슬비.

52 才了蠶桑又插田: 才는 방금. 이제야. 了는 마치다, 완료하다. 蠶桑은 누에치기. 插田은 모내기.

당시 江南에는 물길이 많이 나있었고 여기에는 화려하고 아름다운 다리도 많이 있었다. 특히 吳江縣을 가로지르는 利往橋란 긴 다리는 주위의 絶景으로 유명했는데, 다리 옆에 세워진 垂虹亭이란 정자 때문에 흔히 垂虹橋라고 불리기도 했다. 姜夔 역시 바로 이 다리 밑을 배로 지나며 이 詩를 지었기에 제목이 "垂虹橋를 지나며"(過垂虹)이다. 돌아오는 배 위에서 자신은 연주하고 小紅이 노래하니, 스스로도 자신이 지은 「暗香」과 「疏影」이 흡족해 得意揚揚하고 있는데 어느새 노래는 끝나고 물길 역시 끝나있었다. 문득 지나온 물길을 뒤돌아보니 짙은 물안개 속으로 아련히 보이는 아름다운 垂虹橋. 짧고 평이한듯하지만 담담한 筆致에서 당시의 그윽한 情趣가 물씬 배어나고 있다.

自作新詞[53]韻最嬌, 小紅[54]低唱我吹簫. 曲終過盡松陵[55]路, 回首烟波[56]十四橋[57].

53 自作新詞: 스스로 새로운 詞를 짓다. 姜夔는 벗 范成大를 방문해 머물며 그와 그의 歌妓 小紅을 위해 「暗香」과 「疏影」이라는 曲을 짓고 詞를 써넣은 것을 가리킨다.

54 小紅: 范成大가 데리고 있던 歌妓의 이름.

55 松陵: 吳江縣의 別稱.(지금의 江蘇省에 위치)

56 烟波: 안개가 자욱이 깔린 물결.

57 十四橋: 이 표현에 대해서는 두 갈래의 풀이가 존재한다. 첫째, 姜夔가 뱃놀이하면서 지나온 다리 개수로 본다. 당시 江南에는 물길이 많이 나있었고 화려하고 아름다운 다리도 많이 있었다. 이렇게 보자면 물길이 많고 다리도 많은 주변 풍경을 두루 가리키는 표현이 된다. 둘째, 十四橋를 垂虹橋(즉 利往橋)의 별칭으로 본다. 여기에서 垂虹橋가 왜 十四橋인지에 대해서도 두 가지 해석이 나왔다. 혹자는 이것이 垂虹橋 밑의 半圓型 아치arch 개수를 가리킨다고 여겼지만, 고증에 따르면 垂虹橋는 매우 긴 다리로 당시 다리 밑 반원형 아치가 최소 40개에서 60개 이상이 있었으므로, 이런 주장은 전혀 근거가 없다. 혹자는 垂虹橋가 근처 여러 다리 중 열네 번째 다리였을 것으로 추정한다. 이렇게 보자면 갓 지나온 垂虹橋의 풍경을 그려낸 표현이 된다. 意境으로 볼 때, 두 번째 해석이 보다 나은 듯해서 이를 따르겠다.

文天祥「正氣歌」

文天祥은 南宋 말엽에 태어나 壯元으로 進士에 급제했으나 당시는 이미 蒙古의 침략에 나라의 안위가 風前燈火 같았던 시기였다. 조정에서는 강력한 항전을 주장하다 파직되었나 곧바로 스스로 義兵을 조직하여 蒙古의 침략에 대항했다. 그 와중에 南宋은 멸망해 버리고 계속 義兵 활동을 하던 文天祥도 결국 체포되어 大都(지금의 北京)로 압송된다. 南宋 지식인들을 회유하기 위해 文天祥의 협조가 절실하게 필요했던 元나라의 世祖(쿠빌라이 칸)가 끈질기게 그를 懷柔했지만 그는 搖之不動이었다. 그래도 포기하지 않고 결국 그를 열악한 환경의 감방에 2년여 동안 감금해 두면서[58] 투항을 강요했지만, 南宋을 향한 文天祥의 一片丹心은 조금도 흔들리지 않았다. 결국 회유가 불가능하다는 것을 깨달은 世祖는 그를 저잣거리에서 斬首케 한다. 그때 文天祥의 나이 46세였다.

이 작품은 바로 文天祥이 大都의 土窟 감방에서 지은 것으로 그의 꿋꿋한 절개와 뜨거운 충정이 잘 드러나고 있다. 때문에 古來로 모두 이 작품을 가리켜 우국충정이 잘 드러난 名詩라고 絶讚한다. 하지만 실제로 꼼꼼히 작품을 들여다보면, 물론 豪放한 기세와 대쪽 같은 志操가 십분 느껴지긴 하지만 동시에 과도한 典故의 나열로 難澀함이 느껴지기도 하고, 詩 특유의 含蓄美나 韻律感은 그다지 느껴지지 않는다. 오히려 그 표현 방식이나 내용의 성향은 司馬遷의 「報任少卿書」 같은 文章을 읽는 듯한 느낌이 들 정도이다. 이러한 지적은 결코 이미 보편적으로 인정받고 있는 先人의 작품을 함부로 폄하하려는 것이 아니다. 다만 실제로 「正氣歌」가 우리의 마음에 전해주는 큰 감동은, 근본적으로 이 작품의 세심한 구성이나 修辭的 기교에서 연원하는 것이 아니라 주로 文天祥이라는 인물의 치열한 삶이나 죽음을 넘어선 절개와 共鳴함으로써 생겨난다는 것을 지적하고 싶은 것이다. 예를 들어 우리가 金九 선생이나 安重根 義士의 書藝 작품을 보고 감동을 받는 것은, 祖國을 위해 온 몸을 불사르셨던 그분들의 삶이 그 작품들과 共鳴하기 때문이지, 실제로 그분들의 작품이 技術的으로 최고의 경지에 올라있기 때문이 아니다. 특히나 金九 선생 같은 경우는 漢學 교육조차 제대로 받지 못하셨고 얼핏 보아도 글씨가 투박하기 그지없다. 오히려 당시 朝鮮에서 손꼽혔던 名筆은 乙巳五賊 중 한 명인 李完用이었다.

58 元나라 수도로 압송된 후 얼마나 열악한 환경에 처해있었는지는 「正氣歌」에 첨가된 文天祥의 序文에 상세하다.

그는 어려서부터 제대로 漢學 교육을 받았고 當代 名筆을 직접 스승으로 모셨기에 그의 書藝 작품은 세련미를 자랑한다. 하지만 현재 그의 書藝 작품은 우리에게 별다른 감동을 전해주지 못한다. 오히려 唾棄의 대상이 되기 십상이다. 왜냐하면 그의 너무나 奸惡했던 賣國 행위가 여전히 지금의 우리와 그의 書藝 작품 간의 진지한 交感을 차단하고 있기 때문이다. 너무 작자의 삶에 집중하거나 과도하게 도덕적인 기준을 들이 대는 것이 일종의 선입견으로 작용하여 작품을 이해하는 데 문제가 될 수는 있겠지만, 작가의 삶 자체가 작품과 함께 읽히는 것 자체는 사실 너무나 자연스러운 일이다. 물론 신비평New Criticism처럼 작품을 이해하는 과정에서 작가를 의도적으로 배제하는 讀法도 가능하기는 하지만, 현실적으로 문학 작품이든 또 다른 예술 작품이든 간에 상관없이 작가의 삶과 작품의 감동은 언제나 錯綜되어 顯現한다. 비극적이거나 치열한 삶을 살았던 作家의 작품이 우리에게 은근히 좀 더 깊은 울림을 전해주는 이유 역시 여기에 있다. 우리가 앞서 살펴보았던 李淸照의 「聲聲慢」 역시 물론 작품 자체로도 매우 훌륭하지만 작품 자체의 修辭나 내용뿐만 아니라 그녀의 파란만장한 삶이 그 위에 겹쳐지면서, 그 작품에서 그려지는 서러움에 보다 더 共感하고 同化될 수 있었던 것이다.

天地有正氣, 雜然賦流形[59]. 下則爲河嶽, 上則爲日星. 於人曰浩然[60], 沛乎塞蒼冥[61]. 皇路當淸夷[62], 含和吐明廷[63]. 時窮節乃現, 一一垂丹靑[64]. 在齊太史[65]簡, 在晉董狐[66]筆. 在秦張良椎[67], 在漢蘇武節[68]. 爲嚴將軍頭[69], 爲嵇

59 賦流形: 賦는 하늘이 부여했다. 流形은 갖가지 事物, 萬物.

60 於人曰浩然: 於人曰은 '사람에게 있어서는 ~라 한다'의 뜻. 浩然은 孟子가 말한 浩然之氣를 가리킨다.

61 沛乎塞蒼冥: 沛乎는 沛然, 즉 盛大하여 넘쳐나는 모양. 塞은 가득 차다. 이때는 '색'으로 읽는다. 蒼冥은 하늘. 밝으면 푸르고 저물면 어두워져서 蒼冥이라 한다.

62 皇路當淸夷: 皇路는 大路, 위대한 道. 皇은 크다. 當은 ~때에 즈음하여. 淸夷는 깨끗하고 평평하다, 올바른 세상.

63 含和吐明廷: 含和는 調和로움을 머금은 氣. 吐는 여기에서 明廷을 장소로 받아 '~에 토해진다', '~에 펼쳐내다'. 明廷은 明哲한 朝廷, 즉 올바른 정치가 펼쳐지는 朝廷.

64 垂丹靑: 垂는 기록되어 전해지다. 원래는 드리운다는 뜻이지만, 인신되어 後世까지 남겨져 전해진다는 뜻. 丹靑은 歷史 혹은 史書의 뜻. 원래 이는 丹書와 靑史의 줄임말이다. 신하가 큰 功을 세우면 丹書에 그 功勳을 기록하게 했다. 또 푸른 대나무로 만든 竹簡에는 역사를 기록하기에 이를 靑史라 부른다. 모두 후대까지 그 공적과 사실이 전해질 것이라는 뜻.

65 齊太史簡: 齊太史는 春秋時代 齊나라에서 大夫 崔杼가 난을 일으켜 齊莊公을 죽이고 모든 실권을 장

侍中血[70]. 爲張睢陽齒[71], 爲顔常山舌[72]. 或爲遼東帽[73], 淸操厲冰雪[74]. 或爲出師表[75], 鬼神泣壯烈. 或爲渡江楫[76], 慷慨呑胡羯[77]. 或爲擊賊笏[78], 逆豎頭

악했다. 이 일을 두고 齊나라 太史는 崔杼가 임금을 弑害했다고 기록했는데, 이를 본 崔杼가 크게 화를 내며 그를 죽였다. 그러자 죽임을 당한 太史의 동생이 太史 직위를 물려받아 다시 崔杼가 임금을 弑害했다고 기록했고, 이에 崔杼는 그를 죽였다. 이후로도 이 일로 몇 명을 계속해 죽였으나 太史의 직위를 받은 이들은 줄곧 崔杼가 임금을 弑害했다고 기록했기에 결국 崔杼는 사서를 고치는 일을 포기하고 말았다.

66 晉董狐: 春秋時代 晉靈公이 無道하니 재상 趙盾이 몇 번을 간하다가 오히려 미움을 받아 國外로 도망을 가게 되었다. 그러나 國外로 나가기 전 자신의 從弟 趙穿이 靈公을 죽였다는 소식을 접하고 다시 돌아와 실권을 장악했다. 이에 晉나라의 史官 董狐는 趙盾이 靈公을 弑害했다고 기록했다. 趙盾은 억울함을 호소했지만, 董狐는 나라가 혼란할 때 재상이 도망을 간데다 돌아와 靈公을 죽인 趙穿에게 아무런 벌을 내리지 않았으니 靈公이 죽은 책임은 趙盾에게 있는 것이라 주장하며, 기록을 고치지 않았다.

67 秦張良椎: 秦始皇이 6國을 멸망시키고 天下를 통일하자, 6國 중 하나인 韓나라에서 5대째 재상을 지내던 가문의 후예인 張良은 秦始皇에게 복수하기 위해 120근의 鐵椎를 사용할 壯士를 찾아 巡幸 중인 秦始皇을 때려죽이고자 했지만 실패하고 만다. 이후 張良은 劉邦을 도와 결국 秦나라를 멸망시키고 漢나라를 세우는 데 큰 공을 세운다.

68 漢蘇武節: 漢武帝 때 匈奴의 사신으로 갔던 蘇武는 투항할 것을 강권했으나 끝까지 거부했다. 결국 강제로 억류되어 19년간이나 모진 포로생활을 하다가 간신히 탈출하여 漢나라로 돌아올 수 있었다. 節은 旄節. 旄節은 깃발과 같은 모양으로, 皇帝의 명을 받든 사신임을 나타내는 징표이다. 蘇武 역시 匈奴에 갈 때 旄節을 가져갔는데, 19년간의 포로생활 중에도 이를 끝까지 지니고 있다가 탈출할 때 가지고 돌아왔다.

69 嚴將軍頭: 三國時代에 巴郡을 지키던 嚴顔이 張飛에게 생포되었다. 張飛가 투항하라고 강요하자 그는 "우리 고을엔 머리가 잘린 장수가 있을 뿐, 항복한 장수는 없다"며 끝까지 버텼다. 이에 감탄한 張飛는 그를 그냥 풀어주었다.

70 嵇侍中血: 晉나라 惠帝 때 內亂이 일어나 반란군이 궁궐까지 공격해 들어왔다. 皇帝를 호위하는 侍衛들까지 모두 도망간 위기일발의 순간, 侍中 벼슬을 하던 嵇紹가 惠帝 옆에 바짝 붙어 방패막이가 되었다가 결국 칼에 맞아 죽었다. 이때 惠帝의 옷에까지 그의 피가 튀어 묻었는데, 이후 內亂이 평정된 뒤에도 惠帝는 명을 내려 嵇紹의 피가 묻은 자신의 옷을 빨지 못하게 했다.

71 張睢陽齒: 唐나라 安祿山의 亂 때, 睢陽 땅을 지키고 있던 張巡은 반란군과 전투를 하게 되었다. 그는 악전고투 속에서도 군사들의 士氣를 진작시키기 위해 계속해서 소리를 질렀는데, 눈은 너무 치켜떠 눈가가 찢어졌고 이는 하도 악물어 다 부서졌다. 이후 반란군에게 패배하여 붙잡힌 뒤 끝까지 투항하지 않아서 죽임을 당했는데, 반란군이 그의 입을 살펴보니 남은 이가 세 개뿐이었다.

72 顔常山舌: 唐나라 安祿山의 亂 때, 顔杲卿은 常山 땅을 지키다가 그만 安祿山에게 패하여 생포되었다. 安祿山이 여러 모로 회유하며 투항하길 권했으나, 거부하고 꿋꿋이 安祿山을 욕하다가 혀가 뽑힌 뒤 끝내 죽임을 당했다.

73 遼東帽: 東漢 末葉, 이미 漢나라 皇帝는 유명무실해지고 曹操가 專橫을 일삼고 있었다. 당시 戰亂을 피해 遼東에 머물던 管寧은 명망이 높았기에 曹氏 一族이 몇 번이고 그를 초빙하기 위해 온갖 성의를 보였지만, 管寧은 늘 검은 帽子를 쓰고 安貧樂道하며 끝끝내 응하지 않았다.

74 淸操厲冰雪: 淸操는 고결한 節操. 厲冰雪은 대단하기가 얼음이나 눈과 같았다. 厲는 峻嚴하다, 매섭다.

75 出師表: 蜀나라의 승상 諸葛亮이 魏나라를 치기 위해 後主 劉禪에게 올렸던 表文. 諸葛亮의 끓어오르는 忠情을 상징한다.

破裂[79]. 是氣所旁薄[80], 凜烈[81]萬古存. 當其[82]貫日月, 生死安足論! 地維[83]賴以[84]立, 天柱[85]賴以尊. 三綱實系命[86], 道義爲之根. 嗟余遘陽九[87], 隸也實不力[88]. 楚囚纓其冠[89], 傳車送窮北[90]. 鼎鑊[91]甘如飴, 求之不可得. 陰房闃鬼

76 渡江楫: 東晉의 祖逖은 元帝의 명을 받고 北伐을 위해 長江을 건너면서, 배의 노를 두드리며 中原을 평정하지 못한다면 이 강을 건너 돌아오지 않겠다고 맹세했다. 결국 그는 北伐에 성공하여 黃河以南의 땅을 수복했다. 楫은 배 젓는 노. 여기에서는 祖逖의 맹세를 상징한다.

77 胡羯: 中原을 차지하고 있는 오랑캐. 당시 東晉의 북방인 黃河 유역은 遊牧民, 즉 오랑캐들이 점령하고 있었다. 다섯 오랑캐(匈奴, 鮮卑, 羯, 氐, 羌)가 엎치락뒤치락하며 16개의 나라가 明滅을 거듭했기에 당시 북방을 五胡十六國이라고 칭한다.

78 擊賊笏: 唐나라 德宗 때 朱泚는 스스로 皇帝가 되려고 반란을 도모하면서 당시 罷職된 상태였던 段秀實을 불러 함께할 것을 종용했다. 그러나 뜻밖에 罷職되었건만 唐나라에 대한 段秀實의 忠情은 변함이 없어서, 곧바로 朱泚의 笏을 빼앗아 그의 머리를 사정없이 내려치고는 크게 꾸짖다가 결국 죽임을 당했다. 賊은 逆賊, 즉 朱泚를 가리킨다.

79 逆豎頭破裂: 逆豎頭는 반역을 도모하는 풋내기 녀석의 머리, 즉 朱泚의 머리를 가리킨다. 豎는 더벅머리란 뜻으로 주로 풋내기라는 貶下의 뜻으로 사용된다. 당시 朱泚는 段秀實에게 머리를 맞아 피를 줄줄 흘렸다고 한다.

80 是氣所旁薄: 是氣는 이 氣, 즉 앞서 말한 正氣 혹은 浩然之氣. 旁薄은 드넓게 가득 차 있다.

81 凜烈: 꿋꿋함과 매서움.

82 當其: 當은 ~할 때에, ~할 즈음에. 其는 앞서 말한 正氣 혹은 浩然之氣.

83 地維: 네모난 땅의 네 모서리. 여기에서 維는 모서리.

84 賴以: 賴以는 ~에 의지함으로써. 문장에는 생략되어 있지만 문맥상 正氣를 받아서 '正氣에 의지하여'라고 번역된다.

85 天柱: 네모난 땅 네 모서리에서 둥근 하늘을 떠받치고 있는 기둥. 옛날에는 하늘은 둥글고 땅은 네모지다고 여겼다.

86 三綱實系命: 三綱은 세 가지 벼리, 즉 세상의 가장 큰 법도 세 가지. 임금은 신하의 벼리가 되고(君爲臣綱), 아버지는 아들의 벼리가 되고(父爲子綱), 지아비는 지어미의 벼리가 된다(夫爲婦綱). 系命은 무언가에 生命이 의지한다. 여기에서 그 무엇은 바로 正氣이다. 系는 원래 '~에 연계되다', '~에 달려 있다'는 뜻인데, 여기에서는 편의상 '~에 의지한다'고 意譯했다.

87 遘陽九: 遘는 맞닥뜨리다. 陽九는 하늘이 내린 엄청난 災厄. 원래는 術數家들이 하늘에서 정기적으로 내리는 가뭄의 햇수를 가리키는 말이었으나, 이후 하늘에서 내리는 모든 災殃이나 厄運이란 의미로 확대되었다. 여기에서는 南宋의 멸망을 가리킨다.

88 隸也實不力: 隸는 보잘 것 없는 하급 관리.(여기에서 隸를 노예로 푸는 것은 틀린 설명이다.) 여기에서는 文天祥이 스스로를 謙稱한 것이다. 혹자는 隸를 文天祥 자신이 아니라, 政治를 제대로 하지 못한 못난 벼슬아치들을 가리킨다고 보기도 하는데 옳지 않다. 不力은 힘쓰지 않다. 즉 南宋의 벼슬아치로서 제대로 자신의 역할을 해내지 못했음을 스스로 자책하고 있는 것이다.

89 楚囚纓其冠: 春秋時代에 楚나라와 晉나라가 전쟁을 하였는데 그 와중에 楚나라의 鍾儀는 晉나라의 포로가 되고 말았다. 하지만 鍾儀는 晉나라의 포로로 지내면서도 늘 楚나라의 冠을 쓰고 다녔다고 한다. 纓은 冠의 끈을 매다. 이 구절은 지금 亡國의 포로가 되어 元나라의 수도로 압송되는 자신에 대한 비유이다.

90 傳車送窮北: 傳車는 公務를 위해 驛站을 지날 때 사용하는 수레. 여기에서는 文天祥 자신을 압송하고

火[92], 春院閟天黑[93]. 牛驥同一皂, 鷄棲鳳凰食[94]. 一朝蒙霧露[95], 分作溝中瘠[96]. 如此再寒暑[97], 百沴自辟易[98]. 哀哉沮洳場[99], 爲我安樂國! 豈有他繆巧[100], 陰陽不能賊[101]! 顧此耿耿存[102], 仰視浮雲[103]白. 悠悠[104]我心悲, 蒼天曷有極? 哲人日已遠[105], 典型在夙昔[106]. 風簷[107]展書讀, 古道照顏色[108].

있는 수레. 窮北은 북쪽의 끝. 여기에서는 元나라의 수도 大都, 즉 지금의 北京을 가리킨다. 실제로 北京이 본격적으로 一國의 首都로 개발된 것은 元나라부터이므로, 줄곧 南方에 살던 文天祥에겐 北京이 저 북쪽 끝자락에 있는 邊境으로 느껴졌을 것이다.

91 鼎鑊: 죄인을 가마솥에 삶아 죽이는 형벌.

92 陰房闃鬼火: 陰房은 볕이 잘 들지 않아서 음침한 감방. 실제로 文天祥은 당시 음습한 土窟 감방에 감금되어 있었다고 한다. 闃은 쥐죽은 듯 고요하다는 뜻. 鬼火는 어두운 밤중에 주로 무덤이나 오래된 집에서 일어나는 파란 도깨비불.

93 春院閟天黑: 春院은 '날의 감옥'. 여기에서 院은 아마도 土窟 감방 밖의 주변을 가리키는 듯하다. 閟는 꽉 닫혀있다. 天黑은 캄캄한 밤하늘처럼 어둡다는 뜻.

94 牛驥同一皂, 鷄棲鳳凰食: 牛驥는 소와 千里馬. 皂는 구유, 즉 가축의 먹이를 담는 큰 그릇. 鷄棲鳳凰은 닭이 봉황 있는 곳에 길들여 같이 먹이를 먹는다는 뜻. 소와 千里馬, 그리고 닭과 鳳凰은 모두 정말 죄를 지어 들어온 나쁜 죄수들과 자신처럼 지조를 지키다 잡혀온 선비에 대한 비유이다. 같은 구유를 쓰고 같이 식사한다는 것은 감옥에서 서로 뒤섞여 생활한다는 뜻.

95 一朝蒙霧露: 一朝는 하루아침에, 갑자기. 蒙은 뒤집어쓰다. 霧露는 안개와 이슬. 蒙霧露은 주로 궂은 날씨나 열악한 환경을 무릅쓴다는 비유로 사용되는데, 여기에서는 후자이다.

96 分作溝中瘠: 分은 쪼개진다는 뜻. 여기에서는 죽은 뒤 殘骸가 흩어짐을 말한다. 溝中瘠은 도랑 속에 버려진 앙상한 뼈다귀.

97 再寒暑: 거듭 추위와 더위를 지냈다. 한 해 이상 옥살이를 하고 있음을 말한다. 실제로 文天祥은 감방에 2년 넘게 감금되어 있었다.

98 百沴自辟易: 百沴는 온갖 邪氣. 辟易은 놀라서 물러선다는 뜻.

99 沮洳場: 낮고 축축한 장소, 즉 자신이 갇혀있는 土窟 감방. 「正氣歌」의 序文을 보면, 가로 세로 너비가 8척, 깊이가 32척이나 되는 토굴 속에 갇혀있었다.

100 豈有他繆巧: 他는 다른. 繆巧는 남이 모르는 약삭빠른 꾀. 이 구절은 '어디 그렇게 음습한 土窟 속에서도 온갖 邪氣를 물리칠 남다른 妙策을 따로 가지고 있겠는가?'라는 뜻.

101 陰陽不能賊: 陰陽은 여기에서 추위와 더위. 앞의 寒暑와 같은 뜻. 賊은 해코지하다.

102 顧此耿耿存: 顧는 단지. 此는 正氣. 耿耿은 찬란히 빛나는 모습.

103 浮雲: 뜬구름. 부질없는 富貴榮華에 대한 비유이다.

104 悠悠: 계속해서 끊이지 않는 모습.

105 哲人日已遠: 哲人은 본받을 만한 옛 聖賢. 日已遠은 나날이 이미 멀어져가고 있다. 즉 太平聖代를 열었던 옛 聖賢들로부터 점차 멀어져 이미 되돌아갈 수 없다는 뜻.

106 典型在夙昔: 典型은 본받을 만한 모범. 夙昔은 과거, 옛날.

107 風簷: 바람 부는 처마 밑. 여기에서는 추위로 견디기 힘든 土窟 감옥에 대한 비유.

108 古道照顏色: 古道는 옛 聖賢의 도. 顏色은 낯빛, 즉 얼굴.

宋 산문

歐陽修「醉翁亭記」

당시 歐陽修는 朝廷에서 나라의 개혁을 주장하다 左遷되어 滁州의 知州로 내려와 있었다. 여느 사람 같았으면 뜻밖의 左遷에 失意하고 落膽했겠지만, 歐陽修는 아랑곳하지 않고 消日할 주변 絶景을 찾아 나섰고 결국 흡족해하며 즐겨 찾게 된 곳이 바로 瑯琊山이었다. 그리곤 이내 그곳에 자신의 '아지트'를 몇 군데 마련해 두었다. 그 아지트는 여기에서 보이는 醉翁亭말고도 醒心亭과 豐樂亭이 더 있었다.[1]

그렇다면 醉翁이 瑯琊山을 찾은 이유는 어디에 있는가? 醉翁의 '醉'字를 보고 흔히 술에 취하기 위해 온다고 생각할 수 있지만, 사실 구양수는 자백하고 있듯이 그는 술을 조금만 마셔도 바로 취해버리는 체질로 斗酒不辭의 酒黨과는 거리가 먼 사람이었다. 때문에 歐陽修는 단도직입적으로 "나 醉翁의 본래 뜻은 술에 있는 것이 아니라 山水景觀 속에 있다"(醉翁之意不在酒, 在乎山水之間也)고 단언하면서, "山水景觀의 즐거움이란 사실 마음으로 깨달은 것이되, 짐짓 술 핑계를 댄 것"(山水之樂, 得之心而寓之酒)일 뿐이라 해명한다. 그렇다면 그가 말하는 '山水景觀의 즐거움'은 구체적으로 무엇을 가리키는 것인가? 바로 사시사철 밤낮으로 시시각각 무궁무진하게 변화하는 瑯琊山의 景觀이다. 사실 이것은 누구나 아는 즐거움이다. 하지만 그에겐 사람들이 모르는, 이보다 더한 즐거움이 있었다. 바로 隨時로 이곳에 와 千變萬化하는 이곳 풍경을 즐기면서 사람들이 술을 마시고 왁자지껄 떠들며 한껏 懷抱를 푸는 것을 감상하는 것, 다시 말해 사람들이 이러한 산 나들이의 즐거움을 만끽하는 것을 즐기는 것, 그것이 歐陽修에겐 瑯琊山의 景觀보다 더 큰 즐거움이었다.

1 豐樂亭과 관련해서는 歐陽修가 지은「豐樂亭記」라는 文章과「豐樂亭遊春」등의 詩가 전한다.「豐樂亭遊春」은 이미 앞의 송대 시에서 보았다. 醒心亭에 대해서는 歐陽修의 벗 曾鞏이 지은「醒心亭記」가 전한다.

여기에서 '사람들'이란 누굴 말하는 것일까? 마음이 통하는 벗? 아니다. 그의 벗 역시 포함되기도 하지만 궁극적으로는 滁州 지방의 백성을 모두 가리키는 것이다. 그가 「豐樂亭記」에서 "다행히도 이곳 滁州 百姓이 한 해 수확이 풍성함을 즐거워하고, 나와 노닐기를 좋아한다"(幸其民樂其歲物之豐成, 而喜與予遊也)고 한 말은 여기에서도 적용된다. 豐樂亭의 豐樂이란 표현이 바로 여기에서 나온 것이다. 그는 백성과 함께 즐기는 것 자체를 즐겼던 것이다. 부연하자면 曾鞏의 「醒心亭記」에서 이르길, 歐陽修는 봄나들이를 나올 때면 늘 豐樂亭에서 술을 마셨는데 여기에서 취하거나 피로해지면 반드시 豐樂亭에서 수백걸음 거리인 醒心亭에 와서 "그 마음을 깨어나게 하고는 주위 풍경을 바라보았다"(醒心而望)고 했다.

사실 「醉翁亭記」를 보면 歐陽修는 스스로를 醉翁, 즉 '취한 늙은이'라 하고 있고, 또 스스로의 외모를 "핏기 없는 老顔에 머리는 백발"(蒼顔白髮)이라고 표현하고 있다. 하지만 당시 歐陽修의 나이는 이제 막 40을 바라보던 때였다. 아무리 옛날 사람들의 수명이 지금에 비해 짧았었다고는 하지만, 그래도 '늙은이'니 '백발'이란 표현이 그다지 어울리지는 않는 나이였다. 무슨 이유로 자신을 이같이 묘사했던 것일까? 朝廷에서의 좌절에 衰殘해진 자신을 표현하려 한 것일까? 아니면 비록 左遷당해 오기는 했으나 滁州에서의 생활을 즐기는 자신을 묘사하려 한 것일까? 물론 복합적이기도 하겠지만 일반적으로는 전자에 무게를 두는 듯하다. 하지만 전체 문장을 잘 살펴보면 후자가 좀 더 歐陽修의 본심에 가까움을 알 수 있다. 스스로 밝혔듯이 '醉翁'은 술이 아니라 山水景觀과 이를 즐기는 百姓을 살펴보는 것을 즐기는 것에 흠뻑 취한 스스로를 유머러스하게 빗댄 것이다. 여기에서 '翁'은 '늙은이'보단 '어르신'에 가까운 듯하다. 사람들이 모르는 즐거움을 고고하게 즐기는 자신을 장난삼아 '어르신'이라 부른 것이 아닐까? 그리고 "핏기 없는 老顔에 머리는 백발" 역시 사실은 "왁자지껄한 사람들 속에서 진작 취해 널브러져버린"(頹然乎其間者) 스스로의 모습을 유머러스하게 비유한 것으로 보인다.

이 작품의 표현기법을 전체적으로 살펴보자면, 평이하면서도 담담한 묘사를 위주로 하면서도 결코 밋밋하거나 상투적이지 않다. 언제나 깔끔한 문장으로 신선한 느낌을 주면서, 자신의 정감을 여실하게 담아내고 있는 것이 歐陽修 문장의 최대 장점이다. 「醉翁亭記」 역시 이러한 歐陽修 문장의 풍격을 잘 보여주고 있는데, 특히나 롱 테이크Long Take 기법 마냥 間斷없이 풍경과 상황을 묘사해 가면서도, 동시에 스무고개 하듯 계속

'太守'로 단락을 마무리 지으며 주의를 환기시키다가 마지막에 가서야 太守의 정체를 밝히며 산뜻하게 마무리를 짓고 있는 점[2]은, 이 작품만의 특징이자 美德이다.

環滁[3]皆山也. 其西南諸峯, 林壑尤美. 望之蔚然[4]而深[5]秀者, 瑯琊[6]也. 山行六七里, 漸聞水聲潺潺[7], 而瀉出於兩峯之間者, 釀泉[8]也. 峯回路轉[9], 有亭翼然[10]臨[11]於泉上者, 醉翁亭[12]也. 作亭者誰? 山之僧智僊[13]也. 名之者誰? 太守[14]自謂也. 太守與客來飮[15]於此, 飮少輒[16]醉, 而年[17]又最高, 故自號曰醉翁[18]也. 醉翁之意不在酒, 在乎山水之間也. 山水之樂, 得之心而寓之酒[19]也. 若夫日出而林霏開[20], 雲歸而巖穴暝, 晦明變化者, 山間之朝暮

2 본문에서 "……名之者誰? 太守自謂也. ……山肴野蔌, 雜然而前陳者, 太守宴也. ……蒼顔白髮, 頹然乎其間者, 太守醉也. ……醉能同其樂, 醒能述以文者, 太守也. ……太守謂誰?"라고 계속 太守라고만 언급하다가, 마지막에야 비로소 "太守謂誰? 廬陵歐陽修也"라고 太守의 정체를 밝힌 것을 가리킨다.

3 環滁: 環은 빙 두르다, 혹은 둘러싸고 있다. 滁는 滁州(지금의 安徽省에 위치).

4 蔚然: 수풀이 아주 무성하고 울창한 모습.

5 深: 매우.

6 瑯琊: 滁州에 있는 瑯琊山.

7 潺潺: 물이 잔잔하게 흐르는 소리. 졸졸졸.

8 釀泉: 샘 이름. 원래 釀은 술을 빚는다는 뜻으로, 이 샘물로 술을 빚으면 특히 맛이 좋아서 釀泉이라 칭했다고 한다. 고증에 따르면 원래 이 샘의 이름은 讓泉이었는데 후대 사람들이 이 샘물로 술을 빚는 것을 강조하다 보니 讓泉이 釀泉으로 改稱된 것이다.

9 峯回路轉: 길이 봉우리를 따라 돌며 굽이져 있음을 표현한 것.

10 翼然: 날개를 펼친 듯한 모습. 亭子를 정면에서 볼 때 양끝의 처마와 拱包가 소소리 솟은 모습이 마치 새가 날개를 펼친 모습과 같아서 이와 같이 표현한다. 중국의 정자는 우리나라보다 처마가 좀 더 휘감아 올라가 있다.

11 臨: 높은 곳에서 내려다보임.

12 醉翁亭: 정자의 이름.

13 智僊: 瑯琊山에 사는 僧侶의 法名. 僊은 仙의 本字.

14 太守: 당시 滁州의 知州였던 歐陽修 본인을 가리킨다. 太守란 직위는 사실 西漢 시대에 있던 직위이다. 중국에서는 예부터 이미 사라진 古代의 職銜을 곧잘 사용해 지금의 職位를 표현하곤 했다.

15 飮: 飮酒, 즉 술을 마신다는 뜻.

16 輒: 곧바로.

17 年: 年齡, 즉 나이.

18 醉翁: 歐陽修의 雅號.

19 得之心而寓之酒: 마음에서 얻는 것이지만 술에 寄託했다는 뜻.

也. 野芳[21]發而幽香, 佳木秀而繁陰[22], 風霜高潔[23], 水落而石出[24]者, 山間之四時也. 朝而往, 暮而歸, 四時之景不同, 而樂亦無窮也. 至於負者[25]歌於塗[26], 行者[27]休於樹, 前者呼[28], 後者應[29], 傴僂提攜[30], 往來而不絶者, 滁人[31]遊也. 臨[32]谿而漁, 谿深而魚肥, 釀泉爲酒[33], 泉香而酒冽[34]. 山肴野蔌[35], 雜然而前陳者, 太守宴也. 宴酣[36]之樂, 非絲非竹[37], 射者中[38], 弈者[39]勝, 觥籌

20 林霏開: 林霏는 숲 속에서 자욱이 피어오르는 산안개. 開는 아련했던 시야가 트이듯 산안개가 사라진다는 말.

21 野芳: 들꽃. 들에 핀 여러 꽃. 여기에서는 봄의 상징.

22 繁陰: 綠陰이 우거지다. 綠陰은 여름을 상징한다.

23 風霜高潔: 風高霜潔의 도치형. 바람은 높고 서리는 맑다. 이는 가을을 상징한다.

24 水落而石出: 물이 빠져 돌이 드러난다. 이 표현은 물이 메마르는 겨울을 상징한다.

25 負者: 짐을 짊어진 사람.

26 塗: 길. 路上.

27 行者: 지나는 사람. 行人.

28 呼: 노랫가락을 메기는 것.

29 應: 남이 먼저 메긴 노랫가락을 받아서 부르는 것.

30 傴僂提攜: 傴僂는 곱사등이처럼 등이 굽은 사람, 즉 老人을 가리킨다. 提攜는 손을 잡아줘야 하는 어린이를 가리킨다. 즉 老少의 뜻. 혹자는 傴僂를 서로 인사하기 위해 등을 구부린 것으로, 提攜를 비탈진 산길을 오를 때 서로 손을 잡아준다는 뜻으로 풀기도 한다.

31 滁人: 滁州 사람들.

32 臨: 여기에서는 '~에 다다르다'의 뜻.

33 釀泉爲酒: 앞서 지적한 대로 샘 이름을 讓泉으로 본다면, 釀泉爲酒에서의 釀이 動詞가 되어 "讓泉으로 빚어서 술을 만들다"의 뜻이 된다. 만약 釀泉 자체를 샘 이름으로 본다면 釀泉 앞에 以가 생략된 것으로 보아서 "釀泉을 가지고 술을 만들다"의 뜻이 된다.

34 冽: 차고 맑다는 뜻.

35 山肴野蔌: 山肴는 산에서 잡은 날짐승이나 들짐승의 고기로 만든 술안주. 野蔌은 野外에서 캔 나물.

36 宴酣: 宴會가 한창 무르익었다는 뜻.

37 非絲非竹: 絲와 竹은 원래 각각 絃樂器와 管樂器를 지칭하지만 여기에서는 그냥 風樂을 가리킨다. 연회가 즐거운 것이 風樂 때문이 아니라는 뜻.

38 射者中: 혹자는 射者를 활 쏘는 사람이라 풀지만, 이는 고대에나 있던 풍습으로 당시에는 士大夫가 활을 쏘는 풍습이 없었다. 그래서 혹자는 이를 投壺라고 풀기도 하지만 投壺 역시 주로 집에서 즐기는 놀이로 野外로 나와서 즐기는 놀이가 아니다. 당시 文人들의 나들이 때 유행했던 놀이 중 射覆이란 놀이가 있는데 서로 글자를 제시하며 수수께끼를 맞히는 일종의 罰酒 놀이다. 여기에서 射者는 바로 射覆이란 놀이에서 문제를 푸는 사람을 말한다. 中은 적중시키다, 즉 수수께끼를 맞혔다는 뜻.

39 弈者: 바둑을 두는 사람.

交錯[40], 起坐而諠譁[41]者, 衆賓懽[42]也. 蒼顔[43]白髮, 頹然[44]乎其間者, 太守醉也. 已而[45]夕陽在山, 人影散亂[46], 太守歸而賓客從也. 樹林陰翳[47], 鳴聲上下[48], 遊人去而禽鳥樂也. 然而禽鳥知山林之樂, 而不知人之樂. 人知從太守遊而樂, 而不知太守之樂其樂[49]也. 醉能同其樂[50], 醒能述以文[51]者, 太守也. 太守謂誰? 廬陵[52]歐陽修也.

蘇軾「前赤壁賦」

이 작품은 앞서 송대 詞에서 보았던 蘇軾의 「念奴嬌」와 같은 시기, 즉 朝廷에서 죄를 얻어 黃州(지금의 湖北省에 위치)에 머물 때 지어졌다. 같은 시기에 같은 장소에서 지어진 작품이기에 「念奴嬌」와 「赤壁賦」는 전체적인 주제의식이 大同小異하다. 蘇軾의 특기는

40 觥籌交錯: 觥은 주로 罰酒를 마실 때 쓰는 큰 술잔을 가리킨다. 籌는 산가지. 옛날에는 罰酒를 내릴 때 산가지를 사용하여 몇 잔을 마셨고 마셔야 하는지 셈하기도 했다. 交錯은 뒤섞여있는 모습.

41 起坐而諠譁: 起坐는 일어난 사람과 앉은 사람. 諠譁는 왁자지껄 소란스러움, 혹은 소란스레 떠든다는 뜻.

42 懽: 歡의 異體字.

43 蒼顔: 창백한 얼굴, 즉 나이가 들어 얼굴의 핏기가 없어진 老人을 가리킨다.

44 頹然: 술에 취해 널브러져 있는 모습.

45 已而: 오래지 않아, 이윽고.

46 人影散亂: 사람 그림자가 어지러이 흩어지다. 사람들이 뿔뿔이 나뉘어 돌아가는 정경을 묘사한 것이다.

47 陰翳: 원래는 수풀이 무성하여 綠陰이 우거진 모습을 가리키지만 여기에서는 날이 저물어 수풀에도 어둠이 내린다는 의미로 사용되었다. 蔭翳라고도 쓴다.

48 鳴聲上下: 새들이 지저귀는 울음소리가 나무의 위아래, 즉 이곳저곳에서 들려온다는 뜻.

49 樂其樂: 처음의 樂은 즐거워하다, 기꺼워하다는 의미의 動詞. 其樂은 사람들이 태수인 나를 따라 놀러와 느꼈던 즐거움을 가리킨다. 여기에서의 樂은 名詞이다.

50 同其樂: 同은 함께하다. 其樂은 앞 구절의 其樂과 풀이가 같다.

51 述以文: 文章으로 기술하다.

52 廬陵: 歐陽修의 故鄕으로 지금의 江西省에 위치해 있다. 중국은 전통적으로 자기 자신이든 남이든, 사람에 대해 기술할 때 그 사람의 고향을 먼저 밝힌 뒤 姓名을 기술한다. 우리말로 옮기자면 "어디 출신의 아무개"라고 할 수 있다.

散文的 글쓰기에 있었기에, 詞든 賦든 특유의 散文化 경향이 두드러졌다. 그러므로 詞보다 敍事的인 성격의 賦에서 그의 文學性이 좀 더 돋보이는 것은 어쩌면 당연한 일이며, 「赤壁賦」가 蘇軾의 그 다양한 장르의 다양한 작품 중에서 대표적인 문학작품으로 손꼽히는 이유 역시 여기에 있다고 하겠다.

앞서 蘇軾의 「念奴嬌」를, 赤壁이라는 '山川은 依舊한데 人傑은 간 데 없는' 遺跡을 통해 자연의 무궁함 앞에 허무하기 그지없는 인간의 유한함을 한탄하고 있는 것이며, 이러한 情緖는 이미 王羲之의 「蘭亭集序」에 보인다고 지적했다. 그래서 「念奴嬌」와 주제가 大同小異한 「赤壁賦」 역시 전반부는 이러한 基調로 시작된다. 하지만 「赤壁賦」는 후반부에 이르러 무한한 자연과 유한한 인생의 극한 대립을 기존의 방식과는 다르게 해소하기를 시도한다. 蘇軾은 무한한 자연과 유한한 인생의 대립이라는 상투적인 틀을 벗어나 좀 더 거시적인 시야로 이 문제를 觀照하려 한 것이다.

그가 보기에 사실 生滅이란 변화의 관점에서 보자면, 사람뿐 아니라 天地自然의 모든 것이 시시각각 변화하고 있는 것이다. 유한한 인간 세상에서 옛 人傑은 간 데 없고, 나를 포함한 지금의 사람들도 곧 사라지겠지만 결국 후세에도 계속해서 새로운 사람들이 등장할 것이다. 그런데 무한한 자연 역시 그러하다. 저 도도히 흐르는 강을 보라! 얼핏 보면 흐르는 강물이 무한한듯하지만 알고 보면 옛 강물이 밀려나고 새로운 강물이 계속 밀려오는 것일 뿐이다. 사람과 무엇이 다른가? 인간과 자연 모두가 어차피 유한함의 연속과 교체일 뿐. 그 무엇도 단 한순간도 머무르지 못한다. 이러한 지적에서 무한한 자연과 유한한 인생의 대립이라는 기존의 인식틀에는 이미 심각한 균열이 생겨나기 시작한다.

뒤집어서 *存在*라는 不變의 관점에서 보면, 즉 변화를 강제하는 時間性을 배제하고 본다면 宇宙萬物과 나는 모두가 완전한 것이다. 지금 분명히 존재하고 있지 않은가! 지금 존재하는 나는 나를 둘러싼 森羅萬象과 무한히 感應하며 이를 無窮無盡하게 즐길 수 있다. 지금의 나란 *存在*에 모든 것이 구비되어 있는 것이다. 이와 같은데 내가 天地自然을 부러워할 것이 무엇이 있겠는가! 다 같은 *存在*이거늘! 이렇게 보면, 결국 무한한 자연과 유한한 인생의 대립이라는 기존의 인식틀은 폐기될 수밖에 없다. 인식틀의 설정 자체가 잘못된 것이기 때문이다.

이러한 蘇軾의 觀照와 깨달음은 사실 그의 天才性에 起因한다기보다는 思想史的인

맥락에서 이해해야 한다. 사실 이러한 抽象的이고 本體論的인 論理는 魏晉時期부터 본격적으로 대두된 佛敎의 영향이다. 本體論的인 論理로 무장한 佛敎와 玄學의 도전과 자극에 儒學 역시 이를 방어하고 반격하기 위해 나름의 논리를 개발할 수밖에 없었다. 이 같은 대응으로 축적된 성취는 결국 北宋代에 이르러 理學이라는 사유체계를 구축하게 된다. 이후 동아시아의 近世를 아우르게 되는 理學은 世俗의 位階秩序를 超克한 理를 궁극의 本體로 상정하면서 과거 儒學이 충실히 專制王權 요구를 추종하거나 충족시키던 입장을 벗어나, 이른바 士大夫라는 지식인층의 입장을 대변하며 그들 스스로를 주체로 하는 세계관을 창출해내었다. 「赤壁賦」에 보이는 이와 같은 洞察 역시 이 같은 理學的 世界觀을 배경으로 내면적인 주체에 대한 지식인들의 적극적인 인식을 통해 가능했던 것이다. 특히 蘇軾 사상적 풍격은, 의도적으로 佛敎나 道家를 배척하려 했던 여느 理學者들과는 달리 적극적으로 儒佛道 三敎를 會通하는 데 그 특징이 있었다.

물론 이러한 哲理를 天衣無縫하게 문학작품 속에 담아낸 것은 당연히 蘇軾의 文學的 筆致였다. 이 작품은 엄격한 對偶와 장황한 나열을 중시하는 賦라는 형식을 깨지 않으면서도 동시에 散文에서나 볼 수 있었던 자유로운 敍事와 敍情을 구사하고 있다. 때문에 賦에서 흔히 보이는 圖式的인 전개나 형식적인 표현 같은 기존의 병폐를 一掃하고, 생동감 있는 修辭와 문학적인 비유가 돋보이는 새로운 散文賦를 완성시켰다. 또한 과도한 典故 사용을 자제하면서도 꼭 필요한 곳에는 적절하게 사용함으로써 過不及에서 초래될 수 있는 폐단을 해결했다.

혹자는 「赤壁賦」에 대해, 『莊子』와 楚辭에서 영향을 받았으면서도 베낀 흔적은 전혀 없다고 찬탄했었는데 이는 결코 과찬이 아니다. 실제로 내면적 자아에 집중하여 외재적 모순을 초월하는 방식은 『莊子』에서 연원한 것이지만, 『莊子』가 다분히 審美的이었던 데 반해 「赤壁賦」는 훨씬 論理的이다. 또한 분명 修辭 기법에 있어서 楚辭로부터 영향을 받았지만 楚辭가 다분히 몽환적인 비유와 장황한 나열을 위주로 하고 있었던 데 반해 「赤壁賦」는 선명한 묘사와 조리 있는 記述을 위주로 하고 있다.

蘇軾은 「赤壁賦」를 짓고 3개월 뒤, 다시 赤壁(정확히는 黃州의 赤鼻磯)에 가서 또 다른 「赤壁賦」을 지었다. 때문에 구분을 위해 「赤壁賦」는 「前赤壁賦」라 하고, 3개월 후 지은 「赤壁賦」는 「後赤壁賦」라 칭하기도 한다.

壬戌[53]之秋, 七月旣望[54], 蘇子[55]與客泛舟[56]遊於赤壁[57]之下. 淸風徐來, 水波不興. 擧酒屬[58]客, 誦明月之詩, 歌窈窕之章[59]. 少焉[60], 月出於東山之上, 徘徊於斗牛之間[61]. 白露橫江[62], 水光接天[63]. 縱一葦之所如[64], 凌萬頃

53 壬戌: 壬戌年, 즉 北宋 神宗 元豐 5年(1082).

54 旣望: 보름 다음날. 혹자는 15일이라고도 하고 혹자는 16일이라고도 하는데, 모두 틀렸다. 北宋 神宗 元豐 5年(1082)의 7月은 大月이었다. 음력은 양력과 달리 한 달이 30일과 29일로 되어 있는데 이 중 30일인 달을 大月이라 한다. 대월일 경우 16일이 보름이므로 보름 다음날은 17일이 맞다.

55 蘇子: 蘇軾 스스로를 가리키는 말. 원래 子는 고대 중국에서 남자에 대한 美稱 혹은 尊稱으로 사용되었으나 여기에서는 스스로를 유머러스하게 표현하기 위해 사용한 것이다.

56 泛舟: 배를 물에 띄우다.

57 赤壁: 蘇軾이 갔던 赤壁에 대해서는 앞서 송대 사 중 蘇軾의 「念奴嬌-赤壁懷古」에서 이미 설명했다.

58 屬: 여기에서는 권한다는 뜻으로 '촉'이라고 읽는다. 혹자는 屬을 注, 즉 술을 따른다는 뜻으로 풀기도 하는데 틀린 설명이다.

59 誦明月之詩, 歌窈窕之章: 이 구절에 대해서는 해석이 분분한데, 크게 세 가지로 정리할 수 있다. 첫째, 두 구절 모두 『詩經』 「陳風」에 나오는 「月出」이란 詩를 가리킨다. 「月出」에 이르길 "달이 뜨니 밝기도 하고, 어여쁜 님은 곱기도 하셔라. 나긋나긋 고운 그 모습에, 내 마음만 안달복달."(月出皎兮, 佼人僚兮. 舒窈糾兮, 勞心悄兮)라고 했으니 "月出皎兮"가 '明月'에 해당하고, "舒窈糾兮"의 '窈糾'가 '窈窕'에 해당한다. 둘째, 誦明月之詩란 구절은 曹操의 「短歌行」에서 "밝디 밝은 달과 같은 인재를 언제나 거둘 수 있을까?"(明明如月, 何時可掇)에서 왔고, 歌窈窕之章은 『詩經』 「周南」 「關雎」의 "아리따운 숙녀, 군자의 좋은 짝이라네."(窈窕淑女, 君子好逑)에서 왔다. 셋째, 특정한 작품을 지칭하는 것이 아니라, 밝은 달(明月)이나 아름다움(窈窕)에 대해 읊은 옛 작품들을 두루 가리키고 있는 것이다. 첫째 주장을 따르자면 달 밝은 당시를 노래한 것이 되는데, "月出皎兮"와 '明月'만 대비시켜 봐도 서로 딱 들어맞지가 않는다는 혐의가 있다. 둘째 주장을 따르자면 노니는 장소가 赤壁이기에 첫째 구절은 曹操를 연상하고, 둘째 구절은 曹操가 얻고자 했던 吳나라의 美女들(大喬, 小喬)을 가리킨 것이 되는데, 曹操의 「短歌行」은 몰라도 굳이 그 對句로 『詩經』의 「關雎」을 인용한 것은 아무래도 부자연스럽다. 셋째 주장은 첫째, 둘째 주장을 모두 포괄할 수 있는 장점이 있기는 하지만, 동시에 너무 두루뭉술하다는 단점이 있다. 이렇게 각 주장이 일장일단이 있기에 어느 주장이 옳다고 확정할 수가 없다. 여기에서는 편의를 위해 일단은 가장 대중적으로 통용되는 첫째 주장을 따르기로 한다.

60 少焉: 잠시 뒤, 이윽고.

61 徘徊於斗牛之間: 徘徊는 원래 특별한 목적이 없이 맴도는 것을 가리키는데, 여기에서는 달의 아주 천천히 公轉하고 있음을 문학적으로 표현한 것이다. 斗는 南斗星(중국의 天文 개념인 28宿로는 斗宿). 牛는 牽牛星(중국의 天文 개념인 28宿로는 牛宿). 혹자는 斗를 北斗로 풀기도 하는데, 이는 틀린 설명이다.

62 白露橫江: 白露는 원래 이슬을 가리키지만, 여기에서는 강물 위에 희뿌옇게 깔려있는 물안개를 가리킨다. 橫은 가로지르듯 펼쳐져 있다는 뜻.

63 水光接天: 水光은 강물 위에 비친 달빛. 接天은 강의 수평선까지 달빛이 비추어서 바로 그 위의 하늘과 맞닿아 있는듯하다는 뜻.

64 縱一葦之所如: 縱은 멋대로 놔두다. 一葦는 실제로 한 가닥 갈대의 의미가 아니라, 길이는 길고 폭은 좁은 작은 배를 가리킨다. 一葉片舟의 뜻. 之는 주격 조사. 如는 가다.

之茫然[65]. 浩浩乎如馮虛御風[66], 而不知其所止[67], 飄飄乎如遺世獨立[68], 羽化而登仙[69]. 於是飮酒樂甚, 扣舷[70]而歌之. 歌曰: "桂棹兮蘭槳[71], 擊空明[72]兮泝流光[73]. 渺渺兮予懷[74], 望美人[75]兮天一方[76]." 客有吹洞簫[77]者, 倚歌而和之[78]. 其聲嗚嗚然[79], 如怨如慕, 如泣如訴, 餘音嫋嫋[80], 不絶如縷[81]. 舞幽

65 凌萬頃之茫然: 凌은 건너간다는 뜻. 萬頃은 드넓은 수면의 비유. 원래 頃은 논밭의 크기를 나타내는 量詞로 이랑이라는 뜻. 茫然은 끝이 보이지 않아서 아득한 모습.

66 浩浩乎如馮虛御風: 浩浩乎는 강물이 드넓은 모습. 如는 마치 ~ 같다. 馮虛御風는 허공을 타고 바람을 부린다는 뜻.

67 止: 멈추다. 머물다.

68 飄飄乎如遺世獨立: 飄飄乎는 가벼이 바람에 나부끼는 모습. 遺世는 세상, 즉 俗世를 버리다. 獨立은 아무런 구애됨 없이 홀로 존재한다는 뜻.

69 羽化而登仙: 羽化는 몸에 깃털이 나는 것. 神仙이 되어 하늘로 오르기 위한 일종의 과정. 登仙은 神仙이 되어 하늘 위에 있는 仙界로 오른다는 뜻.

70 扣舷: 뱃전을 두드리다. 노래를 부르는 데 박자를 맞춘다는 뜻.

71 桂棹兮蘭槳: 桂棹는 계수나무로 만든 노. 蘭槳은 木蘭으로 만든 상앗대. 여기에서 계수나무니 木蘭 운운한 것은 楚辭로부터 내려오는 전통적인 修辭일 뿐, 정말 이 나무들로 노나 상앗대를 만들었다는 뜻은 아니다.

72 空明: 여기에서는 달빛에 속까지 투명하게 비치는 맑은 강물을 가리킨다.

73 泝流光: 泝는 거슬러 올라가다. 流光은 넘실대는 물결마다 달빛을 반사하고 있는 강물을 가리킨다. 사실은 강물이 흐르는 것이지만, 마치 물결 위의 달빛이 흐르는 듯하다는 문학적인 표현이다.

74 渺渺兮予懷: 渺渺는 아득히 먼 모습. 予懷는 내 心思.

75 美人: 내 아름다운 님. 지금과는 달리, 원래 美人이란 표현은 여성에게만 사용하는 것이 아니었고, 아름답다(美)는 표현 역시 외모보단 훌륭한 才德을 가리켰다. 美人이란 표현은 楚辭(「思美人」)에 처음 보였던 것인데, 거기서는 君主를 가리켰다. 朝鮮時代 松江 鄭澈의 가사 「思美人曲」 역시 마찬가지이다. 그래서 혹자는 「赤壁賦」에서의 美人 역시 당시의 임금을 가리키는 것이라 간주하기도 한다. 하지만 혹자는 「赤壁賦」의 전체적인 주제가 俗世의 틀을 逸脫하는 데 있음을 지적하며, 실제 政治와는 연관시키는 것을 반대하기도 한다. 사실 「赤壁賦」 중 특히 이 부분은 楚辭의 영향이 역력한데, 그 修辭를 빌려오면서 美人이란 표현이 딸려온 듯하다. 결국 美人이란 표현은 蘇軾이 「赤壁賦」에서 말하려는 大意와 별 상관이 없으므로, 설령 여기에서의 美人이 당시의 임금을 가리킨다고 해도 중요한 의미를 부여할 필요가 없고 전체적인 文脈에도 아무런 손상을 끼치지 못한다.

76 天一方: 하늘 저 끝. 方은 구석이란 뜻.

77 洞簫: 管樂器인 통소. 여기에서 통(洞)은 竹管 속이 비어서 通해있다는 뜻이다. 우리나라에서는 '퉁소'라고 칭한다.

78 倚歌而和之: 倚歌는 노래에 맞춘다는 뜻. 和之는 그 노랫가락에 맞추어 伴奏했다는 뜻.

79 嗚嗚然: 구슬픈 소리가 울려 퍼지는 모습. 원래 嗚는 흐느끼다, 오열하다의 뜻.

80 餘音嫋嫋: 餘音은 餘韻. 嫋嫋는 가늘게 계속 이어지는 모습.

81 如縷: 마치 명주실을 뽑는 것처럼. 가늘지만 끊임없이 이어진다는 의미.

壑之潛蛟[82], 泣孤舟之嫠婦[83]. 蘇子愀然[84], 正襟危坐[85], 而問客曰: "何爲其然[86]也?" 客曰: "'月明星稀, 烏鵲南飛[87]', 此非曹孟德[88]之詩乎? 西望夏口, 東望武昌[89], 山川相繆[90], 鬱乎蒼蒼[91], 此非孟德之困於周郎者[92]乎? 方其破荊州, 下江陵, 順流而東[93]也, 舳艫千里[94], 旌旗蔽空[95], 釃酒臨江[96], 橫槊賦詩[97], 固[98]一世之雄也, 而今安在[99]哉? 況吾與子[100]漁樵[101]於江渚之上, 侶

82 幽壑之潛蛟: 幽壑은 깊은 골짜기. 潛蛟는 潛龍. 蛟는 뿔이 없는 龍을 가리킨다.

83 孤舟之嫠婦: 따로 집도 없어서, 작은 배를 집삼아 사는 과부.

84 愀然: 근심에 잠긴 모습.

85 正襟危坐: 正襟은 옷깃을 바로 잡다. 危坐는 正坐, 즉 똑바로 앉는 것. 危는 몸을 곧추 세워 端正히 한다는 뜻.

86 何爲其然: 何爲는 왜, 어찌하여. 其然은 그러하다. 여기에서는 앞의 의문사를 받아서 '그러한가?'란 의문으로 해석된다. 여기에서 '그러하다'는 것은 서글퍼지는 것을 가리킨다.

87 月明星稀, 烏鵲南飛: 曹操의 「短歌行」의 한 구절. "달이 밝으니 별들이 드물게 보이고, 까마귀 까치는 남쪽으로 날아가네"

88 曹孟德: 曹操. 孟德은 曹操의 字.

89 西望夏口, 東望武昌: 夏口와 武昌은 모두 지금의 湖北省에 위치해 있다.

90 相繆: 서로 뒤얽혀있다. 繆는 원래 讀音이 '무'지만, 여기에서는 繚의 通假字로 '료'라고 읽는다.

91 鬱乎蒼蒼: 鬱乎는 아주 울창한 모습. 蒼蒼은 나무가 빽빽이 들어서 온통 푸른빛이라는 뜻.

92 孟德之困於周郎者: 孟德은 曹操의 字. 困於는 피동형으로 '~에게 困辱을 당하다'의 뜻. 周郎은 周瑜. 者는 주로 앞에 記述된 바를 名詞化시켜주는 기능을 해서 '~한 것'으로 풀이되지만, 여기에서는 장소를 가리키므로 '~한 곳'으로 번역된다.

93 方其破荊州, 下江陵, 順流而東: 方은 '~할 즈음에' 혹은 바야흐로. 破와 下는 모두 함락시킨다는 뜻. 荊州는 지금의 湖北省과 湖南省 일대를 아우르는 지역으로 당시 魏蜀吳 三國이 모두 노리는 전략적 요충지였다. 江陵은 荊州의 州都로, 荊州城이라고도 불렸다. 여기에서는 당초 曹操가 荊州를 다스리던 劉琮이 투항해오면서 손쉽게 荊州를 얻었음을 말하고 있다. 順流而東은 長江의 물길을 타고 東進한다는 뜻으로, 曹操가 荊州를 얻은 뒤 연이어 吳나라로 진격해 들어오는 과정을 표현하고 있다.

94 舳艫千里: 舳은 船首, 艫는 船尾. 즉 戰船들이 꼬리에 꼬리를 물어, 앞 戰船의 船尾와 뒤 戰船의 船首가 연이어진 것이 千里나 되는 것처럼 보일 정도로 曹操의 水軍이 엄청난 규모였음을 형용한 것.

95 旌旗蔽空: 旌旗는 군대에서 전쟁시 사용하는 일종의 깃발들. 蔽空은 하늘을 뒤덮었다는 뜻. 즉 이 구절은 曹操의 陸軍이 엄청난 규모였음을 형용한 것.

96 釃酒臨江: 釃酒는 술을 마시다. 臨江은 강을 내려다 보다.

97 橫槊賦詩: 창을 빗겨 들고 시를 읊조리다. 槊은 창의 일종. 詩는 바로 曹操의 「短歌行」을 가리킨다. 長江 앞에 陣營을 구축한 曹操가 밤에 창을 빗겨들고 술을 마시며 「短歌行」을 지었다고 한다.

98 固: 진실로.

99 安在: 어디 있는가?

100 子: 그대. 상대방에 대한 존칭.

101 漁樵: 漁는 물고기를 잡는다는 뜻. 樵는 나무를 한다는 뜻.

魚蝦而友麋鹿[102], 駕一葉之扁舟[103], 擧匏樽[104]以相屬[105], 寄[106]蜉蝣[107]於天地, 渺[108]滄海之一粟[109]. 哀吾生之須臾[110], 羨長江之無窮, 挾飛仙以遨遊[111], 抱明月而長終[112], 知不可乎驟[113]得, 託遺響於悲風[114].” 蘇子曰: “客亦知夫水與月乎? 逝者如斯[115], 而未嘗往[116]也, 盈虛者如彼[117], 而卒莫消長[118]也. 蓋將[119]自其變者而觀之[120], 則天地曾不能以一瞬[121], 自其不變者[122]而觀之, 則物[123]與我皆無盡[124]也. 而又何羨乎? 且夫天地之間, 物各

---

102 侶魚蝦而友麋鹿: 侶와 友는 각각 짝하다, 벗한다는 뜻. 魚蝦와 麋鹿은 모두 自然을 상징.

103 一葉之扁舟: 一葉은 나뭇잎처럼 작은 배의 비유. 앞서 보인 '一葦'와 유사한 의미다. 扁舟는 작은 배. 혹자는 扁舟를 孤舟, 즉 덩그맣게 혼자 있는 외로운 배라고 풀기도 한다.

104 匏樽: 박을 반으로 잘라 만든 큰 술잔. 주로 일반 百姓들이 濁酒를 마실 때 사용한다.

105 相屬: 서로 술을 권한다는 뜻.

106 寄: 寄託하다. 맡기다. 여기에서는 사람이 세상에 삶을 잠시 맡긴 것을 가리킨다.

107 蜉蝣: 하루살이. 天地自然에 비해 아주 짧은 인생을 사는 사람의 비유.

108 渺: 너무 작아 잘 보이지 않는 것. 여기에서는 보잘 것 없는 사람의 인생을 가리킨다.

109 渺滄海之一粟: 저 푸른 바다 속의 모래 한 톨. 자연의 무한함에 비해 너무나 보잘 것 없는 사람의 비유. 혹자들은 粟을 좁쌀로 풀기도 하지만, 바다 한가운데 좁쌀이 있을 리 만무하다. 원래 粟은 좁쌀이란 뜻 말고도, 좁쌀처럼 작은 알갱이를 가리키기도 하는데, 여기에서는 바로 바다 속의 작은 모래 알갱이를 가리킨다.

110 須臾: 아주 짧은 시간. 아주 잠깐.

111 挾飛仙以遨遊: 挾飛仙은 하늘을 나는 神仙의 팔짱을 끼다. 遨遊는 즐겁게 노닐다.

112 抱明月而長終: 抱明月은 달을 껴안다. 달이 每月 가득 찼다가 기울기를 반복하는 것을, 옛 사람들은 죽었다 살아나는 것으로 여겼고 이로부터 달은 不死의 상징이 되었다. 長終은 끝없이 긴 시간 뒤의 終末, 즉 終末이 없는 永遠을 가리킨다.

113 驟: 갑자기, 함부로. 혹자는 자주라는 뜻으로 풀기도 한다.

114 託遺響於悲風: 託은 가탁하다. 맡기다. 遺響은 퉁소의 餘韻. 悲風은 서글픈 바람, 즉 가을바람을 가리킨다.

115 逝者如斯: 『論語』「子罕」篇에 나오는 표현으로, 孔子가 쉼 없이 흐르는 강물을 보고는 문득 무심히 지나가는 세월을 떠올리며 한 말. “가는 것이 이와 같아서, 밤낮을 가리지 않는구나!”(逝者如斯, 不舍晝夜.)

116 未嘗往: 일찍이 가버린 적이 없다. 즉 강물은 계속해서 흘러가긴 하지만, 이와 동시에 계속해서 새로운 강물이 흘러들어오므로 잠시라도 강물이 다 흘러가 버려서 끊긴 적은 없었다는 뜻.

117 盈虛者如彼: 盈虛는 차고 기우는 것. 盈은 차오르다. 虛는 비워지다. 彼는 그것, 즉 달.

118 卒莫消長: 卒은 결국에는. 莫은 없다는 뜻. 消長은 소멸하거나 불어나는 것

119 蓋將: 蓋은 대개, 아마도. 將은 '~해 보자면'.

120 自其變者而觀之: 自는 '~으로부터'. 其變者는 그 변화하는 바. 觀은 살피다.

121 以一瞬: 以는 의지하다, 머무르다. 一瞬은 눈 깜짝할 정도로 아주 짧은 시간.

有主. 苟非吾之所有[125], 雖一毫[126]而莫[127]取. 惟江上之清風, 與山間之明月, 耳得之而爲聲, 目遇之而成色. 取之無禁, 用之不竭. 是造物者[128]之無盡藏[129]也, 而吾與子之所共適[130]. 客喜而笑, 洗盞更酌[131], 肴核[132]旣盡, 杯盤狼藉[133]. 相與枕藉[134]乎舟中, 不知東方之旣白[135].

王安石「讀孟嘗君傳」

王安石이 태어난 北宋 말엽은 이미 여러 측면에서 국가의 제도나 시스템이 파탄 나있던 시기였다. 높은 官職과 넓은 莊園을 소유한 자들은 갈수록 부유해졌고 백성들은 갈수록 더 심각한 塗炭에 빠져들었다. 바로 이러한 위급의 시기에 王安石은 神宗의 신임으로 정권을 잡게 되면서 피폐해진 나라를 바로잡기 위해 新法(혹은 變法이라고도 함)이라 불리는 매우 급진적인 개혁을 추진하게 된다. 그의 개혁은 갈수록 심화되는 貧益貧 富益富

122 其不變者: 그 변화하지 않는 바.

123 物: 外物, 宇宙萬物, 森羅萬象.

124 無盡: 끝이 없다. 無窮無盡하다. 뒤에 보이는 無盡藏의 줄임말.

125 苟非吾之所有: 苟는 만약. 吾之所有는 나의 소유. 所有는 가진 바, 지닌 것, 즉 소유.

126 一毫: 한 가닥의 터럭. 아주 보잘 것 없는 물건을 뜻한다.

127 莫: 여기에서는 不能의 뜻.

128 造物者: 造物主. 天地自然.

129 無盡藏: 원래 佛教用語로, 담긴 바가 無窮無盡, 즉 끝도 없고 다함도 없다는 뜻. 藏은 담겨있다는 뜻.

130 適: 흡족해하다. 즐기다.

131 洗盞更酌: 술잔을 씻어 다시 對酌함. 술잔을 씻는다는 표현은 술을 마시기 시작한다는 뜻. 盞은 작은 술잔.

132 肴核: 肴는 고기 안주. 核은 씨가 있는 과일 안주.

133 杯盤狼藉: 杯는 큰 술잔. 盤은 술안주를 담았던 쟁반. 狼藉는 아주 어지러이 흩어진 모습으로 '낭자'라고 읽는다.

134 相與枕藉: 相與는 서로 함께. 枕藉는 베개 삼아 베고, 깔개 삼아 눕는다는 뜻. 취해서 서로 뒤엉켜 잠든 모습을 표현한 것.

135 旣白: 이미 하얗게 날이 새다.

구조를 마냥 즐기고 있던 기득권층에겐 자신들의 기득권을 빼앗으려는 터무니없는 책동이었다. 王安石을 따르는 개혁파 지식인들은 대부분 남부 출신이었고 이를 극렬히 반대하는 기득권층은 대부분 대규모 莊園을 가지고 있는 북부의 高官들이었는데, 이들은 각기 新法黨과 舊法黨으로 나뉘어 극단적으로 대립하면서 黨爭을 벌였다.

당초 王安石은 神宗의 신임을 근거로 강력하게 개혁을 추진했지만 당시로서는 이 같은 전국적이고 전폭적인 개혁을 몇몇의 중앙 관리가 계획한대로 바로 시행할 수 있는 여건이 전혀 조성되어 있지 않았다. 그나마도 곳곳에서 반대에 부딪쳤고 시행된 조치들 중에서도 어떤 것들은 부패한 관료 시스템 하에서 제 기능을 발휘하지 못하는 경우가 있었다. 결국 王安石은 복합적인 이유로 辭職하게 된다. 이후 다시 복직되어 新法을 추진하기도 하고, 그의 死後에 남은 新法黨이 계속해서 新法을 추진하기도 하지만 구법당과의 黨爭 속에서 新法 자체도 조금씩 완화되기 시작했고 新法黨 내부에서도 당초의 개혁의지가 점차 변질되었다. 결국 新法은 未完의 개혁으로 끝나고, 소생할 수 있는 마지막 기회를 놓친 北宋은 결국 金나라의 침입으로 北宋의 두 皇帝(徽宗과 欽宗)는 포로로 잡혀가 온갖 모욕을 당하다 죽고 黃河 유역의 영토는 완전히 빼앗기는 씻을 수 없는 國恥를 당하게 된다.

王安石은 정치에 있어서 독단적인 성향이 있어서 친구보다는 적이 많았다. 하지만 이를 뒤집어보면, 이는 나라를 쥐락펴락하는 기득권층의 반대를 무릅쓰고 꿋꿋이 개혁을 추진하자면 피치 못할 결과였다. 그의 文章 역시 실질과 실용의 중시, 그리고 군더더기 없이 깔끔한 論議와 날카로운 論理를 특징으로 한다.

아래 작품에 보이는 孟嘗君은 戰國時代 齊나라의 公子로, 人才를 잘 대접하기로 이름이 높았다. 당시 權勢가 있는 귀족이라면 누구나 인재를 모으려했으나 孟嘗君은 특히 아무리 하찮은 재주를 지닌 사람이라도 모두 받아주었기에 너도나도 그의 食客이 되기 위해 모여들었고 결국 다른 귀족들보다도 훨씬 많은 食客을 거느리게 되었다. 원래 이 같은 孟嘗君의 너그러움은 늘 칭송의 대상이었고, 후세 사람들은 그가 있어 齊나라가 그나마 秦나라와 대항할 수 있었다면서, 결국 齊나라가 秦나라를 이기지 못한 것이 모두 孟嘗君을 재상으로 등용하지 않아서였다고 이야기하기도 한다. 하지만 王安石은 孟嘗君에 대한 이 같은 후세 사람들의 환상을 단도직입적으로 깨버린다. 오히려 孟嘗君이 그렇게 개 울음소리나 닭 울음소리를 흉내 내는 하찮은 인간들이나 모아놓고 그들의 우두머리

노릇을 하고 있으니 진정한 선비들이 그 꼴을 보고 齊나라에 등을 돌렸고, 그 결과 齊나라가 秦나라를 이기지 못한 이유가 되었다고 極言을 한다. 이러한 王安石의 짧지만 추상 같은 비판은, 『史記』의 「孟嘗君列傳」 이래로 대체적으로 孟嘗君에게 우호적이었던 사람들의 인식을 뒤집어놓는다. 문장은 매우 짧지만 論旨가 분명하고 論理도 명확하다. 실제로 본 작품에서 언급한 鷄鳴狗盜란 표현은 지금까지도 쓰이는 四字成語인데, 주로 보잘 것 없는 재주나 그런 재주를 지닌 사람을 가리키는 貶下의 뜻으로 사용된다. 그만큼 王安石의 이 100자도 안 되는 문장이 얼마나 설득력 있게 받아들여졌는지를 말해준다.

「讀孟嘗君傳」에서 그것이 의도적이었든 의도적이지 않았든 王安石은 암암리에 진정한 士란 나라를 개혁하고 國運을 隆盛하게 할 선비로 상정하고 있다. 본문에서 이르길 "齊나라의 강성함을 십분 활용하며 진정한 士를 한 명이라도 얻는다면, 응당 임금노릇하며 秦나라를 제압할 수 있을 것"(擅齊之强, 得一士焉, 宜可以南面而制秦)이라 한 것을 보면, 여기에서의 士는 鷄鳴狗盜나 하는 하찮은 士가 아니라 진정한 실력을 지닌 士이며, 孟嘗君을 도와 齊나라를 부흥시켜 秦나라까지도 제압할 수 있을 만한 능력의 소유자이다. 이렇게 보면 여기에서 말하는 士란 바로 쇠락한 北宋을 개혁하여 안정시키고 북으로 늘 위협적인 존재인 金나라를 제압하고자 하는 王安石의 욕망이 여실히 반영된 그런 존재가 아닌가? 자신과 같은 진정한 士를 구하려 하지 않고 엉뚱한 士들을 모우고 있던 孟嘗君에 대한 타박은, 자신의 雄志와 능력을 몰라주는 당시의 임금과 세상에 대한 불평이 아닐까?

사실 王安石의 이 같은 士는 다분히 宋代에 理學을 배경으로 정립된 士大夫라는 정체성을 가지고 있는 존재였다. 士大夫는 修養과 공부를 통해 안으로는 하늘이 내려준 性情을 온전케 하고 밖으로는 나라를 經綸할 재주를 갖춘 사람이었다. 하지만 당초 戰國時代에 통용되던 士의 의미는 사내, 兵士, 大夫 밑에서 일하는 하급 관리 등 훨씬 광범위한 것이었다. 그러므로 戰國時代의 能得士나 得士의 의미는 애당초 北宋시기에 진정한 능력을 갖춘 士大夫를 얻는 것과는 전혀 달랐고, 鷄鳴狗盜하는 하찮은 재주라 할지라도 이 같은 재주를 가진 이들을 일컬어 士라고 하는 것 역시 아무런 무리가 없었다. 이같이 지금의 잣대로 옛 일을 이해하고 평가하려 하는 것은 의도적이든 의도적이지 않든 흔히 있는 일이지만, 꼼꼼히 분별하여 是非得失을 제대로 따져 보아야 한다.

世[136]皆稱孟嘗君[137]能得士, 士以故[138]歸之[139], 而卒賴其力[140], 以脫於虎豹之秦[141]. 嗟乎! 孟嘗君特[142]鷄鳴狗盜之雄[143]耳, 豈足以言得士? 不然[144], 擅齊之强[145], 得一士焉, 宜[146]可以南面[147]而制秦, 尙[148]何取鷄鳴狗盜之力哉? 夫鷄鳴狗盜之出其門[149], 此士之所以不至[150]也.

136 世: 세상 사람들.

137 孟嘗君: 戰國時代 齊나라의 王族으로 성은 田, 이름은 文이다. 孟嘗君은 그의 謚號이다. 賢人을 잘 모시기로 유명하여 당시 그의 명성을 듣고 食客으로 모인 자가 수천 명이 되었다고 한다. 당시 魏나라의 信陵君, 趙나라의 平原君, 楚나라의 春申君과 함께 戰國四公子 혹은 戰國四君으로 칭송받았다.

138 以故: 이 까닭에.

139 歸之: 歸는 歸依하다. 之는 여기에서 孟嘗君을 가리킨다.

140 卒賴其力: 卒은 결국. 賴는 의지하다, 힘입다. 其力은 孟嘗君에게 의지했던 선비들의 힘.

141 虎豹之秦: 범과 표범같이 사나운 秦나라.

142 特: 단지, 그저.

143 鷄鳴狗盜之雄: 鷄鳴狗盜는 아주 하찮은 재주나 그런 재주를 지닌 사람을 이르는 말. 孟嘗君이 秦나라에 사신으로 갔을 때, 秦王은 그를 재상으로 삼으려 했다가 주위의 반대로 그만두었다. 그리고는 이런 인물이 齊나라로 돌아가면 秦나라의 해가 될까 우려해 아예 孟嘗君을 죽이려 했다. 이를 알게 된 孟嘗君은 시급히 秦나라를 탈출해야만 했다. 평소 孟嘗君은 주위의 눈총과 반대를 무릅쓰고 아무리 보잘 것 없던 재주를 가진 자라도 食客으로 받아주었는데, 뜻밖에 秦나라를 탈출할 때 食客 중에서 도둑질을 기막히게 잘하는 자가 秦나라를 벗어나기 위한 뇌물로 쓸 중요한 보물을 훔쳐오고, 닭 울음소리를 똑같이 흉내 내는 자가 아침이 된 것처럼 속여 關門을 일찍 열게 하여 간신히 탈출에 성공한다. 雄은 여기에서는 우두머리, 즉 孟嘗君을 가리킨다.

144 不然: 그렇지 않았다면, 그런 쓸데없는 재주를 가진 인물들이나 모으고 있지 않았다면.

145 擅齊之强: 擅은 마음대로 부리다, 또는 조종하다. 齊之强은 齊나라의 强盛함.

146 宜: 응당~했을 것이다. 앞의 不然의 조건을 받는 조건문.

147 南面: 임금 노릇하다. 원래 뜻은 남쪽을 바라보다. 임금이 朝廷에서 坐定할 때 북쪽에 앉아 남쪽을 바라보았기에, 이후 임금 노릇한다는 뜻으로 사용되었다.

148 尙: 일찍이.

149 鷄鳴狗盜之出其門: 鷄鳴狗盜는 여기에서 보잘 것 없는 재주를 지닌 하찮은 인물들. 之는 주격 조사. 其門은 孟嘗君의 門下. 出其門은 孟嘗君의 門下에서 배출되었다는 뜻.

150 士之所以不至: 士는 선비. 之所以는 '~이 ~한 까닭'. 不至는 오지 않는다는 뜻.

周敦頤「愛蓮說」

사실 周敦頤의 생애는 그다지 알려진 것이 없고, 전해지는 著述도 그리 많지 않다. 하지만 그가 北宋시기 가장 중요한 사상가 중 한 사람으로 손꼽히는데, 그 이유는 바로 南宋 때 理學을 集大成한 朱熹가 그를 理學의 기틀을 닦은 인물로 추앙했기 때문이다. 일반적으로 理學은 周敦頤를 필두로 하는 北宋五子(周敦頤, 邵雍, 張載, 程顥, 程頤)로부터 본격적으로 조성되어 결국 南宋 때 朱熹에 의해 集大成되었다고 말해진다. 앞서 蘇軾의 「赤壁賦」에서 밝혔듯이 理學은 '專制王權 요구를 추종하거나 충족시키던 입장을 벗어나, 이른바 士大夫라는 지식인층의 입장을 대변하며 그들 스스로를 주체로 하는 세계관을 창출해내었다.' 그래서 理學을 과거의 儒學과 구분해 新儒學Neo-Confucianism이라고도 칭한다. 本體論과 心性論을 완전히 합치시킨 理學은 內向的이고 自足的이었다. 때문에 이러한 理學을 基底로 하고 있는 文學 역시 自我의 내면에 보다 주목하게 되었고 安分自足을 최고의 이상으로 상정하게 되었다.

아래의 「愛蓮說」은 그러한 理學 성향의 文學이 지향하는 바를 여실히 보여주고 있다. 周敦頤는 연꽃을 통해 君子, 즉 선비로서의 내적 완성을 이야기한다. 陶淵明의 菊花가 뜻하는 것이 절개라면, 牧丹이 뜻하는 것은 富貴榮華이다. 그러나 菊花를 좋아하는 이는 陶淵明 이후로 거의 들어보지 못했고, 牧丹을 좋아하는 이는 너무도 당연하게도 차고도 넘친다. 이 둘 중에 진정 고귀한 것은 당연히 菊花(절개)이다. 하지만 이것만 가지고는 부족하다. 菊花는, 다시 말해 陶淵明으로 대변되는 절개는 무언가 대상을 필요로 한다. 무엇에 대한 절개일 뿐이다. 그래서 菊花는 일종의 隱逸者, 즉 무엇으로부터 자신을 숨기고 있는 존재이다. 하지만 연꽃은 어떠한가? 스스로 고결하고 스스로 완전하다. 한 마디로 自足的인 君子이다. 스스로의 수양과 공부로 스스로를 완성한 것이다. 이것이 바로 理學에서의 聖人이다. "나같이 聖人되기를 추구하는 同道는 몇 사람이나 될까?"(同予者何人)라는 周敦頤의 외로운 외침은 계속 퍼져나가, 결국 전 중국을 뒤덮었고, 더 나아가 理學은 결국 동아시아의 近世를 대변하는 주류 사상으로 자리 잡게 된다.

水陸草木之花, 可愛者甚蕃[151]. 晉陶淵明[152]獨愛菊, 自李唐來[153], 世人甚愛牡丹[154]. 予[155]獨愛蓮之出淤泥[156]而不染[157], 濯清漣[158]而不妖[159], 中通外直[160], 不蔓不枝[161], 香遠益清[162], 亭亭淨植[163], 可遠觀而不可褻翫[164]焉. 予謂[165]: 菊, 花之隱逸者也. 牡丹, 花之富貴者也. 蓮, 花之君子者也. 噫! 菊之愛[166], 陶後鮮有聞[167]. 蓮之愛, 同予者何人? 牡丹之愛, 宜乎衆矣[168]!

151 蕃: 여기에서는 많다는 뜻.

152 晉陶淵明: 晉나라의 陶淵明. 앞의 陶淵明 「歸園田居」의 설명 참조.

153 自李唐來: 自~來는 ~이래로. 自 ~로부터. 李唐은 唐나라. 唐나라의 國姓이 李氏이기에 李唐이라 했다.

154 牡丹: 이때는 '목단'이 아니라 '모란'이라고 읽는다. 주로 富貴榮華를 상징하는 꽃인데, 특히 唐代에 대중적인 인기가 있었다.

155 予: 나. 周敦頤.

156 淤泥: 진흙.

157 染: 물들다.

158 清漣: 맑은 물결.

159 妖: 妖艷하다.

160 中通外直: 안은 통해있고 겉은 곧다. 통해있다는 말은 텅 빈 통로들이 있다는 뜻. 실제로 연꽃의 줄기 속에는 구멍이 여러 개 뚫려있다. 우리가 흔히 음식으로 먹는 蓮根을 떠올려 보면 간단할 것이다. 혹자들은 蓮根을 연꽃의 뿌리라고 오해하지만, 사실 蓮根은 연꽃의 줄기이다. 이러한 연꽃 줄기의 특성은, 속으로 私心이 없으면서 겉으로 올곧은 君子의 덕목과 합치된다.

161 不蔓不枝: 덩굴지지 않고 곁가지를 뻗지 않는다. 이러한 연꽃 줄기의 특성은, 세상에 아무렇게나 함부로 얽이지 않고 사리사욕에 딴 짓을 하지 않는 군자의 덕목에 합치된다.

162 香遠益清: 연꽃의 향기가 멀수록 더욱 맑게 퍼지는 것은, 군자의 덕이 갈수록 널리 미치는 것에 합치된다.

163 亭亭淨植: 亭亭은 우뚝하니 서 있는 모습. 淨植은 정결히 세워져 있다는 뜻. 여기에서 植은 세워져 있다는 뜻. 이 같은 연꽃의 모습은 오롯이 자신의 길을 지키는 군자의 덕목과 합치된다.

164 可遠觀而不可褻翫: 褻翫은 함부로 다루다. 멀리서 감상할 순 있어도 함부로 다룰 수 없는 연꽃의 고고한 자태는, 옆에 둘 순 있으되 함부로 부릴 수는 없는 군자의 고상함과 합치된다.

165 謂: 여기다. 생각하다.

166 菊之愛: 국화를 사랑하는 사람. 원래는 愛菊者 정도로 표현할 수 있었지만, 여기에서는 之를 사용해 목적어인 '菊'을 앞으로 도치시켜 강조하는 역할을 하고 있다. 뒤 구절의 蓮之愛와 牡丹之愛도 마찬가지이다.

167 陶後鮮有聞: 陶後는 陶淵明 이후로. 鮮有는 드물다. 어감상 매우 드물다, 혹은 거의 없다는 뜻. 聞은 들리는 바.

168 宜乎衆矣: 宜乎는 당연하다. 衆은 많다는 뜻. 원래 평범하게 기술하자면, "그런 이들이 많다는 것은 당연하다"(其衆宜矣) 정도의 어감인데, 이를 도치시켜 "너무나 당연하구나! 좋아하는 이들이 많은 것도!"(宜乎衆矣)라고 강조의 느낌을 살린 것이다.

宋 소설

「錯斬崔寧」[『京本通俗小說』第15卷]

大衆에게 講唱 형식으로 펼쳐지는 公演藝術은 이미 唐代 變文(『大目乾連冥間救母變文』)에서 언급했다. 실제로 唐代부터 이미 사람들을 모아 이야기를 해주는 것을 직업으로 하는 이야기꾼들이 있었고 상당한 인기가 있었다는 사실이 여러 사료를 통해 확인되는데, 그런 이야기꾼들을 說話人이라 불렀다. 그런데 說話人 역시 매번 새로운 이야기를 지어내는 것이 아니라, 어느 정도 고정적인 레퍼토리를 가지고 있었다. 편의를 위해 說話人들은 이런 레퍼토리를 대본으로 만들었는데 이를 話本이라 한다. 이 話本은 입말(白話) 공연을 위한 대본이었으므로 당연히 당시의 입말을 글로 기록한 것이다. 물론 이야기에 삽입된 詩詞처럼 글말도 약간 섞여 있었다. 그런데 宋代 들어 印刷術이 보급되면서 話本은 단순히 說話人들을 위한 대본에만 머무는 것이 아니라 大衆이 직접 읽는 인쇄물로 보급되기 시작했다. 話本의 간행과 보급은 話本이 시간과 공간에 제약을 받는 公演이란 틀을 벗어나 언제든 읽고 즐길 수 있는 오락물이 되었음을 의미한다. 이 같은 일이 가능했던 것은 인쇄술의 보급 이외에도 이 같은 서적을 읽고 감상할 문화수준과 능력을 갖춘 사회계층이 형성되었기에 가능했던 일이다. 또한 이 같은 사회계층의 형성은 그들의 존재를 뒷받침할 경제적, 사회적 여건이 성숙되었음을 말해주는 것이기도 하다.

『京本通俗小說』은 宋代 話本 모음집으로 20세기 들어서야 殘存해 있던 7편을 발견하면서 그 존재가 알려졌는데, 元明時期의 寫本을 영인한 것으로 추정된다. 「錯斬崔寧」은 그 중에서도 가장 뛰어난 작품 중 하나로 꼽힌다. 한 남자의 취중 농담 한 마디로 어처구니없이 몇 사람이 죽임을 당하는 내용인데, 요약하자면 다음과 같다.

劉貴는 계속 사업에 실패해 집이 곤궁한 상태였다. 그때 부인 王氏의 장인이 딸을 생각해 劉貴에게 사업자금으로 선뜻 15貫錢이나 되는 돈을 빌려준다. 劉貴는 기분이 좋아 돌아오는 길에 아는 사람을 만나 술을 좀 마신 뒤 집으로 돌아왔다. 마침 첩 陳氏가 그를 맞아주었는데, 그녀는 남편이 많은 돈을 가져온 것을 보고 무슨 돈이냐고 물었다. 劉貴는 술김에 장난으로 사실 형편이 어려워 당신을 저당 잡히고 돈을 받아 왔으니 당신은 당분간 돈을 꿔준 사람을 따라가라고 말하고는, 취기가 올라 그만 잠이 들어버렸다. 너무 놀란 陳氏는 자신의 친정에 이 사실을 알리러 떠났는데, 마침 그때 강도가 들어 劉貴를 죽이고 15貫錢을 훔쳐갔다. 이후 劉貴가 죽은 것을 발견한 이웃사람들은 첩 陳氏가 그 돈을 훔쳐갔을 것이라 여기고 陳氏의 뒤를 쫓았다. 친정으로 돌아가던 陳氏는 길에서 우연히 崔寧이란 남자를 만나 길동무를 했다. 이후 이들은 뒤를 쫓아온 사람들에게 붙잡혔다. 그들은 陳氏와 崔寧이 私通하여 劉貴를 죽이고 돈을 훔쳐 달아나는 것이라고 여겼다. 그래서 뒤져보니 정말로 崔寧에게서 15貫錢이 나왔다. 사실 崔寧은 장사를 마치고 집으로 돌아가는 길이었는데 공교롭게도 장사로 번 돈이 딱 15貫錢이었다. 하지만 아무리 해명을 해도 아무도 믿어주지 않았고 결국 崔寧과 陳氏는 관아에 고발되어 둘 다 유죄를 선고받고 참살되었다. 이후 과부가 된 王氏는 아버지와 길을 가다 우연히 강도를 만나 아버지는 죽임을 당하고 자신은 그 강도의 아내가 되었다. 한참의 시간이 흐른 뒤 王氏와 정이 든 그 강도는 이전에 자신이 저지른 잘못을 말해주었는데 알고 보니 그가 바로 劉貴를 죽이고 15貫錢의 돈을 훔쳤던 바로 그 강도였다. 王氏는 몰래 이 사실을 관아에 알려 강도는 체포되어 결국 참살된다. 그리고 이전에 崔寧과 陳氏를 유죄로 판결한 이전 관리 역시 誤判의 책임을 지고 삭탈관직 당한다.

전체적으로 볼 때, 한 남자가 생각 없이 내뱉은 한 마디의 농담이 몇 번의 우연을 거치며 몇 명의 목숨을 앗아가고 마는 스토리로, 그 진행이 꽤나 탄탄하고 흡인력이 있다. 물론 계속되는 우연들이나 스토리의 진행 중 수시로 주인공을 바꾸며 약간 산만함을 보이는 점 등이 아쉽지만 사실 당시로서는 이러한 것이 보편적인 記述 방식이었기에 이를 단점이라 치부해버릴 수도 없다. 특히 아래에서 보듯 劉貴나 陳氏 등 등장인물들의 언행으로 그들의 미묘한 심리를 세심하게 묘사하고 있는 점은 이 話本의 장점이다.

「錯斬崔寧」은 明나라 馮夢龍의 『醒世恒言』에도 「十五貫戲言成巧禍」(十五貫錢을 두고 한 농담이 생각지도 못한 재앙이 되다)라는 이름으로 수록되었고, 戲曲으로도 만들어졌다.

這回書單說一個官人[1], 只因酒後一時戲笑之言, 遂至[2]殺身破家, 陷了幾條性命[3]. 且先引下一個故事來, 權[4]做個'得勝頭廻[5]'. ……

却說[6]劉官人[7]馱[8]了錢, 一步一步捱[9]到家中敲門, 已是點燈[10]時分[11]. 小娘子二姐[12]獨自在家, 沒一些事做, 守得天黑, 閉了門, 在燈下打瞌睡[13]. 劉官人打門, 他那裏[14]便聽見[15]? 敲了半晌[16], 方纔[17]知覺, 答應一聲"來了[18]!" 起

---

1 官人: 남편. 사내. 원래 唐代에는 官吏를 뜻하는 말이었지만, 宋代에 이르러 주로 아내가 남편을 부르는 호칭이 되었다.

2 遂至: 遂는 결국. 至는 '~지경에 다다르다'.

3 性命: 생명.

4 權: 잠시나마.

5 得勝頭廻: 宋元時期 說話人들은 본 이야기를 시작하기 전에 다른 짧은 이야기를 이야기하거나 詩詞를 불렀다. 이를 得勝頭廻라고 부른다. 得勝頭廻는 대부분 본 이야기와 관련이 있거나 유사한 내용이었고, 혹 정 반대되는 내용을 다루는 경우도 있었다. 이렇게 冒頭에 得勝頭廻를 끼워 넣는 것은 우선 이야기 시간을 늘리고 동시에 이야기를 시작할 때 청중이 적게 모이므로 청중을 제대로 모으는 시간을 벌기 위해서였다. 여기에서는 생략되어 있는 「錯斬崔寧」의 得勝頭廻 내용을 간단히 소개하면, 지방에 살던 魏鵬擧란 사람이 科擧에 급제한 뒤 바로 首都에서 官職을 얻었다. 이에 魏鵬擧는 고향에 남아 있는 부인에게 上京하라는 편지를 썼는데, 장난으로 부득이한 사정으로 첩을 얻었다는 농담을 덧붙였다. 이 편지를 본 아내가 화가 나 자신도 두 번째 남편을 얻었기에 그와 같이 上京하겠다고 답장을 했다. 답장을 받아본 魏鵬擧는 아내가 홧김에 한 말인 것을 알고 신경 쓰지 않았지만 우연히 놀러온 친구가 우연히 아내의 답장을 읽고는 소문을 냈다. 결국 부부끼리의 농담이 황제의 귀에까지 전해졌다. 황제는 魏鵬擧가 신중하지 못한 자라고 탓하면서 그를 외진 곳의 閒職으로 左遷시켰다. 魏鵬擧는 당초 경솔하게 농담한 것을 후회했지만 이미 엎질러진 물이었다.

6 却說: 각설하고. 앞에서 말하던 내용을 그만두고 새로운 내용을 말한다는 뜻. 話本小說 중 새로운 단락을 시작할 때 습관적으로 사용하는 표현.

7 劉官人: 劉貴.

8 馱: 짊어지다.

9 捱: 다가가다.

10 點燈: 등불을 켜다.

11 時分: 時刻.

12 小娘子二姐: 劉貴의 첩. 姓은 陳氏이고 小娘子가 이름. 둘째 아내라서 二姐라고 불렀다.

13 打瞌睡: 졸다.

14 那裏: 어찌. 어떻게. 怎麽와 같은 뜻.

15 聽見: 聽은 듣다. 見은 聽이란 동사 뒤에 붙은 結果補語.

16 半晌: 한참동안.

17 方纔: 비로소.

18 來了: 여기에서는 "갑니다!"의 뜻.

身開了門.

劉官人進去, 到了房中, 二姐替劉官人接[19]了錢, 放在桌上, 便問: "官人何處挪移[20]這項錢來? 却是甚[21]用?" 那劉官人一來[22]有了幾分酒[23], 二來[24]怪[25]他開得門遲了, 且戲言[26]嚇他一嚇[27], 便道[28]: "說出來[29], 又恐你見怪[30], 不說時[31], 又須通[32]你得知. 只是我一時無奈[33], 沒計可施, 只得把你典與[34]一個客人. 又因捨不得你, 只典得十五貫[35]錢. 若是我有些好處[36], 加利[37]贖[38]你回來, 若是照前[39]這般[40]不順溜[41], 只索罷[42]了!" 那小娘子聽了, 欲待[43]不信, 又見十五貫錢堆在門前. 欲待信來[44], 他平白[45]與我沒半句言語,

---

19 接: 받다. 받아 들다.
20 挪移: 돈을 빌리다.
21 甚: 무엇. 어떤. 甚麽.
22 一來: 첫째로. 우선은.
23 有了幾分酒: 약간의 술을 마셨다는 뜻.
24 二來: 둘째로. 다음으로.
25 怪: 원망하다. 허물하다.
26 戲言: 장난으로 말하다. 농담하다.
27 嚇他一嚇: 그녀를 한바탕 놀라게 하다.
28 道: 말하다.
29 說出來: 말하자니.
30 見怪: 책망당하다. 見은 被動의 뜻.
31 不說時: 말하지 않자니.
32 通: 알려주다.
33 無奈: 어쩔 수 없어서. 하는 수 없어서.
34 典與~: ~에게 저당 잡히다.
35 貫: 꾸러미. 돈을 세는 量詞. 1000文이 1貫. 당시 동전은 가운데 구멍이 뚫려 있어서 끈으로 묶어놓았다. 15貫이면 15,000文錢으로 상당한 금액이다.
36 好處: 이익.
37 加利: 이자를 더하다.
38 贖: 저당 잡힌 것을 되찾다.
39 照前: 전처럼.
40 這般: 이렇게. 這樣.
41 不順溜: 순조롭지 않다. 재수가 없다.
42 索罷: 되찾는 것을 그만두다. 索은 되찾다. 罷는 그만두다.

大娘子[46]又過得好[47]，怎麼便下得[48]這等[49]狠心辣手[50]？疑狐不決[51]，只得再問道："雖然如此，也須通知我爹娘一聲." 劉官人道："若是通知你爹娘，此事斷然不成[52]. 你明日且到了人家[53]，我慢慢央人[54]與你爹娘說通[55]，他也須[56]怪我不得[57]." 小娘子又問："官人今日在何處吃酒來?" 劉官人道："便是把你典與人，寫了文書，吃他的酒纔[58]來的." 小娘子又問："大姐姐[59]如何不來?" 劉官人道："他因不忍[60]見你分離，待得[61]你明日出了門纔來. 這也是我沒計奈何，一言爲定." 說罷，暗地[62]忍不住笑. 不脫衣裳，睡在床上，不覺[63]睡去了. ……

43 欲待: ~하려고 하다.
44 信來: 믿다. 來는 方向補語.
45 平白: 平日.
46 大娘子: 劉貴의 本妻. 부인의 姓은 王氏.
47 過得好: 잘 지내다. 여기에서는 둘 사이가 좋은 것을 말한다.
48 下得: 저지르다. 得은 程度補語.
49 這等: 이처럼. 這樣, 這般.
50 狠心辣手: 악랄한 짓.
51 疑狐不決: 이러지도 저러지도 못하고 머뭇거린다. 원래는 여우가 의심이 많아 우유부단하다는 뜻.
52 不成: 成事되지 않는다.
53 人家: 그 사람. 여기에서는 아내를 저당잡고 돈을 꿔줬다고 劉貴가 꾸며댄 상상의 인물을 가리킨다.
54 央人: 남에게 부탁하다.
55 說通: 설득하다.
56 也須: 아마도. 也許의 뜻.
57 怪我不得: 怪는 꾸짖다. 不得은 怪란 動詞에 대한 부정형 可能補語.
58 纔: 그제야. 비로소.
59 大姐姐: 劉貴의 本妻 王氏.
60 不忍: 차마 ~하지 못하다.
61 待得: ~하길 기다렸다가.
62 暗地: 암암리에. 남몰래.
63 不覺: 어느새. 자신도 모르게.

金 문학

董解元『西廂記諸宮調』(驚夢)

諸宮調는 주로 宋代부터 金代까지 유행한 說唱藝術이다. 주로 琵琶나 箏 같은 현악기를 타면서 이에 맞추어 노래했기에 彈詞 혹은 彈唱詞라고도 稱한다. 하지만 宋代의 諸宮調 중 지금까지 전해지는 것은 없고, 金代 것 역시 現存하는 것은 여기 인용한 『西廂記諸宮調』와 『劉知遠諸宮調』, 『天寶遺事諸宮調』, 이렇게 3편뿐이다. 그나마 『西廂記諸宮調』만 完本이 전할 뿐이고 나머지 2편은 모두 殘缺된 부분이 있는 殘本이다. 사실 諸宮調는 元代 雜劇의 유행 이후 급격히 쇠퇴해버렸기에 이후로 아는 사람이 드물었다. 잊혀졌던 諸宮調의 문학적 가치와 그 의의가 다시금 인식되고 중시되기 시작한 것은 20세기 들어서 몇몇 학자들이 諸宮調의 존재를 확인하고 그것이 이후 雜劇이나 南戲에 직접적으로 많은 영향을 끼쳤다는 것을 밝힌 후였다.

『西廂記諸宮調』를 지은 董解元에 대해서는 확실하게 알려진 것이 없다. 우선 지은이의 姓이 董氏인 것은 알겠는데, 解元은 이름이 아니다. 원래 解元은 鄕試에서 一位로 及第한 자를 일컫는 말이지만, 이 당시에는 德談삼아 글을 할 줄 아는 書生을 부르는 호칭으로 사용되었기에 그냥 董氏 姓의 書生이란 말이다. 혹자는 그가 金나라 章宗 때 學士였다거나 무슨 벼슬을 했다고 주장하지만 이는 모두 근거가 없는 後代의 추측일 뿐이다.

『西廂記諸宮調』라는 제목 중에서 '西廂記'는 당초 崔鶯鶯이 張珙에게 보낸 答詩에서 "서쪽 곁채 아래에서 달을 기다리네"(待月西廂下)라는 표현에서 따온 것이다. 諸宮調는 문학적 갈래일 뿐 사실 작품제목은 아니다. 그러므로 이 작품은 응당 『西廂記』라고 해야 하지만, 현재 『西廂記』라고 하면 일반적으로 王實甫가 지은 元代 同名 雜劇을 떠올리게 되기에, 董解元이 지은 『西廂記』는 구분을 위해 『西廂記諸宮調』라고 하거나 『董解元西廂記』

나 『董西廂』이라고 別稱한다. 앞서 말했듯이 諸宮調는 공연될 때 絃樂器를 반주로 삼았기에 『西廂記諸宮調』 역시 『絃索西廂』이나 『西廂記搊彈詞』라고 稱하기도 했다. 『西廂記諸宮調』의 근거가 된 『鶯鶯傳』에 대해서는 앞서 당대 전기소설 중 元稹의 『鶯鶯傳』에서 이미 설명했다. 아래에서 인용한 부분은 『西廂記諸宮調』 8卷 중 卷6에 실린 부분으로, 남자주인공인 張珙이 長安에 科擧를 보기 위해 여자주인공 崔鶯鶯을 버리고 떠나면서 괴로워하는 내용이다.

『西廂記諸宮調』가 비록 『鶯鶯傳』의 내용을 敷衍하긴 했으나 양자 간에는 근본적으로 큰 변화가 존재한다. 우선 결말이 張珙과 崔鶯鶯의 사랑이 원만하게 이루어진다. 주인공들의 성격도 전혀 달라서 『鶯鶯傳』의 張生이 男女의 愛情을 경시하고 立身揚名을 중시하던 唐代 지식인의 입장을 대변했다면, 『西廂記諸宮調』의 張珙은 사랑에 충실하면서도 적극적인 熱血男兒이다. 崔鶯鶯 역시 전자에서는 상당히 의뭉하면서도 수동적인 성격이었지만, 후자에서는 禮教의 억압을 견디며 사랑을 지키려는 적극적인 여성이다. 崔鶯鶯의 시녀 紅娘 역시 평면적인 심부름꾼에서 꾀가 많고 용감한 인물로 바뀌어 등장하는데, 남녀주인공의 사랑이 원만히 이루어지는 데 직접적으로 많은 역할을 한다. 그러다 보니 『西廂記諸宮調』에서는 두 주인공의 사랑에 갈등을 조장하는 인물이 崔鶯鶯의 어머니로 그려진다. 그녀는 곧잘 禮教를 들먹이며 두 사람의 사랑을 방해한다. 아래 인용문에서 張珙이 어쩔 수 없이 崔鶯鶯과 이별하고 長安으로 떠나는 것 역시 그녀의 강요 때문이었다. 이외에도 『鶯鶯傳』에는 보이지 않았던 몇몇 인물들이 더 등장해 이들의 사랑을 돕거나 방해하며 이야기의 재미를 더하고 있다.

여기에서 주목할 것은 이 같은 내용의 변화가 단순히 작가의 嗜好에 따른 것만은 아니라는 점이다. 『西廂記諸宮調』의 張珙이 『鶯鶯傳』의 張生처럼 唐代 지식인들의 욕망을 더 이상 투영할 필요가 없어졌다는 점은 누구나 쉽게 인지할 수 있겠지만 사랑에 적극적인 성격으로 바뀐 崔鶯鶯에 대해서도 주의를 기울여야한다. 崔鶯鶯의 이 같은 변화는 사실 北方 遊牧民族 女性의 進就的이고 開放的인 성향에서 영향을 받은 측면이 크다. 때문에 禮教에 대해 敵意를 보이거나 조롱을 하는 데에도 거침이 없는데, 예를 들어 시녀인 紅娘이 禮教를 따지는 崔鶯鶯의 어머니를 꾸짖는 장면도 나온다. 崔鶯鶯이나 紅娘 등 여성들의 능동적인 성격이 크게 강조되었다. 이 같은 내용의 변화는 女眞族의 지배를 받던 金나라 백성의 큰 호응을 이끌어 내었다. 이후 蒙古族이 지배하던 元代에 王實甫가

이를 계승해 지은 雜劇『西廂記』 역시 같은 이유로 이러한 인물 설정을 그대로 따르게 되면서 이 같은 설정이 확실하게 등장인물들의 典型的인 性格으로 각인되었던 것이다.

……

【仙呂調】——醉落魄纏令[1]

酒醒夢覺, 君瑞[2]悶愁不小. 隔窗野鵲喳喳地[3]叫, 把夢驚覺人來[4], 不當個嘴兒巧[5]. 悶答孩[6]似吃着沒心草[7], 越越的[8]哭到月兒落[9]. 被頭兒[10]上淚點[11]知多少, 媚媚的[12]不乾, 抑也抑得着[13].

1 【仙呂調】——醉落魄纏令: 仙呂調는 諸宮調에서 사용되는 宮調 중 하나. 諸宮調에서는 16가지 宮調가 사용되었는데 仙呂, 南呂, 黃鐘, 正宮, 大石調, 雙調, 商調, 越調 등이 있었다. 여기 보이는 醉落魄纏令이나 뒤에 보이는 風吹荷葉, 醉奚婆 등은 모두 仙呂에 속하는 曲調들로, 이처럼 한 宮調에 속하는 曲調들을 套曲(혹은 套數)이라 한다. 뒤에 나올 雜劇과 달리 여러 宮調를 뒤섞어 사용했기에 諸宮調라 칭하게 된 것이다. 아래 보이는 諸宮調의 套曲들에 대해서는 따로 설명하지 않겠다.

2 君瑞: 『西廂記諸宮調』 남자주인공의 字. 원래 唐代 元稹의 소설 「鶯鶯傳」에서는 남자주인공이 張生이라고만 나와 있으나 『西廂記諸宮調』에서는 훨씬 구체적으로 姓은 張氏, 이름은 珙, 字는 君瑞라고 하고 있다.

3 喳喳地: 들까치가 우는 소리. 까악까악.

4 把夢驚覺人來: 把夢驚覺人은 꿈을 깬 사람, 즉 張珙 자신. 把는 목적어를 앞으로 도치시키는 介詞이다. 『西廂記諸宮調』에는 지금의 把字句 형식이 정착되기 이전의 비교적 독특하고 변칙적인 把字句가 곧잘 눈에 띄는데, 이 구절이 바로 그 중 하나이다. 把夢驚覺人은 원래 驚覺夢的人이란 뜻. 來는 별 뜻이 없는 일종의 襯字.

5 不當個嘴兒巧: 不當은 '~에 해당되지 않다', 혹은 '~이 아니다' 뜻. 嘴兒巧는 言辯에 능한 사람. 주로 약속을 지키지 않으면서 교묘한 말로 변명을 늘어놓는 사람을 가리킨다.

6 悶答孩: 매우 고민하는 모습. 答孩는 따로 뜻이 있는 것이 아니라 悶의 의미를 강조해주는 助詞. 打孩나 打頦로도 쓴다.

7 沒心草: 無心草. 우리말로는 '속새'라고 하며 食用으로 쓰인다. 漢醫學에서는 木賊이라고 부르는 약재로, 그 맛이 매우 쓰다. 여기에서는 고민스러워 하는 모습이 마치 매우 쓴 풀을 먹었을 때와 같다고 비유한 것이다. 혹자는 여기에서 굳이 沒心草(즉 無心草)를 끌어다 쓴 것은 자신이 無心한 사람이 되었음을 重義的으로 표현한 것이라 보기도 한다.

8 越越的: 숨죽여. 남몰래. 魆魆的이라고 쓰기도 한다.

9 月兒落: 달이 지다.

10 被頭兒: 이불.

11 淚點: 눈물자국.

12 媚媚的: 축축하게 젖어있는 모습. 혹자는 느릿느릿한 모습이라고 풀기도 한다.

13 抑也抑得着: 여기에서 抑은 '누르다' 혹은 '짜다'의 뜻. 즉 눈물에 젖어 있는 이불을 손으로 누르거나 짜면 눈물이 짜진다는 뜻. 혹자는 抑을 挹의 假借字로 보기도 하는데 결국 풀이는 같다. 동사 뒤에

——風吹荷葉

枕畔[14]僕人低低道: "起來麼! 解元[15]! 天曉也! 把行李琴書收拾了!" 聽得幽幽角奏[16], 噹噹地[17]鐘響, 忔忔地[18]鷄叫.

——醉奚婆

把馬兒控着[19], 不管人煩惱. 程程[20]去也, 相見何時却[21]?

——尾

華山[22]又高, 秦川[23]又杳. 過了無限野水橫橋. 騎着瘦馬兒, 圪登登的[24]又上長安[25]道.

……

붙는 得着은 可能補語.

14 枕畔: 베개 옆.

15 解元: 書生. 원래 唐代 科擧에서 鄕試에 及第하는 것을 解라 칭했기에 이후로 鄕試를 解試라고도 칭했고, 향시에서 一位로 及第한 자를 解元이라 불렀다. 하지만 이후로는 德談삼아 科擧를 준비하는 書生을 부르는 호칭으로 사용되었다. 여기에서도 科擧를 준비 중인 남자주인공 張珙을 부른 것이다.

16 幽幽角奏: 그윽한 뿔피리 연주.

17 噹噹地: 종소리. '댕~댕~.'

18 忔忔地: 닭 울음. '꼬끼오~꼬끼오~.'

19 控着: 조종하다. 즉, 말을 몬다는 뜻.

20 程程: 갈 길이 아주 멀다는 뜻. 원래는 먼 길을 가기에 里程標를 지나고 또 지난다는 뜻.

21 却: 再, 다시. 平仄을 맞추기 위해 원래 相見却何時란 구절에서 却이 맨 뒤로 도치된 것이다. 혹자는 却을 '도리어', '도대체' 뜻으로 풀기도 한다.

22 華山: 陝西省에 위치한 중국의 名山 중 하나로, 해발 2,000미터가 넘는 높이에 수많은 絶景으로 유명하다.

23 秦川: 甘肅省에서 陝西省까지 걸쳐있는 중국의 대표적인 秦嶺山脈 이북에 위치한 평원지대.

24 圪登登的: 여기에서는 말발굽소리. '다그닥, 다그닥.'

25 長安: 이 작품의 시대배경인 唐代의 首都. 지금의 陝西省 西安. 華山이나 秦川은 모두 長安의 부근에 위치해 있다.

元好問「論詩絶句三十首」

元好問은 金나라의 대표적인 詩人으로, 어려서부터 천재라는 칭송이 자자했다. 이후 科擧에 급제해 벼슬길에 올랐지만, 金나라가 蒙古에게 멸망해버리자 江湖를 떠돌아다니다가 생을 마감했다.

그가 이 작품을 지은 것은 丁丑年, 즉 그가 28세 때(1217)였다. 金나라는 章宗 이래 최고의 번성기를 구가했지만 이 같은 번성은 퇴폐와 쇠락의 시작이기도 했다. 이후 金나라는 점차 쇠퇴기에 접어들다가 본격적으로 蒙古 칭기즈칸의 南侵이 시작(1211)되자, 결국 수도를 中都(지금의 北京)에서 남쪽의 汴梁(지금의 開封)으로 옮기게 되는 치욕적 사건까지 발생하게 된다.(1215) 위급하고 혼란스러운 시기에 접어들자 金나라 文壇에서도 기존의 비현실적이고 화려하기만한 풍격을 반성하면서 『詩經』처럼 질박하면서도 품격을 갖추고 진지하게 현실을 다루는 풍격을 중시하기 시작했다. 하지만 이러한 새로운 풍격의 추종 역시 사실은 겉모습만 흉내 내는 것일 뿐, 속은 텅 빈 강정마냥 아무 실질적 내용이 없었다. 바로 이때 元好問은 이와 같은 현실을 비판하면서 스스로 과연 어떤 詩의 體裁와 風格이 진정 『詩經』으로부터 淵源한 것인지를 확실히 변별해내어 그 是非得失을 가리기 위해 「論詩絶句三十首」를 지었다. 이 같은 포부는 其1에 잘 보인다.

其1은 당시의 詩體가 대부분 僞體, 즉 거짓된 것이며, 正體, 즉 『詩經』으로부터 연원한 진정한 것에 대한 명확한 인식과 계승의 노력이 없음을 비판했다. 그리고는 마치 治水 사업 중 물길을 여는 작업을 하듯 正體와 僞體의 나뉨과 뒤섞임을 내가 나서서 확실하게 구분해 내겠다며 이를 자신의 所任으로 밝힌다. 하지만 그의 이러한 주장이 退行的인 復古를 고집하는 것은 결코 아니다. 어디까지나 繼承과 變革에 있어서 마땅히 추종해야할 목표(혹은 準據)가 무엇이냐는 문제였지, 정말 『詩經』으로 돌아가자는 주장은 아니었다. 이는 「論詩絶句三十首」 전체에 대한 일종의 서문이라고도 할 수 있다.

其4는 陶淵明의 詩가 너무나 자연스럽고 순박하여 아무런 작위적이고 부자연스러운 꾸밈이 없음을 극찬하고 있다.

其28에서는 黃庭堅과 그의 풍격을 추종하던 江西詩派를 다루고 있다. 江西詩派는 스스로 杜甫의 詩風을 배워야 한다고 주장하면서 杜甫의 詩風을 익히기 위해서는 우선 李商隱의 詩風부터 익혀야 한다고 주장했다. 하지만 元好問이 보기에 이는 그들의 희망사항일 뿐이며 실제로는 江西詩派가 杜甫의 古雅함이나 李商隱의 精純함을 전혀 습득하지 못했음을 비판하고 있다.

여기에서 또 하나 주목해야 하는 것은 바로 중국 특유의 '詩로써 詩를 평가하는'(以詩論詩) 방식이다. 元好問의 「論詩絶句三十首」가 직접적으로 영향을 받은 것은 바로 杜甫의 「戱爲六絶句」였고, 元好問 이후로도 이를 추종하여 모방한 작품들이 여럿 나오기도 한다. 그런데 이 같은 방식은 문학비평에 있어서 무시할 수 없는 단점을 가지고 있다. 구체적으로 말해, 분석적인 記述을 통해 명료하게 제시되어야할 문학비평을, 다분히 감상적인 묘사로 두루뭉술하게 표현하게끔 만들기 십상이다. 실제로 아래의 其4와 其28를 보라! 詩라는 지극히 제약적이고 축약적인 記述 방식을 통해 陶淵明과 江西詩派의 詩風을 어떻게 品評하고 있는가? 솔직히 피상적인 印象批評이라는 혐의를 피할 수 없어 보인다.

사실 品評에 있어서 이 같이 두루뭉술한 記述은 사실 '詩로써 詩를 평가하는' 방식에만 국한되어 보이는 것이 아니다. 『文心雕龍』처럼 지극히 修飾的인 騈文으로 모든 문학의 원리, 갈래, 기법 등을 논한 경우도 있고, 심지어 賦로써 賦를, 詞로써 詞를, 曲으로써 曲을 品評한 경우도 있다. 물론 서양에도 진작부터 詩體로 된 문학비평이 시도되기는 했지만 중국만큼 보편적이지도 않았고 그 記述 방식 역시 이 같지는 않았다. 보다 정확히 말하자면, 특별한 형식에 국한되는 것이 아니라 거의 모든 중국의 전통적인 문학비평에는 '두루뭉술한 記述'의 성향이 보인다. 하지만 중국의 이 같은 문학비평의 특징을 서양 등의 他文化圈의 것과 대비해 劣等한 것으로 인식해서는 안 된다. 이는 中國語가 孤立語라는 독특한 언어적 특징에서 연원한 것이다. 屈折語인 서양언어를 근거로 한 사유가 자족적이고 개별적인 개념과 범주를 설정하고 이를 統辭論的으로 명료한 어휘와 구문을 통해 분석적이고 논리적으로 전개되는 것에 반해서, 孤立語인 中國語를 근거로 한 사유는 상호의존적인 열린 개념과 범주를 제시하고 이를 상호간의 관계와 談話의 전체적인 맥락에서만 제대로 이해될 수 있는 표현과 비유를 통해 유동적이고 類比的으로 전개된다. 부연하자면 屈折語가 主語의 발달로 일찍이 客觀的인 實體 개념의 운용을 통한 명확한 推論이 확립된 데 반해, 孤立語는 主語의 未備로 진작부터 函數的 개념들의 활용을 통한 類比的 이해가 보편화되었다. 때문에 '詩로써 詩를 평가하는' 방식의 문학비평에, 더 나아가서는 중국의 전통적인 문학비평에, 이 같은 '피상적인 印象批評이라는 혐의'는 부당하다. 오히려 논리적인 분석이나 추상적인 개념 분류가 아닌, 어떤 상황이나 사물을 끌어와 비유하고 묘사하려는 類比的

이해와 감상이 강조된 중국 특유의 品評으로 간주하고 그 연원을 제대로 파악하고자 노력해야 할 것이다.

漢謠魏什[26]久紛紜[27], 正體[28]無人與細論. 誰是詩中疏鑿手[29], 暫敎涇渭各清渾[30].(其一)

一語天然萬古新[31], 豪華落盡見眞淳[32]. 南窗白日羲皇上[33], 未害淵明是晉人[34].(其四)

古雅[35]難將[36]子美[37]親, 精純[38]全失義山眞[39]. 論詩寧[40]下涪翁[41]拜. 未作[42]

---

26 漢謠魏什: 漢謠는 漢代의 樂府詩. 謠는 주로 民謠를 가리킨다. 樂府詩는 원래 民間에서 채집한 것이기에 謠라고 한 것이다. 魏什은 魏나라 때의 詩. 원래 什은 숫자 열이란 뜻인데, 『詩經』의 「雅」나 「頌」이 주로 열편씩 묶여서 '○○之什'라고 불렸기에, 이후 『詩經』의 「雅」나 「頌」을 가리키는 표현으로 사용되기도 했다. 여기에서는 그 의미가 좀 더 확대되어 「雅」나 「頌」을 계승한 魏나라 때의 詩들을 가리킨다.

27 紛紜: 여기에서는 定論을 도출해내지 못하고 異論이 紛紛하다는 뜻이다.

28 正體: 詩의 참모습. 진정 계승하고 추구해야할 詩의 體裁.

29 疏鑿手: 疏鑿은 일종의 治水 사업을 뜻하는 말로, 원래 산의 골짜기들을 잘 정비하여 물길을 잘 통하게 만드는 것을 가리킨다. 疏는 소통시키다, 잘 통하게 만들다. 鑿은 뚫다, 파다. 疏鑿手는 그러한 작업을 하는 사람을 가리킨다.

30 暫敎涇渭各清渾: 暫은 잠깐, 잠시나마. 敎는 사역동사로 '~하게끔 하다'의 뜻. 涇과 渭는 涇水과 渭水의 略稱으로, 모두 黃河의 支流이다. 두 支流가 만나서 합쳐질 때 涇水는 탁하고 渭水는 맑아서, 두 물길의 清濁이 명확하게 구분된다. 各清渾이란 말이 바로 그 뜻이다. 清渾은 清濁. 이 때문에 이전부터 뭔가가 명확하게 구분된다는 의미로 곧잘 涇水와 渭水의 清濁을 인용해왔다.

31 一語天然萬古新: 一語天然은 자연스러운 한 글자. 天然은 작위적인 꾸밈이 없이 타고난 본성을 그대로 따르고 있다는 뜻. 萬古는 아주 오랜 세월이나 시간. 新은 새롭다.

32 豪華落盡見眞淳: 豪華는 겉만 번지르르하게 꾸몄다는 貶下의 표현. 落盡은 모두 져버린다, 즉 모두 사라진다는 뜻. 見은 보게 되다, 알게 되다. 眞淳은 豪華의 반대말로 참되고 순박한 本然의 모습.

33 南窗白日羲皇上: 南窗白日은 남쪽 창가에서 햇볕을 쬐는 일. 羲皇은 太古 시대의 伏羲氏를 가리킨다. 그가 三皇 중 한 명이기에 羲皇이라 칭한 것이다. 여기에서 羲皇, 즉, 伏羲氏는 바로 太古 시대의 순박함을 상징한다. 上은 앞, 즉 以前의 뜻. 伏羲氏 때보다도 더 이전이라고 말하는 것은 그만큼 아무런 작위적 꾸밈이 없고 완전히 순박함 그 자체라는 것을 강조하려는 것이다.

34 未害淵明是晉人: 未害는 '無妨하겠지'의 뜻. 淵明是晉人은 '陶淵明이 晉나라 사람이란 것이'라는 뜻. 이 구절은 陶淵明이 晉나라 사람이란 사실이, 그의 시가 참되고 순박하여 마치 伏羲氏 때보다도 더 이전 사람이 지은 것 같다는 느낌에, 아무런 방해가 되지 않는다는 뜻.

35 古雅: 古風스러우면서도 雅趣를 갖추고 있다는 뜻.

36 將: ~와(과).

37 子美: 杜甫의 字.

江西社[43]裏人.(其二十八)

38 精純: 잘 精練되고 깔끔하다는 뜻.

39 義山眞: 義山은 李商隱의 字. 眞은 眞面貌, 즉 참모습.

40 寧: 일반적으로는 "어찌 ~할 수 있으랴!"라는 의미로 푼다. 혹자는 "차마 ~할지언정"이라고 풀기도 한다. 전자를 따르자면 黃庭堅을 필두로 모든 江西詩派를 부정하는 것이 되고, 후자를 따르자면 江西詩派 중 黃庭堅만은 그래도 어느 정도 인정하는 것이 된다. 다음 구절도 이 글자의 풀이에 따라 해석된다. 일단은 전자를 따르겠다.

41 涪翁: 黃庭堅의 號.

42 未作: 앞에 보인 두 가지 寧의 풀이 중, 전자를 따르면 "~이 된 적도 없거늘!"이란 뜻이 되고, 후자를 따르면 "~이 되지는 않으리라!"란 뜻이 된다.

43 江西社: 江西詩派. 여기에서 社는 詩社, 즉 詩를 즐기는 모임이나 단체의 뜻. 江西詩派에 대해서는 黃庭堅 「登快閣」의 설명 참고.

元 잡극

關漢卿『竇娥冤』[第3折]

이 작품을 지은 關漢卿은 生涯나 경력이 그다지 알려져 있지 않다. 漢卿도 그의 字로, 이름은 알려지지 않았다. 아마도 金나라 말엽 출생한 것으로 보이는데, 주로 大都(즉 北京)에서 활동한 것으로 보인다. 雜劇으로 특히 명성이 높았는데 생전에 66종의 잡극을 지은 것으로 전해지지만 실제로 지금까지 남아있는 것은 18종뿐이며 그나마도 僞作의 혐의가 있는 작품이 몇 종 섞여있다. 흔히 영국에 셰익스피어가 있다면 중국에는 關漢卿이 있다고 할 정도로 중국 戲曲을 대표하는 인물이다.

『竇娥冤』의 제목은 작품 끝에 표기된 題目正名에 "秉鑑持衡廉訪法, 感天動地竇娥冤"(명철한 거울을 들어 사실을 비추며 공평한 저울을 가지고 판결하는 廉訪使 竇天章의 法 집행, 그리고 하늘과 땅을 감동시킨 竇娥의 억울함)이라고 표기된 데에서, 마지막 세 글자를 따온 것이다. 이처럼 題目正名이 긴 이유는 이것의 기능이 원래 실제 공연을 할 때 입구 양 옆에 제목의 한 구절씩 크게 써서 내걸음으로써, 관중으로 하여금 미리 이 雜劇의 전체적인 내용과 주제를 짐작하게 해주는 데 있기 때문이다. 대개 元 雜劇은 이처럼 略稱으로 곧잘 題目正名의 맨 마지막 세 글자를 사용한다. 특히 『竇娥冤』은 비극적 내용에다가 완성도가 높아, 중국의 전통 悲劇을 대표하는 작품으로 손꼽힌다. 이 작품은 明代에 葉憲祖의 『金鎖記』로 재탄생하고, 이후 京劇과 여러 地方戲에서도 모두 이를 계승한 작품들이 있을 정도로 중국 戲曲에 많은 영향을 끼쳤다.

이 작품의 전체 줄거리는 다음과 같다. 가난한 선비 竇天章은 과거를 보러 갈 경비를 마련하기 위해 딸 竇娥를 蔡노파에게 판다. 팔려온 그녀는 蔡노파의 아들과 혼인하게 되지만, 얼마 자나지 않아 남편이 죽어버려 과부가 되고 만다. 그녀는 청상과부가 되었지만 蔡노파를 잘 모시고 살았다. 蔡노파가 죽을 뻔한 일이 있었는데, 우연히 張老人, 張驢兒 父子의 도움을 얻어 목숨을 건진 뒤 은혜를 갚기 위해 두 사람을 데려와 부양한다. 이후

張驢兒가 독을 넣은 국으로 蔡노파를 독살한 뒤 竇娥를 강제로 아내 삼으려 하다가, 일이 틀어져 오히려 張驢兒의 아버지가 그 국을 먹고 죽고 만다. 그러자 張驢兒는 관아에 竇娥를 살인죄로 무고한다. 竇娥는 잔인한 고문에도 흔들리지 않고 끝까지 자신의 무죄를 주장했지만 시어머니까지 고문하려들자 결국 거짓자백을 하게 된다. 竇娥는 살인죄로 억울하게 참수되면서, 만약 자신이 결백하다면 목이 베여도 피가 한 방울도 땅에 떨어지지 않고 깃대에 걸린 흰 비단에 솟구칠 것이며 더운 여름이지만 눈이 내려 자신의 시체를 덮어주고 삼 년 동안 큰 가뭄이 들것이라고 외쳤다. 과연 그녀의 목이 잘리자 피가 모두 솟아올라 깃대의 흰 비단을 적셨고 삼복더위에 눈이 내리기 시작했다. 그리고 삼 년이 흐른 뒤 과거에 급제해 廉訪使가 된 竇天章이 돌아왔을 때, 딸 竇娥가 꿈에 나타나 억울함을 호소하니 竇天章이 그 사건을 다시 심리해 진상을 밝히고 張驢兒를 참수하여 딸의 원혼을 달랜다.

아래에서 인용하고 있는 부분은 第3折, 즉 제3막 중 두아가 자신의 억울함을 죽은 뒤의 기적으로 증명하는 가슴 절절한 과정이다. 당시 백성의 눈으로 봤을 때, 비현실적이긴 하지만, 관리들의 횡포에 맞서 그저 목숨을 버려 기적을 일으킴으로써 결백을 증명하려는 두아의 입장과 행동은 백성 모두가 不知不識間에 공감하고 동조할 수밖에 없는 것이었다.

(外扮監斬官上[1], 云:) 下官[2]監斬官是也. 今日處決[3]犯人, 着做公的[4]把住巷口, 休放[5]往來人閑走[6]. (淨[7]扮公人[8], 鼓三通, 鑼三下科[9]. 劊子磨旗[10], 提

---

1 外扮監斬官上: 外는 外末의 약칭. 末은 남자배역을 뜻하는데, 外末은 남자배역 중 주인공(正末)이 아닌 조연급 연기자를 말한다. 扮은 '~역을 연기하다'의 뜻. 監斬官은 處刑을 감독하는 관리. 上은 무대에 오르다.

2 下官: 官吏가 본인을 지칭할 때 스스로를 낮추어 말하는 일종의 謙稱.

3 處決: 처형하다.

4 着做公的: 着은 파견하다. 임무를 맡겨 보내다. 做公的은 관아의 使令.

5 休放: 休는 금지형 부정어. 放은 내버려두다. 그냥 두다.

6 閑走: 볼 일도 없는데 쓸데없이 돌아다니는 것.

7 淨: 雜劇에서 개성 있는 남자 조연 배역.

8 公人: 앞에서 언급한 관아의 使令.

9 科: 雜劇에서 상황을 설명하기 위해 행하는 배우들의 동작이나 무대효과(주로 음향효과)를 가리킨다. 雜劇은 그 표현방식이 크게 노래(唱)와 동작(科), 그리고 말(白)로 나누어진다. 대본 중 동작이나 무대효과에 대한 설명 뒤에는 이것이 동작이나 무대효과임을 표시하기 위해 科란 글자가 덧붙여지

刀, 押正旦[11]帶枷上. 劊子云:) 行動些[12], 行動些, 監斬官去法場[13]上多時了[14]. (正旦唱:)

【正宮】【端正好】[15]沒來由[16]犯王法, 不提防遭刑憲[17], 叫聲屈[18]動地驚天. 頃刻間[19]遊魂[20]先赴森羅殿[21], 怎不將[22]天地也生埋怨[23]. ……

【耍孩兒】不是我竇娥罰下[24]這等無頭願[25], 委實的寃情[26]不淺. 若沒些兒[27]靈聖[28]與世人傳, 也不見得[29]湛湛青天[30]. 我不要半星[31]熱血紅塵

는데, 번역할 때는 따로 해석할 필요가 없다.

10 劊子磨旗: 劊子는 망나니. 磨旗는 깃발을 휘두르며 길을 열거나 注目을 시킨다는 뜻.

11 正旦: 여자 주인공, 즉 竇娥를 가리킨다. 旦은 여자배역.

12 行動些: "좀 움직여!" 行動은 움직여라, 가라. 些는 좀. 어서 가라고 독촉하는 말.

13 法場: 死刑場.

14 上多時了: 많은 시간이 지났다.

15【正宮】【端正好】: 正宮은 雜劇에서 사용되는 宮調 중 하나. 雜劇에서는 14가지 宮調가 사용되었는데, 仙呂, 南呂, 黃鐘, 正宮, 大石調, 雙調, 商調, 越調 등이 있었다. 端正好는 正宮에 속하는 曲調. 뒤에 보이는 耍孩兒 등도 모두 正宮에 속하는 曲調들이다. 雜劇은 한 折(지금의 연극으로 치면 한 幕)마다 한 宮調에 속하는 曲調들, 즉 套曲들로만 진행되었다. 이것이 바로 여러 宮調를 함께 사용한 諸宮調와의 차이점이다. 아래에 보이는 雜劇의 套曲에 대해서는 따로 설명하지 않겠다.

16 沒來由: 이유 없이. 다짜고짜로.

17 遭刑憲: 遭는 뜻밖에 맞닥뜨리다. 일방적으로 당하다. 刑憲은 刑法, 즉 法에 의한 刑罰.

18 屈: 억울함.

19 頃刻間: 잠깐이면. 아주 짧은 시간.

20 遊魂: 곧 죽을 竇娥 자신의 넋을 가리킨다.

21 森羅殿: 저승의 閻羅大王이 죽은 자들의 죄를 가리는 곳. 閻羅殿, 혹은 閻王殿이라고도 한다.

22 將: 把와 마찬가지로 목적어를 앞으로 도치시키는 介詞. '~을(를)'

23 也生埋怨: 여기에서 也는 語氣詞로 아무 뜻이 없다. 生은 甚의 假借字로 '매우'의 뜻. 혹자는 生 역시 也와 같이 아무 뜻이 없는 語氣詞로 보기도 한다. 埋怨은 원망하다, 혹은 원망하는 마음을 품다.

24 罰下: 罰은 發의 假借字. 소원을 말하다.

25 無頭願: 근거 없는 소원.

26 委實的寃情: 委實的은 '정말이지'의 뜻. 寃情은 억울한 사정.

27 些兒: 약간의, 조금이나마.

28 靈聖: 靈驗함. 여기에서는 자신처럼 진실한 사람이 죽은 뒤 벌어지기도 하는 靈驗한 현상. 중간에 생략된 부분에서 竇娥는, 자신이 진정 억울하게 죽는 것이라면 목이 잘린 뒤 단 한 방울의 피도 땅에 떨어지지 않고 모두 깃대에 걸린 흰 비단으로 뿜어지는 靈驗한 현상이 일어날 것이라고 공언했다. 뒤에 보이는 萇弘의 피가 碧玉이 되고 望帝가 두견새가 된 일 따위도 이러한 靈驗함에 포함된다.

29 不見得: 반드시 ~이라고 할 수는 없을 것이다, 반드시 ~이 드러나지는 않을 것이다.

灑[32], 都只在八尺旗鎗素練懸[33]. 等他四下[34]裏皆瞧見, 這就是咱[35]萇弘化碧, 望帝啼鵑[36].

(劊子云:) 你還有甚的[37]說話, 此時不對監斬大人說, 幾時說那[38]? (正旦再跪科, 云:) 大人, 如今是三伏天道[39], 若竇娥委實寃枉, 身死之後, 天降三尺瑞雪[40], 遮掩了[41]竇娥屍首. (監斬官云:) 這等三伏天道, 你便[42]有衝天的怨氣, 也召不得[43]一片雪來, 可[44]不胡說[45]! (正旦唱:)

【二煞】你道[46]是暑氣暄[47], 不是那下雪天, 豈不聞飛霜六月因鄒衍[48].

---

30 湛湛青天: 맑디맑은 푸른 하늘. 즉 公明正大한 하늘을 뜻한다.

31 半星: 星은 방울을 뜻하는 量詞. 半星은 한 방울도 되지 않는 반 방울, 즉 아주 적은 양을 가리킨다.

32 紅塵灑: 紅塵은 여기에서는 땅을 가리킨다. 원래는 흩날리는 붉은 흙을 의미했다가, 이후 繁華한 곳을 뜻하게 되었고, 다시 佛教나 道教에서 세상의 繁華함이 無常함을 강조하게 위해 이 말을 俗世란 뜻으로 사용했다. 하지만 여기에서는 그냥 땅이란 뜻이다. 灑는 흩뿌려지다. 여기에서는 被動으로 해석된다.

33 都只在八尺旗鎗素練懸: "모두가 여덟 자나 되는 깃대 위의 흰 비단에 걸릴 것이다" 즉 '靈聖'의 각주에서 설명했듯이 자신의 피가 흰 비단에만 묻을 것이라는 뜻. 旗鎗은 깃대.

34 他四下: 他는 깃대. 四下는 깃대 아래의 四方.

35 咱: 나.

36 萇弘化碧, 望帝啼鵑: 傳說에 萇弘은 周나라의 忠臣이었는데, 그가 죽을 때 그의 피를 따로 보관하다 3년 뒤에 보니 碧玉으로 변해있었다고 한다. 또 傳說에 古代 蜀나라 임금 望帝가 죽어서 두견새가 되었다고 한다. 望帝의 대해서는 당대 시가 중 李商隱의 「錦瑟」의 각주에 상세하게 설명되어 있다. 그런데 여기에서 이 8글자는 앞의 咱을 주어로 하는 술어로 사용되었다. 그래서 "這就是咱萇弘化碧, 望帝啼鵑"이란 구절은 "이것이 바로 마치 萇弘의 피가 碧玉이 되고 望帝가 두견새가 되어 울게 되었던 것처럼, 竇娥가 내보인 靈驗함이다!"라고 意譯할 수 있다.

37 甚的: 甚麼, 즉 '무엇'이란 뜻의 의문대명사.

38 那: 여기에서는 反問의 語氣를 나타내는 呢의 뜻.

39 三伏天道: 무더운 여름 날씨. 三伏 더위란 말이 있듯이 三伏은 한창 더운 여름을 뜻한다. 三伏은 원래 節氣의 일종으로 여름의 初伏, 中伏, 末伏을 가리킨다. 初伏은 夏至로부터 세 번째 庚日, 中伏은 네 번째 庚日, 末伏은 立秋부터 첫 번째 庚日로, 열흘 단위로 갈라져 있다. 天道는 여기에서 날씨의 뜻.

40 瑞雪: 원래는 祥瑞로움을 徵驗하는 눈이란 뜻이지만, 여기에서는 竇娥의 억울함을 徵驗해주는 눈이란 의미로 사용되었다.

41 遮掩了: 뒤덮어 버리다.

42 便: 설령~하더라도.

43 召不得: 召는 불러오다. 소환하다. 不得은 가능보어의 부정형.

44 可: 응당 ~해야 한다.

45 胡說: 함부로 지껄이다. 허튼소리를 하다.

若果有一腔怨氣噴如火, 定要感的[49]六出氷花[50]滾似綿[51], 免着[52]我屍骸現. 要甚麽素車白馬[53], 斷送出[54]古陌荒阡[55]?

(正旦再跪科, 云:) 大人, 我竇娥死的[56]委實寃枉, 從今以後, 着這楚州亢旱[57]三年. (監斬官云:) 打嘴[58]! 那[59]有這等說話! (正旦唱:)

【一煞】 你道是天公不可期, 人心不可憐[60], 不知皇天[61]也肯從人願. 做甚麽三年不見甘霖[62]降, 也只爲東海曾經孝婦寃[63]. 如今輪到[64]你山陽縣[65],

46 道: 말하다.

47 暄: 매우 무덥다. 원래는 따듯하다는 뜻으로 주로 쓰인다.

48 飛霜六月因鄒衍: 鄒衍 때문에 6월에 차디찬 서리가 날리다. 傳說에 戰國時代 陰陽家로 유명한 鄒衍이 燕나라에서 충직하게 벼슬하고 있었는데 燕王이 다른 사람들의 참소만 믿고 그를 下獄시켰다. 이에 억울한 鄒衍이 하늘을 보며 통곡했더니 여름인데도 서리가 날렸다고 한다.

49 感的: 感得. 感은 하늘이 感應하다는 뜻. 的은 여기에서 程度補語인 得의 뜻. 이후 나오는 말들은 모두 하늘이 感應한 정도를 나타낸다.

50 六出氷花: 눈꽃. 六出은 눈꽃이 육각형임을 표현한 것이다.

51 滾似綿: 흩날리는 솜처럼 눈발이 휘몰아칠 것이라는 뜻.

52 免着: ~한 상황을 모면하게 해주다.

53 素車白馬: 흰 수레와 흰 말. 葬事를 치를 때 사용.

54 斷送出: 斷送은 葬事를 '치르다'는 뜻. 出은 方向補語.

55 古陌荒阡: 원래는 오래되고 황량한 밭둑길을 가리키지만, 여기에서는 그냥 시체가 묻힐 을씨년스럽고 삭막한 곳에 대한 비유이다.

56 的: 得. 여기에서는 程度補語.

57 亢旱: 큰 가뭄. 亢 역시 여기에서는 가뭄의 뜻.

58 打嘴: 닥쳐라!

59 那: 어디. 의문대명사.

60 天公不可期, 人心不可憐: 하늘의 정의는 기약할 수 없고, 사람의 마음은 불쌍히 여겨주지 않는다. 즉 억울한 일을 당하더라도 하늘이 공평하게 이를 밝혀주길 바랄 수도 없으며 사람들 역시 이를 동정해 주지는 않을 것이라는 뜻.

61 皇天: 하늘, 혹은 하느님.

62 甘霖: 단비.

63 只爲東海曾經孝婦寃: 只爲는 '단지 ~때문이다'. 東海曾經孝婦寃은 東海에 일찍이 효성스럽던 아낙의 억울함 때문에 그런 일이 벌어졌음을 가리킨다. 漢나라 때 東海郡에 시어머니에게 효성스럽던 寡婦가 郡守의 오판으로 억울하게 死刑을 당하자 東海郡에 3년 동안 가뭄이 들었다가, 이후 새로 부임한 東海郡守가 그녀의 억울함을 풀어주자 하늘에서 큰 비가 내렸다고 한다. 특히 이 故事는 『竇娥寃』의 原型으로 추정된다.

64 輪到: ~의 순서가 되다, ~의 차례가 되다.

65 山陽縣: 지금 竇娥가 억울함을 당하고 있는 고을이 바로 山陽縣이다.

這都是官吏每無心正法[66], 使百姓有口難言.

(劊子做磨旗科, 云:) 怎麼這一會兒[67]天色陰了也? (內做風科[68], 劊子云:) 好冷風也! (正旦唱:)

【煞尾】 浮雲爲我陰[69], 悲風爲我旋[70], 三椿兒誓願明題徧[71]. (做哭科, 云:) 婆婆[72]也, 直[73]等待雪飛六月, 亢旱三年呵. (唱:) 那其間纔把你個屈死的冤魂這竇娥顯.

(劊子做開刀, 正旦倒科.) (監斬官驚云:) 呀! 眞箇[74]下雪了, 有這等異事! (劊子云:) 我也道平日殺人, 滿地[75]都是鮮血, 這個竇娥的血都飛在那丈二白練上, 並無半點落地, 委實奇怪. (監斬官云:) 這死罪必有冤枉. 早兩椿兒應驗了, 不知亢旱三年的說話, 准也不准? 且看後來如何. 左右[76], 也不必等待雪晴, 便與我擡他屍首, 還[77]了那蔡婆婆[78]去罷. (衆應科, 擡屍下.)

66 正法: 법을 올바르게 적용하다, 법을 바르게 시행하다.

67 這一會兒: 이 때, 이 순간.

68 內做風科: 안에서 바람소리를 낸다는 뜻. 여기에서 科는 동작이라기보다는 음향효과를 가리킨다.

69 浮雲爲我陰: 구름은 날 위해 어둠을 드리우다. 浮雲은 여기에서 움직이는 구름을 말한다.

70 悲風爲我旋: 서글픈 바람은 날 위해 휘돌다. 원래 悲風은 주로 가을바람을 가리키지만, 여기에서는 무더운 여름인데도 竇娥의 억울함 때문에 소슬한 바람이 불어온다는 뜻.

71 三椿兒誓願明題徧: 三椿兒는 세 가지. 椿兒는 量詞. 誓願은 뭔가를 걸기로 맹세하고 비는 소원. 明은 확실히. 題은 드러나다. 徧은 두루. 여기에서는 題라는 動詞에 붙은 結果補語.

72 婆婆: 시어머니.

73 直: 只의 通假字.

74 眞箇: 진짜로, 정말로. 眞箇는 眞的의 뜻. 箇는 個의 뜻으로 여기에서는 아무 뜻이 없는 語助辭.

75 滿地: 온 땅에.

76 左右: 左右의 부하 使令들을 가리킨다.

77 還: 돌려주다.

78 蔡婆婆: 竇娥의 시어머니.

王實甫『西廂記』[第4本「草橋店夢鶯鶯」第1折]

王實甫의 生涯나 경력은 그다지 알려져 있지 않다. 다만 關漢卿과 비슷한 시기에 활동했다는 것 정도만 확인될 정도다.

원래 元 雜劇은 1本 4折(프롤로그 성격인 楔子가 한두 개 첨가되기도 함)이 일반적인 구성이었다. 1本 4折의 雜劇에서는 1本이 雜劇 1篇을 의미하고 4折이 현대 연극의 4幕과 유사한 의미였다.[79] 그러나 이후 연속극처럼 2本 8折로 된 雜劇도 등장하기도 하지만, 여전히 1本 4折을 기본 구성으로 하고 있었다. 그러나 王實甫의 『西廂記』는 5本 21折[80]이란 破格的인 篇幅으로 구성되었다. 雜劇 중에서 최대의 스케일을 자랑하는 『西廂記』는, 이외에도 특히 노래에 있어서 기존의 雜劇의 전통적인 형식을 넘어서는 놀라운 발전을 이룩했다. 雜劇은 원래 남녀 주인공 중 한 명만이 1本마다 한 가지 宮調로 된 套曲들의 노래를 모두 노래했다. 예를 들어 1本 4折로 구성된 『竇娥寃』의 경우, 노래는 오로지 여자주인공인 竇娥가 獨唱하고 나머지 배역들은 그저 대사와 동작만 했다. 때문에 남자 주인공(正末)이 노래 부르는 雜劇을 末本이라 하고, 여자 주인공(正旦)이 노래 부르는 雜劇을 旦本이라 칭하기도 한다. 그런데 『西廂記』는 이러한 기존의 한계를 본격적으로 혁파하여 每折마다 노래를 부르는 主唱 배역을 내용의 흐름에 따라 자유로이 정하고 틈틈이 둘이서 주거니 받거니 부르는 對唱이나 여럿이 돌려가며 부르는 輪唱 등의 방식까지도 조금씩 삽입했다. 이 같은 革新은 一人獨唱의 원칙을 준수하던 기존의 雜劇보다 등장인물 간의 입체적인 관계설정과 훨씬 다채로운 劇 진행을 가능하게 해주었다. 하지만 이러한

79 물론 꼼꼼히 따져보면 折과 幕의 의미가 같지는 않다. 현대 연극의 幕은 막이 오르고 내리는 무대의 변환을 뜻하지만, 折은 기본적으로 음악적으로 한 宮調의 套曲들로 이루어졌음을 뜻한다. 雜劇은 따로 무대를 꾸미지도 않았기에 雜劇의 내용상 장면이 전환된다고 무대의 설치나 배경을 바꾸지는 않았지만, 대부분 宮調 자체에 흥겹거나 침울하거나 발랄하거나 처량한 음악적 분위기가 고정되어 있었기에 宮調가 바뀌면 극의 장면이나 분위기도 바뀌는 것이 일반적이었다.

80 혹자는 『西廂記』를 5本 20折로 간주하기도 한다. 문제는 第2本의 第1折 다음 부분을 第2折로 볼 것인지 아니면 附加的으로 들어 있는 楔子로 볼 것인가이다. 전자를 따르자면 第2本이 5折이 되어 5本 21折이 되고, 후자를 따르자면 5本 20折이 된다. 후자는 雜劇이 원래 1本 4折임에 근거한 분류인데, 요즘은 일반적으로 5本 21折로 보는 학자들이 더 많은 듯하다. 그리고 예부터 『西廂記』 전체 5本 중 마지막 第5本이 다른 本에 비해 내용의 흐름이나 표현기법의 수준이 앞의 4本과는 달라진다고 보고, 이를 關漢卿, 혹은 王實甫보다 훨씬 재주가 떨어지는 文人이 뒤이어 지은 續作으로 보는 이들도 있었지만 요즘은 王實甫 1인 창작설을 대체적으로 인정하는 추세이다.

雜劇 노래 부분의 혁신은 사실 王實甫의 독창적인 발상에 의해 시도된 것은 아니었다. 雜劇은 점차 남쪽으로까지 그 영향권을 뻗쳐가게 되면서 남방에서 北宋때부터 발전해온 南戱와 음으로 양으로 상호간에 영향을 주고받게 되었다. 雜劇『西廂記』의 영향을 받아 南戱 『西廂記』도 만들어졌을 정도였다. 南戱는 여러 가지 측면에서 雜劇보다 자유로웠는데 특히 극중에서 노래를 누구나 자유로이 부를 수 있었다. 이러한 南戱의 특징을 적극적으로 雜劇에 이식한 것은 당연히 王實甫의 탁월한 안목과 과감한 시도에 의해서였다.

雜劇『西廂記』[81]의 내용에 대해서는 앞서 元稹의 「鶯鶯傳」이나 董解元의 『西廂記諸宮調』의 설명에서 이미 간략하게 설명했다. 『西廂記』는 「鶯鶯傳」이나 『西廂記諸宮調』보다 훨씬 길어진 편폭을 이용한 아름답고도 구구절절한 敍事로, 雜劇이란 범위 안에서 뿐만 아니라 中國文學史 전체를 놓고 보아도 손에 꼽을 만한 예술적 성취를 거뒀다. 특히 여기에 인용된 부분을 살펴보면, 남녀 간의 정신적, 육체적 사랑을 섬세하고도 曲盡한 묘사를 통해 적나라한 듯하면서도 되바라져 보이지 않고, 절절하면서도 천박하지 않게 표현하고 있음을 알 수 있다.

이렇게 대중적인 공연예술로서 크게 성공했던 『西廂記』는 이후 계속해서 발전과 변천을 거듭하는 중국 전통 공연예술 속에서 여전히 주요 소재로 주목받고 활용되었다. 『東廂記』 같은 亞流作도 다수 등장한다. 그리고 그 劇本은 明淸代에 이르러 공연예술과는 또 다른 일종의 읽을거리가 되어, 여러 文人들이 『西廂記』에 중국 특유의 品評 방식인 批點을 단 批點本들이 속출하기 시작했다. 『西廂記』의 어느 부분이 어째서 절묘하다는 등의 감상과 어느 부분을 어떻게 읽어야 한다는 등의 讀法을 제시하고 있는 여러 批點을 통해 『西廂記』는 보다 다양한 관점으로 깊이 있게 읽을 수 있는 읽을거리가 되었다.

81 앞서 설명했듯이 원래 雜劇의 제목은 작품 끝에 표기된 題目正名의 끝 세 글자를 따오는 것이 일반적인데, 이는 1本 4折의 雜劇의 경우에만 적용이 가능하다. 왜냐하면 『西廂記』는 총 5本이기에, 각 本마다 題目正名을 갖고 있기 때문이다. 그래서 어떤 판본들은 『西廂記』 劇本의 맨 마지막에 전체 작품에 대한 題目正名을 따로 달아두기도 했는데, 이를 보면 "張君瑞巧做東床婿, 法本師住持南禪地. 老夫人開宴北堂春, 崔鶯鶯待月西廂記"(張珙은 교묘히 동쪽 침상의 사위가 되고, 性本法師는 남쪽 禪寺의 住持 노릇을 하며, 老夫人은 북쪽 대청에서 봄을 맞아 연회를 베풀고, 崔鶯鶯은 달 뜨기를 기다리며 서쪽 곁채에서 쓴다)라고 되어 있다. 이렇게 보자면 雜劇 『西廂記』의 이름은 바로 이 題目正名의 마지막 세 글자에서 따온 것인데, 사실 '西廂記'란 名稱은 이미 董解元이 지은 『西廂記諸宮調』에서 보였던 것이다. 그러므로 정확히 말하자면 오히려 '西廂記'란 기존의 명칭을 사용해, 이와 같이 인위적으로 장황한 題目正名을 만들었던 것으로 보인다.

흥미로운 것은 비교적 폐쇄적이고 보수적인 朱子學的 입장을 고수했던 朝鮮에도 자유분방한 사랑과 남녀 간의 애정행각이 거리낌 없이 묘사된 이 책이 전해져 크게 인기를 끌었다는 점이다. 심지어 秋史 金正喜가 직접 『西廂記』의 諺解本을 지었을 정도이다. 이 외에 다른 註解本도 전한다. 물론 朝鮮에서는 공연이나 音律과는 아무 상관없는, 일종의 소설로 읽혔는데 문제는 『西廂記』의 記述이 元代의 입말(白話) 혹은 입말글(白話文)을 위주로 하고 있기에 주로 儒家經典이나 史書에 보이는 글말글(文言文)에만 익숙했던 朝鮮 선비들이 이를 읽기가 결코 수월하지 않았다는 점이다. 朝鮮 선비들 중 실제 대화가 가능한 입말 中國語를 할 줄 아는 이는 드문 편이었다. 이는 원래가 中人인 譯官의 몫이었기 때문이다. 『西廂記』의 諺解本이나 註解本이 등장한 이유 역시 이 때문이었을 것이다. 사실 朝鮮時代에도 입말글(白話文) 讀解에 대한 필요는 진작부터 있었다. 대표적인 一例로, 朱子學을 완성한 朱子가 글말글로 된 저술만 남긴 것이 아니라 제자들과 입말로 나누었던 대화를 기록한 語錄集 『朱子語類』의 경우만 해도 글말글에 대한 지식만으로는 도저히 읽어낼 수 없었다. 때문에 우리나라 최초의 입말글 교본이, 중국 학자들의 語錄이나 書信 등에서 보이는 입말글을 읽기 위해 退溪 李滉 선생에 의해 『語錄解』란 이름으로 제작되었던 것 역시 결코 우연이 아니었다. 이후 『語錄解』는 여러 학자의 손을 거치며 계속 증보되었다. 하지만 이 역시 학술적 저술의 이해를 목적으로 한 것이라 입말에 근거한 雜劇에서의 미묘한 묘사와 표현을 제대로 이해하는 데는 역부족이었다. 실제로 朝鮮時代에 나온 『西廂記』의 諺解本이나 註解本에도 여전히 입말에서만 보이는 독특한 낱말이나 虛詞를 뭉뚱그려 이해하거나 잘못 해석하는 경우가 종종 보인다. 심지어 몇몇 虛詞에 대해서는 아예 "이는 말의 神妙한 활용이라 설명이 불가능하니 그냥 體得해야한다"는 식의 註解까지 보인다. 이와 같은 한계에도 불구하고 朝鮮에서 『西廂記』는 큰 인기를 끌었고, 『春香傳』을 살펴보아도 여러모로 『西廂記』에서 많은 영향을 받았다는 것을 알 수 있다.

(末上[82], 云:) 昨夜紅娘[83]所遣之簡[84], 約小生[85]今夜成就. 這早晩初更[86]盡也, 不見來呵. 小姐休[87]說謊咱[88]! 人間良夜靜復靜[89], 天上美人[90]來不來?

【仙呂】 【點絳脣】 竚立閒階, 夜深香靄[91]橫金界[92]. 瀟灑[93]書齋, 悶殺[94]讀書客. ……

(紅上[95], 云:) 姐姐[96], 我過去, 你在這裏. (紅敲門科) (末[97]問云:) 是誰? (紅云:) 是你前世[98]的娘. (末云) 小姐來麼? (紅云:) 你接了衾枕[99]者[100], 小姐入來也. 張生, 你怎麼謝[101]我? (末拜云:) 小生一言難盡, 寸心相報[102], 惟天可表[103]! (紅云:) 你放輕者[104], 休諕[105]了他! (紅推旦入云:) 姐姐, 你入去,

82 末上: 末은 남자 배역. 上은 무대에 오른다는 뜻.
83 紅娘: 張珙의 연인이자 여주인공인 崔鶯鶯의 시녀.
84 簡: 書簡, 즉 편지.
85 約小生: 約은 약속하다. 小生은 張珙 본인을 이르는 말.
86 初更: 一更, 즉, 戌時(오후 7시~9시).
87 休: 금지형 부정어.
88 咱: 感歎助詞.
89 靜復靜: 매우 조용하다. 중복표현은 일종의 강조이다.
90 天上美人: 하늘 위에서 내려온 듯한 美人, 즉 崔鶯鶯.
91 香靄: 향내. 香을 태워나 나는 연기나 향내를 가리킨다.
92 金界: 절, 寺院의 別稱. 원래는 密教에서 金剛界의 줄임말로 사용되었는데 아마도 이후 절을 가리키는 別稱이 된 듯하다. 당시 張珙은 普救寺란 절에 머무르고 있었다.
93 瀟灑: 원래는 주로 시원시원한 성격이나 깔끔하면서도 아늑한 곳을 표현할 때 사용되지만 여기에서는 외롭고 적막하다는 뜻.
94 殺: 여기에서는 悶이라는 동사 뒤에 붙은 副詞로 매우, 심히. '쇄'로 읽는다.
95 紅上: 紅娘이 무대에 오르다.
96 姐姐: 아가씨. 崔鶯鶯.
97 末: 남자 배역. 여기에서는 張珙을 가리킨다.
98 前世: 前生.
99 衾枕: 이불과 베개.
100 者: 이때는 명령형 語氣助詞.
101 謝: 謝禮하다.
102 寸心相報: 寸心은 원래 마음을 가리키지만 여기에서는 작은 誠意. 相은 뜻 없이 목적어를 생략시켜 주는 역할을 한다. 報는 보답하다. 보잘 것 없는 誠意로라도 보답하겠다는 뜻.
103 惟天可表: 오로지 하늘만이 드러내 주시리라! 자신의 본심을 하늘만은 알아 줄 것이라는 뜻으로, 주

我在門皃外等你. (末見旦[106]跪云:) 張珙有何德能, 敢勞[107]神仙下降[108], 知他是睡裏夢裏! ……

(末跪云:) 謝小姐不棄[109], 張珙今夕得就枕席[110], 異日犬馬之報[111]. (旦云:) 妾千金之軀[112], 一旦[113]棄之. 此身皆託於足下[114], 勿以他日見棄[115], 使妾有白頭之歎[116]. (末云:) 小生焉敢如此! (末看手帕[117]科)

【後庭花】春羅元瑩白, 早見紅香點嫩色[118]. (旦云[119]:) 羞人荅荅的[120], 看

로 남이 자신의 본심을 믿어주지 않을 때 탄식하며 쓰는 표현이다.

104 放輕者: 放輕은 긴장을 풀다. 맘을 편히 하다. 者는 명령형 語氣助詞.

105 諕: 깜짝 놀라게 하다.

106 旦: 여자배역. 여기에서는 崔鶯鶯.

107 勞: 수고롭게 하다. 수고를 끼치다.

108 神仙下降: 崔鶯鶯이 왕림해 준 것에 대한 비유이다.

109 不棄: 만나고자 하는 張珙 자신의 바람을 버리지 않았다는 뜻.

110 枕席: 잠자리.

111 異日犬馬之報: 異日은 다른 날, 즉 後日. 犬馬之報는 사람을 섬기는 개나 말처럼 보잘 것 없는 힘이나마 꼭 보답하겠다는 뜻.

112 妾千金之軀: 妾은 崔鶯鶯이 자신을 낮추어 부르는 말. 千金之軀는 千金의 값이 나갈 만큼 귀중한 몸, 즉 처녀의 몸을 가리킨다.

113 一旦: 하루아침에. 잠깐 사이에.

114 足下: 貴下. 張珙을 높여 부르는 말.

115 見棄: 버림을 받다. 여기에서는 앞의 금지형 부정어 勿과 합쳐져 버림받게 하지 말라는 뜻.

116 白頭之歎: 버림받아 결별하게 되는 탄식. 漢代의 유명한 文人 司馬相如가 당초 가난했을 때 大富豪 卓王孫의 딸 卓文君과 결혼하려 했을 때, 반대가 많았으나 두 사람의 사랑으로 모든 것을 이겨내고 결혼을 하게 되었다. 그런데 훗날 司馬相如가 武帝에게 총애를 받게 된 후 변심하여 妾을 들이려 하자, 卓文君은 「白頭吟」이란 시를 지어 司馬相如에게 결별을 통보했다. 이 시를 보고 정신을 차린 司馬相如는 妾을 들이려던 마음을 바로 접었다고 한다.

117 手帕: 손수건.

118 春羅元瑩白, 早見紅香點嫩色: 春羅는 귀한 비단의 일종. 元은 원래. 瑩白은 맑고 희다. 早는 일찌감치. 見은 被動의 의미. ~에 의해 ~당하다. 紅香은 붉은 빛깔의 향기로운 것. 여기에서는 핏자국을 비유한 것이다. 點은 점찍다. 嫩色은 엷고 고운 빛깔이란 뜻. 흰 비단에 붉은 점 하나가 찍혔다는 표현은 처녀가 첫 성경험 후 흘린 피가 흰 이불에 떨어졌음을 비유한 것이다.

119 云: 여기에서 云, 즉 '말하다'라고 표시한 것은 노래 중간의 대사이기 때문이다. 이 대사 앞과 뒤는 모두 노래이다.

120 羞人荅荅的: '사람 부끄럽게'의 뜻. 여기에서 人은 崔鶯鶯 자신. 羞荅荅은 원래 매우 부끄러워하면서 어쩔 줄 몰라 하는 모습. 荅荅은 搭搭, 혹은 化化로도 쓴다.

做甚麼! (末) 燈下偸睛覷[121], 胸前着肉揣[122]. 暢[123]奇哉, 渾身通泰[124], 不知春[125]從何處來. 無能的張秀才[126], 孤身西洛客[127], 自從逢稔色[128], 思量[129]的不下懷[130], 憂愁因間隔[131], 相思無擺劃[132], 謝芳卿[133]不見責[134]. ……

【青哥兒】成就了今宵歡愛[135], 魂飛在九霄[136]雲外. 投至得[137]見你多情小妳妳[138], 憔悴形骸, 瘦似麻稭[139]. 今夜和諧[140], 猶自疑猜[141]. 露滴香埃[142], 風靜閑階, 月射[143]書齋, 雲鎖陽臺[144]. 審問明白[145], 只疑是昨夜夢中來, 愁

121 偸睛覷: 偸는 몰래. 睛覷는 힐끗 보다.

122 着肉揣: 着肉은 살에 밀착하다. 揣는 가리다. 즉 손수건으로 직접 가슴을 가린다는 뜻.

123 暢: 여기에서는 '정말로'라는 뜻의 副詞.

124 渾身通泰: 渾身은 온몸. 通泰는 후련하다는 뜻. 주로 性關係의 쾌감을 묘사할 때 사용한다.

125 春: 春情, 즉 남녀간의 情慾.

126 張秀才: 張珙 자신을 이르는 말. 여기에서 秀才는 科擧에 응시하려는 선비들의 통칭.

127 孤身西洛客: 孤身은 孑孑單身의 뜻. 西洛은 洛陽. 예부터 長安을 東京, 洛陽을 西京이라 했기에 西京과 洛陽을 합쳐 西洛이라 칭하기도 한다. 客은 나그네 생활을 하고 있다는 뜻.

128 稔色: 원래 여인의 美色을 가리는데, 여기에서는 美色을 갖춘 崔鶯鶯을 가리킨다.

129 思量的: 님에 대한 생각, 혹은 그리움.

130 不下懷: 마음속에서 내려놓을 수 없다는 뜻.

131 間隔: 여기에서는 두 사람이 일정한 거리를 사이에 두고 떨어져 있음을 뜻한다.

132 擺劃: 어찌할 방법. 혹자는 擺를 劈의 假借字로 보아 '떨쳐내다'로 풀기도 한다. 당시 北方音에서는 擺와 劈의 讀音이 거의 같았다고 한다.

133 謝芳卿: 謝는 ~에게 감사를 표하다. 芳卿은 張珙이 만든 崔鶯鶯에 대한 호칭. '꽃다운 그대'라는 뜻.

134 見責: 꾸지람을 듣다. 혼나다.

135 歡愛: 歡愛는 성관계를 뜻한다.

136 九霄: 九天, 즉 九重天. 옛사람들은 하늘이 아홉 겹으로 되어 있다고 믿었다. 주로 지극히 높은 하늘이란 의미로 사용된다.

137 投至得: ~ 상황에 다다르다. 投와 至는 모두 다다르다. 得은 어조사로 여기에서는 了와 유사하다.

138 小妳妳: 젊은 여자에게 사용하는 愛稱.

139 麻稭: 겉껍질을 벗긴 삼 줄기.

140 和諧: 남녀가 성관계 했음을 가리킨다.

141 猶自疑猜: 猶는 여전히. 疑猜는 긴가민가하다.

142 香埃: 타버린 香의 재.

143 月射: 月은 月光, 즉 달빛. 射는 살을 쏘듯 비춘다는 뜻.

144 陽臺: 巫山(지금의 四川省에 위치)에 있는 樓臺 이름. 여기에서는 관련 故事를 사용해 남녀가 은밀히 정사를 벌이는 장소를 비유한 것이다. 중국 전설에 이르길, 楚懷王이 雲夢이란 못을 지나다 잠시 잠이 들었는데 꿈속에서 巫山의 神女가 나타나 정을 통했다고 한다. 陽臺는 巫山의 神女가 머물던 곳

無奈.

(旦云:) 我回去也, 怕夫人[146]覺來[147]尋我.

(末云:) 我送小姐出來[148]. ……

【煞尾】 春意透酥胸[149], 春色橫眉黛[150], 賤卻人間玉帛[151]. 杏臉桃腮[152], 乘着月色[153], 嬌滴滴越顯紅白[154]. 下香階[155], 懶步蒼苔[156], 動人處弓鞋鳳頭窄[157]. 歎鲰生[158]不才, 謝多嬌錯愛[159]. 若小姐不棄小生[160], 此情一心者[161].

인데 이후로는 남녀가 은밀히 만나 정을 통하는 장소로 곧잘 비유되었다.

145 審問明白: 똑똑히 따져보다.

146 夫人: 崔鶯鶯의 어머니.

147 覺來: 잠에서 깨다.

148 送小姐出來: 送은 배웅하다. 小姐는 崔鶯鶯을 가리킨다. 出來는 送에 붙은 方向補語.

149 春意透酥胸: 春意는 重義的 표현으로 봄기운이 완연한 날씨를 가리키면서 동시에 남녀간의 春情을 가리킨다. 透는 파고들다. 酥胸은 우윳빛 가슴.

150 春色橫眉黛: 春色은 重義的 표현으로 봄날의 아름다운 햇살을 가리키면서 동시에 여성의 美色을 가리킨다. 橫은 빗겨있다는 뜻. 眉黛는 화장의 일종으로 그린 눈썹. 곱게 꾸민 여성에 대한 비유이기도 하다. 黛는 눈썹을 그리는 눈썹먹.

151 賤卻人間玉帛: 賤卻은 보잘 것 없다고 여겨 내치다. 人間은 人間世, 즉 世上. 玉帛은 옥과 비단 같은 귀한 재물들, 즉 부유함의 상징.

152 杏臉桃腮: 살굿빛 얼굴에 복숭앗빛 뺨. 아주 젊고 예쁜 여자 얼굴에 대한 비유.

153 乘着月色: 乘着은 '~을 틈타', '~기회를 빌려'. 月色은 달빛. 즉 마침 달빛이 은은히 비춰주는 때라는 뜻.

154 嬌滴滴越顯紅白: 嬌滴滴은 매우 애교스러운 모습. 嬌的的이라고도 쓴다. 越은 갈수록 더 하다는 뜻. 紅白은 아름다운 여성의 얼굴. 눈과 이는 하얗고 뺨과 입술은 붉다는 뜻.

155 香階: 원래 뜻은 꽃잎이 떨어져 있는 섬돌인데 여자에 대한 비유로도 쓰인다. 여기에서도 崔鶯鶯과의 이별을 상징한다.

156 懶步蒼苔: 懶步는 걷기가 싫다는 뜻. 蒼苔는 원래 푸른 이끼지만 동시에 崔鶯鶯이 떠났음을 뜻하기도 한다.

157 動人處弓鞋鳳頭窄: 動人處는 사람의 마음을 움직이는 것. 弓鞋는 纏足을 한 여성이 신는 작은 신발. 鳳頭는 纏足을 해 작아진 여성의 발. 窄은 작다는 뜻. 즉 崔鶯鶯의 신발과 발이 작다는 점이 자신을 흥분시킨다는 뜻. 사실 纏足은 宋代부터 유행하기 시작했으므로 엄밀히 따지자면 唐代를 시대배경으로 하는 『西廂記』에는 어울리지 않지만, 실제 『西廂記』가 지어진 元代에 纏足의 풍습이 크게 성행했기에 여기에서 여성을 그리워하는 상징적인 표현으로 쓰인 듯하다.

158 鯫生: 변변치 못한 小人이란 뜻으로 스스로에 대한 謙稱. 여기에서도 張珙이 스스로를 낮추어 부른 말. 원래 鯫는 아주 작고 보잘 것 없는 물고기를 가리킨다.

159 謝多嬌錯愛: 謝는 감사하다. 多嬌는 애교가 많은 사람, 즉 崔鶯鶯. 錯愛는 원래 사랑해서는 안 되거나 사랑할 필요 없는 사람을 사랑했다는 뜻인데, 여기에서는 못난 張珙 자신을 사랑해주었다는 뜻.

160 小生: 張珙 스스로의 謙稱.

你是必破工夫[162]明[163]夜早些[164]來. (下[165])

161 一心者: 一心은 한결같은 마음을 갖는다는 動詞. 者는 語氣助詞.
162 破工夫: 틈을 내다. 工夫는 틈, 짧은 시간.
163 明: 明日, 즉 내일.
164 早些: 좀 일찍.
165 下: 무대를 내려간다는 뜻.

元 산곡

關漢卿 [【南呂】【四塊玉】—別情]

散曲은 淸曲이라고도 불린다. 그 중에서 짧은 한 曲調에 가사를 붙인 것을 小令이라 하는데 이는 散曲의 가장 기본적인 형식이다. 이로부터 부연된 것으로, 두세 개의 曲調를 붙여서 만든 것을 帶過曲이라 하며, 같은 宮調의 여러 曲調을 사용해 한 세트의 大曲를 만드는 것을 套數라고 하는데 이를 套曲 혹은 大令이라고도 한다. 아래에 인용한 馬致遠의 散曲이 套數이고, 나머지는 모두 小令이다. 여기에 인용된 작품들을 보아도 알겠지만, 散曲은 雜劇에 삽입된 노래와 그 宮調에 속하는 曲調의 사용이 거의 같아서 개별적으로 지어진 單篇의 雜劇의 노래라고 보아도 무방할 정도이다. 關漢卿은 雜劇에도 능했지만 散曲에도 능했는데, 정확하게 말하자면 散曲은 雜劇의 노래와 거의 동일한 것이므로 雜劇에 능한 자가 散曲에도 능한 것은 너무나 당연한 일이었다. 때문에 그 말고도 雜劇으로 유명한 작가들은 모두가 散曲으로도 이름이 높았다.

제목 중 南呂는 宮調, 四塊玉은 南呂調의 套曲 중 하나이며, 別情이 실제 작품 내용과 관련된 제목이다. 전반부에서 이별의 정서를 토로한 후, 후반부에서 떠나는 연인이 시야에서 사라질 때의 상실감을 간결하지만 생생하게 표현하고 있다.

自[1]送別, 心難捨[2], 一點相思[3]幾時絶? 憑欄袖拂楊花雪[4]. 溪又斜, 山又遮, 人去也!

1 自: ~로부터.

2 心難捨: 마음속에서 계속 일어나는 복잡한 心思를 떨쳐버릴 수가 없다는 뜻.

3 相思: 님에 대한 그리움.

4 憑欄袖拂楊花雪: 憑欄은 난간에 기대어. 袖拂은 소매로 털어내다. 楊花雪은 버들개지를 가리킨다. 버드나무의 꽃씨가 마치 눈송이같이 생겨서 雪이라 표현한 것이다. 그러나 일반적으로는 곧잘 솜털로 비유된다. 우리나라도 '버들솜'이란 표현이 있고, 중국에서도 柳絮라고 표현한다. 여기에서는 흩날리는 버들개지에 떠나는 님이 잘 보이지 않아 소매를 털어낸다는 의미로 떠나는 님을 향한 애달픈 마음을 표현하고 있는 것이다.

白樸 [【雙調】【沈醉東風】—漁父]

白樸의 아버지는 원래 金나라의 관리였다. 그러나 元나라에 의해 金나라가 멸망당하자 잠시 南宋에 몸을 의탁했지만 결국 南宋마저 元나라에 멸망당하자 결국 蒙古族에게 협력할 수밖에 없었다. 이 와중에 어린 白樸은 어머니와 戰亂에 시달리며 피난생활을 했고 온갖 고생을 다하다가 간신히 아버지를 다시 만났다. 戰亂의 혼돈과 폭력을 직접 경험한 白樸은 벼슬에 뜻을 접고 여러 곳을 떠돌거나 山水 좋은 곳에 은거하며 지냈다. 때문에 그의 작품들 역시 대부분 富貴功名을 멸시하고 隱居를 찬양하고 있다.

아래에 보이는「漁父」역시 이러한 白樸의 성향을 여실히 보여주고 있다.

黃蘆岸白蘋[5]渡口, 綠楊堤紅蓼[6]灘頭[7]. 雖無刎頸交[8], 却有忘機友[9], 點秋江白鷺沙鷗[10]. 傲殺人間萬戶侯[11], 不識字烟波釣叟[12]!

---

5 白蘋: 흰 꽃이 핀 네가래. 흔히 白蘋을 개구리밥의 일종으로 풀이하는데 이는 잘못된 것이다.

6 紅蓼: 붉은 여뀌.

7 灘頭: 여울. 頭는 실제 뜻은 없는 명사형 접미사.

8 刎頸交: 刎頸之交의 줄임말. 목이 잘리더라도 변치 않을 우정, 혹은 그러한 벗. 戰國時代 趙나라의 장군 廉頗가 재상 藺相如를 시기해 방자하게 굴었으나 朝廷에 분란이 일어날까 저어해 藺相如는 늘 참고 물러났다. 이후 오히려 廉頗가 그의 도량에 감동해 결국 서로 목이 잘리더라도 변치 않을 만한 벗이 되었다는 故事에서 유래한 표현이다.

9 忘機友: 따로 꿍꿍이속을 차리지 않는 벗. 忘은 잊다. 여기에서는 완전히 잊어서 없는 것처럼 하다는 뜻으로 意譯된다. 機는 機心, 즉 사사로운 욕심을 채우려는 꿍꿍이속.

10 點秋江白鷺沙鷗: 點은 수를 헤아리다. 점검하다. 여기에서 가을 강가의 백로와 갈매기를 헤아린다는 표현은 아무런 私心이 없다는 비유이다. 이는『列子』의 다음과 같은 故事에 근거하고 있다. 어떤 사람이 매일 아침 바닷가에서 여러 물새들과 놀았는데, 이를 안 그 사람의 아버지가 그 새들을 좀 잡아오라고 시켰다. 다음날 물새들을 잡을 마음을 품고 그 사람이 바닷가에 나가자 새들은 하늘에서 맴돌 뿐 더 이상 그에게 다가와 놀지 않았다. 새들이 그 사람이 私心을 품었음을 눈치 챈 것이다.

11 傲殺人間萬戶侯: 傲殺는 원래는 매우 거만하게 굴면서 남을 무시한다는 뜻인데, 여기에서는 남이 우스워 보인다는 뜻. 殺는 傲라는 동사 뒤에 붙은 副詞로 '매우', '심히'의 뜻. '쇄'로 읽는다. 人間은 人間世, 즉 世上. 萬戶侯는 원래 萬戶를 다스리는 爵位를 지닐 정도의 高官大爵의 뜻.

12 不識字烟波釣叟: 不識字는 단순히 글자를 모른다는 표현이 아니라, 俗世의 文明을 거부한다는 표현. 烟波釣叟는 물안개 속에서 낚시하는 늙은이란 뜻으로, 俗世와 떨어져 은거하려는 작자 본인을 가리킨다.

馬致遠 [【雙調】【夜行船】—秋思]

馬致遠은 당초 立身揚名에 뜻을 두어 벼슬길에 올랐으나 그다지 성공적이지는 못했다. 결국 말년에는 벼슬에서 물러나 은거하며 지냈다. 그의 散曲은 호방하고 자유로운 풍격에 표현이 날카로우면서도 산뜻한 것으로 유명하다.

여기에 인용한 「秋思」는 雙調에 속하는 曲調인 夜行船, 喬木查, 慶宣和, 落梅風, 風入松, 撥不斷, 離亭宴으로 이루어진 套數이다. 세월의 덧없음을 여러 주제를 통해 노래하고 있다.

百歲光陰如夢蝶[13], 重[14]回首往事堪[15]嗟. 今日春來, 明朝[16]花謝[17]. 急罰盞夜闌燈滅[18].

【喬木查】想秦宮漢闕[19], 都做了衰草牛羊野. 不恁漁樵無話說[20]. 縱荒墳橫斷碑[21], 不辨龍蛇[22].

---

13 百歲光陰如夢蝶: 百歲光陰은 百年의 세월. 光陰은 시간을 의미한다. 주로 사람의 일평생을 百年에 비유한다. 夢蝶은 나비 꿈을 꾼다는 뜻. 蝴蝶夢이라고도 한다. 莊子가 꿈에서 나비가 되어 즐겁게 노닐다가 깨어나 내가 나비 꿈을 꾼 것인지, 지금 나비가 내가 된 꿈을 꾸고 있는 것인지를 모르겠다고 한 故事에서 나온 표현으로, 주로 인생의 덧없음을 비유하는 표현으로 사용된다.

14 重: 거듭, 다시.

15 堪: 정말이지.

16 明朝: 내일 아침.

17 謝: 여기에서는 꽃이 시들어버린다는 뜻.

18 急罰盞夜闌燈滅: 急罰盞은 급히 술잔을 들어 마신다는 뜻. 罰은 發의 假借字. 夜闌은 밤이 끝나간다는 뜻. 燈滅 역시 날이 밝아 등을 끌 무렵, 즉 밤이 끝나갈 무렵의 뜻.

19 秦宮漢闕: 秦나라와 漢나라 때의 웅장하고 화려했던 宮闕.

20 不恁漁樵無話說: 不恁은 不如此, 즉 '~ 같지는 않다'의 뜻. 여기에서는 假定의 뜻으로 풀이된다. 漁樵는 어부와 나무꾼. 無話說는 無話可說, 즉 할 말이 없다는 뜻. 이 구절의 전체적인 의미는 앞의 구절을 받으면서 이를 假定하여, 만약 秦나라와 漢나라 때의 웅장하고 화려했던 宮闕이 모두 소나 양이 풀이나 뜯는 황량한 들판으로 바뀌어 버리지 않았다면, 이를 두고 어부와 나무꾼이 덧없는 인생을 논할 수도 없을 것이라는 뜻이다.

21 縱荒墳橫斷碑: 縱은 설령, 설사 ~하더라도. 荒墳은 황폐해진 무덤. 橫斷碑는 가로로 잘려진 비석.

22 不辨龍蛇: 不辨은 부서지고 닳아서 알아볼 수가 없다는 뜻. 여기에서 龍蛇는 碑石에 새겨진 글자. 특히 돌에 새겨진 장중한 秦漢代의 小篆體이나 隸書體의 꺾이고 꼬인 筆體를 종종 龍과 뱀이 움직이고 똬리를 트는 것으로 비유하곤 했다.

【慶宣和】投至狐踪與兎穴, 多少豪傑[23]? 鼎足三分半腰折, 魏耶? 晉耶[24]?

【落梅風】天教富, 莫太奢[25]. 無多時好天良夜[26]. 看錢奴硬將心似鐵[27], 空辜負錦堂風月[28].

【風入松】眼前紅日又西斜, 疾[29]似下坡車[30]. 曉來清鏡添白雪[31], 上床與鞋履相別[32]. 莫笑鳩巢計拙[33], 葫蘆提一向裝呆[34].

---

23 投至狐踪與兎穴, 多少豪傑: 投至는 '~상황에 다다르다'. 狐踪과 兎穴은 모두 무덤 뜻. 이 구절은 압운 등의 제약으로 원래 문장이 도치가 된 것으로, 多少豪傑이 投至狐踪與兎穴의 실제 主語이다.

24 鼎足三分半腰折, 魏耶? 晉耶?: 鼎足三分은 세 발 솥처럼 魏蜀吳 三國이 대립하던 시기. 半腰折은 중도에 끊겼다는 말, 즉 세 나라 모두 천하통일의 대업을 이루지 못하고 멸망해버렸음을 가리킨다. 魏나라는 蜀나라를 병합했지만 吳나라를 병합하기 전에 내부반란으로 晉나라에게 멸망당했다. 마지막에 "魏耶? 晉耶?"라고 물은 것은 결국 천하를 통일한 것이 魏나라가 아닌 晉나라였음을 강조한 것이다.

25 天教富, 莫太奢: "하늘이 널 富者로 만들어 주었다 해도 너무 사치하지는 말라!" 즉 비록 富者가 되었더라도, 누구나 수명에는 한계가 있으므로 함부로 낭비하지는 말고 제대로 즐기라는 뜻. 天教富은 天教你富의 축약. 教는 사역동사.

26 好天良夜: 좋은 날씨와 좋은 밤. 즐기기에 좋은 기회라는 뜻.

27 看錢奴硬將心似鐵: 看錢奴는 守錢奴. 구두쇠. 『看錢奴』는 鄭廷玉이 지은 元代 雜劇의 명칭이기도 한데, 周氏 姓의 남자가 하늘의 도움으로 부자가 되었지만 인정사정없는 인색한 구두쇠가 되는 내용이다. 硬은 억지로. 將은 목적어를 앞으로 도치시키는 역할. 似는 여기에서 動詞로 '마치 ~처럼 만들다'.

28 空辜負錦堂風月: 空은 헛되이. 辜負는 저버리다. 錦堂風月은 富豪의 좋은 집에서 즐길 수 있는 아름다운 경치. 즉 富貴榮華를 누리며 인생을 즐기는 것을 가리킨다. 혹 앞 구절과 이 구절이 "看錢奴便做道心似鐵, 爭辜負錦堂風月"이라고 표기된 판본들도 있다. 이렇게 보면 便做道는 '설령 ~하더라도'의 뜻. 便을 更으로 쓴 경우도 있다. 爭은 怎, 즉 '어찌 ~하리오?'의 뜻.

29 疾: 빠르기.

30 下坡車: 비탈길을 내려가는 수레.

31 曉來清鏡添白雪: 曉는 이른 아침. 清鏡은 맑은 거울에 얼굴을 비춰보는 것. 添白雪은 白髮이 늘었다는 표현. 혹 不爭清鏡添白雪이라고 표기된 판본도 있다. 不爭은 超然하게 따지지 않는다는 뜻.

32 上床與鞋履相別: 침상에 오르며 신발과 이별하다. 원래 佛家의 慣用的인 표현으로, 매일 밤에 침대에 오르면서 오늘 밤 자면서 죽을 수 있다는 마음가짐으로 벗어놓은 신발에게 작별인사를 한다는 뜻인데, 여기에서는 人生이 無常함을 담담히 받아들인다는 의미로 사용되었다.

33 莫笑鳩巢計拙: 莫笑는 "비웃지 마시오!" 鳩巢計拙은 비둘기는 자신이 살 둥지 만드는 능력도 형편없다는 뜻. 『詩經』「召南 · 鵲巢」에 이르길 "까치의 둥지에 비둘기가 사네"(維鵲有巢, 維鳩居之)라는 구절이 있다. 이는 비둘기가 둥지를 제대로 만들 줄 몰라 곧잘 까치가 만들어 놓은 둥지에 얹혀산다는 말로, 제 앞가림조차 제대로 못한다는 의미이다.

34 葫蘆提一向裝呆: 葫蘆提는 元代 입말(白話) 표현으로 흐리멍덩한 모습. 葫蘆蹄나 葫蘆題로도 쓴다. 一向은 줄곧. 裝呆은 멍청한 척하다.

【撥不斷】利名[35]竭, 是非絶. 紅塵不向門前惹[36], 綠樹偏[37]宜[38]屋角[39]遮, 青山正[40]補墻頭[41]缺, 更那堪竹籬茅舍[42].

【離亭宴煞】蛩吟一覺方寧貼[43], 鷄鳴萬事無休歇[44]. 爭名利, 何年是徹[45]? 密匝匝[46]蟻排兵, 亂紛紛蜂釀[47]蜜, 鬧攘攘[48]蠅爭血. 裴公綠野堂[49], 陶令白蓮社[50]. 愛秋來那些[51], 和露[52]摘黃花[53], 帶霜[54]烹紫蟹, 煮酒[55]燒紅葉. 人生有限杯[56], 幾個登高節[57]. 囑咐俺頑童記者[58], 便[59]北海[60]探吾來, 道東

35 利名: 이득과 명예.

36 紅塵不向門前惹: 紅塵은 私利私慾에 대한 집착으로 다툼이 끊이질 않는 俗世. 門前은 자신의 집, 즉 자기 자신을 가리킨다. 惹는 집적거리다. 끌어들이다.

37 偏: 한쪽으로 치우쳐 있다.

38 宜: 적당하다.

39 屋角: 집의 한쪽 구석.

40 正: 정면에 위치해 있다.

41 墻頭: 담벼락.

42 更那堪竹籬茅舍: 更은 더욱이. 那堪은 원래 '어찌 ~할 수 있으랴!'의 뜻인데, 여기에서는 何況의 뜻, 즉 '하물며 ~임에랴!'라는 강조의 뜻으로 사용되었다. 竹籬茅舍는 대나무 울타리에 띠풀로 엮은 보잘 것없는 집. 작자 자신의 집을 가리킨다.

43 蛩吟一覺方寧貼: 蛩吟은 귀뚜라미 울음소리. 一은 뒤에 붙은 동작이나 변화를 강조하는 문법적 역할. 覺은 잠들다. 方은 비로소, 바야흐로. 寧貼은 편안해지다.

44 鷄鳴萬事無休歇: 닭이 울어 일어나면 세상의 모든 일이 쉴 틈도 없다는 뜻.

45 徹: 멈추다. 그치다.

46 密匝匝: 성근 구석 없이 두루 빽빽한 모습.

47 釀: 저장하다.

48 鬧攘攘: 아주 시끌벅적한 모습.

49 裴公綠野堂: 裴公은 唐나라의 裴度. 그는 줄곧 국가를 위해 충성을 다했으나 이후 소인배들이 政權을 전횡하자 洛陽에 綠野堂이란 별장을 지어 은거했다.

50 陶令白蓮社: 陶令은 陶淵明. 그가 彭澤令을 지낸 적이 있어 陶令이라 한 것이다. 그는 廬山 虎溪 東林寺의 慧遠大師가 조직한 佛教 모임인 白蓮社에 참여했었다. 혹자는 陶淵明이 白蓮社를 만들 때부터 관여했다고도 한다.

51 那些: 그것들. 다음에 나오는 국화를 따고, 자줏빛 게를 요리하고, 붉은 낙엽을 태우는 것을 가리킨다.

52 和露: 이슬을 입다, 즉 이슬을 맞다. 주로 가을을 상징한다.

53 黃花: 菊花.

54 帶霜: 서리를 두르다. 즉 서리를 맞다. 주로 가을을 상징한다.

55 煮酒: 술을 데우다. 주로 가을을 상징한다.

56 人生有限杯: 살아서 마실 수 있는 술잔에 한계가 있다는 뜻.

籬醉了也[61].

張可久 [【雙調】 【殿前歡】—愛山亭上]

張可久는 생애나 활동이 그다지 알려져 있지 않다. 70이 넘어서까지 微官末職을 전전하며 어렵게 살았다는 사실 정도만 알려져 있다. 하지만 특히 散曲에서의 성취는 매우 돋보이는 것이었다. 元代 散曲의 으뜸가는 多作 작가였고, 다루는 제재가 광범위했을 뿐더러 格調가 있었다. 修辭가 화려하면서도 지나치지 않았고 세련되었으면서도 깔끔했다.

「愛山亭上」라는 제목에서도 알 수 있듯이, 이 散曲은 산 위 정자에서 턱을 괴고 주변 山水自然을 감상하면서 그 안에서 느껴지는 즐거움을 만끽하고 있는 자신을 묘사하고 있다.

小欄干[62], 又添新竹兩三竿. 倒持手版[63]揞頤[64]看, 容我偸閒[65]. 松風古硯寒, 蘚上白石爛[66], 蕉雨疏花綻[67]. 青山愛我, 我愛青山.

---

57 幾個登高節: 몇 번의 登高節을 보내랴! 즉 몇 년을 살겠는가라는 뜻. 登高節은 음력 9월 9일로 원래 重陽節이라고 한다. 이 날이 되면 가족들과 함께 높은 곳에 올라 산수유를 몸에 지니고 菊花酒를 마신다.

58 囑咐俺頑童記者: 囑咐는 당부하다. 俺頑童은 나의 못난 侍童. 記者은 기억하다. 여기에서 者는 着의 假借字.

59 便: 만약.

60 北海: 後漢의 孔融. 그는 北海太守를 지낸 적이 있기에 孔北海라고 불리기도 했다. 그는 늘 손님들을 가득 모아놓고, 술잔에 술이 담겨 있어야 아무 근심이 없다고 말했다.

61 道東籬醉了也: 道는 말해주다. 東籬는 馬致遠 자신의 號. 그는 隱逸居士였던 陶淵明을 좋아했기에 陶淵明의 詩句에서 東籬를 취해 자신의 號로 삼았다.

62 小欄干: 작은 난간.

63 手版: 笏.

64 揞頤: 揞는 괴다. 頤는 턱.

65 偸閒: 한적하게 쉴 시간을 내는 것.

66 蘚上白石爛: 蘚은 이끼. 爛은 원래 문드러진다는 뜻이지만, 여기에서는 흰 돌 위에 이끼가 많이 껴

喬吉 [【雙調】【水仙子】—尋梅]

喬吉은 평생 벼슬길에 나아가지 않고 杭州 주변을 떠돌아다녔다. 특히 修辭가 세련되었고 格律을 잘 따졌다. 표현기법에 있어서 雅俗을 가리지 않고 적절히 병용한 것이 바로 喬吉의 뛰어난 점이었다.

여기에 인용한「尋梅」역시 喬吉의 세심한 필치를 느낄 수 있는 秀作으로, 梅花에 대해 노래하면서도 정작 작품 속에서 '梅'字를 단 한 번도 쓰지 않았지만, 오히려 세련된 묘사와 비유로 梅花의 그윽한 향기와 時節에 대한 서글픈 정서가 짙게 배어난다.

冬前冬後幾村莊[68], 溪北溪南兩履霜[69], 樹頭樹低孤山上[70]. 冷風來何處香[71]? 忽相逢縞袂綃裳[72]. 酒醒寒驚夢[73], 笛凄春斷腸[74], 淡月昏黃[75].

있어서 마치 문드러진 듯이 보인다는 뜻.

67 蕉雨疏花綻: 파초에 비가 내린 뒤 성근 꽃이 꽃봉오리를 터트리다.

68 幾村莊: 몇몇 마을. 다음 구절의 兩履霜과 互文이 되어 여러 마을을 돌아다녔다는 뜻.

69 兩履霜: 兩履는 좌우 신발. 霜은 서리. 즉 신발에 서리 맞으며 돌아다녔다는 뜻.

70 樹頭樹低孤山上: 樹頭樹低는 나무의 위아래를 살펴본다는 뜻. 孤山은 杭州 西湖 안에 있는 산인데, 梅花로 유명하다.

71 香: 梅花香.

72 忽相逢縞袂綃裳: 忽相逢은 문득 맞닥뜨렸다, 즉 우연히 만나게 되었다는 뜻. 縞袂綃裳은 흰 梅花를 비유한 것으로, 마치 흰 비단으로 된 저고리와 치마를 입은 여인과 같다는 뜻.

73 酒醒寒驚夢: 술에서 깨니 추위가 느껴져 꿈에서도 깨어났다는 뜻. 위 구절과 이 구절은 故事를 근거로 한 표현인데, 관련 부분만 추려보면 다음과 같다. 隋나라 때 趙師雄이란 사람이 羅浮山을 지나다가 주막을 발견했다. 마침 날도 저물고 날씨도 추워서 그 주막에서 쉬어가려 했는데 마침 흰 비단 옷의 예쁜 여자가 다가왔다. 趙師雄은 그녀와 對酌하며 이야기를 나누었는데 그녀에게서 그윽한 향기가 느껴졌다. 그러다 취해서 잠들었는데 문득 추위에 눈을 떠보니 자신이 머문 곳이 주막이 아니라, 그윽한 향기를 내뿜고 있는 흰 梅花가 핀 梅花나무 밑이었다.

74 笛凄春斷腸: 笛凄는 들려오는 피리소리가 처량하다는 뜻. 옛 피리 곡조 중에 梅花가 지는 것을 연주한「梅花落」이란 곡조가 있으니, 아마도 이를 가리키는 듯하다. 春斷腸은 봄날에 애가 끊어지는 듯한 슬픔을 느낀다는 뜻.

75 淡月昏黃: 해가 지면서 옅은 달이 나타나는 黃昏 무렵. 이는 작가가 바라보는 당시 시점의 풍경을 묘사한 것이면서, 동시에 해가 지고 달이 뜨는 변화를 묘사를 통해 아름답게 피었던 매화도 시간이 흘러 결국 시들게 되었음을 은연중에 비유한 것이다.

明 소설

『三國志演義』(第50回)
「諸葛亮智算華容, 關雲長義釋曹操」

우리나라에서 『三國志演義』는 조선시대로부터 지금까지 줄기차게 새로 번역되고 있으며 여기에 『三國志演義』에 대한 갖가지 연구서들까지 덧붙이자면 정말이지 汗牛充棟이란 말도 부족하다. 이미 『三國志演義』는 단순한 소설로서의 볼거리가 아닌, 다양한 방면과 층차에서 각종 문화적 역량을 창출해내는 하나의 풍성한 '문화꺼리'가 되었다고 할 수 있다.

이젠 누구나 알고 있는 사실이겠지만, 지금 우리가 흔히 말하는 역사소설 『三國志』는 정확한 명칭이 아니다. 원래 명칭은 『三國志通俗演義』이고, 중국에서는 곧잘 『三國志演義』나 『三國演義』라고 줄여 부른다. 그리고 『三國志』란 이름은 따로 실제 魏蜀吳 三國을 통일했던 晉代에 陳壽가 지은 중국의 正史이기에, 중국에서는 『三國志演義』와 『三國志』란 명칭이 혼용되지 않는다. 특히 南朝 宋나라 때 裵松之가 다시 正史 『三國志』에 원문보다 몇 배나 되는 상세한 주석을 달아 이 책의 가치를 더욱 높였다. 하지만 그렇게 群雄이 割據하며 서로 雌雄을 겨루던 시대의 드라마틱한 이야기들이 관리나 지식인들만 보는 정통역사서에만 갇혀있을 리 만무했다. 민간에서도 계속해서 위촉오 삼국이 覇權을 다투던 이야기들이 전승되었고, 이는 한참이 지난 宋代에서야 번성하던 도시에서 직업적인 이야기꾼(說話人)들이 위촉오 삼국시대에 대한 '說三分'이란 얘기로 인기를 끌었다는 사실에서 보다 확실하게 확인된다. 元代에는 雜劇에서도 위촉오 삼국시대를 배경으로 하는 소재들이 인기 있는 단골메뉴였다. 원나라 중엽이던 1320년대 초에 간행된 『三國志平話』는 지금까지 전해지고 있는데, 『三國志演義』와는 달리 좀 생뚱맞게 느껴지는 윤회설을 배경으로 깔고 있긴 하지만, 1400년대에 나왔다고 여겨지는 『三國志演義』의 雛形을 볼 수 있다는 점에서 큰 가치가 있다. 우리가 흔히 『三國志』라 말하는 역사소설은 바로 元末明初에 살았다고 추정되는 羅貫中의 『三國志演義』이다. 사실 그가 지었다기보다는, 正史 『三國志』와 그간 민간에 전래되고 축적된 이야기들을 그가 잘 편집하여 정리한 것으로 분량이 거의 『三國志平話』의 10배나 된다. 이 책이 바로 지금 우리가 보는 『三國志演義』의 원본이라 하겠다. 그래서인지 우리나라에서 출판된 『三國志』의 지은이 란에는 대부분 '나관중'이란 인물이 들어가 있지만, 사실 지금 우리가 보는 거의 대부분의 『三國志演義』는 淸代 초엽 毛宗崗이란 사람이 다시 짜깁기하고 꾸민 뒤 批語까지 단 120回本 章回小說을 근거로 하고 있다.

人口에 膾炙되는 표현으로 『三國志演義』는 "7할이 사실(實)이고 3할이 허구(虛)다"라는 말이 있다. 실제 虛實의 퍼센트 비율이 딱 들어맞는다고 믿어지진 않지만 대체로 모두 수긍하는 이 주장은 결국에는 소설이기에 3할의 허구가 끼어들었다는 말이다. 실제로 『三國志演義』의 결정적인 부분들에서 흥미진진해하고 감동하게 되는 것은 양념처럼 들어간 허구fiction의 공로일 경우가 대부분이다. 여기에서 『三國志演義』의 무엇이 역사적 사실이고 무엇이 문학적 허구인지에 대해서는 이미 많은 연구서가 나와 있으니, 여기에서 더 이상 따지지 않겠다. 그렇지만 뒤집어 생각해보자면, 역사서에 근거한 나머지 7할의 내용은 정말 역사적 '사실fact'이란 말인가? 그렇다면 正史 『三國志』는 진실한 사실만을 기록하고 있는가? 우리가 읽는 '역사'라는 것 자체가 실제 벌어졌던 수많은 역사적 사실이 지은이의 도덕적 가치, 정치적 입장, 시대적 요구에 따라 선별되고 평가된 것이다. 결국 '역사'라는 것 자체가 이미 의도적인 加工을 거친 '완제품'일진데 實證史學의 주장마냥 모든 문제가 眞僞라는 층차에서만 다뤄질 수는 없다. 이미 일정한 도덕적 가치를 적용하고 받는 是非의 문제인 것이다. 중국의 전통역사서술기법이라는 春秋筆法이나 一字褒貶이 바로 이에 대한 확실한 증거일 것이다. 이렇게 보자면, 지은이가 구현하려는 옳음(是: 가치와 도덕)을 잘 드러내 주는 표현은 비록 허구라 할지라도 '實'이요, 그 옳음을 가려버리는 표현(非)은 비록 사실이라 할지라도 '虛'일 뿐이다. 그리고 더더욱 중요한 것은 지은이가 담아 놓은 是非만큼이나 읽는 이의 是非 역시 텍스트에 투영되고 강요된다는 점이다. 결국 지은이와 읽는 이의 시비 사이에 팽팽한 긴장과 은밀한 교감이 생겨나게 된다. 共鳴이 일어나는 것이다. 그리고 바로 이러한 讀者大衆이 가지고 있는 보편적인 가치관과 情緖와의 交感과 共鳴의 여부와 그 정도에 따라 다시 是非가 가려지고 虛實이 평가된다.

사실 魏蜀吳 三國의 역사를 다룰 때 가장 문제가 되는 것은 "세 나라 중 어느 나라에 正統性을 부여할 것인가?"였다. 당초 晉나라의 陳壽가 正史 『三國志』를 지을 때는 晉나라가

魏나라에서 연원했기에 너무나 당연히 魏나라가 正統으로 설정되어 있었다. 그리고 이 같은 관점은 北宋 때 司馬光이 지은 『資治通鑑』에 이르기까지 거의 주류를 이루고 있었다. 하지만 南宋代에 이르러 朱熹는 이 같은 관점을 맹렬히 비판하여 蜀나라 正統論을 들고 나온다. 아주 거칠게 말하자면, 비록 당시에 魏나라가 국력이 가장 강하긴 했지만 원칙적으로 漢나라 皇室의 후예인 劉備의 蜀나라가 진정한 正統이라는 것이다. 이 같은 朱熹의 관점은 사실 그 당시 북방 유목민족에게 이미 황하 유역을 빼앗기고도 계속 위협을 느끼던 南宋의 지식인들이 가지고 있던 입장을 대변한 것이다. 朱熹에 따르면, 正統은 단순히 外的인 조건, 즉 國力(특히 軍事力)의 優劣이나 당시의 情勢에 의해 함부로 정해지는 것이 아니라 엄정한 大義名分에 의해 결정되는 것인데, 이는 결국 南宋이 中原을 빼앗긴 지도 오래되었고 계속 쇠락의 길을 걷기는 하지만 中華文明의 正統性은 여전히 南宋에게 있다는 논리를 위해 설정된 것이라고 할 수 있겠다. 이후 大義名分을 중시하는 理學이 보편화되면서 더 이상 三國 중 魏나라를 正統으로 보는 주장이나 서술은 견지될 수 없었고, 거의 자취를 찾아보기 어렵게 되었다. 결국 蜀나라 正統論이 大勢를 이루게 되었는데, 물론 여기 『三國志演義』 역시 이러한 理學의 正統論을 충실히 따르고 있다. 이는 『三國志演義』 작자 역시 이미 理學의 세례를 받은 大衆의 是非觀이나 虛實觀과 交感하고 共鳴할 수 있는 보편적인 서술을 채택한 것이라고 할 수 있겠다.

『三國志演義』의 줄거리는 워낙 장황하게 길고 복잡다단하기도 하거니와, 널리 알려진 것이라 따로 설명하지 않겠다. 아래에 인용된 제50회의 첫 부분은 赤壁大戰이 吳蜀 연합군의 大勝으로 끝나고 曹操의 군대가 여지없이 패해버리는 장면을 記述하고 있다. 이 제50회의 제목을 풀어보면, "諸葛亮은 曹操가 華容道로 도망할 것을 예측하고, 關羽는 曹操를 의리 있게 놓아주다"이다. 『三國志演義』 같은 章回小說, 즉 여러 回로 나누어진 長篇小說들은 원래 각 回에 담긴 내용의 요약으로 그 回의 제목을 삼았기에 다들 이 같이 각 回의 제목들이 장황하다.

却說[1]當夜張遼[2]一箭射黃蓋[3]下水, 救得曹操登岸, 尋着馬匹走時, 軍已大亂. 韓當[4]冒煙突火來攻水寨[5], 忽聽得士卒報道: "後梢舵上[6]一人, 高叫將軍表字[7]." 韓當細聽, 但聞高叫"公義[8]救我!" 當曰: "此黃公覆[9]也!" 急教[10]救起. 見黃蓋負箭着傷[11], 咬出箭桿[12], 箭頭[13]陷在肉內. 韓當急爲脫去濕衣, 用刀剜出箭頭, 扯旗[14]束之, 脫自己戰袍與黃蓋穿了, 先令別船送回大寨[15]醫治. 原來黃蓋深知水性[16], 故大寒之時, 和甲[17]墮江, 也逃得性命[18].

却說當日滿江火滾, 喊聲震地. 左邊是韓當、蔣欽[19]兩軍從赤壁西邊殺來[20], 右邊是周泰、陳武[21]兩軍從赤壁東邊殺來, 正中是周瑜、程普、徐盛、丁奉[22]大隊船隻[23]都到. 火[24]須兵應[25], 兵仗火威. 此正是三江[26]水戰,

1 却說: 각설하고. 앞에서 말하던 내용을 그만두고 새로운 내용을 말한다는 뜻. 원래 이야기꾼들이 이야기의 주제를 바꿀 때 사용하는 말로, 話本 이후 白話小說에는 곧잘 慣用句로 常用되었다.

2 張遼: 曹操의 장수.

3 黃蓋: 吳나라 장수.

4 韓當: 吳나라 장수.

5 水寨: 강가에 세워진 曹操의 陣營을 가리킨다.

6 後梢舵上: 키가 달린 배 뒷부분을 가리킨다.

7 將軍表字: 여기에서 將軍은 韓當을 가리킨다. 表字는 성인이 된 남자가 本名 대신 사용하는 字를 뜻한다. 대부분 字는 本名의 뜻이나 그 사람의 德性을 표출시켜주는 것이기에 表字라고도 칭한다.

8 公義: 韓當의 字.

9 黃公覆: 黃蓋. 公覆은 黃蓋의 字.

10 教: 사역동사. '~로 하여금 ~하게하다'. 대상은 士卒들인데 생략되어 있다.

11 負箭着傷: 負箭은 화살을 맞았다는 뜻. 着傷은 상처를 입었다는 뜻.

12 箭桿: 화살대.

13 箭頭: 화살 중 화살촉이 달린 앞부분.

14 扯旗: 깃발을 찢다.

15 大寨: 吳나라 本陣을 뜻한다.

16 深知水性: 물의 성질을 잘 안다. 즉, 물에 매우 익숙하다는 뜻.

17 和甲: 갑옷을 입은 채로.

18 逃得性命: 목숨을 건졌다는 뜻.

19 蔣欽: 吳나라의 장수.

20 殺來: 쇄도하다. 이때 殺은 급작스럽고 빠르다는 뜻으로, '쇄'라고 읽는다.

21 周泰、陳武: 모두 吳나라의 장수.

赤壁鏖兵[27]. 曹軍着鎗中箭[28], 火焚水溺者, 不計其數.

後人有詩曰: "魏吳爭鬪決雌雄[29], 赤壁樓船[30]一[31]掃空. 烈火初張照雲海[32], 周郎[33]曾此破曹公[34]."……

『水滸傳』(第22回)
「橫海郡柴進留賓, 景陽岡武松打虎」

『水滸傳』은 宋代에 여러 가지 사연으로 梁山泊이란 山寨에 모이게 된 108명의 豪傑들이 官方의 억압에 맞서는 이야기다. 여기에서 山寨는 결국 도적의 본거지란 의미이다. 108명의 豪傑들은 하급관리, 농어민, 장사꾼, 강도 등 출신성분은 다양하지만 대부분 부당하거나 억울한 일을 당하고 난 뒤 梁山泊에 모여들면서, 결국 朝廷에서 개입할 정도로 큰 세력을 이루게 된다. 주요 주인공인 宋江의 경우 실존인물이며, 그와 몇몇 인물들의 이야기는 이미 南宋末에 지어져 元初에 添削을 거친 話本小說『大宋宣和遺事』에 보인다. 이런 이야기들이 점점 구체화되고 살을 덧붙이게 되면서 결국 明나라 초엽 施耐庵이란 사람의 정리를

22 周瑜、程普、徐盛、丁奉: 모두 吳나라의 장수. 특히 周瑜는 吳나라의 총사령관이었다.
23 船隻: 배에 대한 通稱. 여기에서는 戰船을 가리킨다.
24 火: 여기에서는 火攻을 가리킨다.
25 兵應: 군사적 호응.
26 三江: 地名으로 원래는 三江口라 칭한다. 三江口는 당시 吳나라 軍營이 있던 곳이며, 동시에 赤壁大戰이 벌어진 곳이기도 하다.
27 鏖兵: 격렬한 전투.
28 着鎗中箭: 着鎗은 창에 맞다. 여기에서 鎗은 槍의 異體字. 中箭은 화살에 적중되다.
29 決雌雄: 자웅을 겨루다. 승부를 겨루다.
30 樓船: 전투를 위해 높다랗게 건조된 戰船. 樓臺가 있는 戰船이라는 뜻으로 樓船이라 부른다.
31 一: 모두.
32 雲海: 원래는 아주 넓게 펼쳐진 바다를 뜻하지만, 여기에서는 赤壁大戰이 벌여졌던 長江을 가리킨다.
33 周郎: 吳나라 장수 周瑜.
34 曹公: 曹操.

거쳐 지금 우리가 알고 있는 『水滸傳』의 모습을 갖추게 되었다. 혹자는 施耐庵과 羅貫中의 합작으로 보기도 한다. 구체적인 내용은 복잡하기도 하고 널리 알려져 있으므로 여기에서 다루지 않겠다. 『水滸傳』은 다양한 판본이 전해지는데, 明代에는 일반적으로 宋江이 宋나라 朝廷과 타협하고 朝廷의 벼슬을 받아 遼나라나 方臘의 亂을 정벌하는 내용까지 다루는 100回本과, 後人이 그 이후 내용을 첨가하여 宋江이 宋나라 朝廷에게 배신당해 결국 劇藥을 먹고 죽고 마는 내용까지를 다룬 120回本이 알려졌다. 하지만 明末淸初 때 文人 金聖嘆은, 『水滸傳』 중 宋江이 이끌던 梁山泊이 朝廷에 귀순한 이후 부분은 비극적이면서도 앞서 보였던 豪傑들의 거침없는 기세가 사라져 『水滸傳』에 담긴 大意에 걸맞지 않다고 여기고, 이를 後人이 함부로 덧붙인 拙劣한 續作으로 간주하여 刪去해 버렸다. 이렇게 金聖嘆이 후반부를 刪去하고 批語를 단 것이 70回本 『水滸傳』[35]인데, 이후 상당히 인기가 있었다.

흔히 四大奇書라 정의되는 『三國志演義』, 『水滸傳』, 『西遊記』, 『金甁梅』 중 首長 격인 『三國志演義』는 입말글 위주인 다른 3권의 책들에 비해 글말글과 입말글이 뒤섞여 있어서 현재를 사는 일반 중국인들조차 읽기가 그다지 수월치만은 않다. 그래서 20세기 초 중국에서 글쓰기에 있어 전통적인 글말글(文言文)을 버리고 입말글(白話文)을 쓰자는 운동이 대대적으로 전개됐을 때 '도적질을 가르치는'(誨盜) 『水滸傳』이 백화문의 대표적인 텍스트로 꼽혔던 이유가 여기에 있다. 『西遊記』는 너무 非科學的이라 당시 科學을 중시하던 사조에 어울리지 않았고, 『金甁梅』는 너무 음란한데다가 山東 지방 특유의 사투리가 섞여있었다. 이 외에도 淸代에 나온 입말글 小說 『紅樓夢』은 『水滸傳』보다 문학적으로 뛰어났지만 修辭의 彫琢이 심해 현실적인 입말글과는 乖離가 있었고, 儒林外史는 科擧의 폐습을 주제로 하고 있었다. 이는 그만큼 『水滸傳』은 거치면서도 생동감 있는 입말들이 사용되었다는 사실을 확인시켜 준다.

주인공이 108명이다 보니 내용 전개가 산만하고 각각의 주인공들의 개성을 모두 제대로 표현하지는 못했지만, 비록 도둑의 두목이 되었으나 관리 출신으로서 朝廷에 대한 충성심을 버리지 못하는 宋江이나, 無法天地에 아무 거칠 것이 없으면서도 어머니나 의형제에게는

35 70回本이라 하지만 사실은 기존의 『水滸傳』 第1回를 楔子, 즉 프롤로그로 삼고 第2回를 第1回로 삼았기에 第71回까지 실려 있다.

지극 정성인 李逵 등 주요 주인공들의 성격 묘사에는 나름대로 뛰어난 성취를 보였다. 하지만 실제로 『水滸傳』을 읽어본다면, 주인공들이 제 성질을 못 이겨, 혹은 취해서 함부로 사람을 때려죽이거나 여관 손님을 죽여 人肉 만두를 만드는 등 현재의 도덕적 관점에서 보면 받아들일 수 없는 부분도 적지 않다.

여기에서는 제22회의 일부를 발췌해 인용했는데, 제목은 '橫海郡 柴進은 손님을 머물게 하고, 景陽岡에서 武松은 호랑이를 때려잡다'이다. 특히 여기에 인용된 부분은 武松이 호랑이를 때려죽이는 장면이다. 말에 화려한 꾸밈이 전혀 없고 상당히 상세한 묘사의 입말글임을 알 수 있을 것이다.

……武松[36]見那大蟲[37]復翻身回來, 雙手輪起[38]哨棒[39], 儘[40]平生氣力, 只一棒, 從半空[41]劈將[42]下來. 只聽得一聲響, 簌簌地[43], 將那樹連枝帶葉[44]劈臉打將下來. 定睛看時, 一棒劈不着大蟲, 原來打急了, 正打在枯樹上, 把那條哨棒折做兩截[45], 只拿得一半在手裏. 那大蟲咆哮, 性發起來[46], 翻身又只一撲, 撲將來. 武松又只一跳, 却退了十步遠. 那大蟲恰好把兩隻前爪[47]搭[48]在武松面前. 武松將半截棒丢[49]在一邊, 兩隻手就勢[50]把大蟲頂花

36 武松: 『水滸志』의 108호걸 중 한 명.

37 大蟲: 호랑이. 옛사람들에게 호랑이는 상당히 두려움의 대상이었다. 때문에 직접 그 이름을 입에 올리는 것을 꺼려하고 굳이 불러야 할 때는 대신 으뜸가는 짐승이란 뜻으로 大蟲이란 별명을 불렀다. 원래 蟲은 곤충을 가리키는 말이 아니라 짐승을 통칭하는 표현이었다.

38 輪起: 휘두르기 시작하다. 輪은 掄의 假借字로, 여기에서는 휘두른다는 뜻.

39 哨棒: 주로 옛사람들이 여행길에 늑대와 같은 짐승을 만났을 때를 대비해 사용하던 몽둥이로, 속이 비어 있어서 휘두르면 '웅~웅~' 하며 굵은 소리가 나며 짐승들을 겁먹게 했다고 한다.

40 儘: 다하다. 모두 사용하다.

41 半空: 虛空.

42 將: 일종의 助詞로 별 뜻 없이 앞에 있는 動詞의 방향을 강조해 주는 역할을 한다. 즉 劈將下來는 將을 빼고, 劈(동사)+下來(방향보어)라고 풀어도 무방하다. 뒤에 보이는 打將下來와 撲將來의 將 역시 이와 같은 용법이다. 將의 이 같은 용법은 현재 方言에 아직 남아있다.

43 簌簌地: 바람 가르는 소리, 혹은 바람에 낙엽이 지는 소리.

44 連枝帶葉: 가지부터 잎사귀까지. 連A帶B는 'A부터 B까지'의 뜻.

45 折做兩截: 두 동강이 나다.

46 性發起來: 성을 내다, 화를 내다.

皮[51]肐月荅地[52]揪住[53], 一按, 按將下來. 那隻大蟲急要掙扎[54], 被武松儘氣力捺[55]定, 那裏[56]肯放半點兒鬆寬.

武松把隻脚[57]望[58]大蟲面門上[59]眼睛裏, 只顧亂踢[60]. 那大蟲咆哮起來, 把身底下爬起兩堆黃泥做了一個土坑. 武松把大蟲嘴直按下黃泥坑裏去. 那大蟲喫[61]武松奈何得[62]沒了些氣力. 武松把左手緊緊地揪住頂花皮, 偸[63]出右手來, 提起鐵鎚般[64]大小[65]拳頭, 儘平生之力, 只顧打. 打到五七十[66]拳, 那大蟲眼裏, 口裏, 鼻子裏, 耳朶裏, 都迸出鮮血來, 更動撣[67]不得, 只剩口裏兀自[68]氣喘.

---

47 兩隻前爪: 두 앞발의 발톱.
48 搭: 놓여있다, 걸쳐있다.
49 丢: 던지다, 버리다.
50 就勢: 추세에 따라. 就는 '~를 따라', '~를 틈타'. 勢는 상황의 흐름, 혹은 추세.
51 頂花皮: 이마에 무늬가 있는 가죽. 여기에서는 호랑이의 이마 부분의 가죽을 가리킨다.
52 肐膊地: 한 덩어리로, 한 웅큼. 肐膊은 疙瘩의 異體字.
53 揪住: 꽉 잡다.
54 掙扎: 몸부림치다, 발버둥치다.
55 捺: 억누르다. 뜻은 按과 비슷하지만 좀 더 강하게 억누른다는 뜻.
56 那裏: '어찌 ~하겠는가!', '어디 ~할 리가 있겠는가!'. 여기에서는 反問의 語氣를 가진다.
57 隻脚: 한쪽 다리. 隻은 一隻의 축약.
58 望: ~를 향해서.
59 面門上: 얼굴, 면상.
60 只顧亂踢: 只顧는 '단지 ~에만 신경 쓰다', '오로지 ~에만 집중하다'. 亂踢은 마구 발길질한다는 뜻.
61 喫: 여기에서는 被처럼 '~에게 ~ 당한다'는 被動의 의미. 喫은 吃의 異體字.
62 奈何得: 奈何는 여기에서 괴롭히다, 못살게 군다는 뜻의 動詞. 得은 奈何에 붙은 程度補語이다. 이 문장은 피동형 문장이므로, 뒤에 붙은 沒了些氣力은 당하는 괴롭힘의 정도를 표현하고 있는 것이다.
63 偸: 몰래, 살짝.
64 般: ~와 같은.
65 大小: 여기에서는 大의 의미만 살려 크다는 뜻. 이렇게 두 가지 뜻의 낱말이 한 가지 뜻만 나타내는 경우를 偏義複詞라고 한다.
66 五七十: 50에서 70회 정도.
67 動撣: 움직이다. 撣은 彈의 假借字.
68 兀自: 입말투 표현으로 아직, 아직도.

武松放了手來松樹邊尋那打折的哨棒, 拿在手裏, 只怕大蟲不死, 把棒橛[69]又打了一回. 眼見氣都沒了, 方纔[70]丢了棒, 尋思[71]道: '我就地[72]拖得這死大蟲下岡子[73]去?' 就血泊裏[74]雙手來提時, 那裏[75]提得動. 原來使[76]盡了氣力, 手脚都蘇軟[77]了. ……

『西遊記』(第51回)
「心猿空用千般計, 水火無功難煉魔」

『西遊記』는 明代 吳承恩의 장편소설로, 100回로 이루어져 있다. 온갖 도술을 익혀 天宮과 龍宮을 넘나들며 소란을 피우던 孫悟空이란 원숭이가 결국 猪八戒, 沙悟淨과 함께 玄奘法師를 모시고, 온갖 요괴들의 방해를 이겨내면서 天竺國(지금의 印度)에 가서 佛經을 받아오는 이야기이다. 唐나라 때의 승려 玄奘은 실존 인물로, 실제로 天竺에 가서 佛經을 가져와 번역하여 中國佛敎史에 한 획을 그은 인물이다. 때문에 멀게는 그가 쓴 紀行文인 『大唐西域記』 등이 『西遊記』의 단초를 제공해 주었다고 말할 수도 있겠지만, 현재까지 직접 확인 가능한 『西遊記』의 雛形은 확실히 孫悟空이 이야기의 주인공으로 등장하는 宋代 話本小說 『大唐三藏取經詩話』이다. 혹자는 元代의 작품으로 추정하도 한다.

전체적으로 『西遊記』는 佛敎와 道敎의 神通力과 道術이 난무하면서 상상력을 자극한다.

69 棒橛: 짧은 몽둥이. 여기에서는 당초 길었던 哨棒의 반쪽이기에 이렇게 표현한 것이다.
70 方纔: 비로소. 纔는 才의 本字.
71 尋思: 중국 북방의 입말로 생각하다, 따져본다는 뜻.
72 就地: ~한 김에. 여기에서는 '이왕 호랑이를 때려죽인 김에'라는 뜻.
73 岡子: 산고개. 여기에서는 景陽岡을 가리킨다.
74 血泊裏: 피범벅 속에서. 血泊은 피가 낭자하고 흥건한 곳에 대한 비유.
75 那裏: '어찌 ~하겠는가!', '어디 ~할 리가 있겠는가!' 여기에서는 反問의 語氣를 가진다.
76 使: 사용하다.
77 蘇軟: 무르고 연약하다, 여기에서는 지쳐서 힘이 완전히 빠지고 푹 퍼진 상태. 蘇는 酥의 假借字.

이러한 유형의 소설을 中國에서는 神魔小說이라고 구분하기도 한다. 주인공들과 妖怪들이 左衝右突하고 東奔西走하면서 온갖 신기한 法寶들을 사용하여 서로 물고 물리는 접전을 펼쳐가는 흥미진진한 전개를 읽어가다 보면 자신도 모르는 새에 몰입하게 된다. 하지만 꼼꼼히 살펴보면 『西遊記』는 단순히 허황된 상상만으로 점철된 것이 아니라, 실제 세상에서 보이는 人間群像의 온갖 부패, 탐욕, 虛勢, 無能을 아주 상징적으로, 그리고 해학적으로 풍자하고 있음을 발견할 수 있을 것이다.

여기에서 인용한 第51回의 제목은 '孫悟空은 온갖 계책을 써 보았으나 허사였고, 물과 불을 부리는 神仙들도 아무런 성과를 내지 못하여 獨角兕大王을 다루기 곤란해 하다'이다. 이 시에서 발췌한 부분은 孫悟空이 獨角兕大王이란 요괴를 만나 온갖 수모를 겪고, 하는 수 없이 玉皇上帝에게 도움을 청하는 장면이다. 하지만 이후 天界의 武將들과 神仙들이 도와주러 왔지만 그들 역시 속수무책으로 당하고, 결국 釋迦牟尼에게까지 도움을 청하지만 釋迦牟尼가 보내준 18羅漢들까지 獨角兕大王을 당해내지는 못한다. 이때 釋迦牟尼가 넌지시 孫悟空에게 힌트를 주어 獨角兕大王이 太上老君(즉 老子)이 타고 다니던 靑牛가 太上老君의 法寶를 훔쳐 잠시 俗世에 내려온 것임을 알아낸다. 결국 太上老君의 도움으로 간신히 獨角兕大王(즉 靑牛)을 제압하게 된다.

……當時四天師傳[78]奏[79]靈霄[80], 引見玉陛[81]. 行者[82]朝[83]上唱個大喏[84],

78 四天師傳: 일반적으로 四天師라고 칭한다. 원래 俗世의 사람이었다가 羽化登仙하여 天宮에서 玉皇上帝를 보좌한다고 전해지는 네 명의 神仙으로, 東漢 때 五斗米敎를 세운 張道陵, 삼국시대 吳나라의 左慈에게 神仙術을 배운 葛玄(보통 葛仙翁이라 칭함), 東晉 때 온 가족이 神仙이 되었던 許遜(神仙이 되기 전 旌陽縣의 縣令을 지냈기에 곧잘 許旌陽이라 칭함), 칭기즈칸에게까지 道敎를 설파했던 全眞敎의 丘處機(丘長春, 혹은 長春眞人이라 칭함)를 가리킨다. 이 중 丘處機는 『西遊記』에서 丘弘濟라고 칭해지는데, 사실 丘處機를 弘濟라고 부르는 것은 잘못된 것이다. 그는 弘濟라고 불린 적이 없다. 혹자는 元나라 때 丘處機의 제자 李志常이 죽은 후 眞常妙應顯文弘濟大眞人으로 追敍되었으니, 여기에서 弘濟란 칭호가 丘處機에게 잘못 더해진 것이 아닐까 의심된다. 혹 全眞敎가 원래 醫術로 백성의 질병 치료에 힘쓴 것을 감안하면 그냥 존경의 표시로 弘濟란 칭호를 붙인 것일 수도 있다. 혹자는 丘處機를 빼고 宋代 薩守堅을 포함시키기도 하지만 『西遊記』에서는 丘處機가 포함되는 것이 확실하다.

79 奏: 上奏하다. 여기에서는 玉皇上帝에게 孫悟空이 뵙기를 청한다는 소식을 전한 것을 가리킨다.

80 靈霄: 玉皇上帝가 있는 靈霄殿(혹은 靈霄寶殿). 혹자는 凌霄殿이라고도 한다.

81 引見玉陛: 引見은 데려다 알현시키다. 이때 見은 '현'으로 읽는다. 玉陛는 원래 궁궐의 계단을 말하지만, 곧잘 朝廷에 대한 비유로 사용된다. 여기에서는 靈霄殿에 있는 玉皇上帝을 가리킨다.

82 行者: 佛敎에서 出家는 했으되 아직 머리를 깎지 않은 이를 가리킨다. 여기에서는 孫悟空을 뜻한다.

道: "老官兒[85], 累你[86]! 累你! 我老孫[87]保護唐僧[88]往西天[89]取經, 一路凶多吉少, 也不消說[90]. 於今來在金山兜山, 金山兜洞[91], 有一兕怪[92], 把唐僧拿在洞裏, 不知是要蒸, 要煮, 要晒. 是老孫尋上[93]他門, 與他交戰, 那怪[94]却就有些認得老孫[95], 卓是[96]神通廣大, 把老孫的金箍棒[97]搶去, 因此難縛[98]妖魔. 疑是[99]上天凶星, 思凡下界[100], 爲此老孫特來啓奏[101], 伏乞天尊垂慈洞鑒[102], 降旨[103]查勘兇星, 發兵收剿妖魔, 老孫不勝戰慄屛營之至[104]!" 却又

『西遊記』에서 孫悟空은 곧잘 孫行者로 불린다.

83 朝: ~를 향해.

84 唱個大喏: 크게 인사를 여쭙다. 높을 사람을 만났을 때 禮를 차려 큰 소리로 인사를 올리는 것을 唱喏라고 한다.

85 老官兒: 연장자에 대한 존칭. 하지만 玉皇上帝에겐 응당 陛下 정도의 극존칭을 써야 하는데 그냥 老官兒라고만 부른 것은 은근히 불경스럽고 까불거리는 느낌이 난다.

86 累你: 너를 연루시키다, 즉 폐를 끼치다, 너를 귀찮게 한다는 뜻.

87 老孫: 孫悟空이 스스로를 은근히 높여서 칭한 것이다.

88 唐僧: 唐나라의 승려, 즉 玄奘을 가리킨다.

89 西天: 西域의 天竺國.

90 不消說: 이야기하는 데 허비하지 않겠다, 이야기할 필요 없다.

91 金山兜山, 金山兜洞: 각각 金兜山과 金兜洞. 『西遊記』에서는 金山兜山/金山兜洞과 金兜山/金兜洞이란 표현을 혼용하고 있는데, 그 이유는 알 수 없다.

92 兕怪: 외뿔이 달린 妖怪. 즉 玄奘을 잡아가고 孫悟空과 대치하고 있는 獨角兕大王을 가리킨다.

93 尋上: 찾아가다.

94 那怪: 그 妖怪. 즉 獨角兕大王. 지금의 白話(입말)와 달리 量詞가 없다.

95 有些認得老孫: 나 孫悟空을 좀 알아보다. 獨角兕大王이 孫悟空 자신에 대해 대략이나마 알고 있었다는 뜻.

96 卓是: 대단히~하다.

97 金箍棒: 부리는 사람의 뜻에 따라 늘어났다 줄었다, 커졌다 작아졌다 하는 孫悟空의 主武器. 원래 이름은 如意金箍棒인데, 우리나라에선 주로 如意棒이라 부른다.

98 難縛: 포박하기 어렵다, 즉 잡기 어렵다.

99 疑是: ~이라 의심된다.

100 思凡下界: 思凡은 俗世를 그리워하다. 下界는 俗世에 내려오다.

101 啓奏: 임금에게 上奏한다는 뜻.

102 伏乞天尊垂慈洞鑒: 伏乞은 엎드려 바라건대. 남에게 어떤 부탁을 할 때 사용하는 아주 겸손한 표현이다. 天尊은 玉皇上帝. 垂慈는 慈悲를 베풀다. 洞鑒은 잘 살펴달라는 뜻. 이때 洞은 명철하게 꿰뚫는다는 의미로 '통'으로 읽는다. 우리나라 史劇에서 흔히 보는 "통촉(洞燭)해 주시옵소서"의 의미이다.

103 降旨: 聖旨를 내리다.

打個深躬[105]道: "以聞[106]." 旁有葛仙翁[107]笑道: "猴子[108]是何前倨後恭[109]?" 行者道: "不敢! 不敢! 不是甚[110]前倨後恭, 老孫於今是沒棒弄了[111]." ……

『金瓶梅』(第49回)
「西門慶迎請宋巡按, 永福寺餞行遇胡僧」

우리는 일반적으로 中國의 四大奇書라 하여 『三國志演義』, 『水滸傳』, 『西遊記』, 『金瓶梅』를 꼽지만, 사실 중국인들은 四大名著라 하여 『三國志演義』, 『水滸傳』, 『西遊記』와 함께 清代 小說 『紅樓夢』을 꼽는다. 이는 그만큼 『金瓶梅』가 사실은 널리 읽히지 못하였음을 말해주는 것인데, 그 이유는 아래 인용문만 보아도 쉽게 짐작할 수 있듯 너무 음란하기 때문이다. 『金瓶梅』의 작가 역시 笑笑生이란 筆名만 전할 뿐 누구인지는 전혀 알려져 있지 않다. 단지 山東 특유의 사투리가 들어있는 것으로 보아 山東 지역의 文人일 것이라 추측할 뿐이다.

원래 『金瓶梅』는 『水滸傳』의 일부에서 파생되어 나온 것으로 위에서 보았던 『水滸傳』의

104 不勝戰慄屛營之至: 不勝은 이기지 못하다. 戰慄과 屛營은 모두 두려워 불안해한다는 뜻. 하지만 여기에서는 만약 앞서 자신이 말한 것과 같은 요구를 들어주신다면, 그 聖恩이 너무 커서 두려워 불안해지는 것을 이기지 못할 것이라는 의미로 사용되었다. ~之至는 형용사 뒤에 붙어 '~한 지극함' 정도로 번역하거나 도치하여 '지극히 ~함'으로 번역된다.

105 打個深躬: 打躬은 허리를 굽혀 절을 올린다는 뜻. 打恭이라고도 쓴다. 打個深躬은 허리를 아주 푹 숙여 절을 올린다는 뜻. 즉 최고의 예를 갖춘다는 표현.

106 以聞: 이로써 아룁니다, 혹은 이 내용을 아룁니다. 以는 방금 孫悟空이 玉皇上帝에게 아뢴 이야기들을 받는다. 여기에서 聞은 임금에게 아뢴다는 뜻.

107 葛仙翁: 앞에 보였던 四天師 중 葛玄.

108 猴子: 孫悟空을 가리킨다. 葛玄이 일부러 孫悟空을 익살스럽게 낮춰 부른 것이다.

109 前倨後恭: 먼저 거만하게 굴다가 이후에 공손하게 군다는 뜻.

110 甚: 甚麽, 즉 '무슨'의 뜻. 여기에서는 疑問冠形詞가 아니라 불특정한 범위를 의미하는 指示冠形詞이다.

111 弄了: '(그리)하게 되었다' 뜻. 弄은 여기에서 해서는 안 될 일을 한다는 의미가 있다. 원래는 이렇게 구차하게 부탁하지 않을 것인데 如意金箍棒(즉 如意棒)을 빼앗겨 부득불 부탁하러 오게 되었다는 뜻이다.

西門慶과 私通하여 결국 武松(武二郞)의 兄 武大(武太郞)를 독살해 버리고 西門慶의 다섯 번째 첩이 되는 潘金蓮을 주인공으로 하고 있다.『金甁梅』란 제목은 여자주인공 潘金蓮의 金, 원래 西門慶 벗의 처였다가 결국 西門慶의 여섯 번째 첩이 되는 李甁兒의 甁, 그리고 潘金蓮의 계집종 春梅의 梅를 따서 지은 것이다. 곳곳에 보이는 性器나 性交에 대한 노골적인 묘사에 가리기가 쉽지만 사실『金甁梅』란 소설은 明代에 관료와 상인, 그리고 惡德土豪가 어떻게 연계하여 온갖 부정부패를 저지르는지를 적나라하게 고발하고 있어서 明代 사회나 경제를 이해하는 데 유용한 史料로 사용되기도 한다. 비록 작품의 시대배경은 宋代이지만 실제 묘사하고 있는 것은 明代의 상황이다. 현재 확인되는 바로『金甁梅』의 最古本은 明나라 萬曆年間에 나온『金甁梅詞話』이다.『金甁梅』는 100回本 장편소설로서 아래에서 인용한 제49회의 제목은 '西門慶은 宋巡按을 맞이하고, 永福寺에서 送別宴을 하다가 우연히 오랑캐 승려와 맞닥뜨리다'이다. 발췌한 부분은 西門慶이 永福寺에서 전혀 뜻하지 않게 天竺에서 온 승려를 만나, '비아그라'를 능가하는 精力劑를 얻게 되는 장면이다. 특이한 것은 오랑캐 승려의 약효 설명이 韻文 즉 詩로 되어 있다는 것이다. 그래서 인용문 중 "胡僧說" 이후로 끝까지 짝수 구절의 마지막 글자는 모두 '~ang'이란 脚韻으로 押韻되고 있다.

『金甁梅』의 내용은 상당히 복잡해서 일일이 설명할 수는 없지만 西門慶과 潘金蓮의 최후에 초점을 맞춰 간추려 보면,『水滸傳』과는 달리 武松이 武大의 원수를 갚으러 왔을 때 西門慶과 潘金蓮을 죽이지 못하고 실수로 엉뚱한 사람을 죽이고 유배를 가고 만다. 이후 西門慶은 온갖 不正腐敗와 惡行을 저지르며 살다가 결국 精力劑를 濫用하여 죽고 만다. 이후 潘金蓮은 西門慶의 사위와 다시 姦通하다가 발각되어 西門慶의 집에서 쫓겨나 다른 곳에 팔려갈 신세가 된다. 이때 마침 유배에서 돌아온 武松의 손에 潘金蓮은 죽임을 당하고 만다. 사실『金甁梅』에는 이들 말고도 여러 人間群像들이 악행과 간통을 저지르는 내용이 너무나 적나라하게 묘사되어 있다. 하지만 실제 지금 우리가 보는 거의 대부분의『金甁梅』판본 역시 그나마 너무 음란한 묘사가 있는 부분을 약간씩 삭제한 것이라고 한다.

……西門慶[112]叫左右[113]拿過酒桌去, 因問他求房術[114]的藥兒. 胡僧[115]道: "我有一枝藥, 乃老君煉就[116], 王母傳方[117], 非人不度[118], 非人不傳, 專度有緣[119]. 旣是官人[120]厚待于我, 我與你幾丸[121]罷." 于是向褡褳[122]內取出葫蘆兒[123], 傾出百十丸, 分付: "每次只一粒, 不可多了, 用燒酒[124]送下." 又搬向那一個葫兒捏了[125], 取二錢一塊[126]粉紅膏兒[127], 分付: "每次只許用二厘[128], 不可多用[129]. 若是脹的慌[130], 用手捏着[131]兩邊腿上, 只顧摔打[132]百十

112 西門慶: 『金甁梅』의 남자 주인공.

113 左右: 좌우에서 시중드는 사람.

114 房術: 房中術, 즉 性交의 기술. 진정한 房中術은 단순히 육체의 쾌락만을 추구하는 것이 아니라, 不老長生을 궁극의 목적으로 한다.

115 胡僧: 오랑캐 승려. 외국인 승려. 여기에서는 西域 天竺에서 온 승려로, 藥으로 중생을 구제한다고 자부할 정도로 기묘한 약들을 지니고 있었다.

116 老君煉就: 老君은 太上老君, 즉, 老子. 煉就는 煉成해내었다는 뜻. 就는 成의 뜻. 주로 丹藥을 만드는 것을 煉成이라고 칭한다.

117 王母傳方: 王母는 崑崙에 사는 西王母. 傳方은 전해준 처방.

118 非人不度: 非人이란 '적임자가 아니면'이란 뜻. 不度는 濟度하지 않는다는 뜻.

119 專度有緣: 專은 오로지. 度는 濟度. 有緣은 인연이 있는 사람을 가리킨다.

120 官人: 원래는 관직에 오른 사람에 대한 존칭이었지만, 송대 이후로는 일정한 지위의 남자에 대한 존칭이나 남편에 대한 존칭으로 常用되었다. 여기에서는 전자의 경우로 西門慶을 높여 부르는 말.

121 丸: 丸藥, 즉 알약.

122 褡褳: 어깨에 걸치는 包袋의 일종으로, 주로 여행 다니는 사람들이 짐을 넣어두는 용도로 사용된다. 긴 직사각형 천 양쪽 끝에 두 주머니를 마주보게 달아놓고 그 가운데를 접어 어깨에 걸쳐서 몸의 앞뒤로 물건을 담을 주머니가 놓이게 만든다. 搭連이라고 쓰기도 한다.

123 葫蘆兒: 호리병박으로 만든 호리병. 주로 약이나 술을 담는 데 사용한다.

124 燒酒: 蒸溜酒. 대체로 醱酵酒보다 도수가 높다. 우리나라에서는 燒酎라는 말을 사용하기도 하지만, 이는 日本에서 유래한 용어로 원래 우리나라나 중국에는 없는 표현이다.

125 又搬向那一個葫兒捏了: 이 구절은 해석이 그다지 부드럽지 않다. 때문에 대해 혹자는 『金甁梅』의 여러 판본을 비교 校勘하여 "又將那一個葫蘆兒揭了"(또 그 호리병을 열어)로 수정해 읽기도 한다. 굳이 원문대로 풀자면 葫兒은 葫蘆兒, 즉 호리병의 생략형이고, 捏은 원래 흙을 이긴다는 뜻이 있으므로 膏藥을 뜯어낸다는 의미로 풀 수 있다. 하지만 葫蘆兒가 葫兒로 생략되어 쓰이는 경우는 그 用例가 거의 없고, 捏을 膏藥을 뜯어낸다는 뜻으로 풀면, 다음 구절의 取와 뜻이 겹친다. 때문에 아무래도 수정된 문장이 보다 타당하다.

126 二錢一塊: 二錢은 2돈의 뜻. 여기에서 錢은 무게 단위로, 우리나라의 '돈'. 一塊는 한 덩어리.

127 膏兒: 膏藥.

128 厘: 여기에서는 무게 단위로, 과거 중국에서는 斤」兩」錢」分」厘의 순서로 무게를 표시했다. 16兩이 1斤이며, 이 외에는 1兩=10錢, 1錢=10分, 1分=10厘이다.

129 用: 여기에서는 服用한다는 뜻.

130 脹的慌: 견디기 괴로울 정도로 팽창하다. 여기에서 的은 程度補語 得의 역할을 한다. 慌은 도저히 견딜 수 없는 상태. 이는 남자 性器에 대해 얘기하고 있는 것이다.

131 捏着: 여기에서는 두 다리 사이의 性器를 꽉 쥔다는 뜻.

下[133], 方得通[134]. 你可省節[135]用之, 不可輕泄于人[136].” 西門慶雙手接了, 說道: “我且問你這藥有何功効.” 胡僧說: “形如鷄卵, 色似鵞黄[137]. 三次老君炮煉[138], 王母親手傳方. 外視[139]輕如糞土, 內覻[140]貴乎玕琅[141]. 比金金豈換[142], 比玉玉何償. 任[143]你腰金衣紫[144], 任你大厦高堂. 任你輕裘肥馬[145], 任你才俊棟梁[146], 此藥用[147]托掌內, 飄然[148]身入洞房[149]. 洞中春不老[150], 物外景長芳[151]. 玉山無頹敗[152], 丹田[153]夜有光. 一戰[154]精神爽, 再戰[155]氣血

132 捽打: 여기에서는 性器를 잡아서 아래로 내던지듯 튕긴다는 뜻.

133 下: 여기에서는 횟수를 나타내는 量詞.

134 方得通: 方은 비로소. 得은 能, 즉 할 수 있다. 通은 모인 피가 통하게 된다는 말로, 性器의 발기가 풀린다는 뜻.

135 省節: 아끼다. 절약하다. 원래는 撙節로 되어 있는데, 뜻은 省節과 같다.

136 輕泄于人: 남에게 경솔하게 누설하다.

137 鵞黄: 엷은 누런 빛깔. 淡黄色.

138 三次老君炮煉: 太上老君이 세 차례나 연성시켰다는 뜻. 이는 이 약이 매우 精練된 것임을 강조하고자 한 것이다.

139 外視: 아무것도 모르는 외부인이 보자면.

140 內覻: 실질을 들여다보면.

141 貴乎玕琅: 貴乎는 ‘~보다 귀하다’. 여기에서 乎는 비교의 뜻. 玕琅은 아주 귀한 옥의 일종.

142 比金金豈換: 比金은 ‘金과 비교해본들’. 金豈換은 豈換金의 도치형이다. ‘어찌 금과 바꾸겠는가!’. 다음 구절도 이와 같은 구조이다.

143 任: 설령 ~하더라도.

144 腰金衣紫: 허리띠에는 金印을 차고, 옷은 紫袍를 걸치다. 이는 高官大爵이 되었음을 의미한다.

145 輕裘肥馬: 輕裘는 아주 가벼운 갖옷. 가죽옷은 원래 가벼울수록 귀한 것이다. 肥馬는 보기 좋게 살이 오른 말. 모두 富豪나 즐길 수 가질 수 있는 사치품이다.

146 才俊棟梁: 재주가 뛰어나 나라의 棟梁이 되다.

147 用: 복용하다.

148 飄然: 바람처럼 아주 가벼운 모습.

149 洞房: 원래는 內室 혹은 閨房을 가리키는 말이었지만, 이후로 주로 신혼부부의 방을 가리키는 표현으로 사용되었다. 여기에서는 여인이 사는 방을 가리킨다.

150 洞中春不老: 洞中春은 洞房에서의 春情, 즉 性慾. 不老는 늙지 않는다, 즉 사그라지지 않는다는 뜻.

151 物外景長芳: 物外景은 일반적인 속세의 틀을 벗어난 풍경. 이는 은밀한 사랑의 남다른 즐거움에 대한 비유이다. 物外는 평범한 萬物이 펼쳐져 있는 俗世를 벗어났다는 뜻. 長芳은 멀리까지 향기가 퍼진다는 뜻인데, 여기에서는 은밀한 사랑의 쾌락이 오래 지속됨을 상징한다.

152 玉山無頹敗: 玉山은 원래 뜻이 여러 가지지만, 여기에서는 옥으로 깎아놓은 산처럼 아름다운 외모를 가리킨다. 頹敗는 원래 오래되거나 부패하여 허물어진다는 뜻이지만, 여기에서는 늙는다는 뜻.

剛. 不拘嬌豔寵, 十二美紅妝[156]. 交接從吾好[157], 徹夜硬如鎗[158]. 服久寬脾胃[159], 滋腎又扶陽[160]. 百日鬚髮黑, 千朝[161]體自强. 固齒能明目[162], 陽生姤始藏[163]. 恐君[164]如不信, 拌飯[165]與猫嚐. 三日淫無度[166], 四日熱難當[167]. 白猫變爲黑[168], 尿糞俱停亡[169]. 夏月當風臥[170], 冬天水裏藏[171]. 若還不解

153 丹田: 下丹田, 즉 배꼽 세 치 밑의 부분을 가리킨다. 道敎에서는 이곳이 인체 생명의 근원이며 모든 精氣가 모이는 곳이라고 본다. 오랜 수준을 거쳐 精氣가 일정 수준 이상으로 모이면, 精氣가 빛을 발한다고 한다.

154 一戰: 첫 번째 性交.

155 再戰: 두 번째 性交.

156 不拘嬌豔寵, 十二美紅妝: 不拘는 상관없다, 따지지 않는다는 뜻. 嬌豔은 아주 아름답다는 뜻. 寵은 총애를 받는 여인. 十二는 여기에서 인원수인데, 실제 인원수라기보다는 아주 많은 인원수에 대한 비유. 美는 아름답다는 뜻. 紅妝은 원래 여자의 화장을 가리키지만, 여기에서는 곱게 화장한 미녀를 뜻한다. 이 두 구절을 意譯하면, 아름다운 여자들과 아무런 제한 없이 계속 性交를 할 수 있기에 12명의 美女와도 거뜬하다는 뜻.

157 交接從吾好: 交接은 性交의 뜻. 從은 따르다. 吾好는 나의 嗜好.

158 硬如鎗: 단단하기가 槍과 같다. 여기에서 鎗은 槍의 通假字이기에 '쟁'이 아니라 '창'으로 읽는다. 몇 번의 性交로도 남자 性器의 발기가 전혀 풀리지 않음을 비유한 것이다.

159 服久寬脾胃: 服久는 오래 복용한다는 뜻. 寬은 여기에서 소화능력이 커진다, 즉 더욱 튼튼해진다는 뜻. 脾胃 중 전자는 五臟, 후자는 六腑의 하나로 둘 다 한의학에서 소화를 담당하는 부위.

160 滋腎又扶陽: 여기에서 滋腎과 扶陽은 모두 腎臟, 즉 콩팥에 관계된 표현이다. 滋腎은 滋腎養陰, 즉 腎臟을 북돋아 陰氣를 기른다는 뜻. 扶陽은 溫腎扶陽, 즉 腎臟을 따뜻하게 하여 陽氣를 일으킨다는 뜻.

161 千朝: 千日. 朝는 원래 '아침'이지만 여기에서는 '날'의 뜻.

162 固齒能明目: 固齒는 이가 튼튼해진다는 뜻. 能明目은 눈이 밝아진다는 뜻.

163 陽生姤始藏: 陽生은 양기가 솟아난다는 뜻. 姤는 원래 『周易』의 「姤卦」를 가리키는데, 여기에서는 陰氣를 뜻한다. 원래 『周易』의 卦를 365일에 대입해보면 「姤卦」는 夏至에 해당한다. 夏至는 이제 陽氣가 극에 달해 점차 陰氣가 생겨나기 시작하는 시기를 의미한다. 始藏은 비로소 숨어버린다는 뜻.

164 恐君: 恐은 '~일까 저어하다', 즉 부정적인 추측의 의미. 君은 그대, 즉 西門慶.

165 拌飯: 밥과 비비다. 그 약을 밥에 넣어 버무린다는 뜻.

166 淫無度: 淫은 性的으로 음란해진다. 無度는 아무런 법도도 없어진다는 뜻.

167 熱難當: 몸에 陽氣가 차올라 열이 오르는 것을 견디기 어려울 것이라는 뜻.

168 白猫變爲黑: 여기에서 흰 고양이의 털이 검어진다고 말한 것은, 이 약을 계속 먹으면 늙은 사람의 흰 머리카락이 다시 검어진다는 것을 지적하기 위한 일종의 비유이다.

169 尿糞俱停亡: 소변과 대변이 모두 멈추어 배출되지 않는다는 뜻. 亡은 여기에서 사라지다의 뜻. 한의학에서 볼 때, 陽氣가 너무 과하면 속에 열이 쌓여 심한 변비나 소변 장애를 초래한다.

170 夏月當風臥: 夏月은 여름. 當風臥는 바람을 맞으며 자야한다는 뜻. 이는 몸에 陽氣가 극성하기 때문이다.

171 冬天水裏藏: 冬天은 겨울. 水裏藏은 얼음을 깨고 차디찬 겨울 물속에 몸을 담가야 한다는 뜻. 이 역시 몸에 陽氣가 극성하기 때문이다.

泄[172], 毛脫盡精光[173]. 每服一厘半, 陽興愈健强. 一夜歇十女[174], 其精永不傷[175]. 老婦顰眉蹙, 淫娼不可當[176]. 有時心倦怠[177], 收兵罷戰場[178]. 冷水吞一口, 陽回[179]精不傷. 快美終宵樂[180], 春色滿蘭房[181]. 贈與知音客[182], 永作保身方[183]." ……

172 若還不解泄: 還은 아직. 여기에서는 앞의 구절들을 받아서 '여름과 겨울에 그리 서늘하고 춥게 했어도 아직'이란 뜻. 不解泄은 앞의 若과 함께 조건문으로 해석되어 '만약 ~하고도 배설하여 해소하지 못한다면'의 뜻. 물론 배설하고 해소할 대상은 몸속의 陽氣이다.

173 毛脫盡精光: 毛는 몸의 털. 脫盡은 다 빠지다. 精光은 脫盡을 강조해주는 副詞로 '깡그리'의 뜻.

174 一夜歇十女: 하룻밤에 열 명의 여자와 性交를 맺는다는 뜻. 歇은 원래 쉬다, 혹은 잠을 잔다는 뜻인데 性交가 원래 잠자리에서 벌어지는 일이므로 性交의 의미로도 사용된다.

175 其精永不傷: 그 精氣가 영원히 손상되지 않는다. 원래 한의학에서는 과도하거나 너무 잦은 性交는 몸의 精氣를 고갈시킨다고 여겨서 크게 금기시한다.

176 老婦顰眉蹙, 淫娼不可當: 老婦顰眉蹙은 늙은 아낙이 몹시 괴로워한다는 뜻. 顰眉蹙은 顰眉蹙頞의 줄임말로, 눈썹을 찌푸리고 코를 찡그린다는 뜻. 淫娼不可當은 娼女 같이 음란한 아낙조차도 감당해낼 수 없다는 뜻. 늙은 아낙은 이미 性感이 많이 둔해진 대상이고, 음란한 아낙이란 한창 性慾이 넘쳐나는 대상을 가리킨다. 두 구절 모두 그만큼 남자의 精力이 대단해진다는 의미이다.

177 有時心倦怠: 有時는 한때, 혹은 문득. 心倦怠는 지겹고 심드렁해진다는 뜻.

178 收兵罷戰場: 收兵은 병사를 물리다, 혹은 병기를 거두다, 즉 약의 복용을 그만둔다는 뜻. 罷는 관두다. 戰場은 여기에서 性交를 의미한다.

179 陽回: 마구 샘솟던 陽氣가 갈무리된다는 뜻. 즉 약 복용 전으로 돌아간다는 뜻.

180 快美終宵樂: 快美는 쾌락의 아름다움, 즉 성교를 가리킨다. 終宵는 온 밤. 樂은 즐기다.

181 春色滿蘭房: 春色은 원래 봄빛이지만, 여기에서는 男女의 春情을 가리킨다. 蘭房은 주로 여자의 閨房을 가리킨다. 예부터 주로 閨房에서 남녀가 관계를 맺었기에, 여기에서는 性交의 장소를 가리킨다.

182 贈與知音客: 贈與는 '~에게 증정하다'. 知音客은 자신을 알아봐준 사람. 여기에서는 胡僧 자신을 알아보고 잘 대접해준 西門慶을 가리킨다.

183 永作保身方: 永作은 '영원히 ~으로 삼다'. 保身方은 몸을 잘 지키는 處方.

明 희곡

高明『琵琶記』「糟糠自厭」(第20齣[1])

『琵琶記』를 지은 高明은 元末明初를 살았던 인물로, 당초 元나라에서 벼슬을 하다가 戰亂이 격화되자 사임하고 浙江에 은거하여 詞曲을 지으며 살다 죽었다. 전해지는 바에 따르면, 高明은 元末에 이미 『琵琶記』를 완성했는데, 明 太祖 朱元璋이 진작부터 『琵琶記』를 읽고 감탄하여, 明나라를 세운 뒤 그를 초빙하려 했지만 병을 핑계로 끝까지 出仕하지 않았다고 한다.

『琵琶記』의 거의 모든 형식은 南戲에서 유래했는데, 南戲에 대해서는 원대 잡극 중 王實甫『西廂記』설명에서 미리 언급한 바 있다. 당시 南曲 南戲는 北曲 雜劇의 南下에 상당히 위축되어 있었다. 雜劇에 비해 아무래도 좀 落後될 수밖에 없었던 地方戲로서의 南戲는『琵琶記』라는 성공적인 작품을 통해 본격적으로 고급화되면서, 남방은 물론이고, 본격적으로 北方으로까지 그 영향력을 넓혀갔다. 이러한 발전이 가능해진 것은 北曲 雜劇에서 적극적으로 여러 장점을 흡수했기 때문이기도 하다. 그 一例가 바로 齣인데 아래 南戲의 특징을 이야기할 때 설명하겠다.

南戲는 일명 傳奇라고도 불렀는데, 사실 傳奇는 唐代 文言小說을 지칭하는 이름이었다. 그러나 이후 宋元代의 說唱 公演 예술인 戲曲 역시 傳奇라고 불렀다. 아마도 奇異한 이야기를 담고 있음을 강조하기 위해서였을 것이다. 특히 南曲인 南戲 계열을 주로 傳奇라고 自稱했으나, 北曲인 元代 雜劇 역시 傳奇라고 칭하는 경우가 있었다. 그러나 明代에 들어와서는 傳奇가 北曲과는 구분되는 南曲 계열만을 지칭하는 別稱으로 정착되었다.

南戲의 특징은 여러 형식에 있어서 자유롭다는 점이다. 사실 이러한 南戲의 자유로운 형식은, 어찌 보면 그만큼 덜 세련되고 덜 정비되었다는 의미이기도 하다. 이는 南戲가

1 第20齣: 다른 판본을 보면 齣의 구분을 달리하여,「糟糠自厭」을 第21齣으로 간주하기도 한다.

그때까지도 지방 鄕村의 일반 서민들이 자유로이 즐기던 民間의 說唱 公演 예술이었음을 말해준다. 아무튼 雜劇은 기본적으로 一本四折이라는 정형화된 틀이 있었지만, 南戲는 원래 단락을 나누는 별다른 틀 자체가 없다가 雜劇의 장점을 적극적으로 흡수한『琵琶記』에서 처음으로 현대 연극의 幕 개념과 유사한 齣이란 단락을 나누기 시작했는데, 이마저도 齣數에는 특별한 제한이 없었다. 그래서『琵琶記』도 42齣으로 비교적 長篇이거니와, 이후 대부분의 南戲 역시 長篇이 주종을 이룬다. 이 때문에 이후 南戲는 한 번에 한 작품을 모두 공연할 수 없는 지경에 이르러, 부득불 한 작품 중 볼만한 부분만을 따로 잘라 공연하는 방식이 등장하는데 이를 折子戲라고 부른다. 게다가 雜劇의 折과 달리 南戲의 한 齣 안에서는 여러 宮調가 언제나 자유로이 바뀔 수 있었고 노래 부르는 배역 역시 필요에 따라 자유로이 바뀔 수 있었다. 이 밖에도 雜劇에 비해 형식상 자유로운 부분이 많았기에 創意的인 시도를 하는 데 훨씬 유리했다. 이에 비해 雜劇은 王實甫가『西廂記』에서 시도했던 革新的 변화를 제대로 계승하지 못하고 기존의 형식에 고착되어 쇠퇴를 거듭할 수밖에 없었다.

『琵琶記』의 소재는 예로부터 전래되던 孝婦의 故事를 기초로 하여 만들어진 것이고 전반적인 내용은 南宋 때의 南戲「趙貞女蔡二郎」에서 유래한 것이지만, 구체적인 구성은 高明의 文才에 의한 것이다. 대략의 줄거리를 소개하자면 다음과 같다.

蔡邕이란 사내는 趙五娘과 결혼한 지 얼마 되지 않아 아버지의 嚴命으로 곧바로 長安으로 科擧를 보러 떠난다. 蔡邕은 科擧에서 壯元及第하고 牛丞相은 그를 사윗감 삼기로 작정한다. 蔡邕은 牛丞相의 이런 제안을 거부하려 했으나 牛丞相이 皇命으로 핍박하니 따르지 않을 수 없었다. 결국 蔡邕은 부득불 牛丞相의 데릴사위가 되어 富貴榮華를 누리게 되었지만 그래도 여전히 고향에 두고 온 부모와 처에게 연락할 방법을 찾고 있었는데, 이를 눈치챈 사기꾼이 그에게 접근해 자신이 위조한 편지를 蔡邕의 부모가 보낸 것인 양 사기를 치고는 다시 그의 편지를 받아 부모에게 전해주겠다며 받아가면서 돈만 가로채버렸다. 이후 蔡邕은 고향에 연락하기를 포기하게 된다. 그렇게 3년이 흐른다.

한편 趙五娘은 이런 사정도 모른 채 남편만을 기다리면서 온갖 고생을 참아내며 늙은 시부모를 정성껏 봉양한다. 그런데 흉년이 들어 형편이 더 안 좋아지자 시부모에게만 제대로 식사를 올리고 자신은 쌀겨만으로 힘겹게 연명한다. 이 사실을 안 시어머니가 충격과 상심으로 세상을 떠나고 곧이어 시아버지도 유명을 달리한다. 없는 형편에 당장

시부모를 장사지낼 돈이 없자 趙五娘은 자신의 머리를 잘라 팔아서 장사를 지내려 한다. 이를 안 이웃 노인 張太公이 도와주어 간단하게나마 장사를 치른다. 그렇게 간신히 모신 시부모의 무덤에는 封墳이 없었기에 趙五娘은 다시 치마폭으로 흙을 나르며 封墳을 만들려 한다. 이를 보고 감동한 山神이 趙五娘의 효성에 감동하여 封墳이 완성되는 것을 도와준다.

그 후 趙五娘은 長安으로 남편을 찾아간다. 長安으로 가는 머나먼 여행길에서 趙五娘은 孝行에 대한 곡을 琵琶로 연주하며 乞食으로 延命하여 千辛萬苦 끝에 長安에 도착한다. 결국 趙五娘은 남편 蔡邕을 만나게 되고 다시 牛丞相의 딸이 蔡邕을 통해 그간의 사정을 알게 되는데, 그녀는 자기 아버지로 인해 그가 부득이했음을 이해한다. 결국 蔡邕은 辭職하고 趙五娘과 牛丞相의 딸과 함께 고향에 내려가 3年喪을 치른다. 牛丞相 역시 당초의 일을 회개하고 皇帝는 3年喪을 치른 蔡邕에게 旌表를 下賜하며 官職을 내린다.

내용을 보면 알겠지만, 사실 비상식적이거나 허술한 부분이 적지 않다. 대표적인 一例로, 蔡邕이 壯元及第하고 牛丞相의 데릴사위가 된 뒤 3년 동안 어찌 부모에게 연락을 할 수 없었는가? 蔡邕을 변명하기 위해 高明은 사기꾼을 등장시키기도 했지만 한 번 사기 당했다고 고향에 계속 사는 부모에게 연락을 못한다는 것은 말이 안 된다. 게다가 蔡邕이 牛丞相의 데릴사위가 되어 富貴榮華를 누리게 되는 과정에서 그가 부득이하게 그리 되었음을 설명하고 있지만, 이 역시 다분히 그를 위한 변명일 뿐 궁극적으론 蔡邕이 응당 지켜야할 자식의 道理와 지아비의 道理를 저버린 것이다. 그렇다면 지금의 우리가 볼 때 이렇게 허술한 내용을 가진 『琵琶記』가 어떻게 당시에 대대적인 환영을 받고 南戲를 中興시킬 수 있었을까? 우선 『琵琶記』가 본격적으로 인기를 모은 것은 明나라 초엽이다. 당시 明나라는 南京을 수도로 하고 있었으며, 주요 관료들도 대부분 남방 사람이었다. 明나라가 南京에서 北京으로 遷都한 것은 永樂帝 때 일이다. 때문에 명나라의 高官大爵들은 南曲인 南戲에 보다 친근할 수밖에 없었다. 또한 원래 土俗的이던 南戲의 노래와 대사를 보다 세련되게 精錬한 高明의 修辭 역시 큰 역할을 했을 것이다. 게다가 지금 우리의 눈높이로 볼 때는, 지어미의 貞節과 孝行, 그리고 忍耐와 犧牲만을 일방적으로 강조하고 있다고 보이는 『琵琶記』의 내용은, 갓 세워진 나라의 안정을 위해 儒教의 倫理, 즉 禮教를 지극히 강조하고 있던 明나라의 정책방향과 잘 맞아 떨어졌다. 때문에 明 皇室에서부터 전폭적인 지원을 통해 『琵琶記』가 전국에 보급될 수 있었던 것이다. 물론 『琵琶記』 자체의 예술적 성취로 인해 사랑받은 면도 있겠지만, 당시 明나라 朝廷이 戲曲에 대해 곧잘 禮教를 어지럽힌다는 이유로 탄압을 가했음을 상기해 볼 때, 『琵琶記』만은 明 皇室까지 나서서 적극적으로 내용을 賞讚하고 오히려 보급에 힘쓴 것은 당연히 정치적 원인이 더 컸을 것이다. 마지막으로 이러한 禮教的 내용 자체가 지금의 우리와 달리 그다지 부정적이지 않았을 것이다. 아니, 오히려 趙五娘의 孝行은 매우 추앙받을 만한 행동으로 간주되었을 것이다. 앞서도 지적했지만 고증에 따르면 『琵琶記』의 대략적인 줄거리는 이미 南宋의 南戲 「趙貞女蔡二郎」에 보인다. 사실 「趙貞女蔡二郎」 역시 무정한 남편과 끝까지 도리를 다하는 아내를 다룬 최초의 작품이라기보다는 당시 유행하던 소재를 다룬 작품 중 하나일 뿐이다. 하지만 「趙貞女蔡二郎」에서는 부모와 처를 모른 척한 無心한 蔡二郎이 벼락을 맞아 죽고 만다는 내용으로 결과는 정반대이다. 마치 「鶯鶯傳」에서 『西廂記』로의 변화처럼, 『琵琶記』의 결말은 大團圓으로 바뀐 것이다. 「趙貞女蔡二郎」에서 『琵琶記』로의 변화를 통해, 우리는 明代에 이르러 理學을 근간으로 하는 禮教가 民間에까지 보다 더 확실하게 뿌리내리고 보다 더 강력한 힘을 발휘하기 시작했음을 감지할 수 있다.

한편 『琵琶記』가 나온 이래 蔡邕이나 牛丞相 등 출연인물들이 실제로는 누구를 모델로 하고 있는지에 대해서도 계속 논란이 있어왔다. 『琵琶記』에 나오는 蔡邕의 경우 字가 伯喈였는데 원래 東漢時期 유명한 文人 蔡邕 역시 字가 伯喈였으므로, 당초 그를 모델로 한 것은 의심의 여지가 없다. 牛丞相은 일반적으로 唐代 丞相이었던 牛僧孺를 모델로 한 것으로 추정한다. 작품에서 나라의 수도가 長安인 것을 보면 시대배경도 唐代이다. 하지만 이 같은 추측은 『琵琶記』를 이해하는 데 별다른 도움이 되지 못한다. 이 밖에도 갖가지 추측이 난무하지만 대부분 好事家들의 억측에 불과한 경우가 많다.

여기에 인용된 부분은 바로 흉년이 들어 趙五娘이 스스로는 쌀겨만으로 힘겹게 연명하는 부분이다. 이후 이를 안 시어머니가 상심하여 죽고 마는 부분은 생략되었고, 다시 돌아가신 시어머니의 장례 문제로 고민하다가 이웃 노인의 도움을 받는 부분이 인용되어 있다.

【商調過曲】【山坡羊】[2](旦[3]:) 亂荒荒[4]不豐稔的年歲. 遠迢迢[5]不回來的夫壻[6]. 急煎煎[7]不耐煩的二親[8], 輭怯怯不濟事的孤身體[9]. <苦>[10]! 衣盡典[11], 寸絲不掛體. 幾番拚死了奴身己[12]. 爭奈沒主公婆教誰看取[13]. (合[14]) 思之, 虛飄飄[15]命怎期[16]? 難捱[17], 實丕丕[18]災共[19]危!

【前腔】滴溜溜[20]難窮盡的珠淚. 亂紛紛[21]難寬解的愁緒. 骨崖崖[22]難扶持的病身, 戰兢兢[23]難捱過[24]的時和歲. <這糠我待不吃你呵>, 教奴怎忍

---

2 【商調過曲】【山坡羊】: 商調過曲 중 商調는 宮調의 이름. 商調는 특히 전체적인 曲調가 처량하기로 이름이 나 있어서, 주로 비극적인 장면을 묘사할 때 사용된다. 過曲은 帶過曲의 줄임말. 帶過曲은 원래 北曲의 앞이나 뒤에 붙는 間奏의 일종이었으나, 이후 南曲에서 이를 채용했다. 山坡羊은 원래 北曲에서 中呂에 속하는 曲調인데, 南曲에서는 商調의 曲調로 만들면서 글자 수를 늘리거나 평측을 바꾸어 變體를 만들었다. 이후로는 특별한 경우를 제외하고는 曲調에 대해 따로 설명하지 않겠다.

3 旦: 여자 배역. 여기에서는 正旦, 즉 여자 주인공인 趙五娘.

4 亂荒荒: 아주 황량한 모습.

5 遠迢迢: 아주 멀리 떨어진 모습.

6 夫壻: 지아비. 남편. 즉 남자 주인공인 蔡邕을 가리킨다.

7 急煎煎: 아주 다급한 모습. 안절부절 못하는 모습.

8 二親: 시부모 두 분, 즉, 蔡邕의 부모.

9 輭怯怯不濟事的孤身體: 輭怯怯은 아주 나약한 모습. 不濟事는 쓸모없다는 뜻. 원래 濟事는 일을 제대로 마칠 수 있다는 뜻이다. 孤身體는 바로 趙五娘이 자기 자신을 가리키는 표현.

10 苦: 고되다! 힘들다! 노래 중간에 끼어있는 대사. 이하 노래에 끼어있는 대사는 꺽쇠(〈 〉)로 표시.

11 典: 저당 잡히다.

12 幾番拚死了奴身己: 幾番은 몇 번이고. 拚死了는 목숨을 내버리다, 죽다. 奴는 당시 여성이 스스로를 부르는 일종의 謙稱. 아래 나오는 奴家 역시 마찬가지. 身己는 자기 자신.

13 爭奈沒主公婆教誰看取: 爭奈는 어찌하나. 爭은 怎의 假借字. 沒主公婆는 主宰해줄 사람 없는 시아버지와 시어머니. 여기에서 主宰해줄 사람이 없다는 말은 이들을 돌봐줄 아들이 없다는 뜻이다. 教는 사역동사. 看取는 돌봐주다. 여기에서 取는 助詞로 아무 뜻이 없다.

14 合: 다음 네 구절을 合唱한다는 뜻.

15 虛飄飄: 허공에 덧없이 날리는 모습.

16 期: 기약하다, 혹은 희망하다.

17 捱: 견디다, 참아내다.

18 實丕丕: 정말이지, 진짜로.

19 共: ~와 ~. 병렬의 뜻을 가진 접속 助詞.

20 滴溜溜: 방울방울 계속 흐르는 모습.

21 亂紛紛: 아주 어지럽게 뒤엉킨 모습.

22 骨崖崖: 너무 말라 뼈만 앙상한 모습.

飢? <我待吃你呵>, 教奴怎生[25]吃? 思量起來, 不如奴先死. 圖得[26]不知他親[27]死時. (合前[28])

<奴家早上安排些飯與[29]公婆吃. 豈不欲買些鮭菜[30], 爭奈無錢可買. 不想[31]婆婆抵死[32]埋怨, 只道[33]奴家背地[34]自吃了甚麼東西, 不知奴家吃的是米膜糠粃[35]! 又不敢教他知道. 便使[36]他埋怨殺我, 我也不敢分說[37]. 苦, 這糠粃怎的[38]吃得下?> (吃吐介[39].) ……

【仙呂入雙調】【玉包肚】[40](旦:) 千般生受[41]! 教奴家如何措手[42]? 終不然[43]把他[44]骸骨, 沒棺材送在荒邱[45]! (合:) 相看到此[46], 不由[47]人不淚珠

---

23 戰兢兢: 戰戰兢兢. 매우 두려워하며 어찌할 바를 모르는 모습.

24 捱過: 견디며 지내다.

25 怎生: 怎麽, 혹은 怎樣의 뜻. 즉 어찌, 어떻게.

26 圖得: 도모하다. 바라다.

27 他親: 그의 부모, 즉 지아비의 시부모.

28 合前: 앞에 나왔던 구절을 다시 합창하라는 뜻. 일종의 후렴구와 유사하다. 앞의 구절이란 "思之, 虛飄飄命怎期? 難捱, 實丕丕災共危!"를 가리킨다.

29 與: 주다. 드리다.

30 鮭菜: 물고기로 만든 요리의 通稱. 일반적으로 맛있고 값비싼 요리의 의미로 사용된다. 그래서 無鮭菜란 표현은 아주 검소하게 채소로만 꾸며진 보잘 것 없는 식단을 가리키기도 한다.

31 不想: 예상치 못했다. 뜻밖에도.

32 抵死: 죽어라하고. 지독하게.

33 道: 말하다.

34 背地: 등 뒤에서. 즉 남몰래.

35 米膜糠粃: 米膜은 쌀겨. 糠粃는 곡식의 껍질, 즉 겨. 모두 원래는 식량으로 삼지 않는 것들이다.

36 便使: 설령.

37 分說: 해명하다. 변명하다.

38 怎的: 어떻게.

39 吃吐介: 吃吐는 먹고 토하다. 介는 앞의 표현이 동작을 나타낸다. 雜劇에서의 科와 완전히 같은 뜻이다. 介와 科는 곧잘 서로 代用되거나 混用되었다.

40 【仙呂入雙調】【玉包肚】: 仙呂入雙調는 宮調名. 仙呂에서 雙調로 변화되는 宮調로 南曲에서만 쓰인다. 玉包肚는 仙呂入雙調에 속하는 曲調.

41 千般生受: 千般은 온갖. 生受는 관용적인 표현으로, 폐를 끼치다, 수고를 끼치다, 난처하게 하다.

42 措手: 처리하다. 조치하다.

43 終不然: '설마 ~는 아니겠지?'. 강한 부정의 의미를 지닌 反問.

流! 正是不是寃家不聚頭[48].

【前腔】(末[49]:) 五娘子, 不必多憂. 資[50]送婆婆在我身上有. 你但小心承直公公[51], 莫教他又成不救[52]. (合前[53].)

【前腔】(外[54]:) 張公護救[55]. 我媳婦[56]實難啓口[57]. 孩兒[58]去後又遇饑荒, 把衣衫典賣[59]無留. (合前[60].)

<(末云:) 老員外[61], 你請進裏面去歇息. 待我一霎時[62]叫家僮討棺木來[63],

---

44 他: 갓 돌아가신 趙五娘의 시어머니를 가리킨다.

45 荒邱: 황무지 언덕. 여기에서는 묏자리를 가리킨다.

46 相看到此: 相看은 함께 본다는 뜻. 此는 이러한 상황, 혹은 지경.

47 不由: 할 수 없다, ~할 방법이 없다.

48 不是寃家不聚頭.: 이 표현은 원래 宋元代의 俗語로 직역하자면 '원수가 아니면 만나게 되지 않는다'의 뜻이다. 여기에서 寃家는 정말 원수라는 뜻으로 쓰일 때도 있었지만, 이후 정반대로 情人을 反語的으로 가리키는 경우도 있었다. 속뜻은 대체로 '원수는 외나무다리에서 만난다'의 의미와 유사하다고 말할 수 있는데, 여기에서는 寃家가 원수와도 같은 온갖 불행을 가리킨다. 그래서 문맥에 맞게 意譯하자면, '온갖 불행한 일들을 모두 맞닥뜨리게 되었네' 정도로 풀 수 있다.

49 末: 남자배역. 여기에서는 남자 배역 중 조연인, 趙五娘의 이웃에 사는 張太公, 즉 張廣才를 가리킨다. 太公은 이름이 아니라 노인에 대한 尊稱.

50 資: 資는 자금. 장례비. 뒤에 나오는 送婆婆는 資를 뒤에서 수식해주는 말.

51 承直公公: 承直은 돌보다, 모시다. 公公은 아직 살아 있는 趙五娘의 시아버지를 가리킨다.

52 莫教他又成不救: 他는 시아버지. 成은 어떠한 결말을 맺는다는 뜻. 不救는 구하지 못한다는 뜻. 전체적으로 意譯하면 시아버지마저 돌아가시게 하지 말라는 뜻.

53 合前: 여기에서는 앞에서 나왔던 "相看到此, 不由人不淚珠流! 正是不是寃家不聚頭"란 구절을 다시 합창한다는 뜻.

54 外: 배역의 한 종류. 外는 주로 늙은 남자나 늙은 여자 배역을 가리키는데, 여기에서는 趙五娘의 시아버지를 가리킨다.

55 張公護救: 張公은 張太公, 즉 張廣才를 높여 부른 것. 護救는 보호하고 구제해줬다는 뜻.

56 我媳婦: 趙五娘.

57 難啓口: 입을 열기가 어렵다, 즉, 뭐라 할 말이 없다는 뜻. 啓口는 입을 열다, 말을 하다.

58 孩兒: 자신의 아들, 蔡邕.

59 典賣: 저당 잡혀 팔아버리다.

60 合前: 바로 앞에 나온 合前과 동일.

61 員外: 원래 員外는 員外郎이란 官職을 뜻하지만, 당시에는 주로 財貨가 많은 富者를 員外라고 불렀다. 여기에서는 張太公이 蔡邕의 아버지에게 사용한 일종의 尊稱이다.

62 一霎時: 삽시간에, 순식간에. 아주 짧은 시간을 뜻한다.

63 討棺木來: 討는 요구하다, 찾아오다. 棺木은 목적어로 棺을 뜻한다. 來는 討에 붙은 方向補語.

把老安人[64]殯殮了, 選個吉日, 送在南山安葬去.(外云:) 如此多謝太公周濟[65]!>

(旦:) 只爲無錢送老娘[66].　(末:) 須知此事有商量.

(合:) 歸家不敢高聲哭, 惟恐猿聞也斷腸[67]. (幷下.)

湯顯祖『還魂記』「驚夢」(第10齣)

『還魂記』의 작자 湯顯祖는 名門家 출신으로 순탄하게 벼슬길에 오르긴 했지만 이미 明나라는 쇠퇴기에 접어들었고 政局은 극히 혼란스러웠다. 그 역시 左遷과 免職을 당하다가 결국 은거하며 戲曲 창작에 집중하게 된다.

『還魂記』는 그의 대표작으로 문학적으로 가장 완숙했던 시기에 근 7년의 시간을 쏟아 완성한 것이다. 흔히 話本小說「杜麗娘慕色還魂記」에 근거하여 만들어진 劇本이라 여기에서『還魂記』란 이름이 나왔다고 말한다. 하지만『還魂記』의 줄거리는 이전부터 이미 상당히 보편적으로 다루어지던 내용이어서 꼭「杜麗娘慕色還魂記」만을 근거로 했다고는 볼 수 없다. 게다가 구체적인 구성과 修辭는 모두 湯顯祖의 머리에서 나온 것으로 보아도 무방하다. 현재『還魂記』는 원래 제목보다 오히려『牧丹亭』이란 별명으로 더 많이 불린다.

64 老安人: 老夫人, 즉 죽은 趙五娘의 시어머니를 가리킨다. 원래 安人은 남자가 일정 직위 이상의 관직에 오르게 되었을 때 그의 아내나 어머니에게 내려주는 일종의 品階이다. 하지만 여기에서는 張太公이 그냥 죽은 趙五娘의 시어머니에 대한 尊稱으로 이 稱號를 사용한 것이다.

65 周濟: 救恤하다, 救濟하다. 周는 여기에서 賙의 假借字. 周急, 周給, 賙濟라고도 쓴다.

66 老娘: 죽은 趙五娘의 시어머니.

67 歸家不敢高聲哭, 惟恐猿聞也斷腸: 이 두 구절은 宋元代의 유행어로, 직역하면 '집에 돌아가서도 감히 큰 소리로 울지 못하는 것은 원숭이가 듣고 애가 끊어질까 두려워서'라는 뜻. 원래 중국에서는 四川 三峽 원숭이의 우는 소리가 매우 구슬프기로 유명하다. 특히 새끼를 빼앗긴 어미 원숭이가 너무 구슬피 울다 피를 토하고 죽었기에 배를 갈라보니 창자가 토막 나 있었다는 故事도 전한다. 이 유행어는 그렇게 구슬프게 우는 원숭이도 자신이 우는 소리를 들으면 같이 슬퍼하다 애가 끊어질 만큼, 자신의 신세가 서글프고도 가련한 상태임을 강조하고자 한 것이다.

『牧丹亭記』나 『牧丹亭還魂記』로 불리기도 한다. 牧丹亭은 『還魂記』의 남녀 주인공이 꿈속에서 密會를 즐기는 정자 이름이다. 물론 『還魂記』 역시 南戲 즉 傳奇이다.

그런데 과거 傳奇와 구분되는 湯顯祖만의 특징은, 그의 傳奇는 曲律에 얽매이지 않는다는 점이다. 이는 원래 大衆을 위한 公演藝術이었던 南戲가 점차 文人化, 즉 文人에 의해 專有化되어간다는 증거이기도 하다. 작품 속의 두 주인공 杜麗娘과 柳夢梅를 각각 杜甫와 柳宗元의 後裔로 설정한 것 역시 상당히 文人다운 설정이다. 즉 감상의 포인트가 귀로 감상하는 실제 노래와 공연보다 눈으로 감상하는 작품의 구성과 修辭에 집중되면서 曲律은 보다 부차적인 위치에 놓이게 된 것이다. 앞서 보았듯이 詩나 詞가 音律과 분리되어 가는 과정과도 유사하다. 당시부터 이미 어떤 이들은 湯顯祖의 작품은 다 좋은데 曲律과 맞지 않는 부분이 있음을 안타깝게 여겨 따로 그의 작품 대사를 曲律에 맞게 고치기도 했지만, 湯顯祖는 이와 같은 시도에 대해 한 글자라도 고치면 자신이 표현하려 했던 情調가 파괴되고 만다는 이유를 들어 격렬히 반대했다. 이 같이 曲律보다 文辭를 중시하는 湯顯祖의 풍격은 하나의 유파를 이루는데 이들을 가리켜 玉茗堂派 혹은 臨川派라고 불렀다. 玉茗堂은 湯顯祖가 은거하던 집의 이름이자 그의 別號이고, 臨川(지금의 江西省에 위치)은 그의 고향이다.

『還魂記』는 55齣으로 이루어진 長篇으로 그 文辭의 아름다움으로 아직까지 사랑을 받고 있는 작품이다. 대강의 줄거리는 다음과 같다.

때는 南宋. 여자 주인공인 杜麗娘과 남자 주인공인 柳夢梅는 서로 멀리 떨어진 곳에 사는 전혀 모르는 사이다. 柳夢梅는 원래 이름이 春卿이었으나 꿈에서 매화나무 옆에서 있는 아름다운 소녀를 만난 뒤 이름을 夢梅로 고쳤다. 南安(지금의 江西省에 위치) 太守 杜寶의 딸 杜麗娘는 만물이 소생하는 봄날 우연히 화원을 거닐다가 자신도 모르게 春情이 동했는데, 꿈속에서 柳夢梅를 만나 자기 집에 있는 牧丹亭이란 정자에서 밀회를 즐기게 된다. 꿈에서 깨어난 杜麗娘은 꿈에서 만난 柳夢梅을 그리다 시름시름 앓게 되고 결국 相思病으로 그만 죽고 만다. 그리고 자신의 유언대로 花園에 있는 梅花나무 밑에 묻힌다. 이후 杜寶는 揚州太守로 옮겨간다. 3년 후 柳夢梅는 臨安(지금의 杭州)으로 科擧를 보러 가던 중 마침 南安에서 병이 나서 부득불 그곳에 한동안 머물게 되었다. 그런데 어느 날 저녁 柳夢梅 앞에 杜麗娘이 혼령으로 나타나 행복한 시간을 보낸 뒤 그에게 자신을 살릴 방법을 알려주어 결국 柳夢梅가 죽었던 杜麗娘을 무덤에서 살려낸다. 柳夢梅는 그녀를 데리고 臨安으로 가서 科擧를 본 뒤 科擧의 결과가 나오기 전에 揚州太守로 轉任한 杜寶에게 가서 딸이 살아났다고 알렸으나 杜寶는 그의 말을 믿지 않고 딸의 무덤을 파헤친 그를 감금해 버린다. 이후 柳夢梅가 이번 科擧에서 壯元及第했음을 알리는 전령이 왔지만 杜寶는 이 역시 믿지 않았다. 잠시 후 간신히 오해가 풀렸으나 이 일이 皇帝에게까지 알려지는 바람에 杜麗娘은 황제 앞에 불려가 귀신이 아니라 사람임을 검증받고 나서야 柳夢梅와 혼인을 허락받아 결국 두 사람은 부부가 된다.

이러한 유형의 줄거리는 사실 志怪類 小說에서도 비교적 흔히 볼 수 있는 것이다. 하지만 줄거리가 진행되는 동안 미묘한 남녀의 정에 대한 구구절절하고도 섬세한 묘사는 未曾有의 성취라고 할 만큼 대단하다.

아래 문장은 杜麗娘이 봄날 우연히 화원을 거닐다가 자신도 모르게 春情이 동해서 心亂해하는 부분이다.

【遶地遊】[68](旦上[69]:) 夢回[70]鸎[71]囀. 亂煞年光遍[72]. 人[73]立小庭深院. (貼[74]:) 炷盡沈煙[75]. 抛殘繡線[76]. 恁[77]今春關情[78]似[79]去年?

([烏夜啼][80]) "(旦:) 曉來望斷[81]梅關[82], 宿妝殘[83]. (貼:) 你側著[84]宜春髻

68 【遶地遊】: 南曲에만 있는 曲調.

69 旦上: 旦은 여자배역. 여기에서는 여자 주인공 杜麗娘. 上은 무대에 오른다는 뜻.

70 夢回: 꿈에서 돌아오다, 즉 꿈에서 깨다.

71 鸎: 鶯의 異體字.

72 亂煞年光遍: 亂煞은 지극히 어지러운 모습. 이 때 煞은 '쇄'로 읽으며, '매우', '지극히'의 뜻으로 앞의 말을 수식한다. 年光은 春光, 즉 봄볕. 遍은 두루 내리쬔다는 뜻.

73 人: 杜麗娘 자신을 가리킨다.

74 貼: 여주인공을 보좌하는 역을 가리킨다. 여기에서는 杜麗娘의 계집종 春香. 이후로는 분류상 旦에 포함되어 貼旦이라고도 불린다.

75 炷盡沈煙: 炷盡은 다 타다. 沈煙은 아주 고급 香料인 沈香(沈水香이라고도 함)을 첨가하여 만든 향. 沈香은 원래 沈香木 자체를 가리키는 것이 아니라 沈香木의 樹脂가 아주 오랜 기간에 걸쳐 응고된 덩어리를 가리키는데, 쉽게 얻을 수도 없을 뿐만 아니라 가격도 몹시 비싸다.

76 抛殘繡線: 놓다 만 繡를 집어던지다.

77 恁: 어찌하여, 왜.

78 關情: 情이 動하다. 여기에서는 春情이 動하는 것을 가리킨다.

79 似: 여기에서는 비교를 나타내는 일종의 介詞로, A似B는 A가 B보다 더하다는 뜻.

80 [烏夜啼]: 南呂 宮調에 속하는 曲調. 啼는 啼의 異體字. 주의할 것은 이 단락은 대사이지 노래가 아니

子[85], 恰[86]憑闌. (旦:) 翦不斷, 理還亂[87], 悶無端[88]. (貼:) 已分付催花鶯燕借春看[89]." (旦:) 春香, 可曾[90]叫人掃除花徑? (貼:) 分付了. (旦:) 取鏡臺衣服來.(貼取鏡臺衣服, 上.) "雲髻罷梳還對鏡, 羅衣欲換更添香[91]." 鏡臺衣服在此. ……

【尾聲】(旦:) 困春心[92], 遊賞倦, 也不索[93]香薰繡被[94]眠. 天呵, 有心情[95]那夢兒[96]還去不遠.

라는 점이다. 단지 이 曲調가 배경으로 연주될 뿐이다.

81 望斷: 멀리 보이는 데까지 바라본다는 뜻. 이때 斷은 視野가 그치는 곳을 가리킨다.

82 梅關: 江西 大庾嶺의 關門. 大庾嶺의 別稱이 梅嶺이기에 梅關이라 불리게 되었다. 梅關은 杜麗娘이 당시 살던 江西 南安府의 남쪽에 위치한다. 여기에서 杜麗娘이 남쪽의 梅關을 바라본다고 한 것은 남쪽에 살고 있을 자신의 짝 柳夢梅를 그리워한다는 의미이다.

83 宿妝殘: 어제 했던 화장. 宿은 하루가 지남, 혹은 하루를 묵혔다는 말이다. 殘은 드문드문 남아있다는 뜻.

84 著: 착용하다. 이때는 '착'으로 읽는다.

85 宜春髻子: 宜春은 머리 장식. 옛 풍속에 立春이 되면 여자들은 彩色 비단을 제비 모양으로 잘라 그 위에 宜春(봄에 잘 어울린다는 뜻)이라 써서 쪽진 머리를 장식했다.

86 恰: 마침.

87 翦不斷, 理還亂: 헝클어진 머리를 표현한 것으로 심란한 마음에 대한 비유이다. 잘라도 잘리지 않고 빗어도 계속 헝클어져 있다는 뜻. 翦의 剪의 通假字. 理는 머리를 빗어서 정리한다는 뜻. 원래 南唐 李煜의 「相見歡」(一名 「烏夜啼」)이란 詞에 나오는 표현이다.

88 無端: 끝없이 계속되다.

89 分付催花鶯燕借春看: 分付는 吩咐하다. ~하라고 당부하다. 催花鶯燕은 꽃 피는 것을 재촉하는 꾀꼬리와 제비. 借春看은 봄날을 빌어 아름다운 풍경을 한껏 감상한다는 뜻. 여기에서는 春香이 봄을 재촉하는 새들에게 우리 아가씨 杜麗娘이 봄날을 만끽할 수 있도록 너무 재촉하지 말라고 당부해두었다는 뜻이다.

90 可曾: 曾否. 일찍이 했느냐, 하지 않았느냐는 與否를 묻는 일종의 疑問詞.

91 雲髻罷梳還對鏡, 羅衣欲換更添香: 이 두 구절은 唐代 薛逢의 「宮詞」란 詩에서 그대로 인용한 것이다. 雲髻는 구름 같은 머리. 아주 풍성하고 보기 좋은 여인의 머리를 비유한 관용적인 표현. 羅衣는 얇고 하늘대는 좋은 비단으로 만든 옷.

92 困春心: 春心으로 인해 피곤하다는 뜻. 여기에서 春心은 重義的인 표현으로 원래는 봄날에 느껴지는 흥취를 가리키지만, 여기에서는 동시에 남녀 간에 애타게 그리는 情을 뜻하기도 한다.

93 不索: ~할 필요 없다. 여기에서 索은 필요로 한다는 뜻.

94 香薰繡被: 향내음이 나는 錦繡 이불.

95 有心情: ~한 바람이 있다.

96 那夢兒: 그 꿈, 즉 柳夢梅와 密會를 즐기던 꿈.

春望逍遙出畫堂,(張說)[97] 間梅遮柳不勝芳.(羅隱)[98]

可知劉阮逢人處,(許渾)[99] 回首東風一斷腸.(韋莊)[100]

97 春望逍遙出畫堂(張說): 畫堂은 화려하게 꾸며진 집을 가리킨다. 이 구절은 唐代 張說의 「奉和聖制春日出苑應制」란 詩에서 인용한 것이다. 여기에서 張說의 說은 '열'로 읽는다.

98 間梅遮柳不勝芳(羅隱): 間梅遮柳는 띄엄띄엄 놓인 매화나무와 빽빽이 뒤덮인 버드나무. 이 구절은 唐代 羅隱의 「桃花」란 詩에서 인용한 것이다.

99 可知劉阮逢人處(許渾): 劉阮은 劉晨과 阮肇. 두 사람은 東漢 때 天台山에 약초를 캐러 들어갔다가 우연히 너무나 아름다운 두 여인을 만났다. 그녀들은 그들은 자신들이 사는 桃源洞으로 안내했다. 劉晨과 阮肇는 그녀들과 부부의 緣을 맺고 반 년 정도를 머물다 문득 집 생각에 돌아와 보니, 이미 수백 년이 지난 뒤였다고 한다. 이 이야기는 南朝 宋나라의 劉義慶이 편찬한 『幽明錄』에 보인다. 逢人處는 劉晨과 阮肇가 두 여인을 만난 곳을 가리킨다. 물론 여기에서 두 여인은 神仙이고 桃源洞은 仙界를 상징한다. 이 구절은 唐代 許渾의 「早發天台中岩寺度關岭次天姥岑」란 詩에서 인용한 것이다.

100 回首東風一斷腸(韋莊): 一은 애오라지, 그저. 본문에는 이 詩가 韋莊의 것이라 표기되어 있지만, 사실 이 구절 역시 唐代 羅隱의 「桃花」란 詩에서 인용된 것이다. 唐代 韋莊의 「思歸」란 詩에 이와 비슷한 牽引東風斷客腸이란 구절이 있긴 하지만, 본문에서 인용한 詩句는 羅隱의 「桃花」의 맨 마지막 구절과 완전히 일치한다. 혹 韋莊의 牽引東風斷客腸이란 구절을 인용하려다가 실수한 것일 수도 있다. 실제로 이 구절을 韋莊의 것으로 대체한다고 해도 내용이나 押韻에 문제는 없다. 원래는 張說, 羅隱, 許渾, 韋莊 네 사람의 詩句 한 구절씩을 따와서 押韻이 맞는 하나의 七言絶句를 만들려고 했는데 실수로 韋莊의 것이 빠지고 羅隱의 것이 두 구절 들어간 것으로 보인다.

明 산문

袁宏道 「晩遊六橋待月記」

袁宏道는 자신의 형 袁宗道와 아우 袁中道와 함께 三袁으로 불리며 당시 前七子와 後七子로 대변되던 擬古派(이에 대해서는 뒤에 나오는 明代 시에서 李夢陽과 王世貞에 관한 설명 참고)의 문학이론과 창작방식에 대해 반론을 제기하며 자신만의 독특한 입장을 견지했다. 그가 公安(지금의 湖北省에 위치) 사람이기에 그의 주장을 추종하는 무리를 公安派라고 칭하기도 하고 개인의 性靈을 중시하기에 性靈派라고 칭하기도 한다. 그의 말을 빌려 그의 입장을 밝히자면 "독자적으로 자신의 性靈을 펼쳐내면서 慣習的인 격식에 얽매이지 않으며, 내 가슴 속에서 우러나온 것이 아니라면 붓을 대려 하지 않는다"(獨抒性靈, 不拘格套, 非從自己胸臆中流出, 不肯下筆)이다. 당시 文壇의 주류를 차지하고 있던 擬古派는 옛 名文과 名詩를 典範으로 삼아 이를 본받을 것을 강조했지만, 袁宏道는 오히려 지금의 내가 생각하는 것을 관습적인 표현이나 형식에 구애받지 않고 그대로 드러내야 한다고 주장했다.

대부분의 학자들은 이러한 주장을 明代 陽明學의 영향으로 이해하려 하지만, 사실 지금까지 확인된 公安派와 陽明學과의 직접적인 영향관계는 거의 없다. 오히려 당시의 보다 基層的인 층위에서 보편화된 自我 인식과 개성 표출의 욕구가 理學에서는 陽明學으로 나타났고 文學에서는 公安派를 통해 보다 두드러지게 발현된 것으로 보아야 할 것이다. 바꿔 말하자면 自我 인식과 개성 표출을 중시하는 성향은 陽明學이나 公安派에만 국한되는 현상이 아니라 훨씬 보편적으로 나타나는 일종의 思潮였다. 公安派 역시 이 같은 思潮 위에서 좀 더 적극적으로 私的인 글쓰기를 시도했고 그 글쓰기 안에서의 표현 역시 慣用的인 것에 집착하지 않았을 뿐이다.

하지만 굳이 '상호텍스트성intertextuality'이란 개념을 끌어오지 않더라도, 그 어떤 학문이든, 문학이든 創造的 행위 이전에 先行的인 學習을 위한 典範이 없을 수 없다는 것은 너무나 자명하다. 만약 典範을 重視하는 擬古派의 末流에게서 쉽게 발생할 수 있는 폐단이 표현의 모방과 표절이라면, 典範을 輕視하는 公安派의 末流에게서 곧잘 나타날 수 있는 문제는 내용의 貧弱함과 淺薄함이었다. 公安派의 이 같은 한계를 지적하며 등장한 것이 鍾惺이나 譚元春을 대표로 하는 竟陵派인데, 그들은 性靈을 중시하는 公安派의 기본적인 前提는 받아들이면서도 내용의 貧弱함과 淺薄함을 피하기 위해 '아득한 듯하면서도 오롯이 우뚝한'(幽深孤峭) 풍격을 추구하고 자신들의 문학 주장의 典範을 제시하기 위해 『詩歸』(『古詩歸』, 『唐詩歸』)라는 詩選集을 편찬하면서 그 안에 자신들의 文學觀을 投影한 評語를 달았다. 하지만 그들이 貧弱함과 淺薄함을 피하려 기울였던 노력은 오히려 괴팍함과 偏僻함이라는 또 다른 폐단을 초래하고 말았다.

여기에서 우리가 한 가지 분명히 인식해야할 것은 개인의 性靈을 중시한 公安派가 지금에 와서 中國文學史에서 상당히 중요한 의의를 가지고 있다는 것은 분명한 사실이지만, 당시나 그 이후로 擬古派를 아예 대체하거나 그에 필적할 만한 영향력을 가지지는 못했다는 사실이다. 公安派가 擡頭되던 시기가 擬古派가 이미 극성기를 지나 쇠퇴기에 접어든 때이긴 했지만, 그렇다고 公安派가 당시 文壇의 主流가 되었다고 볼 역사적 근거는 전혀 없다. 근대 이후 중국 역시 서양의 기준에 맞추어 個性을 중시하는 文學思潮를 중시하다보니 이와 유사하다고 여겨지던 公安派를 너무 중시하고 확대하여, 마치 個性을 중시하는 서양의 近代 文學思潮와 비견될 만하고 明代 文壇을 한때 석권했던 文學思潮인양 언급하는 경우가 있는데, 이는 사실이 아니다. 지적했듯이 擬古派든 公安派든 상관없이, 個性을 중시하고 私的인 글쓰기에 집중하는 경향은 보다 基層的인 층위에서 보편적으로 발견되는 당시의 경향이었다. 이러한 私的인 글쓰기에 의해 자유롭게 지어진 문장을 小品文이라고 하는데 明代는 바로 이러한 小品文이 크게 유행했던 시기였다. 小品文은 자질구레한 글이란 뜻으로 題材나 내용, 그리고 격식에 아무런 제약 없이 매우 자유로이 쓰는 문장을 가리킨다. 사실 小品文은 일종의 文章 갈래이면서도, 딱히 내세울만한 특정한 형식이 없어서 무엇이라 규정짓거나 정의하기가 애매하다. 이 같은 小品文은 公安派만의 '특산품'이 아니라 擬古派나 다른 성향의 文人들도 매우 보편적으로 즐겨 짓던 것이었다.

이 글 역시 매우 私的이면서 세련된 小品文으로, 자신만의 밤나들이에 대한 정취를 매우 생동감 있게 記述하고 있다. 袁宏道는 남들이 주로 西湖를 오후에 감상하는 것에 이의를 제기하면서, 西湖 풍경의 진정한 정취는 이른 아침과 노을 지는 저녁에 비로소 느낄 수 있는 것임을 강조하고 있다. 제목이 「晩遊六橋待月記」(느지막이 여섯 다리를 노닐면서 달 뜨기를 기다렸던 기록)인 것에서 알 수 있듯이, 杭州의 絶景으로 유명한 西湖, 그 중에서도 蘇堤 부근의 여섯 다리(남에서 북으로 映波橋, 鎖瀾橋, 望山橋, 壓堤橋, 東浦橋, 跨虹橋)를 저녁에 노닐었던 일을 지극히 私的인 감상기준으로 풍경과 정취를 묘사하고 있는데, 지극히 자연스러우면서 흡인력 있는 문장에 읽는 이들이 마치 자신이 직접 그것을 본 듯이 느껴지고 또한 꼭 가서 직접 보고 싶게끔 만드는 묘한 매력을 발산하고 있다.

西湖[1]最盛[2], 爲春爲月[3]. 一日之盛, 爲朝烟爲夕嵐[4]. 今歲春雪[5]甚盛, 梅花爲寒所勒[6], 與杏桃[7]相次[8]開發, 尤爲奇觀[9]. 石簣[10]數[11]爲余言: "傅金吾[12]園中梅, 張功甫玉照堂故物[13]也. 急往觀之!" 余時[14]爲桃花所戀, 竟不忍去湖上[15]. 由斷橋[16]至蘇堤[17]一帶, 綠烟紅霧[18], 彌漫[19]二十餘里. 歌吹爲風[20], 粉

---

1 西湖: 浙江省 杭州에 있는 호수 이름. 주변 경치가 아름답기로 유명하다.
2 盛: 盛大하여 아름답고 보기 좋다는 뜻.
3 爲春爲月: 爲春은 봄날이 되었을 때. 爲月은 달이 떴을 때.
4 爲朝烟爲夕嵐: 爲朝烟은 아침 물안개가 피어오를 때. 爲夕嵐은 저녁 산안개가 깔릴 때.
5 今歲春雪: 陰曆으로는 1월부터가 봄이기 때문에 春雪, 즉 봄눈이 자주 온다.
6 爲寒所勒: 추위에 의해 억류되어 있었다는 뜻. 爲A所B는 A에 의해 B 당하다는 被動句. 아래 보이는 爲桃花所戀이란 표현 역시 마찬가지이다.
7 杏桃: 살구꽃과 복숭아꽃.
8 相次: 차례대로, 순서대로.
9 奇觀: 신기한 볼거리.
10 石簣: 袁宏道의 벗 陶望齡의 號.
11 數: 자주. 이때는 '수'가 아닌 '삭'으로 읽는다.
12 傅金吾: 傅氏 姓을 가진 金吾衛. 金吾衛는 明代 皇宮과 皇帝의 호위를 책임지던 관직으로 종류도 다양해서 金吾十六親軍衛라 통칭되었는데, 약칭해서 金吾衛, 혹은 金吾라고 부르기도 했다.
13 張功甫玉照堂故物: 張功甫는 南宋 때 사람으로 玉照堂이란 莊園을 가지고 있었는데 그 안에 梅花나무가 300여 그루나 심어져 있었다고 한다. 여기에서 故物, 즉 옛 물건라고 한 것이 바로 玉照堂에 심어져 있던 梅花나무를 가리킨다.
14 時: 당시. 그때.
15 竟不忍去湖上: 竟은 결국. 不忍은 차마 ~하지 못하다. 去湖上은 西湖를 떠난다는 뜻.
16 斷橋: 西湖의 白堤 동쪽에 있는 다리 이름. 白堤는 白居易가 만들었다는 둑. 왜 다리 이름이 斷橋인가에 대해서는 異說이 紛紛한데, 일반적으로 白堤에 殘雪이 남아 있으면 다리가 마치 끊어진 듯 보

汗爲雨[21]. 羅紈[22]之盛, 多於[23]堤畔之草, 艶冶[24]極矣. 然杭人遊湖, 止[25]午、未、申三時[26]. 其實湖光染翠之工[27], 山嵐設色之妙[28], 皆在朝日始出, 夕舂[29]未下, 始極其濃媚. 月景尤不可言[30]. 花態柳情, 山容水意, 別是一種趣味[31]. 此樂留與[32]山僧遊客受用[33], 安可爲俗士道[34]哉!

이기에 斷橋라고 불렀다는 설명이 유력하다.

17 蘇堤: 蘇軾이 만들었다는 西湖의 둑.

18 綠烟紅霧: 푸른 풀들이 연기마냥 펼쳐져 있고 붉은 꽃들이 안개마냥 퍼져있다는 뜻.

19 彌漫: 주위에 아주 가득하다는 뜻.

20 歌吹爲風: 노랫가락을 기분 좋게 스치는 바람이라 여기다.

21 粉汗爲雨: 얼굴에 발랐던 粉과 함께 흐르는 땀을 촉촉이 적셔주는 비라고 여기다.

22 羅紈: 원래 아주 값비싼 비단을 가리키지만, 여기에서는 그런 비단 옷을 걸친 行樂客들을 말한다.

23 多於: 여기에서 於는 비교의 뜻을 가져서 '~보다 많다'로 풀이된다.

24 艶冶: 너무나 아름답다는 뜻. 원래는 주로 여자의 아름다움을 칭찬할 때 쓰는 말이지만, 여기에서는 광경의 아름다움을 형용한 말이다.

25 止: 단지. 只의 通假字.

26 午、未、申三時: 午時는 오전 11시~오후 1시. 未時는 오후 1시부터 3시. 申時는 오후 3시부터 5시.

27 湖光染翠之工: 西湖의 翡翠色 물빛이 햇빛에 빛나며 사방을 물들일 듯한 아름다움. 工은 원래 아주 精巧하게 만들어진 것을 뜻하는데, 여기에서는 자연풍경의 아름다움을 가리킨다.

28 山嵐設色之妙: 산안개가 神奇莫測한 빛깔을 만들어내는 오묘함. 夕陽이 질 때 생겨나는 산안개는 夕陽의 색깔 변화에 따라 갖가지 색으로 변화한다.

29 夕舂: 夕陽. 예부터 舂米, 즉 쌀을 빻는 작업은 늘 해가 질 무렵에 했기에 '舂'字에 해가 질 무렵이라는 뜻이 첨가되었다. 夕陽舂이라고도 한다.

30 不可言: 말로는 형용할 수 없을 정도로 아름답다는 뜻.

31 別是一種趣味: 別是는 '또 다른 ~이다'. 趣味는 情趣의 뜻.

32 留與: ~에게 남겨주다. ~를 위해 남겨두다.

33 受用: 쓰임 받다. 所用되다. 여기에서는 그들에 의해 감상되다, 혹은 즐겨지다 쯤의 의미.

34 爲俗士道: 爲~道는 '~에게 말해주다'. 俗士는 俗世에 찌는 鄙陋한 선비들.

張岱「湖心亭看雪」

張岱는 明末에 名門家에서 태어나 풍요롭게 자랐지만 明나라의 命運은 이미 頃刻에 달려 있었다. 결국 明나라가 멸망하고 淸나라가 들어서게 되었는데, 張岱는 벼슬길에 나서지 않고 산속에 은거하며 著述에만 몰두했다. 그의 문장풍격은 특히나 산뜻하면서도 자연스러워서 小品文에 적격이었다. 그가 지은 回想錄『陶庵夢憶』을 보면 모든 문장이 小品文이라 정의할 수 있을 정도인데, 여기에서 인용한「湖心亭看雪」역시『陶庵夢憶』(卷三)에 실려 있다.

내용을 살펴보면, 張岱는 갑자기 西湖의 雪景을 감상하고자 하는 마음에, 한 겨울 이른 새벽에 호숫가를 홀로 노닐기 위해 부랴부랴 옷과 난로를 챙기고 뱃사공을 불러 노를 젓게 한다. 풍경을 감상하며 湖心亭에 가보니, 웬걸, 이미 두 사람이 侍童까지 데리고 와 술을 데워 마시고 있는 것이 아닌가! 물어보니 金陵 사람이라 한다. 張岱는 당시 이미 杭州로 이주한 후였지만 원래는 그 역시 紹興 사람, 즉 他鄕 출신이었다. 주거니 받거니 술까지 마시고 돌아오니 데려갔던 뱃사공은 이렇게 주절거린다. "어르신만 이상한 게 아니군요. 어르신 같은 양반이 또 있는 걸 보면!" 하루 종일 고된 勞動에 지쳐 곤히 잠들어 있다가 張岱 때문에 꼭두새벽부터 억지로 끌려나온 뱃사공의 눈에는 張岱나 미리 와 있던 사람들이 정말이지 이해가 되지 않는, 약간 모자라거나 살짝 미친 사람들로 보였을 것이다. 하지만 이 같은 뱃사공의 표현은 단순히 張岱가 그의 말을 듣고 재미있어서 덧붙여 둔 것이 아니다.「湖心亭看雪」에서는 전체적으로 1인칭 주인공 시점인 記述 속에서 張岱 자기 스스로의 發話나 묘사가 아니라 오히려 뱃사공이라는 3인칭 관찰자 시점을 통해 자기 자신의 趣向을 보다 선명하게 定義하며 글을 마무리 짓고 있는데, 이는 상당히 세련된 문학적 기교이다. 적극적이고 긍정적인 의미로서 자기 자신의 他者化, 혹은 對象化라고 할 수 있겠다. 이로써 張岱 스스로도 자기 자신을 痴라는 한 글자로 自負하게 되면서, 동시에「湖心亭看雪」이란 전체 문장 역시 痴라는 한 글자에 오롯이 압축된다. 이 글의 妙味는 바로 여기에 있다.

崇禎五年[35]十二月, 余住西湖. 大雪三日, 湖中人鳥聲俱絶. 是日, 更定[36]矣, 余拏一小舟[37], 擁[38]毳衣[39]爐火, 獨往湖心亭[40]看雪. 霧凇沆碭[41],

天與雲與山與水, 上下一白[42]. 湖上影子, 惟長堤一痕, 湖心亭一點, 與余舟一芥, 舟中人兩三粒[43]而已. 到亭上, 有兩人鋪氈[44]對坐, 一童子燒酒[45], 爐正沸[46]. 見余大喜, 曰: "湖中焉得更有此人[47]?" 拉[48]余同飮. 余强[49]飮三大白[50]而別. 問其姓氏, 是金陵[51]人, 客[52]此. 及下船, 舟子[53]喃喃[54]曰: "莫[55]

35 崇禎五年: 서기 1632년. 崇禎帝는 明나라 마지막 皇帝이다.

36 更定: 이에 대한 해석은 아직까지도 異論이 紛紛한데, 추려보면 크게 두 가지 풀이로 귀납된다. 첫째, 更은 初更, 즉, 一更이며, 定은 이미 시작되었음을 뜻한다고 본다. 一更은 戌時(오후 7시~9시)를 가리킨다. 이렇게 보면 更定은 이미 初更이 시작되었다는 뜻이다. 둘째, 更은 五更, 즉 寅時(오전 3시~5시)이며 定은 끝난다는 뜻으로 본다. 이렇게 보자면 更定은 오전 5시가 갓 지난 새벽이란 뜻이다. 일반적으로는 대부분 첫 번째 풀이를 따르고 있지만, 아무래도 문맥상 두 번째 풀이가 어울린다. 이에 일단 두 번째를 따르겠다.

37 拏一小舟: 작은 배 한 척을 마련하다. 拏는 원래 잡다, 끌어 오다는 뜻인데, 여기에서는 배편을 미리 마련해 두었다는 뜻이다.

38 擁: 지니다. 갖추다.

39 毳衣: 毛皮로 만든 옷. 겨울에 입는 털옷.

40 湖心亭: 西湖 중앙에 있는 정자 이름.

41 霧凇沆碭: 霧凇은 지독한 추위에 안개조차 서리꽃으로 맺혔다는 뜻. 沆碭은 드넓게 퍼져있는 모습. 여기에서는 앞서 3일간 큰 눈이 내렸다는 기술에 근거해 볼 때, 霧凇은 사방에 눈이 하얗게 쌓여 있는 모습을 형용한 표현이다.

42 一白: 하나같이 하얗다. 온통 하얗다.

43 一痕, 一點, 一芥, 兩三粒: 모두 보잘 것 없이 작다는 뜻인데, 아련히 듬성듬성 보이는 둑(痕) - 점 하나로 보이는 정자(點) - 一葉片舟(芥) - 쌀알같이 작은 사람들의 그림자(粒)의 순서로 배열하여, 순차적으로 점점 작아지는 느낌을 주고 있다.

44 鋪氈: 털 깔개를 깔다. 氈은 양탄자 같은 일종의 깔개.

45 燒酒: 술을 따듯하게 데운다는 뜻.

46 爐正沸: 화로의 물이 때마침 끓어오른다는 뜻. 여기에서 끓는 물은 술을 重湯하는 물을 가리킨다. 혹자는 이 구절을 술이 끓어오른다고 풀기도 하는데, 원래 술은 사람의 體溫 정도로 데울 뿐 절대 펄펄 끓이지는 않으므로 이처럼 푸는 것은 전혀 事理에 맞지 않다.

47 焉得更有此人: 焉得은 '어찌 ~할 수 있겠는가?' 得은 能의 뜻. 更은 또다시, 더. 此人은 이와 같은 사람, 즉 고즈넉하게 풍경 좋은 곳에서 술을 데워 먹을 정도의 정취를 지닌 사람.

48 拉: 잡아끌다.

49 强: 억지로, 굳이.

50 大白: 罰酒를 마실 때 쓰는 큰 술잔을 의미한다.

51 金陵: 지금의 南京.

說相公[56]痴[57], 更[58]有痴似相公者."

52 客: 객지생활하다. 머물다.
53 舟子: 노를 저어준 뱃사공.
54 喃喃: 주절주절 지껄이는 소리.
55 莫: 할 수 없다. 여기에서는 不能의 뜻.
56 相公: 상대방을 높여 부르는 호칭. 여기에서는 작자인 張岱를 가리킨다.
57 痴: 미치다. 정상이 아니다. 여기에서는 어떤 대상에 대해 지나치게 푹 빠져있다는 뜻. 痴는 원래 癡의 俗字.
58 更: 또. 아직 더.

明 시

高啓「田歌行」

高啓는 元나라 말엽에 태어나 어려서부터 뛰어난 글재주로 높았다. 무장봉기하여 각 지역에 割據하던 群王들은 모두 그의 명성을 탐하여 앞 다투어 그를 초빙했고, 결국 16세에 이미 吳王 張士誠의 幕僚가 되었으나, 살인과 배신이 난무하던 戰亂의 시기에 그가 뜻을 펼칠 공간은 없었다. 결국 23세에 핑계를 대고 吳淞江 근처 靑丘란 곳에 은거하게 된다. 이후 明나라 太祖 朱元璋이 天下를 통일하자 다시 그를 초빙하여 벼슬을 주었으나 1년 좀 넘어서 그마저도 관두고 다시 靑丘에 은거한다. 하지만 결국 억울하게 謀反사건에 연좌되어 腰斬을 당해 죽고 만다. 그때 그의 나이 39세였다.

그는 원나라가 멸망하고 群雄이 割據하며 戰亂이 거듭되다가 明나라로 통일되는 과정을 몸소 체험하고 목도했다. 때문에 그의 시에는 전쟁의 참상을 그리거나 붕괴되는 농촌과 고통받는 백성을 묘사하는 작품이 많다. 이 작품 역시 樂府詩의 형식을 통해 고통 받는 백성의 현실을 담담하면서도 폐부에 스미도록 그려내고 있다.

계속되는 전쟁에 사내들은 모두 군사로 징발되고 논밭을 손볼 사람이 없어 논밭은 황폐해져 있는데, 엎친 데 덮친 격으로 장마까지 진 상황. 이미 곡식은 짐승 사료로나 사용할 수 있을 뿐 사람이 먹을 수 없을 정도로 엉망이지만, 그나마 주린 배를 채우기 위해 곡식을 따왔으나 덜 여물고 젖어있어서 절구질에 제대로 까지지도 않는다. 낯선 곳에 갓 시집온 새댁은 바로 신랑이 병사로 차출되어 힘들게 먹을 것을 구하려 해보지만 이미 며칠을 제대로 먹지 못한 아기는 밤새 울고 있다. 이는 모두가 전쟁이 초래한 농촌의 참상이다. 상상한 것이 아니라 그가 정말 직접 목격한 상황을 그린 것이다. 시의 표현은 별다른 수식도 없이 소박하지만 그 속에 묻어나는 애절함은 이 시를 읽는 이의 애를 끊을 정도이다.

草茫茫[1], 水汩汩[2], 上田蕪[3], 下田沒[4]. 中田有禾穗不長[5], 狼藉[6]只供鳧雁[7]糧. 雨中摘[8]歸半生濕[9], 新婦舂炊[10]兒夜泣.

李東陽「九日渡江」

李東陽은 北京에서 태어나 줄곧 北京에서 벼슬생활을 했다. 그러던 중 建康(지금의 南京)에 일시적으로 鄕試考官이 되어 내려갔다가 일을 마치고 올라올 기회가 있었다. 建康에서 다시 北京으로 올라오면서 늘 함께 했던 부모님이나 형제들과 떨어져 있게 되자, 고향과 피붙이에 대한 그리움을 귀향길에 올라 배를 타고 이동하며 포착되는 풍경을 통해 교묘히 그려내었다.

秋風江口聽鳴榔[11], 遠客歸心正渺茫[12]. 萬里乾坤此江水, 百年風日幾重陽[13]. 烟中樹色浮瓜步[14], 城上山形繞建康[15]. 直過眞州[16]更東下, 夜深燈

1 茫茫: 여기에서는 풀이 우거져 끝이 보이지 않는 모습.
2 汩汩: 물이 힘 있게 콸콸 흐르는 모습.
3 蕪: 황폐해져 잡초가 무성하게 되다.
4 沒: 水沒, 즉 물에 잠기다.
5 禾穗不長: 禾穗는 벼 이삭. 不長은 자라지 않다. 즉 여기에서는 이삭이 패지 않는다는 뜻.
6 狼藉: 아주 어지러이 흩어져 엉망인 모습으로 '낭자'라고 읽는다.
7 鳧雁: 오리와 거위. 다른 판본에는 雁이 鴨으로 되어 있기도 하다.
8 摘: (이삭을) 따다.
9 半生濕: 따온 이삭의 절반 이상이 덜 여물고 젖어있다는 뜻. 이삭이 덜 여문데다가 젖어있기까지 하면 껍질이 잘 벗겨지지 않는다.
10 新婦舂炊: 新婦는 갓 시집온 새댁. 舂은 절구에 찧어 껍질을 벗기는 작업. 炊는 炊事, 즉 밥을 짓는 일.
11 鳴榔: 뱃사람들이 뱃전을 두드리며 소리를 지르는 것을 가리킨다.
12 遠客歸心正渺茫: 遠客은 멀리 떠나온 길손. 歸心은 고향으로 돌아가고자 하는 마음. 正은 바야흐로. 渺茫은 아득하다. 묘연하다.
13 幾重陽: 幾는 몇 번. 重陽은 음력 9월 9일, 즉 重陽節. '몇 번이나 重陽節을 맞이했는가?'의 뜻.
14 浮瓜步: 浮는 부각시키다. 돋보이게 하다. 瓜步는 瓜步山. 지금의 江蘇省에 위치해 있다.

影[17]宿維揚[18].

李夢陽「秋望」

李夢陽은 성격이 강직하여 벼슬길에 오른 뒤 계속 권력가들과 알력이 있었고, 정권을 專橫하던 高官이나 宦官을 탄핵하다가 투옥되기도 했다. 이러한 성정은 그의 문학 풍격에도 그대로 반영되었다. 그는 明初부터 흥성해온 臺閣體가 너무 형식적이고 浮華한 것에 반발하여, 古體詩는 魏晉時代의 풍격을, 近體詩는 盛唐時期의 氣風을 따라야 한다고 주장했다. 그는 文章 쪽에 있어서는 秦漢代의 文風을 중시했는데, 이 때문에 詩와 文章에 대한 그의 입장을 뭉뚱그려 '문장은 반드시 秦漢代의 것이어야 하고, 詩는 반드시 盛唐의 것이어야 한다'(文必秦漢, 詩必盛唐)라고 표현했다. 이러한 그의 주장은 문학의 새로운 바람을 일으켰다. 그래서 당시 그를 필두로 이러한 復古的 문학 입장을 견지한 이들을 擬古派라고 부르며, 그 중에서도 대표적인 인물들을 前七子(李夢陽, 何景明, 徐禎卿, 邊貢, 康海, 王九思, 王廷相)라고 부른다. 겉으로는 일종의 復古主義的 입장을 취하고 있었지만, 실제로는 停滯에 빠진 당시의 文壇에 새로운 변화를 불어넣기 위한 노력이자 시도였다. 그러나 그들의 이러한 노력이 성공적이었느냐 하는 질문에는 현재 대부분의 학자들이 회의적이다. 그들 자신들의 문학적 성취 자체가 그다지 참신하지 못하다고 평가되기 때문이다. 하지만 정체된 기존의 文壇에 반발과 자극을 가하면서, 한때 文壇을 선도했던 그들의 의도나 의의는 나름대로 인정받아야 할 것이다.

이 작품은 明나라의 서북방을 위협하던 오랑캐에 대한 적의를 적나라하게 드러내고 있으면서, 동시에 오랑캐의 난동을 평정하고 안정을 불러올 영웅을 애타게 찾고 있다.

15 繞建康: 繞는 빙 두르다. 建康은 지금의 南京(江蘇省에 위치).
16 眞州: 지금의 義徵. 역시 江蘇省에 위치해 있다.
17 燈影: 등불에 비친 그림자.
18 維揚: 揚州의 別稱. 역시 江蘇省에 위치해 있다.

오랑캐에 대한 敵意는 그만큼 당시 오랑캐의 존재가 明나라에게 위협적이었다는 反證이 되고, 안정을 불러올 英雄을 찾고자 하는 바람은 그만큼 당장은 뾰족한 대책이 없다는 현실에 대한 불만을 확인시켜준다. 여러 가지 표현기법과 감정이입이 적절히 배합되었지만, 무난할 뿐 심금을 울리는 뭔가가 빠져있다는 느낌을 지울 수가 없다.

黄河水繞漢宮墻[19], 河上秋風雁幾行[20]. 客子過壕追野馬[21], 將軍韜箭[22]射天狼[23]. 黄塵古渡迷飛挽[24], 白月横空冷戰場. 聞道朔方多勇略[25], 只今誰是郭汾陽[26]?

19 漢宮墻: 여기에서 漢宮은 漢나라 宮闕이 아니라 漢族의 나라, 즉 明나라의 國境을 의미한다. 다른 판본에는 宮이 邊으로 되어 있는 경우도 있다. 墻은 담장. 여기에서는 오랑캐의 침입을 막기 위해 明나라 서북쪽 국경의 長城을 지칭한다. 당시 明나라는 韃靼과 첨예하게 대치중이었다.

20 雁幾行: 기러기가 몇 번이나 지나갔나? 해마다 오고가는 철새인 기러기를 통해 몇 해가 흘렀느냐고 묻고 있는 것이다.

21 客子過壕追野馬: 客子는 길손. 여기에서는 明나라 국경의 수자리로 징발되어 고향을 떠나온 사람을 가리킨다. 過壕는 해자를 넘는다는 것, 즉 長城 밖으로 나간다는 뜻. 壕는 垓子. 野馬는 원래 봄에 일어나는 아지랑이나 먼지를 가리키지만, 여기에서는 오랑캐 騎馬兵이 크게 일으킨 먼지를 가리킨다.

22 韜箭: 활을 꽂은 활집과 화살을 준비해 두었다는 말로, 활을 쏠 준비가 되어있다는 뜻.

23 射天狼: 天狼星을 쏘다. 중국의 天文에서는 하늘에 天狼星이 출현하면 外敵의 침입이 있다고 믿었기 때문에, 天狼星은 外敵이나 外敵의 침입을 상징한다. 여기에서는 外敵, 즉 오랑캐를 가리킨다.

24 迷飛挽: 迷는 어지러이 뒤섞인 모습. 飛挽은 飛芻挽粟의 줄임말. 말에게 먹일 건초와 군사들에게 줄 軍糧을 보급하기 위해 말과 배들이 분주히 오가는 것을 뜻한다.

25 聞道朔方多勇略: 聞道는 남이 말하는 것을 듣기에. 朔方은 원래 北方의 뜻이지만 여기에서는 唐나라 때 北方에 건설한 鎭名이다. 朔方鎭은 지금의 寧夏省에 위치해 있다. 즉 오랑캐와 싸우는 朔方鎭의 군사들을 가리킨다. 勇略은 용감하면서 計略을 갖고 있다는 뜻.

26 郭汾陽: 唐나라 때 安史의 亂을 평정하는 데 큰 공을 세웠던 郭子儀. 그는 이때 세운 공으로 汾陽王에 책봉되었다. 여기에서는 당시의 郭子儀처럼 지금 明나라를 안정시킬 사람은 누구인가를 묻고자 하는 것이다.

王世貞「登太白樓」

王世貞은 앞서 본 前七子의 뒤를 이어, 보다 적극적으로 擬古를 주장했던 後七子(李攀龍, 王世貞, 謝榛, 宗臣, 梁有譽, 徐中行, 吳國倫)의 일원이다. 後七子는 李攀龍을 領袖로 치지만 사실 그는 일찍 죽었고 이후로 王世貞이 실질적인 領袖 노릇을 20여 년이나 했는데, 이때 들어 그들의 擬古 주장은 明나라 전체 文壇을 풍미하면서 極盛하게 된다. 하지만 주류 풍격으로 자리를 잡아 기세를 높여갈수록 혁신적인 요소는 줄어들고 맹목적인 추종자만 늘어날 뿐이었다.

이 작품은 제목을 보아도 알 수 있듯이, 王世貞이 山東省 濟寧에 있는 太白樓에 올라 지은 시이다. 사실 이 누각의 이름이 太白樓가 된 것은 李太白, 즉 李白이 방문하고 나서 名士인 그의 字를 따서 고친 것이다. 詩에서 "此地一垂顧, 高名百代留"라고 한 것이 바로 이를 지적한 것이다. 이 詩는 의도적으로 李白의 풍격을 모방해 지었는데, 자못 비슷하므로, '詩는 반드시 盛唐의 것이어야 한다'는 원칙을 충실히 이행한 佳作으로 칠 수 있겠다.

昔聞李供奉[27], 長嘯[28]獨登樓. 此地一垂顧[29], 高名百代留. 白雲海色曙[30], 明月天門秋[31]. 欲覓重來者[32], 潺湲濟水流[33].

---

27 李供奉: 唐나라의 詩人 李白. 그가 잠시나마 翰林供奉이란 벼슬을 지냈기에 李供奉이라 부른 것이다.

28 長嘯: 길게 읊조리다. 유장하게 시를 읊었다는 뜻. 또는 嘯를 휘파람으로 풀기도 한다.

29 垂顧: 枉臨하다. 즉 어느 장소에 친히 와주었다는 뜻. 여기에서 주어는 李白이다.

30 曙: 서서히 날이 밝아 오는 것. 黎明이 비추는 것.

31 天門秋: 天門은 泰山의 東·西·南 세 天門을 가리킨다. 앞 구절에서는 바다의 수평선으로부터 서서히 올라오는 黎明을 노래했고, 이 구절에서는 한밤중에 가을달이 天門에 밝게 빛나는 모습을 묘사했다.

32 重來者: 다시 올 자. 즉 李白, 혹은 李白과 같이 훌륭한 人才.

33 潺湲濟水流: 潺湲은 물이 졸졸졸 맑은 소리를 내며 흐르는 모습. 濟水는 원래 王屋山(河南省에 위치)에서 淵源하는 물줄기인데 현재는 없어졌다. 여기에서는 세월이 무심하게 계속 흘러가고 있음을 비유한 것이다.

袁宏道「竹枝詞」

袁宏道는 民歌인「竹枝詞」의 형식을 빌려 12수의 연작시를 지었는데, 여기 인용된 것은 그 중 제12수이다.「竹枝詞」는 원래 蜀 지방, 즉 四川 부근의 民歌에서 由來한 樂府의 樂曲으로 竹枝 혹은 竹枝子라고도 불린다. 때문에 형태는 7言絶句의 형태이지만, 정확히 말하자면 사실 詩가 아니라 樂曲에 가사를 넣는 詞의 한 종류이다. 제목이「竹枝詞」인 이유도 그 때문이다.「竹枝詞」는 노래로 불리면서도 비교적 平仄 같은 형식적 제한에서 자유로웠으며 내용도 대부분 진솔하고 서민적이었다.

袁宏道의「竹枝詞」 역시 별다른 꾸밈없이 진솔하게 백성의 心思를 노래하고 있는데, 특히 아래에서 인용된 제12수는 大明天地에 곳곳에서 벌어지는 宦官들의 暴政과 苛斂誅求로 인해 넋이 나간 장사치들을 묘사하면서 자식이라도 팔아서 세금을 내야하는 百姓의 처참한 상황을 고발하고 있다.

賈客相逢倍惘然[34], 楩楠杞梓下西川[35]. 青天[36]處處橫瑠虎[37], 鬻女陪男[38]償稅錢.

34 賈客相逢倍惘然: 賈客은 장사하는 사람에 대한 通稱. 이때 賈는 '고'로 읽는다. 원래 장사하는 사람은 고정적인 장소에서 점포를 갖고 장사하는 賈人과 돌아다니면서 장사를 하는 商人으로 나뉜다. 相逢은 서로 우연히 맞닥뜨리다. 倍는 곱절로, 두 배로. 惘然은 失意하여 어찌할 바를 모르는 모습.

35 楩楠杞梓下西川: 楩은 楩木(녹나무와 비슷한 남방의 喬木). 楠은 녹나무. 杞는 소태나무. 梓은 가래나무. 이 네 가지는 모두 매우 값비싼 材木으로, 주로 湖北이나 四川 등지에서 생산되었다. 下는 운송한다는 뜻. 西川은 四川 일대를 가리킨다. 당시 袁宏道 본인은 沙市(湖北省에 위치)에 살면서, 이러한 宦官들이 장사하는 사람들의 귀한 木材를 빼앗아 四川으로 운송하는 것을 직접 목도한 것으로 보인다.

36 青天: 원래는 그냥 푸른 허공을 가리키지만, 여기에서는 공정한 天道를 지키는 하늘, 그리고 모두가 지켜보는 대낮이란 두 가지 뜻을 동시에 담고 있다. 意譯하자면 '大明天地에', '白晝 대낮에'라고 풀 수 있겠다.

37 橫瑠虎: 橫은 專橫하다. 멋대로 굴다. 瑠虎는 宦官을 가리킨다. 漢代부터 宦官은 冠에 金瑠(금 구슬 장식)과 貂尾(담비 꼬리)로 장식을 했기에 宦官의 別稱이 되었다. 이후 宦官이 늘 皇帝의 총애를 믿고 專橫을 일삼자 호랑이만큼 무섭다는 뜻으로 瑠虎, 또는 貂虎라고 불리게 되었다. 明代는 특히나 宦官의 跋扈가 극심하여 官界나 民間에서 다양한 惡行을 저지르고 있었다.

38 鬻女陪男: 鬻은 팔다. 陪는 賠의 假借字.

明 민간문학

「駐雲飛」 [無名氏『四季五更駐雲飛』]

작품 제목인 「駐雲飛」는 사실 南中呂라는 宮調에 속하는 曲調의 이름으로, 詞의 詞牌처럼 내용과는 아무 상관이 없다. 이를 曲牌라고 부르기도 한다. 원래 中呂라는 宮調가 南曲과 北曲에 있어서 각각 갈렸기에 각자 南中呂와 北中呂라고 칭해졌는데, 이 작품 「駐雲飛」는 南曲인 南中呂에 속하는 曲調이다. 南中呂의 「駐雲飛」의 특징 중 하나가 가사 중에 嗏라는 歎詞가 삽입된다는 것인데, 여기에서도 嗏가 사용되고 있다.

民間의 노래이기에 작자는 알 수 없다. 내용은, 美色이 뛰어난 여인이 비록 모란꽃이 서리 맞아 시들듯 내가 늙어갈지라도 절대 富貴榮華를 누리는 자에게 팔려가듯 시집가지는 않겠다는 다짐이다.

富貴榮華[1], 奴奴身軀[2]錯配[3]他. 有色[4]金銀價, 惹的[5]旁人罵. 嗏[6], 紅粉牡丹花, 綠葉青枝又被嚴霜打[7]. 便[8]做尼僧[9]不嫁他.

1 富貴榮華: 여기에서는 富貴榮華를 누리는 富者.

2 奴奴身軀: 노예처럼 비천한 자신의 몸. 원래 奴奴는 奴家처럼 明代 여인들이 스스로를 낮추어 부를 때 사용한 표현이다. 이로써 이 작품의 話者가 여인임을 알 수 있다.

3 錯配: 錯은 동사 앞에 쓰이면 어떤 행동 자체가 잘못되었다는 뜻이 되고, 동사 뒤에 쓰이면 행동 중 실수가 있었다는 뜻이 되는데, 여기에서는 전자의 경우. 配는 배필이 되다. 錯配는 배필이 될 수 없는데도 배필이 되었다는 뜻.

4 有色: 자신이 美色을 갖추고 있음을 말한다.

5 惹的: 的은 得의 通假字, 즉 惹得. 부정적인 일을 초래한다는 뜻.

6 嗏: 일종의 歎詞로, 宋代부터 用例가 보이는데, 특히 元代 雜劇에 자주 보인다. 주로 주의를 喚起하거나, 놀라거나, 대답할 때 내뱉는 일종의 탄식.

7 被嚴霜打: 지독한 추위로 내린 서리에 의해 타격을 받는다는 뜻.

8 便: 설령.

9 尼僧: 比丘尼, 즉 女僧.

「劈破玉」 [熊稔寰 『精選劈破玉歌』]

「劈破玉」은 民間俗曲의 曲牌이며, 실제 이 작품의 제목은 「虛名」이다. 『精選劈破玉歌』 역시 熊稔寰이 지은 것이 아니라 그가 民間에서 「劈破玉」의 曲調에 맞춰 지어진 노래들을 수집한 것이다. 「虛名」(헛된 이름)이란 제목에 걸맞게 일상생활에서 생각 없이 사용되는 여러 명칭 중 실제 대상과 일치하지 않는 점들을 장난스럽게 집어내어 재미있는 노래로 만들었다. 아마도 옷감을 짜거나 할 때 힘든 것을 잊게 해주던 勞動謠였을 것이다.

蜂針兒尖尖的, 做不得綉. 螢火兒亮亮的, 點不得油. 蛛絲兒密密的, 上不得簆[10]. 白頭翁[11]擧[12]不得鄉約長[13], 紡織娘[14]叫不得女工頭[15]. 有甚麼絲線兒相牽也[16], 把虛名掛在傍人口!

「山歌」 [馮夢龍 『山歌』]

이 노래는 馮夢龍이 수집한 『山歌』에 수록된 노래로, 순진하고도 信實한 두 남녀의 굳센 사랑의 의지를 노래하고 있다. 아무리 조건이 좋다 한들, 거느린 사람이 많으면

10 簆: 바디. 바디는 베틀의 부품으로 날실을 고정시키는 부분이다. 바디의 사이에 베틀 북을 좌우로 움직이며 씨실을 쳐서 옷감을 만든다.

11 白頭翁: 글자 그대로 보자면 '머리가 하얗게 센 늙은이'지만, 실은 할미꽃을 뜻한다. 혹자는 머리 부분의 털이 하얀 새를 가리킨다고도 한다.

12 擧: 어떤 직위에 등용하다.

13 鄉約長: 鄉約의 우두머리.

14 紡織娘: 글자 그대로 보자면 '옷감을 짜는 아가씨'지만, 실은 곤충인 베짱이의 別名이다.

15 女工頭: 女工은 女功이라고도 하며 옷감을 짜거나 바느질을 하고 자수를 놓는 등 여자가 해야 하는 옷감 관련 작업을 통칭한다. 女工頭는 그런 작업을 하는 여자.

16 有甚麼絲線兒相牽也: 무슨 실이 연결되어 있는가? 즉 이름과 실제 대상 사이에 어떤 연관이 있는가?

감시하는 눈도 많을 것이고 집이 크다면 여러 겹의 문을 거쳐야 할 것이니 좋을 것이 없다는 지적은, 아무리 조건이 훌륭하다 해도 사랑하는 두 사람의 마음은 변하지 않을 것이라는 일종의 선언이자 맹세이다.

郎有心, 姐有心, 囉怕[17]人多屋又深[18]. 人多那有千隻眼, 屋深那有萬重門!

「吳歌」 [田汝成『西湖遊覽志餘』]

이 노래는 田汝成의 『西湖遊覽志餘』에 수집된 吳歌, 즉 吳 지방(지금의 江蘇省 일대)의 民歌이다. 사실 吳歌는 이 노래의 제목이라기보다는 수집된 지역을 말해줄 뿐이라서, 혹자들은 따로 이 노래에 「月上」(달이 뜨면)이라는 제목을 붙이기도 한다. 달이 뜨면 사내와 만나기로 한 여인에겐 一刻이 如三秋라, 이제나 저제나 님이 올까 기다리는 모습이 진솔하면서도 웃음을 자아낸다. 내용이나 분위기가 『詩經』 「邶風」의 「靜女」와 자못 비슷한데, 아마도 남몰래 만나기로 한 情人을 애타게 기다리는 심정은 2,000여 년도 훨씬 넘는 時空을 초월해 매한가지인 듯하다. 그래서 두 작품 모두 儒學者들에게 淫奔詩라는 비난을 받았지만 이제 이러한 비난은 오히려 그만큼 두 작품이 모두 진솔한 감정을 표현하고 있음을 反證해줄 뿐이다. 여담으로 이 노래에서 "난 산의 낮은 곳에 있어서 달이 빨리 뜨고, 님은 산의 높은 곳에 있어서 달이 늦게 뜨는가?"라는 탄식어린 질문은 사실 物理的인 상식에 어긋난다. 달이든 해든 당연히 높은 곳에 있는 사람이 먼저 보기 마련이다. 하지만 이러한 착각조차 내 님을 초조하게 기다리는 여인의 순진한 마음을 그대로 보여주는 것이기에 진솔한 詩情을 느끼는 데는 아무런 문제가 없다.

17 囉怕: '어찌 두려워하리오!' 여기에서 囉는 哪의 뜻.
18 屋又深: 집이 깊다는 것은 집이 매우 크다는 것을 의미한다.

約郞[19]約到月上時[20], 看看等到月蹉西[21]. 不知奴處[22]山低月出早, 還是郞處[23]山高月出遲?

19 約郞: 내 님과 만나기로 약속하다. 郞은 사내를 뜻하므로 話者가 여성임을 알 수 있다.
20 月上時: 달이 뜰 때.
21 月蹉西: 달이 서쪽을 지나는 모습, 즉 달이 지는 모습을 가리킨다.
22 奴處: 奴는 여성의 자신에 대한 謙稱. 奴處는 내가 있는 곳.
23 郞處: 내 님이 계신 곳.

淸 소설

吳敬梓『儒林外史』「范進中擧」(第3回)

吳敬梓는 학자 가문에서 태어나 어려서부터 文才로 명성을 얻었지만, 젊어서 가산을 제대로 관리하지 못해 결국 서른이 좀 넘어 파산하게 되었고 경제적 이유로 부득이하게 태어나서부터 살아오던 安徽省의 고향을 떠나 金陵(즉 南京)으로 이주했다. 그러나 이후로도 계속해서 생활고에 시달렸다. 여러 사정으로 科擧 시험에도 흥미를 잃어 중간에 스스로 병을 핑계로 포기했는데, 그 과정에서 科擧에만 목매달고 사는 허울 좋은 지식인들의 어리석고도 비참한 실상을 몸소 경험했고 이는 오롯이 그의『儒林外史』에 반영되었다.

『儒林外史』는 입말글(白話文)로 지어진 총 55回의 章回小說이다. 현재는 총 56回이지만 마지막 第56回는 다른 사람의 假託이라는 것이 衆論이다. 흥미로운 점은 한 명의 주인공에 근거해 내용이 진행되는 것이 아니라 여러 가지 이야기가 옴니버스 식으로 진행된다는 점이다. 물론 앞 이야기의 주연이 뒤 이야기의 조연이 되면서 다른 주연의 이야기로 넘어가는 등 나름대로 각 이야기들 사이에 연계성이 있는 경우도 있다. 때문에 따로 일관된 줄거리를 요약한다는 것이 힘들지만, 전체 소설의 일관된 주제는 官吏 세계의 腐敗와 八股文으로 대변되는 科擧시험의 병폐를 낱낱이 펼쳐냄으로써 그 안에서 질곡에 허덕이는, 그러나 그것조차 깨닫지 못하는 지식인들의 허상을 유머러스하면서도 절절하게 고발하고 있다.

여기 인용된「范進中擧」(제3회)의 原題는 '周學道校士拔眞才, 胡屠戶行凶鬧捷報'(廣東省의 學道 周進은 선비들을 살펴 진정한 인재를 발탁하고, 白丁 胡氏는 폭력을 쓰며 사위의 급제 소식에 소란을 피우다)이다. 아래에 인용된 부분을 전후 사정까지 갖추어 科擧시험의 병폐에 초점을 두고 간단히 설명하자면 다음과 같다. 范進은 50세가 다 되도록 鄕試조차 합격하지 못해 장인인 白丁 胡氏에게 면박을 당하는 존재였다. 그런데 科擧를 주관하던 周進이 그의 글을 유심히 살피다 眞價를 알아주어 결국 擧人에 선발된다. 이런 상황을 모른 채 또 떨어진 줄 알고 지레 체념하고 있었던 范進은 자신의 합격 소식을 전해 듣고는 너무 기뻐 아예 미쳐 날뛰게 된다. 뜻밖의 사태에 결국 사람들이 해결책으로 생각하게 된 것은 평소 范進이 가장 무서워하던 그의 장인 胡氏를 불러와 그를 후려쳐서 제정신을 찾게 하는 것이었다. 결국 范進은 장인에게 얻어맞고 기절했다가 제정신을 찾고 이후 進士에도 선발되어 본격적으로 벼슬길에까지 나아가게 되지만, 평생 科擧를 위한 八股文만 들여다보았기에 다른 것은 아는 바가 전혀 없어서 남들의 비웃음을 사게 된다.

아래에 인용된 부분을 연상해보라. 나이 50에 進士도 아니고 간신히 擧人이 되었을 뿐인데, 너무 기쁜 나머지 정신을 놓아버리고 물에 빠져 머리는 산발에 온 몸은 진흙투성이가 되어 날뛰는 范進의 모습을. 喜劇的이면서도 너무나 諷刺的인 이 명장면은 이후 魯迅의 「孔乙己」에 차용되기도 한다.

그런데 여기에서 한 번 되짚고 넘어갈 것이 있으니 바로 明清代 科擧시험이었던 八股文의 폐단 문제이다. 완전히 정해진 틀 속의 빈칸에 글자를 채워 넣는 듯한, 너무나 형식적인 八股文은 당시부터 지금에 이르기까지 明清 지식인들을 타락시킨 주범으로 지적되고 있다. 하지만 科擧가 明代부터 지극히 형식적인 八股文으로 정착되고 清朝가 이를 그대로 따른 데는 나름대로의 이유가 있었다. 마치 요즘도 시험에서 주관식 문제가 객관식 문제보다 진짜 실력을 확인하고 변별성을 확보하는 데 더 낫다고 여기기도 하지만, 실제 주관식 문제는 늘 채점의 공정성에 있어서 논란이 생기곤 하는 경우와 마찬가지이다. 즉 공정성의 강화라는 입장에서 보면 주관식 문제보다 객관식 문제가 훨씬 유리하듯이, 당시도 전국적인 규모로 확대되어 전국 지식인들의 주목을 받으며 계속 입방아에 오르내리는 科擧시험에서 부정 개입 논란의 여지를 없애기 위해서는 최대한 형식화된 시험유형을 채택하는 것이 어쩌면 너무나 당연한 일이었다. 물론 八股文이 오로지 시험만을 위한 시험이 되어 지식인들의 智力과 시간을 엄청나게 낭비하게 만들었다는 사실에는 변함이 없지만, 이러한 경향으로 흘러가게 된 데는 나름대로의 고충도 있었던 것이다.

……那隣居飛奔到集上[1], 一地裏[2]尋不見. 直尋到集東頭, 見范進[3]抱着鷄, 手裏插個草標[4], 一步一踱的[5], 東張西望[6], 在那裏尋人買[7]. 隣居道: "范相公[8], 快些回去. 你恭喜中了擧人[9], 報喜人[10]擠[11]了一屋裏." 范進道[12]是哄他[13], 只裝不聽見, 低着頭, 往前走. 隣居見他不理[14], 走上來, 就要奪他手裏的鷄. 范進道: "你奪我的鷄怎的? 你又不買."[15] 隣居道: "你中了擧[16]了, 叫你家去打發報子[17]哩." 范進道: "高隣[18], 你曉得我今日沒有米, 要賣這鷄去救命[19], 爲甚麼拿這話來混[20]我? 我又不同[21]你頑[22], 你自回去罷, 莫誤[23]

---

1 集上: 集, 혹은 集市라고도 하는데, 市場, 즉 저자의 뜻. 일정한 날짜 간격으로 상인들이 모여 시장을 열기에 集이라 한다.

2 一地裏: 여기에서는 到處, 四方의 뜻.

3 范進: 주인공의 이름. 이미 나이 50이 넘은 늙은이이다.

4 草標: 팔려는 물건에 꽂아두는 일종의 표식. 원래 풀 다발로 표식을 만들었기에 草標라 부르게 되었다.

5 一步一踱的: 한 걸음 한 걸음이 모두 느릿느릿한 큰 걸음이었다는 뜻.

6 東張西望: 이곳저곳을 둘러보다, 혹은 두리번거리다.

7 尋人買: 살 만한 사람을 찾다. 여기에서 買는 人을 수식해 范進이 가지고 나온 닭을 살 만한 사람이라는 뜻.

8 相公: 남자, 그 중에서도 여기에서는 공부하는 사람에 대한 尊稱.

9 你恭喜中了擧人: 원래는 你와 恭喜가 도치되어야 한다. 中은 합격하다. 擧人은 鄕試에 합격한 사람을 일컫는 칭호.

10 報喜人: 報人, 혹은 報錄人이라고도 한다. 科擧에 합격한 사람의 집에 합격 소식을 알려주면서 축하 행사까지 치러주고 보수를 받는 사람을 가리킨다. 報錄人들은 혼자 활동하는 것이 아니라 여럿이 모여 조합을 만들었는데 이런 조합을 報房이라 한다.

11 擠: 빡빡하게 들어차다. 꽉 껴있다. 비좁은 공간에 사람이 많이 모여 있다는 뜻.

12 道: ~라고 여기다, ~라고 생각하다.

13 哄他: 哄은 속이다, 놀리다. 他는 范進 자신.

14 不理: 상관하지 않다.

15 你奪我的鷄怎的? 你又不買: 이 두 구절은 의미의 강조를 위해 "你不買我的鷄, 怎麽奪我的鷄?"란 문장을 도치시킨 것이다. 怎的은 怎麽의 뜻.

16 擧: 科擧 시험. 혹자는 擧人으로 풀기도 한다.

17 打發報子: 打發은 보내다. 報子는 앞서 나온 報錄人. 그 사람들은 보수를 받아야 돌아가므로, 어서 가서 보수를 주고 돌려보내라는 뜻.

18 高隣: 이웃사람을 높여 부르는 말.

19 救命: 여기에서는 延命의 뜻.

20 混: 속이다. 골탕먹이다.

了我賣鷄." 隣居見他不信, 劈手[24]把鷄奪了, 摜[25]在地下, 一把[26]拉了回來. 報錄人見了道: "好了, 新貴人[27]回來了." 正要[28]擁着他[29]說話. 范進三兩步走進屋裏來, 見中間報帖[30]已經升掛起來, 上寫道: '捷報貴府老爺范諱進高中廣東鄉試第七名亞元[31]. 京報連登黃甲[32].'

范進不看便罷[33], 看了一遍, 又念一遍, 自己把兩手拍了一下, 笑了一聲道: "噫! 好了! 我中了!" 說着, 往後一交[34]跌倒, 牙關[35]咬緊, 不醒人事[36]. 老太太[37]慌了, 慌將幾口開水[38]灌了過來. 他爬將起來[39], 又拍着手大笑道:

21 同: ~와. 和나 跟과 같은 뜻.
22 頑: 여기에서는 玩의 通假字. 놀다, 장난치다.
23 誤: 망치다. 그르치다.
24 劈手: 손을 도끼처럼 내리치다.
25 摜: 내던지다. 내동댕이치다.
26 一把: 한 손으로 움켜쥐고. 여기에서 把는 '움큼'의 뜻으로, 一把는 한 움큼, 즉 한 손에 잡힌다는 뜻이다.
27 新貴人: 새로 科擧에 합격한 사람을 가리킨다. 여기에서는 范進.
28 正要: 막 ~하려고 하다.
29 擁着他: 그를 둘러싼 채로.
30 報帖: 좋은 소식을 널리 알리려고 써놓은 현수막의 일종. 報錄人들이 마련한 것이다.
31 捷報貴府老爺范諱進高中廣東鄉試第七名亞元: 捷報는 급히 알린다는 뜻. 貴府는 남의 집을 아주 높여 부르는 말. 老爺는 어르신. 范諱進의 諱는 높은 사람의 이름을 지칭하는 말. 예부터 높은 사람의 銜字는 피하여 함부로 사용하지 않았기에 諱라고 부르게 되었다. 高中은 高明하게 합격되었다는 뜻. 廣東鄉試는 廣東에서 치러진 鄉試. 第七名亞元은 7등을 했다는 뜻. 원래 亞元은 1등인 壯元 다음인 2등을 가리키는 말이었지만, 明代부터는 1등 이외의 합격자들에 대한 통칭으로 사용되었는데, 여기에서도 후자의 뜻이다.
32 京報連登黃甲: 이는 아주 상투적인 일종의 祝願으로, 北京에서 치를 會試와 殿試에서도 연달아 급제했음을 알리게 될 것이라는 뜻. 京은 수도, 즉 北京. 鄉試에 합격한 擧人은 會試와 殿試에 응시할 수 있었는데, 두 시험 모두 北京에서 열렸다. 黃甲은 원래 殿試甲科에 급제한 進士들의 명단을 뜻하는데, 누런 종이를 사용했기에 黃甲라고 불렀다. 이후 科擧에 급제한 사람 역시 黃甲이라 칭했다.
33 不看便罷: 보지 않았으면 그만이었지만. 便은 '~하면 ~한다'는 조건을 나타낸다. 罷는 그만두다.
34 一交: 발이 한 번 교차했다, 즉 양발이 꼬였다는 뜻.
35 牙關: 턱관절을 가리킨다.
36 不醒人事: 인사불성이 되었다는 뜻. 원래는 不省人事라고 써야 맞지만 종종 省을 醒으로 쓰기도 했다.
37 老太太: 노마님, 즉 范進의 어머니.
38 幾口開水: 몇 모금의 끓인 물. 중국은 일반적으로 지하수를 바로 마실 수 없어서 끓여서 마신다. 이것이 중국에서 茶 문화가 발달한 이유이기도 하다. 물론 뜨겁게 해서 마실 때도 있지만, 여기에서

"噫! 好! 我中了!" 笑着, 不由分說[40], 就往門外飛跑, 把報錄人和隣居都嚇了一跳. 走出大門不多路[41], 一脚踹[42]在塘[43]裏, 掙[44]起來, 頭髮都跌散[45]了, 兩手黃泥, 淋淋漓漓[46]一身的水, 衆人拉他不住, 拍着笑着, 一直走到集上去了. 衆人大眼望小眼[47], 一齊[48]道: "元來[49]新貴人歡喜瘋了[50]." 老太太哭道: "怎生[51]這樣苦命的事[52]! 中了一個甚麼擧人, 就得了這個拙病[53]! 這一瘋了, 幾時纔[54]得好?" 娘子胡氏[55]道: "早上好好出去, 怎的就得了這樣的病! 却是[56]如何是好?" ……

의 開水는 끓여두었던 물이지 뜨거운 물이 아니다.

39 爬將起來: 남을 부여잡고 일어났다는 뜻.

40 不由分說: 다짜고짜. 원래 不由는 따르지 않는다는 뜻. 分說은 남이 변명하거나 따지고 드는 것. 여기에서는 남이 뭐라 하든 상관하지 않는다는 뜻으로 쓰였다.

41 不多路: 많이 가지도 못해서, 즉 멀리 가지도 못해서.

42 踹: 잘못하여 발을 빠트리다.

43 塘: 원래는 큰 못을 가리키지만, 여기에서는 물이 담긴 구덩이, 주로 火災 등을 대비해 인위적으로 만들어둔 물웅덩이를 가리킨다.

44 掙: 어딘가에서 벗어나기 위해 몸부림친다는 뜻.

45 跌散: 넘어지는 바람에 머리가 풀어졌다는 뜻. 動詞+結果補語의 구조.

46 淋淋漓漓: 흠뻑 젖어 물이 줄줄 흘러내리는 모습.

47 大眼望小眼: 서로를 쳐다보며 어찌할 바를 모르다.

48 一齊: 함께, 다같이.

49 元來: 原來. 알고 보니. 이 표현은 주로 처음의 예상이 빗나갔을 때 사용한다.

50 歡喜瘋了: 너무 기뻐 미쳤다는 뜻. 여기에서 瘋은 歡喜의 結果補語.

51 怎生: 어찌하여, 왜.

52 苦命的事: 苦命은 고생을 타고난 운명, 즉 사나운 팔자. 여기에서 '的事' 부분은 따로 해석할 필요가 없다.

53 拙病: 재수 없는 병, 즉 재수가 없어 갑자기 걸린 병. 拙은 여기에서 재수가 없다는 뜻.

54 纔: 才의 本字. 비로소.

55 娘子胡氏: 娘子는 부인, 즉 范進의 처. 胡氏는 그녀의 성씨.

56 却是: 還是의 뜻. 여기에서는 뜻밖이거나 놀라움을 강조하는 副詞로 '정말이지' 쯤으로 풀이된다.

曹雪芹『紅樓夢』「金陵十二釵曲」(第5回)

曹雪芹(본명은 霑)의 祖父는 中原을 점령한 淸朝에 적극 협조했기에 康熙帝 때 江南에서 엄청난 권력과 함께 막대한 富를 누렸으나, 雍正帝 때 이르러 江南의 모든 家産을 몰수당하고 전 가족이 北京으로 옮겨와 힘겹게 살아가게 된다. 엄청난 富貴榮華 속에서 자라나 이를 순식간에 모두 잃게 되는 과정을 몸소 겪은 曹雪芹은 그 과정 속에서 느꼈던 無常한 炎凉世態와 인간 군상들의 假飾과 僞善에 대한 체험을 바탕으로『紅樓夢』을 지었다.

현재 전하는『紅樓夢』은 총 120回로 구성되어 있는데 대체로 曹雪芹이 직접 지은 것은 80回까지이고 이후 40回는 高鶚이란 사람이 덧붙인 것이라고 추정한다.『紅樓夢』을 누가 어디까지 지었는가에 대한 문제는 상당히 복잡한 논란을 거쳤으며 아직까지도 논란 중인 부분도 있는데 여기에서는 却說한다.

『紅樓夢』은 중국의 문학계에서 매우 독보적인 영역을 차지하고 있다. 우리는 일반적으로 중국 장편소설하면 四大奇書(『三國志演義』,『水滸傳』,『西遊記』,『金甁梅』)를 떠올리지만, 중국 사람들에게는 모두『紅樓夢』보다는 여러모로 한참 떨어지는 소설들이다. 전통적인 중국 장편소설의 등장인물들의 성격이 다분히 典型的이었지만,『紅樓夢』은 각각의 다양한 인물들에 대한 섬세한 묘사를 통해 각 인물마다 복합적이면서 생동감 있는 성격을 입체적으로 묘사했다. 게다가 남녀의 애절한 사랑 이야기와 인간의 끝없는 욕심과 허영, 그리고 名門大家의 허무한 몰락까지 너무나 생생하고도 흥미진진한 전개로 독자들의 마음을 사로잡았다. 하지만 이러한『紅樓夢』은 비록 입말글(白話文)로 쓰이기는 했으나 사실 진정한 대중소설이라고 부를 수 없다. 왜냐하면 위 인용문만 보아도 알 수 있듯이 다채로운 詩詞의 사용으로 웬만한 知的 교양을 갖춘 독자가 아니라면 읽어내기가 어렵다. 바꿔 말하자면 어느 정도 교양을 지닌 계층을 위한 盛饌일 뿐 거친 입말이 그대로 사용된『水滸傳』과는 전혀 성격이 달랐다. 이러한 이유로 近代에 중국에서 글말글(文言文)을 몰아내고 입말글(白話文)을 사용하자는 운동이 대대적으로 벌어졌을 때에도 결국 그 대표적 讀本으로 추천된 것은 고급스러운『紅樓夢』이 아니라 살인과 도둑질이 난무하는『水滸傳』이었다.『紅樓夢』의 이러한 귀족적 특성은 이후로도 지식인들에게 크나큰 매력을 작용하여,『홍루몽』를 해석하는 데 여러 학자가 서로 다른 주장들을 내어놓았으며 결국 중국 문학계에는 따로『紅樓夢』에 관한 모든 것을 연구하고 다루는 이른바 紅學이라는 분야가 성립되었다.

『紅樓夢』은 워낙에 많은 등장인물(통계에 따르면 『紅樓夢』의 등장인물 수는 970여 명에 달함)과 복잡한 전개로 간단하게 줄거리를 추려내긴 어렵지만, 가장 중요한 근간은 두 가지이다. 첫째는 남자 주인공 賈寶玉과 여자 주인공인 林黛玉의 애절한 사랑과 비극적 결말이고, 둘째는 흥성하던 賈氏 가문의 덧없는 몰락이다. 이 두 근간을 중심으로 수십 명이 넘는 주요 등장인물들이 복잡하게 얽히고 섞이면서 이야기가 진행된다.

아래에 인용된 第5回의 원제는 '遊幻境指迷十二釵, 飮仙醪曲演紅樓夢'(太虛幻境을 노닐다 「金陵十二釵」라는 책에 대해 설명을 듣고, 신선의 술을 마시니 仙曲 「紅樓夢」이 연주되다)이다. 第5回의 전후 이야기를 간추려 보면, 남자주인공 賈寶玉은 잠이 든 뒤 꿈에서 남녀간 癡情의 업보를 다스리는 선녀 警幻仙姑를 만나 그녀를 따라 太虛幻境에 들어가 「金陵十二釵」라는 책을 발견한다. 그 뜻을 물으니 警幻仙姑는 金陵(즉 賈寶玉이 사는 南京)에서 가장 빼어난 열두 미녀(十二釵)에 대해 쓴 것이라 했다. 내용을 보니 풍경이나 식물 등이 그려져 있고 거기에 각기 알쏭달쏭한 詩句들이 덧붙여져 있었다. 사실 이는 林黛玉 등 賈寶玉과 관련되어 있는 여인들의 운명을 예언한 것이었다. 이후 다시 「紅樓夢」十二曲(「引子」와 「收尾」까지 합치면 총 14曲)을 듣는다. 이 역시 林黛玉 등 賈寶玉과 관련되어 있는 여인들의 운명을 예언한 것이었다. 그러나 賈寶玉은 이 曲에 담긴 속뜻을 제대로 이해할 수 없었다. 이후 警幻仙姑는 자신의 여동생을 그의 배필로 주어 雲雨之樂을 즐기게 해주면서 앞으로는 이러한 癡情의 부질없음을 깨닫고 공부에 정진하라고 당부한다. 이후 賈寶玉은 警幻仙姑의 여동생과 歡樂의 시간을 보내다가 결국 잠에서 깨어난다.

사실 第5回는 이후 『紅樓夢』의 내용이 어떻게 전개되며 등장인물들의 운명은 어떻게 될 것인지를 미리 알려주고 있다. 그리고 남녀의 癡情을 다스리는 警幻仙姑의 이름을 보면 그녀가 남녀간의 癡情, 즉 사랑이란 헛된 환상(幻)에 불과하며 이를 따끔하게 경고(警)해 주는 역할을 하고 있음을 알 수 있다. 그녀는 계속해서 賈寶玉이 앞으로 사랑에 빠지겠지만 결국 허무하게 끝날 것임을 暗示해 주기 위해 「金陵十二釵」나 「紅樓夢」十二曲을 계속 들려주었고 다시 자신의 여동생을 배필로 주어 女色의 허무함을 알려주려 했지만, 賈寶玉은 깨닫지 못하고 오히려 이를 歡樂으로 받아들여 즐긴다.

『紅樓夢』은 당초 제목이 『石頭記』(돌에 기록된 이야기란 뜻)였는데 여기 第5回에서의 내용에 의해 『紅樓夢』이라 고쳐진 것이다. 이는 그만큼 第5回가 『紅樓夢』의 전체 내용을 함축하고 있음을 알 수 있다. 또 『紅樓夢』은 『金陵十二釵』라는 별칭도 있는데 이 역시 第5回에서 연유한 것이다. 이외에도 『紅樓夢』을 『風月寶鑑』이라 부르기도 한다. 여기에서 風月은 남녀의 사랑을 뜻한다.

……飲酒間, 又有十二個舞女上來, 請問演何詞曲. 警幻[57]道: "就將新制『紅樓夢』十二支演上來." 舞女們答應了, 便輕敲檀板[58], 款按銀箏[59], 聽他歌道是: "開闢鴻蒙[60] ……"

方[61]歌了一句, 警幻便說道: "此曲不比[62]塵世[63]中所塡傳奇之曲[64], 必有生旦淨末之則[65], 又有南北九宮[66]之限. 此或咏嘆一人, 或感懷一事, 偶成一曲, 卽可譜入管絃[67]. 若非個中人[68], 不知其中之妙[69]. 料爾[70]亦未必深明

57 警幻: 警幻仙姑. 남자 주인공 賈寶玉이 꿈속에서 만난 仙女로, 남녀간 癡情의 업보를 다스린다. 즉 警幻이란 이름에서도 알 수 있듯이 남녀의 사랑이란 헛된 환상임을 깨우쳐주는 임무를 맡고 있다.

58 檀板: 檀香木으로 만든 拍板. 拍板은 拍이라고도 하는데, 얇고 길쭉하게 자른 나뭇조각을 마치 摺扇의 부챗살처럼 연결해 만들어, 박자에 맞추어 치는 打樂器이다.

59 款按銀箏: 款은 튕기다, 때리다. 按은 누르다. 즉 絃樂器를 한 손으로 누르고, 한 손으로는 튕겨 연주한다는 뜻. 銀箏은 銀裝飾을 한 箏. 箏은 우리나라 가야금과 유사한 絃樂器.

60 開闢鴻蒙: 開闢은 무언가 처음으로 쪼개져 開創되었다는 뜻. 鴻蒙은 天地조차 생기기 이전의 혼돈상태를 가리킨다. 여기에서는 당초 한 덩어리였던 세상이 하늘과 땅으로 쪼개졌다는 의미.

61 方: 바야흐로, 이제 막.

62 不比: ~와 比等하지 않다, ~와는 다르다. 이 부정은 又有南北九宮之限까지 걸린다.

63 塵世: 俗世, 즉 人間世上.

64 所塡傳奇之曲: 所는 뒤에 나오는 행동을 名詞化하는 기능이 있다. '~하는 바' 혹은 '~하는 것'. 塡은 정해진 曲調에 歌詞를 써넣는다는 뜻. 傳奇는 원래 南曲의 별칭이다. 하지만 淸代에는 이미 대체로 南曲이 中國 전역에서 戱曲의 주류를 이루고 있었기에, 여기에서는 꼭 南曲만을 지칭한다기보다는 당시 戱曲에 대한 통칭으로 보인다. 傳奇之曲은 戱曲의 曲調를 가리킨다.

65 生旦淨末之則: 生, 旦, 淨, 末은 모두 戱曲의 배역. 대체로 生은 남자 주인공, 旦은 여자 주인공, 淨은 개성 있는 남자 조연, 末은 보조적인 남자 조연을 맡는다. 則은 법칙. 여기에서는 '즉'이 아니라 '칙'으로 읽는다.

66 南北九宮: 南曲(傳奇)과 北曲(雜劇)에서 사용되는 여러 宮調. 여기에서 九는 많다는 뜻이지 정말 아홉 가지란 뜻이 아니다.

67 卽可譜入管絃: 卽可는 '즉시 ~할 수 있다'. 譜는 여기에서 動詞로 樂譜로 만든다는 뜻. 入管絃은 관악기나 현악기 등으로 연주할 수 있다는 뜻. 여기에서 入은 원래 잘 적응하다, 제대로 활용하다의 의미이며, 管絃은 관악기나 현악기로 하는 연주를 가리킨다.

68 個中人: 전후 사정을 잘 아는 內部人, 혹은 해당자. 個中은 此中, 其中의 뜻.

此調. 若不先閱其稿, 後聽其歌, 翻[71]成嚼蠟[72]矣." 說畢, 回頭命小丫鬟[73]取了『紅樓夢』原稿來, 遞與寶玉[74]. 寶玉接來, 一面目視其文, 一面[75]耳聆[76]其歌曰:

[紅樓夢引子[77]] 開闢鴻蒙, 誰爲情種[78]? 都只爲風月情[79]濃. 趁着這奈何天[80], 傷懷日[81], 寂寥時, 試見愚衷[82]. 因此上, 演出這懷金悼玉[83]的『紅樓夢』.

[終身誤[84]] 都道是金玉良姻[85], 俺[86]只念木石前盟[87]. 空對着[88], 山中高士

---

69 不知其中之妙: 이 구절은 해석 자체에는 전혀 어려움은 없지만, 곧잘 그 의미가 誤讀된다. 여기에서 '그 속의 오묘함'(其中之妙)에 대해, 혹자들은 연주되는 仙曲 자체의 오묘함을 가리킨다고 여기기도 하는데, 이는 잘못된 것이다. 여기에서 '그 속의 오묘함'(其中之妙)은 『紅樓夢』十二曲의 歌詞에 함축된 豫言的 의미를 가리킨다.

70 料爾: 틀림없이 ~일 것이다. 料然과 같은 뜻.

71 翻: 도리어. 反의 通假字. 앞의 若不先閱其稿의 若과 호응하여 '만약 ~하지 않는다면, 도리어 ~하고 말 것이다'라는 뜻이 된다.

72 嚼蠟: 밀초를 씹는 듯하다. 밀초는 벌들이 벌집을 만들 때 분비하는 밀랍을 정제해 만든 초로, 맛이 아주 떫다. 意譯하자면 '모래알을 씹는 듯하다'고 할 수 있겠다.

73 小丫鬟: 어린 侍女, 혹은 계집 종.

74 寶玉: 『紅樓夢』의 남자주인공 賈寶玉.

75 一面~, 一面~: 한편으로는 ~하면서, 한편으로는 ~하다.

76 聆: 듣다.

77 引子: 프롤로그, 혹은 序曲.

78 誰爲情種: 누가 癡情에 푹 빠진 사람인가? 情種은 사랑에 푹 빠져 다른 것은 전혀 신경 쓰지 않는 사람을 가리킨다. 賈寶玉은 아직까지도 중국에서 情種의 상징으로 인식되고 있다. 혹자는 '누가 사랑의 씨앗을 심어놓았나?'로 풀기도 한다.

79 風月情: 남녀의 愛情을 가리킨다.

80 奈何天: 어찌할 수 없는 날. 뜻대로 되지 않는 무심한 세월이나 인생사에 대한 비유.

81 傷懷日: 옛 추억에 상심하게 되는 날.

82 試見愚衷: 試는 한번 그냥 해본다는 뜻. 見은 現의 通假字로 드러낸다는 뜻이며 '현'으로 읽는다. 愚衷은 내 속내. 愚는 자신에 대한 謙稱. 衷은 衷心, 즉 속에 담아둔 眞心.

83 懷金悼玉: 이 표현에 대한 풀이에는 異說이 紛紛한데, 일반적으로는 金은 薛寶釵, 玉은 林黛玉을 가리킨다고 본다. 이외에도 金과 玉을 다른 사람으로 추정하거나, 아예 한 사람이 아니라 어떤 家門이나 어떤 시절을 뜻한다고 추정하는 사람도 있다. 심지어 혹자는 각기 淸나라와 明나라를 지칭한다고 주장하기도 한다. 여기에서는 가장 일반적인 풀이를 따르겠다. 懷와 悼의 풀이 역시 혹자는 구분하여 懷는 대상이 살아서 옛일을 추억하는 것이고, 悼는 대상이 죽어서 애도하는 것이라 구분하기도 하고, 혹자는 懷와 悼를 한 뜻으로 보아 추억하며 애도하다로 풀기도 하는데, 여기에서는 후자를 따르겠다.

84 終身誤: 평생을 그르치다, 망치다. 이 곡의 제목과 내용은 薛寶釵가 林黛玉을 잊지 못하는 賈寶玉에

晶瑩雪[89]. 終不忘, 世外仙姝寂寞林[90]. 嘆人間[91], 美中不足[92]今方[93]信. 縱然[94]是齊眉擧案[95], 到底意難平[96].

[枉凝眉[97]] 一個是閬苑仙葩[98], 一個是美玉無瑕[99]. 若說沒奇緣, 今生[100]偏[101]又遇着他? 若說有奇緣, 如何心事終虛化[102]? 一個枉自嗟[103]呀, 一個

게 시집가 평생 쓸쓸히 살게 될 것임을 말해주고 있다.

85 金玉良姻: 여기에서의 金과 玉은 「紅樓夢引子」와 달리 薛寶釵와 賈寶玉을 가리킨다. 良姻은 두 사람의 혼인을 말한다. 金은 薛寶釵의 금비녀를 玉은 賈寶玉이 나면서 입에 물고 있던 구슬을 가리킨다.

86 俺: 나.

87 木石前盟: 일반적으로 前生에 林黛玉이 賈寶玉에게 한 맹세를 가리킨다고 본다. 木은 林, 즉 林黛玉, 石은 玉, 즉 賈寶玉을 의미한다. 前生의 맹세에 대해서는 아래 "欠淚的, 淚已盡"의 각주를 참고하라.

88 空對着: 空은 헛되이. 對着은 마주 대하다. 賈寶玉이 비록 薛寶釵와 혼인하지만 마음은 林黛玉에게가 있음을 비유한 것이다.

89 山中高士晶瑩雪: 山中高士는 산 속의 고고한 선비로, 여기에서는 성품이 고고하지만 외로울 薛寶釵의 신세를 비유한 것이다. 晶瑩雪은 맑고 영롱한 눈이란 뜻으로, 薛寶釵를 가리킨다. 薛과 雪은 讀音이 같다.

90 世外仙姝寂寞林: 世外仙姝에서 世外는 俗世를 벗어난 仙界를 뜻하면서도 동시에 이승을 벗어났다는 의미, 즉 죽었다는 의미도 같이 가지고 있다. 仙姝 역시 仙界의 仙草였던 林黛玉에 대한 비유이면서, 그녀가 결국 이승을 떠난 사람이 될 것을 암시하고 있다. 寂寞林은 적막한 숲으로, 이 역시 林黛玉을 가리킨다.

91 人間: 人間世, 즉 俗世.

92 美中不足: 아름다움에도 부족함이 있다, 즉 비록 賈寶玉과 혼인하지만 진정한 사랑을 이루지 못한다는 뜻.

93 方: 비로소.

94 縱然: 설령 ~한다고 해도.

95 齊眉擧案: 남편을 극진히 모신다는 뜻. 漢나라 때 梁鴻의 처 孟氏는 남편이 돌아오면 감히 눈을 마주치지도 않고 밥상을 눈썹까지 들어서 공손히 내왔다고 한다. 일반적으로 擧案齊眉라고 말한다.

96 意難平: 마음을 되돌리기 어렵다. 이미 林黛玉에게 쏠린 賈寶玉 마음을 薛寶釵에게 되돌리기 어렵다는 뜻.

97 枉凝眉: 枉은 헛되이, 억울하게. 凝眉는 눈썹을 찌푸리다, 즉 근심하다. 결국 枉凝眉란 근심한다 해도 아무 소용없고 어찌할 수도 없는 일이건만 괜히 근심했다는 뜻. 이 曲은 林黛玉이 끝내 賈寶玉과 사랑을 이루지 못할 것임을 말해주고 있다.

98 閬苑仙葩: 閬苑은 전설상 神仙들이 사는 곳, 즉 仙境. 仙葩는 仙界의 꽃이란 뜻으로, 林黛玉을 가리킨다. 林黛玉은 前生에 仙界의 絳珠仙草였다.

99 美玉無瑕: 티 하나 없는 훌륭한 玉, 즉 賈寶玉을 가리킨다.

100 今生: 지금 생. 이승.

101 偏: 굳이.

102 心事終虛化: 마음 쓰던 일이 결국 虛事로 돌아가다. 즉 賈寶玉을 사랑했지만 결국 그와 혼인하지 못하게 된다는 뜻.

空勞牽掛[104]. 一個是水中月, 一個是鏡中花[105]. 想[106]眼中能有多少淚珠兒[107], 怎經得[108]秋流到冬盡, 春流到夏! ……

[收尾·飛鳥各投林[109]] 爲官的, 家業凋零. 富貴的, 金銀散盡. 有恩的, 死裏逃生[110]. 無情的, 分明報應[111]. 欠命的, 命已還[112]. 欠淚的, 淚已盡[113]. 寃寃相報實非輕[114], 分離聚合皆前定[115]. 欲知命短問前生[116], 老來富貴也眞僥倖[117]. 看破的, 遁入空門[118]. 痴迷的, 枉送了性命[119], 好一似[120]食盡鳥投

103 枉自嗟: 헛되이 스스로 탄식하다. 여기에서는 林黛玉을 가리킨다.

104 空勞牽掛: 空은 헛되이. 勞은 고생하다. 노심초사하다. 牽掛는 계속해서 잊지 못하고 절절히 그리워하는 것. 여기에서는 賈寶玉을 가리킨다.

105 一個是水中月, 一個是鏡中花: 물속에 비친 달과 거울 속에 비친 꽃은 모두 지극히 아름답긴 하지만 실체가 아닌 虛像이다. 여기에서는 賈寶玉과 林黛玉 두 사람이 모두 서로 사랑하긴 하지만, 그 사랑은 결국 사라질 虛像임을 비유하고 있다.

106 想: 생각건대.

107 淚珠兒: 눈물방울.

108 經得: 겪어내다, 견뎌내다.

109 收尾 · 飛鳥各投林: 收尾는 에필로그, 마무리 曲. 飛鳥各投林은 새들이 각자 숲으로 돌아간다는 뜻의 曲名으로, 여러 家門과 주인공들의 닥쳐올 미래에 대해 노래하고 있다.

110 有恩的, 死裏逃生: 有恩的은 남에게 은혜를 베푼 사람. 逃生은 목숨을 건지다, 죽음에서 벗어나다.

111 無情的, 分明報應: 分明은 분명히. 報應은 응분의 대가를 치른다는 뜻. 원래 佛家에서 사용하는 因果應報의 줄임말.

112 欠命的, 命已還: 欠命的은 남에게 목숨을 빚진 사람, 즉 남의 목숨을 앗아갔던 사람. 還은 빚을 갚다.

113 欠淚的, 淚已盡: 欠淚的은 남에게 눈물을 빚진 사람. 이 구절은 林黛玉에 대한 지적이다. 林黛玉은 前生에 仙界의 絳珠仙草였는데, 그때 赤霞宮의 神瑛侍子(前生의 賈寶玉)가 자신에게 甘露水를 뿌려주었던 은혜를 사람으로 환생하면서 평생의 눈물로 갚으리라 맹세했었다.

114 寃寃相報實非輕: 寃寃相報는 불가의 말로, 사람들이 서로 계속 원수를 맺고 이를 되갚아 주다보니 서로의 復讎가 끝나지 않는다는 뜻.

115 分離聚合皆前定: 分離聚合은 離合集散의 뜻. 前定은 前生에 이미 정해져 있었다는 뜻.

116 欲知命短問前生: 여기에서 短은 長短, 즉 길고 짧음.

117 老來富貴也眞僥倖: 老來는 늙어서, 늘그막에.

118 看破的, 遁入空門: 看破的은 세상이 덧없음을 간파해낸 사람. 遁入空門은 佛家에 出家했다는 뜻.

119 痴迷的, 枉送了性命: 痴迷的은 세상의 덧없음을 깨닫지 못하고 어리석게 계속 헤매는 사람. 枉送은 헛되이 보내버린다는 뜻. 性命은 목숨. 이상의 詩句에 대해, 혹자들은 어떤 詩句가 『紅樓夢』의 어떤 인물에 대한 지적인지를 명시하려 시도했지만, 일부만 확인될 뿐 일부는 전체적인 상황을 가리키는 구절이거나 누구를 가리키는지 未詳인 구절로 남았다. 억지로 한 구절에 한 사람씩 완벽하게 대칭시킨 이도 있었지만, 오히려 牽强附會라는 비난을 받았다. 시시콜콜하게 억지로 끼워다 맞추느니 전체적으로 『紅樓夢』의 등장인물들의 갖가지 운명들을 예언하고 있다고 보면 될 것이다. 여기에서는

林, 落了片白茫茫大地眞乾淨! ……

詩句의 내용을 좀 더 명확히 설명하기 위해 "欠淚的, 淚已盡"에만 해당 인물을 설명했다.

120 好一似: 好는 매우. 강조의 의미. 一似는 마치 하나인 것처럼 똑같다는 뜻. 의미상 뒤 구절 眞乾淨까지 걸린다.

清 희곡

洪昇 『長生殿』 「情悔」 (第30齣)

洪昇은 淸나라 초엽의 文人으로, 대대로 浙江 錢塘(지금의 杭州) 지역에서 이름난 가문에서 태어나 어려서부터 독서를 좋아하고 글재주가 있었다. 이후 벼슬자리에 나아가기도 했지만, 『長生殿』의 작가로 더욱 유명하다.

『長生殿』은 한 번에 완성된 것이 아니라, 洪昇 스스로 자신이 지은 작품을 수차례 改作하며 최종적으로 완성시킨 작품이다. 50齣으로 된 南曲으로 구체적으로 따지자면 崑曲(崑山腔이나 崑腔이라고도 함)에 속한다. 내용은 당대의 玄宗과 楊貴妃의 사랑 이야기를 주제로 하고 있는데, 사실 이 주제는 계속해서 중국의 문인들이 주목하고 백성들이 즐기던 바였다. 玄宗과 楊貴妃의 사랑 이야기는 唐代에 이미 白居易의 詩 「長恨歌」와 陳鴻의 文言小說 「長恨歌傳」에 등장했고, 이후 元代 白樸의 雜劇 「梧桐雨」에서 그 내용이 보다 구체화되었다. 이밖에도 이 이야기를 다룬 筆記나 戲曲이 적지 않다. 『長生殿』의 줄거리를 간단히 추려보자면 다음과 같다.

楊貴妃를 총애하게 된 玄宗은 그녀의 친척오빠인 楊國忠을 右相으로 삼고 그녀의 다른 친척들까지도 冊封하며 우대한다. 두 사람 사이에 약간의 다툼도 있었지만 결국 화해하고 七月七夕날 長生殿에서 牽牛星과 織女星을 보며 영원히 함께 할 것을 맹세한다. 그때 玄宗은 양귀비에게 정표로 금비녀와 장식합을 준다. 이후 玄宗은 國政들 돌보지 않고 오로지 양귀비와 즐기는 데 빠져 있었고, 나라는 점차 엉망이 되어갔다. 그러다 安祿山의 亂이 일어나자 玄宗은 長安을 버리고 도망가는 신세가 되고 만다. 玄宗의 일행이 馬嵬坡라는 곳에 다다라 驛舍에 묵게 되었을 때, 그를 따르던 禁衛軍들은 나라가 이토록 엉망이 된 것은 楊貴妃와 楊國忠에게 그 책임이 있다고 여겨, 먼저 楊國忠을 살해하고 玄宗에게 楊貴妃마저 내놓을 것을 요구했다. 결국 玄宗은 어쩔 수 없이 宦官 高力士를 시켜 그녀를 목 졸라 죽이게 한다. 이후 郭子儀 같은 名將의 死鬪로 간신히 戰亂이 평정되면서 玄宗은

長安으로 돌아올 수 있었으나, 늘 楊貴妃를 그리워하면서 그녀의 조각상을 보며 통한의 눈물로 세월을 보내게 되었다. 그러다 혹시나 하는 마음에 靈驗한 道士를 파견해 楊貴妃의 영혼을 찾아보게 한다. 알고 보니 楊貴妃는 원래 蓬萊山의 神仙이었다가 죄를 지어 인간 세상에 유배 온 것이었는데, 죽어서 織女를 만나 이미 지난날의 과오를 회개하고 다시 蓬萊山로 돌아가 神仙이 되어 있었다. 그 道士가 蓬萊山까지 가서 楊貴妃를 만나 玄宗의 사정 이야기를 하니 楊貴妃는 눈물을 흘리며 玄宗이 자신에게 情表로 주었던 금비녀와 장식합을 각각 반으로 쪼개 도사에게 건네주면서 자신도 여전히 玄宗에 대한 마음이 변치 않았다고 말한다. 이후 生死를 넘어서는 그들의 사랑에 감동한 天帝와 織女의 도움으로, 8월 15일 대보름날에 玄宗은 하늘의 月宮에 올라가서 楊貴妃를 다시 만나 결국 영원히 부부로 살게 된다.

이렇게 『長生殿』은 玄宗과 楊貴妃의 사랑 이야기를 주축으로 하면서도, 그 사이 사이에 임금이 女色에 빠져 國政을 소홀히 하면서 결국 반란이 일어나 온 나라가 戰火에 휩싸이는 처절한 상황을 묘사하고 있다. 이는 상당히 이질적인 두 관점, 즉 玄宗과 楊貴妃의 사랑을 애틋하게 여기며 동정의 시선으로 바라보는 관점과, 그들의 사랑 놀음에 나라가 피폐해졌다는 비판적 입장을 견지하는 관점이 錯綜되어 있는 것인데, 이 두 관점이 상충되는 지점에 대한 해결, 혹은 해소가 너무 거칠고도 蓋然的이지 못하다. 죽은 양귀비가 織女를 만나 자신의 과거 잘못을 사죄하자 織女는 너무도 쉽게 "네가 이미 과거의 잘못을 회개했으니 그간의 모든 허물이 다 용서되었다"고 하면서 곧바로 그녀를 神仙으로 복귀시킨다. 지금의 분석적인 잣대를 들이댄다면, 楊貴妃가 이렇게 회개의 말 한 마디로 면죄부를 얻고 오히려 神仙이 되어버리는 이런 급작스러운 전개는 물론 비판의 대상이 되겠지만, 사실 이 같은 문제는 전혀 다른 층차에 존재하던 두 가지 관점이 같은 지점에 놓이게 되면서 필연적으로 발생할 수밖에 없었다. 唐代부터 진작 玄宗과 楊貴妃는 모두가 즐기는 낭만적인 사랑의 상징이었고, 이는 주로 민간예술의 층차에서 다뤄지는 素材였다. 그런데 이와는 별도로 정치적인 층차에서 보면, 玄宗은 어수룩하게 女色에 빠져 國政을 소홀히 한 가해자이자 피해자이고, 楊貴妃는 玄宗의 눈을 멀게 하고 唐나라를 혼란에 빠트린 원흉이었다. 전통적으로 중국의 歷史記述에서는 나라가 망하고 기울어지는 데는 반드시 임금을 파멸로 이끄는 惡女, 즉 팜므파탈femme fatale이 존재한다고 보았다. 先秦時期부터 이미 나라를 기울게 만들 정도의 美色이란 뜻의 傾國之色이란 표현이 있었고, 전해지는 바에 따르면 夏나라 마지막 왕 桀王에게는 末姬가, 商나라 마지막 왕 紂王에겐 妲己가, 西周의 마지막 왕 幽王에겐 褒姒가 있어서, 그녀들이 임금을 망치고 나라를 망하게 만들었다고 한다. 楊貴妃 역시 이러한 정치적 입장에서 보면, 총명하던 玄宗을 타락시키고 번성하던 唐나라의 國運을 꺾어버린 惡女다. 이런 두 가지 관점이 하나로 뒤섞이면서 상충되는 현상이 발생하게 된 것이다. 하지만 실제로 꼼꼼히 따져본다면, 이미 당시로서는 세계 최고 수준의 律令制度를 갖추고 官職制度를 구비했던 唐나라라는 大帝國이 단순히 일개 後宮 혹은 그녀의 친척 몇몇에 의해 농단되어 망하게 되었다는 것은 그다지 설득력이 없다. 보다 궁극적인 원인은 응당 전반적인 국가 시스템이 붕괴되고 節度使를 통한 지역 통제가 이미 한계에 다다랐던 것에서 찾아야 할 것이다.

사실 『長生殿』에서 이 같은 정치적 관점에 근거한 戰亂과 混亂에 대한 記述이 삽입된 것은 明末淸初의 혼란상에 대한 작가의 고발이자 불만이었다. 즉 역사에 현실을 투영하면서 이를 비판한 것이다. 하지만 이러한 관점에서의 비판적 묘사는 『長生殿』에서 부패하여 자멸했다고 할 수 있는 明나라를 대상으로 하고 있지, 明나라를 몰아내고 새로 들어선 淸나라를 대상으로 하고 있지는 않다. 이는 아마도 아직까지 淸朝가 中原에 자리 잡은 지 얼마 되지 않아 정치에 대한 비난에 민감하게 반응하여 탄압을 가할 때였고, 또한 작자 자신도 본격적인 현실비판 자체를 목적으로 하고 있었던 것이 아니라 현재에 이르게 된 역사적 과정을 반성하는 데 있었기 때문이다. 하지만 결국 이 정도 내용의 『長生殿』조차도 淸나라의 제재를 받게 된다.

아무튼 이처럼 상이한 두 가지 관점이 착종되며 전개되는 『長生殿』이지만, 궁극적으로는 玄宗과 楊貴妃의 낭만적이고도 영원한 사랑의 완성이라는 결론에 도달하면서, 정치적 도덕성이나 역사적 반성이라는 잣대보다는 대중적인 사랑 이야기로서의 재미에 무게중심을 두게 된다.

아래에 인용된 내용은 죽은 楊貴妃의 영혼이 土地神을 만나 자신이 원래 蓬萊山의 신선이었음을 깨닫고 다시금 蓬萊山로 돌아가게 되는 장면이다.

【仙呂入雙調】【普賢歌】[1](副淨[2]上) 馬嵬坡[3]下太荒涼, 土地公公[4]也氣不揚. 祠廟倒了墻, 沒人燒炷香, 福禮三牲[5]誰祭享!

小神[6]馬嵬坡土地是也[7], 向來[8]香火頗盛. 只因安祿山[9]造反, 本境[10]人民盡皆逃散, 弄得[11]廟宇荒涼, 香烟斷絶. 目今[12]野鬼甚多, 恐怕出來生事[13], 且往四下[14]裏巡看一回. 正是"只因神倒運, 常恐鬼胡行[15]." (虛下[16]. 魂旦[17]上)

【雙調引子】【搗練子】[18]寃疊疊, 恨層層[19], 長眠泉下[20]幾時醒? 魂

---

1 【仙呂入雙調】【普賢歌】: 仙呂入雙調는 宮調名. 仙呂에서 雙調로 변화되는 宮調로 南曲에서만 쓰인다. 普賢歌는 仙呂入雙調에 속하는 曲調. 이후로는 특별한 경우가 아니면 따로 曲調에 대해서는 설명하지 않겠다.

2 副淨: 淨이란 배역은 주로 무대에서 드러나는 성격이 아주 강하게 정형화된 남자배역을 말하는데, 얼굴에 臉譜에 따른 색채가 짙고 화려한 화장을 하는 것이 특징이다. 그 중에서도 副淨은 주로 노래보다는 동작을 위주로 한다. 여기에서는 土地神 역을 가리킨다.

3 馬嵬坡: 楊貴妃가 죽은 곳. 安祿山의 亂이 일어나자 唐 玄宗은 부랴부랴 도망하여 陝西 지역까지 다다라 馬嵬坡의 驛舍에 묵게 되었을 때, 그를 따르던 병사들이 나라에 난이 일어난 책임을 楊貴妃와 그녀의 친척오빠 楊國忠에게 물으며, 먼저 楊國忠을 살해하고는 玄宗에게 楊貴妃마저 내놓을 것을 요구했다. 결국 현종은 어쩔 수 없이 宦官 高力士를 시켜 그녀를 목 졸라 죽이게 한다.

4 土地公公: 土地神, 즉 자신을 지칭. 여기에서 公公은 나이가 많은 어른에 대한 존칭.

5 福禮三牲: 鬼神에게 제사지낼 때 바치는 祭物을 福禮라 한다. 三牲은 祭物로 바쳐지는 소, 양, 돼지를 가리킨다.

6 小神: 土地神이 스스로를 낮추어 부른 謙稱.

7 是也: 앞의 표현을 받아서 다시 강조하는 역할을 한다. 여기에서는 앞의 馬嵬坡土地란 표현을 그대로 받아서, 土地神인 자신이 다스리는 곳이 바로 이곳이라는 뜻.

8 向來: 줄곧.

9 安祿山: 玄宗 때 반란을 일으킨 范陽節度使.

10 本境: 이곳.

11 弄得: ~한 상황으로 만들어 버리다.

12 目今: 현재, 지금.

13 出來生事: 出來는 '~한 상황이 등장한다'는 뜻. 生事는 事端이 나는 상황, 혹은 事故가 발생하는 상황.

14 四下: 四方.

15 只因神倒運, 常恐鬼胡行: 일종의 속담, 혹은 격언. "그저 神靈이 재수가 없기에, 귀신들이 함부로 날뛸까 늘 두려워한다"

16 虛下: 무대를 내려하는 척한다.(즉 정말로 내려가지는 않는다.)

17 魂旦: 혼령인 여자 배역, 즉 이미 죽어 혼령이 된 이 극의 여자주인공 楊貴妃(본명은 玉環).

18 【雙調引子】【搗練子】: 雙調引子는 南曲에만 있는 宮調. 搗練子는 雙調引子에 속하는 曲調.

19 寃疊疊, 恨層層: 억울함은 켜켜이 쌓였고, 응어리는 층층이 맺혔다는 뜻.

20 泉下: 黃泉, 즉 저승.

斷[21]蒼烟[22]寒月裏, 隨風窣窣[23]度空庭[24].

一曲霓裳逐曉風[25], 天香國色總成空[26]. 可憐只有心難死, 脈脈[27]常留恨不窮. 奴家[28]楊玉環[29]鬼魂是也. 自從馬嵬被難[30], 荷蒙岳帝傳勅[31], 得以棲魂驛舍[32], 免墮冥司[33]. (悲介[34]) 我想生前與皇上[35]在西宮行樂, 何等[36]榮寵! 今一旦紅顔斷送[37], 白骨冤沈[38], 冷驛[39]荒垣, 孤魂淹滯[40]. 你看月淡星

21 魂斷: 斷魂의 도치형. 여기에서는 죽은 사람의 넋, 즉 楊貴妃 자신을 가리킨다.

22 蒼烟: 달빛에 비춰지는 하늘의 푸른빛을 띄는 구름과 안개. 주로 차갑고 을씨년스러운 분위기를 상징한다.

23 窣窣: 아주 미세한 소리. 여기에서는 바람이 스쳐 지나가는 소리.

24 度空庭: 度는 渡의 通假字로, 지나간다는 뜻. 空庭은 텅 빈 뜰.

25 一曲霓裳逐曉風: 一曲霓裳은 霓裳羽衣曲이라는 舞曲. 전설에는 唐나라 玄宗이 꿈에서 들은 月宮의 음악을 본 떠 만들었다고 하지만, 사실은 西域에서 전래된 음악을 고친 것으로, 진작 失傳되었지만 아름다운 여인들의 群舞가 매우 아름다웠다고 전해진다. 여기에서는 楊貴妃가 玄宗을 처음 만나던 때를 가리킨다. 陳鴻이 지은 唐代 文言小說 「長恨歌傳」에 따르면 玄宗이 처음 楊貴妃를 만날 때 霓裳羽衣曲을 연주하게 했다고 한다. 逐은 여기에서 뒤좇아 가다. 曉風은 원래 새벽바람이라는 뜻이지만, 이후로 密會를 즐기는 남녀가 새벽 전에는 이별을 해야 했기에, 이별을 상징하게 되었다. 즉 玄宗과의 즐거운 시절도 결국에는 헤어짐을 귀결되고 말았다는 뜻.

26 天香國色總成空: 天香國色은 한 나라를 대표할만한 대단한 미인. 원래는 빛깔과 향기가 나라를 대표할만한 꽃을 가리키는 말이었으나, 이후 최고의 미인을 칭송하는 표현으로 사용되었다. 總은 결국, 아무래도. 成空은 헛일이 되다, 공허해 지다. 즉 楊貴妃 자신의 미모도 아무런 소용이 없게 되고 말았다는 뜻.

27 脈脈: 情感이 넘쳐나는 모습. 이 구절은 앞 구절의 心이 주어로, 그 '마음'에 담긴 애정에 대한 표현이다.

28 奴家: 여성이 자기 자신을 이르는 謙稱. 여기에서는 楊貴妃.

29 楊玉環: 楊貴妃의 이름이 바로 玉環이다.

30 被難: 곤란을 당하다. 즉 곤란한 상황에 처해 결국 자결했음을 가리킨다.

31 荷蒙岳帝傳勅: 荷蒙은 높은 분께 명령을 받거나 은혜를 입었다는 뜻. 岳帝는 泰山의 山神인 東嶽大帝. 傳勅은 전해진 勅令.

32 棲魂驛舍: 棲魂은 양귀비 자신의 혼령이 머물게 되었다는 뜻. 驛舍는 바로 자신이 자결한 馬嵬坡의 驛舍.

33 冥司: 저승, 혹은 閻羅殿.

34 悲介: 슬픔을 표현한다는 뜻. 介는 科와 같은 뜻으로 주로 무대에서의 동작을 가리킨다.

35 皇上: 玄宗.

36 何等: 이는 의문사가 아니라 강조의 뜻. '얼마나 대단한 ~인가!' 정도로 풀 수 있겠다.

37 紅顔斷送: 紅顔은 젊고 예쁜 여자, 즉 楊貴妃 자신. 斷送은 죽었다는 뜻.

38 白骨冤沈: 白骨은 자신의 遺骨. 冤沈은 억울하게 파묻혔다는 뜻.

39 冷驛: 썰렁한 馬嵬坡의 驛舍.

寒, 又早黃昏時分, 好不[41]悽慘也! ……

【越調過曲】【斗黑麻】你本是蓬萊籍中有名[42], 爲墮落皇宮[43], 癡魔[44]頓增. 歡娛過, 痛苦經[45]. 雖謝塵緣[46], 難返仙庭[47]. 喜今宵夢醒[48], 教[49]你逍遙[50]擇路[51]行. 莫戀迷途[52], 莫戀迷途, 早歸舊程[53].

【前腔】(旦接路引謝[54]介) 深謝尊神, 與奴指明[55], 怨鬼愁魂[56], 敢望仙靈[57]!

(背[58]介) 今後呵, 隨風去, 信[59]路行. 蕩蕩悠悠[60], 日隱宵征[61]. 依月傍星[62],

---

40 孤魂淹滯: 孤魂은 楊貴妃 자신의 외로운 넋. 淹滯는 여기에서 오랫동안 머물게 되었다는 뜻.

41 好不: 감탄의 의미로 쓰인 副詞. '얼마나 ~한가!'로 풀어야 한다.

42 你本是蓬萊籍中有名: 이 부분부터는 다시 앞서 나왔던 土地神이 楊貴妃에게 노래하는 것이다. 蓬萊는 蓬萊山, 즉 神仙들이 사는 仙界. 전설에는 渤海에 있다고 한다. 楊貴妃의 이름이 蓬萊山의 명부(籍)에 이름이 있었다는 말은, 楊貴妃가 원래 蓬萊山의 神仙였다는 의미이다.

43 爲墮落皇宮: 爲는 '~ 때문에', '~으로 인해'. 墮落皇宮은 唐나라 皇宮으로 떨어졌다는 말. 비록 俗世의 皇宮이지만 仙界에서 쫓겨 내려간 것이기에 떨어졌다(墮落)란 표현을 사용한 것이다.

44 癡魔: 癡情. 여기에서 魔는 佛敎에서 말하는 心魔를 가리킨다.

45 經: 경험하다, 겪다.

46 雖謝塵緣: 雖는 여기에서 가정의 뜻. '비록 ~하더라도'. 謝는 사양하다. 塵緣은 俗世의 부질없는 인연. 塵은 紅塵, 즉 俗世의 뜻.

47 仙庭: 仙界.

48 夢醒: 迷夢에서 깨다. 楊貴妃가 俗世의 부질없음을 깨달았다는 것을 가리킨다.

49 敎: 사역동사. '~로 하여금 ~하게 하다'.

50 逍遙: 여기에서는 자유롭게, 아무 구애됨 없이. 원래는 아무런 구애 없이 자유로이 노니는 것을 가리킨다.

51 路: 앞으로 나아갈 길, 즉 進路.

52 莫戀迷途: 莫는 금지의 뜻. '~을 하지 말라'. 戀은 미련을 버리지 못하고, 연연해하는 것. 迷途는 迷惑의 길, 즉 俗世를 가리킨다.

53 舊程: 옛날에 가던 길, 즉 仙界를 가리킨다.

54 旦接路引謝: 旦은 楊貴妃. 接은 받다. 路引은 일종의 통행증으로, 여기에서는 仙界로 갈 수 있는 통행증을 뜻한다. 謝는 감사드린다는 뜻.

55 指明: 확실하게 나아갈 방향을 가리키다.

56 怨鬼愁魂: 원망어린 귀신이자 근심어린 넋, 즉 楊貴妃 자신.

57 仙靈: 神仙.

58 背: 등지다.

59 信: 멋대로. 내키는 대로.

重尋釵盒盟[63]. 還怕相逢, 還怕相逢, 兩心痛增. (副淨) 吾神去也.

(旦) 曉風殘月正潸然,(韓琮)[64] (副淨) 對影聞聲已可憐.(李商隱)[65]

(旦) 昔日繁華今日恨,(司空圖)[66] (副淨) 只應尋訪是因緣.(方干)[67]

孔尚任『桃花扇』「寄扇」(第23齣)

孔尚任은 清나라 초엽 사람으로, 孔子의 64代孫이다. 康熙帝가 孔子에게 祭를 올리기 위해 山東 曲阜에 들렀을 때 당시 37세였던 孔尚任을 눈여겨보고 특별히 벼슬을 내렸다. 이렇게 한 주목적은 아마도 오랑캐라 불리는 유목민족 출신 통치자로서, 孔子로 대변되는 中華文明의 정통성을 획득하고 지식인들의 마음을 회유하는 데 있었을 것이다. 이후 그는 고향을 떠나 주로 北京에서 근 20년간 벼슬을 지내다가 이후 다시 고향인 曲阜로 돌아와 10여 년은 은거하다 죽는다. 『桃花扇』은 벼슬생활 중에 틈틈이 실제 배경이 되는

60 蕩蕩悠悠: 定處없이 헤매는 모습.

61 日隱宵征: 낮에는 숨었다가 밤에는 길을 떠난다는 뜻. 이 같이 하는 이유는 楊貴妃가 귀신이기 때문이다.

62 依月傍星: 달과 별에 의지해. 依와 傍은 모두 의지한다는 뜻.

63 重尋釵盒盟: 重尋은 다시 찾다. 釵盒盟은 玄宗과 楊貴妃가 맺은 사랑의 맹세란 뜻. 여기에서 釵盒은 금비녀(金釵)를 넣은 화려한 장식합(鈿盒)의 줄임말. 이에 관한 이야기는 正史가 아닌 陳鴻이 지은 唐代 文言小說 「長恨歌傳」에 보인다. 당초 玄宗이 楊貴妃를 長生殿에서 七月七夕에 처음 만나면서 금비녀를 넣은 장식합을 정표로 주었고, 이후 楊貴妃가 죽어 神仙이 된 뒤에도 그 금비녀와 장식합을 각각 반으로 쪼개 玄宗에게 보내면서 옛날의 사랑이 전혀 변하지 않았음을 알렸다고 한다.

64 曉風殘月正潸然(韓琮): 曉風殘月은 사랑하는 남녀 간의 이별. 새벽바람과 날이 밝아 사라지는 달은 모두 密會하던 남녀가 헤어져야 할 때이기에, 이후 이별의 상징이 되었다. 潸然은 눈물이 줄줄 흐르는 모습. 이 구절은 唐代 韓琮의 「露」란 시에서 인용한 것이다.

65 對影聞聲已可憐(李商隱): 對影은 님의 그림자를 마주 대하다. 聞聲은 님의 목소리를 듣다. 이 두 가지는 사랑하는 님의 실제 모습을 보기 전을 의미한다. 已可憐은 벌써 사랑스럽다는 뜻. 이 구절은 唐代 李商隱의 「碧城」 3首 중 제2수에서 인용한 것이다.

66 昔日繁華今日恨(司空圖): 이 구절은 唐代 司空圖의 「南北史感遇」 十首 중 제9수에서 인용한 것이다.

67 只應尋訪是因緣(方干): 應尋訪은 찾아온 사람을 만나준다는 뜻. 이 구절은 唐代 方干의 「題龜山穆上人院」에서 인용한 것이다.

지역을 돌아다니고 당시의 일을 알고 있던 사람들을 직접 만나 이야기를 채집하여 지은 것으로, 10여 년 동안 3번의 대대적인 수정을 거쳐 완성되었다.

『桃花扇』의 작가 孔尙任은 山東 출신, 즉 북방 사람이지만, 『桃花扇』은 南曲인 崑曲으로 총 40齣으로 구성되어 있다. 실제로는 第40齣 뒤에 에필로그인 「餘韻」이 덧붙여 있다. 당시 중국 戲曲은 남북 가릴 것 없이 南曲이 주류를 이루고 있었던 것이다. 물론 北曲을 대표하는 雜劇도 여전히 존재했지만 이미 무대 공연을 위한 대본보다는 책으로서 읽기 위한 작품이 많았다. 『桃花扇』의 내용상의 특징은 『長生殿』과 비교해 보면 보다 명확하게 드러난다. 『長生殿』은 사랑 이야기와 역사적 사실을 두 축으로 전개되지만 전자에 훨씬 무게 중심이 실려 있었다. 하지만 『桃花扇』은 『長生殿』처럼 남녀 주인공의 사랑 이야기와 明末淸初의 역사를 두 축으로 전개되긴 하지만, 무게중심은 확연히 후자, 즉 明末淸初의 역사 記述에 있어서, 전체적으로 볼 때 오히려 남녀 간의 사랑이야기는 적잖이 희석되는 느낌이다. 물론 『桃花扇』이 남녀 주인공의 안타까운 사랑 이야기를 세련되게 풀어나가고 있으며 이 때문에 많은 사랑을 받게 된 것 역시 분명한 사실이지만, 궁극적으로 작품의 중심은 아무래도 역사 기술에 있다고 보인다. 『桃花扇』은 明末淸初의 역사를 토대로 아주 복잡다단하게 전개되는데, 남녀 주인공을 위주로 줄거리를 간단히 추리면 다음과 같다.

때는 바야흐로 明나라가 內憂外患에 시달리며 쇠약할 대로 쇠약해져 風前燈火처럼 위태롭던 시기. 南京에 살던 남자 주인공 侯方域은 주로 明末에 國政을 전횡하던 魏忠賢 일당과 대립각을 세웠던 東林黨 계열의 文人들이 모인 復社의 領袖 중 한 명으로 절개나 문장으로 명성이 높았다. 그는 우연히 秦淮 지역의 유명한 歌妓 李香君에게 마음을 빼앗겼지만 워낙 가진 게 없어 어찌해 볼 도리가 없었다. 이후 侯方域은 아무나 만나주지 않는 李香君을, 자신의 부채를 핑계로 어렵사리 만나 사귀게 되고 결국 그녀의 머리를 얹어주기로 한다. 하지만 侯方域은 이에 필요한 예물을 마련할 여유가 없었는데 마침 阮大鋮이란 자가 이 사실을 알고 侯方域과 교분이 있던 楊文驄을 시켜 예물을 마련해준다. 원래 阮大鋮은 이름난 간신배로, 魏忠賢 일당에 속해 있었다가 탄핵을 받아 南京에 내려와 있던 차에 어떻게든 侯方域이라는 유명인사와 관계를 맺으면서 자신도 은근슬쩍 선비들 사이에서 명성과 지위를 얻을 수 있는지를 궁리하던 자였다. 侯方域은 이런 사정을 모른 채 그저 자신의 벗 楊文驄의 도움을 받았다고만 여기고는, 李香君의 머리를 얹어주고 자신의 두 사람이 만날 수 있는 인연을 만들어 준 그 부채에 詩를 써서 李香君에게 情表로 건네준다. 그런데 侯方域이 어떻게 이런 예물을 마련했을까 의아해하던 李香君이 결국 이 모든 예물이 간신배인 阮大鋮에게서 나왔음을 알아채고는 몹시 화를 내며 모두 물려서 阮大鋮에게 돌려주게 한다. 이 일로 阮大鋮 역시 모욕을 느끼고 侯方域과 李香君에게 원한을 품게 된다. 그러던 중 明나라 마지막 황제인 崇禎帝는, 闖王 李自成이 北京을 함락시키자 煤山에서 목을 매어 자결하였다. 南京에는 明나라의 망명 정부, 즉 南明이 세워지는데, 이 와중에도 阮大鋮는 여러 다른 간신배들과 결탁하여 우매한 福王을 南明의 황제 弘光帝로 옹립하고 專權을 橫行한다. 이 같은 상황에 극력 반발하던 復社의 文人들은 阮大鋮에 의해 대대적으로 탄압을 받게 되고 결국 復社의 領袖 중 한 명이었던 侯方域 역시 阮大鋮의 모함에 어쩔 수 없이 李香君과 이별하고 忠臣 史可法이 지키고 있던 揚州로 몸을 피한다. 侯方域이 揚州로 떠난 사이에, 阮大鋮은 南京에 남아있던 李香君을 사들여 田仰이라는 벼슬아치에게 妾으로 바쳐 그의 환심을 사고자 한다. 이에 李香君은 완강히 반발하다 머리를 찧어 피까지 흘리게 된다. 결국 그녀는 楊文驄의 도움으로 간신히 田仰의 妾이 될 위기를 모면하는데, 당시 머리를 찧을 때 튀었던 피가 마침 侯方域에게 받았던 부채에 몇 방울 묻게 되고 이를 본 楊文驄은 그 붉디붉은 핏방울들을 복사꽃으로 삼아 부채 위에 한 폭의 그림을 완성한다. 李香君은 마침 揚州로 떠나려는 蘇崑生에게 주면서 이를 侯方域에게 좀 전해 달라 부탁한다. 하지만 蘇崑生이 揚州에 갔을 때 侯方域은 이미 南京에 돌아왔다가 체포되어 투옥되었기에 전해주지 못하고 결국 李香君에게 돌려준다. 阮大鋮은 弘光帝의 환심을 사려고 『燕子箋』이라는 사랑 이야기를 지어 南京의 歌妓들로 하여금 공연토록 했는데, 李香君 역시 이 공연에 참여하게 되었다. 하지만 李香君은 공연을 하면서 멋대로 가사를 바꾸어 阮大鋮 등의 간신배들을 꾸짖었고, 이에 대노한 阮大鋮이 그녀를 죽이려 했지만 다시 楊文驄이 나서서 사태를 무마했다. 결국 中原을 침범한 淸나라 鐵騎에 의해 南明의 수도 南京마저 덧없이 무너지고, 阮大鋮 등 간신배들도 도망가다 죽고 만다. 戰亂의 소용돌이 속에서 李香君은 주위의 도움으로 간신히 南京 부근 棲霞山의 白雲庵에 몸을 숨긴다. 이후 侯方域이 우연히 棲霞山에 이르면서 결국 두 사람은 다시 만나게 된다. 하지만 두 사람은 이미 나라가 망하고 모든 것이 사라진 이후임을 깨닫고는 두 사람의 사랑을 상징하는 부채, 즉 桃花扇을 찢어버리고는 모두 俗世를 버리고 出家하게 된다.

위의 줄거리 요약은 남녀 주인공을 위주로 했기에 제대로 열거하지 않았지만, 사실 남녀 주인공이나 阮大鋮, 楊文驄 등의 인물들 말고도 많은 등장인물이 등장하면서 처절하고 긴박했던 明나라 멸망의 과정을 여실하게 그려내고 있다. 거의 모든 등장인물들이 역사적으로 실존했던 인물이거나 실존했던 인물을 모델로 하고 있다. 앞서도 지적했지만 『桃花扇』은 明나라의 멸망이 간신배들의 발호에 있었음을 지적하고 있으며, 특히 간신배들이 이미 中原을 잃고 長江이남으로 내려와서까지도 권력을 잡기 위해 國政을 호도하고 충신을 모함하면서 나라의 안위 따위는 관심조차 없는 어이없는 상황에 대해 가차 없는 비판을 가하고 있다. 혹자는 『桃花扇』이 反淸精神(혹은 漢族 중심의 민족주의)을 드러내고 있다고도 주장하지만, 사실 『桃花扇』의 주안점은 明나라, 그 중에서도 특히 南明의 부패와 자멸을 비판하는 데 있다. 물론 당시 갓 세워진 淸나라가 反淸 사상에 매우 민감하고 폭압적으로 대응했기에, 설령 反淸의 생각을 가지고 있다고 해도 직접적으로 표현할 수는 없었으며 南明의 부패와 자멸에 치중할 수밖에 없었을 것이다. 결국 이러한 주제의식을 가진 『桃花扇』은 앞서 살펴본 『長生殿』과는 달리 남녀 주인공의 사랑 이야기보다도 역사의 묘사에 보다 중점을 두게 되었고, 절절하면서도 애달픈 남녀 주인공의 사랑은 결국 허무하게 둘 다 亡國을 이유로 出家해버리는 것으로 마무리된다.

그런데 나름대로 淸나라의 감시를 의식한 『桃花扇』의 내용조차도 결국에는 문제가 되어 공연이 금지되고 만다. 그래서 혹자는 이 같은 이유를 들어 淸나라의 탄압으로 수백 년간 발전해온 戲曲이 위축되었다고 주장하는데, 이는 그다지 온당한 분석이 아니다. 사실 『桃花扇』만 살펴보아도 이미 과도한 文辭의 修飾이나 音律과 노래의 乖離가 눈에 띄기 시작하는 등 南曲(그 중에서도 특히 당시 최대 인기였던 崑曲)이 실질적인 대중예술로서의 기능을 상실해 가고 있는 것이 확인된다. 수백 년간의 발전과정을 거치면서 南曲은 이미 文人들에게 專有되어 당초 일반 대중이 즐길 수 있던 공연예술에서 이미 상당한 지식과 교양을 필요로 하는 고급유희로 그 성격이 변질되고 있었던 것이다. 淸代를 대표하는 南曲(그 중에서도 崑曲)인 『長生殿』과 『桃花扇』이 모두 淸初의 작품이며, 이후로는 크게 내세울 만한 작품이 없는 것 역시 이러한 분석에 힘을 실어준다. 하지만 南曲이 이렇게 문인들에게 전유되었다고 해서 대중을 위한 공연이 사라진 것은 결코 아니었다. 이미 각 지방에서는 대중을 위한 새로운 地方戲가 발달하고 있었다. 그래서 이후로는 南曲의 崑曲을 雅部라 칭하고, 각 지방의 地方戲들을 花部라 칭하기도 했다. 다시 말해

『長生殿』과 『桃花扇』 같은 崑曲의 쇠퇴에는 물론 淸나라의 억압도 중요한 원인 중 하나지만, 보다 중요한 원인은 바로 崑曲과 대중과의 遊離에 있었고, 대중에게는 이를 대체할 새로운 地方戲들이 성장하고 있었다. 우리가 지금 즐기는 京劇Peking Opera은 바로 乾隆帝 때 安徽省의 地方戲인 徽劇을 기반으로 崑曲과 기타 地方戲들의 장점을 집약하여 완성된 中國 戲曲의 精髓이다. 이 같이 하나의 문학 혹은 예술 장르가 원래 民衆에게서 淵源했다가 이후 文人에 의해 彫琢되고 修飾되면서 極盛期와 衰退期를 겪게 되는 과정은 이미 詩나 詞의 발전과정에서도 확인되었듯이 지극히 자연스러운 패턴이다.

아래에 인용된 내용은 李香君이 핏자국을 복사꽃으로 삼아 그림을 완성시킨 桃花扇을 揚州에 가 있는 情人 侯方域에게 부치는 장면이다.

【醉桃源】(旦包帕病容[68]上) 寒風料峭[69]透氷綃[70], 香爐懶[71]去燒. 血痕一縷[72]在眉梢[73], 胭脂紅讓嬌[74]. 孤影怯, 弱魂飄[75], 春絲命一條[76]. 滿樓霜月夜迢迢[77], 天明恨不消[78].

(坐介) 奴家香君, 一時無奈[79], 用了苦肉之計[80], 得遂全身之節[81]. 只是孤

68 旦包帕病容: 旦은 이 극의 여자주인공인 李香君. 包帕는 수건으로 머리를 싸맸다는 뜻. 이런 모습은 병들었음을 상징한다. 病容은 병에 걸린 용모를 하고 있다는 뜻.

69 料峭: 원래는 초봄까지 미처 가시지 않은 겨울의 寒氣를 이르는 말이지만, 여기에서는 찬바람이 매우 매섭게 부는 것을 뜻한다.

70 氷綃: 여기에서는 얼음처럼 희고 투명한 비단 옷.

71 懶: ~하기도 귀찮다. ~하기 내키지 않는다.

72 一縷: 한 가닥. 여기에서는 血痕이 가늘고 길기에 이 표현을 쓴 것이다.

73 眉梢: 눈썹 끝.

74 胭脂紅讓嬌: 胭脂의 붉음 빛조차 그 아름다움을 양보하다. 즉 앞서 말한 한 가닥의 血痕이 연지보다도 붉다는 뜻. 여기에서 '아름다움'(嬌)은 바로 '붉음'(紅)을 이야기하는 것이다.

75 飄: 정처 없이 흩날린다는 뜻.

76 春絲命一條: 봄날의 실버들 같은 이 한 목숨. 春絲는 봄에 갓 자라난 실버들. 그 잎이 워낙에 가늘고 여린데, 봄에 갓 자란 것은 더욱 가늘고 여리다. 실버들은 수양버들, 혹은 능수버들이라고도 한다.

77 滿樓霜月夜迢迢: 滿樓霜月은 누대 가득 서릿발같이 희고 차디찬 달빛이 비춘다는 뜻. 夜迢迢는 밤은 길고도 길다는 뜻.

78 天明恨不消: 天明은 날이 밝는 것. 恨不消는 마음속의 한스러움은 해소되지 않는다는 뜻.

79 無奈: 어찌할 수 없다.

80 苦肉之計: 원래는 兵法에 있어서 적을 속이기 위해 스스로의 고통이나 희생을 감수하는 계책을 가

身隻影, 臥病空樓, 冷帳寒衾, 無人作伴[82], 好生[83]凄涼. ……

【錦上花】 一朶朶傷情[84], 春風懶笑[85]. 一片片消魂[86], 流水愁漂[87]. 摘的下嬌色[88], 天然蘸好[89]. 便[90]妙手徐熙[91], 怎能畫到. 櫻脣上調朱[92], 蓮腮上臨稿[93], 寫意兒幾筆紅桃[94]. 補襯[95]些翠枝青葉, 分外夭夭[96], 薄命人[97]寫了一

리키지만, 여기에서는 李香君이 자신을 강제로 再嫁시키려는 시도를 막기 위해 스스로 자해 소동을 벌인 것을 가리킨다.

81 得遂全身之節: 得은 能, 할 수 있었다. 여기에서 遂는 온전히 보존하다. 全身之節은 온 몸의 節介.

82 作伴: 짝이 되어 주다.

83 好生: 감탄의 의미로 쓰인 副詞. '얼마나 ~한가!'로 풀어야 한다.

84 一朶朶傷情: 一朶朶는 '복사꽃 한 떨기 한 떨기가 모두'의 뜻. 傷情은 마음을 상하게 한다는 뜻.

85 春風懶笑: 懶笑는 '웃는 것조차 내키지 않네'의 뜻. 앞 구절과 이 구절은 唐代 崔護의 「題都城南莊」의 "桃花依舊笑春風"(복사꽃은 예전처럼 봄바람에 웃고 있네)이란 구절을 가져다가 변용한 것이다.

86 一片片消魂: 一片片은 '복사꽃잎 한 조각 한 조각이 모두'의 뜻. 消魂은 銷魂, 즉 넋을 사른다는 뜻. 너무 슬퍼서 마치 자신의 靈魂이 녹는 것 같다는 비유이다.

87 流水愁漂: 흐르는 물에 시름조차 떠내려간다는 뜻. 앞 구절과 이 구절은 唐代 杜甫의 「絶句漫興」 9首 중 제5수에서 "輕薄桃花逐水流"(가볍고 얇은 복사꽃은 물결 따라 흘러가 버렸네)란 구절을 가져다가 변용한 것이다.

88 摘的下嬌色: 摘的下는 摘得下來, 즉 '손으로 딸 수 있을 듯한'이라는 수식어. 嬌色은 아리따운 붉은색, 즉 부채에 그려진 복사꽃을 가리킨다. 앞서 苦肉之計의 각주에서 설명했듯이, 李香君은 자신이 강제로 남의 첩으로 가게 되자 바닥에 머리를 찧는 자해소동을 벌였는데, 이때 머리가 깨지고 피가 튀어 핏방울이 부채에 묻었다. 이후 이를 발견한 楊文驄이 부채에 무작위로 튀었던 핏방울들을 복사꽃으로 삼아 부채에 그림을 완성했는데, 여기에서는 그 복사꽃이 너무 붉어 마치 딸 수 있을 것처럼 생생해 보인다는 뜻이다.

89 天然蘸好: 天然은 자연스럽다는 뜻. 蘸은 튀어서 묻었다는 뜻. 好는 동사 蘸에 붙은 結果補語.

90 便: 설령 ~라 한들.

91 妙手徐熙: 妙手는 어떤 분야에서든 오묘한 조예를 지닌 이를 가리킨다. 徐熙는 五代 南唐 때 사람으로 그림을 잘 그리기로 유명했다. 특히 꽃나무를 잘 그렸다고 한다.

92 櫻脣上調朱: 櫻脣은 앵두 같이 붉은 입술. 調朱는 붉은 입술연지를 앵두 같은 입술에 또 칠한 듯하다. 즉 매우 붉다는 뜻. 여기에서는 부채의 복사꽃에 대한 비유.

93 蓮腮上臨稿: 蓮腮는 연분홍빛 연꽃 같은 뺨. 臨稿는 본격적으로 그림을 그리기 전에 미리 그리는 밑그림을 그린 듯하다. 여기에서는 부채 중 붉디붉은 복사꽃 부분을 제외한 나머지 부분에 대한 비유. 밑그림이 그려진 듯하다는 것은 아마도 복사꽃이 피어있는 나뭇가지에 대한 묘사인 듯하다.

94 寫意兒幾筆紅桃: 寫意兒는 '속내를 그려낸'. 즉 단순히 겉모습만을 그린 것이 아니라 그 속에 담긴 감정까지 드러난다는 뜻. 여기에서 筆은 量詞. 원래 그림이나 서예 작품을 세는 量詞인데, 여기에서는 부채의 그림 속 복사꽃을 세는 量詞로 사용되었다.

95 補襯: 덧붙이다. 보충하다.

96 分外夭夭: 分外는 특별히, 유난히. 夭夭는 아주 예쁘고 싱싱한 모습. 夭夭는 원래 『詩經』 「周南 · 桃夭」의 "복숭아나무, 예쁘고 싱싱하기도 해라"(桃之夭夭)라는 표현에서 나왔다.

幅桃花照[98]. ……

【碧玉簫】揮灑銀毫[99], 舊句[100]他[101]知道. 點染紅幺[102], 新畵你[103]收着. 便面小[104], 血心腸一萬條[105]. 手帕兒包[106], 頭繩兒繞[107], 抵過錦字書多少[108].

(淨[109]接扇介) 待我收好了, 替你寄去. (旦) 師父[110]幾時起身[111]? (淨) 不日[112]束裝了. (旦) 只望早行一步. (淨) 曉得. (末[113]) 我們下樓罷[114]. (向旦

97 薄命人: 薄福한 운명을 타고난 사람, 즉 사랑하는 侯方域과 떨어져 온갖 고초를 겪는 李香君 자신.

98 照: 보다.

99 揮灑銀毫: 揮灑는 붓을 휘두르며 문장을 거침없이 써내려 간다는 뜻. 銀毫는 붓. 원래 붓촉(즉 筆鋒)이 광택 나는 灰色이므로 이를 銀毫라 칭한 것이다.

100 舊句: 옛 詩句. 즉 당초 侯方域이 부채에 써준 詩句를 가리킨다.

101 他: 남자주인공인 侯方域을 가리킨다.

102 點染紅幺: 點染은 점찍다. 紅幺는 붉은 점. 원래 幺는 숫자 一의 별칭이기도 하고, 놀이나 노름에서 사용하는 주사위의 1 역시 幺라고 부르는데, 주사위에서의 1은 늘 붉은색으로 큰 점을 찍는다. 여기에서는 주사위의 1 같이 붉은색의 큰 점이란 뜻.

103 你: 李香君에게 樂曲을 가르쳤던 스승 蘇崑生을 가리킨다.

104 便面: 부채의 종이나 비단이 발라진 면. 便面은 원래 높은 사람들이 자신의 얼굴을 가리기 위해 사용하는 별도의 얼굴가리개용 부채만을 지칭했지만, 이후로 부채의 종이나 비단이 발라진 면을 가리키게 되었다. 便面은 便於障面, 즉 '얼굴을 가리기에 편하다'는 뜻.

105 血心腸一萬條: 血心腸은 피 끓는 속내. 一萬條는 만 가닥이나 된다, 즉 아주 많다는 뜻.

106 手帕兒包: 手帕兒는 손수건. 包는 포장하다. 싸다.

107 頭繩兒繞: 頭繩兒는 머리끈. 繞는 휘감다. 묶다.

108 抵過錦字書多少: 抵過는 '~에 匹敵하다', 相當하다는 뜻. 錦字書는 비단에 글자를 새겨 넣은 편지. 원래 前秦의 蘇蕙라는 여자가 남편 竇滔에게 보냈던 비단으로 짜 넣은 回文詩를 말한다. 蘇蕙는 左遷당해 멀리 떠난 남편이 그리워, 29줄에 매 줄마다 29자씩 총 841자로 이루어진 回文詩를 지어, 이를 비단에 무늬처럼 짜 넣어 남편에게 보냈다고 한다. 원래가 回文詩는 어디부터 읽든지, 앞으로 읽든지, 뒤로 읽든지 詩가 되는데, 蘇蕙의 이 回文詩는 어디부터 어떻게 끊어 읽느냐에 따라 거의 200여 首에 달하는 詩로 읽힌다고 한다. 竇滔는 이를 읽고 아내를 그리워하며 發奮하여 功을 세워, 결국 다시 높을 벼슬에 올라 아내와 합칠 수 있었다고 한다. 따지고 보면 지금 情人 侯方域과 헤어진 李香君의 상황이 남편과 헤어졌던 蘇蕙의 상황과 자못 유사하다. 多少는 어느 정도, 약간이나마.

109 淨: 여기에서 남자 조연인 淨은 李香君에게 樂曲을 가르쳤던 스승 蘇崑生을 가리킨다.

110 師父: 蘇崑生. 李香君은 그에게 樂曲을 배운 적이 있어서 이렇게 칭하는 것이다.

111 起身: 출발하다.

112 不日: 조만간. 며칠 안 되는 짧은 시간을 뜻한다.

113 末: 여기에서 남자 조연인 末은 李香君의 부채에 그림을 그려준 楊文驄.

114 罷: 吧. 명령, 혹은 권유의 語氣詞.

介) 香君保重. 你這段苦節[115], 說與侯郎[116], 自然來娶你的. (淨) 我也不再來別[117]了. 正是[118]: '新書[119]遠寄桃花扇.' (末) '舊院[120]常關燕子樓[121].' (下. 旦掩淚介) 媽媽不歸, 師父又去, 妝樓[122]獨閉, 益發[123]淒涼了. ……

115 苦節: 온갖 시련에도 꿋꿋한 節介.

116 侯郎: 남자주인공 侯方域.

117 別: 작별하다, 작별 인사하다.

118 正是: 정말이지 ~이로구나!

119 新書: 새로운 편지. 여기에서는 '새 편지 삼아 ~' 혹은 '새 편지로써 ~' 정도의 뜻.

120 舊院: 옛 妓樓, 즉 원래 자신이 몸 담았던 媚香樓. 여기에서는 '옛날 머물렀던 妓樓인 ~' 정도의 뜻.

121 燕子樓: 원래는 江蘇省 徐州 부근에 있는 樓閣으로, 唐代 어떤 尙書의 愛妾이 남편인 尙書가 죽은 뒤 守節하며 십여 년을 살던 곳이라고 한다. 하지만 『桃花扇』을 보면 李香君은 여러 차례 의식적으로 자신이 몸 담았던 妓樓인 媚香樓를 燕子樓로 칭하고 있다. 때문에 여기에서도 燕子樓는 李香君이 몸 담았던 媚香樓의 별칭으로 사용된 것이다.

122 妝樓: 부녀자가 머무는 樓閣을 가리킨다.

123 益發: 더더욱 ~하다.

清 시

錢謙益「河間城外柳」(其2)

錢謙益은 晩明 때 태어나 明朝에서 벼슬까지 지냈으나, 말년에 滿洲族이 들어와 淸朝를 세웠을 때 반강제적으로 반 년 정도 淸朝의 벼슬을 지낸 뒤 바로 落鄕해 은거하며 지냈다. 때문에 당초 그의 詩는 쓰러져 가는 明朝에 대한 지식인으로서의 悲憤과 慷慨가 잘 반영되어 있지만, 말년에 결국 變節하여 淸朝에 귀순한 뒤의 작품들에서는 대체적으로 自愧感이나 悔恨이 主調를 이룬다.

일반적으로 淸代 詩壇을 논할 때 錢謙益은 宗宋詩派, 즉 宋詩의 風格를 典範으로 삼아 추종하는 一派의 先河이자 領袖로 꼽는다. 확실히 그의 풍격은 宋詩에 가깝지만, 세심히 따져보면 그는 唐詩와 宋詩를 두루 중시했다. 정말 그가 극력 반대했던 것은 唐詩 중 盛唐詩만을 典範으로 삼아 추종하는 明代 前後七子의 풍격이었다. 다시 말해 그의 盛唐詩 비판은 이미 教條的 형식주의로 전락해버린 明代 前後七子의 遺習을 혁파하고, 답습에 빠진 당시 詩壇의 풍격을 一新하는 데 진정한 목적이 있었던 것이다. 하지만 錢謙益의 이러한 시도는 오로지 盛唐詩만 존숭하던 당시 詩壇의 틀을 깨고 全唐詩로 그 시야를 확장한 후 다시 더 나아가 宋詩까지 중시하게 만들어 결국 宗宋詩派가 등장할 수 있도록 길을 열어 준 것 역시 분명한 사실이다.

「河間城外柳」는 총 2수로 여기에서 인용한 것은 第2首이다. 이 시는 그가 거의 마흔이 다 되어갈 때(즉 明朝 때), 河北省 河間城 밖을 지나다 문득 맞닥뜨린 버드나무를 보고 느낀 感興을 읊은 것이다. 이 시를 보면 그가 당시 고향을 떠나온 지 얼마나 되었는지는 정확히 모르지만, 이미 사무치게 고향이 그리워진 것이 분명하다. 버드나무 밑을 말을 타고 지나가다 무성하게 드리워진 버들잎들이 엉겨 붙어 불편한 상황을 마치 버들잎들이 단박에 고향으로 돌아가고픈 자신을 못가도록 붙잡는 것처럼 묘사하여 鄕愁에 젖어 울적한 心思를 담아내었다. 하지만 바로 어젯밤 밝은 달빛 아래 꿈속에서나마 고향에 달려갔던 일을 되새기며 이내 울적함을 털어버린다. 詩語는 과장이나 과도한 수식이 없이 간결하면서도 그 속에 담긴 詩情은 깊고도 선명하다.

長條[1]垂似髮鬖鬖[2], 拂馬眠衣總不堪[3]. 昨夜月明搖漾[4]處, 曾牽歸夢到江南[5]

吳偉業「過淮陰有感」(其2)

錢謙益보다 스물 대여섯 살이 어린 吳偉業 역시 처경은 錢謙益과 비슷했다. 明朝에서 벼슬하다 淸朝가 들어선 뒤 은거했지만, 결국 淸朝에 귀순하여 1년 정도 벼슬을 하게 된다. 당초 그의 詩風은 주로 시원시원하고 화려했지만, 淸朝가 들어선 이후로는 서글프고 뭔가 울분에 찬 情緖가 강해졌다.

일반적으로 淸代 詩壇을 논할 때 吳偉業은 宗唐詩派의 先河이자 領袖로 손꼽힌다. 물론 여기에서 唐詩란 바로 위 설명에서 지적했듯이 진짜 唐詩라기보다는 盛唐詩를 典範으로 삼은 明代 前後七子를 필두로 하는 擬古派의 詩風을 가리킨다. 때문에 吳偉業이나 다른 宗唐詩派 계열의 시인들은 대부분 明代 前後七子, 즉 擬古派의 주장에 대해 기본적으로는 동조하면서 公安派나 竟陵派에 대서는 비판적인 입장을 견지했다. 하지만 그는 이미 피폐해진 擬古派 末流의 주장을 그대로 답습한 것이 아니라 盛唐詩에만 집중되었던 典範의 범위를 初唐詩나 中唐詩까지 넓히는 등 다각적으로 기존의 擬古派 주장을 수정하고 확충했다. 즉 錢謙益과 성향이나 방법은 달랐지만 결국에는 吳偉業으로부터 형성되는 宗唐詩派

1 長條: 길게 늘어진 버들잎을 가리킨다.
2 鬖鬖: 머리카락이 어지러이 길게 늘어진 모습.
3 拂馬眠衣總不堪: 拂馬는 길게 늘어진 버들잎이 지나는 말의 몸에 스친다는 뜻. 眠衣는 버들잎이 옷에 붙어 늘어진다는 뜻. 여기에서 眠은 動詞로 원래 세로로 늘어진 버들잎이 옷에 쓸리면서 가로로 눕게 된다는 말이다. 總은 아무래도. 不堪은 감당해내지 못하다.
4 搖漾: 원래는 물결이 출렁이는 모습을 가리키지만, 여기에서는 밝은 달빛이 높다랗게 걸려있다는 뜻.
5 曾牽歸夢到江南: 曾은 벌써. 牽은 이끌려오다. 歸夢은 꿈에게 기대다, 혹은 꿈속으로 들어가다. 여기에서 歸는 歸依하다의 뜻. 여기에서 江南은 錢謙益의 고향(江蘇省 常熟)을 가리킨다.

역시 擬古派의 잔재가 여전하던 당시 詩壇의 병폐와 한계를 극복하고 새로운 진로를 확보하는 데 노력한 것은 매한가지였던 것이다.

「過淮陰有感」은 총 2수로 여기에서 인용한 것은 제2수이다. 이 시는 은거하던 吳偉業이 淸朝의 부름을 받아 어쩔 수 없이 벼슬하러 北京에 가던 길에 淮陰을 지나며 지은 것이다. 여기에서 吳偉業은 殉節하지 못하고 淸朝에 귀순했다는 自愧感과 淸朝를 인정할 수밖에 없는 현실을 淮南王 劉安의 故事를 빌어 노래하고 있다. 明朝의 遺臣으로 절개를 지키지 못했음을 한탄하면서도 결국에는 현실적으로 淸朝를 부정하지는 못하는 어중간한 입장을 취하게 되면서 그 어디에도 뿌리내리지 못하고 소외되어버리는 자신의 모습을 서글프게 노래하고 있다.

登高悵望八公山[6], 琪樹丹崖未可攀[7]. 莫想陰符遇黃石[8], 好將鴻寶駐朱顔[9]. 浮世所欠止一死[10], 塵世無繇識九還[11]. 我本淮王舊鷄犬[12], 不隨仙去

6 八公山: 安徽省에 위치한 산 이름. 漢初 淮南王 劉安은 賢人을 잘 모셔 근 3,000명을 식객으로 두고 있었는데, 그 중 빼어난 여덟 명, 左吳, 李尙, 蘇飛, 田由, 毛被, 雷被, 伍被, 晉昌을 八公으로 봉했다. 劉安이 八公을 만난 곳이 이 八公山이었다고 한다. 전설에 따르면 八公은 神仙이 되어 대낮에 승천했다고 한다.

7 琪樹丹崖未可攀: 琪樹는 옥으로 된 나무. 丹崖는 丹砂로 된 절벽. 여기에서 옥이나 丹砂는 모두 仙界의 상징이다. 未可攀은 아직 吳偉業 자신이 오를 수 없다는 뜻.

8 陰符遇黃石: 陰符는 『陰符經』. 『陰符經』은 위진남북조 시기쯤 나왔을 것으로 추정되는 道敎經典으로, 신선이 되는 수련법과 나라를 부강하게 하는 법, 그리고 병사를 다루어 전쟁하는 법까지 실려 있는데, 일반적으로 훌륭한 兵法이나 兵書의 대명사로 사용된다. 여기에서는 훌륭한 兵書의 뜻으로 사용되었다. 遇黃石은 黃石公을 맞닥뜨리다. 즉 張良이 젊어서 黃石公을 만나 그에게서 『太公兵法』을 전수받은 후 漢나라 開國功臣이 되었다는 故事를 가리킨다. 이 구절에서 『陰符經』같은 兵書를 얻거나 『太公兵法』을 전수해줄 黃石公 같은 인물을 만나길 바라지 말라는 것은, 더 이상 무력으로 淸나라에 항거할 생각을 하지 말라는 뜻이다.

9 好將鴻寶駐朱顔: 好는 '~하기에 적당하다, 좋다'의 뜻. 將은 '~을 가지고, 사용하여'의 뜻. 鴻寶는 淮南王 劉安이 가지고 있었다고 전해지는 『枕中鴻寶苑秘書』를 가리킨다. 이 책은 귀신을 부리는 방법이나 鍊金術 등 각종 方術이 실려 있었다고 전해지는데, 여기에서는 不老長生의 비법이 담긴 책이란 의미로 사용되었다. 駐는 붙잡아 두다. 朱顔은 붉은 얼굴, 즉 혈색이 좋은 젊은 얼굴로, 젊음을 상징한다. 이는 亂世 속에서 함부로 나서지 말고 스스로의 無病長壽에나 신경 쓰라는 뜻이다.

10 浮世所欠止一死: 浮世는 浮沈을 계속하는 無常한 세상. 所欠은 빚진 것. 止는 只의 通假字. 이 구절은 이 세상에 빚진 것은 오로지 이 한 목숨뿐이라는 말로, 明나라의 신하로서 나라가 망하고 임금도 죽었건만 殉節하지 않았다는 뜻.

11 塵世無繇識九還: 塵世는 덧없는 俗世. 無繇는 無由, 즉 길, 혹은 방법이 없다는 뜻. 繇는 由의 通假字. 九還은 九還丹, 즉 아홉 번이나 煉成의 과정을 거쳐 만들어낸 仙丹으로, 여기에서는 不老長生할 수 있는 靈藥의 뜻으로 쓰였다.

落人間[13].

王士禎「眞州絶句」(其4)

王士禎[14]은 특히 詩로 이름이 높았으며, 결국 그 명성이 康熙帝에게까지 전해져 벼슬도 하게 되었다. 그는 錢謙益의 門下에서 수학했지만, 정작 그의 詩風은 唐詩를 典範으로 추종했고, 그의 詩論은 禪宗의 영향이 如實해 錢謙益이 배척하던 唐末 司空圖의 『二十四詩品』이나 宋代 嚴羽의 『滄浪詩話』으로부터 연원했다. 때문에 그는 宗唐詩派의 대표적 시인 중 한 명으로 분류된다. 그의 詩論을 神韻說이라고 하는데, 이는 그가 주장한 주요 개념인 神情과 韻外를 합쳐 만든 造語이다. 神情은 日常의 표면적인 感情이 아닌 내면에서 우러나는 本然의 느낌이고, 韻外는 원래 司空圖가 사용한 표현으로, 겉으로 感知되는 情趣를 넘어서는 미묘한 餘韻이다. 때문에 그는 대체로 시를 짓는 데 인위적인 修飾이나 彫琢을 반대하고, 자연스러우면서도 詩句의 文字를 초월한 意境을 강조했으며, 실제로 典範으로 삼은 작품

12 淮王舊鷄犬: 淮王은 漢初 淮南王 劉安. 舊鷄犬은 원래 劉安 집에 있던 닭이나 개였다는 뜻. 역사적으로 劉安은 반역을 꾀하다 실패하여 자살했지만, 이전부터 道敎에서는 劉安이 仙藥을 먹고 昇天했다고 믿었다. 특히 劉安의 집에 있던 닭이나 개조차도 劉安의 仙藥을 먹고 昇天했다고 전해진다. 여기에서는 망해버린 明나라의 임금을 劉安에 비유하고, 그 밑에서 신하 노릇했던 吳偉業 자신은 劉安 집의 닭과 개에 비유한 것이다.

13 不隨仙去落人間: 이 구절은 앞 구절에서 이어서 응당 닭과 개도 신선이 되어 劉安을 따라 승천했듯이 자신도 나라가 망하고 임금이 죽었을 때 따라 죽었어야 마땅했지만, 그렇지 못하고 청나라에 투항하고만 것을 빗대어 한 말이다.

14 王士禎은 사실 姓名부터 문제가 된다. 현재 대체로 그를 王士禎이라고 칭하는 것이 훨씬 보편적이긴 하지만, 혹자들은 그를 王士禛이라고 칭하기도 한다. 간단히 밝히자면 원래 王士禛이 옳은 표현이다. 당초 王士禛 死後에 雍正帝가 등극했는데, 雍正帝의 諱가 胤禛이었기에 사람들은 부득이 避諱하여 王士禛을 王士正이라고 썼다. 하지만 禛(zhen)과 正(zheng)은 발음이 다를 뿐 아니라 당초 王士禛의 항렬은 돌림자로 '士'+'示字가 부수인 글자'(그의 두 형의 이름은 士祜와 士禄이었음)를 쓰고 있었기에 이후 乾隆帝의 允許를 얻어 다시 王士禎(zhen)으로 고치게 된 것이다. 중국에선 禛(zhen)과 禎(zhen)의 讀音이 같아서 그나마 문제가 크진 않지만, 우리나라 讀音으로 읽자면 왕사진(王士禛)과 왕사정(王士禎)으로 讀音이 달라진다. 生前에 본인 스스로 改名한 경우면 몰라도 死後에 避諱 때문에 이름이 바뀐 경우는 원래대로 되돌리는 것이 常例이므로, '王士禎'이 아닌 '王士禛'으로 쓰고 읽어야 할 것이다.

역시 唐詩 중에서도 禪宗의 성향이 두드러진 王維나 孟浩然 등의 작품들이 대부분이었다.

「眞州絶句」는 王士禎이 揚州에서 벼슬할 때 眞州를 둘러보며 지은 시이다. 眞州는 江蘇省에 위치한 곳으로 북쪽으로는 長江이 맞닿아 있고 남쪽으로는 揚州와 맞닿아 있다. 여기에 인용된 것은 「眞州絶句」 5수 중 제4수로, 5수 중 가장 널리 알려져 人口에 膾炙되는 작품이다.

어느 가을 노을 지는 漁村의 풍경을 평이하면서도 산뜻하고, 고즈넉하면서도 정겨운 묘사로 생동감 있게 그려내었는데, 단순히 풍경만을 그려낸 것이 아니라 그 속에서 노을 진 漁村의 情趣와 漁村 사람들의 정감이 짙게 묻어나도록 하고 있으니, 자신의 詩論을 잘 활용한 佳作이라고 하겠다.

江干[15]多是釣人居[16], 柳陌菱塘一帶疏[17]. 好是日斜風定[18]後, 半江紅樹賣鱸魚[19].

沈德潛「過許州」

沈德潛은 진작 詩로 江南에서 명성이 있었으나, 乾隆帝에게 명성이 전해진 것은 예순이 훨씬 넘어서였다. 결국 67세에 北京에 가서 벼슬길에 올라 10년쯤 乾隆帝의 총애를 받다가 낙향하여 20년을 더 살다 97세의 나이에 죽었다.

그의 詩作 이론을 格調說이라 하는데, 이는 格律과 聲調를 합쳐 만든 造語이다. 그는 詩가 性情에 근본하고 있음을 긍정했지만 동시에 시의 法式 역시 따지지 않을 수 없다고

15 江干: 강가. 干은 여기에서는 물가의 뜻.
16 釣人居: 釣人은 낚시로 물고기를 잡는 漁夫. 居는 집.
17 柳陌菱塘一帶疏: 柳陌은 길 따라 버드나무를 죽 심어놓은 길. 菱塘은 마름이 떠 있는 못. 一帶는 허리띠처럼 죽 늘어선 주변. 疏는 성글다, 적다. 즉 띄엄띄엄 있다는 뜻.
18 日斜風定: 日斜는 해가 기울다, 즉 夕陽이 진다는 뜻. 風定은 바람이 멈췄다는 뜻.
19 半江紅樹賣鱸魚: 半江은 '강길 중간에'란 뜻. 紅樹는 붉게 丹楓이 든 나무. 鱸魚는 농어.

여겼다. 그 法式이라는 것은 바로 格律과 聲調인데 좀 더 풀어서 설명하자면, 전자는 주로 詩의 對偶, 平仄, 押韻 등의 格式規律을 가리키고, 후자는 주로 詩의 平仄, 押韻 등의 韻律感을 가리킨다. 이렇게만 보면 그의 입장이 敎條的인 형식주의에 가까운 듯 보이지만, 사실은 정반대로 沈德潛에게 이러한 法式은 인위적으로 조작해서도 안 되고, 할 수도 없으며, 반드시 자연스럽게 구현되어야만 하는 것이었다. 이러한 沈德潛의 주장은 그가 구조가 탄탄하고 對偶, 平仄, 押韻 등의 격식을 따지는 唐詩를 典範으로 삼아 추종하게 된 것과도 밀접한 연관이 있다. 그는 이러한 입장을 기준으로 하여, 唐代 이전의 시들을 모은 『古詩源』, 唐詩를 모은 『唐詩別裁集』, 明代 詩를 모은 『明詩別裁集』, 淸代 詩를 모은 『國朝詩別裁集』(『淸詩別裁集』이라고도 함)을 편찬했다. 유독 宋詩를 모아 따로 편찬하지 않은 것은 그가 宗唐詩派의 입장에 서서 宗宋詩派를 배척하고 견제하려는 의도 때문이었다.

아래에 인용한 「過許州」는 그가 어느 가을 날 許州를 지나며 지은 것이다. 주변의 못에서 졸졸졸 물 흐르는 소리가 나고, 수양버들은 녹음이 우거져 눈앞에 펼쳐진 논밭을 뒤덮은 듯하니, 길 지나는 사람은 자신의 눈썹과 수염조차 푸르러지는 듯 느껴지고 가는 길 내내 맴맴맴 매미 소리가 귀에 울리는 장면을 포착한 것이다. 唐詩의 꼼꼼하면서도 힘 있는 풍격을 잘 따르면서도 단순히 唐詩의 풍격을 답습만 하는 것이 아니라 시각과 청각을 통해 여름 풍경을 묘사한 참신한 표현을 더해 錦上添花의 작품을 완성시켰다.

到處陂塘[20]決決[21]流, 垂楊百里罨平疇[22]. 行人[23]便覺鬚眉綠[24], 一路[25]蟬聲過許州[26].

---

20 陂塘: 못. 저수지.

21 決決: 물 흐르는 소리.

22 罨平疇: 罨은 掩의 뜻, 즉 가리다, 혹은 뒤덮다. 平疇는 잘 정리된 밭들을 가리킨다.

23 行人: 길손. 여기에서는 沈德潛 본인을 가리킨다.

24 覺鬚眉綠: 覺은 여기에서 '~인 듯 느껴지다'. 鬚眉綠은 '수염과 눈썹이 초록빛이 되다'. 즉 버드나무의 綠陰이 너무 짙어 마치 자신의 수염이나 눈썹조차 그 초록빛에 물 들은 것처럼 느껴진다는 뜻.

25 一路: 가는 길 내내, 한 길 가득.

26 許州: 河南省의 許昌을 가리킨다.

袁枚「湖上雜詩」(其10)

袁枚는 어려서부터 聰氣가 있고 文才로 이름이 알려졌다. 결국 24세란 아주 젊은 나이에 進士에 급제하여 翰林院에 들어갔다. 당시 袁枚는 모두가 인정하는 뛰어난 재주에 前途有望한 이들이 모인다는 翰林院에 들어가기까지 했기에 득의양양했지만, 문제는 전혀 뜻밖인 곳에서 발생했다. 清朝는 滿洲族이 세운 나라이다. 때문에 비록 漢族 지식인을 회유하기 위해 科擧시험을 明代와 같이 八股文으로 치르고는 있었지만, 정작 朝廷에서의 말과 문서에 사용되는 공식 언어는 모두 滿洲語였고 모든 중앙관리는 滿洲語를 사용할 수 있어야만 했다. 袁枚는 25세 때부터 부랴부랴 滿洲語를 배웠으나 要領不得이었고, 결국 27세에 滿洲語 시험에 불합격해 江南의 보잘 것 없는 知縣으로 좌천되고 만다. 그 후 袁枚는 나름 충실히 임무를 수행하여 善政을 펼쳤고 강남 몇몇 곳을 옮겨가며 知縣 노릇을 하기도 했으나, 결국 33세 때 스스로 관직을 그만두고 南京 小倉山에서 莊園 한 채를 구입해 증축하고 隨園이라 이름했으며, 이후로 평생 이곳에서 살면서 여러 名勝古蹟을 자유로이 遊覽하며 살았다. 때문에 사람들은 그를 倉山居士, 隨園老人, 隨園先生 등으로 불렀다.

그는 詩作으로도 유명하지만 性靈說이라고 칭해지는 詩論으로도 유명한데, 이는 明代 公安派 등이 중시하던 性靈 위주의 주장이 보다 확충된 것이다. 하지만 양자 간에 직접적인 계승관계가 있는 것은 아니다. 그가 보기에 詩를 제대로 짓기 위해서는 학식, 글재주, 識見이 필요하지만 동시에 자신만의 性情(즉 眞情)에서 우러나온 것이어야만 했다. 사실 詩가 性靈(혹은 性情, 眞情, 眞心)에서 우러나와야 한다는 견해는 明代 前後七子와 公安派, 혹은 清代 宗唐詩派와 宗宋詩派에서도 모두 공통적으로 보인다. 이들 사이에는 다만 이러한 性靈에 얼마만큼 어떻게 중점을 두는가에 차이가 있을 뿐이다. 그래서 다른 詩派들이 性靈을 중시하면서도 이를 구현하기 위한 방법론에 있어서는 각기 다른 것들에 치중하는 반면, 明代 公安派와 袁枚는 보다 집중적으로 性靈을 강조했기에, 이들을 따로 性靈派라고 부를 수 있는 것이다. 하지만 公安派와 袁枚의 주장과 그 영향력에도 현격한 차이가 있었다. 우선 公安派는 典範에 따라 시를 짓는 행위를 비난하며 오로지 자신의 性靈만을 중시했다가 '내용의 貧弱함과 淺薄함'이란 폐단을 야기했지만, 袁枚는 性靈을 중시하면서도 학식, 글재주, 識見의 중요성 역시 인정했고 동시에 典範으로서의 唐詩와 宋詩의 존재

역시 긍정했다. 때문에 公安派의 性靈說이 구체적인 詩論이라기보다는 당시 詩壇의 주류풍격에 대한 반발 정도에 그쳤다면, 袁枚의 性靈說은 나름대로의 체계를 갖춘 詩論으로서 기존의 여러 詩論의 방법론을 비판하면서도 나름대로 장점들을 흡수하여 折衷할 수 있었다. 이러한 차이는 결국 公安派의 주장이 明代 詩壇에 끼친 영향은 미미했던 반면에, 袁枚의 주장은 크게 유행하여 一世를 風靡하게 되는 결과를 만들었다. 그래서 혹자들은 清代 詩壇을 크게 3분하여 宗唐詩派, 宗唐詩派, 그리고 性靈詩派로 三分하여 보기도 할 만큼, 清代 中期 詩壇에서 袁枚의 영향력은 실로 대단했다.

아래에 인용한 「湖上雜詩」는 총 21수인데 여기에서 인용된 것은 제10수이다. 이 시는 南京의 隨園에 살면서 자신의 고향인 杭州에 들러 西湖를 돌아보며 읊조린 시이다. 당시 袁枚는 이미 60이 훌쩍 넘은 나이였다. 袁枚가 막 봄이 와서 꽃이 피어날 때 西湖를 돌아보니, 주변 사람들은 하나같이 神仙이 된 葛洪으로 유명한 葛嶺을 바라보며, 神仙이 되어 不老長生한다면 얼마나 좋을까를 이야기하고 있다. 하지만 袁枚가 보기에 이는 허황된 바람일 뿐, 세상에 어디 神仙이며 不老長生이 있겠는가? 예순이 훌쩍 넘은 나이다보니 그저 활기찬 젊은이들의 젊음이 부러울 뿐. 袁枚는 여기에서 세월의 無常함과 자신의 노쇠함을 한탄하거나 원망하지 않고, 그저 평이하면서도 간결한 필치로 한 폭의 白描畵를 그려내었다. 시에서 袁枚가 젊은이의 젊음을 부럽다고 말한 것은 정말 젊어지고 싶다는 老慾이 아니라, 그저 神仙을 부러워하는 이들의 바람이 부질없음을 선명하게 드러내기 위함이다.

葛嶺[27]花開二月天[28], 遊人來往說神仙. 老夫[29]心與遊人異, 不羨神仙羨少年.

27 葛嶺: 浙江省 杭州의 西湖 북쪽에 있는 산. 전설에 晉나라의 葛洪이 여기에서 道를 닦으며 煉丹했다고 한다. 葛嶺이란 이름 역시 葛洪에게서 연유한 것이다. 때문에 道教의 靈山 중 하나로 손꼽힌다. 다음 구절에서 오고 가는 사람들이 神仙에 대해 이야기하는 이유 역시 이 때문이다.

28 二月天: 2월의 날씨. 여기에서 2월은 음력 2월이므로, 양력으로는 3월과 4월 정도에 해당한다.

29 老夫: 늙은이. 여기에서는 袁枚 본인을 가리킨다.

龔自珍「己亥雜詩」(其125)

龔自珍이 經世濟民의 꿈을 안고 벼슬길에 올랐을 때, 淸나라는 이미 쇠락할 때로 쇠락해버려 안으로는 각종 災害와 民亂이 끊이지 않았고 밖으로는 西歐列强이 계속 밀려들어오고 있었다. 龔自珍은 阿片戰爭이 일어나자, 결국 절망하여 辭職하고 고향인 仁和(杭州)로 돌아왔다가 잠시 후 妻子를 데려 가기 위해 다시 北方에 다녀왔다. 이렇게 두 번에 걸친 귀향길에서 느꼈던 현실에 대한 悲憤慷慨함을 일련의 詩로 풀어내었는데, 己亥年(1839)에 지었고 내용이 복잡다단하므로 「己亥雜詩」라고 이름 지었다. 그의 「己亥雜詩」는 風前燈火와 같은 위급한 시기에 아무런 조치도 취하지 못하는 淸朝의 무능함에 분노해 있던 젊은이들의 엄청난 호응을 받았다. 「己亥雜詩」는 315수나 되는데, 아래에 인용한 것은 第125首이다. 사실 이 시에는 지을 때의 상황을 설명한 다음과 같은 附記가 실려 있다. "鎭江을 지나가다가 玉皇上帝와 風神, 雷神에게 올리는 祭祀에 빌러 모인 사람들이 무척 많은 것을 보게 되었다. 마침 祭祀를 지내던 道士가 내게 祭文을 지어 달라 간청했다"(過鎭江, 見賽玉皇及風神雷神者, 禱祠萬數. 道士乞撰青詞) 그래서 祭文으로 지어 준 것이 바로 이 시였다. 生氣를 잃고 죽어가는 나라를 되살리기 위해 淸朝가 적극적으로 참신한 인재를 등용해 정치적으로 철저한 개혁을 시행하길 바라는 마음이 담겨있다.

九州[30]生氣恃風雷[31], 萬馬齊瘖[32]究[33]可哀. 我勸天公重抖擻[34], 不拘一格

30 九州: 中國에 대한 별칭. 원래 九州의 九는 虛數로 많음을 상징하는 것으로, 정말 아홉 지역만을 지칭하는 것은 아니었는데, 『尙書』「禹貢」을 보면 中國을 冀州, 兗州, 靑州, 徐州, 揚州, 荊州, 豫州, 幽州, 雍州로 나누고 있다. 九州에 대한 기술은 다른 여러 문헌에도 보이는데, 서로 조금씩 차이가 난다.

31 恃風雷: 恃는 의지하다. 근거하다. 風雷는 폭풍같이 사나운 바람과 고막을 찢을 듯한 우레. 여기에서는 天地를 뒤흔들 만한 大變革을 상징한다.

32 萬馬齊瘖: 萬馬는 中國의 萬民, 즉 사회구성원 모두를 가리킨다. 齊는 모두, 한결같이. 瘖은 벙어리마냥 숨죽인다는 뜻. 즉 生氣가 전혀 없음을 뜻한다. 이 표현은 원래 蘇軾의 「三馬圖贊序」의 표현을 借用한 것이다.

33 究: 결국에는, 끝내.

34 天公重抖擻: 天公은 天帝, 즉 하나님. 重은 거듭, 다시. 抖擻는 떨치다, 즉 떨쳐 일어나다. 여기에서는 振作이나 奮發의 의미로 쓰였다.

降人才[35].

黃遵憲 「感懷」(其1)

黃遵憲은 사실 우리에게 詩人보다는 외교관으로 알려져 있다. 그는 일본에서 외교업무를 수행하다가, 마침 일본에 왔던 朝鮮의 개화주의자 金弘集에게 朝鮮은 淸朝, 美國, 日本과 연합하여 러시아의 침략을 막아야 한다는 취지의 「朝鮮策略」을 건네주었던 인물이다. 이후로도 英國이나 싱가포르 등 각지에서 淸나라의 외교 업무를 수행하다가 귀국한 뒤로는 조국의 제도개혁과 교육을 위해 힘썼다. 문학에 있어서는 특히 글말(文言)만을 사용하는 중국의 傳統詩歌에 대해 과감히 입말(白話)의 사용하며 '내 손으로 내 입에서 나온 입말을 그대로 쓸 것'(我手寫我口)을 주장했다. 이러한 言文一致의 의식과 노력은 근대화의 과정에서 필수적인 것이었기 때문에 黃遵憲의 이러한 새로운 詩作 시도에 대해 중국에서는 近代 以來 줄곧 '詩壇의 革命'(詩界革命)이라 칭하며 대단한 의의를 부여하고 있다. 물론 역사적인 맥락에서 보면 상당히 중요한 전환점인 것은 분명하지만 실제 그의 작품들을 꼼꼼히 살펴보면 言文一致에 대한 성과보다는 참신한 新造語의 사용과 과감한 新思想의 수용이 눈에 띈다. 中國詩史에서 진정한 의미의 言文一致 시도는 한참 후에나 가능한 것이었다. 하지만 그의 작품 중 이러한 참신한 시도의 비중이 높은 시일수록 실질적인 문학적 成就는 그다지 좋지 않은 경우가 대부분이다. 주로 작품 자체의 완성도에 집중하기보다는 기존의 틀을 깼다는 데 의의가 있는 작품들이 적지 않은데, 역사적 의의를 강조하다 보니 이런 작품들의 작품성까지도 덩달아 높이 인정하는 경우가 종종 발생한다. 하지만 사실 兩者는 엄연히 서로 다른 차원의 문제이다.

35 不拘一格降人才: 不拘一格은 한 가지 틀에만 얽매이지 않는다는 뜻. 여기에서 一格, 즉 한 가지 틀이란 주로 明淸 이래 쓸모없는 八股文으로 판에 박힌 인재를 선발하는 科擧 시험을 가리킨다. 降은 내리다. 이때는 '항'이 아니라 '강'으로 읽는다. 여기에서는 人才를 세상에 내려준다, 태어나게 만든다는 뜻.

아래에 인용된 작품은 「感懷」 3수 중 제1수이다. 이 시는 太平天國의 亂이 간신히 평정된 후 느낀 바를 詩로 지은 것으로, 이 시에서 黃遵憲은 중국의 선비들이 예전처럼 방안에만 들어앉아 옛 經典만 읽는 것으로는 지금의 엄청난 國難을 도저히 타개할 수 없음을 역설하면서, 옛 聖賢들이 지금 聖賢으로 존중받는 까닭 역시 그들이 당시 자신들이 맞닥뜨렸던 시대적 病弊를 時宜適切하게 해결했기 때문임을 지적하고 있다.

世儒誦詩書[36], 往往矜爪嘴[37]. 昂頭道皇古[38], 拊掌說平治[39]. 上言三代隆[40], 下言百世俟[41]. 中言今日亂, 痛哭繼流涕[42]. 摹寫車戰圖[43], 胼胝過百紙[44]. 手持井田譜[45], 畵地期一試[46]. 古人豈我欺[47], 今昔奈勢異[48]. 儒生不出

36 詩書: 『詩經』과 『書經』(『尙書』). 여기에서는 經典을 상징한다.

37 矜爪嘴: 矜은 자랑하다, 뻐기다. 爪嘴는 입담, 口辯.

38 昂頭道皇古: 昂頭는 고개를 들어 올리다. 道는 말하다. 皇古는 아주 먼 옛날, 즉 上古시대를 가리킨다.

39 拊掌說平治: 拊掌은 拍手의 뜻으로, 옛사람들은 원래 기뻐서 득의양양하거나 激怒했을 때 拍手를 쳤다. 여기에서는 奮發하여 적극적으로 자기주장을 펼치는 모습에 대한 묘사이다. 說은 주장하다. 平治는 平定하여 잘 다스리다. 이 말은 원래 『孟子』에서 나온 표현이다.

40 三代隆: 三代는 夏, 殷, 周, 이 세 왕조는 가리키는데, 주로 역사적 실체보다는 太平聖代의 상징, 즉 정치적인 理想鄕이란 의미로 사용된다. 여기에서도 그러하다. 隆은 융성함.

41 百世俟: 百世를 기다릴 수 있다. 이 구절은 『中庸』 第29章의 "百世동안이나 聖人을 기다려도 미혹되지 않다"(百世以俟聖人而不惑)는 표현을 빌린 것이다. 그러므로 "세상을 제대로 이끌 聖人이 나올 때까지 흔들리지 않고 기다릴 수 있다"라고 意譯할 수도 있겠다. 보통 1世를 30년으로 치므로, 100世는 3,000년 정도의 기나긴 시간을 뜻한다. 俟는 기다리다.

42 痛哭繼流涕: 痛哭하고서 뒤이어 눈물까지 흘린다. 나라에 닥친 여러 가지 內憂外患에 통곡하게 되고 눈물 흘리게 된다는 뜻. 원래 이 구절은 漢初 국정 개혁을 부르짖었던 賈誼의 「治安策」의 표현을 借用한 것이다. 「治安策」 맨 앞부분을 보면 "臣 賈誼가 삼가 지금의 情勢를 생각해 보건대, 통곡할 만한 일이 한 가지이고, 가히 눈물 흘릴만한 일이 두 가지이고, 길게 탄식할만한 일이 여섯 가지입니다"(臣
竊惟事勢, 可爲痛哭者一, 可爲流涕者二, 可爲長太息者六)라고 했다.

43 摹寫車戰圖: 摹寫는 본 떠 그리다. 車戰圖는 宋代 李綱이 오랑캐를 물리치기 위해 獻上했던 戰車 설계도를 가리킨다. 여기에서는 外患이라고 할 수 있는 오랑캐의 침입을 막아내려는 군사적 노력의 상징으로 쓰였다.

44 胼胝過百紙: 胼胝는 굳은살이 베긴 것. 百紙는 종이를 백 장 겹친 두께. 즉 손에 매우 두껍게 굳은살이 베길 정도로 車戰圖를 열심히 베꼈다는 뜻.

45 井田譜: 宋代 夏休가 지은 『周禮井田譜』를 가리킨다. 周代에 시행되었다고 전해지는 井田制에 대한 연구서이다. 하지만 실제 井田制가 시행되었는지 여부는 아직까지 논란이 되고 있다. 원래 井田制는 다분히 理想的 제도로 추앙되었다. 때문에 여기에서는 內憂라 할 수 있는 피폐해진 民生을 돌보기 위해, 토지 및 田稅 제도를 개혁하려는 의지의 상징으로 사용되었다.

門[49], 勿論當世[50]事. 識時貴知今[51], 通情貴閱世[52]. 卓哉千古賢, 獨能救時弊[53]. 賈生治安策[54], 江統徙戎議[55].

46 畫地期一試: 畫地는 땅에 선을 긋다. 期는 바라다. 一試는 한 번이라도 시험 삼아 시행해 보다. 즉 행여나 井田制를 시행할 기회를 잡을 수 있을지 몰라서 땅에 선을 그으며 토지 제도 개혁을 준비하고 있다는 뜻.

47 豈我欺: 豈欺我의 도치형. 원래 대명사 목적어의 동사 앞 도치는 부정형 문장만 가능했는데, 魏晉時期 이후 긍정형 문장에서도 이러한 도치가 나타나게 되었다.

48 今昔奈勢異: 今昔은 예와 오늘, 古今의 뜻. 奈는 奈何의 축약으로, 어찌할 방법이 없다는 뜻. 勢異는 時勢가 서로 다르다는 뜻. 今昔奈勢異라고 쓰인 것은 逆接으로 연결되는 앞 구절과 대칭을 이루기 위해 도치된 것으로, 원래는 奈今昔勢異(何)나 今昔勢異奈(何)가 되어야 한다.

49 不出門: 문 밖을 나서지 않는다, 즉 옛 聖賢의 책에만 파묻혀 실제 세상과 접촉하지 않음을 비유한 것이다.

50 當世: 지금 세상.

51 識時貴知今: 識時는 때를 아는 것. 貴는 ~을 귀하게 여긴다, 혹은 중요하게 여긴다. 知今은 지금을 아는 것.

52 通情貴閱世: 通情은 實情에 통달하는 것. 여기에서 情은 實情, 事情의 뜻. 閱世는 세상일들을 직접 경험해보는 것. 여기에서 閱은 경험하다의 뜻.

53 時弊: 千古의 賢人들이 각자 당면했던 그 當時의 병폐.

54 賈生治安策: 賈生은 漢初의 賈誼. 賈誼는 匈奴에게 계속 위협을 당하던 漢나라의 國政 쇄신을 위해 고심해 만든 「治安策」을 文帝에게 올렸으나 제대로 시행되지 못했고, 오히려 이 때문에 기득권에게 밉보여 지방으로 좌천되었다. 이후 賈誼나 그의 「治安策」은 곧잘 國政의 개혁으로 國難을 극복하고자 하는 열망을 상징하게 되었다.

55 江統徙戎議: 江統은 晉나라 때 인물로, 그가 살던 당시는 五胡(匈奴, 鮮卑, 羯, 羌, 氐)로 대변되는 북방 오랑캐들의 침입으로 계속 국경이 위태로운 시기였다. 특히 西戎이라 불리던 羌族과 氐族은 이미 後漢時代부터 中原(특히 陝西省)으로 이주해 살면서 그 인구수가 계속 늘고 있었다. 이에 江統은 이들 西戎(즉 羌族과 氐族)을 모두 中原 밖으로 내쫓아야 한다는 주장을 담은 「徙戎議」를 獻上했으나 받아들여지지 않았다.

清 사

納蘭性德【四犯令】

納蘭性德은 滿洲族 正黃旗 출신이다. 사실 先祖는 蒙古 사람이었는데 이후 滿洲族 正黃旗에 편입되면서 納蘭氏는 淸나라의 대표적인 名門 姓氏의 하나가 되었다. 그는 어려서부터 시문에도 능했을 뿐만 아니라 말타기나 활쏘기에도 능했다. 22세라는 젊은 나이에 進士가 되었으나 애당초 담박한 성품에 벼슬에는 관심이 없었기에 名士들과 사귀며 詩詞를 즐겼는데, 그 중에서도 특히 詞로 유명했다. 사실 元나라와 明나라를 거치며 南北曲이 널리 유행하면서 선비들은 과거에 비해 훨씬 더 曲調에 대한 이해가 높아졌는데, 이 같은 결과는 자연스레 曲調를 바탕으로 하는 詞의 흥성을 불러왔다. 그래서인지 淸代에 지어진 詞는 宋詞에 비해 결코 작품 수준이 떨어지지 않는다는 것이 衆論이다.

「四犯令」은 詞牌인데 이는 별개의 詞牌가 아니라 「四和香」이란 詞牌의 變調이다. 여기에서 犯은 四和香을 기본 곡조로 하되 '노래 중간에 다른 곡조를 잠시 끌어다 쓴(犯) 小令이란 뜻이다. 이 작품은 무정한 세월에 대한 서글픈 감정을 주변 景物의 묘사를 통해 아름답고도 섬세하게 표현하고 있다.

* 麥浪翻晴風颭柳[1]. 已過傷春候[2]. 因甚爲他[3]成僝僽[4]. 畢竟是春拖逗[5].

* 紅藥闌[6]邊攜素手[7]. 暖語[8]濃於[9]酒. 盼到[10]園花鋪似繡[11]. 卻更比春前瘦.

1 麥浪翻晴風颭柳: 麥浪은 보리밭. 보리밭에 바람이 일면 물결치듯 보이기에 이렇게 표현한다. 翻晴은 날씨가 개었다는 뜻. 風颭柳는 바람이 살랑살랑 버드나무의 잎들 사이로 불면서 흔든다는 뜻.

2 傷春候: 傷春은 봄으로 인해 받는 상심하는 것을 가리킨다. 대부분 따스한 봄날에 萬物은 소생하여 생기발랄하건만 자신만은 그렇지 못함을 안타까워하는 경우를 말한다. 候는 때, 시절.

3 他: 내 님. 그녀.

4 僝僽: 고민, 근심, 걱정거리.

5 拖逗: 야기하다.

朱彝尊【賣花聲】—雨花臺

朱彝尊은 明나라 말엽에 태어나 淸나라 康熙帝 때 주로 활동했던 사람으로 어려서 가난했으나 학문에 힘써 經史에도 두루 능통했고 詩詞에도 능했다. 그 중에서도 특히 詞에 능했는데, 단순히 개인적인 작품 창작에만 매진하는 것이 아니라 당시 詞 창작의 風格에 대한 폐단을 비판하며 새로운 풍격을 모색했다. 그의 이러한 시도는 여러 詞人의 同調를 얻었고 결국 淸初 詞의 풍격을 대표하는 浙西詞派가 형성되었다. 浙西라는 명칭은 朱彝尊을 비롯하여 대부분의 주요 작가가 浙江省 서쪽 지역 출신이기 때문에 붙은 것이지만, 그들 모두가 이 지역에 국한되었던 것은 아니다. 그들은 과거의 詞는 이미 너무 輕薄한 표현을 쓰거나 실제 曲調와 詞가 서로 맞지 않는 폐단이 만연했다고 비판하면서, 音律에도 맞고 기품이 있으면서 산뜻한 風格을 추구했으며, 南宋의 姜夔나 張炎의 詞를 典範으로 삼았다. 이후 浙西詞派는 淸代 中期까지 主流로 자리했을 정도로 그 영향력이 지대했다.

「賣花聲」은 宋代에 만들어진 詞牌이며, 본 작품의 제목은 雨花臺이다. 六朝時代의 榮華를 뒤로 한 채 쇠락해버린 南京의 雨花臺 주변을 바라보며 榮華로웠던 과거와 쇠락한 현재의 극명한 대비를 통해 세월의 무상함을 노래하고 있다. 특히 가을이란 계절의 스산함과 주변 풍경의 을씨년스러움으로 자신의 감정을 자연스레 표출하고 있다.

그런데 곰곰이 작품을 읽다보면, 이 작품 속에 담긴 그의 창작 의도가 단순히 무상한 세월에 대한 여린 탄식에 그치지는 않는 듯 느껴진다. 사실 南京은 六朝時代의 首都였을 뿐만 아니라 前王朝인 明朝가 발흥한 곳이며(太祖 朱元璋 때에는 南京이 수도였음), 淸朝에 끝까지 저항하던 南明의 근거지이기도 했다. 당초 朱彝尊 역시 顧炎武 등과 交遊하며 反淸 성향을 보이다가 이후에는 결국 淸나라에 귀순하여 벼슬하게 된 인물이다. 게다가 그는 明代 歷史에 특히 밝았다. 이 같은 사실들을 종합해 볼 때, 이 작품 속에서의 南京은

---

6 紅藥闌: 붉은 芍藥을 난간 삼아 만든 울타리.

7 素手: 흰 손. 주로 예쁜 여인의 손을 가리킨다.

8 暖語: 따듯하게 건네는 말.

9 於: 여기에서는 비교의 의미. A於B는 B보다 더 A하다는 뜻.

10 盼到: 눈길이 ~에 미치다.

11 鋪似繡: 花園 꽃들의 배치가 마치 비단에 수놓은 듯 화려하다. 여기에서 鋪는 花園 꽃들의 배치를 말한다.

덧없이 망해버린 明나라에 대한 隱喩로도 읽을 수 있다.

* 衰柳白門灣[12], 潮打城還[13]. 小長干接大長干[14]. 歌板酒旗[15]零落盡, 剩[16]有漁竿.
* 秋草六朝寒[17], 花雨空壇[18]. 更無人處一憑闌[19]. 燕子斜陽來又去[20], 如此江山[21].

---

12 衰柳白門灣: 衰柳는 시들어 죽어가는 버드나무. 白門은 원래 南朝의 宋나라 때 都城이었던 南京의 建康城의 서쪽 外門인데, 이후 南京의 別稱이 되었다. 灣은 白門 근처에 있는 長江의 支流를 가리킨다.

13 潮打城還: 潮는 長江의 물결, 즉 파도. 城은 南京 淸凉山 부근에 있는 石頭城. 還은 돌아간다, 즉 물결이 물러난다는 뜻. 하지만 이는 長江의 파도가 石頭城을 때리는 듯 보인다는 말이지 정말 때린다는 뜻은 아니다. 이 구절은 사실 唐代 劉禹錫의 「石頭城」이란 詩 중 "潮打孤城寂寞回"(강의 파도가 외로운 石頭城을 때리고 조용히 물러난다)라는 구절을 차용한 것이다.

14 小長干接大長干: 小長干과 大長干은 모두 地名, 혹은 고을 이름. 원래 江東에서는 낮은 산(혹은 구릉)을 干이라고 불렀다. 三國時代 때 吳나라의 수도 建業(즉 南京) 남쪽에 여러 구릉이 있었는데, 그 안에 평지가 있어 백성들을 살게 했다. 이 속에 小長干, 大長干, 東長干 등의 고을이 있었다고 한다. 接은 맞닿아 있다, 혹은 연이어 있다는 뜻. 小長干이나 大長干 등의 고을은 모두 長江을 끼고 있어서 길손이 머물거나 즐길 주막과 妓樓가 많았던 매우 繁華한 고을이었다고 전한다.

15 歌板酒旗: 歌板은 원래 노래 부를 때 박자를 맞추는 타악기인데, 여기에서는 歌妓들이 노래 부르는 妓樓를 상징한다. 酒旗는 주막임을 알리는 깃발로, 여기에서는 주막을 상징한다. 歌板과 酒旗는 모두 아주 번화한 遊興街를 상징하는 표현이다.

16 剩: 남아 있다. 남겨져 있다. 버려진 듯 덩그러니 남아 있다는 뜻이다.

17 秋草六朝寒: 秋草는 가을 풀. 가을이 되면 풀들은 시들어 버린다. 六朝는 南京에 都城을 두었던 三國時代의 吳나라와 東晉, 그리고 南朝의 宋나라, 齊나라, 梁나라, 陳나라, 이렇게 여섯 王朝를 가리킨다. 여기에서는 무심히 흘러가버린 시간, 옛 영화를 상징한다. 寒은 시들다, 사그라진다는 뜻.

18 花雨空壇: 텅 빈 단상에 꽃비가 내린다. 여기에서 壇은 雨花臺를 가리킨다. 雨花臺는 옛날 梁武帝 때 雲光法師가 佛法을 강연한 곳인데, 하늘이 감동하여 꽃비가 내린 뒤부터 이곳을 雨花臺라고 칭했다고 한다.南京 聚寶門 밖에 있었다고 한다.

19 更無人處一憑闌: 更無人處는 더 이상 아무도 없는 곳, 즉 오랜 시간동안 여러 나라와 여러 英雄들이 雌雄을 겨루며 興亡盛衰를 거듭했지만 이젠 황폐해진 南京의 雨花臺를 가리킨다. 一은 줄곧, 始終. 憑闌은 난간에 기대어 있다는 뜻.

20 燕子斜陽來又去: 燕子는 제비. 斜陽은 석양이 지는 모습. 來又去는 오가다, 즉 제비만이 무심하게 이리저리 날아다니고 있다는 뜻. 이 구절은 劉禹錫의 「烏衣巷」이란 詩의 전체적인 情緖를 차용하고 있다. 「烏衣巷」의 내용은 다음과 같다. "朱雀橋邊野草花, 烏衣巷口夕陽斜. 舊時王謝堂前燕, 飛入尋常百姓家."(朱雀橋 주변의 들판엔 꽃과 풀 널렸고, 烏衣巷에는 夕陽이 지네. 옛날 王氏나 謝氏같은 대갓집 마루 드나들던 제비도, 이젠 평범한 民家에 날아드누나.)

21 如此江山: 이 江山과 같다. 즉 人間世上의 浮沈에 아무 상관없이 노니는 저 제비의 무심함이야말로, 歷史의 榮華를 뒤로 한 채 황량함만이 맴돌게 된 南京 雨花臺 주변의 풍경의 無常함 같다는 뜻.

陳維崧【醉落魄】—詠鷹

陳維崧 역시 朱彝尊과 마찬가지로 明나라 말엽에 태어나 淸나라 康熙帝 때 주로 활동했던 사람인데, 朱彝尊과 다른 점은 名門大家 출신이라는 점이다. 그는 博學多識했으며 詩詞와 騈文에 두루 능했다. 그의 詞는 전체적으로 豪放한 풍격이었으나 그렇다고 豪放하기만 한 것은 아니었다. 그의 風格은 자신의 감정을 격식에 구애받지 않고 표출하는 것이었기에 맞닥뜨린 상황에 따라 豪放한 작품뿐만 아니라 여린 작품도 창작했다. 대체로 辛棄疾과 蘇軾의 詞를 典範으로 삼았는데 특히 辛棄疾 詞의 영향을 많이 받았기에 그의 詞는 힘찬듯하면서도 처량한 느낌이 배어난다. 그의 이러한 風格 역시 詞人들의 주목을 받아 결국 陽羨詞派라는 一派를 이루게 되었다. 陽羨은 陳維崧의 고향인 江蘇省 宜興의 옛 이름이다. 하지만 淸代 文壇에서의 전반적인 영향력은 浙西詞派보다 훨씬 못했다.

「醉落魄」은 詞牌이고, 작품의 제목은 詠鷹이다. 이 작품은 往年의 사나운 매사냥을 노래하면서 여전히 雄志를 펼치고자 하지만 이젠 펼칠 수 없는 현실에 悲憤慷慨하고 있다.

＊ 寒山幾堵[22], 風低削碎中原路[23]. 秋空一碧無今古[24]. 醉袒貂裘[25], 略記尋呼處[26].

＊ 男兒身手[27]和誰賭[28]. 老來猛氣還軒擧[29], 人間多少閒狐兎[30]. 月黑沙

22 寒山幾堵: 寒山은 추운 산이라기보다는, 적막하고 스산한 산이라는 뜻. 이 작품의 배경이 되는 계절은 가을이다. 幾堵는 몇 개, 혹은 몇 봉우리. 堵는 원래 주로 담장을 세는 量詞지만 여기에서는 산을 세는 量詞로 쓰였다.

23 風低削碎中原路: 風低는 바람이 낮게 분다는 뜻. 削碎는 바람이 길바닥의 돌을 깎아 잘게 부순다는 뜻. 中原은 原野之中, 즉 들판의 줄임말.

24 秋空一碧無今古: 秋空一碧은 구름 한 점 없이 맑은 가을 하늘에 대한 표현. 秋空은 가을 하늘. 一碧은 온통 파랗다는 뜻. 無今古은 이러한 가을 하늘은 예나 지금이나 매한가지라는 뜻.

25 醉袒貂裘: 醉袒은 취중에 옷을 벗어버리는 것. 貂은 표범의 일종. 裘는 갖옷. 작자 자신이 사냥을 하던 때를 회상하고 있는 것이다.

26 略記尋呼處: 略은 대략이나마. 記는 기억하다, 기억나다. 尋은 찾아서 좇다. 여기에서는 사냥할 짐승을 좇는다는 뜻. 呼는 부르다. 여기에서는 매를 부른다는 뜻. 處는 곳, 장소.

27 身手: 실력. 본때.

黃[31], 此際[32]偏[33]思汝.

張惠言【水調歌頭】

張惠言은 淸 中期 때 사람으로, 經學에 능통했고 문학적으로는 詩文뿐만 아니라 騈文辭賦에도 두루 능했다. 그는 詞에도 특출한 재능을 보였는데, 특히 그때까지도 主流로 자리하던 浙西詞派의 風格에 대해 題材도 편협하고 내용도 메말랐다고 비판하면서, 가장 古典的인 『詩經』이나 『楚辭』처럼 진솔한 比興(比喩나 聯想手法)을 통해 감정을 함축하고 표출해낼 것을 주장했다. 그의 이러한 주장은 常州詞派라는 一派를 형성시켰는데, 이는 淸代 中期 이후 浙西詞派를 대신하여 가장 영향력 있는 詞派로 자리하게 된다. 張惠言의 고향은 江蘇省 常州이다. 사실 이 같은 결과가 도출된 것은 淸代 中期 이래 본격적으로 흥성하게 된 博學과 考古를 중시한 考證學과 이를 뒷받침한 主知主義的 성향의 보편화 때문이기도 했다. 여기에 인용한 「水調歌頭」 역시 主知主義的 성향이 엿보인다.

「水調歌頭」는 唐나라 때의 大曲인 「水調歌」 중 맨 앞부분의 곡조만을 따온 詞牌이다. 張惠言은 「水調歌頭」라는 詞牌로 5수의 詞를 지었는데 여기 인용된 작품은 第4首이다. 처음에는 덧없는 세월을 허송세월하며 제대로 공부하지 못한 것을 탄식하고, 뒤이어 훌륭한 저술로 後代에 이름을 남기려는 생각 역시 어리석다고 지적하면서, 지금 바로 이 순간 눈앞에 펼쳐진 天地自然과 하나가 되어 최선을 다하라고 충고하고 있다.

28 賭: 여기에서는 승부를 겨룬다는 뜻.

29 老來猛氣還軒擧: 老來는 늙었어도. 猛氣는 사나운 血氣. 還은 아직까지. 軒擧는 아주 높다, 혹은 매우 당당하다는 뜻.

30 人間多少閒狐兎: 人間은 人間世上. 多少는 얼마나 있는가? 閒狐兎는 교활한 여우나 토끼. 여기에서는 교묘하게 사냥을 피해 다니는 여우나 토끼 같은 교활한 간신배들을 상징한다.

31 月黑沙黃: 月黑은 달이 전혀 보이지 않는 캄캄한 밤. 沙黃은 흩날리는 누런 흙먼지.

32 此際: 이 때, 지금.

33 偏: 굳이, 유달리.

* 今日非昨日, 明日復何如. 朅來[34]眞悔何事, 不讀十年書[35]. 爲問東風吹老, 幾度楓江蘭徑, 千里轉平蕪[36]! 寂寞斜陽外[37], 渺渺正愁予[38].

* 千古意[39], 君知否[40], 只斯須[41]. 名山料理身後[42], 也算古人愚[43]. 一夜庭前綠遍[44], 三月雨中紅透[45], 天地入吾廬[46]. 容易衆芳歇[47], 莫聽子規呼[48].

---

34 朅來: 원래 뜻은 '오고 가다'이지만, 여기에서는 지난날이란 뜻으로 쓰였다.

35 不讀十年書: 앞 구절의 "何事"(무슨 일인가?)의 대답.

36 爲問東風吹老, 幾度楓江蘭徑, 千里轉平蕪: 爲問은 묻다, 질문하다. 東風은 春風, 즉 봄바람. 여기에서 春風은 만물을 소생시키는 이미지가 아니라, 덧없이 흘러가는 세월을 뜻한다. 吹老는 바람이 만물을 늙게 만든다는 뜻. 老는 吹라는 動詞의 結果補語. 幾度는 몇 번. 楓江은 단풍 든 나무가 있는 강가. 蘭徑은 皐蘭草 사이로 난 길. 轉은 바뀌다. 平蕪는 평탄하고 잡초가 무성한 들판. 이 구절들은 宋玉의 『楚辭』「招魂」의 표현을 차용한 것이다.

37 寂寞斜陽外: 일종의 문학적 표현으로, 적막하고 夕陽이 지는 지금의 내 시야를 벗어난 아득히 먼 곳. 斜陽은 夕陽.

38 渺渺正愁予: 渺渺는 아득히 먼 곳을 바라본다는 뜻. 正은 마침, 바로. 愁予는 나 스스로를 시름에 겨워한다는 뜻. 이 구절은 『楚辭』 중 「九歌의 「湘夫人」에서 차용한 것이다.

39 千古意: 千古以來 사람들이 품었던 생각. 즉 無限한 세월 앞에 인간의 삶이 참으로 有限하고 짧다는 생각.

40 知否: 知不知의 줄임말. "아는가, 모르는가?"

41 斯須: 한 순간. 아주 짧은 시간.

42 名山料理身後: 名山에 자신의 死後의 일을 준비해놓다. 料理는 정리하다, 처리하다. 身後는 死後. 이 구절은 司馬遷이 죽으면서 死後에 자신의 文采가 제대로 드러나지 못할 것을 염려해, 자신이 지은『史記』를 名山에 숨겨놓고 자신을 알아줄 사람이 後世에 나오길 기다린 故事를 차용한 것이다. 즉 死後에라도 자신의 이름을 알릴만한 성과를 名山에 잘 숨겨두어 後世에 이름이 알려지길 기다린다는 뜻.

43 也算古人愚: 也는 ~도, 역시. 算은 ~한 셈 치다. 古人은 옛 사람. 여기에서는 司馬遷을 가리킨다. 愚는 어리석다. 즉 名山에 자신의 著作을 남겨두는 일 역시 결국에는 부질없는 짓이었다는 뜻.

44 綠遍: 주변이 모두 푸르다는 뜻.

45 紅透: 붉은 빛이 드러나다. 붉은 빛은 봄꽃을 가리킨다.

46 廬: 오두막.

47 容易衆芳歇: 여러 꽃은 쉽게 진다는 뜻. 여기에서 歇은 꽃이 시들어버린다는 뜻. 즉 봄으로 대변되는 좋은 시절이 덧없이 지나가 버림을 비유한 것이다.

48 莫聽子規呼: 莫은 금지형 부정어. 子規는 두견새. 呼는 우는 것. 여름 철새인 두견새는 여름을 상징하므로, 이 구절 역시 좋은 봄을 헛되이 보내지 말라는 뜻.

蔣春霖【唐多令】

蔣春霖은 淸末에 태어나 평생을 不遇하게 살았고, 太平天國의 亂 등 나라가 쇠락하는 과정을 직접 목도했다. 때문에 그의 詞는 울분에 차서 참담하고 부조리한 현실에 대한 강렬한 비판을 내뱉는다.

「唐多令」은 詞牌로, 일명 「糖多令」이나 「南樓令」이라고도 한다. 이 작품은 南京이 太平天國軍에 의해 점령당했다는 소식을 듣고 지은 것이다. 앞서서 唐나라의 수도로서 極盛했던 長安이 무상한 세월 앞에 이미 쇠락해버렸음을 노래하며 天下를 호령했던 淸나라의 國運 역시 唐나라처럼 이미 쇠잔해버렸음을 聯想하게 했으며, 다시금 을씨년스러운 계절과 吳나라 때 築城되었던 石頭城을 노래하며 전쟁으로 피폐해져버린 南京에 오로지 달빛만 예전과 다름없음을 안타까워하고 있다.

＊ **楓老樹流丹[49], 蘆花吹又殘[50]. 繫扁舟[51], 同倚朱闌[52]. 還似少年歌舞地[53], 聽落葉, 憶長安[54].**

49 流丹: 붉은 빛이 마치 흘러가듯 움직인다는 뜻으로, 여기에서는 단풍잎들이 바람에 우수수 떨어지는 모습을 형용한 것이다.

50 吹又殘: 吹의 주어는 생략되어 있지만 바람. 殘의 주어는 蘆花. 殘은 시들다, 사그라진다는 뜻.

51 繫扁舟: 繫는 묶어두다, 즉 배를 정박시킨다는 뜻. 扁舟는 작은 배, 즉 一葉片舟. 혹자는 扁舟를 孤舟, 즉 그렇게 혼자 있는 외로운 배라고 풀기도 한다.

52 同倚朱闌: 同倚는 함께 기대다. 朱闌은 朱欄, 즉 붉은 난간.

53 還似少年歌舞地: 還似는 '마치 아직 ~인 듯하다' 뜻. 少年은 젊은 시절. 歌舞地는 노래하고 춤추며 즐기던 곳이란 뜻으로, 화려했던 往年을 공간화된 이미지로 포착한 것이다. 이는 사실 唐代 杜甫의 「秋興」 제6수 중 "回首可憐歌舞地, 秦中自古帝王州"(되돌아보니 가련하구나! 노래 소리와 춤이 끊이질 않던 曲江池苑이여! 이곳 秦中(즉 長安)은 예부터 帝王이 首都로 삼던 곳이거늘!)이란 구절을 차용한 것이다.

54 聽落葉, 憶長安: 이 구절은 唐代 賈島의 「憶江上吳處士」의 "가을바람에 渭水에서 가을바람 생겨나고, 낙엽은 長安에서 지네"(秋風生渭水, 落葉下長安)라는 표현을 차용한 것으로, 모든 것이 사그라져 버리는 가을 같은 시기에 唐나라의 수도 長安처럼 화려했던 시절을 추억한다는 뜻.

＊ 哀角起重關[55], 霜深楚水[56]寒. 背[57]西風, 歸雁聲酸[58]. 一片石頭城[59]上月, 渾怕[60]照, 舊江山.

55 哀角起重關: 哀角은 구슬픈 뿔피리 소리. 角은 쇠뿔로 만든 管樂器의 일종. 주로 戰場에서 사용된다. 起는 나팔소리가 나기 시작한다는 뜻. 重關은 戰略的 要衝地인 중요한 關門.

56 楚水: 楚 지역 강물에 대한 총칭.

57 背: 여기에서는 動詞로, 등지다.

58 歸雁聲酸: 歸雁聲은 돌아가는 기러기의 울음소리. 酸은 시리다, 괴롭다는 뜻.

59 石頭城: 南京 淸凉山 부근에 있는 城으로, 三國時代 吳나라의 孫權이 築城했다.

60 渾怕: 渾은 여전히, 이전처럼. 怕는 추측의 의미로, '아마도 ~하고 있으리라'의 뜻.

淸 산문

顧炎武「廉恥」[『日知錄』卷13]

顧炎武는 明末에 태어나 滿洲族의 淸나라가 中原을 점령하자 직접 무력항거에 참여하며 극력 저항했지만, 결국 명나라를 되돌릴 수 없음을 깨닫고는 평생 은거했다. 淸朝는 수차례에 걸쳐 회유와 협박을 섞어가며 그를 포섭하려했지만 그는 끝까지 절개를 지켜 벼슬길로 나아가지 않았다. 그는 反淸 운동에 두각을 드러냈지만 동시에 학문에서도 큰 업적을 남겼다. 모든 학문 영역에 博通했으며 특히 淸代의 主知主義的 學風이 확립되는 데 先導的인 역할을 했다. 여기에 인용된 『日知錄』은 그의 가장 대표적인 저작 중 하나이며 札記 형식이다. 札記는 淸代 학자들 사이에서 유행한 연구방법으로 사소한 조항에 대한 치밀한 考證을 備忘錄처럼 모아 만든 것이다. 『日知錄』이란 이름이 『論語』「子張」篇의 "日知其所亡[1]"(날마다 몰랐던 것을 새로 알아간다)에서 온 것을 봐도 짐작할 수 있듯이, 『日知錄』은 顧炎武가 수십 년에 걸쳐 자신이 새로 알게 되거나 새로 생각해낸 바를 차근차근 모은 결과물이다. 그냥 모으기만 한 것이 아니라, 혹시라도 이전 사람이 조금이라도 언급한 적이 있는 부분이 발견된 것은 가차 없이 버리고 정말 참신한 것만 모아서 책을 만들었는데, 총 32권에 1,000여 조항이나 된다. 다루는 내용의 범위 역시 지극히 광범위해서 經書와 史書는 물론 주변 이민족들에 대한 정보까지 세세하게 다루고 있다.[2]

「廉恥」라는 조항은 『日知錄』 卷13에 실려 있는 문장으로, 여기에 인용된 것은 맨 앞부분이다. 여기에서 그는 明나라의 주된 멸망 원인 중 하나로, 당시의 선비, 즉 지식인들의

1 亡: 無의 假借字로, '무'로 읽는다.

2 참고로 『四庫全書總目』에서는 『日知錄』의 내용을 經義(經書의 뜻), 政事(政治에 관한 일), 世風(시대적인 풍속), 禮制(예의제도), 科擧(과거시험), 藝文(문학), 名義(명칭과 실질), 古事眞妄(옛 일들의 진위 여부), 史法(史學의 방법론), 注書(註釋 작업), 雜事(잡다한 일), 兵及外國事(군사 문제와 외국에 대한 정보), 天象術數(天文曆法과 기타 占卜), 地理(지리적 연혁), 雜考證(잡다한 고증)의 15가지 주제로 분류하고 있다.

厚顔無恥를 들고 있다. 그가 보기에 無恥는 不廉을 낳게 되고, 不廉은 결국 나라의 근간인 禮를 어그러뜨리고 義를 어기는 결과를 초래하게 된다. 실제로 顧炎武는 스스로 평생 『論語』의 "行己有恥"라는 구절을 좌우명으로 삼았다. 그런데 여기에서 인용되지 않은 뒷부분까지 살펴보면, 이러한 顧炎武의 지적은 일반적인 사회풍조에 대한 반성에 그치는 것이 아니라 특히 당초 明나라의 將帥로 淸나라와 대치하며 변경을 지키다 富貴功名에 눈이 멀어 變節하고 만 明나라 將帥들에게 그 비판의 칼날을 겨냥하고 있음을 발견할 수 있다. 그 대표적인 인물로는 明나라의 장수로서 難攻不落의 山海關을 지키다가 淸나라에 투항하면서 滿洲族의 中原 지배를 가능케 하고, 더욱이 滿洲族의 走狗가 되어 그나마 남은 明나라 잔존세력을 앞장서서 괴멸시킨 吳三桂를 꼽을 수 있다. 顧炎武는 晩明의 遺老로서 자신의 문장을 통해 그들의 變節을 고발하고 역사적으로 斷罪하고 있는 것이다.

『五代史』「馮道傳」論[3]曰: "'禮義廉恥, 國之四維, 四維不張, 國乃滅亡[4].' 善乎[5]! 管生之能言[6]也. 禮義, 治人之大法, 廉恥, 立人[7]之大節. 蓋不廉則無所不取, 不恥則無所不爲, 人而如此, 則禍敗亂亡, 亦無所不至. 況爲大臣[8]而無所不取, 無所不爲, 則天下其有不亂, 國家其有不亡者乎[9]!" 然而四者

---

3 『五代史』「馮道傳」論: 여기에서 『五代史』는 『新五代史』를 가리킨다. 馮道는 五代時期 중 네 왕조(後唐, 後晉, 後漢, 後周)에 걸쳐 재상을 지낸 인물이다. 이 때문에 그를 가리켜 절개를 지키지 않은 貳臣(두 마음을 품은 신하)이라고 하는 비난이 많았지만, 뒤집어보면 왕조가 바뀌어도 여전히 대체할 만한 인물이 없는 대단한 능력의 소유자라고 볼 수도 있다. 論은 史書의 每篇마다 지은이가 붙이는 일종의 史評으로, 論이나 贊, 혹은 論贊이라고도 한다.

4 禮義廉恥, 國之四維, 四維不張, 國乃滅亡: 이 구절은 원래 管子가 한 말로, 『管子』「牧民」篇에 보인다. 일반적으로 禮義와 廉恥로 두 글자씩 짝지어 한 단어처럼 사용되지만 사실은 각 글자의 뜻이 다르다. 당초 管子가 말한 禮, 義, 廉, 恥의 뜻을 요즘 말로 풀자면, 禮는 사회를 유지하는 尊卑貴賤의 신분질서, 義는 사회적으로 공인되고 통용되는 名分, 廉은 행실이 올곧아 함부로 굴지 않는 것, 恥는 나쁜 짓이 얼마나 부끄러운 일인지를 아는 것이다. 四維의 維는 紀綱과 같이 벼리라는 뜻. 張은 펼친다는 뜻.

5 善乎: 훌륭하도다!

6 管生之能言: 管生은 管子. 能言은 제대로 된 말을 잘한다는 뜻.

7 立人: 사회 안에서 한 구성원으로서 제대로 사람 노릇을 한다는 뜻.

8 爲大臣: 大臣 노릇하는 자.

9 天下其有不亂, 國家其有不亡者乎: '其~乎!'는 '어찌 ~하리오!'의 뜻. 天下와 國家 뒤의 두 其字 모두 맨 마지막의 乎字와 호응한다. 두 구절의 有字는 모두 맨 마지막의 者字와 호응하여 안에 담긴 부분을

之中, 恥尤爲要[10]. 故夫子[11]之論士曰: "行己有恥[12]." 孟子曰: "人不可以無恥. 無恥之恥, 無恥矣[13]." 又曰: "恥之於人大矣. 爲機變之巧者, 無所用恥焉[14]." 所以然者[15], 人之不廉而至於[16]悖禮犯義, 其原[17]皆生於無恥也. 故士大夫之無恥, 是謂國恥. ……

姚鼐 「登泰山記」 [『惜抱軒文集』 卷14]

姚鼐는 清代 中期 사람으로, 考證學이 清代 學術界의 주류로 자리 잡고 있을 때, 이에 반발해 程朱學을 근간으로 하면서 唐宋古文을 표현형식으로 하는 桐城派의 일원으로 활동했다. 대부분의 주요 학자가 安徽省 桐城 출신이기에 桐城派라 칭했다. 사실 主知主義的 성향의 考證學이 朝廷에서도 확실히 主流로 자리매김한 것은 乾隆帝 때의 일이며, 그 전에는 오히려 桐城派를 포함한 程朱學派가 朝廷에서 주도권을 가지고 있었다. 姚鼐는 바로 그 전환점이 된 乾隆帝 때를 살았던 인물로, 官運은 그다지 좋지 않아서 여러 지역의 書院에서 강의를 하며 지냈다. 그는 考證學에 偏重된 당시의 風潮를 비판하면서 義理(즉 程朱學), 考據(즉 考證學), 辭章(즉 文學)을 두루 갖추어야 한다고 주장했다. 그의 散文은 簡明하면서도 含蓄美가 뛰어난 것으로 이름이 높다.

여기에 보이는 「登泰山記」란 작품은 乾隆 39年 겨울에 姚鼐가 여의치 않았던 벼슬자리에

名詞化시킨다.

10 尤爲要: 더욱 중요하다.

11 夫子: 孔子를 가리킨다.

12 行己有恥: 『論語』 「子路」篇에 나오는 말이다.

13 人不可以無恥. 無恥之恥, 無恥矣: 『孟子』 「盡心章句上」篇에 나오는 말이다.

14 恥之於人大矣. 爲機變之巧者, 無所用恥焉: 『孟子』 「盡心章句上」篇에 나오는 말이다.

15 所以然者: 所以然은 그리되는 까닭. 者는 主格助詞.

16 至於: 至於는 ~한 지경에 다다르다.

17 原: 原因, 根源.

서 떠나 고향으로 돌아가는 길에 벗과 함께 泰山 日觀峰에 올랐던 일을 기록한 일종의 山水遊記이다. 이 글에서 姚鼐는 泰山의 雪景에 대해 자신이 직접 올랐던 길을 따라 간략하면서도 섬세하게 묘사했다. 특히 日觀亭에 올라 日出을 묘사하는 부분은 표현기법이 자못 참신하며 생동감이 있다.

泰山之陽[18], 汶水[19]西流. 其陰[20], 濟水[21]東流. 陽谷[22]皆入汶, 陰谷[23]皆入濟. 當其南北分者, 古長城[24]也. 最高日觀峰[25], 在長城南十五里. 余以乾隆三十九年[26]十二月, 自京師[27]乘[28]風雪, 歷齊河、長清[29], 穿[30]泰山西北谷, 越長城之限[31], 至於泰安[32]. 是月丁未[33], 與知府朱孝純子潁[34]由南麓[35]登.

18 泰山之陽: 泰山은 山東省에 있는 名山으로 五嶽 중 東嶽에 해당한다. 하지만 이는 名山들을 五行에 끼워 맞춘 후대의 개념이며, 泰山은 五嶽의 다른 산들보다 훨씬 이전부터 아주 중요한 靈山으로 받들어졌다. 특히 皇帝만이 지낼 수 있다는 封禪祭 역시 예부터 이곳 泰山에서 거행되던 禮式이었다. 陽은 볕이 드는 남쪽.

19 汶水: 大文河. 泰山 부근을 북쪽에서 서쪽으로 지나 濟水에 합쳐진다.

20 其陰: 泰山之陰의 줄임말. 陰은 여기에서 북쪽을 가리킨다.

21 濟水: 河南에서 發源하여 山東을 지나 바다로 들어간다.

22 陽谷: 泰山의 남쪽 골짜기.

23 陰谷: 泰山의 북쪽 골짜기.

24 古長城: 옛 長城. 이는 秦始皇의 萬里長城이 아니라 齊나라 때 만들었던 長城을 가리킨다. 秦始皇의 萬里長城도 마찬가지지만 이 때 지은 城壁은 모두 版築法으로 흙을 쌓아올린 土城이었다.

25 日觀峰: 泰山의 最高峰으로 특히 日出의 壯觀이 유명하다. 日觀峰이란 명칭 역시 여기에서 유래한 것이다.

26 乾隆三十九年: 서기 1774년.

27 京師: 수도. 즉 北京.

28 乘: 무릅쓰다.

29 齊河、長淸; 둘 다 山東의 縣, 즉 고을 이름.

30 穿: 관통하다.

31 限: 여기에서는 城壁을 가리킨다.

32 泰安: 山東의 泰安府. 일반적으로 이곳에서 泰山을 오르기 시작한다.

33 是月丁未: 是月은 이 달, 즉 12월. 丁未는 날짜를 干支로 표기한 것으로 숫자로 바꾸면 28日. 乾隆三十九年 12월 28일을 西紀로 환산해 보면 1774년 1월 29일이다.

34 知府朱孝純子潁: 知府는 행정단위의 하나인 府를 다스리는 벼슬. 여기에서 府는 泰安府를 가리킨다. 朱孝純子潁은 姓과 名과 字를 병기한 것으로, 姚鼐의 벗 朱孝純을 가리킨다. 그의 字가 子潁이다.

35 麓: 산기슭.

四十五里, 道皆砌石爲磴[36], 其級七千有餘[37]. 泰山正南面有三谷[38]. 中谷繞[39]泰安城下, 酈道元[40]所謂環水[41]也. 余始循以入[42], 道[43]少[44]半, 越中嶺, 復循西谷, 遂至其巓[45]. 古時登山, 循東谷入, 道有天門[46]. 東谷者, 古謂之天門溪水, 余所不至也. 今所經[47]中嶺及山巓, 崖限當道[48]者, 世皆謂之天門云. 道中迷霧氷滑, 磴幾[49]不可登. 及旣上, 蒼山負雪[50], 明燭天南[51]. 望[52]晩日[53]照城郭, 汶水、徂徠[54]如畵, 而半山居霧若帶然[55]. 戊申晦[56], 五鼓[57],

36 砌石爲磴: 砌石은 돌을 쌓았다는 뜻. 爲磴은 섬돌, 즉 돌계단을 만들었다는 뜻.

37 其級七千有餘: 그 계단 수가 7천여 단이나 되었다는 뜻. 級은 계단의 수를 세는 量詞, 즉 단.

38 三谷: 여기에서는 단순한 골짜기가 아니라 水道, 즉 물길을 뜻한다. 東谷, 中谷, 西谷으로 구분한다.

39 繞: 휘돌다. 휘감다.

40 酈道元: 北魏 때 사람으로, 그가 『水經』에 단 注, 즉 『水經注』가 특히 유명하다. 『水經注』는 물길과 그 주변에 대해 상세히 설명하여 地理學的으로도 큰 가치를 지니지만, 동시에 이를 아주 섬세하고도 유려한 필치로 묘사했기에 문학적으로도 그 가치를 인정받고 있다.

41 環水: 이 표현은 泰安을 휘감아 돌기에 붙은 이름으로, 『水經注』의 「汶水」條에 보인다.

42 始循以入: 始는 당초. 循은 ~을 따라, 즉 가운데 골짜기(中谷)를 따라. 入은 泰山에 들어갔다는 뜻.

43 道: 여기에서는 길을 간다는 동사로 쓰였다.

44 少: 거의.

45 其巓: 泰山의 頂上, 즉 日觀峰.

46 天門: 하늘로 우뚝 솟은 두 봉우리가 마치 두 문기둥 같아서 붙은 이름.

47 經: 지나가다, 경과하다.

48 崖限當道: 벼랑이 벽처럼 가로로 죽 늘어서 있다는 뜻. 崖限은 벽같이 늘어선 벼랑. 當道는 가는 길 중에 놓여 있다는 뜻.

49 幾: 거의 ~할 뻔했다. 하마터면 ~할 뻔했다.

50 蒼山負雪: 원래 푸르렀던 산에 눈이 뒤덮였다는 뜻.

51 明燭天南: 明은 뒤덮인 눈이 반사하는 밝은 햇빛. 燭은 비추다, 밝히다. 天南은 하늘 남쪽, 즉 남쪽 하늘.

52 望: 멀리서 바라보다. 眺望하다.

53 晩日: 夕陽.

54 徂徠: 泰安 동남쪽에 있는 徂徠山.

55 半山居霧若帶然: 半山은 산중턱. 居霧는 안개가 짙게 낀 모습. 여기에서 居는 멈춰서 있다는 뜻. 若은 마치 ~와 같다. 帶然은 허리띠같이 길게 둘러진 모습.

56 戊申晦: 戊申은 戊申日. 즉 28일이었던 丁未日의 다음날인 29일. 晦는 陰曆에서 매달 마지막 날을 가리킨다. 陰曆에는 30일인 大月과 29일인 小月이 있는데 乾隆29年 12월은 小月이었기에, 29일이 그 달의 마지막 날이었다.

57 五鼓: 五更, 즉 寅時, 즉 새벽 3시부터 5시까지. 매 更마다 시간을 알리는 북을 울렸기에 更 대신 鼓

與子潁坐日觀亭[58], 待日出. 大風揚[59]積雪擊面. 亭東自足下皆雲漫. 稍見[60]雲中白若樗蒱[61]數十立者, 山也. 極天雲一線異色[62], 須臾成五彩[63], 日上正赤如丹[64], 下有紅光動搖承之[65]. 或[66]曰此東海也. 回視日觀[67]以西峰, 或得日或否[68], 絳皓駁色[69], 而皆若僂[70]. 亭[71]西有岱祠[72], 又有碧霞元君祠[73]. 皇帝行宮[74]在碧霞元君祠東. 是日, 觀道中石刻, 自唐顯慶以來~[75], 其遠[76]古

를 쓰기도 했다.

58 日觀亭: 日觀峰에 있는 정자.

59 揚: 흩날리다.

60 稍見: 점차 보이기 시작했다는 뜻.

61 白若樗蒱數十立者: 원래 樗蒱는 도박에 사용되는 도구로 樗蒲라고 쓰기도 한다. 한 번에 다섯 개를 던지기에 五木이라고도 한다. 생기기는 양쪽 끝이 뾰족한 타원형에 납작한데, 한 손에 다섯 개를 잡을 정도의 크기에 가죽나무(樗)로 만들었다. 넓적한 양면을 한 쪽은 흰색으로 한 쪽은 검은색으로 칠하는 것이 일반적이었고, 윷처럼 던져서 나오는 면을 보고 승부를 가렸다. 여기에서는 구름 속에 뾰족하게 나온 산봉우리에 대한 비유이다. 특히 白若樗蒱(樗蒱처럼 희다)라고 표현한 것은 겨울이라 눈에 덮인 흰 봉우리가 마치 흰 면의 樗蒱같기 때문이다. 立者는 우뚝 솟아있는 것, 즉 봉우리를 뜻한다.

62 極天雲一線異色: 極天은 하늘 끝. 雲一線異色은 하늘 끝의 흰 구름에 흰색이 아닌 한 줄기 선이 그어진 듯 보인다는 말이다.

63 須臾成五彩: 須臾는 아주 짧은 시간, 순식간에. 成五彩는 다섯 가지 색이 되다. 여기에서는 다채로운 색깔로 변했다는 뜻.

64 正赤如丹: 正赤은 순수한 붉은색. 如丹은 그 붉기가 丹砂와 같다는 뜻.

65 紅光動搖承之: 紅光은 물에 비친 햇빛. 動搖는 물결에 흔들거리는 모습. 承之는 하늘에 떠있는 해를 떠받는다는 뜻. 즉 위에 떠있는 해를 아래에서 흔들거리는 물결이 햇빛을 반사시키며 떠받는다는 뜻.

66 或: 혹자. 어떤 사람.

67 日觀: 日觀峰.

68 或得日或否: 日觀峰의 서쪽 봉우리들 중 어떤 봉우리는 햇빛이 비추고 어떤 봉우리는 그렇지 못했다는 뜻. 여기에서 日은 햇빛.

69 絳皓駁色: 絳은 진한 붉은색. 皓은 새하얀색. 駁色은 색깔이 뒤섞인다는 뜻.

70 若僂: 곱사등이처럼 굽어있다는 뜻. 이는 姚鼐가 있는 日觀峰이 泰山의 가장 높은 봉우리기에 다른 봉우리들이 마치 허리를 굽히고 있는 것처럼 보인다는 뜻이다.

71 亭: 日觀亭.

72 岱祠: 泰山의 東嶽大帝에게 제사지내는 祠堂. 岱(혹은 岱宗)는 泰山의 별칭이다.

73 碧霞元君祠: 碧霞元君의 祠堂. 전설에 따르면 東嶽大帝의 딸이라고 한다.

74 行宮: 皇帝가 皇宮을 나와 돌아다닐 때 임시로 사용하는 거처.

75 自唐顯慶以來: 顯慶은 唐나라 高宗(李治)의 年號(656~661). 여기에서 自~以來는 ~부터.

76 遠: 오래된.

刻盡漫失[77]. 僻不當道[78]者, 皆不及往. 山多石, 少土. 石蒼黑色[79], 多平方[80], 少圓. 少雜樹, 多松, 生石罅[81], 皆平頂[82]. 氷雪[83], 無瀑水[84], 無鳥獸音迹[85]. 至日觀[86]數里內無樹, 而雪與人膝齊[87]. 桐城[88]姚鼐記.

龔自珍「病梅館記」[『定庵續集』卷3]

龔自珍에 대해서는 이미 앞의 청대 시「己亥雜詩」에서 설명했다.

여기에 인용한 작품은 당시 너무나 왜곡된 매화나무의 美的 기준에 대한 통렬한 비판을 통해, 實用은 도외시한 채 浮華하고 허황된 것만 추종하는 당시 지식인들의 세태를 고발하면서, 이를 바로잡는 일을 자신의 소임으로 삼을 것을 다짐하고 있다. 이 글을 본 책에도 실려 있는 柳宗元의「種樹郭橐駝傳」과 비교해서 읽어보면, 또 다른 妙味를 느낄 수 있을 것이다.

77 盡漫失: 盡은 모두. 漫失은 散失되었다는 뜻.
78 僻不當道: 僻은 偏僻한 곳, 즉 동떨어져 있는 곳. 不當道는 자신이 가는 길에 놓이지 않다, 즉 벗어나다.
79 蒼黑色: 靑黑色.
80 平方: 평평하고 네모난 것.
81 生石罅: 돌의 갈라진 틈 사이로 자라나 있다.
82 平頂: 소나무의 윗부분이 평평하다.
83 氷雪: 여기에서는 두 글자 모두 動詞로, 얼어붙고 눈에 뒤덮였다는 뜻.
84 瀑水: 瀑布.
85 音迹: 우는 소리나 발자국 같은 자취.
86 日觀: 日觀峰.
87 雪與人膝齊: 쌓인 눈이 사람의 무릎과 높이가 같았다. 즉 무릎까지 눈이 쌓여 있었다는 뜻.
88 桐城: 姚鼐의 고향. 우리나라로 치면 '어디 사람 아무개'처럼 자신의 출신지를 밝힌 것이다.

江寧之龍蟠, 蘇州之鄧尉, 杭州之西溪[89], 皆産梅. 或[90]曰: "梅以曲爲美[91], 直則無姿[92]. 以欹[93]爲美, 正則無景[94]. 以疏[95]爲美, 密則無態[96]." 固[97]也. 此文人畵士, 心知其意[98], 未可明詔大號, 以繩天下之梅也[99]. 又不可以使天下之民, 斫直、刪密、鋤正[100], 以夭梅、病梅爲業[101]以求錢[102]也. 梅之欹、之疏、之曲[103], 又非蠢蠢[104]求錢之民, 能以其智力爲[105]也. 有以文人畵士孤癖之隱[106], 明告鬻梅者[107], 斫其正, 養其旁條[108], 刪其密, 夭其稚

89 江寧之龍蟠, 蘇州之鄧尉, 杭州之西溪: 모두 地名으로, 江寧의 龍蟠里, 蘇州의 鄧尉山, 杭州의 西溪를 말한다. 江寧은 지금의 南京이다.

90 或: 혹자. 어떤 사람.

91 以曲爲美: 以A爲B는 'A를 B로 삼다' 혹은 'A를 B로 여기다' 뜻. 여기에서는 후자, 즉 '굽이진 것을 아름다운 것이라 여기다'

92 姿: 맵시.

93 欹: 비스듬히 기운 것.

94 景: 볼거리. 景觀.

95 疏: 성근 것.

96 態: 볼품.

97 固: 여기에서는 固然, 즉 '본디 그러했다'는 뜻.

98 心知其意: 마음속으로 그 취향을 이해하고 있다. 여기에서 그 취향이란 굽이지고 기울고 성근 매화나무를 좋아하는 것을 가리킨다.

99 未可明詔大號, 以繩天下之梅也: 未可는 해서는 안 된다. 이 금지형 부정어는 다음 구절, 즉 以繩天下之梅也까지 걸린다. 明은 공개적으로. 詔는 고하다, 알리다. 주로 높은 사람이 아랫사람에게 알리는 것을 가리킨다. 大號는 큰소리. 繩은 動詞로 制約하다의 뜻.

100 斫直、刪密、鋤正: 斫直은 곧게 자란 매화나무를 베어내는 것. 刪密은 빽빽한 매화나무 가지를 솎아내는 것. 鋤正은 똑바로 자라는 매화나무를 제거하는 것.

101 以夭梅、病梅爲業: 夭는 빨리 죽게 한다는 뜻. 病은 멀쩡한 것을 병들게 만든다, 즉 正常인 것을 奇形으로 만든다는 뜻. 以~爲業은 '~을 일삼다'

102 求錢: 돈을 벌려고 하다.

103 之疏、之曲: 모두 앞에 '梅'字가 생략된 것.

104 蠢蠢: 어리석은 모습.

105 爲: 하다. 시도하다.

106 孤癖之隱: 가슴 속에 감추어둔 매우 독특한 奇癖. 孤癖은 남다른 독특한 嗜好나 버릇. 隱은 은밀히 숨겨진 것이라는 뜻.

107 鬻梅者: 매화나무를 판매하는 자. 鬻은 판다는 뜻.

108 養其旁條: 곁가지를 키우다. 일반적으로 곁가지는 나무의 生長에 방해가 되기에 잘라버린다.

枝[109], 鋤其直, 遏其生氣[110], 以求重價[111], 而江、浙[112]之梅皆病. 文人畫士之禍之烈[113]至此[114]哉! 予購三百盆[115], 皆病者, 無一完者[116]. 旣泣之三日, 乃誓療之、縱之、順之[117], 毁其盆, 悉[118]埋於地, 解其棕縛[119]. 以五年爲期[120], 必復之、全之[121]. 予本[122]非文人畫士, 甘受詬厲[123], 辟[124]病梅之館以貯[125]之. 嗚呼! 安得[126]使予多[127]暇日, 又多閑田, 以廣[128]貯江寧、杭州、蘇州之病梅, 窮[129]予生之光陰[130]以療梅也哉!

109 夭其稚枝: 갓 자라난 어린 가지를 빨리 죽게 하다.
110 遏其生氣: 잘 자라려는 생기발랄함을 막아버리다.
111 重價: 대단한 가격. 높은 가격.
112 江、浙: 江蘇省과 浙江省.
113 文人畫士之禍之烈: 文人畫士之禍는 文人과 畫家가 초래한 재앙. 之烈은 文人畫士之禍를 모두 받아서 '~의 대단함(혹은 엄청남)'이란 뜻.
114 至此: 이 지경에 다다랐다.
115 三百盆: 매화나무를 심어둔 화분의 개수. 盆은 여기에서 量詞처럼 사용되었다.
116 完者: 온전한 것.
117 縱之、順之: 縱은 있는 그대로 놓아두는 것. 順은 타고난 성질을 그대로 따르는 것.
118 悉: 모두.
119 棕縛: 종려나무 껍데기로 만든 노끈. 종려나무의 껍데기를 벗겨내 물에 삶은 뒤 실처럼 갈라서 이를 꼬아 만든다. 이는 매화나무의 자라는 방향이나 가지의 방향 등을 억지로 矯正하기 위해 묶어둔 것을 말한다.
120 期: 기한.
121 復之、全之: 復은 原狀回復시키다. 全은 온전하게 만들다.
122 本: 본래.
123 甘受詬厲: 甘은 달게, 기꺼이. 受는 받다, 받아들이다. 詬厲는 꾸짖음, 비난.
124 辟: 闢의 本字로, 열다, 설치하다의 뜻.
125 貯: 모아두다.
126 安得: 安은 어찌. 得은 能의 뜻.
127 多: 많아지게 하다. 뒤 구절의 多 역시 마찬가지.
128 廣: 두루.
129 窮: 다하다.
130 予生之光陰: 予生은 내 삶, 생애. 光陰은 시간.

清 민간문학

徐大椿「遊山樂」

사실 徐大椿은 학자집안 출신에 醫術로 유명했던 선비라 그가 지은 시를 民歌라고 하기는 어렵다. 정확히 말하자면 民歌의 曲調에 맞춰 노래를 지은 것이다. 이 작품은 제목처럼 산을 노니는 즐거움에 대한 노래이다. 산 속의 경치를 만끽하는 것은 원래 흔한 것이지만, 지은이는 더 나아가 다 돌아다니고 난 뒤에도 따로 즐길 만한 것이 있음을 지적한다. 그것은 바로 마음에서 모든 세속의 이해득실을 털어버리는 것이다. 우연히 맞닥뜨린 목동과 나무꾼은 바로 속세의 때를 완전히 벗겨낸 지은이의 분신이다. 그가 세속을 벗어나 고즈넉한 초가집에서 좋은 차를 마시며 문득 고개를 들어 달이 뜬 夜景을 감상하는 모습은 바로 중국 文學에서 추구하는 情景交融의 경지이다.

到山中, 便是仙. 萬樹松風, 百道飛泉[1]. 更有那野鳥呼人, 引我到僧房竹院[2]. 異草幽花香入骨[3], 奇峰怪石峭嶙天[4]. 一步一回頭, 景象[5]時時變. 越走得路崎嶇, 越騙得精神健[6]. 到了那山窮水轉[7], 又是個別有洞天[8]. 清風吹我

1 百道飛泉: 百道는 백 갈래, 즉 아주 많다는 뜻. 飛泉은 폭포.

2 竹院: 대나무가 많은 정원.

3 異草幽花香入骨: 異草는 기이한 풀. 幽花는 향기가 그윽한 꽃. 香入骨은 그 향기가 뼛속까지 스며들 것처럼 파고든다는 뜻.

4 峭嶙天: 산봉우리가 하늘을 찌를 듯이 가파르게 솟아있다는 뜻.

5 景象: 풍경. 풍광.

6 越走得路崎嶇, 越騙得精神健: 越A越B는 A할수록 B한다는 뜻. 走는 가다. 得은 程度補語. 路崎嶇은 길이 험난하다는 뜻. 騙은 여기에서 속인다는 뜻이 아니라 '~되도록 이끌다' 뜻. 精神健은 정신이 또렷해진다는 뜻.

7 山窮水轉: 산이 끝나고 물이 굽이져 돌아가는 곳.

8 別有洞天: 別有는 따로 있다, 별도로 갖춰져 있다는 뜻. 洞天은 道教 용어로 神仙이 산다는 名山勝地

塵心[9]斷, 不知今夕是何年. 遙望着牧豎樵夫[10], 洗足清泉. 與他言, 竟不曉得唐宋明元[11]. 直說到日落虞淵[12], 借宿在草閣茅軒[13], 雨前茶[14]澆一椀青晶飯[15]. 擡頭看, 只見藤蘿[16]月郤掛在萬峰尖.

「寄生草」 [顏自德『霓裳續譜』]

顔自德의 『霓裳續譜』는 淸代 中期 北京이나 天津을 중심으로 북방의 民歌를 수집해 채록한 책으로 30여 종의 曲調로 이루어진 600여 곡의 民歌가 실려 있다. 「寄生草」는 민간에 유행하던 曲調名으로 내용과는 상관없다. 이 노래는 어느 妓女가 情人에게 편지를 보내고 싶으나 文盲이라 동그라미로 속내를 담아 부쳤다는 내용으로 아주 유명하다. 하지만 글자 대신 동그라미로 편지를 쓰는 것은 사실 宋代 朱淑眞이란 妓女로부터 시작된 것이다. 그녀는 글씨를 몰랐던 것이 아니라 오히려 매우 博識하고 詩詞에 능했지만, 婚姻한 후 남편이 관직에 올라 떨어져 지내게 되자 복잡한 心思를 각종 동그라미로 그려 편지를 보냈다고 한다. 이를 圈兒詞라고 하는데 이후로 동그라미로 속내를 담아내는 것을 노래한 작품이 계속 나와 이들 모두를 圈兒詞라고 부르기도 한다.

를 가리킨다. 여기에서는 仙境이 펼쳐지는 곳이란 일종의 비유.

9 塵心: 속세의 때에 찌든 마음.

10 牧豎樵夫: 牧豎는 소를 모는 더벅머리 아이, 즉 牧童. 樵夫는 나무꾼.

11 竟不曉得唐宋明元: 이 구절의 주어는 앞에서 나온 牧豎樵夫. 竟은 뜻밖에도. 不曉得은 모른다는 뜻. 唐宋明元은 前代 王朝들. 여기에서는 시간에 대한 비유이다.

12 虞淵: 전설에 해가 져서 잠기는 못의 이름.

13 草閣茅軒: 풀로 지은 허름한 집, 즉 초가집.

14 雨前茶: 雨前은 穀雨 이전이라는 뜻. 雨前茶는 음력 3월 봄의 마지막 節氣인 穀雨 이전에 딴 찻잎으로 만든 茶. 穀雨 전에 딴 어린 찻잎이라 양도 적은데다가 은은하면서도 고소한 맛이 일품이라, 綠茶 중에서도 고급품에 속한다.

15 靑晶飯: 정확한 뜻은 未詳이다. 원래 그냥 쌀만 볶아 만든 밥을 水晶飯이라 하는데, 혹시 이 水晶飯에 녹차를 부은 것을 靑晶飯이라 부른 것인지도 모르겠다.

16 藤蘿: 원래는 紫藤을 가리키지만, 여기에서는 산봉우리를 뒤덮고 있는 넝쿨을 통칭하고 있다.

이 작품은 淸代에 나온 것으로 멀리 떨어진 情人이 그리워 애타하는 여인의 마음이 절절히 묻어난다. 특히 마지막에 "말로 다할 수 없는 괴로움을 한 줄기 동그라미로 계속 그려간다"는 여인의 말에서, 우리는 그녀의 속내에 이미 말로 다할 수 없는 괴로움이 넘쳐나고 있음을 눈치 챌 수 있다.

欲寫情書[17], 我可不識字. 煩個人兒, 使不的[18]! 無奈何畵幾個圈兒[19]爲表記. 此封書[20]惟有情人知此意. 單圈是奴家[21], 雙圈[22]是你. 訴不盡的苦, 一溜圈兒圈下去[23].

「粤歌」[李調元『粤風』]

粤은 廣西와 廣東 지역을 가리킨다. 李調元이『詩經』의 采詩 풍습을 본 떠 이 지역의 漢族과 소수민족의 民歌를 수집해『粤風』을 만들었는데, 이 노래도 그 안에 수록되었다.『粤風』의 특징은 수록된 노래가 모두 사랑노래라는 것인데, 이 노래 역시 사랑하는 남녀의 심정을 진솔하게 표현하고 있다.

17 情書: 연애편지.

18 煩個人兒, 使不的: 번거롭게 남에게 편지를 대신 써달라고 시킬 수도 없다는 뜻. 使不的은 使不得의 뜻. 的은 得의 通假字.

19 無奈何畵幾個圈兒: 無奈何는 어찌할 수 없어서, 하는 수 없이. 畵幾個圈兒는 동그라미 몇 개를 그린다는 뜻.

20 此封書: 이 편지. 封은 量詞.

21 單圈是奴家: 單圈은 홑 동그라미(○). 奴家는 여자가 스스로를 낮추어 부르는 謙稱.

22 雙圈: 겹 동그라미(◎).

23 一溜圈兒圈下去: 一溜圈兒는 동그라미가 죽 한 줄로 연이어진 모습. 溜는 量詞로 죽 연이어진 것을 셀 때 사용한다. 圈兒는 동그라미. 下去는 동사 圈(동그라미를 그리다)에 붙어 그 동작을 계속한다는 뜻을 나타낸다. 즉 동그라미를 연이어 계속 그렸다는 말이다.

思想妹[24], 蝴蝶思想也爲[25]花. 蝴蝶思花不思草, 兄[26]思情妹[27]不思家[28].

24 思想妹: 思想은 그리워하다. 妹는 아가씨.

25 爲: ~ 때문이다.

26 兄: 사내.

27 情妹: 사랑하는 여인.

28 家: 奴家의 줄임말.

지은이

김장환 (jhk2294@yonsei.ac.kr)

연세대학교 중어중문학과 교수로 재직 중이다. 연세대학교 중문과를 졸업한 뒤 서울대학교에서 「世說新語硏究」로 석사학위를 받았고, 연세대학교에서 「魏晉南北朝志人小說硏究」로 박사학위를 받았다. 강원대학교 중문과 교수, 미국 Harvard-Yenching Institute의 Visiting Scholar(2004~2005), 같은 대학교 Fairbank Center for Chinese Studies의 Visiting Scholar(2011~2012)를 지냈다. 전공분야는 중국 문언소설과 필기문헌이다.

그동안 쓴 책으로는 『중국문학의 벼리』, 『중국문학의 갈래』, 『중국문학의 숨결』, 『中國文言短篇小說選』, 『劉義慶과 世說新語』 등이 있고, 옮긴 책으로는 『中國演劇史』, 『中國類書槪說』, 『中國歷代筆記』, 『세상의 참신한 이야기—世說新語』(전3권), 『世說新語補』(전4권), 『世說新語姓彙韻分』(전3권), 『太平廣記』(전21권), 『太平廣記詳節』(전8권), 『封神演義』(전9권), 『列仙傳』, 『西京雜記』, 『高士傳』, 『笑林』, 『語林』, 『郭子』, 『俗說』, 『談藪』, 『小說』, 『啓顔錄』, 『神仙傳』, 『玉壺氷』, 『列異傳』, 『齊諧記·續齊諧記』, 『宣驗記』, 『唐摭言』(전2권), 『述異記』 등이 있으며, 중국 문언소설과 필기문헌에 관한 여러 편의 연구논문이 있다.

이영섭 (monstar90@hanmail.net)

중앙대학교 외국학연구소 HK사업단 연구교수로 재직 중이다. 청주대학교 중문과를 졸업한 뒤 연세대학교에서 「章學誠 『文史通義』의 '三教'와 「經解」 淺釋」으로 석사학위를 받았고, 같은 대학교에서 「章學誠 『文史通義』의 體例 및 原道論 硏究」로 박사학위를 받았다. 논문으로는 「『中原音韻』, 曲韻書에서 韻書로—錢玄同의 『中原音韻』 硏究의 意義」, 「『文史通義』 佚篇에 대한 再檢討」, 「『章學誠 『文史通義』 「原學」篇 析義—清代 乾嘉年間 學術談論에서의 '學' 槪念 硏究」(1)/(2) 등 여러 편이 있고, 역서로는 『太平廣記』(공역)1/2/3/4권이 있으며, 『韓國所藏中國漢籍總目』 편찬 작업에 참여하기도 했다.

중국문학의 숨결

초판 인쇄 2014년 8월 15일
초판 발행 2014년 8월 25일

지 은 이| 김장환 · 이영섭
펴 낸 이| 하운근
펴 낸 곳| 學古房

주 소 | 서울시 은평구 대조동 213-5 우편번호 122-843
전 화 | (02)353-9907 편집부(02)353-9908
팩 스 | (02)386-8308
홈페이지| http://hakgobang.co.kr/
전자우편| hakgobang@naver.com, hakgobang@chol.com
등록번호| 제311-1994-000001호

ISBN 978-89-6071-430-4 93820

값 : 18,000원

이 도서의 국립중앙도서관 출판시도서목록(CIP)은 서지정보유통지원시스템 홈페이지(http://seoji.nl.go.kr)와 국가자료공동목록시스템(http://www.nl.go.kr/kolisnet)에서 이용하실 수 있습니다.(CIP제어번호: CIP2014023418)

■ 파본은 교환해 드립니다.